08 | 민음의
비평

의미의
자리

민음의
비평

08

의미의 자리

조재룡 비평집

민음사

네 번째 비평집을 묶는다. 몇 편을 제외하고 지난 몇 년간 시를 중심으로 쓴 글들을 모아 책의 얼개로 삼았다.

1부는 이론을 탐구한 글들을 거두었다. '짧음(short)'과 '간결함(brevity)'의 차이와 시적 효율성, 운문과 산문의 이분법, 시의 감각과 '정동'이라는 개념, 시와 구두법 운용 등의 문제를 다루어 본 몇 편의 글은 문학과 시에 대한 고찰을 시작했던 시기에서 착수된, 그러니까 제법 오래전부터 가지고 있던 사유들이 구체화된 결과이기도 하다. 특히 '리듬'에 관한 두 편의 글은 비평의 이전과 이후를 잇는 연속성에 따라 집필되었으며, 현재 활발하게 진행되고 있는 한국시와 한국어의 '리듬'에 관한 탐구에 일각의 관점을 보태려는 마음을 가지고 썼다.

2부와 3부, 그리고 4부 일부의 글들은 시집 해설이다. 해설은 어떤 의미에서, 시집에 관한 최초의 독서이면서 시집과 마지막까지 운명을 함께 나누는 동반자와도 같다. 시집으로 출간되기 직전 원고들에 바치는 '각주'와도 같은 글이 되기를 마음속으로 바랐던 것 같다. 아마 그랬기 때문일 것이다. 시곗바늘이 바삐 움직였고, 시간이 무조건적으로 흐른다는 사실과 자주 마주했다.

4부의 나머지와 5부는 주제를 중심으로 쓴 글들을 모았다. 언어와 사물, 번역이나 상호텍스트, 타자와 주체 같은 주제들이 텍스트와 하나가 되어 시에서 '의미'의 길을 찾아 나선 흔적들을 쫓으려 했다. 단어들의 조합과 조합의 기묘한 방식, 통사의 뭉치가 구동하는 양태, 문장이 결속하는 비상한 속성과 그렇게 풀려나온 '의미'의 향방을 주시하려 시도한 글이다.

6부는 독립 잡지나 문예지의 현황, 문학 장(場)의 구동 방식, 시와 화폐, 시와 법, 검열 등을 다룬 글 세 편을 묶었다. 시는 화폐의 교환처럼 등가의 원리로 세상의 이질적인 모든 것과 그것들이 지니고 있는 고유한 차이를 동일한 것으로 환원하는 수학적 계산에 의해 재편된 삶을 거부하는 곳에서 착수되는 인간의 발화, 그 목소리이다. 세 편의 글은 시인이 자기 언어의 고안을 통해 현대사회를 살아 내는 방식을 살펴보고자 했다.

'의미의 위기'에서 '의미의 자리'로 향하는 이행을 생각하며 줄곧 글을 썼다는 사실을 내가 깨닫게 된 것은, 어떤 이유로, 십여 년 전에 출간된 김인환의 비평집 『의미의 위기』와 '부정성'의 정신을 가르쳐 준 아도르노의 문예비평을 다시 펼쳐 보았을 때였다. 시는 매우 '주관적인' 방식으로 우리가 마주하게 될 의미 생성의 흔적들이 집결한 장소이며, 따라서 '형식'의 반대편에 '의미'를 가두어 놓은 이분법 저 너머 어딘가로 우리를 초대한다. '의미'는 구조주의가 제 그림자를 차츰 걷어 낼 무렵에조차 기이하게도 늘 '형식'의 짝패처럼 인식되었다. 그러니까 '의미'는 반절짜리 세계에 갇혀, 가령, '내용', '기저', '뜻' 등과 같은 것으로 여겨지거나 아직도 글의 '알맹이'를 대표해 주는 수사로 쓰이곤 한다. 그러나 시는 어떤 경우에도, 그러니까 의미를 지워 내려는 시도나 의미 생성의 경로를 낱낱이 파헤치고자 하는 시조차도 '의미'를 저버릴 수 없다. 이러한 과정 자체가 벌써 '의미'의 자리를 타진하는 행위이기 때문이다. '의미'는 항상 근사치의 의미, 따라서 항상 자신의 자리를 타진하는 의미인 것이다.

글을 쓰면서, 어디서인가 많이 보고 또 지내 왔던 어둠과 언젠가 겪었던 게 명백한 밝음 사이로 시간은 내게 자주, 혀끝에서 묻어나는 순간과 순간의 산물이 되었다. 고개를 들어 간혹, 어두컴컴한 밖을 바라볼 때, 무조건적으로 흐른다고 생각했던 저 애물단지 같은 시간이 시를 읽으며 종종 과거를 가리키거나 미래를 끌어다 놓기도 한다는 사실을 발견하기도 했다. 시보다 종종 시인의 얼굴이 먼저 떠오르면, 그때마다 얼굴을 지우려고 애썼지만, 뜻대로 되지 않을 때도 있었다. 텍스트를 붙잡고 하얀 화면을 들여다보면서 늘 망설였다. 글의 제목을 정하는 일에서 마무리까지 대부분의 비평에, 스스로의 글을 비평하는 과정이 원하건, 그렇지 않건, 요구되기 때문이었을 것이다. 공들여 원고를 만들어 준 민음사 김유라 편집자와 서효인 시인에게 감사의 마음을 전한다.

이 부족한 비평집을 우리가 끝이라고 생각한 지점이 실상 시작일 수도 있다는 사실을 글에서, 글로, 번역으로 실천하시며, 평생을 문학과 시와 함께 살아온 황현산 선생님께 바친다.

2018년 2월
조재룡

차례

1부

시, 밖에서,
그리고
안에서

첨단의 감각, 첨단의 발화: 시의 정동

396. "세 번에 걸쳐 나는 동일한 감각을 느꼈다." 이것은 나의 사적 세계에서 일어나는 과정을 서술하고 있다. 그런데 어떻게 내가 의미하고 있는 것을 타인이 아는 것일까? 내가 그러한 경우에서 "동일한"이라고 지칭하는 것을 그는 어떻게 아는 것일까? 타인이 내가 여기서의 이 단어를 항상 평상시와 동일하게 사용한다는 것에 기대고 있는가? 그런데 이 경우, 평상시의 언어 용법에 유사하다고 하는 언어 용법은 대체 어떤 것인가? 아니, 이러한 난점은 그냥 단순히 인위적으로 과장된 것이 아니다. 타인은 이 경우에 무엇이 동일한 대상들인지를 정말 모르고 있고 또 알 수도 없다.[1]

눈으로 무언가를 본다거나 코로 냄새를 맡는다고 생각하면 커다란 착각이다. 손으로 사물을 만지거나 살결을 쓰다듬으며 섬세하게 촉지한다는 것 역시 거짓이라고 해야 한다. 기관은 발화(發話)하지 않는다. 우리 몸은 다각도에서 감각을 느낄 뿐이며, 느낀 것을 제 사적 경험으로 머릿속에 간직하고, 어느 순간에 붙들린 잠시의 추억에 젖어 생겨난 모종의 반응을 지각할 뿐이다. 몸은 말하지 않는다. 흔히 문학(작품)이 앞을 다투어 섬세한 감각을 재현하는 일에 집중한다고 입을 모은다. 그러나 삶에서 다양한 체험을 느끼는 이 구체적인 장소, 그러니까 몸이 감각의 주체가 아니라, 오히려 말이라는 사실, 말로 표현될 때, 감각이 실현된다는 사실은,

---

1   루트비히 비트겐슈타인, G. E. M. 앤스컴·G. H. 폰 리히트 엮음, 이기홍 옮김, 『심리철학적 소견들 1』 (아카넷, 2013), 179쪽.

자명하다는 생각 때문인지 별반 주목을 받지 못했다. 문제는 말이 감각을 곧이곧대로 기록하지 않는다는 사실에서도 생겨나는데, 이는 언어로 행하고 행해진 모든 기록들이, 어떤 사실에 대한 직접적인 반영이 아니라, 그것의 주관적-이차적-창의적 재현이기 때문이다. 시와 감각이 '대중적-일반적-전위적-최상의-최고의-섬세한' 등의 수식어와 함께 개별 주제로 불려 나올 때, 자주 잊히는 것은 바로 시에서, 문학에서, 감각이란 오롯이 말의 소산, 말이 무언가를 궁굴려 우리에게 건네는 미지의 인사라는 사실이다. 감각적 체험을 기계적으로 전사(傳寫)하는 시를 보았는가? 시가 첨단의 감각을 여는 일로 제 가치를 자리매김한다는, 저 자명하다 할 명제에는 규명해야 할 것들이 이렇게 상존한다. 감각이라? 첨단의 감각이라? 비교적 단순해 보이는 물음 두 개가 우리에게 주어진 듯하나, 내려놓을 답변은 시뿐만 아니라, 차라리 문학어 고유의 작동 방식에 대한 것일 수밖에 없다.

감각이 생성되는 순간들

문학은 언어를 부려, 아직 당도하지 않은 특수성을 넘보고 이를 바탕으로 특이점을 만들어 낸다. 언어는 하나이며, 모든 수식어들을 모조리 집어삼킨다. 모든 언어는 일상적이다. 시적 언어가 매우 특수한 감정을 호출한다고 말할 때조차, 언어는 일상적이다. 아니 문학(어)은 일상적이다. 단지, 진부하고 평범한 방식으로 제 말을 부리지 않으며, 특수하고 조직적인 방식으로 저 평범하다 할 어휘를 활용하고, 문장의 배치를 고려하여, 이렇게 말의 질서 자체를 새롭게 꾸리려 애를 쓸 뿐이다. 장르를 둘러싸고 우리가 신봉해 온 작위적이고 편리한 구분은 여기서 취소되며, 구조주의 이전으로 까닭 없이 회귀하려는 의도가 아니라면, 구분이 물러난 자리에 '문학성'이 들어서는 것을 막을 도리가 없어 보인다. 문학성이나 특수성이라는 개념은 문학에 제공된 지대이며, 창의적인 사유가 촉발될 수 있는 최소한의 발판이자, 아직 당도하지 않은 미지로 비평의 물꼬를 터 줄 계기이다. 가령, 소설, 산문, 에세이, 시 등은 모두 '문학'이라는 하나의 범주에 머물며 또한 귀속되지만, 명백하게 서로 다른, 인간의 문자적 활동으로 인식되어 왔다. 장르의 구분을 취하해야 한다는 것이 아니다. 문학성이나 특수성은 각각의 문학적 활동이 지니고 있는 특성들을 제거하는 것이 아니라, 오히려 피해 갈 수 없는 공통의 물음들을 촉발시킨다. '문학'이라는 활동이 뿜어내는 특수성과 작품의 재생산을 통해 당도한 저 '문학'이라는 고유명사, 그리고 그 '장(場)'의 보편적 가치에 대한 탐색은, 오로지 언어의 작동 방식에 대한 탐색을 경유해서만 주어지고 판단될, 최후의 결론일 수밖에 없기 때문이다. 문학성에 붙들린 비평은, 좋건 싫건, 자의건 타의건, 주제와 함부로 공모하지 않으며, 내용과 형식을 무시로 갈라 세우는 이분법을 덥석 물고, 내친 김에 편협한 한 항(項)만을 옹호하여, 함부로 대립을 조장하는 일 따위에 전념하지 않으며, 말의 고유한 작동 방식에 근거해 산출된 것이 아닌 그 무슨 감각이나 감정 따위를 무턱대고 신뢰하지 않는다. 문학이 (새로운) 감각을 발견하는 것은, 오로지 언어에 의해, 언어 안에서, 추인되고 사유된 주관성의 표식을 통해서이며, 이때 감각은 비로소 문학적인 것들의 고유한 발현 속에서 제 기능과 특수한 자리를 모색하고, 독서하는 자의 사유를 흔들어 놓을 모종의 계기를 이루며, 이 세계가 함축하고 있는 가시적-비가시적 현실들에 대한 주관적 기록의 표지로 존재한다. 조세희의 소설에서 한 구절을 인용한다.

나는 그의 금고에서 우리의 것을 꺼냈다. 그의 금고 속에는 돈과 권총과 칼이 함께 들어 있었다. 나는 돈과 칼도 꺼냈다. 나는 달 천문대 밑에 쪼그리고 앉아 있는 아버지의 모습을 상상했다. 아버지는 이미 50억 광년 저쪽에 있는 머리카락좌의 성운을 보았는지 모른다. 50억 광년이라면 나에게는 영원이다. 영원에 대해서 나는 별로 할 말이 없다. 한밤이 나에게는 너무 길었다. 나는 그의 얼굴에서 수건을 떼고 약병의 뚜껑을 닫았다. <u>나에게 더없이 고마운 약이었다.</u> 첫날 그 약이 괴로워하는 나의 몸을 마취시켜 잠속으로 몰아넣었다. 그래서 나는 그의 처음 표정을 볼 수 없었다. 나는 손가방을 열어 그 안의 것들을 확인했다. 모두 가지런히 넣어져 있었다. 나는 옷을 입었다. <u>머리가 어지러웠다.</u>[2]

이 대목은 소설에 대한 통념에 작은 시련을 안겨 준다. 이야기의 자연스러운 흐름에 자신을 내맡겨 다음 구절로 성급히 눈길을 옮기면, 사실 그뿐이다. 그러나 당신이 무언가 이상하다는 느낌에 사로잡혔다면, 비교적 단순하다고 해야 할 어휘와 단문을 중심으로 구성된 조세희의 작품은 당신에게 차츰 공포를 뿜어내는 괴물로 변하고 말 것이다. "나에게 더없이 고마운 약이었다."와 같은 구절을 다시 읽어 보자. 고개를 갸웃거리다 앞 문장에 눈길을 준 당신은, 이윽고, 이어지는 문장도 함께 살펴야 했으며, 그렇게 끝까지 눈을 떼지 못했을지도 모른다. 잠시 고개를 갸웃거린 당신은 이제 막, 풀리지 않은 퍼즐 조각을 손에 쥐었다. 당신의 머릿속에서는 '왜 고마운 약일까?', '주인집을 강탈하게 도와주는 약이라서?' '이전에 겪어야 했던 낙태의 고통을 덜어 주었던 마취제였기 때문에?'와 같은 물음들이 떠돌아다니기 시작할지도 모른다.

어느 쪽의 손을 들어 줄 것인가? 아니다. 물음이 잘못되었다. 어느 하나를 맘대로 선택하면 곤란하다는 사실에 무게가 실리는 것일지도 모르기 때문이다. '나에게는 더없이 고마운 약이었더랬다', 그러니까 대과거

<hr />

2 조세희, 『난장이가 쏘아 올린 작은 공』(문학과지성사, 1997), 114쪽, 밑줄은 인용자. 조세희 소설의 이러한 특수성에 관해 프랑스어와 영어 번역을 중심으로 살펴본 바 있다. 조재룡, 『번역의 유령들』(문학과지성사, 2011)을 참조하라.

로 기술되었더라면 좋았을 것이다. 그러나 조세희는 그렇게 하지 않았으며, 그의 이러한 결정은 서술 시점이 명확하지 않은 상태를 작품 전반에 풀어놓아, 우리에게 '결정 불가능성'의 공간을 선사하는 데 일조한다. '대과거'를 써야 자연스러울 곳에 '과거'로 사건을 기술한 것은, 흔히 말하듯, 한국어에서 대과거가 잘 활용되지 않는다는 저 통념 때문이 아니다. 행위를 구체적으로 설명하는 지시적 기능으로 사유의 반경이 좁아지는 것이 저어되었던 까닭이었을까? 과거의 일을 회상하면서, 이 과거 이전의 일을, 회상하고 있는 지금의 시점에 하나로 붙잡아 놓자, 어떤 일이 생겨났는가? 마지막 문장 "머리가 어지러웠다"를 비롯해, 제법 명료해 보였던 주변의 문장들이 어느덧 미궁 속으로 빨려 들어가고 만다. 과거의 일, 그 이전의 일, 지금의 상태 전반이 이렇게 해서, "머리가 어지러웠다" 속에 한꺼번에 함축적으로 담긴다. 말이, 말의 배치가, 시제가, 말의 가능성이, 이렇게 언술의 주관성을 최대한 실현해 보인다. 몇 번에 걸쳐 발생했던 사건을 한꺼번에 쏟아 내는 "유추 반복 서술(itératif)"[3]에 토대를 둔 이와 같은 어법은, 이야기 전반을 더없이 입체적이고 다성적으로 구성하는 데 기여할 뿐만 아니라, 단조로운 평면적 해석에 붙들린 독자들을 복잡한 구문을 읽어 내고, 그 구문의 감정에 입하하는 주체로 탈바꿈시킨다.

글의 '감정'이 솟아오르는 것은 바로 여기다. 단순해 보이는 조세희의 저 시제의 사용은, 문법의 범주를 벗어났다고 단정을 지을 수 없음에도, 단조로운 문법에 귀속된다고도 말할 수는 없는, 기이한 언어적 실천의 소산이라고 해야 한다. 문학이 제 감정을 드러내는 것은, 이처럼 우리가 경험하지 못한 미지의 무엇을 우리가 맛보게 되는 언어의 운용과 더불어 맞닥뜨릴 때. 여기서 '감정'은 그 무슨 감동이나 우울, 희로애락과 연관된 주제 따위를 뜻하는 것이 아니라, 말의 질서를 확장해 낸 징표이자, 언

3 Gérard Genette, *Figure III*(Editions du Seuil, 1972), 68쪽.

표의 카테고리를 넓혀 내는 과정에서, 언어의 질서 전반을 부정하는 것이 아니라, 차라리 새로운 질서의 공표, 바로 그러한 지점까지 밀어붙여 확장된 말의 가능성과 언어의 확장을 의미한다. 최대치의 주관성이 부여된 언어적 실천은 항상 언어가 확장된 바로 그만큼의 현실의 확장이자, 경험과 사유의 확장이라는 사실을 여기에 덧붙여야겠다. 문학이 제 고유의 감각을 확보하고 뿜어내는 것은, 오로지 이와 같은 방식을 통해서, 우리의 사유에 공백을 만들어 내고, 말로 이 공백을 짓치고 들어가, 아직 채워지지 않은 저 텅 빈 곳에 제 무늬를 새겨 넣을 때는 아닐까. 그게 아니라면, 일기장이나 포르노그래피, 감정을 최대한 벼려 놓은 비방문이 문학이나 시보다 월등히 감각적이고, 감동적이며, 감각과 관련된 최첨단의 주제를 표현하고 전달하는 데 훨씬 유능할 것이며, 감각과 연관된 다채로운 경험을 제공해 줄 것이다.

첨단의 감각은 시의 덕후?

(시와 관련되어) 우리는 '감각'이라는 낱말을 여타의 여러 용어들과 하나로 붙여 사용하기도 하고, '감각' 자체를 벌써 독립적인 주제로 간주하기도 한다. 시의 감각이, 감각 자체를 주제 삼은 시들과 쉽사리 조우하는 것도 이 때문이다. 당연히 시는 첨단의 감각을 실험하고, 실현하며, 최소한 그렇게 하려는 저 자신의 시도에 내기를 건다. 이때 시의 어깨에 두 겹으로 하중이 실린다. 이제, 물음을 다시 꺼내기로 한다. 시의 감각은 무엇인가? 시가 (첨단의) 감각을 실현하는 방식은 무엇인가?

가장 낮은 몸을 만드는 것이다

으르렁거리는 개 앞에 엎드려 착하지, 착하지, 하고 울먹이는 것이다

가장 낮은 계급을 만드는 것이다, 이제 일어서려는데 피가 부족해서 어지러워지는 것이다

현기증이 감정처럼 울렁여서 흐느낌이 되는 것이다, 파도는 어떻게 돌아오는가

사람은 사라지고 검은 튜브만 돌아온 모래사장에…… *점점 흘려 쓰는 필기체처럼*

몸을 눕히면, 서서히 등이 축축해지는 것이다

눈을 감지 않으면, 공중에서 굉음을 내는 것이 오늘의 첫 번째 별인 듯이 짐작되는 것이다

눈을 감으면, 이제 눈을 감았다고 다독이는 것이다

그리고 2절과 같이 되돌아오는 것이다[4]

시는 소진되지 않는(않을) 말을 고안하면서, 제 감각을 우리 삶의 문턱에서 저 밖으로 밀어붙인다. 비극을 일시적 사건으로 환원하지 말아야 한다고, 소진되지 않는(않을) 말로, 소진되지 않아야 할, 소비되지 말아야 할, 그렇게 기억에서 밀려나는 것을 두려워하는, 가장 "낮은 몸"의 말로 세계에, 사건에, 현실에, 제 감정, 언어의 감정을 투척한다. 시는 그러니까

---

4 김행숙, 「저녁의 감정」, 『에코의 초상』(문학과지성사, 2014).

보고서가 아니다. 시는 보고서를 채우고 있는 저 숱한, 담담한 말들, 그러나 사실, 주인 없다고 해도 좋을 말들, 그런데도 무언가를 열성적으로 기록하고, 요약하고, 가르치고, 보고하는 데 여념이 없는, 저 말들이 구현하는 이 세계의 질서 저편에서, 가장 소진되지 않을, 최소한 그렇게 되고자 끊임없이 시도하는 말로, 사건을 담아내고, 비극을 연장하며, 우리의 망각에 대항하려 애쓴다. 시는 무언가를 보고하지 않는다. 보고서에는, 보고서와 같은 시에는, 보고서와 같은 말들에는, 첨단의 감각이 아니라, 통보와 고지, 이해와 동의, 알림과 지시의 문법으로 세계를 구획하려는 의지가 자리한다. 비극적 사건을, 저 열에 들떠 고발하는 말과 그 말의 뭉치들은, 사건을, 어떤 방식으로든, 일시에, 지금-여기에서 소비하는 일에 동참할 수밖에 없다. 이 세계의 비극을 소진하지 않는 길이란, 비극을 우리의 일상에, 삶의 저 구석구석과 내 몸에, *"점점 흘려 쓰는 필기체"*로 비끄러매고, 그렇게 계속, 비극의 저 위로 내 말을, 그렇게, 말과 *"몸을 눕히"*는 수밖에 없다는 것일까. 시가 추구하는 감각적인 말은, 비극 앞에서, 카타르시스를 함부로 움켜쥐려 하지 않고, 제 고조된 감정을 투척하고 폭로하는 멜로드라마의 어투로 사건을 소비하지 않는, 그와 같은 말이다. 시가 갈구하는 첨단의 감각은, 불가능한 표상과 표상 자체의 불가능성, 함부로 언어를 부린 재현의 무능을 경고하며, 발화의 정확한 순간과 순간을 고안하는 일에 사활을 건다.

문을 열어 줄 때까지, 죽을 때까지, 무엇을 계속하겠다는 건가, 시간의 방문 너머, 누가 앉아서 다 듣고 있는가, 중간에, 누가 아파서 누워 있는가. 바야흐로, 누가 인간의 시간을 떠나려 하는가. 몸이 죽기 전에 몸이 아플 것이며, 가벼워지기 전에 무거울 것이며, 온 세상이 침묵에 빠지기 전에 물방울 소리를 들을 것이니, 맑은 물, 뾰족한 물, 정확히 우주의 급소를 찌르는 물. 그 이후, 너는 시든 입술에 단 한 방울의 물도 축이길 원치 않을 것이다.[5]

우리의 호흡은, 마치 크로키로 무언가를 포착할 때의 일순간처럼 정지되고, 그렇게 헐떡거리며, 다시 나아가기를 반복할 것이다. 시의 저 마디마디에 삶의 결들이, 대지 위로 떨어지기 바로 직전의 물방울처럼 대롱거리며 매달린다. 신체의 어느 한 부위에 찾아든 느낌을 살려내 김행숙이 후차적으로 그러한 감각에 부응하는 자기만의 언어를 고안하는 것은, 비극일 뿐인 이 세계에서, 다시 살고 다시 일어설 수 있는, 그러니까 저 불가능한 일의 가능성을, 우리 삶의 조건으로 붙들어 매려는 열망의 소유자이기 때문이다.

감각적인 말의 고안은, 소진되지 않는 말의 고안에도 달려 있다. 또한 소진되지 않는 말을 고안한다는 것은, 시가 난해한 어법을 무턱대고 끌어안아, 해석의 모호성에 턱없이 제 운명을 내맡긴다는 것을 의미하지 않는다. 소진되지 않는 말은, 형식과 의미를 분리하지 않는 말이며, 그 말의 주인은, 모호성이라기보다, 차라리 모호성의 외연을 확장하고, 거기에 고유한 논리를 부여해, 견고한 시적 세계 하나를 구성해 내는 일, 그렇게 새로운 질서를 갖춘 세계 하나를 조직해 내려는 의지의 표출이기 때문이다. 시각, 촉각, 청각, 후각, 미각 등과 직접적으로 관련된 언술이 없이도, 시가 출중한 감각을 실험하고 또 선보이는 것은, 타인의 그것과 구별되는, '자기화'한 말과 그 말들로 세계의 질서를 구축하는 작업에 눈을 돌리고, 이 일을 묵묵히 수행하면서, 지속적으로 추구하며 갖추어 낸, 하나의 인식 체계를 바탕으로, 말의 변화와 전진, 도전의 궤적을 읽게 만드는 힘을 목도할 때는 아닐까.

한 사나이가 들판을 달리고 들판을 달리는 사나이가 들판이 꺼진다. 사

5　김행숙, 「물방울 시계」 부분, 위의 책.

나이에게로 꺼진 들판이 없는 사나이가 달린다. 시멘트 야채 종이 같은 것들이 고온다습해서 그는 무턱대고 배추를 뽑는다. 배추를 들고 걸어가는 사나이가 들판이 뚫려 있다.

들판을 빠져나가는 쥐들이 빠져나가기에 들판이 불편하다.

한 사나이가 들판을 달리고 들판이 뚜껑이 없어서 들판의 시대는 사나이를 닫는다. 들판을 닫는다. 들판을 달리고 있는 사나이가 들판을 끌고 온다. 들판은 늘어나는 사용이다. 사나이는 사나이에게로 밀려난다. 시멘트 야채 종이 같은 것들을 끄집어낸다.[6]

가령, 이런 것이다. 문법의 차원에서, 이 시는 삐걱거린다. 이 작품을 읽은 당신, 아니 당신이 지금까지 그의 시집을 따라 읽어 왔다면, 당신은 그저 삐걱거리는 문장을 탓하면서, 한숨만 내쉴 수 있겠는가? 이수명은 문장과 문장이 종결되기 전의 상태에서, 문장들이 서로 꼬리에 꼬리를 물고 이어지도록 포개어 놓는다. 문장을 잘라먹은 문장이 여기저기 걸어 다닌다. 그는 이와 같은 방식으로, 대상이 말에 의해, 말의 배치와 조작에 의해, "늘어나는 사용"을 직접 실천한다. 그는 설명하거나 기술하는 방식을 택하지 않는다. 문장 하나하나를 뜯어봐도 어색하고, 반복해서 읽고 재차 따져 물어도 기이한 느낌에서 벗어날 수 없다 해도, 우리는 이 시가 의미의 장에서 완전히 벗어나 있다고 단언할 수는 없다. 그렇다, 문법을 벗어났다고 말할 수도 없지만, 다른 한편으로 이 문장들은 문법의 구조나 의미의 차원에 쉽사리 정박되는 것도 아니며, 그 안에서 쉽사리 붙잡히지도 않을 것이다. 그러나 이수명이 평면성을 벗어나 중의성의 세계로 진입하

---

6 이수명, 「시멘트 야채 종이 같은 것들」, 『마치』(문학과지성사, 2014).

려, 문장의 심급을 주관적으로 조절해 낼 때, 우리는 첨단의 감각이라 부를 만한 모종의 독서에 입사하게 될 것이다. 어떻게?

이 작품의 모든 문장들은 이접된 문장들이다. 거개의 주어들 역시 중의적이며, 대상들 역시 화자의 입을 갖고 있거나, 외부와 내부의 저 복합적인 시선에 포착된 대상들이다. 개별적으로 서술해야 할 문장을 서로 포개 놓아 빚어진 결과기도 하겠지만, 하나의 문장 속에 여러 개의 문장을 구겨 넣었다고 볼 수도 있다. 들판을 달리다가 맨홀에 빠진 사내가 있다. 뚜껑이 없었기 때문일지도 모른다. 이수명은 대상과 주체의 관계가 뒤집힌 상태를 말로 조합해 내거나, 어느 한 편의 관점에서 다른 편을 바라보던 시선을 바꾼 상태를 고지하는 문장을 구성해 낸다. 갑자기 달리던 사내가 맨홀에 빠져 사라졌다. 이러한 상황을, 사내도 들판도 꺼졌다고 말한다.("한 사나이가 들판을 달리고 들판을 달리는 사나이가 들판이 꺼진다.") 이어지는 "사나이에게로 꺼진 들판이 없는 사나이가 달린다"는 벌써 복잡한 의미의 장에 놓인다. 달리는 사내는 처음에 등장한 사내가 아니기 때문이다. 두 번째 사내는 "사나이에게로 꺼진 들판이 없는" 사내이며, 이제부터 달리는 주체는 바로 그가 된다. 그럼 첫 번째 사내는 어디 있으며, 무얼 하는가? 이어지는 "시멘트 야채 종이 같은 것들이 고온다습해서 그는 무턱대고 배추를 뽑는다"는 인과성의 차원에서 매우 어색한 조합을 보여 준다. 대상의 실존 가능성에 다각도로 천착해 온 그간의 시 세계를 통해 "시멘트 야채 종이 같은 것들이 고온다습"하는 뜻을 유추해 볼 수도 있겠다. 난해함은 더 이상 '그'를 사내라고 할 수 없기 때문에 발생한다. 왜냐고? "사나이"조차 둘 이상의 사람을 지칭한다고 할 때, "그"라는 인칭대명사를 하나의 인물과 오롯이 포개는 일이 더 이상 가능하지 않게 되었기 때문이다. 하나의 낱말이, 맥락과 구성에 의해, 제 가치를 달리 부여받게 되는 것과 흡사한 이치다. 이어지는 "들판을 빠져나가는 쥐들이 빠져나가기에 들판이 불편하다"는 대상과 주어의 혼용으로 구성된 문장이다. 말의 대상이 말의 주어로도 기능하는 문장을 시인이 만들어 낼 때, 그 문장을 따라 읽는 우리는 그렇다면 어떻게 될까? 아직 경험하지 못한 모종의 상황에 처하게 되고, 기이한 경험의 주인이 되는 것은 아닐까? 그가 실천하려 한, 다양한 실험의 목적 하나는 바로 우리에게 이와 같은 체험의 세계로 초대하는 데 있는 것은 아닐까? "한 사나이가 들판을 달리고 들판이 뚜껑이 없어서 들판의 시대는 사나이를 닫는다"는 또 어떤가? 이 "한 사나이"는 그 "사나이"인가? "그"인가? 또 다른 사내인가? 이 하나의 문장은 여럿의 다른 문장들을 함축한다. "사나이는 사나이에게로 밀려난다" 아, "사나이"는 그러니까 둘이었던가? 셋이었던가? "시멘트 야채 종이 같은 것들을 끄집어낸다"는 것은 대상과 밀착된 시를 내면에서 도출해 내었다는 것인가? 아니, 대체 무엇이란 말인가? 행위자는 누구인가? 사내인가? 지금까지 시를 기술하던 시인인가? "시멘트 야채 종이 같은 것"들의 존재를 백지 위로 끄집어낸다는 것인가? 함정은 이 모든 곳에 녹아 있다. 질문을 하게 하는 게, 이 시의 목적이기 때문이다.

이수명의 시에서 모든 문장은 벌써 여러 겹으로 접힌, 그러니까 이미 중첩된 문장들이다. 모든 문장들은, 오로지 다른 문장들과의 관계 속에서만 제 존재의 의의를 타진하는 문장들이며, 그 사이와 사이에 침묵을 머금고 있는 문장들이다. 이 침묵의 공간은 그러나 수다스럽다. 미처 발화되지 않은 무언(無言)의 말들이, 아직 경험하지 못한 감각을 펼쳐 내며, 이곳에서 시위를 벌이고 있기 때문이다. 대상과 주체를 역전시킨 특수한 발화를 통해, 한 단어를 둘 이상의 사용으로 늘려 활용한 기이한 구성에 의해, 문장과 문장 사이의 인과성을 최대한 배제하는 독특한 배치를 통해, 우리가 믿고 있던 저 딱딱한 문법이, 서서히 허리띠를 풀고, 아득히 먼 다중적 의미의 지평선 위로 제 경계를 확장해 낸다. 새로운 감각이 활개를 칠 공간은 바로 여기에서 만들어진다. 최대치의 주관성을 적재한 언어의 실천은 미처 발화되지 않은 여백을 우리의 독서에서 이끌어 내며, 감각은 바로 이렇게 독자에게 고스란히 전이된다. 그의 시에서 이 여백은, 침묵의 장소가 아니라, 가장 소란스러운 공간이자, 감각이 분주하게 제 촉을 벼리고 있는 무한의 게토이기도 하다. 저 낯섦의 거처에 우리가 머무르는 순간, 우리는 대상과 주체, 말의 실천적 가능성과 의미의 한계를 체현하고, 그렇게 다면의 세계로 입사하는 사유의 주인 될 자격을 얻게 된다. 이 순간이 바로 시에서 첨단의 감각이 열리는 순간이다. 대상의 '있음'에 대한 집요한 추구를 통해, 사물의 존재 가능성과 언어의 한계를 동시에 실험하면서, 오로지 이와 같은 방식으로, 우리가 첨단의 감각이라 부를, 어떤 상태를 흰 종이의 공포로 풀어내는 데 전념해 온 그의 시는, 이렇게 거침없이 전진하는 말의 운동, 저 말의 행진, 그러니까 '마치(march)'에 이르러 다시 한번 방점을 찍는다. 이수명은 이미지스트가 아니라, 경험되지 않은 감각을 투척하는 문장들을 실험하는 데 여념이 없는 언어 실천자라고 해야 한다.

시는 내면에서 아우성치는 소리를 들으려하고, 꺼내려 할 때, 바로 그 순간의 발화를 기록하려할 때, 감각을 끌어안는다. 그러나 이 감각은 오로지 문자의 운동을 통해 발현되는 주관성의 실현에 의해 완성을 넘본다. 이제니의 「나선의 감각 ― 음」에서 부분을 인용한다.

들려온다. 하나의 음이. 하나의 목소리가. 태초 이전부터 흘러왔던 어떤 소리들이. 이름을 붙여 주기 전에는 침묵으로 존재했던 어떤 형상들이. 너는 입을 연다. 숨을 내뱉듯 음을 내뱉는다. 성대를 지나는 공기의 압력을 느낀다. 하나의 모음이 흘러나온다. 모음은 공간과 공간 사이로 퍼져 나간다. 위로 아래로 오른쪽 왼쪽으로. 사방으로 퍼져 나가며 진동한다. 음은 비로소 몸을 갖는다. 부피를 갖고 질량을 갖는다. 소리는 길게 길게 이어진다. 어떤 높이를 가진다. 어떤 깊이를 가진다. 너는 허공을 바라본다. 높은 곳에

서 쏟아져 내리는 빛을 보듯이. 구석구석 음들이 차오른다. 차오르는 음폭
에 비례해 공간이 확장된다. 너는 귀를 기울인다. 저 높은 곳에서부터 내려
오는 신의 목소리라도 듣듯이. 목소리는 말한다. 목소리는 목소리 그 자체
로 말한다. 신의 목소리가 신의 말씀보다 앞서듯이. 소리의 질감이 소리의
의미를 압도하듯이. 너는 음의 세례를 받으며 빛의 세계로 나아간다. 다시
음들이 이어진다. 너는 입을 다문다. 네 입속에 머금고 있던 음들을 네 몸속
으로 흘려보낸다. 음들은 이제 너의 몸이 된다. 너는 네 몸속을 떠돌고 있는
그 소리들을 듣는다. 길게 길게 이어지는 그 길들을 본다. 한마디 한마디 묵
묵한 침묵으로 이어지는 그 무수한 발걸음들을. 너는 사물들이 나아가는
그 모든 궤적을 떠올린다. 땅속 먹이를 찾아 헤매는 흰개미의 이동 경로를.
캄캄한 고속도로 위를 달리는 자동차 불빛의 지속적인 흔들림을. 담장 위
로 자라나는 덩굴풀의 안간힘을. 이른 아침 숲속에서 들려오는 새 울음의
진폭을. 수면 위로 번져 가는 안개의 느린 움직임을. 물속으로 풀어져 내리
는 검은 물감의 목적 없는 춤사위를. 자석과 철가루를 그려 내는 인력과 척
력 사이의 어쩔 수 없는 친연성을. 집단으로 이동하는 사막 메뚜기들의 기
나긴 여로를. 드넓은 바다를 헤엄쳐 가는 고래 떼의 여유로운 포물선을. 너
는 보이지 않는 그 길들을 본다. 점선으로 이어지는 그 궤적의 호흡을 듣는
다. 그 점선과 점선 사이의 여백은 음과 음 사이의 침묵을 닮았다.[7]

이제니의 시집『왜냐하면 우리는 우리를 모르고』의 해설에서 나는 이
장중한 연작의 의의에 대해서도, 말의 운동과 착란의 서술에 대해서도, 말
을 아끼지 말아야 했다. 각각 '공작의 빛', '역양', '음'으로 부재가 붙은 세
편의 연작「나선의 감각」은 무겁고, 장중한, 그래서 기이하고도 독특한 말
의 운동을 실천하는 실험의 산물이기도 하지만, 해설을 집필하던 당시 나
는 이 연작이, 정확히, 어떤 광기의 발화이자, 착란에서 비롯된 미지의 목

7 이제니, 「나선의 감각 — 음」 부분, 『왜냐하면 우리는 우리를 모르고』(문학과지성사, 2014).

소리를 필사한 것에 가깝다는 생각에 사로잡혀 있었다. 그의 연작은 병상 일지와도 흡사하며, 흡사 고통을 잠재우기 위해 복용한 약물에 취한 자가 꺼져 가는 정신의 마지막 자락을 붙잡고, 그 혼미한 순간에 잠시 잦아들고 또 빠져나간 감각의 흔적들을 필사하고, 공들여 다듬어 제 시로 기록해 둠으로써, 시론을 완성하려 한 글은 아니었을까. 아주 위태롭게, 어느 낯선 나라에서, 자신을 방문한 목소리를, 오로지 기억에 의존해 반영하려 한, 그렇게 감기고 또다시 온몸에 감겨 지속되다가, 휑하니 되돌아 나가며, 벌거벗은 저 내면을 나선과도 같이 휘감고야 마는 어떤 정신의 상태를 최대한 살려 내려 한 것은 아닐까.

그는 자신의 내면에서 차오르는 미지의 목소리를 듣고 기록한다.("너는 네 몸속을 떠돌고 있는 그 소리들을 듣는다.") 구문과 구문에는 단절이 개입한다. 이 단절은 구문과 구문 사이에 〔 〕의 공간을 만들어, 깊고도 육중한 말의 운동과 그 운동의 단위를 창출하는 데 일각을 보태지만, 이 서술이 하나로 가지런히 이어진 것은 아니었다는 사실도 증거한다. 우리는 "점선으로 이어지는 그 궤적의 호흡"을 따라, 시인이 눌러 놓은 저 방점들 하나하나를 존중해서, 그렇게 자주 쉬어야만 하며, 자주 끊어 읽어야 하고, 그렇게 자주 지체하며, 문장과 문장 사이에, 그 여백에 잠시 머물러야 한다. 하나의 낱말로 사실을 표현하는 일이나 하나의 문장으로 무언가를 명확하게 기록하는 작업보다, 엇비슷한 구문을 몇 차례 병렬하여 배치할 때 발생하는 아주 작은 차이로 인한 미세하고 섬세한 공간을 만들려는 이와 같은 천착은 이 시인이 벌써, 언표된 말 자체의 저 진실성을 기록하고 항구적인 의미를 담아내려는 것이 아니라, 말과 말이 서로 뭉치고 흩어지며, 운동의 형태로 발생하는 모종의 감정을 구현해 낼 때, 오로지 그런 방식으로 울려 나오는 미지의 목소리로 제 시의 감각을 확장시키는 일에 몰두했다는 것을 말해 준다.

시는 항상 첨단의 감각에서 우위를 점해 왔다. 그러나 시에서 감각이나 감정의 극대화는, 감각이나 감정을 주제화한 시도들뿐만 아니라, 언어의 조직과 운용, 그 특수한 부림에 힘을 실어, 그 가능성을 시험한 경우, 가장 극명하게 드러날 뿐이다. 조직 속에서 하나의 낱말과 하나의 문장은 다른 낱말과 다른 문장들과 항시 결속한다. 이제니는 형식이 곧바로 내용이 되고, 의미가 곧 형태를 이루며, 기저가 곧장 표면인, 바로 그런 말을 실현하려 했다고 해도 좋겠다. 제 앞뒤에 배치된 또 다른 말과 더불어 파악되어야 할 각각의 문장들이, 운명처럼, 광란처럼, 나선처럼, 감기고, 돌고, 돌아 나오고, 잠시 머물고, 무(無)의 파편들을 내려놓고, 다시 빠져나가며, 예기치 못한 감각의 포화를 이루어 낸다. 나선의 형태로 존재하는 세상의 모든 존재와 형태와 상태와 사물과 현상에 바쳐진, 독창적인 이 오마주는, 언어에 의해, 언어 안에서, 언어의 물질적 운동을 통해, 감각이 비로소 "부피를 갖고 질량을 갖는다"는 확신이 서려 있다. '감각'은 언어로 그 미지가 폭로되고, 언어의 운동 속에서 구체적으로 발현될 때, 제 안에 머금고 있던 '정동'이라는 개념을 불러낸다. 정동은 무엇이었나?

감각에서 정동으로

'정동'이라는 용어가 문단을 떠돌아다닌 것은 비교적 최근의 일이다. '정동'은 우선, 번역어다. '情'과 '動'이 조합된, 때문에 부러 한자로 부기를 하거나 원어 'affect'를 병기하여, 신조어라는 표식을 달고 우리를 방문한다. 정신의학이나 심리학에서 사용되던 'affect'를 한국이나 일본에서 '情動(じょうどう)'으로 번역했고, 이후, 별다른 논의 없이 이 용어의 사용이 통용되고 있는 듯하다.[8] '작용하다', '야기하다', '촉발하다'를 뜻하는

---

8 'affect'를 '정동'으로 번역하는 것이 적절한 것인지 따져 봐야 하는 임무가 남겨진다. 이 용어는 의학, 심리학, 물리학, 사회학, 철학, 예술 등 다양한 분야에서 사용되고 있으나, 그 쓰임이 가변적이기 때

라틴어 동사 'afficere'의 명사형 'affectus'에 뿌리를 둔 'affect'는, 그렇다면, 시의 어떠한 측면을 담보하는 개념이기에 문단의 도처를 떠돌아다니는가? 미리 말해 둘 것은, 사실 '시의 정동'은, '정동'과는 별반 관계가 없다는 점이다. '정동'은 다양한 학술적 근거와 학문적 출처에 따라 유동하는 개념이다. 그래서 항상 그 쓰임은 가변적이고 보족적이다. 문제는 바로 이 가변성과 보족성에도 있다. 정동을 슬픔이나 불안과 동의어로 여겨, 시를 중심으로(그렇다, 우리에게 중요한 것은 시의/시에 의한 정동이다.) 개념화를 시도하는 논지들은 그 자체로 충분한 것은 아니다.[9] 마찬가지로 정신분석학자들이 주장하는 '정동'과 스피노자나 데카르트가 '감정'이나 '감동'과 구분해서 살피고자 시도한 내면성의 한 형식으로서의 '정동' 개념 역시, 정신분석학과는 상이한 지점을 파고든다. 감각과 의미 사이에 들뢰즈가 내려놓은 '정동'은 또 어떤가? 이미지를 중시하는 입장도 배제하기 어렵다. 브라이언 마수미에게 '정동'은 표상의 근본적인 한 방식이며, 사회학에서의 '정동'은 상부와 하부의 이분법으로 포착되기 어려운 후기자본주의사회의 계급적 분화의 양상과 그 징후를 설명하는 개념으로 소개되고 있기 때문이다. 정동의 정의를 인용해 보자.

> 정동은 사이(in-between-ness)의 한가운데서, 즉 행위하는 능력과 행위를 받는 능력의 한가운데서 발생한다. 정동은 순간적인, 그러나 때로는 좀 더 지속적인 관계의 충돌이나 분출일 뿐 아니라, 힘들과 강도들의 이행(移行, passage, 혹은 이행의 지속)이다. 즉 정동은 몸과 몸(인간, 비인간, 부분-신체, 그리고 다른 것들)을 지나는 강도들에서 발견되며, 또 신체와 세계들 주위나 사이를 순환하거나 때로 그것들에 달라붙어 있는 울림에서 발견된다. 그리

문이다.

9 《현대시학》, 《현대시》, 《시와 사상》 등에서 최근 기획이나 특집의 주제로 부각된 것은 '정동'을 규명해야 할 필요성이 시단에 대두되었기 때문이라고 하겠다.

고 바로 이러한 강도와 울림들 사이의 이행과 변이형들 그 자체에서 발견
된다. 가장 의인화된 방식으로 말하자면 정동은 의식화된 앎 아래나 옆에
있거나, 또는 아예 그것과는 전체적으로 다른 내장의(visceral) 힘들, 즉 정
서(emotion) 너머에 있기를 고집하는 생명력(vital forces)에 우리가 부여하
는 이름이다.[10]

그러나 언어 예술의 경우라면, '정동'은 사뭇 다른 방식으로 우리에게
다가올 것이며, 그럴 수밖에 없다. 그렇게 '정동'이 아니라, 우리의 물음이
'시의 정동'이라면, 크게 잘못된 부분이 없다고 해야 할 위의 인용문을 우
리는 다음과 같이 ( )를 첨가하여, 다시 기술해야 할지도 모르기 때문이다.

　　정동은 〔낱말과 낱말, 문장과 문장〕 사이(in-between-ness)의 한가운데
서, 즉 〔언어의 특수한 조직과 발화로〕 행위하는 능력과 행위를 받는 능력
의 한가운데서 발생한다. 정동은 〔주관적 발화의〕 순간적인, 그러나 때로
는 좀 더 지속적인 〔낱말과 낱말, 문장과 문장, 구절과 구절들의〕 관계의 충
돌이나 분출일 뿐 아니라, 〔그렇게 해서 발생하는 말의 특수성, 즉 그 실천
의〕 힘들과 강도들의 이행(移行, passage, 혹은 이행의 지속)이다. 즉 〔시의〕
정동은 ~~몸과 몸(인간, 비인간, 부분=신체, 그리고 다른 것들)을 지나는~~ 〔언어에
의한, 언어 안에서 이루어지는 주관성의〕 강도들에서 발견되며, 또 〔언어
의 특수한 조직과 운용을 통해, 언어의〕 신체와 〔그렇게〕 세계들 주위나 사
이를 순환하거나 때로 그것들에 달라붙어 있는 울림에서 발견된다. 그리고
바로 이러한 〔말의 특수한〕 강도와 〔조직적이고 주관적인 조합을 통한〕 울
림들 사이의 이행과 변이형들 그 자체에서 발견된다. 가장 의인화된 방식
으로 말하자면 정동은 의식화된 앎 아래나 옆에 있거나, 또는 아예 그것과

10　멜리사 그레그·그레고리 시그워스 편저, 최성희·박지영·박혜정 옮김, 『정동 이론: 몸과 문화·윤
　　리·정치의 마주침에서 생겨나는 것들에 대한 연구』(갈무리, 2015), 14～15쪽.

는 전체적으로 다른 내장의(visceral) 힘들, 즉 정서(emotion) 너머에 있기를 고집하는 (저 말을 조직하는 방식에 의해 열리고, 또 닫히는) 생명력(vital forces)에 우리가 부여하는 이름이다.

언어의, 언어에 의한 주체화를 경유하지 않는 시의 정동은, 시에서 추상적·철학적 관점을 접목시키는 곳에 안착하거나, 정신분석의 테제를 확인하고 성급히 빠져나오며, 제 소임을 다했다는 믿음에 사로잡힌다. 정동은 이미지를 시의 중심부에 위치시키는 데, 우선시해야 할 요인으로 여겨지기도 하며, 감정의 운동과 관련된다고 여겨, 그 개연성에 기대어 도출된 다양한 주제들, 가령, 불안, 슬픔, 당혹, 소외, 정열, 고통은 물론, 무기력이나 불감증, 자폐 등과도 자주 결합한다. '정동'은 따라서 새로운 주제라기보다, 언급하는 것 자체가 어색하다 할 정도로, 이렇게 기시감에 둘러싸여, 시를 언어와 별개로 존재하는 무엇처럼 간주하는 데 일조한다.

시는 정동의 산물이다. 언어에 의한, 언어 안에서 촉발되는 특수성의 고안은 감각의 산물이 아니라, 차라리 정동의 표식들에 대한 표출이라고 해야 한다. '시의 감각'과 달리, (시의 감각은 '감각을 주제로 한 시'와 '언어의 고안을 통해 감각의 영역을 개척한 시'를 애써 구분하지 않는다.) '시의 정동'은 '감정' 주위로 포진된 크고 작은 주제들의 개별적 실현과는 별반 상관이 없다. 문법적 질서에 포괄될 수 없을 만큼, 주관성으로 충만한 언어의 실천은, 이 짧은 글에서조차 반복하여 강조한 것처럼, 문법을 부정하는 것이 아니라, 외려 그 범주를 확장하며, 바로 그만큼 우리 삶의 가능성과 잠재력을 극대화하기 때문이다. 즉 '시의' 정동은, 언어의, 언어에 의한, 정동이다. 언어가 도구처럼 취급되거나 간편한 소통의 수단으로 축소될 수 없는 것이라면, 또한 우리가 그것을 '사용'하기 이전에 언어가 벌써 '삶을 영위하는 데 소용'된다면, 가장 주관적인 언어의 집약이자 발현인 시는 언어의 잠재력을 최대한 확장시키는 인간의 창의적인 활동일 것이다.

언어에 의해, 언어 안에서 발생하는 정동의 흔적들은 시라는 장르에 국한되지는 않는다. 정동은 문학성과 특수성의 문제와 결부되기 때문이다. 조세희의 문장 "나에게 더없이 고마운 약이었다"는 풀어 보면 '나는 그것이 나에게 더없이 고마운 약이었다는 생각을 했었다.'의 주어를 지워내고, 이에 따라 술부도 덜어 내어 표현한, 말하자면, '자유간접화법'이었다. 빈번히 주어를 생략하는, 그래서 신비하고 모호한 느낌조차 자아내는 한국어는, 거개가 자유 간접화법의 활용을 통해 주관성 ― 애매성 ― 체계성을 실현한다. 자유 간접화법을 포함하여(사실 자유 간접화법은 특수성을 발현하는 하나의 경우일 뿐이다.) 언어의 특수한 운용을 둘러싼 물음들은, 언어의 정동과 관련된 일련의 문제와 마주할 수밖에 없다. 언어의 특수한 실천에 관련되는 한, 텍스트의 특수성은 우리가 생각처럼 단순하게 사유되지 않을 것이다. 무엇이 시의 정동이냐는 물음은, 따라서 무엇이 시라는 텍스트에서 발화의 특수성을 고안하는가에 대한 포괄적인 물음, 나아가 그 경로를 구체적으로 규명하려는 이론적 시도와 관련된 물음일 수밖에 없다. 그러니까 시가 어떻게, 문법 ― 랑그 ― 기호가 서로 화답을 하며 구조화한 단일성 ― 소통성 ― 서정성에 반기를 들고, 주관성을 실현하는 특수한 발화의 순간들에 입사하는지, 그 물질적이고 구체적인 경로를 규명하는 데 소용되는 물음인 것이다.

시 주위를 자주 어슬렁거리는 근본주의의 망령은 발화의 역사성과 특수성을 소통 ― 서정 ― 이해라는 단일한 잣대로 고정시키는 일에 매진하며 안도의 한숨을 내쉰다. 근본주의는 텍스트의 섬세한 조직을 불변의 구조로 환원하는 일에 몰두하며, 향수에 젖은 감정의 흔적들을 감격에 젖어 그러쥔 채, 정서의 함양과 전통의 고취로, 시가 제 시대의 임무를 다했다고 믿으며, 시의 목소리, 리듬과 발화의 특수성, 그 운동성과 이로 인해 빚어진 감각의 실현을, 모호성 ― 애매성 ― 난해성이라는 이름 아래, 즉각 취하하고 부정하는 일을 제 본업으로 삼는다. 가짜 시학, 가짜 시론은 항상 근본주의를 신봉하고, 시의 사투르를, 기지(旣知)와 통념으로 환원하는 일에 몰두할 뿐이며, 시 앞에서 무지를 확인하는 일로 자신의 정체성을 확인한다. 이들에게 시는 기꺼운 감동을 자아내는 감정의 산물이지, 언어의 미지를 끌어안는 정동의 산출지는 아니다. 그러나 시의 정동은, 시에 드리워진 저 근본주의에 대항하여, 미지의 공간에 시인들이 투사한 특수성의 새김이다. 지금-여기를 고안하는 말이 아니라면, 그러니까 언어의 고안을 통해 삶의 방식을 고안하고, 삶의 갱신을 통해 언어의 방식을 고안하는 상호적인 행위가 아니라면, 시는 무언가에 뒷덜미를 붙잡힌 현란한 해석에 항상 제 몸을 내어 줄, 그들의 알리바이를 증명하는 데 사용될 샘플로 전락하고 만다. 언표―문법―서정―이해―소통의 저 가지런한 질서에 붙들려, 여기에서 한 걸음 벗어나면 곤란하다고 짜증을 내고 인상을 찌푸리는 저 완고한 복고주의에 맞서, 시는 발화―미지―리듬―목소리―주관성의 고안에서 제 유토피아를 타진한다. 정동이 제 모습을 드러내기 시작하는 것은 바로 이때이다. 시는 오로지 시의 미래가 불안한 미래, 고통스러운 미래, 미지의 미래, 말의 가능성을 실험하려 전진을 꾀하는 매 순간의 걸음이 내딛은 미래, 힘겨운 갱신의 기투로 열리는 미래의 공간, 공동체가 흘려보내는 미지의 말에서 자신의 정체성을 확인할 수 있다고 스스로를 설득하는 힘을 지닌다. 첨단의 감각은 오로지 첨단의 발화로 제 실현 가능성을 모색하면서, 말이 조직되는 특수한 경로와 그 물질성으로 궁굴려 이루어 낸 주체화에 대한 물음을 통해, 정동이라는 미지의 세계로 우리를 초대한다.

길어지는 시, 흩어지는 시

시적 효율성에 대하여

지난 해 누군가 시는 짧아야 한다는 말을 남긴 것으로 기억한다. 요즘 시가 점점 길어지고 있다고, 불편한 심경을 토로한 다음, 조치나 처방과 닮아 있는 몇 마디를 거기에 덧붙였던 것 같다. 산문시로 권위 있는 문학상의 수상이 결정된 이후, '잡다한 시들이 부쩍 늘어났다'는 지적도 이와 엇비슷한 시기에 등장했다. '압축적'이라는 사실에서 시는 제 본령을 확인할 수 있으며, 서정을 단단히 움켜쥔 '운문'(정형시라고 생각하기 십상이지만, 그 대상은 행갈이를 한 시, 그러니까 자유시였던 걸로 보인다.)에서, 시는 찬란하게 빛난다는 요지를 담고 있었던 전자의 충고는 한편으로, 산문시에 대한 후자의 질타와 절묘하게 길항하면서, 요즘의 시에 대한 불만이나 시의 경향에 대한 비판이, 크게 두 가지 지점에서 돌올해진다는 사실을 잘 보여 준다. 여기서 우리는 향후에 제기해 볼 만한 시적 물음들을 벌써 발견하기도 한다.

간결성과 짧음

시의 압축성은 시의 길이와 상관이 있는가? '간결성(brevity)'과 '짧음(shot)'은 결코 같은 말이 아니다. '간결하다' 혹은 '압축적이다'라는 말로 시의 특징을 변별하려 할 때, 우리는 대개, 길이의 노예가 되어 버리거나, 길이가 짧다는 사실로부터 이 '간결-압축'의 근거가 충분히 확보되었다고 믿는다. 사유의 누수가 생겨나기 시작하는 것은 바로 여기다. 시적 경제성이라 함은, 그 길이가 짧다고 해서 확보되는 시의 미덕이 아니다. 그것은, 원론적으로 말하자면, 아주 긴 텍스트에서조차 징후가 목격될 수 있는 '발화의 효율성'의 실현 여부에 달려 있기 때문이다.

어느 겨울밤, 사물실로 들어선 나의 흡혈귀 소설가 친구는 원고 뭉치를 탁자에 내려놓고는 소파에 주저앉아 충혈된 잿빛 눈을 몇 번 끔적거리며 이렇게 말했다.

「이상하게도, 이 도시의 모든 굴뚝 안에는 굴뚝의 기사가 있어.」

「제법 이상하지만, 그게 자네의 존재 이상으로 이상한 건 아니지.」 내가 말했다.

「이 사무실 굴뚝에도 뭔가 웅크리고 있는 것 같군.」

「물론이네. 그래서 연기가 막힐 땐 저걸로 몇 번 연통을 두드려 줘야 해.」 나는 내 업무용 책상 옆에 기대어 놓은 쇠꼬챙이를 눈짓으로 가리켰다.

「하지만 내 생각에, 굴뚝의 기사는 이 세계의 균열을 가리키는 존재의 구멍, 이를테면 죽음 충동으로 기우는 내면의 병적 징후가 아닌가 싶네. 한마디로, 환영이라는 거지.」

「어쨌거나 저놈으로 가끔 연통을 두드려서 굴뚝의 기사를 움직이게 하지 않으면 안 돼. 굴뚝이 막히면 재가 떨어져서 자네가 가져온 원고도 모두 엉망이 돼 버릴걸.」

나는 난로 위의 주전자를 기울여 뜨거운 물을 컵에 받는다.

「사무실에 혼자 남아 있을 땐 가끔 그와 대화를 나누기도 한다네. 보통은 내가 말하고, 그가 듣지. 내 말을 듣고 있다는 표시로 그가 가끔 쿵쿵, 굴뚝을 두드려 소리를 내주거든.」

「그렇다면 생각보다 배려심이 있는 환영이로군.」 친구가 말했다.

「환영이라기보다는 차라리 어떤 목소리에 가깝지.」 잠시 생각한 뒤 나는 말을 이었다. 「이 도시의 모든 굴뚝은 소리 없는 비명의 형식을 지녔네. 솟아오르는 모든 것은 일종의 비명이지.」

「비명은 이놈이 전문이야.」 친구는 양복저고리 속에 웅크려 있는 박쥐를 슬쩍 보여 주며 눈을 찡긋해 보이고는 자리에서 일어섰다.

「사실을 말하자면」 나는 문을 나서는 친구의 양복 주머니에 원고료가 든 봉투를 찔러 넣으며 덧붙였다. 「난 굴뚝의 기사와 자네가 다른 존재라고는 생각하지 않는다네.」

「나도 그렇게 생각하네.」

「그 망할, 자네의 박쥐도.」[1]

이 작품에서 과연 길이를 탓하고, 서정성을 논의할 수 있을까? 글이 너저분하고 압축미가 없다고 이야기할 수 있을까? 이 작품은 외국 소설의 번역과도 닮은 형태를 취해 와, 매우 낯설지만 독창적인 세계를 하나 여는 데 몰두하는 것으로 보인다. "이 세계의 균열을 가리키는 존재의 구멍"은 시인이 그간 '광대'를 통해서건, '백치'를 통해서건, 도달해야 할 무엇이라고 말해 왔던 것, 그러니까 시라는 언어로 그 양태를 꾸준히 드러내고자 애쓴 내면의 무엇이자 무의식의 무엇이다. "내면의 병적 징후"이자 "환영"에 귀를 기울이려면 차라리 어떤 목소리에 입사해야 한다고 생각

---

1 서대경, 「마감일」, 《현대시》, 2016. 12.

했던 것일까. 큰따옴표를 대신해서 대화를 표시한 기호 「」는 칠팔십 년대에 자주 번역서에서 등장했던 대화의 표기법을 상기시킨다. 번역서와 닮았다는 것은 이야기 자체나 그 구조와 낯선 화법이 그렇다는 말이다. 번역투는 첫 시집 『백치는 대기를 느낀다』에서 시작하여, 꾸준히 유지해 온 "자네"라는 호명 덕분에 살아나고 있는 그만의 독특한 어법이라고 해도 좋겠다. 그러나 "환영"을 그려 낸다는 것, 내면의 저 밑바닥에 살아 꿈틀거리는 것, "뭔가 웅크리고 있는 것"의 "소리 없는 비명의 형식"을 담아내는 데 가장 효율적이라고 판단되어 시인이 선택한 방식이 번역의 어투는 아니었을까.

시인은 무얼하는가? 시를 쓴다. 청탁을 받아 시를 쓰는 경우가 다반사이다. 대도시의 한복판에서 청탁을 받아 시를 쓴다는 것, 바로 이 평범한 사실, 그러니까 마감일이 다가올 때 느끼게 마련인 압박감이나 이 압박감 속에서 거의 반복하게 되는 일을, 서대경은 "흡혈귀 소설가 친구"와 나누는 짧은 일화처럼, 고딕 소설의 어느 한 단락을 뭉텅 빌려 온 듯 담아내었다. 시 창작의 알레고리로 등장하는 저 "굴뚝의 기사"는 마감일과 무슨 관계가 있는가? 그는 어떻게 제 목소리를 내는가? 화자인 "나"는 차라리 말을 하고("보통은 내가 말하고, 그가 듣지."), 그렇게 해서 "굴뚝의 기사"의 반응을 이끌어 내어("내 말을 잘 듣고 있다는 표시로 그가 가끔 쿵쿵 굴뚝을 두르려 소리를 내주거든."), 바로 이 자양분을 바탕으로 마감일에 대비하는 것으로 그려진다. 중요한 것은 시와 크게 다른 것을 지칭하는 것은 아닌 "어떤 목소리"가 "환영"이나 "환영"의 발화와는 다르다고 시인이 말하고 있는 대목이다. "환영"이나 "내면의 병적 징후"는 훌륭한 시적 자산이지만, 그 자체로는 절대 시가 될 수 없다는 것이다. 차라리 시는 그에게 "소리 없는 비명의 형식"이자 "솟아오르는 모든 것", 그러한 실천적 발화에 가깝다. 작품은 '마감일', 즉 시를 쓰는 제도의 구태의연한 방식에 대해 품게 되는 자의식으로 마무리된다. 원고료 또한 시의 일부라고 생각한 것일까. "굴뚝의 기사"와 "나", "박쥐"는, 각각 '시적인 것-시인-시의 제도'에 대한 독특하고 환상적인 알레고리이다. 서대경은 이 세 가지가 (현실에서) 치열하게 사유할 수밖에 없는 유일한 순간을 '마감일'의 알레고리로 한 번 더 시 전반을 감싼다. 물론 또 다른 차원의 알레고리가 이 작품에는 녹아 있다. 그것은 외국 엽편 소설의 한 대목이라는 알레고리이며, 따라서 독자의 알레고리라고 할 수 있다. 이와 같은 이질적인 대화나 환상 소설의 구조, 번역투의 전반을 지워 내고서, 서대경 작품의 특성과 중요성을 어떻게 이야기할 수 있을까. 이 세 겹의 알레고리가 일시에 꿰뚫고 있는 시적 효율성은 어떤 서정을 대신해서 불려 나온 수단일 뿐인가? 시 한 편을 더 읽자.

귀를 먹먹하게 하는 차고 검푸른 하늘, 군데군데 눈 무더기가 번득이는 황량하고 메마른 밤거리가 내다보이는 카페 창가에 앉아, 서대경 씨는 얼굴을 찌푸린 채 테이블 위에 놓인 고요하고, 냉혹하고, 웅크린 짐승을 연상케 하는 시 원고를 내려다보고 있다. 서대경 씨는 원고를 읽은 뒤 본능적으로 그것이 자신의 시를 훨씬 능가하는 작품들임을 깨달았겠지만, 이를 애써 부정하려는 것처럼 자신 앞에 놓인 원고 뭉치의 미묘한 떨림을 한 손으로 눌러 고정시키면서, 마주 보고 앉은 나와 내 흡혈귀 소설가 친구 쪽으로 시선을 향한다.

「그러니까 이걸, 이 시들을, 자네가 썼다고?」

「내가 아니고, 요나라는 여자가 썼다니까.」

흡혈귀 소설가는 유리창으로 번져오는 검푸른 빛과 뒤섞여 경계가 뭉개져 보이는 서대경 씨의 경직된 표정을 바라보며 말한다.

「하지만 요나는, 자네가 소설에 등장시킨 가공의 인물 아니었나? 실제로 요나라는 여자가 이 도시에 살고 있다는 말인가?」

「진실을 말하자면, 내가 그녀를 쓴 것이 아니라, 그녀가 나를 쓴 셈이지.

자네의 그 낡고 편협한 미적 감각으로는 끝끝내 요나를 직면할 수 없을 테지만 말일세.」

「나도 알아. 자네야 늘 나를 엉터리 시인이라고 생각하지. 나 역시 자네를 과대망상에 시달리는 미치광이 글쟁이쯤으로 여기고 있으니 뭐, 피차일반이야. 하지만 이건 경우가 다르네. 다른 차원의, 존재론적 차원의 문제라고.」

「자네가 말하는 그 존재론적 차원에서 보자면, 자네나 나나 존재의 백지 위에 적히는 무한히 연속되는 문장들에 불과할 뿐이지 않은가. 이 원고 속에 등장하는 자네와 나처럼 말이네.」

「그녀가 나를 어떻게 알고 있나? 그녀가 나의 시집을 읽었나? 그렇다 해도 그녀가 나의 꿈속 도시 풍경을 정확하게 그려 내고 있다는 점은 설명이 안 돼. 그것도 나보다, 나의 꿈보다 더 완벽하게 그려 내고 있잖나. 마치 내가 써야 할 시들을, 내가 도래할 시들을, 그녀가 이미 누군가로부터 받아 적어 둔 것처럼 말일세.」

서대경 씨는 동의를 구하려는 듯 퀭한 눈을 내게로 향한다. 나는 말없이 싸늘히 식은 찻잔을 입으로 가져간다. 나는 요나의 모습을 떠올리면서, 실제로 그녀가 이 도시에 살고 있다는 것을 그에게 얘기해주는 것이 좋을지 나쁠지 생각해 본다. 왜냐하면, 나 역시 그녀의 존재를 사실로 받아들이는 것이 나 자신에게 좋을지 나쁠지 알지 못하기 때문이다. 그들의 담당 편집자로서, 서대경 씨의 시가 갈수록 나빠지고 있다는 것을 내가 고백하지 않는 것처럼, 그리고 흡혈귀 소설가에게 그의 문장이 갈수록 요나를 닮아 가고 있음을 내가 지적하지 않는 것처럼, 나는 그저 묵묵히 앉아 그들의 착란과 부재의 놀이를 지켜볼 뿐이다. 나는 단조로운 음성으로 대화를 이어 가는 두 미치광이 작가를 번갈아 바라본다. 고개를 돌려 그들의 윤곽을 삼키는 검푸른 하늘을 본다. 귀를 먹먹케 하는 저 무명의 허공, 저 검고 광막한 필경사의 눈으로 내려다본다면, 지금 이 순간도 무심히 찢겨져 나갈 또 한 장의 파르스름한 파

지(破紙)에 불과할 뿐이라는 생각을 천천히 떠올리면서.[2]

역시나 외국 소설의 한 대목과 닮았다고 하겠다. '원고'가 주제다. "흡혈귀 소설가"를 만나기로 되어 있는 "서대경 씨"는 "귀를 먹먹하게 하는 차고 검푸른 하늘, 군데군데 눈 무더기가 번득이는 황량하고 메마른 밤거리가 내다보이는 카페 창가에 앉아", "얼굴을 찌푸린 채 테이블 위에 놓인 고요하고, 냉혹하고, 웅크린 짐승을 연상케 하는 시 원고를 내려다보고 있다." 이 대목은 아주 막막한 상태, 하루하루 살아가는 삶의 공간을 우울하게 묘사한 시인의 현대적 감각을 엿보게 하는 동시에, 시의 강박적 특성에 대해 시인이 천착하고 있다는 사실도 알려 준다. 서대경은 보들레르가 산문시에서 취하려 했던 길 위에 서있는 것으로 보인다. 산문시집 『파리의 우울』에서 보들레르가 시도했던 것과 마찬가지로, 그 역시 대도시의 한복판에서 발견하고 크로키를 하듯 훔쳐 내었던 온갖 형상의 알레고리적 인물들의 고안으로 시적 가치를 담보하려 하는 것은 아닐까.

막막한 잿빛 하늘 아래, 길도, 잔디도, 엉겅퀴 한 포기도, 쐐기풀 한 포기도 없이, 먼지로 뒤덮인 막막한 벌판에서, 나는 몸을 구부리고 걸어가는 사람들을 숱하게 만났다.
그들은 저마다 커다란 시메르를 한 마리씩 제 등에 짊어지고 있었으니, 무겁기가 밀가루나 석탄 부대, 또는 로마제국 보병의 군장 못지않았다.[3]

서대경의 작품에서 일관되게 나타나는 강박적 비유와 그 특성보다 조금 더 중요한 것은 그가 일련의 알레고리적 인물들, 그러니까 현대사회를 구성하는 사실적 인물들을 자기만의 시적 문법으로 끊임없이 다시 발명

2 서대경, 「원고」, 《현대시》, 2016. 12.
3 샤를 보들레르, 황현산 옮김, 「저마다 제 시메르를」, 『파리의 우울』(문학동네, 2014), 19쪽.

하고 있는 점이다. "요나"는, "꼽추"나 "광대"와 마찬가지로, 『백치는 대기를 느낀다』에서 벌써 등장했던 알레고리적 인물이다. 그녀는 "내가 써야 할 시들을, 내가 도래할 시들"을, "이미 누군가로부터 받아 적어 둔" 주체, 그러니까 시의 화신처럼, 작품에서 확고한 지위를 점하고 고유한 역할을 담당한다. 그러나 '시'는 오로지 "요나"의 산물인 것은 아니며, "요나"의 능력이나 언어에 갇히지도 않는다. 시는 "늘 나를 엉터리 시인이라고 생각"하는 흡혈귀 소설가 친구나 그를 "과대망상에 시달리는 미치광이 글쟁이쯤으로 여기고 있"는 그의 친구 "서대경 씨", 그리고 "그저 묵묵히 앉아 그들의 착란과 부재의 놀이를 지켜볼 뿐"인 존재, 다시 말해, 작품 전반에서 서술자의 관점을 취하고 있는 편집자 "나"의 이야기들을 통해, 향후 '모색'해 나가야 하는 무엇, 그러니까 미완의 '원고'일 뿐이다. "요나"나 "흡혈귀 소설가", "서대경 씨", 그리고 "나"는, 단순한 등장인물에 국한되지 않는다. 이야기가 시작되고 차츰 서술이 진행되면서, 등장인물이 지금까지 자기들이 나누고 있는 이야기가 실제로 청탁받은 한 편의 '원고' 집필에 직접적으로 소용되고 있다는 사실을 드러내는 서술 방식은 서대경의 시 세계에서, 이야기의 외부와 내부, 현실과 비현실, 도래할 시와 집필하고 있는 시 사이의 구분을 취하한다.

　이 시의 알레고리적 인물은 이처럼 현실과 동떨어진 공간에서 펼쳐진 가상적 인물인 것처럼 작품에서 제 자신을 감추거나 가장할 줄 아는 것처럼 그려지지만, 이들은 공히 '도래할 시-시적 실천-엉터리 시-닮음-편집' 등, '원고'의 절차나 '원고'를 집필하는 과정 전반을 주도하는 실질적 주체가 된다. 왜? 등장인물들이 시나 시적인 무엇, 자신들의 원고를 두고 대화를 나누는 이 작품은 사실상 현실에서 서대경이 《현대시》라는 잡지에서 청탁받아 송고해야 하는 원고가 아닌가? 따라서 이들은 실상 '원고'의 주체, 즉 가상 속의 현실적인 인물이라고 해야 한다. 이 시의 가치 중 하나가 바로 여기에 있다. "이 순간도 무심히 찢겨져 나갈 또 한 장의 파르스름한 파지(破紙)에 불과할 뿐"인 '원고'의 탄생에 바쳐지는 온갖 노력과, 이를 위해 지불해야 할 고통이, 작품에서 실현이 불가능해 보이는 물음처럼 제기된 "존재론적인 차원"을 '그대로' 실현하고 있다는 데 그 중요성이 있는 것이다. "존재의 백지 위에 적히는 무한히 연속되는 문장들에 불과할 뿐"인 시는, 이렇게 알레고리적 인물들의 이중적인 역할을 통해, "존재론적 차원"에서 실천의 반열에 오른 실제의 '원고' 자체가 되어, 현실과 환상의 경계를 말끔히 지우는 곳에서 시가 안착되는 데 기여하고 만다.

서대경은 알레고리적 등장인물들의 고안을 통해, 환상성과 사실성의 경계를 무너뜨리며 지금-여기 현대사회의 한복판을 힘차게 가로지르고, 낯섦을 고지하는 '번역성'을 통해, 지금-여기에서 누락되어 있는 것과 차고 넘치는 것 사이를 자유로이 교차하며, 현대성의 시적 징표를 하나를 만들어 낸다. "난쟁이", "다리 없는 병신 꼬마애", "경찰놈들" 등과 함께 등장하는 "술꾼들"(「술꾼들」,《창작과비평》, 2016. 겨울.)처럼, 서대경이 풀어놓은, 이 알레고리적 등장인물들은, 초현실과 현실의 경계를 벗어난, 그러나 매우 현실적인 사태들이라 할 고유한 이야기로, 시적 현대성의 깃발을 높이 치켜들고, 시의 효율성이라는 저 미답의 영역을 흩어진 글들, 퍼져 나가는 사유를 통해 하나씩 점령해 나간다. 우리는 이 인물들이 펼쳐 놓을, 아직 당도하지 않은 그의 이야기를 앞으로 읽어 나가면서, 어두컴컴한 회색의 대도시 한복판에서 피어 올린 검은 영혼의 기이한 불꽃들이, 지금 우리 삶의 구석과 구석에서 어떤 고민들을 대면하고, 어떤 양태로 살아 내고 있는지 하나씩 맛보게 될 것이다.

시-운문-산문-산문시

산문이란 대저 무엇인가? 이러한 물음에도 우리는 직면하게 되었다. 우리는 운문이 무엇인지 그 개요와 대강을 안다. 아니, 최소한 알고 있다고 믿는다. 자유시와 정형시, 내적으로 자유로운 정형시 등, 운문과 운문의 역사 전반에 대해 살펴본 기회를 저마다의 고유한 지식으로 여기고 있는지도 모른다. 그러나 운문의 에피스테메라고 부를, 운문의 '역사성'은 현실에서는 자주 망각되는 경향이 있다. 운문은 불변의 규칙을 적용한 기계적 작법의 산물이 아니라, 시대가 부여한 제약의 결과였을 뿐이다. 제약은 또한 매 시기, 시가 필연적으로 담보해야만 한다고 여겼던 어떤 시대적 필요성의 소산이었을 뿐, 시대가 지나면 다시 바뀔, 가변적 잠재성을 머금고 있는 형식이었다. 이해 순서가 바뀌는 순간, 조그마한 착각이 일어난다. 그러니까 운문이 고작해야 '형식'의 결과일 뿐이라는 이해는, 시의 존재론적 측면을 강화하고, 나아가 운문을 코드의 조합이나 몇 가지 규칙으로 운용되는 단순한 언어적 조합으로 여기게 되는 것이다.

역사적으로, 산문시나 자유시가 출현하기 이전의 시가 정형시였다는 사실을 우리가 모르는 것은 아니다. 동서양 공히, 장르의 엇비슷한 변화와 변천의 과정을 겪었다는 사실은 그러나 시가 반드시 정형시의 형식으로 주어져야만 했던 역사적 이유를 상세히 들여다봐야 한다고 애써 권고하지는 않는다. 유음중첩과 같은 말놀이가 시에서 왜 각광받았던가? 라임 (각운)의 절묘한 배치와 그 작동에 힘입어 만개하는 서정의 율동에 과연 어떤 질서가 자리하고 있었는가? 누군가 궁정에서 시를 낭송한다고 생각해 보자. 정제된 문장을 낭랑하고 차분한, 그러나 위엄있는 목소리로 읽어야 했을 것이다. 각 행마다 끝을 정확히 마감해야 하고, 행의 중간이나 통사적 분절이 요구되는 대목마다 휴지를 명확히 고지해야 했을 것이며, 그래서 딱딱 맞아떨어지는 라임의 조화나 의미론적 호흡의 조절은 부차적 결과가 아니라, 차라리 당시, 시의 성립 조건이나 마찬가지였다. 이때 음절의 규칙성은 시대의 이데올로기를 압축적으로 담아낼 수단이자 방법이었음은 말할 것도 없이, 시의 존재 이유를 설명해 주고 그 사정을 우리에게 알려 주는, 시에서는 일종의 의무였다. 자음과 모음이, 혹은 이 각각이 조화롭게 어울려져 시인의 목소리를 타고 허공에 울려 퍼질 때, 만물의 이치, 그러니까 우주의 섭리가 아름다운 울림 속에서 살아나 지상에서 제숨을 내쉰다. 원대한 자연과 신의 은총이란, 이 경우, 왕의 정통성과 권위를 예찬하는 데 없어서는 안 될, 필수 조건이었다. 복잡하고 고상한 방식으로 치장된 수사법도 마찬가지다. 오늘날처럼, 인공적이고 짐짓 꾸밈을 가장한다고 질타를 받는 대신(베를렌이 '수사학의 목을 비틀어라'는 구호를 외친 것은 19세기 후반이었다!), 수사법은 반드시 시에 녹아 있어야 했던 것인데, 거기에는 시인의 품격은 말할 것도 없이, 시를 청해 듣는 이들의 교양에도 부합하고 더불어 문화적 소양을 고양시킬 일종의 수단이자, 고급한 방식으로 말을 구사할 줄 아는 자들이 배우고 갖추어야 할, 일종의 책무였다는 이유가 따른다.

운문에서 목격되는 음절의 규칙성, 절제된 균형미, 음성의 조화, 라임의 화답, 수사법의 적절한 배치는 시인이 자연의 아름다움이나 신의 섭리에 충실해, 무언가를 한껏 고취하고 찬양하는 능력자로 그 가치를 인정받는 시대가 존재했다는 사실을 우리에게 알려 준다. 서정성은 바로 여기서, 당시의 정치적 이데올로기에서 가장 중요한 축 하나를 거뜬히 담당하면서 시의 고유한 영역과 시적 감각을 '아름다움'이나 '성스러움'이라는 미적 영역에서 사취하고 점유할 수 있다고 믿어 온 자들의 산물이기도 하였다. 시는 이렇게 해서, 짧을 수 있는 이유, 짧아야 하는 근거, 흔히 절제미와 압축적인 힘, 사람의 마음을 일시에 울리는 공명, 그렇게 해서 현실을 벗어 버리고 추상의 영역에서 오롯이 피어나 반짝이는 상징의 별들로 가득한 언어의 성좌와도 같은 매력과 마력을 갖고 있었다. 말과 호흡의 그 숫자는 거개가 정해져 있어야 했고, 단어는 하나하나, 의미의 상관성을 고려하여 조직되는 것보다, 의미의 상위 질서, 그러니까, 음성의 조화나 음절의 규칙성, 수사법이 강제하는 인위적인 통사의 구현에서, 우아함, 은총, 서정 등의 관념들을 적절히 발현해야 할 의무마저 지니고 있었다. 우리는 너무나 자주, 시가, 제 감정을 표현하는 방식('서정'이 의미하는 바도 이것 아닌가!)에 있어서, 이러한 조화나 완결성, 찬양이나 예찬의 시대를 쉽사리 지나왔다고 생각한다. 시는 오로지 역사의 산물이며, 거개가 제 역사를 스스로 그려 내는 일을 도모한다.

벤야민이 보들레르의 정형시집 『악의 꽃』을 두고, '영향력을 행사한 이 시대 최후의 서정시'라고 언급한 사실은 제법 알려져 있다. 그러나 이 발언은 무엇보다도 보들레르의 산문시집이 출현한 일과 연관되어 있다. 벤야민은 서정 시인의 역할, 서정시의 시적 가치나 그 유효성이 폐기된 것이 아니라, 서정 시인이 더는 '순수한 시인으로 여겨질 수 없는' 시기가 도래했다고 생각했다. 1980년대 이후의 한국과 비교할 수 있을까? 시기는 19세기 중엽, 그러니까 기술 복제 시대, 흔히 마르크스의 경제학에서 예고한 것처럼 자본주의가 본격적으로 가동되고 산업화가 지배하기 시작한 시대, 이에 맞추어, 파리가 완연히 대도시로 변모하기 시작한 때였다. 생활양식과 삶의 방식이 변모할 때, 시의 양식이나 유파도 함께 변화할 수밖에 없을 것이라는 생각을 바탕으로 벤야민은 서정시를 수용할 독자들이 차츰 사라져, 예외적이라 부를 정도만이 남겨졌다고 말한다. 그는 그 이유를 대도시나 기술 복제 시대에 갖게 마련인 독자들의 체험이나 삶의 양식, 그 구조가 변했다는 것을 의미하기 때문이라고 전망한다. 반면 보들레르는 항상 시인이란 당대에 보고 느낀 사실에 충실해야 한다고 생각했다. '예술가, 진정한 예술가, 진정한 시인은 오로지 그가 보고 느낀 것에 의거해서만 그린다'라고 역설했을 때, 그의 산문시는 당대 삶을 보고 느낀 바로 표현하고자 한 노력의 결과이자, "언어가 정형의 틀에 매이지 않아도 시적일 수 있듯이, 삶에서 본질적인 형식이 부정되더라도 삶의 진정성을 추구할 수 있다"는 사유에서 산출된 것이라 할 수 있다.[4] 산문시는 우선, 이야기를 걸머쥔 대가로 모종의 장치를 심어 놓는 데 몰두한다.

　　친구를 떠나, 그들의 이야기에서 떠나, 이 세계가 가져다주는 기쁨에서 계속 떠나, 집에 갇히고, 방에 갇혔다가 책 속에, 더 정확히 말해 낮에 갇히게 된다. 더 정확히 말해 이야기 속을 걷는 주인공의 윤곽에 갇히게 된다. 바쁜 생각의 발걸음이 저녁밥 짓는 집 앞까지 꾹꾹 빛나는 발자국을 찍을 때, 거기엔 착한 인간처럼 착한 벽돌이 있고, 벽돌이 쌓이면 나쁜 밤과 비바람을 막아 줄 것이다. 그리고 생각한다. 낮은 너무나 바쁜 시간, 더 정확히 말해 슬픔의 출발선에서 달려가 기쁨의 벽을 찍고 돌아오는 시간, 더 정확히 말해 밥으로 뱃속에 힘을 만들어 혼자 걷는 모습으로 돌아가는 시간. 만들어 내는 것은 더 있다. 이야기 속엔 없는 비밀. 실은 친구가 나를 친구 아닌 것처럼 욕했어, 다른 친구를 친구 아닌 것처럼 술자리에 두고 왔어. 마지막 페이지에서 이야기는 그렇게 끝났는데, 결말을 벗어나, 결말을 보고 탁, 책 덮는 소리를 벗어나, 책이 가져다주는 너무나 환한 윤곽을 계속 벗어나, 더 정확히 말해 사랑하는 둘이 손금을 내밀 듯이, 서로의 영혼을 들여다보던 착한 벽돌집을 벗어나 낮에 갇히게 된다. 더 정확히 말해 몇 년 전 정오쯤, 나는 깜깜하게 아무 생각 없이 햄버거 하나를 입에 물고 있었다. 그리고 생각했다. 나를 잠들게 하는 이 쓸모없는, 하나도 쓸모없는 밤![5]

이 작품의 형식은 조금 묘한 구석이 있다. 문장은 서로 붙을 듯, 연결될 듯하다가도, 그러나 빈번히 끊어지고, 쉼표의 사용은 가지런하다기보

4　보들레르의 산문시 『파리의 우울』은 조재룡, 「산문시: 비평의 생성 장소, 현대성의 출발지」(《한국시학연구》 47호, 2016. 9.)에서 비교적 상세히 다루었다.

5　김상혁, 「낮과 밤」, 《시와사상》, 2016. 가을.

다, 과도하다 할 정도여서, 직진하는 문장, 즉 산문의 어원(prosa, '직진하는 글')에 상시로 브레이크를 건다. 차라리 운문으로 빚어내지 못하는 부분, 행갈이를 포기해서 사라지게 된 운문의 리듬을 다른 방식으로 구현하려는 듯 보이기조차 한다. 그렇게 해서, 이 작품은 이야기나 동화, 혹은 엽편소설이나 에세이와는 조금 다른 층위의 어법을 실현한다.[6] "이야기 속엔 없는 비밀"이라는 시인의 말은, 이 산문시의 알리바이를 위한 좋은 구실이 될 수도 있다. 반복되고, 분절되며, 이어지다가, 마침내 하나의 커다란 '서클'처럼 되돌아오고야 마는, 회귀하는 사유의 추이가 작품 고유의 문법으로 자리매김하는 것이다. 등장인물, 사건, 시간 등으로 구성되는 '이야기'의 구조로는 담아내기 어려운, 혹은 이와 다른 층위에 속하는 새로운 이야기를 선보이면 이 작품은 "깜깜하게 아무 생각 없이" 어떤 상태에 다다른 자신의 상태를 독서의 결과라는 말로 빗대면서, "쓸모없는 밤"이 역설이라는 뉘앙스를 풍긴다. 물론 이것이 작품의 전부는 아니다.

　물음을 꺼내 들자. 이 작품은 '잡다한 시들' 가운데 하나인가? 중요한 것은 '생각'이라는 주제가 잡념이나 잡다한 단상이라는 주제와는 다르다는 점이다. "너무나 바쁜 시간, 더 정확히 말해 슬픔의 출발선에서 달려가 기쁨의 벽을 찍고 돌아오는 시간"에서 포착하지 못하는 무언가를 말하려는 이 작품의 시적 윤리는 차라리 서정성에 기대지 않는 길을 택한다. 시인은 부르주아의 근면한 시간, 자본주의적 질서 속에서 팽팽 돌아가는 노

6　장르적 접근으로 이 각각의 특성을 구분하려 시도하는 것은 사실 어리석은 것이다. 어떤 텍스트를 두고, 산문이다, 엽편 소설이다, 단상이다, 에세이다, 라고 말할 때, 우리는 형식이나 특성에 따라 이러한 구분이 용이하지 않다는 사실을 정확히 알고 있다. 그럼에도 이 구분을 규명하려고 시도하거나 궁금해 한다. 이 여러 종류의 글은 오로지 제 특수성을 통해서 규명이 가능할 뿐이다. 그러나 이 역시 마찬가지다. 단편적 특수성, 산문시적 특수성, 엽편 소설적 특수성, 단상적인 특수성, 에세이적 특수성을 궁금해 하면 할수록 구분은 미궁으로 빠져든다. 구분되어 우리가 부르고 있는 다양한 장르의 글은 차라리 탄생한 상황이 그 특수성을 보장해주는 경우가 대부분이며, 역사 속에서 등장했을 때 함께 등장한 논의와 고민 덕분에, 문학을 바라보는 관점이 풍부해졌다는 특성을 갖는다.

동의 시간의 저 기계적인 시곗바늘에 잠시 사유의 추를 달아 놓을 줄 안다. 이 작품이 취하고 있는 산문(시)의 형식은, 사유의 가지런한 질서 대신, 주저하며 걷는 리듬을 운문보다 효율적으로 발현하게 도와주며, 마치 네모난 책처럼, 시 전반을 이야기의 외부에서 다시 한번 조망하는 독서의 반복성에 대한 알레고리로 효율성을 담보하게 해 준다.

오래 바라본 사람은 알지 창밖에는 겹겹의 시간이 있다는 것을 느리게 공원처럼 느리게 우산을 쓰고 가는 사람과 우산을 쓰고 가지 않는 사람과 우산이 없는 사람과 우산을 펴지 않는 사람의 공원처럼 천천히 아주 천천히 날아올랐다가 공원이 공중을 빙그르르 돌아 제자리로 돌아오게 되는 비둘기들처럼 그러고 난 뒤에는 어쩐지 같은 것은 없게 되어 버리고 이미 지나가 버렸고 돌이킬 수 없게 되었으나 여전히 오지 않는 느닷없는 때가 겹겹 놓여 있다는 것을 그 모든 일이 동일한 요일이거나 동일한 날씨에 있거나 그렇지 않거나 기억할 수 없으나 버릴 수도 없게 비좁게 모여 있고 새겨지고 느리고 천천히 느닷없이 생기는 겹겹 놓인 그런 시간은 그들이고 그들의 날들이고 나는 끼어들 차례를 놓친 채 선 밖에서 자꾸 주머니에 손을 넣고 뒤적거리게 되는 그런 시간이 있다는 것을 오래오래 바라본 사람은 알게 되는 것이다 글자나 사랑의 논리 따윈 통용되지 않는 그런 시간이 있다는 것을 곧 내 이른 겨울밤이 찾아와 느리지도 천천할 까닭도 없이 어둑어둑해져올 때 손을 씻다가 멈추고 오래 거울을 들여다보는 사람처럼 누군가는 깊게 잠이 들 것이라는[7]

산문시는 문장을 겹겹으로 부리는 데 있어, 운문보다 더 효율적일 수 있다. 위의 시는 이와 같은 지점을 파고들어, 산문의 형식 속에서 집필될

---

7   유희경, 「겹겹, 겹겹의」, 《문학동네》, 2016. 겨울.

때 주어지는 특수한 상태를 적시해 낸다. 구두점을 전혀 사용하지 않아 통사와 통사가 마치 혀에서 미끄러지는 것과 같은 운동을 만들어 낸다. "글자나 사랑의 논리 따위 통용되지 않는 그런 시간"이 겹겹으로 조직되면서, 시에서 고유한 리듬을 이룬다. "어쩐지 같은 것은 없게 되어 버리고 이미 지나가 버렸고 돌이킬 수 없게 되었으나 여전히 오지 않는 느닷없는 때가 겹겹 놓여 있다"는 사실은 이 시에서 어떻게 실현되는가? "겹겹의 시간"을 표현하고자 하는, 단박에 내용으로 요약될 수 없는 어떤 사태와, 문장의 프락시스와 리듬의 발현이 시 전반을 지배한다. 산문시와 연관되어 언급하자. 이러한 특징은 그러니까 운문이 할 수 없는 것을 산문이 할 수 있다는 사실을 단적으로 보여 주는 것과도 같다. 리듬을 운문에서 해방시키는 일은, 이 작품에 국한하자면, 의미를 '행'이라는 단일한 단위에서 풀려나오게 하는 작업과도 맞닿아 있는 것으로 보인다. 행이나 문장 등을 규정해왔던 오래된 정의[8]는 이제 텍스트를 조직해 내는 고유한 의미의 단위로 대처되어야 하는 시대를 맞이한 것인가?

그렇다. 텍스트는 텍스트마다 고유한 리듬이 있으며, 이 고유한 리듬을 발견하는 일이 시의 특수성을 조명하는 일과 크게 다르다고 할 수 없다. 산문시는, 이와 같은, 그러니까 텍스트가 발견해야 할 의미의 단위를 매 순간, 비평의 대상으로 전환해 낼 줄 안다는 특징도 지닌다. 최근의 시에서 두드러지는 것은 바로, 글의 형식과 의미가 서로 무관한 상태에서 작동하지 않는다는 어떤 테제, 그러니까 글의 형식에 대한 고안이 바로 의미의 고안이라는 사실을 적극적으로 실천하고 있다는 점이다. 매번의

---

8 문장은 무엇인가? 다양한 정의가 있지만 크게 보아 1) '형식'의 차원: 대문자에서 시작해서 마침표로 종결되는 표기 중심의 정의. 2) '음성'의 차원: 억양의 상승과 하강에 토대를 둔 정의. 3) '의미'의 차원: 완결된 사유나 의미의 단위로 문장을 상정한 경우로 나누어 볼 수 있다. 물론 시에서 '문장'의 단위는 이 세 가지 정의 중 어느 곳에도 오롯이 속해서 정의되지 않는다. 매번 제 정의를 고안하고 추려 내는 일이 요청될 뿐이다.

시가, 매번의 텍스트가 발견해야 할, 매번의 텍스트에 고유한 저 '의미-형식'은, 주제와 문장이 서로 다르지 않다는 사실을 우리에게 고지하는 동시에, 시를 형식이라는 굴레와 요약되는 주제에서, 이해와 포착의 대상으로부터 해방해야 한다는 노력의 소산이다. 상징이 어느 한 시대, 시의 주된 흐름이었던 것처럼, 짧은 글에, 운문 속에 영롱하게 고여 진정한 감동을 부여하려 했던, 그렇게 서정의 화신이자 메카였던 시가, 이제, 사유의 고안과 고유한 방식의 배치를 통한, 현실에로의 탐구로 향하는 것으로 보인다. 운문으로 할 수 있는 것들이 없다거나, 운문의 고유성이 사라졌다고 말하는 것이 아니다. 다만, 다양한 산문시나 아주 긴 시(김동환의 서사시 같은 것을 말하고 있는 것이 아니다!), 아주 길다 할 시, 정말 긴 시, 요즘 들어 부쩍 그 출현이 늘어난, 그런 시 역시, 시인 것이다. 이 모두 삶의 양식과 사유의 반영이며, 생각의 산출이자 실천이며, 발명 자체이기 때문이다.

구두점의 귀환

구두 기호에서 구두법으로

> 구두법은 자유로운 것이 아니라, 작품들의 역사성, 작품
> 들의 주체-형식의 일부이며, 그렇기에 시학과 문학의 매
> 우 강력한 현대성의 순간들이 적나라하게 여기에서 제
> 모습을 드러낸다.[1]

*

시는, 말할 것도 없이, 언어의 산물이다. 역사를 되돌아봐도, 시는 언
어로 세계를 재현하는 다양한 예술 가운데 단연코 첨단의 지위를 개척하
고 또 누리면서, 인식과 사유, 감각과 논리의 발견에 바쳐진 사투이기도
했다. 이러한 사실을 직시한 상태에서 우리는 시가 언어로, 언어에 의해,
언어 안에서 행해지는 다양한 주관적 변화와 새로운 변이들, 그것들의 발
현 가능성에 제 시대의 가치를, 그러니까 자주 존재의 이유, 다시 말해, 목
숨을 위탁한다고 사유해 왔다. 시에서 언어는 중요한 일개의 요소가 아니
라, 시의 삶 자체, 시의 목줄을 쥐고 있는 최후의 방점이라고 해도 과언은
아니다. 언어는 당연히 '구두점(punctuation)'을 포함한다. 그런데 구두점
(句讀點)은 무엇인가? 어구(句), 그러니까 둘 이상의 낱말이 모여 이룬 구
절들을 해석하고 읽는 데(讀) 필요한, 의미를 분명하게 표시하기 위해 사
용되는 표시―기호(點)다. 서양을 살펴봐도 마찬가지의 의미를 지닌다.

---

1   Henri Meschonnic, "Ponctuation", *Dictionnaire de Poésie—de Baudelaire à nos jours*(PUF,
    2001), 623쪽.

'구두점'은 '점 찍다'를 뜻하는 라틴어 동사 'pongere/ponctuare'에서 비롯된 'punctum', 즉 '점'을 어원으로 삼으며, 독서에 도움을 줄 목적으로 '다양한' 점들을 사용하여 낱말과 낱말을 명료하게 구분한다는 뜻을 갖고 있다.

> 그 녀석 방금 떠났어.
> 그 녀석 방금 떠났어?
> 그 녀석 방금 떠났어……
> 그 녀석 방금 떠났어!
> "그 녀석 방금 떠났어."
> '그 녀석 방금 떠났어.'
> (……)

구두점은 크게 보아 세 가지 기능을 갖는다. 우선 구어에서 표현되는 '감정'을 문어에서 되살려 낸다. 억양이나 쉼, 느낌, 현장성, 생동감, 호흡 전반을 글에 반영하는 보조적 수단이 구두점이다. 구두점은 또한 문장의 상이한 층위를 구분해 주는 역할을 한다. 가령, 큰따옴표는 주로 발화의 시점을 표시해 주거나, 맥락에 따라 남의 말이라는 사실을 알려 준다. 마지막으로 구두점은 문법을 정확하게 표기하는 데 소용된다. 어쩌면 이 마지막 사안이 가장 중요한 구두점의 기능이자 역할인지도 모른다. 역사적으로, 구두점은, 항시, 시대의 산물이었다. 예를 들어, 계몽주의시대 구두점은 사유와 사상을 명확하게 전달하는 역할을 부여받는다. 프랑스혁명의 사상적 토대를 제공했다고 평가받는 거작 『백과사전(*Encyclopédie*)』의 기술 체계와 방향을 천명하는 매우 빼어난 글에서 디드로(Diderot)는 '구두점'을 사용하는 방식, 즉 '구두법'의 목적과 특성을 다음과 같이 기술한다.

구두법에 대해서 한마디만 하겠다. 제대로 읽는 기술과 제대로 구두법을 따르는 기술에는 차이가 거의 없다. 연설을 할 때 말하다가 쉬는 지점들이 있고, 이를 기록할 때 쓰는 구두법 기호들이 있다. 이 둘은 항상 일치하고, 관념들이 이어지거나 분리되는 지점을 가리키고, 수많은 표현을 보충해 준다. 그러므로 〔구두법〕 기호가 몇 개가 되는지 논리학의 규칙에 따라 정하고, 사례를 들어 기호의 가치를 고정하는 일이 불필요하지 않을 것이다.[2]

디드로가 구두점의 사용, 그러니까 '구두법'에서, 중요하게 생각한 것은 사유의 명확한 표시이자 뜻의 정확한 전달이었다. 그는, 연설을 글로 표기할 때, 말을 왜곡할 위험을 방지하기 위해서라도 구두점이 반드시 필요하다고 여겼으며, 따라서 그는 글과 말의 표현 방식이 구두점의 사용으로 서로 일치할 수 있다고 보았던 것이다. 글에서 중의성이나 비문법적 요소를 줄이기 위해 그는 구두점의 사용을 지지했으며, 의미를 확정 짓고, 의미의 경계를 표시하고, 나아가 의미의 심급을 구분하고, 분류하기 위해서라도 구두 기호의 체계를 정비해야 한다고 보았고, 나아가 "〔구두법〕 기호의 가치를 고정하는 일"의 필요성도 함께 강조했다. 아래 구절은 영어 축약본의 일본어 번역본[3]을 최남선이 비교적 충실하게 중역한 것으로 알려진 빅토르 위고의 『레 미제라블』의 번역본 가운데, 거의 마지막에 해당되는 대목이다.

野灣(쌔베이지)! 우리는 이말의 쓷을 解釋할지로다. 독긔를 들고 槍을 둘으면서 咆哮하고 叫煥하고서 파리의 市街로 닷고 지치난 이 머리털을 곤두세운 過激한 사람들은 그目的으로 웃더한것을 가졌나뇨. 그네들은 壓制

2　드니 디드로, 이충훈 옮김, 『백과사전』(도서출판 b, 2014), 71쪽.

3　1894년에서 1895년 사이, 잡지 《소년원(少年園)》에 연재되었던 하라 호이츠안(原抱一庵)의 「ABC 組合」.

의 滅亡을 바랏도다. 虐政의 滅亡을, 槍劍의 滅亡을. 어른에게는 職業, 어린
이에게는 敎育, 婦人의 自由에 對하야는 社會의 憫愛, 平等, 友愛, 아모에던
지 衣食, 아모에든지 思想, 世界의 極樂化, 곧『進步』를. 그런데 이 神聖하고
善良하고 溫和한『進步』가 그의 門에 기다리고 있거늘 그들은 미치광이 모
양으로 손에 몽둥이를 들고 넙으로 부르지짐을 썻도다. 그들은 野蠻이라,
올타 果然 野蠻이라, 그러나『文明(Civilization)의 野蠻(Savage)』이라.[4]

이와 같은 문장은 당대 한국어의 지평과 오롯이 포개어지지 않을 것이
다. 이는 대략 두 가지 특성 때문인 것으로 보인다. 다양한 구두점(쉼표, 마
침표, 느낌표는 물론 꺾쇠나 괄호까지)의 사용과 띄어쓰기의 실행은 의미를
정확하게 전달하는 역할을 담당할 뿐만 아니라, 오늘날 우리가 사용하고
있는 통사법과 닮은꼴의 문장, 즉 근대 한국어의 토대를 만들어 내는 데
필연적인 요소이기도 하였던 것으로 사료된다. 프랑스어 원본과 비교해
보면, 이 대목은 작품의 마지막 장에 등장하는 내용은 아니다. 최남선은
의도적으로 제 번역의 마지막에 이 대목을 배치하여, 서구를 바라보는 걱
정 가득한 계몽적 고뇌를 노출시킨다. 서구에 두려움을 갖고 있지만 조선
에도 필요한 개혁일 것이라는 최남선의 염려와 희구를 여기에서 읽어 내
는 것보다, 이 구문이 지금 우리가 사용하고 있는 한국어의 통사 구조와
거의 유사하다는 사실, 구두점과 띄어쓰기를 적극적으로 활용하고 있다
는 사실을 지적하는 것이 좀 더 중요해 보인다.

4   최남선, 「歷史小說 Ａ Ｂ Ｃ 契」, 《소년》, 1910, 59~60쪽.

구두점에 관해 말하자면, 나는 그것을 모두 지워 버렸는데 내게는 불필요해 보였기도 하였거니와 구두점이란 사실상 리듬 그리고 시구들을 자르는 일 자체이기 때문이요 이것이야말로 진정한 구두점이며 시에 다른 것은 필요한 건 아니라네.[5]

19세기 말, 20세기 초, (프랑스) 시단에서 구두점은 차츰 사라져 갔다. 구두점의 계몽주의적 사용에 대한 반감이 커진 탓도 있었겠지만, 암시나 어감, 정조나 감정을 제 언어로 담아내는 데 있어서 구두점이 오히려 방해가 될 수 있다고 여기기 시작했기 때문이었을 것이다. 이처럼 현대시가 구두법 기호들을 일부분 지워 버렸다면, 그것은 시인들이, 시대에 뒤진 어법에 만족하지 않고서, 구두법 기호들 외에, 주관성을 드러낼 다른 표현 방식을 고민했기 때문일 수도 있다. 확정적인 말, 규칙적인 언어 질서에 대한 거부, 새로운 발화 가능성을 타진하려고 말라르메를 위시한 19세기 후반부터 20세기 초의 시인들은 구두점을 지워 내고, 다른 방식으로 구두법을 발명하려 했다. 여백, 글자의 크기, 행갈이, 자간, 그러니까 타이포그래피의 변주가 구두점을 지워 낸 자리에서 구두법의 고안에 바쳐졌다. 시행은 빈번하게 마침표로 마감되지 않았고, '두점'이나 '반두점'은 자주 자취를 감추었으며, 있어야 할 자리에 쉼표조차 등장하지 않는 일이 생겨났으며, 급기야 출간에 맞추어 자기 원고를 대폭 수정하기에 이르렀다. 그중, 아폴리네르는 시집을 구성하면서 구두점을 모두 없애 버렸다. 시「저녁 어스름(Crépuscule)」의 3연을 인용한다.

---

5   기욤 아폴리네르, 「1913년 7월 13일 앙리 마리티노에게 보내는 편지」.

Sur les tréteaux l'arlequin blême

Salue d'abord les spectateurs

Des sorciers venus de Bohême

Quelques fées et des anchanteurs

가설무대에는 창백한 광대

구경꾼들에게 우선 인사를 한다

그들은 보헤미아에서 온 요술사들

선녀 서넛에 마법사들[6]

구두점의 실종은 원문의 몇몇 구절들을 단일한 해석에서 해방시킨다. 독서는 자주 비틀거린다. 통사는 서로 충돌하고, a가 되어야 할 것은, a 나 b로 확장된다. 행갈이도 나서서 단일한 독해를 방해하는 일을 거든다. 3연의 2행 마지막 낱말 "les spectateurs"("구경꾼들") 다음에는 마침표나 쉼표, 혹은 다른 구두 기호가 있어야만 했다. 그렇게 했어야 다음 두 행의 "보헤미아에서 온 요술사들"과 "선녀 서넛에 마법사들"과 "구경꾼들"이 비로소 어떤 관계인지가 명확해지고, 결과적으로 광대가 인사를 건네는 대상이 오롯이 포착될 것이기 때문이다. 그러나 아폴리네르는 그렇게 하지 않았다. 따라서 독자는 이 자리에 있어야만 했었을 기호들, 가령 마침표와 쉼표, 두점 등을 놓고 구절을 이렇게도, 저렇게도 해석할 수밖에 없게 된다.

1 구경꾼들: 보헤미아에서 온 요술사들과 선녀 몇몇과 마법사들
(두 점의 경우)

6 기욤 아폴리네르, 황현산 옮김, 『알코올』(열린책들, 2010), 76쪽.

2 구경꾼들. 보헤미아에서 온 요술사들과 선녀 몇몇과 마법사들
(마침표의 경우)

이 두 문장은 서로 다르다. 전자의 경우, "광대"는 "보헤미아에서 온 요술사들과 선녀 몇몇과 마법사들"인 "구경꾼들"에게 인사를 건넨다. "구경꾼들"은 여기서 대명사나 보어의 역할을 한다. "광대"는 [구경꾼들 [요술사들 + 선녀 몇몇 + 마법사들]]에게 인사를 건넨다. 이에 비해, 후자의 "광대"는 "구경꾼들", "요술사들 선녀 몇몇, 마법사들"에게 차례로 인사를 건넨다. "구경꾼들"은 특별한 사람들이 아니라, 동네에서 온 일반인일 수도 있다. 그러니까 "광대"는 [구경꾼들] + [요술사들] + [선녀 몇몇] + [마법사들]에게 차례로 인사를 건넨다. 그런데 구두점이 없다. 해석은 이 양자 중, 어느 것이나 허용될 것이다. 그러나 이는 하나의 해석을 선택해야 한다는 것이 아니라, 바로 그와 같은 상태 그대로 시를 읽어야 한다는 사실을 말한다. 왜냐하면 아폴리네르 시의 중요한 특성 중 하나가 바로 여기에 자리하기 때문이다. 시집 전반에서 목격되는 "시법과 주제와 배열이 걷잡을 수 없이 흩어져 있는 것처럼 보이는"[7] 구도는 구두점의 부재에도 그 원인이 있기 때문이다. 아폴리네르가 애당초에 그렇게 했던 것은 아니었다고 우리는 말했다.

> Sur les tréteaux, l'arlequin blême
> Salue d'abord les spectateurs:
> Des sorciers venus de Bohême,
> Avec des fées, des anchanteurs.[8]

---

7 황현산, 「역자 해설」, 위의 책, 11쪽.

8 Michel Décaudin, *Le dossie d'Alcools*(Droz, 1996), 7쪽.

가설무대 위, 창백한 광대가

구경꾼들에게 우선 인사를 한다:

보헤미아에서 온 요술사들,

선녀 서넛에 마법사들.

　구두점을 표기하여 논리적·통사적·의미적 경계가 비교적 명확했던 초고에서 아폴리에르는 구두점을 모두 덜어 냈다. 통사는 간혹 충돌하고 낱말은 일의적 해석의 산물에서 벗어난다. 특수한 시적 언어의 시집『알코올』에 실린 작품들은 거개가 바로 이와 같은 통사 구조, 그러니까 구두점을 덜어 낸 문장들, 그러니까 통사와 통사 사이에 자주 해석의 마찰이 빚어지고, 그 과정에서, 구문과 구문이 논리적·문법적 단위를 벗어나 고유한 목소리, 그러니까 고유한 리듬을 갖게 되었다. 이렇게 아폴리네르는 정형시의 고리타분함과 일의적 해석의 단일함을 자신만의 두 가지 방식으로 벗어난다. 형식 자체를 깨부수는 자유시의 실현이 그 첫째요, 정형시의 작법을 따를 때조차, 문법에서 벗어났다고 할 수는 없지만 기이한 중의적 상태의 고안, 즉, 통사 간의 해석의 충돌로 제시되는 목소리의 실험이 나머지라고 할 때, 구두점의 삭제는 단순히 마침표나 쉼표의 사라짐이 아니라, 새로운 구두법의 창안이라고 부를 수 있는 것이다.

　"『알코올』에서도, 그 이후의 시에서도, 그이 시가 어떤 '주의'로도 요약되지 않는다는 것은 그의 문학적 성찰이 부족했음을 뜻하는 것이 아니라 그가 감행한 문학적 모험의 진정성을 말해 주는 것"이며, 아폴리네르가 이처럼 "이미 존재하는 것에도 붙잡히지 않았지만, 자기가 만드는 것에도 붙잡히지 않았다"[9]라는 평가는 아폴리네르가 구두점을 감추어 창출한 고유한 목소리 앞에, 시뿐만 아니라, 아폴리네르 자기 자신도 직면했다

9　황현산, 앞의 글, 17쪽.

는 것을 의미한다. 명확하고 논리적인 구문 대신, 모호하지만 특수한 독법의 '복수성'을 전제하며, 한 행에 해석의 진의를 오롯이 담보 잡히는 것이 아니라 '언술(discours)'의 차원에서 접근할 때 비로소 조명이 가능한 특수성의 세계로 그가 끊임없이 달음질을 했다는 것을 의미한다. 이렇게 그는 단순히 구두점을 지웠지만, 그의 시는 그 이후부터 "시의 중심이라고 여겨지던 것이 한옆으로 밀려나고, 어조도 리듬도 말의 질도 달라"[10]지는 세계에 직면한 것이다.

*

내 시에는 종지부(終止符)가 없다[11]

20세기 중반 이후, 시단에서 구두점은 차츰 사라져 갔다. 1980년의 시단은 구두점에 대한 근본적인 사유를 촉발하며 열린 것이나 마찬가지였다.[12] 『뒹구는 돌은 언제 잠 깨는가』는 구두점의 혁명을 보여 준다는 점에서도 놀라운 시집으로 기억된다. 이성복은 구두점이 그러니까 단순한 기호가 아니라, 기호들의 운용을 통해 도달할 '구두법'의 소산이라는 사실을 적나라하게 보여 주었다.

나는 세월이란 말만 들으면 가슴이 아프다
나는 곱게곱게 자라 왔고 몇 개의 돌부리 같은

---

10   황현산, 같은 글, 19쪽.
11   이성복, 「어째서 이런 일이 벌어졌을까」, 『뒹구는 돌은 언제 잠 깨는가』(문학과지성사, 1992).
12   구두점의 사용 전반에 관해서는 정확한 조사가 필요하다. 가령 우리는 이상(李箱)의 작품을 언급할 수 있을 것이며, 해방 전 몇몇 시에서 벌써 그 징후가 목격되었다고 말할 수 있을 것이다.

사건(事件)들을 제외하면 아무 일도 없었다 중학교
고등학교 그 어려운 수업시대(修業時代), 욕정과 영웅심과
부끄러움도 쉽게 풍화(風化)했다 잊어버릴 것도 없는데
세월은 안개처럼, 취기(醉氣)처럼 올라온다
웬 들 판 이 이 렇 게 넓 어 지 고
얼마나빨간작은꽃들이지평선끝까지아물거리는가

                                          그해
                                자주 눈이 내리고
                              빨리 흙탕물로 변해 갔다
                            나는 밤이었다 나는 너와 함께
                          기차를 타고 민둥산을 지나가고 있
                        었다 이따금 기차가 멎으면 하얀 물체가
                      어른거렸고 또 기차는 떠났다…… 세월은 갔다

                          어쩌면 이런 일이 있었는지도 모른다[13]

　　이 시에서 마침표를 찍지 않았다는 사실이 중요한 것은 아니다. 당시
나 지금이나, 이성복에게, 시는 종지부를 찍을 수 있는 성질의 것이 아니
(었)다. 그는 구두점이 아니라, 구두법을 새로 고안했으며, '구두점'이라
는 우리말의 한계를 다시 사유하게 해 주었다. 자간을 넓히는 작업("웬 들
판 이 이 렇 게 넓 어 지 고")에서, 시가 넓어진다. 그 반대도 마찬가지다. 형
식이 의미를 행하는 주체이며, 의미가 형식과 하나가 되어 시에서 특수해
진다. 자간만큼, 정확히, 바로 그만큼, 시를 읽는 우리의 시야도 넓어진다.

13　　이성복, 「세월에 대하여」 부분, 앞의 책.

비주얼은 의미의 요소가 된다. 시에서 멈추게 된 지점(가령 쉼표)은 왜 멈추어야 하는지, 왜 멈추었는지, 매번 물어야 하는 자리가 된다. 문법적 질서에서 고수되어 왔던 구두점의 운용은, 시학적 차원에서 발휘된 고유한 구두'법'으로 승화된다. "세월"과 "그해"가 백지의 다른 봉우리를 점한다. 시에서, 이렇게, 모든 것이 스펙터클이다. "기차를 타고 민둥산을 지나가고 있/ 었다"를 읽을 때, 우리는 '주저의 감정', '망설임'이나 '불안'을 저 문법을 파괴한 행갈이에서 느낀다. 시는, 여기에서 좀 더, 돌올해지고, 자주 골몰한다. 공간도 특수한 역할을 소화해 낸다. "세월"은 여백을 통해, 여백에 의해, 흘러간다. 마지막 문장까지, 심적 거리가 여백에서 타진된다. "어쩌면 이런 일이 있었는지", 그 여부는, 정확히 '여백'만큼, 아득해지면서 모르는 것("모른다")이 된다.

처음 당신을 사랑할 때는 내가 무진무진 깊은 광맥 같은 것이었나 생각해 봅니다 날이 갈수록 당신 사랑이 어려워지고 어느새 나는 남해 금산 높은 곳에 와 있습니다 낙엽이 지고 사람들이 죽어 가는 일이야 내게 참 멀리 있습니다

당신을 사랑합니다,
떠날래야 떠날 수가 없습니다[14]

몇 개의 문장으로 된 작품인가? 다섯 문장? 두 문장은 왜 저어되는가? 정답을 찾는 것보다, 왜 이런 물음이 생겨났는지, 그 원인을 따져보는 일이 보다 중요해 보인다. 쉼표 덕분에 문장의 단위를 가늠할 조건이 하나 더 늘어났다. 마침표가 없기 때문에 문장은 멈추지 않는다. 없는 자리를

14   이성복, 「편지 1」, 『그 여름의 끝』(문학과지성사, 1994).

있는 것으로 해석하는 독법은 지양되는데, 왜냐하면 없는 자리가 아니라, 없앤 자리, 지워낸 자리일 수 있기 때문이다. 무심코 읽어 보라. 어쨌든 숨이 가빠진다는 사실을 알게 될 것이다. 이 작품은 두 번 숨을 고른다. 단 하나의 구두점인 마지막에서 두 번째 행의 저 쉼표가 찍힌 그 순간, 잠시 쉬면서 의미의 단위가 조절된다. 그리고 바로 전의 빈곳, 즉 여백이 잠시 쉴 수 있는 유이한 공간이다. "당신을 사랑합니다"라는 고백은 이렇게 숨을 죽이고, 바로 그 여백의 시간, 여백이 주는 주관, 여백이 부여한 감정만큼, 사유를 한 결과, 발화된 것이다.

*

구두점들[15]이 되돌아오고 있다.

---

15 착각하기 쉬운 것은 '구두점'이라는 말에도 있다. 한국어에서 사용되는 '구두법 기호'들을 헤아려 보자. 1. 마침표 . 2. 물음표 ? 3. 느낌표 ! 4. 쉼표 , 5 반두점 ; 6. 두점 : 7. 말줄임표 … 8. 괄호 ( ), ( ) 9. 큰따옴표 " " 10. 작은따옴표 ' ' 11. 줄표 ― 12. 서선 / 등. 작은따옴표와 큰따옴표는 괄호의 일종이자, 화법이나 인용, 강조 등에도 쓰인다. 줄표는 문장의 중간에 삽입되어 열림과 닫힘 기능을 수행할 때 주로 괄호의 성격을 지닌다. 줄표의 사용에 대한 사회적 약속은 한국어에서 가변적이다. 줄표는 주로 부가적 설명이나 새로운 문장을 여는 데도, 간혹 대화체를 표시하는 데도 사용된다. 그러나 이 또한 작가별로 다양하다. 박민규의 경우, 줄표는 구문의 삽입이나 부가적 설명이 아니라, 쉼표와 비슷한 기능을 갖기도 한다. 구두점에 대해 오해하지 말아야 할 것은 대략 두 가지 사실로 보인다. 우선 쉼표나 마침표 등이 갖는 기능은, 작가마다, 글마다 상이하다는 사실은 자명하다. 이와 같은 사실은 자주 망각된다. 구두점의 가치는 우리의 통념을 너무나 자주 벗어난다. 가령, 독서의 휴지를 담보하는 쉼표가 항상 같은 정도를 지니지는 않는다는 것이다. 모든 구두 기호들은 텍스트에 따라 가변적인, 즉 고유한 가치를 지닌다. 둘째, 여백 등을 포함하여 백지 위에서 펼쳐질 수 있는, 모든 종류의 언어 외적 기호의 사용도 구두점이라는 사실이다. 구두점보다는 '구두법 기호'라는 표현이 더 적절해 보인다.

어느 순간, 시에서 사라졌다고 믿고 있던 구두점들이 부활하고 있다. 고유한 '구두법'이 되어, 그렇게 지워 내려고 애썼던 구두점들이, 하나씩 되돌아오고 있다. 보이거나 보이지 않는 형식으로, 지운 채로, 덧붙인 채로, 구두법의 산물이 되어, 시의 특수성을 타진하기 시작한다.

적절한 장소에 찍힌 마침표 하나가, 쉼표 하나가, 행갈이 하나가 의미를 바꿀 수 있을 것이라는 생각이, '귀환'하기 시작했다.

> 여보,
> 모든 약속에는 다소간의 용기가 필요하오.
> 천장이 가라앉고 있소.
> 방바닥에 굴러다니는 공포들.
> 난, 용기가 없소.
> 이제 이 집은 사방이 방바닥이오.
> 사지를 뻗고 천장에 누워 있으면
> 당신이 장롱 문을 열고 나온다오.
> 당신은 부서진 물고기처럼 헐떡이고 있소.
> 여보, 내 몸뚱어리 속 검은 비둘기를 풀어주는 대신
> 당신에게 나의 늙은 창문을 보내오.
> 창밖은 고요하고, 창밖의 창 안들도 거의 유령이오.
> 내 생의 모든 알리바이들이 풀어졌소.
> 이 문장을 적는 데 평생이 걸렸소.
> 아멘.
> 우리의 배는 무덤처럼 푸르게 부풀고,
> 당신의 숨으로 가득 차 있고,
> 이제 당신은 텅 비어 있소. 당신은 완성되었소.
> 천장에서 바라보면,

여보, 나는 정충(精蟲)만 하고, 정충(精蟲)만큼 많소.

나의 입속에는 이렇게나 많은 방들이 있소.

여보, 아직 나의 말이 끝나지 않았소.

이게 나의 마지막 용기라오.

난, 한평생 나의 입속으로 사라진 것들을 다시 불러올 참이오.

입은, 나의 마지막 육체라오.

여보, 천장이 가라앉고 있소.

가까스로 입을 열고 있소.

그렇지만,[16]

　구두점을 살펴보면 그다지 새로울 것이 없어 보인다. 그러나 이 시의 구두점은 매우 특수하게 사용되었다. 왜? 일단, 찍어 놓았기 때문이다. 그러니까 '일부러' 표시를 해 놓았기 때문이다. 그간 구두점은 자주 실종되었다. 자주 지웠다. 이 사실을 우리는 안다. 이러한 사실을 김안 자신도 안다. 그런데 그는 정반대의 길을 걷는다. 그러니 여기에 의도가 없다고 말할 수 있는가? 그간 시에서 구두점을 제거하는 일은 거의 통념이 되다시피 해 왔다. 그 사실을 우리는 경험적으로 안다. 이 통념의 거울에 비출 때, 평범하다고밖에 볼 수 없는 구두점의 운용조차 특수성의 징표가 된다. 시집 전반을 지배하는 어떤 목소리가, 구두점의 운용으로, 작품에서 좀 더 단단하게 각인되어 울린다. 마침표로 문장을 정확히 마감할 때, 그 행과 행을 읽으며, 우리는 단호함, 단단함, 그러니까 힘, 그 비장함과 각오가, 파토스의 열정이, 삶의 결기처럼 백지 위에 내려앉는 소리를 듣는다. 생을 통째로 걸려는 의지, 단 하나의 희망을 삶에서 피워 올리기 위해 필요했던 수많은 절망의 뭉치들은 이렇게 단단한 감정을 입고 우리를 찾아온다.

16　김안, 「회음(回音)」, 『미제레레』(문예중앙, 2014).

이 고백은 마침표에 힘입어 당도하는 시의 목소리이기도 하지만, 중요한 것은 이러한 고백이 끝나지 않는다는 데도 있다. 마지막 행의 마지막 단어의 마지막 음절 이후에 붙은 쉼표는 매우 고유한 역할을 수행한다. "그렇지만,"을 읽은 다음, 독서는 마무리되지 않는다. 쉼표 덕분이다. 바로 위의 행 "가까스로 입을 열고 있소"로 이어진다. 그러니까 거꾸로 읽는다. 제목이 "회음"이기 때문이다. 거꾸로 읽다가 우리는 이 시의 첫 행 "여보,"에 도달하게 될 것이다. 그러면 독서가 끝나는가? 천만의 말씀이다. 쉼표는 닫지 않는다. 아직 문장을 닫지 말라고 말한다. 독서를 다시 지시한다. 그러니 당신이라면 어떻게 첫 행과 마지막 행의 낱말 각각에 쉼표를 붙여 놓은 것이 우연이라고 생각할 것인가? 시에서 파토스의 무한, 결기의 무한을 조절해 내는 것은 구두점, 아니 구두법이다.

불가능한 사랑과 불가능한 사랑의 폭력들과,
노란 물탱크 속 투명한 물의 출렁임과 갇혀 버린 강에서 자라나는 육식성의 푸른 풀들과,
방바닥과 무덤 바닥과,
지나 버린 시간과 지나 버려야 했던 시간과,
네가 아니면 안 돼,
몇 명의 연인에게 말했던가, 죽을 것처럼
봄이 오면
시들어 버리는 꽃도 있겠지만, 죽으면 다시 피어나겠지만,
거울과 거울을 들고 쫓아오는 이들과,
옆집 새댁 아기가 신고 있던 작고 고운 신발과 몸도 입도 없이 신발만 남겨진 이들과,
지붕과 지붕에 매달린 주인 없는 집들과,
대기와 창살과,

따뜻했던 당신의 방과 내 방 안으로 쏟아지는 못된 기억들과, 기억의 독
재들과,

아무것도 모른 채 다시 울창해질 언덕배기와 걸어 다니는 공포들과,

봄과 쓴물처럼 번지는 봄의 공포와,

사랑과 불가해함과, 재(災)와,

다다를 수 없는 거리, 버려진 입들과,

끝끝내 내 몸을 버리는 것들 사이에서

창백한[17]

이번에는 쉼표다. 반복한다. 쉼표는 등가의 가치를 갖지 않는다. 텍스
트가 쉼표의 값, 즉 기능과 가치를 결정한다. 같은 쉼표도 동일한 값을 갖
지 못한다. 이는 같은 낱말도 맥락에 따라 그 값을 달리하는 것과 마찬가
지다. 쉼표가 문법적으로 붙을 수 없는 것에 붙어 있다. 의미의 단위는 접
속사 "과"의 기능을 복합적으로 늘려 내면서 가변적으로 변화하기 시작
한다. 연결사 "과"는 나열이나 병렬의 기능에다가 대구(對句), 대행(對
行), 대우(對偶)의 기능을 추가한다. 차라리 후자가 도드라진다. 연결사의
의미는 쉼표로 바뀐다. 가령, 각 행의 마지막에 붙은 쉼표는 행을 고립시
키거나 행이 시의 단위라는 사실을 좀 더 강조한다.

㉮ 불가능한 사랑과① 불가능한 사랑의 폭력들과,②

㉯ 노란 물탱크 속 투명한 물의 출렁임과① 갇혀버린 강에서 자라나는
육식성의 푸른 풀들과,②

㉰ 방바닥과① 무덤 바닥과,②

㉱ 지나버린 시간과① 지나버려야 했던 시간과,②

17   김안, 「환절기」, 위의 책.

①과 ②는 같은 기능을 하는가? ①을 우리는 단순 접속사, 병열이나 나열의 기능을 수행한다고 말할 수 있겠다. 그렇다면 ②는? 쉼표로 인해 '행'이라는 단위가 조금 더 독립되었다. 쉼표를 동반한 접속사는 행과 행의 대구를 담보한다. 쉼표 덕분에 구문은 ㉠〔a + b〕 + ㉡〔c + d〕 + ㉢〔e + f〕 + ㉣〔g + h〕의 구조를 지니게 되었다. 전체 통사의 조직에서 〔+〕와 〔+〕는 동일한 기능, 즉 연결하는 역할을 수행하지만, 이 둘이 같은 값을 지니는 것은 아니다. 시에서 의미의 단위는, 쉼표가 없을 경우, a와 b의 대구(혹은 a와 b와 c와 d와 e와 f와 g와 h의 대구!)로 구성될 뿐만 아니라, 쉼표가 있을 경우, 〔a + b〕와 〔c + d〕의 대구, 그러니까 행 차원의 대구로도 구성되는 것이다. 독서의 복수성이 여기에서 도드라진다.

그러니까 이런 것이다. 시인은 구두점을 쓰기도 하고 쓰지 않기도 한다. 문법에 맞춰 쓰기도 하고, 그렇지 않을 때도 있다. 이 각각의 경우 모두 우연의 결과가 아니라는 말이다. 하나의 구두점이 문장의 성질을 바꾸어 놓는다. 문장을 들뜨게 하고, 흥분시키며, 문장이 다른 문장과 연결을 모색하게 도움을 주는가하면, 문장이 서로 고개를 돌리고 갸우뚱거리게 만들어 버린다. 위 시에 국한해서 말하자면, 의미의 단위는 분절만이 아니라, 개개 통사 단위의 구두점으로 인한 결속의 방식에도 있다. 김안의 시집 전반을 지배하는 목소리의 힘과 단단한 어투의 원인 가운데 구두'법'도 자리한다는 것이다.

*

구두점은 사라진 게 아니라, 다른 방식으로 전환을 모색한다. 구두점을 사용하는 시인들은 차라리 좀 더 분명한 이유를 갖게 되었다고나 할까. 구두점은 자주 통사 안으로 숨어 들어가기도 한다. 어떤 경우, 구두점을 모두 지울 때, 구두법이 탄생한다. 반대로, 문법에 맞추어 정확히 구두점을 사용하는 경우, 즉 의미의 중의성을 지워 버린 시조차, 기획의 산물일 수 있으며, 이것조차 특수성의 한 축이라고 봐야 할 이유가 존재한다. 시인들은 모두, 고유의 구두법을 갖고 있다. 언어에 대한 태도와 가능성이 시에서 구두법을 결정한다. 리듬이 보다 중요해졌다. 추론과 감정의 경계를 허물어 버리고, 조직과 배열의 질서를 상실케 하고, 통사의 논리적이고 합리적인 뼈대를 흔들기 위해서였을까? 구두점은 바로 이런 이유로 사라져야 했을지 모르지만, 구두법이 되어 다시 살아나 이러한 일을 수행한다. 백지 위에서 모든 종류의 조치가 취해지기 시작한다. 말의 운동을 따라가는 시선과 목소리, 심지어 사유는 구두법의 고안 속에서 '다시' 시적 질서의 고유한 단위를 발견하려 시도하고 있는지도 모른다. 논리적·문법적·합리적 배열은 통사의 특수한 부림 속에서 재편되기 시작한다. 낱말들의 비밀스러운 결속은 단일한 해석의 권위를 무너뜨리며, 시가 그럴 것이라고 믿어 왔던 모든 것들, 시가 그래야 한다고 주장해 왔던 모든 통념들을 비판할지도 모른다. 시가 나아갈 길이라고 누누이 강조하고 설파해 왔던, 저 튼튼하고 밝은 길 위에, 미지의 재를 뿌리려 할지도 모른다. 시인들은 모두 이러한 일을 하고 있다.

　누군가는 구두점을 없애는 일로 산문시에서 '산문'의 직진에, 직진하려는 저 산문의 이야기성에 역행하는 시 고유의 몸짓을 만들어 내려 한다. 산문을 써서 시가 될 수 있다는 생각이 가능해진다. 구두점은 사라진 것이 아니라 문장 속으로 들어가, 다른 방식으로 발현되고 있는 것이다. 의미의 단위를 결정하는 것은, 협약이 아니라, 시인의 주관성의 표식인 것이다. 누군가의 행갈이는 자주 논리적 귀결을 벗어나, 텍스트 고유의 논리, 즉 리듬에서 의미의 고유한 단위를 타진한다. 누군가는 목소리, 호흡이 구두점의 역할을 대신한다고 여기고, 구두법의 고안을 위해 온갖 언어적 조치를 마련하는 데 사활을 걸고 있는지도 모른다. 누군가는 이탤릭체의 사용으로 번역체를 새겨 넣어 이질성도 뛰어난 시의 자질이라는 사실을 알려 주는가 하면, 누군가는 낡아 보이는 옛 번역서를 읽고 있는 어투로 현대사회의 기형과 알레고리의 풍경을 담아낸다. 언어를 벗어난 것으로 판단되어 왔던 온갖 요소들, 그러나 한 번 더 생각해 보면 언어 안에 거주하는 온갖 요소들, 다시 말해, 언어 메타 기호나 각주 등을 백지 위로 가져오거나, 혹은 지워 내면서, 누군가는 시에 생명을 불어넣을 수 있다고 믿는다. 쉼표 하나에 의미가 바뀌고, 마침표 하나에 세계가 끝날 수도 있는 것이다.

리듬에 관한 몇 가지 메모와 단상

리듬 연구사 검토를 위한 시론

1

새로운 것이라고 여기고 내려놓은 주장들이 자주 낡은 것이었을 때조차, 감추기 힘든 저 놀라움을 뒤로하고, 우리는 기왕에 내딛은 발걸음을 멈추려 하지 않는다. 지금-여기, 당도한 리듬에 대한 (리듬의) 사유와 실천, 그 알파와 오메가를 부지런히 참조하여, 리듬 연구의 가치를 헤아려 보는 작업이 여전히 필요하다고, 그렇다고 말해야겠다. 리듬에 대해, 리듬과 시에 관해, 리듬과 운율에 관해, 그간 어떠한 이야기들이 오갔는가? 어떤 논의가 등장했고, 그사이, 우리에게 무엇이 남겨졌고, 또 폐기되었는가? 리듬 주위로 등장한 제법 명쾌해 보이는 주장 뒤에서 무엇이 부정되었는지, 리듬을 둘러싸고 어떤 혼란이 가중되었는지, 그 과정에서 어떤 논의들이 새롭게 제 모습을 드러내었는지, 그 양상과 논지의 줄기, 논의의 몸통, 그리고 이 모든 것을 포장하고 있는 이데올로기와 이 이데올로기의 모순을 보다 신중하게 살피는 작업이 요청된다.

2

무언가를 이야기했다고 생각했지만, 그것이 충분히 이야기되지 않았다는 사실을 다시 들추어내어야 할 때가 있다. '이야기되지 않았음'을 주제로 삼아, 거기에 속된 이야기를 다시 반복하고 덧붙이는 것처럼 허망한 것도 없다. 리듬은, 한국어의 리듬은, 연구된 적이 거의 없다고 보아도 무방하지 않을까? 이 말이 사실이 아니라고 하기에는, 연구의 역사적 맥락은 너무나 자주 끊어지고, 실험을 가장한 주장들이, 숙고와 검토, 검증도 수용도 없이, 무분별하게 분출되고 있으며, 자기화의 욕망이 이왕에 펼쳐낸 제 날개를 한없이 허공을 향해, 활기차게 펄럭이고 있기 때문이다. 먼저 말해 두어야 할 것은, 운문을 중심으로 전개된 운율이나 율격에 바쳐진 연구는, 원칙적으로는, 리듬 연구와는 별반 상관이 없다는 것이다. 이러한 사실을 지적하는 일이 반드시 필요하다.

3

왜냐하면 운율이나 율격을 리듬으로 여겨 왔다는 것은 자명한 사실이며, 그렇기에 여전히 리듬 연구에서 이런 통념은 반복되어 왔고, 반복되고 있으며, 그런 가운데 끈질기게 이어지고 있는 딜레마 가운데 하나이기 때문이다. 율격 연구에서 시는 당연히 선호된다. 왜냐하면, 율격은 시가 선호해 온, 시가 오랫동안 특권을 주었던 말의 한 형식, 어휘를 정제하고, 문장에 규칙을 부여하는 일종의 '룰'이자 '협약'이었기 때문이다. 소네트가 무엇인지 우리는 잘 알고 있지 않은가? 알고 있다고 해서, 아는 것이 진실이 되지는 않는다. 더구나 관습과 통념은 좀처럼 깨지지 않는다. 율격이 리듬이 아니라고 말할 때, 율격이란, 오래전부터 시가 가장 선호해 온 하나의 형식일뿐이라고 말할 때, 오해하지 말아야 할 것은, 애당초 촉발된 리듬에 관한 사유가 반드시 전통 시(그러니까 정형시)에 대한 규명을 목적으로 삼아서 착수되지는 않았다는 점이다. 리듬은, (한국에 국한하더라도) 벌써, 그리고 자주, 논의의 대상이었다. 거개가 번역에 매진했던 사람들, 외국 문학을 전공했으며, 자신이 배운 문학 이론이나 언어에 관한 지식을 자양분으로 삼아, 한국 근대시의 활로를 개척하려 했던, 한국에서 '근대적'인 문학의 모습을 그려 나갔던, 궁리하려 애썼던 자들은 대부분 리듬을, 리듬과 시를, 한국어와 리듬의 개념을 간과하지 않았다.

4

리듬을 연구한, 리듬을 소개하고, 한국어의, 한국 시의 리듬에 관해 논지를 설파한 주요 이론가나 시인들 가운데 특히, 김기림, 김억, 정인섭, 양주동, 황석우, 이하윤 등이 시도한 리듬 개념의 도입과 소개는 자유시의 출현과 관련되어 대두되기 시작한, 그러니까 '내재율' 논의와 맞물려, 리듬에 관한 사유를 당대의 화두로 만들려는 시도였다고 보아야 할 것이다. 그러나 그것으로 충분한 것은 아니었다.

5

10년 전쯤, 청탁을 받아 처음 '리듬'에 관해 글을 써야 했을 때, 나는 공교롭게도 김기림의 이름을 떠올리고 있었다. 김기림은 리듬을 '형식'의 틀에서 벗어난 관점에서 접근했을 뿐만 아니라, 리듬을 말의 운동, 말의 조직되는 물리적인 무엇으로 파악했다. 현대의 논의와 가장 근접한 리듬 개념의 핵심을 우리는 그의 다소 거친 주장에서 읽는다. 그는 텍스트의 운동, 그 총체, 텍스트를 구성하는 개개 요소들의 교섭과 간섭과 충돌과 섞임, 그 과정 전반에 리듬의 요체가 놓여 있다는 사실을 일찍이 간파한 것으로 보인다. 그에게 "시의 재료로서 쓰여지는 말은 개개의 말 속에 의미의 가능성을 내재해 가지고 있는 것"이다. 이 지적은 중요하다. 낱말 각각은 그 자체로는 '의미'의 거점이 되지 못하며, 낱말은 오로지 '의미의 가능성'만을 내재하고 있기 때문이다. 낱말 자체가 아니라, 낱말이 모여, 서로 얽히면서 실현되는, 그 과정의 추적을 통해 산출되는 의미라는 저 가능성이 항상 문학에서, 시에서, 리듬에서 중요한 것이다.

6

다시 말해, 낱말은 낱말들의 결합을 통해서만 제 '값'을 갖게 되는 것이며, 그 과정, 그러니까 의미 창출을 위해 낱말이 움직이고 결속하는 운동을 김기림은 '리듬'이라고 말한다. "말의 소리와 모양의 운동과 자세에 의하여 생겨나는 물리적 효과"[1]가 리듬이라는 그의 정의는 여전히 새롭다. 그 어떤 정의보다도 현대적인 관점, 그러니까 리듬을 '말의 운동'과 '조직', 그 '배치'로 파악한 관점, 오늘날의 관점, 국내에서 소개된 이래로 남용되다시피 한 앙리 메쇼닉의 리듬에 관한 관점,(메쇼닉의 리듬 이론에 관해서라면 사실상 누구나 전문가가 다 된 듯 보인다.) 이 모든 것에 가장 근접한, 매우 모던한 제안을 우리는 김기림의 글에서 읽을 수 있기 때문이다. 이처럼 김기림은 음악이나 율격, 운율에서 벗어나, 리듬을 근본적으로 '통사와 의미의 문제'라고 여길 수 있는 중요한 단초를 우리에게 제공했

1   김기림, 「시에 있어서의 기교주의의 반성과 발전」, 《조선일보》, 1935.

고, 리듬이 "살아서 뛰고 있는 탄력과 생기에 찬 말"[2]의 표식, 즉 언어의 고유한 조직(organization)과 운동(mouvement)의 발현처럼 인식될 가능성을 보여 주었다. 한국 근대 시의 리듬 이론의 출발, 리듬 이론이 착수되어야 하는 지점은 바로 여기다.

0

'언술(discours)'이 우선이다:

"글 전체의 조직이 세부의 사항을 결정하는 것이지, 세부 사항이 항구적으로 제 구조를 관철시키는 법은 없다. 기호란 결국 기호 주변에 있는 나머지 요소들에 의해 본래의 값이 결정되기 때문인 것처럼, 리듬은 기호나 특정 구문이 아니라, 기호와 구문의 결속력, 그것의 조직에만 관여할 뿐이다. 리듬은 이렇게 조직이자, 조직을 관장하는 로고스이다. 전체에 대한 통찰이 우선이다. 디스쿠르에 선행하는 기호는 존재하지 않는 것이다."[3]

7

　한국 근대시에 관해, 아니 번역에 관해, 문예사조나 문학 운동의 흐름은 물론, 시가와 문학 전반에 관해 말을 아끼지 않았던 김억도, 리듬에 관한 주요 논자들 가운데, 빠질 수 없다. 그는 율격이나 음악적 특성과 혼재된 상태에서 리듬에 접근했다. 눈여겨볼 것은, 그가 리듬을 시의 가장 중

2　김기림, 「시의 용어」, 《조선일보》, 1935.
3　조재룡, 「리듬과 의미」, 《한국시학연구》 36호, 한국시학회, 2013.

요하고도 고유한 "호흡(呼吸)"이라고 여겼다는 점이다. 그는 "리듬은 시인마다 각 다른 것"이라고 주장했고, 시의 "무드는 시상과 리듬의 합일로 생기는 것"⁴이라는 지적을 통해, 리듬을 개인적 발화의 가능한 영역으로 끌고 온 장본인이었다. 김억은 리듬이, 모종의 공통된 법칙이나 규칙적인 정형율의 단순한 재현이 아니라, 시인 고유의 개성적 언어의 표출이라는 사유를 이끌어 내는 데 기여했다. 그러나 이는 사실상, 자유시라는 알리바이를 통해 검증될 때나 비로소 가능한 반쪽짜리 이론에 기반한 취약한 논리이기도 했다. "「리듬〔律〕」이란 英語의 Rythm으로 일정한 박자 있는 운동의 뜻"이며, 시의 "모든 것이 이 「리듬」 하나로 인해 움직인다."⁵와 같은 김억의 주장은 따라서 각별한 주목을 필요로 한다. 왜냐하면 결국, 산문시나 자유시와 같은 근대 시형을 염두에 둔 언급이라고 본다면, 김억이 정형률에서 벗어난 리듬 개념을 정초한 것은 아니었으며, 그가 운문을 구성하는 요소들에 구속을 받지 않고 새로운 지평으로 리듬 개념을 끌고 왔다고 믿는 것은 커다란 착각에 불과하기 때문이다. 김억이 리듬을 '박자'나 '호흡'과 같은, 다시 말해, 일정한 규칙, 즉 특정한 형상이나 이 형상의 규칙이나 반복 등으로 파악했다는 것은 그가 근본적으로 정형시에서의 리듬을 자유시나 산문시를 대상으로 적용해 보려 했다는 사실 그 이상도 이하도 의미하지는 않기 때문이다. 리듬은 음악, 호흡, 박자와는 상관이 없는 개념이다.

4   김억, 「무책임한 비평 — 「문단 1년을 추억하며」의 평자에게 항의」, 《개벽》 32호, 1923. 2.
5   김억, 《조선문단(朝鮮文壇)》 (8), 1925. 5.

0

리듬은 일상적이다:

"우리말의 리듬을 살피기 위해서라면 무엇보다도 우리가 쓰고 있는 바로 그 말의 성질과 특성, 그 조직에 대한 일관되고 검증된 지식과 이 지식을 활용한 분석이 요구된다."[6]

8

해외문학파, 그리고 그중에 정인섭. 리듬의 작동 방식에 대해 체계적인 연구를 도입하려는 야심을 품은 정인섭은 번역가이자 영문학자였다. 그는 리듬을 포괄적인 이론적 지평, 시나 문학과의 관계를 중심으로 사유하는 대신, 객관적이고 세밀하며, 분석적인 연구의 대상으로 삼았던 것으로 기억한다. 그는 외국어(영어)와의 상호 비교 연구를 진행해야 할 이유와 필요성을 여러 글을 통해 제기하면서, 리듬 연구에서 선결되어야 할 과제를, 음파의 분석을 통한 소리의 규명과 의미와의 함수관계라고 여겼다. 한국어 리듬 연구는, 아니 최소한 연구 방법론은 여기에서 자그마한 힌트를 얻어 발동하는 것은 아닐까. 자음과 모음의 관계, 음절의 구성 과정 전반의 원리를 파악하려는 목적 아래, 그는 우리말을 실험의 대상으로 삼았다. 결정적인 결과물을 도출할 정도로 실험이 충분히 반복된 것은 아니었다. 그러나 이 시도는 각별하다. "한글의 악센트(Accent), 즉 보통 담화에 있어서는 고저 악센트가 주체가 되고, 고저를 동일하게 하는 특별한

6 조재룡, 앞의 글.

설교체나 웅변체나 시 낭독체 같은 때는 고저악센트가 강약(強弱) 악센트로 임시 변하기 쉽다."[7]와 같은 논지들이 몇 차례에 걸친 '키모그래프(Kymograph)' 실험을 통해 도출되기에 이르렀다. 정인섭이 이와 같은 실험을 통해 규명하려 했던 리듬은 시에만 국한된 리듬, 시를 중심으로 돌올해지는 리듬, 특히 운문, 그러니까 정형시에서 마냥 특권을 누렸던 그런 리듬이 아니었다. 그렇기에 사실, 그는 옳은 길을 갔다고, 새로운 길을 열었다고 말할 수 있다. 리듬은 시가 그 점유를 과시하는, 시에서만 독특하게 발현되는 특수하고도 국지적인 현상이 아니기 때문이다. 모든 말에는 리듬이 있다. 또한 언어는, 운문이건 산문이건, 어린아이의 글이건 어른의 그것이건, 여성의 것이건 남성의 것이건, 리듬을 통해 작동한다. 정인섭은 한국어 리듬 연구에서 프로조디와 악센트(강세)의 문제를 '본격적으로' 제기한 최초의 학자라 할 수 있겠다.

9

프로조디(prosody)? 프로조디는 음소의 집합이나 음소의 반복으로 도출된 형상이 아니다. 누차 이야기 했지만, 프로조디는 '자음과 모음이 조직되는 방식'이다. 프로조디는 음소의 중복이라는 국지적인 언어 현상을 설명하는 용어가 아니다. 프로조디는 자음과 모음이 결합하는 양태, 나아가 그 운동을 의미한다. 뜻이 넓다고, 용법이 간략하게 도식화될 수는 없다. 프로조디라는 용어와 그 개념이 잘못 받아들여지고 있다. 19세기 후반의 일본, 그리고 20세기 초반의 한국에서 프로조디를 왜, 그리고 하필, '운지법'이나 '운율법'이라고 번역을 했는지, 1960년대 황희영 같은

7　정인섭, 「Kymograph에 의(依)한 음절(音節)과 여음(餘音)의 비교연구(比較硏究)」, 《논문집(論文集)》, 4권, 1호(중앙대학교, 1959), 1쪽.

언어학자가 "운율적 특징(prosodic feature)"[8]이라는 용어를 사용하여, 전반의 분석을 이끌어 나갔는지, 그 까닭을 다시 한번 생각해 봐야 한다. 프로조디는 음성상징을 증명하기 위한 도구적 개념이 아니며, 음소의 단순한 중복이나 그 현상을 의미하는 것도 아니다. 중요한 것은 자모 자체의 단순한 중복이 아니다. 중요한 것은 자모 자체의 단순한 중복을 통해 발휘되는 특정 효과, 즉, 의미의 층위에서 벗어나 솟아나는 저 찬란한 음성적 조화나 그것들의 하모니, 그러니까 미적 표현성이 아니다. 프로조디는 이 둘이 '조직'되는 특수한 방식, 그러니까 일종의 '법'이며, 통사와의 관계에 대한 분석을 통해 의미 생산의 경로를 만들고, 개입한다. 어쩌면 우리는 '음운론'을 조금 더 연구해야 할지도 모르겠다. 정인섭은 영어를 모델로 한 '실험음성학(phonetic experimental)'의 방법을 도입하여 "프로조디(prosody)"와 "음향"에 대한 연구를, 한국어에 맞추어 진행하려 시도했다는 점에서, 리듬 연구사에 커다란 자취를 내려놓았고, 그 과정에서 그는, 특히 '우리말 악센트'의 '고저(高低) 연구'라는 값진 성과를 도출해 냈다. 외국의 연구 방법론을 적용해서 우리말의 어법과 구조, 음성과 음운의 작동 방식을 규명하고자 한 그의 시도는, 재평가를 통해 타당성 여부를 검토해야 한다는 과제를 남겼다고 하겠다. 어쨌든 이후 리듬 연구의 방향을 결정할 미답의 길 하나가 여기에서 열린다.

10

김기림, 김억, 정인섭 등을 위시한 다양한 연구자들은 해방 전 리듬 연구에 발판을 마련해 준 장본인이었다. 리듬 연구가 당장에 형식, 운율, 음

---

8   황희영, 「운율연구(韻律硏究)」(동서문화비교연구소, 1969), 15쪽.

악, 박자, 템포, 조화, 회귀, 반복, 규칙 등에서 벗어날 가능성이 이때 마련되거나, 최소한 타진되기 시작했다고 할 수 있다. 리듬은 문학의 역사, 문학 장의 형성 과정, 시에 대한 인식, 시와 문학에 대한, 언어 전반에 대한 역사적 인식의 과정과 별개로 연구가 가능한 것은 아니었다. 자유시와 산문시의 출현이 리듬을 사유하는 방식을 근본적으로 달리할 수 있게 해 주었다는 점을 잊지 말아야 한다. 정형시를 벗어난 시의 등장, 그러니까 전통적인 관점에서는 당장에 정의하기 힘든 시들이 출현하자, 물음이 속출하고, 문제가 가속된다. 자유시형과 산문시형의 등장은 리듬의 인식론적 전환을 이끌어 낸 동시에 개념 정의의 혼란도 가중시켰다. 그러니까 우리가 리듬이라고 여긴 율격이나 운율이 더 이상 작동하지 않는 텍스트들의 등장과 더불어 리듬은 서서히 정형률이나 율격에서 벗어나 새로운 사유의 반열에 오를 채비를 하는 동시에, 다시 규칙에 갇힐 준비도 이때 마련되었다고 보아야 한다. 리듬은, 그러니까 인식의 취약한 고리이자, 뜨거운 감자이며, 시의, 시를 바라보는 관점의 누락과 과잉이 되었다. 리듬은 문학의, 시의 아킬레스건이었으며, 여전히 그렇다. '내재율' 논쟁은 우연히 도출된 것이 아니다. 운율의 흔적, 잠재하는 운율이 있다는 전통주의자들의 강박. 굳이 운율로 쓰이지 않은 텍스트에서 운율의 흔적을 발견하고야 말겠다는 집념과 망상에서 기인한, 그렇게 일본에서 수입되어, 그대로 이식된, 매우 수상쩍은 개념이 바로 내재율이기 때문이다. 내재율은 음보와 음악, 박자와 규칙을, 아니, 그것들이 함부로 언어에 새겨 놓은 저 형상, 그 오롯한 그림자를 사랑할 뿐, 리듬, 그러니까 말의 운동이나 조직과는 상관없다.

자유시와 산문시가 리듬을 뒤흔든다:

"새로운 문학 형식의 출현과 맞물려 리듬 개념이 요동을 치기 시작했다는 사실
은 의미심장한 것이다. 형식, 운율, 음악, 박자, 템포, 조화, 회귀, 반복, 규칙,
장식 등에서 벗어나, 리듬이 현대시학의 밑동을 차지하는 혁신적인 개념 — 가
령, 의미와 대립되는 형식, 표현과 대립되는 내용 같은 이분법이 아니라 '의미-
형식(forme-sens)' 같이 하나의 단위로 묶어 사유해야 한다는 사실을 주지
시키는 개념들 — 으로 부상하기 시작한 계기, 그러니까 의미와 형식의 고리타
분한 이분법을 취하한 자리에서 리듬이 모든 텍스트에 내장된 핵심 개념으로
고구되기 시작한 것은, 기묘하게도, 리듬이 없다고 여겨진 산문시나 자유시의
출현과 맞물려 있으며, 이는 우연만은 아니다."[9]

11

그렇다. 리듬은 무엇보다도 자유시의 운과 율을 논하면서, 흥미로운
동시에 서서히 골치 아픈 문제로 불거져 나왔다. 리듬 연구의 역사에서
중요한 지점 중 하나는 리듬이 '운(韻)'과 '율(律)'의 규칙적인 실천이나
그 현상으로는 축소될 수 없다는 주장들에 한껏 힘입어 도출되었다. 리듬
은 무엇보다도 언어의 작동 방식이다. 리듬은 하늘나라 별나라, 여기저기
떠돌아다니는 말의 형상이 아니요, 불안한 자아의 저 밑바닥에 자리 잡은
이상한 충동이 갑자기 분출되는, 그걸 가능하게 하는 심적 기재가 아니

---

9 조재룡, 앞의 글.

요, 읽는 이 마음대로 귀에 걸거나 코에 거는, 개인적인 낭독이나 독서에 따라 변덕을 부리는 주관적인 독법의 산물이 아니다. 이런 말들을 굳게 신봉했던 사람들이 있었다. 자유시의 리듬에 관한 관심이 증가할수록, 또한 정형율의 모형을 통해서는 리듬의 요체를 파악할 수 없다는 인식이 1920~1930년대에 들어 차츰 자명해질수록, 리듬 연구는 자꾸, 하염없이, 하늘로 가는 배가 되었다. 사실 사공이 너무 많았다고 해야 할지도 모르겠다. 1930년대 리듬과 연관된 논의가 특히 '내재율'을 중심으로 전개되었던 까닭이 여기에 있다. 리듬의 실체를, '시인의 호흡과 생명'처럼, 개인적인 발화의 결과로 주어지는 '어음(語音)'이나 '어세(語勢)'(가령, 양주동의 경우)로 파악하거나, '영률(靈律)'이나 '심률(心律)'(자유시와 연관되어 황석우의 경우)이라는 신조어를 만들어 내어, 심리적으로 '내재된 무엇의 표출'로 여기고자 한, 그러니까 리듬 개념을 중심으로 전개되었던 이 "내면성과 운율의 봉합"[10]과 그 시도 전반의 문제들을 면면을 살펴보아야 한다.

12

리듬은 근본적으로 비평의 성격을 띤다. 리듬을 바라보는 태도는 시를 바라보는 태도와 연관된다. 시에 대한 생각을 드러내는 취약한 고리가 바로 리듬이며, 리듬을 둘러싼 개념의 전개나 천착 등을 통해서, 우리는 시를 둘러싼 개념의 형성이나 천착 등을 보게 된다. 리듬은 이 중심에 있다.

---

10   신지연, 『증상으로서의 내재율』(소명출판, 2014), 특히 121~130쪽 참조.

0

(지금으로부터 약 100년 전, 러시아의 형식주의자들 중 한 명이었던 오시프 브리크의 생각 하나) 운문이 아니라 리듬이다:

"리듬 운동은 운문에 선행한다. 운문의 행에서부터 리듬을 이해할 것이 아니라, 이와는 반대로 리듬 운동에서부터 운문을 이해해야 할 것이다."[11]

13

다시 '운율'에 관하여. 리듬과 운율의 상관없음에 관하여. '운(韻, rhyme)' 과 '율(律, meter)'의 연구는 리듬에 덧씌워진 가장 대표적인 망령이다. 한국 시에서 리듬은 운율의 범주에서 연구되었으며, 이러한 연구는 현재까지 이어진다. 매우 탄탄한 전통을 갖고 있다는 말이다. 운율에서 출발해서 자꾸 어디론가 확장하고자 하는 욕망에 시달린다. 벗어나거나 그 모형을 다시 발견하거나, 조절하려는 꾸준한 시도들이 이어지고 있다. 미터, 라임, 음보, 호흡, 템포, 박자 등으로 리듬에 대한 규명이나 설명이 궁색해질 때, 자유시, 혹은 산문시, 혹은 산문의 리듬이라는 반대급부를 구세주를 만난 심정으로 붙잡는다. 정형률의 경계를 붕괴시키는 게 리듬이다.

물론 정형시에도 리듬이 있다. 그러나 정형률은 리듬이 아니다. 언어의 형식, 하나의 형식일 뿐이다. 정형시도 언어로 구성되어 있기에 리듬을 갖는다. 말로 이루어진 모든 것에는 리듬이 있다. 그러니 정형시의 리

---

11 Ossip Brik, "Rythme et syntaxe", *Théorie de la littérature*(traduit par Tzvetan Todorov)(Seuil, 1965), 144쪽

듬은 정형률이 아니다. 운율론은 리듬을 연구하지 않는다. 오로지 공통된 구조나 규칙을 발견하는 데 투자하며, 명예와 전통을 거들먹거릴 뿐이다. 내재율도 일종의 '율'이다. 외형률과 내재율 사이의 딜레마에 대해서도 언급할 필요가 있겠다. 물음에서 시작하자. 그렇다면, 이른바 '운율'이라는 것은, 하나는 '안'에, 하나는 '밖'에 있는가? 무엇이 '안'이고 또 무엇이 '밖'인가? 언어에 '밖'과 '안'이 있는가? 외형률은 항상 언어의 밖에서 리듬을 말한다. 액자 같은 틀이 있다고 주장하며, 이걸로 리듬을 대신하려 한다. 박자, 공명, 템포, 음악, 호흡은 언어 '밖'에 있는 것이다. 왜 언어에 대한, 언어의 작동 방식에 대한 논의에서, 언어 밖에 거주하는 추상적인 개념들을 끌고 오는가? 당신은 박자, 템포, 공명, 음악 등에 의지해 말을 구사하는가? 당연히, '부분적으로' 우리는 말을 이러한 것들에 의존해, 아니 사용하면서 구사하기도 할 것이다. 그런데, 이 경우, 매우 국지적인, 부분적인, 어떤 특정 현상을 발현하는 것이며, 우리는 이러한 효과를 창출하기 위해, 규칙을 임의로 만들고, 반복되는 음소를 각별하게 사용한 것뿐이지 않는가. '이 소리도 아닙니다. 저 소리도 아닙니다. 용각산은 소리가 나지 않습니다.'처럼. 이 경우, 언어는, 규칙이라는 이름으로, 특정한 음소의 중복을 통해, 모종의 효과를 만들어 내는 데 전념하는 것일 뿐이다.

14

언어의 리듬은 대저 무엇인가? 여전히 템포, 호흡 등을 이야기한다. 여전히 운율의 논리에서 벗어나지 못한다. 아니, 벗어나려고 리듬을 결부시킬 뿐, 자신들이 무엇을 연구하고 있는지 모르고 있다. 언어의 국지적인 현상에 대한 연구와 리듬 연구는 같은 것이 아니다. 리듬은 운율이 아니다. 프로조디는 형상이 아니다. 리듬은 국지적인 특성, 그러니까 반복 같은 것이 아니다. 국지적인 언어의 현상을 분석한 모든 비평은, 리듬을 가장하여, 시의 특성, 텍스트의 특수성을 운율의 그것에 귀속시키고 만다. 결과적으로 그렇다는 말이다. 쪼개서, 분석하고, 규칙을 찾는 일련의 과정이 리듬 분석이라는 이름으로 행해진다. 낱말 위에 점을 찍고, 개수를 세고, 크고 작은 동그라미를 찍는다.

0

프로조디는 조직이다:

> "리듬은 어법의 한 특성에 국한되는, 시나 언어의 국지적인 현상이 아니라, 그것이 어떤 종류이건, 텍스트의 구성을 관장하는 **조직**(organisation) ── 조직이라는 말이 관장한다는 뜻을 포함하는바, 이때 조직은 필연적으로 의미의 조직이며, 의미를 조직하는 방식을 리듬이라고 말해야 하는 까닭도 여기에 있다 ── 이며, 음성학에서 규정하는 음소의 개별 현상이나 이로부터 발생하는 단순한 미적 효과(expressivité, 표현성)가 아니라, 음소와 음소가 서로 굳건히 맺는 **텍스트 내의 관계, 그 관계를 헤아려 캐묻게 되는, 음소들이 맺는 조직의 가치**(음운론을 토대로 한) 전반에 대한 물음, 다시 말해, 음소의 운용이 '디스쿠르'라는 조직 안에서 의미 생산과 어떻게 연관되는지를 관장하고 조절해 내는 로고스이다."[12]

---

12 조재룡, 앞의 글.

15

다시 프로조디에 관하여. '프로조디'는 근본적으로 잘못 인용되고 있다. 프로조디는 음소의 중복에 따른 국지적인 현상이나, 특정 음소가 중복되어 추정되는 상징적 의미의 추출(이른바, '음성상징'이라 부르는), 모음이나 자음의 간헐적인 반복에 따른 효과가 아니라, 자음과 모음이 결속되는 방식이자, 결속의 운용을 전제하는 조직이기 때문이다. 작가는 개별적인 프로조디 자체다. 프로조디라는 용어에서 우리는 자주 음소의 중복에서 발생하는 표현성, 아니, 그 효과를 살피는 데 집중한다. 그러나 프로조디는 근본적으로 통사와의 관계를 따져 의미 생산을 규명하는 데 소용된다. 여기에서 통사와의 관계라 함은, 자음과 모음이 어떻게 품사들과 관계를 맺으며 조직적인 특성을 취하게 되는지, 그 여부에 관한 물음을 던진다는 뜻이다. 통사 구조는 음소의 중복으로 울려 내는 화음을 옮겨 놓은 오선지를 필요로 하지 않는다. 통사와의 관계를 벗어 버리고, 울려 내는 음성은 그저 아름다울 뿐이다. 이 아름다움은 텍스트의 의미가 아니라, 텍스트의 부분이 취하는 일시적이고 국지적이며, 부분적인 효과일 뿐이다. 현재 행해지고 있는 리듬 연구는 자주 운율론이나 음보율을 비판하는 모양새를 취한다. 템포, 호흡, 공명, 억양, 박자, 반복, 음성상징 등과 더불어 현재의 프로조디 분석은, 리듬을 구성하는 몇몇 클리셰나 형상(figure)이 별개로 있다는 사실을 전제할 뿐이라는 점에서, 여전히 자신들이 비판하고 있는 운율론에서 크게 벗어나지 못한다.

리듬은 텍스트 전체의 지형도이자, 말의 운동이며, 낱말의 조직이다. 이러한 요소들, 그러니까 박자, 템포, 호흡 등은, 텍스트 전체의 작동 원리인 리듬에 앞서, 도드라지는 형상일 뿐이다. 언어는 여기에서, 자주, 템포나 호흡 등을 갖는 음악과의 유비를 통해 설명된다. 리듬은 이때, 음악을 끌어안으며, 한없이 형상 위에 내려앉으려 하며, 언어에 돌올한 무늬를 새기는 일에 집중한다. 그러나 시는, 텍스트는, 무언가를 새기거나 잘라 내는 나무 따위가 아니다. 도끼로 쪼개서 자잘한 장작들을 만들고, 그 장작을 움켜쥐고 똑같은 크기의 묶음으로 다시 나누는 작업으로는, 리듬은 드러나지 않는다. 운율론으로 회귀하지 말아야 한다.

16

리듬이 현대시학의 밑동을 차지하는 혁신적인 개념으로 부상하기 시작한 계기는 '자유시' 리듬에 관한 연구가 진행되면서였다는 사실은 부인하기 어려워 보인다. 그러나 동시에, 리듬 연구가 전반적으로 딜레마에 빠지기 시작한 이유도 여기에 있으며, 사실 이러한 사태는 일찌감치 예견된 것으로 보인다. 자유시나 산문시가 시단 전반에 차츰 강화되어 나타날수록, 리듬은 '형식'의 일부가 아니라, 오히려 '내용의 층위'에 존재한다는 인식이 확산되기 시작했다. 반면에 내용의 층위를 구체적으로 증명하기 위해, 또다시 언어의 물질성(음소나 음성 등)에 의존하여 리듬을 규명할 수밖에 없는 상태, 즉 이론적 모순이 생겨나는 것을 막을 도리가 없었다. 내용과 형식의 완벽한 이분법 속에 리듬에 관한 인식이 갇힌다. 리듬과 관련되어 당시의 연구자들이 갖고 있던 딜레마는 1960~1970년대 황희영이나 박경수에 의해 진행된, 그러니까 '율격론'에 뿌리를 내린 방법론을 극복하려는 시도를 통해서 단순히 해소될 수 있는 것처럼 보이기도 했다. 서두르기 전, 우리는 황희영의 연구를 면밀히 분석하고, 그가 연구한 개념들의 타당성 여부를 살펴야 한다. 운문을 중심으로 살폈으며, 결국 리듬이 아니라, 운율을 규명의 대상으로 삼았지만, 연구의 상당 부분은 결국 한국어의 작동 방식에 대한 것이었기 때문이다. 황희영의 연구는, 운율 중심이라는 점에서 김대행, 성기옥, 조동일의 연구와는 엇비슷해 보이나, 한국어와 리듬의 관계에 대한 사유의 길을 제시하고 있다는 점에서 상이하다는 사실을 언급하도록 하자. 리듬 연구는 점차 의미와 형식의 상관성이나 불가분성을 인지하고 접근하려는 1980년대의 시도들을 통해 율격론의 한계를 극복하려는 방향으로 나아간다. 리듬 비평이 시작된 것이다.

0

리듬과 통사:

"리듬은 무엇보다도 우선, 통사의 분쟁, 통사 간의 전쟁, 통사의 조직이다. 아니 통사 그룹에 대한 이해가 리듬의 근간을 차지한다."[13]

17

리듬 연구에서 의미와 형식의 결합을 염두에 둔 글을 읽는다. 리듬이 시에 특권화된 현상이 아니라는 사실을 윤곤강은 매우 짧은 에세이에서 이렇게 지적한다. "우리의 낡은 詩의 思考에 있어서는, 詩란 곧 리듬이 있는 「글」이었다. 그리하여, 詩로부터 散文을 쫓아낸 그다음에 와서는 散文에서도 리듬이 있다고, 소리를 높이여 主張하였다. 果然, 韻文이 아닌 散文에도 리듬이 없는 것은 아니었다. 비록 그것이 散文의 리듬일망정 本是 악센트가 있는 두 字 以上의 말이 모이면 거기엔 반드시 어떠한 한 개의

---

13 조재룡, 위의 글.

리듬이 구성되는 것만은 事實이다."[14] 윤곤강은 산문과 시에 공히 리듬이 존재한다고 지적하면서, 나아가 '악센트'에서 '톤'으로 리듬의 중심을 이전시킨다. "톤이란 산「말」이 가지고 있는 악센트의 생동하는 表情으로, 그것이 바로 散文으로도 우리가 能히 詩를 쓸 수 있게 하는 唯一한 힘을 주는 것"이라고 그는 말한다. 산문과 시의 이분법에 근거한 이와 같은 리듬론은 과연 설득력이 있는가? 리듬에 관한 글은 항상 시를 바라보는 관점을 노출시킨다. '성조(聲調)'나 '목소리', '톤'은 그에게, 적어도, 리듬과는 다른 무엇이다. 그가 "리듬이「있는 그대로」의 모양으로, 곧 詩가 될 수 있는데 反하여 톤은 그와는 反對"라고 말할 때, 또한 "類型化라는 것은 리듬에만 있을 수 있는 것"이라고 말할 때, 리듬은 그에게 있어서 운율과 딱히 다른 것이 아니며, "톤에는 類型化라는 것이 없"고, 나아가 "類型化된 리듬을 求할 수 있는 것은 오직 生動하는 톤뿐"[15]이라고 언급할 때, 소리와 의미의 불가분성에 대한, 리듬을 중심으로 제기한 그의 전제는, 사실상 크게 힘을 잃는다. 톤, 억양, 악센트 등등이 리듬과 연관되어 사유의 대상이 되는 대신, 리듬에서 튕겨져 나오는 까닭은 리듬이 그에게 근본적으로 운율과 다르지 않기 때문이다. 당연히 시는 그에게 정형시, 운문일 뿐이다.

0

리듬을 읽는다는 것은 무엇인가:

"우리를 시를 읽는다. 당신이 읽은 시의 구절, 그 구절에 대한 이야기, 그 구절을 읽으면서 우리가 갖게 되는 구성에 대한 것, 그러니까 어떤 방식의 특성을 구절들

---

14 윤곤강, 송기한, 김현정 편저,「성조론」,「윤곤강 전집 2」(도서출판 다운샘, 2005), 77쪽.
15 위의 책, 78쪽.

이 불러일으키는지, 그 구절이 결합하고 헤어지고 조직되는 방식이 어떤 특성을 지니는지, 그러한 통사적 특수성이 의미생성에 어떤 방식으로 관여하는지, 어디에 구두점이 놓였는지, 지루하더라도, 따분하고도, 진부한 감이 들더라도, 아니 짜증이 나더라도 이에 대한 성찰 없이 리듬 분석은 타당성을 획득하지 못한다. 이들의 문장, 이들의 통사가 어떤 방식으로 조직되지를 말하지 않고 이들 시의 리듬, 그러니까 말의 운동, 말의 조직, 말의 배치를 어떻게 살핀다고 주장할 수 있겠는가? 누가 명사구를 활용하며, 누구의 구두점이 기이하며, 누가 제 말을 활용하는 데 있어서 가장 첨예한 구문을 조직해 내는가? 문제는 바로 여기에 있다."[16]

18

리듬과 음악. 서우석. 1981년 출간된 서우석의 『시와 리듬』은 당시로는 매우 신선한 시도였다. 요지는 무엇인가? 그는 리듬을 '길이'와 '강세'에 의해 특정 단위로 나뉘거나 결합된, 일종의 시간으로 파악한다. 리듬은 그러니까, '이 세계를 시간 차원에서 지각하는 하나의 방법'인 것이다. 매우 철학적인 테제를 그는 꺼내 들었지만, 결국 시에서 중요한 것은, 최소한 그에게는, '미터(meter)'였다. 시에서 '미터'는 '시간의 동일한 간격'을 의미하며, 따라서 박자와 같은 개념으로 파악되기에 충분했다. 길이라는 것은 결국 '일정한' 길이요, 시간을 재면, 동일한 물리적 값이 도출되게 마련인, 그런 길이였다. 서우석에게 리듬의 요체는 바로 이것이다. 그는 리듬을 '미터', 즉 '일정한 길이'를 갖는 개념으로, 기계적, 수량적으로 환원했다. 박자(미터)와 리듬의 관계에 관해 서우석은 "미터 또는 박자는 리듬이 미터에 종속된다는 의미로서 받아들여지는 경우와 리듬이 유기화된

---

16   조재룡, 「리듬과 통사」, 《시인수첩》, 2015. 여름.

후 미터의 개념이 생긴다는 두 가지 뜻"[17]으로 받아들일 수 있다고 설명한
다. 미터와 리듬을 동일시하거나 최소한 상대화한 서우석의 시도는 리듬
개념을 '플라톤'의 관점으로 회귀시키는 퇴행적 시도라고 할 수 있다. 벤
베니스트는 어원상 '리듬'을 뜻하는 'ρυθμός(rhuthmos)'가 동적(動的) 운
동, 즉 개별적으로 '흐르는 하나의 행위'를 의미했으며, 따라서 규칙적·형
식적·수동적·정적인 개념이 아니었다는 사실을 규명했다.

> 따라서 우리는 말 그대로 "흐르기의 특수한 방식"을 의미하는 ρυθμός
> 가 고정되지도, 본질적인 필연성도 없는, 항상 그 주제가 변화하게 마련인
> "정렬"에서 연원한 "배치들"이나 "배열"을 기술하는 데 가장 적합한 용어
> 였다는 걸 알 수 있다.[18]

벤베니스트가 중요하게 밝혀낸 것은, 리듬 개념이 진리에 가까운 초월
성에 근거한 것이 아니라, 역사적으로 굴절되어 왔다는 사실이었다. 벤베
니스트의 지적에서 중요한 것은 리듬 개념이 매 시기, 리듬 개념에 대한
이데올로기의 표상이라는 사실을 알려 주었기 때문이다. 가장 중요한 이
데올로기의 표상, 리듬의 가장 영향력 있는 표상이 플라톤에 의해 이루어
졌다. 플라톤은 '동적 운동'이었던 리듬 개념을, 강약의 규칙적 반복에 토
대한 '템포'의 개념으로 정의했고, 차후 온갖 이분법은 물론, 리듬이 규칙
의 상징으로 이해되고 수용되는 데 결정적인 역할을 했다.[19] 서우석의 리
듬 개념은 플라톤의 리듬 개념과 상통한다. 그러나 리듬은 철학자들이 반
기는 시간이나 심리적 기재로는 설명되지 않는, 오로지 언어의, 언어 안에

---

17 서우석, 『시와 리듬』(문학과지성사, 2011), 17쪽.

18 E. Benveniste, "La notion de rythme dans son expression linguistique", *Problèmes de linguistique générale, I*(Gallimard, 1966), 333쪽.

19 위의 글, 327~335쪽.

서, 언어에 의한 조직이자 운동, 의미가 결정되는 통사의 사건이자, 말과 소리가 서로 떨어지지 않는다는 전제를 강력하게 드러내는, 디스쿠르의 사건이다.

19

리듬에 관한 연구의 전환점. 박인기의 연구. 율격은 왜 규범적인가? 어떻게 하면 리듬 개념에서 율격을 대신할 '자질'을 논할 수 있을까? 박인기는 현대시의 지배적인 리듬 구성 요소를 '억양과 의미'라고 말한다. 그런데 억양은 무엇인가? 'intonation'의 번역어인가? 현대 언어학에서 지금까지 '억양'을 성공적으로 이론화한 적이 과연 있었던가? 혁명의 바람을 피해 프라하에 정착하여 새로운 둥지를 튼 모스크바의 매우 명민한 저 언어학자들이 집중적으로 매달렸던 것도 바로 억양, 그러니까 'intonation' 개념의 이론화, 그리고 그 가능성이었다. 이후 몇 가지 사실이 알려졌다. 억양은 경험적이다. 억양은 주관적이다. 억양은 음절의 높낮이로 결정된다, 와 같은 것들. 그러나 다음과 같은 질문 앞에서 프라하 학파는 결국 제 실패를 고백했다. 억양은 통사적인가? 억양의 작동 원리는 무엇인가? 통사와의 연관성이 전제된다면, 억양은 어떤 방식으로 디스쿠르 안에서 나타나는가? 이 질문에 대한 대답은 주어지지 않았다. 그럼에도 이와 같은 물음 전반을 배제한 상태에서, 억양은 고작해야 가변적인 음성적 고저의 요소를 전제하는 개념일 뿐, 의미와의 상관성을 노정할 수 없을지도 모른다는 사실이 제법 자명해졌다. 박인기의 제안은 통사와 억양의 상관성을 전제하여 성립을 타진하는 새로운 리듬론, 그러니까 미래의 리듬론으로 보인다. 억양이 통사적이며, 통사와의 충돌로 생겨난 억양에서 조장된다고 박인기가 주장한 리듬은, 아직 미답의 영역에 머물고 있는 듯하다. 시의 억양과 통사의 의미적 상관성을 분석하는 작업이 여전히 요청되고 있기 때문이다. 박인기의 연구는 러시아 형식주의자들 중 특히 "수나 음절, 음성이나 음향이라는 기준을 과감히 버리고 온전히 '통사적 관점'에서 리듬에 접근"[20]한 오시프 브리크의 이론 전반을 참조한 후 도출된 것이라, 우리에게 시사하는 바가 적지 않다. 리듬이 통사적이라는 전제를 1980년대 후반, 누구보다 앞서, 제안했다는 점에서 그의 연구는 드문 시도이며 또한 값지다.

물론 현대 자유시의 리듬만이 통사적이며 의미론적인 것이 아니라, 한국어의 리듬이 그러하다는 단서가 따라붙는다. 일반적으로 자유시의 리듬을 대별한 지적들에는 공통점이 있다. 정형시의 리듬은 규칙적이며, 이에 비해 자유시는 규칙에서 벗어난 리듬을 갖는다는 사뭇 기이하다 할 전제가 깔려 있다. 오해가 여기에서 생겨난다. 정형시는 정형률에 의해 만들어진 시다. 정형률은 정형시의 리듬이 아니다. 정형률은 규칙적인 협약일 뿐이다. 리듬은 그냥 리듬이다. 정형시에는 당연히 정형률이 있다. 이와 별개로 정형시에는, 정형률 외에, 리듬이 있다. 자유시의 리듬? 산문시의 리듬? 산문의 리듬? 정형시의 리듬? 모순어법의 산물들, 그러니까 성립하지 않는 표현들이다.

20

왜 리듬은 통사 분석과 밀접히 연관되어 있는가?

왜 리듬을 헤아리는 기본적인 작업이 통사 구조의 분석에서 착수되는가?

20 조재룡, 「리듬은 '그' 리듬이 아니다」, 《현대시》, 2009. 7.

왜 리듬 분석의 초석이랄 수 있는 통사의 헤아림이 시-문학 텍스트 전반의 지형도와 관련되는가?

왜 프로조디 분석이 아니라 통사 분석이 선행되어야 하는가?

정형률과는 별개로 정형시 내부에 리듬이 자리한다면 이는 통사적인 차원에서 헤아릴 수 있는 것은 아닌가?

0

리듬을 둘러싼 네 가지 오해와 편견:

"텍스트의 리듬은 부수적(따라서 선택적이자 임의적이며)이라는, 리듬은 전적으로 시에만 관여한다는, 리듬은 읽는 독자의 개인적인 취향에 의해 자의적으로 해석된다는, 리듬은 온전히 형식적이라 텍스트의 의미 작용과는 아무런 상관이 없다는 저 주장이 리듬을 둘러싼 네 가지 편견이다."[21]

21

글을 쓰면서, 예전에 했던 말을 반복해야 하는 경우를 얼마나 자주 경험하게 되는가? 리듬에 관해, 리듬이 무엇인지에 관해, 특히 한국어의 리듬에 관해, 나는 여러 글에서 말한 바 있다. 리듬의 특성, 리듬의 근간, 리듬의 인식론, 리듬의 요체 등에 관해, 프랑스어의 예를 통해, 연구의 현황을 소개하고 관건들을 정리해 보았지만, 한국어의 리듬에 관해서는, '아

---

21 Gérard Dessons, Henri Meschonnic, *Traité du rythme Des vers et des proses*(Dunod, 1998), 3쪽.

는 것이 없다'로 소략했다. 2000년대는, 리듬 연구가 그 어느 때보다 풍성한 시기로 기억될 것이다.[22]

현재의 리듬 연구는 운율과 율격 등의 개념들과 리듬이 동일시되어 왔던 관점에서 벗어나고자 하는 시도인 한편, 음악적 요소로 인식되어 왔던 리듬에 대한 전통적 관점을 부정하거나 최소한 극복해야 한다는 사실을 정확히 인지한 상태에서 전개되고 있는 것으로 보인다. 연구의 가치도 적지 않으며, 그럴 것이라 생각한다. 특히 리듬을 수사학적 관점에 근거해 시의 기법의 일환으로 제한해 왔던 기존 연구의 한계를 노골적으로 드러냈다는 점, 리듬을 시작법의 한 요소로 국한시켜 형식을 중심으로 리듬 연구가 매몰되었던 일련의 작업들에서 벗어나야 한다는 사실에 대한 자각을 적극적으로 표출했다는 사실 등이 2000년대 이후 등장한 논의들의 성과로 꼽을 수 있겠다. 2000년대 리듬 연구의 (새로운) 출발선은 제반 연구의 한계 및 리듬에 대한 이론적 문제의식을 연구자들이 공유하면서 그려진 것으로 사료된다. 우선 '율격론'을 벗어나야 한다고 여긴다. 연구자들은 리듬 연구를 답보 상태에 묶어 두는 근본적인 요인이 여기에 있다는 인식을 대체로 공유하고 있는 것으로 보인다. 새로운 패러다임을 창출해야 한다고 입 모아 말하면서, 이들은 '현대시' 연구에 새로 정립해야 할 리듬 이론의 등장 가능성을 율격론과의 근본적인 작별에서 찾는다. 그간 리듬 연구가 대부분 '형식'과 연관되어 전개되었을 뿐이며, 따라서 리듬은 언어의 표현성이나 미학적 요소에 국한되어 연구되었고, 그렇게, 표현의 한 가능성이나 형식의 주된 표출이라고 여겼던 관점을 거부해야 한다고 지적하는 것도 잊지 않는다. 이들에게 리듬은 오히려 '의미 생산' 전반에 관여하는 개념이며, 이를 뒷받침해 줄 텍스트상의 지표를 발견하는 데서 리듬의 이론적 정립의 가능성을 노정하고 있는 것으로 보인다. 실제

---

22 이들의 주요 논지에 관해서는 오연경의 글 「한국 현대시와 리듬론의 반(反)운율학적 전망」(《상허학보》, 49집, 2017)을 참조할 것.

로 리듬의 작동 체계를, 운문, 산문, 자유시 등을 대상으로 확장시킬 뿐만
아니라, 개별적으로, 각각 다른 방식으로, 억양이나 강세, 통사 구조의 조
직, 템포, 공명 등을 통해 증명하려 시도한다. 전제는 하나로 모여졌는데,
각론이 서로 좌충우돌한다. 리듬 이론 연구를 위해 필요한, 그러니까 좋은
일이다.

22

그러니까 물음은 여전히 산재한다. 언젠가 누군가 어디선가 제기했던
물음, 동일한 의문에서 출발하여 도출된 질문일 수도 있다. 결국 한국어에
관한 것이다. 대부분의 질문, 물음, 논의, 쟁점, 관건은, 결과적으로, 한국
어의 작동 방식에 관한 것이며, 그것일 수밖에 없다. 음절간의 길이의 문
제, 강세나 억양의 문제, 고저와 장단의 문제, 통사의 조직과 의미의 관계,
무엇보다도 '디스쿠르(discours)'의 성질, 작동 방식에 전반에 관한 이해
의 문제 등, 아직도, 여전히, 해결되어야 할 난제들이 리듬 주위로 가득하
며, 리듬 주위로, 리듬을 기점으로 제기될 것이다. 한국어의 리듬은, 수많
은 연구가 개진되고 있는 지금, 여전히 답보 상태에 머물고 있는 것으로
보인다. 조그마한 용기 없이는 하기 어려운 말을 방금 했다. 그렇다. 리듬
에 대한 생각을 들여다보면, 그 사람의 언어와 시, 문학에 대한 관점을 비
추는 투명한 거울 하나를 보는 것과 마찬가지다.

리듬과 통사

리듬 비평은 통사에 대한 비평이다[1]

*

어느 시기에나 리듬은, 늘, 조직적으로, 필연적으로, 의미의 문제, 텍스트의 주체화 문제를 결부시킨다. 리듬은 형식에 국한되는 개념도 아니며, 임의적인 현상, 그러니까 매우 협소하고 별난 언어의 국지적인 발현도 아니고, 시에만 각별하게 특화되어 나타나는 현상도 아니며, 텍스트를 읽는 자의 취향과 억양, 그의 독법에 따라, 이렇게도 저렇게도, 자의적으로 해석되는, 이 기분, 저 기분에 따라 이런 리듬, 저런 리듬의 독해 가능성을 허용하는 변덕스러운 개념도 아니다. 리듬은 낱말이 운용되고 조직되는 방식이자 그 표식이다. 리듬은 통사가 운용되고 조직되는 방식이자 그 표식이다. 리듬은 자음과 모음이 조직되는 방식이자 그 표식이다. 리듬은 문장이 운용되고 조직되는 방식이자 그 표식이며, 그것을 헤아림으로써 언표 차원에 묶여 정의된 문장을 발화의 심급에서 매번 재-정의의 지평으로 끌어다 놓는 말의 운동이다. 리듬은 결국, 텍스트가 운용되고 조직되

---

1 H. Meschonnic, *Critique du rythme, Anthropologie historique du langage*(Verdier, 1982), 111쪽.

고 배열되는 방식이자 그 표식이다. 방점은 '운용과 조직'에 놓인다. 리듬은 텍스트를 구성하는 모든 요소들이 서로 뭉치고 부딪치며, 의미를 궁굴려 내는 방식이자 그 표식이다. 그간 리듬을 이론의 지평으로 끌고 오려는 시도가 여러 차례, 다양한 방식으로, 제 각각, 제기되었다. 이 글은, 리듬에 관해 제기했던 기존의 물음들, 그리고 앞서 제기되었던 문제들, 잔뜩 풀어놓은 사안들과 관건들, 거기에서 파생된 문제점이나 요점을 되풀이하는 데 할애되지는 않을 것이다. 언젠가 제기했던 아래의 지적을, 원론적인 차원에서, 다시 짚어 볼 필요가 있겠다.

① 리듬은 말의 지형도인데, 이 지형도에서 그 거점은 강세이다.
② 리듬에서 강세는 통사의 조직과 연관된다. 통사 구조를 헤아리는 작업이 리듬 연구의 초석이다.
③ 리듬은 또한 프로조디의 조직이다. 프로조디의 조직이 리듬의 부가적 지표가 된다.
④ 우선은 통사의 조직, 그리고 프로조디의 조직이 어울려 텍스트의 의미를 관장한다. 의미가 발생하는 순간이 바로 리듬이 개입하는 순간이며, 의미 생성과 떨어진 상태에서 논의될 수 있는 리듬은 존재하지 않는다.[2]

리듬이 말의 지형도, 말의 배치, 말의 배열이라고 한다면, 통사는 이 지형도의 가장 초보적인 밑그림이자 그 근간이다. 지형도 파악의 선행 조건이라는 말이다. 고딕으로 쓴 부분은 따라서 그 지형도를 따져 묻는데 선행되어야 할 어떤 절차에 대한 명기로 읽어야 할 것이다. 리듬 연구에서 왜 통사의 조직을 '먼저' 헤아려야 하는가? 당신은 누군가 당신에게 말

---

2 조재룡, 『시는 주사위 놀이를 하지 않는다』(문학동네, 2014), 174쪽.

을 할 때, 음성의 독특한 반복이나 그 조화가 자아내는 기이한 느낌 덕분에 그의 말을 이해하고 그와 소통할 발판이 생겼노라 말할 수 있겠는가? 그렇지는 않을 것이다. 말을 풀어놓는, 말을 조직하는 방식, 그러니까 구절구절을 끊거나, 마디마디를 강조하거나, 잠시 쉬거나, 다시 논지를 이어가는, 화자의 고유한 방식에 힘입어 우리는 그 화자가 말하고자 하는 바를, 그러니까 의미를 포착하게 되고, 이해의 단초를 마련하며, 대화의 열쇠를 쥐게 될 것이다. 누가 어떤 방식으로 제 말을 구성하고 조직하고 구사하는가? 모든 텍스트, 모든 말의 결과물들이, 저 통사의 특이함을 생명으로 제 특성을 갖추고 의미의 영역으로 진입하지만, 그중에서 우리가 시라고 부르는 텍스트는 통사의 저 배치와 운용, 그 조직에 있어서 가장 주관적이고 특수한 방식을 선보여 자주 우리의 독서를 머뭇거리게 만들기도 하면서, 주관적인 발화 속에서 고유한 의미를 쟁취해 내고자 끊임없이 이 세계에 도전장을 내민다. 통사와 음성에 관한 물음은 바로 여기에서 시작되어야 한다.

당신은 유음 중첩 현상(paronomase)이 무엇인지 알고 있다. 우리는 자음이나 모음이 독특하게 포개질 때 창출되는 특수한 효과를 일상에서 매번 마주한다. 이 자음과 모음의 조작으로 발생한 모종의 효과는, 통사와의 연관성 속에서 제 가치를 살피지 않으면, 거개가 표현의 순수한 미적인 측면, 그러니까 형식적이고 국지적이며, 장식적일 뿐인, 결국 말놀이와 밀착된 재미, 소리의 조작에서 빚어진 도드라진 것일 뿐인, 내용이나 의미와 독립적인 어떤 언어의 질서에 결부되었다는 착각 속으로 우리를 밀어넣는다. 통사의 운용과 동떨어져 소리의 효과만을 리듬 분석의 몸통으로 삼을 때, 어떤 일이 벌어지는 것일까? '아버지 가방에 들어가신다'와 '아버지가 방에 들어가신다' 사이에 존재하는 매우 단순하고도 당연한, 저 근본적인 의미의 차이를 설명하지 못하는 상태로 자발적으로 입사한다고 해야 할까?

프로조디(prosodie) 분석이라는 이름으로 행해진, 일련의 자음과 모음의 중첩 현상에 매몰된 연구는, 반드시 통사 조직에 관한 고찰과 그 연관성에 대한 규명을 경유해서만, 그러니까 통사와의 관계를 헤아릴 때만, 제 특수성을 도출시킬 수 있으며, 의미의 형성 과정을 따져 묻는 과정에서 동참할 수 있을 뿐이다. 의미와 형식은 서로 분리될 수 있는 것이 아니며, 의미의 목줄은, 우선적으로, 근본적으로, 통사가 쥐고 있다. 통사의 구성과 배치에 관한 면밀한 분석, 그러니까 글의 근본적인 조직 과정을 따지는 작업에서 출발하여, 프로조디의 분석, 그러니까 부차적인 차원에 대한 분석 순으로 전개되어야 하는 저 순서를 바꾸어 버리면, 리듬 분석은 의미와 동떨어진 완전히 다른 결론으로 치닫고, 소리의 형식적-장식적 질서 속으로 갇혀 순수함의 환상 속으로 빨려 들어가 버린다. 리듬 분석은 이렇게 시의 미적 측면, 국지적인 현상, 겉도는 장식과 같은 외피만을 덩그러니 바라보는 일을 목전에 두게 될 뿐이다. 소리에 대한 통념이 괴물처럼 리듬 연구의 길을 가로막고, 리듬 분석의 실현 가능성을 여기저기서 위협하고 있다. 프로조디 분석과 관련되어 우리에게 남겨진 또 다른 문제는 바로 소리의 기원, 순수성, 절대성, 상징성에 대한 신봉이다.

　음소(phonème)는, 그 어떤 경우에도, 그 자체로 의미의 기원을 자처할 수 없다. '음성상징'은 음소와 음소, 자음과 모음이, '관계' 속에서만 각각 제 고유한 값을 부여받게 된다는 사실에 무지하다. 가령, 'ㄷ'은 '폐쇄'의 상징('닫힌다'처럼)이다, 'ㄱ'은 '막힘'의 상징('죽음'처럼)이다, 쌍순음, 순치음, 설첨음, 설근음, 설면음, 권설음, 설치음 등등은, 혀의 위치에 따라 음을 굴려 낸 특정하고 고유한 상징(혀의 작용과 관련된)을 갖는다, 와 같은 견해는, 통념 중에서도 강력한 믿음 속에서 굳혀진, 가장 견고한 통념이다. 또한 모음이나 자음의 사용에 관한 음성 상징적 이해는 음운론(phonologie)과 음성학(phonétique)의 첨예한 차이에 대한 무지만큼이나, 소리나 문자의 기원을 따져, 각각의 원형과 진리를 고정시키려는 형이상학적 욕망에 시달린다. 소리 자체에 고유한 상징이 존재한다는 전제는, 인간의 언어활동에 대한 오해와 관계론에 대한 철저한 거부에서 빚어진 만큼, 상당히 위험하다. 간단하게 생각해 보자.

① 우리 사이 좋은 사이 해태 사이다
② 이 소리도 아닙니다 저 소리도 아닙니다 용각산은 소리가 나지 않습니다

①과 ②의 /s/는 같은 효과를 창출하는가? ①에서 /s/의 중첩을 통해 관계의 중요성과 우정에 대한 강조 효과가 만들어진다. 이러한 효과는 이는 물론 통사가 조직되는 방식, 그러니까 세 개의 명사구와의 배치를 통해서만 제 가치를 보장받을 뿐이다. 그렇다면 ②의 /s/는? ①의 그것이 취하는 값과 동일한 가치를 지니는가? 우리가 조금의 망설임도 없이 아니라고 말할 수 있는 물음은 그러나 시 분석과 연관되어서는 유독 반사적으로, 기계적으로, 고개를 끄덕이고 마는 이상한 통념이 되어 버린다. /s/는 뱀이 기어가는 소리의 상징인가?[3] 그렇게 유추될 수 있다고 해서, /s/의 중첩 놀이로 흥건하게 뒤발된 다양한 텍스트들을 읽으며 우리가 죄다 뱀을 떠올리거나 뱀이 유유히 빠져나가는 기괴한 소리를 듣는 것은 아니다. 모든 자음과 모음은 어떤 자음과 모음과 결합되는가에 따라 제 값이 결정될 뿐인, 언어라는 거대한 팔레트 위의 아주 작은, 가장 초보적인 재료일 뿐이다. 맥락에 따라, 그러니까 어떤 자모와 결합하느냐에 따라, 'ㄷ'은 '폐쇄'가 아니라 오히려 개방을, 'ㄱ'은 '죽음'이 아니라 '삶'을 상징할 수도 있는 것이다. 음성상징이라는 오해는 극단적인 경우, 정신분석학과 결합하여, 기괴한 주장을 낳는다.

---

3   자음 중첩 현상(allitération)을 설명할 때, 가장 많이 인용되는 것은 (s)의 중첩이 강하게 드러나는 라신의 시구 "Pour qui sont ces serpents qui sifflent sur vos têtes?"(누구를 위해 이 뱀들은 당신의 머리 위에서 휘파람을 부는 것인가?)(Racine, *Andromaque*(acte V, scène 5)이다.

'엄마(maman)'의 비순유음 /m/, '아빠(papa)'의 파열순음 /p/는 조음 방식에 따라 빨아들이기와 분출을, 즉, 포합적 구순 애용성, 그리고 파괴적인 항문 기능성을 말하는 프로이트의 "다(da)"와 "포르(fort)"를 반영한다. 우리는 유음 /l/, /r/, /m/ 그리고 전강 폐쇄 모음들의 구순애용 충동을 그리고 후강개모음들의 항문 기능 충동을 진지하게 고려할 것이며, 협착 무음 /f/, /s/, /ʃ/, /ʒ/ 등에 있는 이 충동의 남근숭배화 경향을 고려하고, 파열무음 /p/, /t/, /k/의 혹은 유음 /b/, /d/, /g/의 공격과 거부의 충동 그리고 설단음 /(r)/의 남근 발기 충동을 또한 진지하게 고려할 것이다.[4]

　그러니까 /m/, /p/가 "구순애용 충동"을, /f/, /s/, /ʃ/, /ʒ/는 "남근숭배화의 충동"을, /p/, /t/, /k/, /b/ 등등이 "공격과 거부의 충동"을, /r/는 "남근 발기 충동"을 '선험적으로' 배태하고 있는 음소라는 것이다. 그러나 '엄마'와 '아빠'라는 말에 이런 너저분한 뜻이 담겨 있을 리 없다. 분절된 발음으로 옹알이를 하던 어린아이가, 어느 날 서로 아무런 관계도 맺지 못하던 '엄'과 '마'를 하나로 결합시켜 '엄마'라는 경이로운 말을 이 세상에서 발화한다. 그 순간 '엄'은 오로지 '마'와의 의존적 관계에 의해서만, 제 값을 부여받는다. 이렇게 아이는, 서로 무관하던 이 두 소리를 하나로 결합하면서, 오로지 그와 같은 언어활동 안에서, 언어활동에 의해, 대상(엄마)을 의식하고, 의미를 부여하며, 비로소 타자와 관계 속으로 진입하는 것이다. 리듬 연구에서 프로조디 분석은 음성에 기원을 돌려주는 작업일 수 없으며, 그렇게 되어서도 안 된다.

　통사의 조직에 대한 분석이 선행되지 않은 상태에서 리듬 연구의 주된 대상으로 불려 나온 프로조디 분석은 결국 언어의 겉을 어떤 신념에 사로잡힌 채, 핥아 내리는 일에 몰두할 뿐, 의미의 문제를 추적해 나갈 최소한

4　J. Kristeva, *La révolution du langage poétique*(Seuil, 1974), 224~225쪽.

의 단서도 찾아내지 못하고, 분석 전반을 엉뚱한 곳으로 이동시킨다. 그것은 리듬 분석이 아니다. 의미가 만들어지는 과정에 대한 진지한 탐구가 아니며, 단지, 보고 싶은 현상을 보고자 한 것, 정리하려 했던 욕망의 분출한 개인적인 신념의 표출일 뿐이다.

*

우리는 말 그대로 "흐르기의 특수한 방식"을 의미하는 ῥυθμός가 고정되지도, 본질적인 필연성도 없는, 항상 그 주제가 변화하게 마련인 "정렬"에서 연원한 "배치들"이나 "배열"을 기술하는 데 가장 적합한 용어였다는 걸 알 수 있다.[5]

리듬은 전적으로 의미의 문제, 의미의 표식, 의미의 지표, 의미 생산의 경로, 의미의 게토이다. 리듬은 시에서, 텍스트에서, 산문에서, 글로 된 모든 재료들에서, 의미가 되어 가는 과정 전반을 드러내고 주조하고 관여한다. 리듬은 의미 전반의 문제를 텍스트 전체(우리가 디스쿠르라고 부르는)에서 출발하여 텍스트를 구성하는 요소요소들의 관계를 헤아리는 작업을 통해서, 그렇게 해서, 결국 텍스트의 특수성을 규명하는 데 소용되는 말의 조직(organisation de la parole)이다. 형식에 관한 물음에만 매달릴 때, 프로조디 분석에만 매몰될 때, 리듬을 둘러싼 혼동이 가중될 뿐이다. 그것은 엄밀하게 말하면, 시를, 텍스트를, 의미와 동떨어진 형이상의 공간으로 이동하는 일이며, 시에서 오로지 소리에 사로잡히는 일이며, 이 소리의 미적

5   E. Benveniste, "La notion de rythme dans son expression linguistique", *Problèmes de linguistique générale, I*(Gallimard, 1966), 333쪽.

하모니를 그러모아 시 전반을 규명했다고 믿는 신념의 표출이며, 의미의 자잘한 결들을 소리의 아름다운 조화라는 국지적 현상으로 설명할 수 있다는 욕망과 환상에 사로잡혀, 의미를 내팽개치고, 형식의, 장식의, 감옥에, 시를 오롯이 가두어 버리는 결과를 낳는다. 통사의 조직에 대한 고찰 없는 리듬 분석은, 시에 덧칠을 해 놓은 치장이나, 외형을 빛내는 장식을 찾아내는 손쉬운 일로, 부재하는 리듬 연구, 이 부재에 대한 부채 의식을 탕감하려는 욕망의 소산일 뿐이다. 우리가 아직 사유하지 않는 정신을 일시에 해소하려 하는 욕망, 물음을 끈질기게 물고 늘어져 논쟁과 비평의 장을 제시하는 긍정적인 제안을 가로막는, 어떻게 건 해결을 하려는 조급증을 노출하고 만다. 리듬에서 통사는, 통사의 조직(한국어에서 아직 체계화되지 않은)은, 통사와 강세(한국어에서 여전히 난점으로 남겨진)에 관한 연구는 모든 시도의 출발이자 분석의 근간이다.[6]

리듬은 "조각난" "거친" "부풀어 오른" "중후한" "깡충거리는" "귀족적인" "잠재우는" "여성적인" "규칙적인" "율동적인" "세 쌍[三雙]적인" 특성에 의해 규정되었다. 1965년에서 1996년까지 다양한 문학연구 매뉴얼에서 취해진 이와 같은 표현들은 완전히 서로가 서로에게 동떨어진 고찰들의 결과를 증명하며, 심리학("중후한")뿐만 아니라 문학에 대한 얼마간의 미학 역시 드러낸다. …… 그러나 텍스트의 리듬이란 결코 이러한 것이 아니다. 방금 인용한 표현들은 사실상 리듬을 말하지 않는다. 왜냐하면 리듬 분석은 심리적이거나 미학적 질서에서 비롯된 개인적 평가들, 그러니까 자주 리듬을 대신하는 저 개인적인 평가들과는 혼동될 수 없기 때문이다. 리

---

6 프랑스어에만 해당된다고 언급할 수도 있겠지만, 가만 생각해 보면, 이러한 제안은 매우 보편적인 가치를 지닌다. 가령, 한국어와 리듬에 관해, 음절 간의 길이의 동등성 여부, 강세의 여부, 프로조디 분석의 단위(음소, 음절, 어절?)에 대한 물음을 던지면서, 내가 통사의 운용과 조직의 문제는 이 물음들에 선행해서 연구해야 한다고 강조할 수 있었던 까닭도 바로 이 보편성에 있다.

듬 분석은 프랑스어의 음성적 원리들의 근간에 활로를 열어 줄, 객관적, 구체적, 증명 가능한 방식에 토대를 두고 있으며, 그 첫 번째는 바로 통사 그룹의 강세이다.

음절들 혹은 낱말들(두 쌍의, 세 쌍의 리듬 따위)의 숫자적 분배와는 아무 상관도 없는 이 강세는 프랑스어의 통사를 디스쿠르에 따라 가변적인 리듬적 단위와 연결해 준다. 예를 들어, "Tu viens?"이라는 그룹에서 인칭 대명사 'tu'(너)에 강세가 발생하지 않은 것과 "Viens-tu?" 그룹에서 인칭 대명사 'tu'(너)에 강세가 발생하는 저 근본적인 원인은 바로 통사에서 기인하는 것이다.[7]

통사 그룹에 대한 규명과 강세에 대한 연구는 리듬을 파악해 나갈 단초이자 초석이다. 중요한 것은 리듬의 통사적 차원에 관한 연구가, 문법적인 차원에서는 결코 드러날 수 없는 의미의 영역을 드러낸다는 데 있다. 몇 차례 언급했던 사실이지만, 한 번 더, 간략하게 이와 같은 사실을 설명할 필요가 있겠다. ①Tu viens?(너 오니?) ②Viens-tu?(오니, 너?)는 '문법적인 차원-언표(énoncé)의 차원'에서 볼 때, 전자가 회화체라는 정도의 차이만을 말할 수 있을 뿐이이다. 그러나 리듬의 통사적 차원에서 이 두 문장을 살펴보면, 이 문법적 차원-언표의 차원에서 알 수 없는 무언가가 속출되기 시작한다. 프랑스어에서 강세는 통사 그룹의 마지막에 발생한다는 점[8]을 염두에 두고 다시 읽어 보면 ①Tu viens?은 'viens'(오다 동사의 활용형)에 강세가, ②Viens-tu?"는 'tu'(너라는 이인칭 대명사)에 강세가 발생한다. ①과 ②는 이렇게 각각 동일한 문법 요소로 구성되어 있지만, 강조되는 부분이 서로 다른 문장이다. ①은 '온다'가 강조되어 '오다'라는 행위에 무게가 실리며 ②는 '너'가 강조되어, '오는 행위'의 주체에 무게

---

7   G. Dessons. H. Meschonnic, *Traité du rythme Des vers et des proses*(Dunod, 1998), 5~6쪽.
8   이 점에 관해서는 『시는 주사위 놀이를 하지 않는다』(앞의 책)에서 상세히 밝힌 바 있다.

가 실린다. 그러니까 각각의 의미는 매우 미세하게나마, ① '네가 온다는 거지?'와 ② '오는 건, 그도 나도 아니고, 바로 너라는 거지?'와 같은 차이를 보이는 것이다. 이 미세한 차이가 바로 리듬 분석에서 모습을 드러내는, 언어의 '정동(affect)'이다. '정동'은 철학적 용어이기 이전에, 벌써 문법적인 차원-언표의 차원에서는 형성되지 않는, 나타날 수 없는, 살펴볼 수 없는, 오로지 리듬이 드러내고 밝혀 주는 의미의 층위인 것이다. 리듬 분석은 통사의 운용, 구성, 배치와 의미와의 관계에 대한 고찰에서 착수되어야 한다.

리듬, 즉 리듬의 기초인 통사 그룹을 따져 묻는 일은 실로 어떤 시인이, 어떤 작가가 어떤 어법으로 제 말을 구사하고, 조직하고, 배치하는지를 헤아리는 일과 다르지 않다. 문장의 특성을 헤아리지 않고 어떻게 말을, 말의 조직을 분석할 수 있을 것인가? 통사의 조직을 관찰하는 작업은 작품의 기저로 파고들고, 주제를 솎아 내는 일의 시발점이 된다. 우리는 문학작품에서 형식과 의미는 떨어질 수 없다고, 그러한 사실을 인정한 상태에서 문학작품의 가치를 살펴야 한다고 말해 왔다. 그러니까 형식이 의미가 되고, 의미가 형식을 이루는, 그렇게 현대 시학에서 자주 입버릇처럼 내뱉곤 하는 저 '의미-형식'이라는 단위를 역동적으로 사유할 가능성이 바로 리듬에서, 리듬 연구에서 생겨난다. 의미가 형식이 되고 형식이 의미를 창출하는 단일체로 여기고 텍스트 분석에 임하는 일은, 그러나 바로 그것을 수긍하는 일처럼 용이한 것은 아니다.

시를 읽다가, 멈추게 되는 바로 그 지점에 통사의 반란이 시작될 것이다. 한참을 붙잡혀 골똘히 조직을 들여다봐야 하는 순간을 마주했다면, 필경 통사의 문제, 통사 조직의 문제, 통사의 특수성의 문제와 당신은 마주한 것이다. 이 난해한 지점, 신비로운 지점, 이해가 불가능하다고 여길만한 지점을 파악하려 시도하는 것이 리듬 분석의 첫 번째 단계이며, 그것은 통사 그룹의 경계를 확인하고, 그 범람을 헤아리려 하고, 전반적인 구성을 따져 보는 일이다. 그때 당신의 손에 들려 있는 것은 작품의 지형도일 것이며, 이 지형도를 들고 당신은 의미를 추적하고, 의미가 결정되는 과정을 솎아 내고, 의미가 붕괴되는 그 양태를 하나하나를 그려 나가, 결국 텍스트의 특수성에 도달하려고 애를 쓸 것이다.

*

그러니 리듬이란 대저 무엇인가? 시가 언어의 주체와 대상을 동시에 이룬다는 이중적인 의미에서 모든 시는 리듬의 삶이며 삶의 리듬이다. 리듬은 곧 시가 자기 자신에게 하는 말이자 언어의 행위이며, 그 행위가 조직되는 과정 그 자체이다. 리듬이 시를 바꾸는 것이 아니라 바뀐 상태의 자격으로만 시가 리듬에 의지하여 저 자신을 돌본다. 시는 언어의 작동 방식, 이 이외 다른 것에서 출발하지 않는다. 리듬은 시의 자기 변화를, 언어의 변화를 살필 뿐이다. 세밀한 과정으로만 생존할 뿐인 의미, 그 의미의 모습을 보고자 할 때, 시가 자기를 관찰하고 변화하려 스스로 달라지기를 멈추지 않을 때, 이 멈추지 않는 움직임, 그것이 바로 리듬이다. 시가 자기 자신을 느끼는, 체현하고 음미하고 파악하고 사유하는, 비상한 속성이 바로 리듬이다. 이 속성을 언표와 문법의 차원은 물론 그 이상의 것, 그 이상의 의미의 실현에 관여하는 언어의 운동이라고 한다면, 시 안에서 살아 있는 주관적인 언어에 의한 삶의 주관적인 변형이라고 한다면, 어떤 종류의 시가 과연 리듬과 의미를 서로 구분하면서, 이 세상에서 제 삶을 모색할까? 리듬은 형식의 유희도, 음성의 조작으로 제 지표를 과시하는 표현성의 집약도, 항구적인 어떤 구조의 산물도, 논리적 모호함 속에서 길을 잃고 마는 난해성의 유산도 아니다. 리듬은 우리의 말이, 우리가 구사하는 말의 가치, 그 말을 통해, 그 말 속에서, 가장 첨예하고 낯선, 삶에서 우리가 체험하지 못했던 감성을 드러내며, 언어의 잠재력을 끄집어낸 말이 바로 시라는 사실, 주관성을 최대한 적재해 낸 상태의 발화가 바로 시라는 사실을 가장 극명하게 알려 준다. 통사에 대한 분석과 그 특수성에 대한 규명, 거기에 프로조디의 연구를 더해 놓은 순서를 밟아 나가는 것이 아니라면, 리듬 연구는 결국 반쪽짜리 가면으로 제 얼굴을 가리는 일에 급급할 뿐이다. 음소가 결합하고 공명하는 방식에 대한 분석은, 통사에 대한 근본적인 고찰이 선행되지 않을 경우, 야콥슨과 구조주의자들, 수사학자들과 운율학자들보다 나아진 것이 없는, 절름발이식 행보의 반복 속에서, 결국 음성중심주의, 음성로고스주의에 갇히고 말 것이다. 프로조디 분석은 리듬 연구에 있어서 이차적이고 부가적인 하나의 절차, 결국 통사에 대한 면밀한 연구가 이루어진 추후에 소급해야 하기 때문이다.

*

> 각각의 시학에 있어서 그 어떤 통사가, 각각의 통사에 있어 그 어떤 시학인지를 묻는 것, 그것은 바로 이 각각을 결정하는 고유한 개념들의 내적 연대성이다.[9]

우리는 시를 읽는다. 당신이 읽은 시의 구절, 그 구절에 대한 이야기, 그 구절을 읽으면서 우리가 갖게 되는 구성에 대한 것, 그러니까 어떤 방식의 특성을 구절들이 불러일으키는지, 그 구절이 결합하고 헤어지고 조직되는 방식이 어떤 특성을 지니는지, 그러한 통사적 특수성이 의미 생성에 어떤 방식으로 관여하는지, 어디에 구두점이 놓였는지, 지루하더라도,

---

9   H. Meschonnic, *Critique du rythme*, 112쪽.

따분하고도, 진부한 감이 들지라도, 아니 짜증이 나더라도, 이렇게 우리를 찾아온 통사의 방문에 대한 성찰 없이, 리듬 분석은 타당성을 획득하기 어려울 것이다. 이들의 문장, 이들의 통사가 어떤 방식으로 조직되는지를 살피지 않고서, 이들 시의 리듬, 그러니까 말의 운동, 말의 조직, 말의 배치를 어떻게 논의할 수 있겠는가? 누가 어떤 구문을 활용하는가? 누가 제 말의 사용에 있어서 가장 첨예하고 주관적인 구문을 조직해 내는가?

문제는 바로 여기에도 있다. 그러니까 낡은 언어의 구조 속에 안주하여 겉돌고 있다고 우리가 믿었던 그런 구문조차 시에서는 때로 통사의 사건, 의미의 조직이다. 그 모습은 정확히 언어라는 존재의 생존을 가능하게 해 주는 데 목적을 둔 말의 조직, 말을 조직하는 방식, 암묵적 규칙을 움직여 발화의 유형을 창안하는 일과 무관하지 않기 때문이다. 그 기본 형태가 얼어붙어 있는 것만 같고, 맹목적 운동이 무한히 반복되는 구조의 단순한 연장에 머물고 있는 것처럼 보이는 때조차도, 언어에는 어떤 힘이 활동 중이라는 사실은 간과될 수 없다. 그 힘은 삶을 지속시켜 주는 현재의 상태에 만족하는 것이 아니라, 오히려 호시탐탐 기회를 엿보며 언제고 미지의 세계로 입사하려 예비하고 있다고 해야 할 것이다. 있는 것을 보존하는 데 만족하지 않고 언어의 힘을 가로지르며 뿜어내는 리듬은 저 말의 운동에 걸맞는 도약에 주목하는 힘, 아직 알려지지 않은 언어와 삶, 시와 주체의 관계를 발견하고자, 그렇게 사유를 발명하고자, 그러한 과정을 통해서 의미를 추적하고자, 새로운 세계를 일어나게 하고 언어가 활동하는 저 방식에 대한 지식을 확장하면서 통념으로부터 일보 전진할 때를 기다리고 있다고 말해야 한다.

시에서 그 어떤 반복도 같은 반복이 아니며, 그 어떤 동일한 구절도 동일한 구절이 아니라면, 이는 전적으로 통사의 관점에서 의미를 추적하고자 할 때 할 수 있는 말일 뿐이다. 시는 '디스쿠르(discours)', 즉 하나의 덩어리로만 존재한다. 이 덩어리를 구성하는 요소요소에 가치를 부여하는 것은 덩어리를 구성하는 문장의 결합 방식인 것이지, 추상적인 음성적 효과의 발현도 그 총체도 아니다. 낱말의 가치, 구절의 가치, 구문의 가치, 문장의 가치는, 낱말과 구절과 구문과 문장을 둘러싼 또 다른 낱말, 또 다른 구절, 또 다른 구문, 또 다른 문장들이 결정하는 것일 뿐이다.

*

앙리 메쇼닉은 리듬을 조직과 배치의 관점에서, 통사의 사건이라는 관점에서, 시의 주관성의 표출이라는 관점에서, 의미 생성에 있어서 최초의 원천이자 최후의 방점이라는 사실을 밝혀내려 했고, 그 결과를 프로조디의 운동을 결부시켜 내며, 리듬이 의미의 사건이라는 사실을 끈기 있는 성찰과 준엄하고도 엄정한 비평정신 바탕으로 집대성했다. 그는 그렇게 리듬에 대해 통용되어 왔던 논리 전반에, 벌써 잘 알려져 있었던 주장들과 사로잡혀 있던 통념에, 의미와 형식을 다양한 차원에서 분리시켰던 전통적-수사학적-미학적-언어학적-인류학적-문학적 관점들과 맞서서 크게 이의를 제기했고, 특히 시를, 리듬을, 예술을 언어와 삶에서 이탈시켜 형이상학의 곁에 세워 두려한 철학자들과 기호학자들의 시도를 비판하고 리듬 연구에서 이들의 흔적을 지워 내는 일에 평생을 바친 학자였다.

그는 사유란 오로지 통념에 대한 도전일 때 사유일 수 있다는 사실을 실천하고자, 모두가 당도했다고 믿었던 곳에서 언제나 한발을 더 내딛는 일에 몰두했으며, 제 삶을 모조리 번역과 시와 문학과 예술과 언어 연구에 아낌없이 바친 사람이었다. 예술이 삶을 고안하는 방식이며, 삶이 예술을 통한 변형이라고 말하며, 그는 이 양자의 가당치 않은 분리에 맞서 가장 엄밀한 방식의 비평적 시선을 우리에게 투척했으며, 언어에 의해, 언어 안에서 일어나는 모든 작용이, 결국 우리의 삶에 주관성의 무늬를 새기는 과정과 흔적을 리듬 이론 중심으로 정교하게 추적했고, 리듬 연구가 타자와 사회와의 관계를 갱신하는 시도라는 사실을 끈덕지게 물고 늘어졌던 뛰어난 사람이었다. 예술가와 시인의 가치를 역사 속에서 되묻고 캐물으며, 지금-여기의 삶 속에서 자리매김을 하려, 리듬 시학을 창안하여, 아무도 내딛지 않은 곳에 홀로 당도했던, 그래서 외로운 사람이었다. 시학의 영역에서 일어난 이 놀라운 전복을 침묵으로 흘려보낼 수는 없을 것이다. 한국어의, 한국 시의, 한국어 텍스트의 리듬과 관련된 논의에서 앙리 메쇼닉은 어쩌면 인용되지 않아야 하는 것인지도 모르겠다. 신념과 사실이 그런 것과 마찬가지로, 확신과 타진이 늘 같은 말이 아니다. 리듬에 대해 많은 논의가 생산되고 있는 지금, 역설적이게도 우리가 아직 모르는 것에 대해, 우리는 잠시 침묵을 해야 하는 것은 아닐까. 그렇게 아주 작은 사실에서 논의를 착수하여 규명하고, 견해를 나누어 토론하고, 논지를 다시 궁리하고 또 궁리해야 하는 시간이 필요한 것은 아닐까.

2부

야만과
침묵

죽음이 쓰는 자서전

김혜순, 『죽음의 자서전』(문학실험실, 2016)

> 살아 있는 우리는 죽은 자들일지니, 쓰디쓴 죽음에 자신
> 을 내맡기지 말라.
> Media vita, ni morte sumus, Amarae morti ne tradas
> nos.[1]

죽음의 미로, 사자(死者)들의 대해(大海), 망자(亡者)들의 투망. 누군
가 그 안으로 들어가야 한다고, 침잠해야 한다고, 온몸으로 받아 내야 한
다고, 그것은 차라리 산 자, 살고 있는 자의 책무라서, 제 하얀 백지로 매
일 마주했다면, 그는 필경, 출구 없는 그곳으로 들어가기 이전이나 대해의
심연에 빠지기 전까지, 그렇게 온통 그물을 뒤집어쓰기 직전까지는, 그 누
구도 알 수 없으며 알아도 안 되는 죽음에 골몰했던 사람이었을 것이다.
아니다. '골몰'이라는 말은 잘 어울리지 않는다. 죽음이 꾸는 꿈을 기록해
낼, 합당한 말의 형식을 발견하거나 차라리 고안하는 일에 가깝기 때문이
다. 돌아 나올 가능성이 전무하다는 사실이 자명한데도 빠져드는 일, 검은
저 바다에 제 언어의 부표를 꽂아 보는 일은, 주위에 아무도 없어, 아무도
내딛지 않아, 그 내용과 형식을 누구도 벌써 알지 못하기에, 오로지 실천
을 해야만 하는 일, 그렇게 과정으로만 가능한 제 일상의 일이 되어 버렸
을 것이다. 마침내 그 일을 감행했을 저 자신조차 그 파장과 다가올 사태
를 짐작하기 어려운 것은 아니었을까. 밀려오는 공포와 두려움, 참혹과 비

---

1   윌리엄 젠슨 레이놀즈, 밀번 프라이스, 이혜자 옮김, 「발불루스 노트케(Balbulus Notker)」, 『찬송가
    학』(이화여자대학교출판문화원, 1997), 49쪽.

극을 감당하며, 몸과 그림자를 함께 부여잡고 지내야 하는 지금-여기의
삶이라고, 그렇게 우리 모두의 순간과 순간이라는, 저 직관이 아니었다면,
불가능했을 실천을 우리는 지금 보고 또 읽으려 한다. 차라리 외로운 일,
외로운 길, 외로운 정념이었을 것이다.

　사방이 보이지 않는다. 출구가 없다. 지반이 사라졌다. 허공에 떠 있다.
두 발을 내릴 수가 없다. 입을 놀릴 수가 없다. 공포가 세상을 뒤덮고 있
다. 죽임을 당한 존재들과 죽어 가는 존재들을 보고, 만지며, 그 안으로 침
투하여, 그렇게 돌아든 다음에야, 비로소 모든 것이 조금 환해지는 것이라
해도, 그에게 남겨진 것은 차라리 표현할 수 없는 무형의 실체, 그 덩어리
였을 것이다. 이 덩어리를 기록하는 작업은 참혹한 일, 참혹을 겪어 내는
일이었을 것이다. 삶과 죽음의 서로 엉킨 저 실타래가 조금씩 풀려나와 검
은 혀를 내밀기 시작하고, 말이 활동할 공간이 이렇게 주어지는 것이었을
까. 삶이, 마음이, 사유가, 저 말이, 어지러이 휘어지며 잠시 흐릿한 이정표
하나가 된 그 곳에서, 사방을 분간할 수 없는 컴컴한 자궁, 그 검은 바다에
표식을 하나씩 꽂으며, 한발 한발 내딛는 저 발걸음에서, 불투명하고 불확
실한 제 그림자를, 그는 자주 매만지기도 했을 것이다. 미지의 입자들이,
주인을 찾지 못한 살점들이, 사방에 새겨진 비명들이 일시에 쏟아지듯, 한
번에 무너지듯, 간헐적으로 서로 모이고 흩어지기를 반복하며, 어느새 글
자가 되고 여백이 되어, 붉은 문장이 되고, 검은 페이지가 되어, 무언가를
잠시 내려놓고 그렇게 내려앉는 매 순간에, 그는 늘 혼자, 그러니까 첫 걸
음, 첫 마음, 첫 말, 첫 모험의 주인이었을 것이다. 죽음의 시를 읽고 또 읽
는, 사라질 듯하다가, 또다시 되살아나, 어느새 내 곁에, 우리의 곁에, 우리
사회의 한복판에 당도한 죽음의 시간 속에서, 죽음의 살점들, 죽음의 아우
성을 매만지는 지금-여기, 죽어야 할 수 있는 말이, 죽으려 하는 문장이,
망자-산자의 구분을 취하하는 문자가, 너-나의 말, 사자(死者)가 된 여인
의 절규가, 공동체의 폭력과 공동체의 신음이, 너-나의 참혹이, 세계를 노

크하고, 검은 문을 열어 우리 곁에 사(死)-생(生)의 목소리를 피워 낼 것이다. 사십구일, 제문(祭文)의 항적을 하루하루의 일기처럼 따라간다.

하루: 영원의 그림자가 죽음의 외투를 입고 지하 바닥에 나뒹굴고 있다. 스마트한 시대의 죽음은 영정 사진처럼, 화면 속에서 살아나 기이한 춤을 추고 있구나. 비굴한 죽음, 희롱당하는 죽음, 그 속으로 들어가야 한다. 차마 외면할 수가 없다. 생명이라는 이름의 비참과 삶이라는 이름의 비극이 어느 여인의 몸에 기필코 제 검은 수의를 입혔구나. 죽음의 형식들에 걷잡을 수 없이 함몰되어, 차라리 살지 않아야만 할 것 같은 저 보잘것없는 생(生)을 향해, 이토록 당당한 일보를 뗀다고 어떻게 믿을 수 있을까.

이틀: 핏빛으로 얼룩진 삶을 한 장 한 장 넘겨 본다. 죽음이 뿌린 하얀 피, 삶이 번져 낸 붉은 피가, 썩어 벽에 얼룩으로 낭자하다. 삶이라는 자격의 너, 너라는 호칭에서 배어나온 울음이, 사방을 적시고, 벽에서 한없이 흘러내린다. 달력이라는 이름의 공포, 비겁한 눈빛, 부수어진 머리칼, 죽음이 제 냄새를 피우며 시계바늘에 무거운 추를 매달아 놓는다.

사흘: 그렇지요? 안녕하시지요? 죽어라! 인형 같은 년. 너는 말한다. 눈알을 뽑고 머리카락을 뭉텅뭉텅 잘라 버리고 몸을 불사르는, 너. 너는, 말한다. 여자라는 이름의 더러운 것들아, 이 잡것들아. 모멸에 열뜨고, 추악한 얼굴로 비루한 파국을 조장하는구나. 사(死)를 견디며 축축한 생(生)을 기어코 살아 내는 자는 누구인가. 지금-여기서, 오욕을 딛고 서 있는, 유린의 역사를 지탱해 온, 두 다리의 저 꺼지지 않는 불꽃과 그 트임을 보라. 나는, 그러니까, 이렇게 여성이다. 삶의 밖에 있는 사람은 너다.

나흘: 서로 기대야 한다. 그렇게 그곳으로 들어가야 한다. 풍덩, 뛰어들어야만 한다.

시린 이를 꽉 물어야 한다. 물의 저 방백 속으로 내 전신을 투신해야 한다. 나는 물이다. 너는 물이다. 물이 물에 기대고, 네가 나에게 들어와야만, 조금 흐르는 지금-여기, 이 불멸의 필연을 누가 거짓이라고 함부로 주둥이를 놀리는가?

닷새: 죽어서 환하게 알 수 있는 세계는 없다. 그러나 늘 그랬듯, 믿음은 부실하고 성실하지 못할 때만 믿음이다. 사실의 틈새를 열어, 그곳에다가 말을 조금씩 밀어 넣어라. 검은 잉크를 찍어, 하얀 종이 위로 빛의 문자를 끌고 와, 하나하나 고통의 정념을 수놓을 때, 우리는 아직 태어나지 않았고, 여전히 죽지 않은, 단 하나의 순간을 기다리게 되리라.

엿새: 가지 마라. 가거라. 가지 마라. 가거라. 춥다. 몸이 없어, 물이 되어, 날개를 잃어, 그렇게 형체를 상실한 저 영혼들, 떠나보낼 수도 위로할 수도, 차마 보듬을 수도 없다. 끌어안으려 한다. 오로지 그러려 한다. 의지 하나로, 실현되지 않은, 그러나 실현될 가능성으로만 사유할 수 있는 죽음은 대관절 무엇인가?

이레: 죽음이 컹컹 짖어 대는 밤, 이름과 표정이 벌써 낯선 타지의 여인들. 광막한 창공에 그들이 슬픔으로 가득 새겨 놓은 불행의 얼룩진 무늬들이 네 얼굴 위를 저벅거리며 걸어 다니고 있다.

여드레: 구원은 기만이다. 희망은 고문이다. 태어나면서부터 사지가 묶여 있는 여성이라는 저 존재들, 만나기도 전에 이별을 준비하는, 사회의 저 하층에서 착취당해 온 존재들, 고아들, 소외된 사람들, 희생을 빼고는 쓸모없어진 존재들, 항용 남루한 사람들, 먹이사슬의 첫 희생양으로 살고 또 죽어야 하는 존재들, 일회용 소모품 같은 존재들이 네 눈에는 보이지 않느냐.

아흐레: 지금-여기에서 형체를 잃은 존재들이 유령처럼 떠돌고 있는, 이미-거기에

붙잡힌, 버젓이 있음을 가장한, 그러나 도저히 없는, 오로지 도래할 무엇으로 현실에서 밀려나 유보되고 마는 존재들, 우리들의 자화상.

열흘: 죽었어도 죽지 않아야 하는 존재들의 망각에 대항하여, 사투를 벌이는 하루하루, 지친 다리와 불어 터진 영혼을, 순장(旬葬)한 손가락을 탓할 수 없구나.

열하루: 불덩이 하나가 물 위에서 솟아나, 대지를 밟고, 저 하늘로 날아간다. 마음의 빈곳에서 새어나오는 죽음의 시간은, 정확히 일몰 이후, 바다에 제 거처를 마련하느라, 허공에서, 그리고 삶의 바닥에서 지치지 않는 파문(波文)으로 지금-여기에 너부러지는 데 여념이 없다.

열이틀: 함부로 슬퍼할 수 없는 일, 표상할 수 없는 일, 위로가 죄악이 되는 일. 오전의 삶이 되고, 오후의 기억이 되어, 새벽에 내려앉고, 다시 컴컴한 저 밤의 한복판에서, 한없이 촉발하고, 끊임없이 물들이며, 망자와 거주하려는 순간과 순간들. 매일매일, 축축한 몸 저 깊숙한 곳에서 유령의 목소리가 흘러나오고 있다.

열사흘: 죽음이 출렁이는 바다, 아슬아슬하게 균형을 잡고 숱한 사자들과 나란히 걷는 이상한 시간, 필연의 순간들. 모래알만큼 작아진, 건조하게 비틀거리는 나의 심장이여! 해변에 주저앉아, 저 폭발할 것만 같은 핏덩어리들의 숫자를 하나씩 세어 본다.

열나흘: 썩어 가는 신체의 기관(器官)들이 제각각 흘려보내는 무언(無言)하고 무구(無句)한 말에 귀 기울이고, 혀를 길게 뽑아, 그것들이 흘려보낸 말들을 입 안 가득 담고 그것들을 살살이 핥아 나간다.

열닷새: 죽음이 존엄을 잃으니, 몸도 주인을 잃고 만다. 비참과 비극의 보고는 필요

하지 않다. 부당과 불의와 불법과 유린에 대한 경고가 빠른 걸음으로 우리의 삶 저 내부로 치고 들어온다.

열엿새: 하얀 나신이 죽음에 입사하는 순간, 기이한 빛이 짧은 폭발로 허공에 반짝이누나. 삶과 죽음, 육체와 영혼이, 분별없는 입자가 되어 가뭇없이 흩어지는구나. 과거와 현재와 미래가 수직으로, 단 한 순간에 지상 위로 꽂히는 지금-여기는, 불멸을 꿈꾸는 연옥.

열이레: 무너진 현실, 검은 구멍이 아가리를 벌리고 제 숨을 토해 내는 자궁은 둥그런 무덤, 오로지 이미지로 훼손되는 복제의 세계. 생명을 품었던 몸에서 줄줄 죽음이 흘러나온다. 사방이 붉게 번져, 눈물을 흘린다. 그 순간이 눈에 들어오자, 복제되어 죽지 않은, 그래서 다시 죽고 죽임을 당한, 그렇게 무한히 죽어서 마침내 죽지 못하는, 사자(死者)들의 무덤을 나는 땀을 흘리며 열심히 파고 있다.

열여드레: 죽음이 편재한다. 죽음은 편재한다. 떠나보내지 못한다. 떠나보낼 수 없다. 장미가 되고, 물이 되고, 타오르는 불길이 되고, 여자가 되고, 음부가 되고, 망치에 달라붙은 여인의 피 묻은 머리칼이 되고, 그 피가 물에 흘러들어 그 물을 먹고 장미로 피어나고, 하늘에 참혹함으로 새겨지고, 망망대해 저 한 복판에 불을 밝힌 채 서서히 가라앉는 배 한척이 되고, 모든 것을 훌러덩 삼킨 블랙홀이 되고 마는구나. 내 입술이 타 들어간다.

열아흐레: 겨울이 왔다. 떠나보내지 못한다. 떠나보내야 한다. 영(影)을 붙잡고 영(靈)을 나누는, 더해지거나 뺄 수 없는, 유리(有離)되지 않는 유리를 통과하며 탈색된 미소 하나가 질병처럼 피어오른다.

스무날: 그곳에 갈 수 없다. 가야 한다. 갈 수 없다면, 내 삶 속으로, 내 일과와 일과

의 자잘한 행렬 위로 끌고 와야만 한다. 갈 수 없는 곳을 지금-여기에서 체현해내는, 그렇게 너를 떠나보내지 않는 소통의 전선(戰線)과 부재의 갑판 위에서 보내는 불면의 시간들.

스무하루: 죽지 않고서는 죽음의 냄새를 맡을 수가 없다. 죽음을 겪어 내는, 죽음으로 입사(立死)하는 자만이, 죽은 자들의 존재를 감지하고 견뎌 내고 살아 낸다. 죽음이 질병처럼 사방에서 피를 흘리고 있다. 파지(破紙)를 날리며 죽음이 사방에서 시시각각 새어나오고 있다. 범람한다. 검은 피를 뿌리는 썩은 새들이 죽음의 순간을 일시에 관통하듯 지난다.

스무이틀: 어서 가거라. 뒤돌아보지 말고 가거라. 남아 있는 자들이 제 몫을 털어 너를 보낼 수 있을 때, 어서 가거라.

스무사흘: 네가 사방에서 녹아나고 있다. 언제, 어디서나, 그러나 아무도 보지 못하는 모습으로, 떠다니는 너를, 둘러싸는 너를, 삿된 말로 혹자들이 웅얼거릴 뿐인 너는, 존재를 알아채지 못하는 너는, 잡으려 해도 잡히지 않는 너는, 우리와 살고 있다, 그럴 거라고 믿는다.

스무나흘 : 주검. 죽지 못하는 죽음. 죽어서도 죽지 못하는 존재들. 학살 위로 피어난 죽음의 함성들, 그렇게 울음. 더러는 비명. 폭력으로 부릅뜨게 된 저 두 눈알의 광휘. 감지 못하는 두 눈, 목 없이 울리는 목소리, 기관(器官) 없이 쩡쩡거리는 통곡. 잠들 수 없는 사자(死者)는 망자(亡者)가 아니다. 까닭을 모른다고 말하는 죽음은 까닭을 모른다고 말할 수 없는 죽음이었구나. 절차도 이유도, 증인도 없는, 목격자도 사연도 없는, 은밀한 죽음이 되어, 죽음으로 가장되어, 오래전부터 반복된 이 맹목적 믿음과 헛된 희망을 끌어안는 여기, 달력이 단 한 장도 넘어가지 않는다.

스무닷새: 살아 있는 죽음의 소리들, 죽어서 살아가야 하는 사람들의 온몸을 칼로 가르고, 성급히 찢어발기고, 서둘러 지나치려 하는 순간들이 길 위를 황급히 빠져나가는 소리가 들려온다. 빛이 명멸하며 망자의 대로 위에, 검은 구멍을 파고 있다.

스무엿새: 검은 자서전. 깨지고 멍들어 매번 피를 흘리며, 가까스로 펜을 잡은 두 손으로 어두운 심연의 조각들을 그러모아 힘겹게 이어 붙인다. 죽음은 모든 삶의 엄마, 그러니까 너의 기원, 나의 현재라고 해야 한다.

스무이레: 분절(分節)을 허용하지 않는 발화의 순간들이, 어제와 오늘을 하나로 비끄러매며, 하얀 설탕 가루 위로, 눈부신 설산(雪山)의 저 언덕에서, 모음의 조합으로 어기댄 광기의 신음을 흘려보내며, 무력(無力)의 시제 속에 제 발자국을 남긴다.

스무여드레: 정(正)이 아니다. 반(反)도 아니다. 합(合)도 아니다. 죽음은 삼분(三分)이나 일치를 허용하지 않기 때문이다. 죽음은 '이미'와 '여전히' 사이에서 왕복을 한다. 이 양자의, 우리 삶 속에서의 울림이자 운동이다.

스무아흐레: 나는, 너는, 우리는, 그렇게 엄마를 잘라 먹고 지금까지 잘도 살아왔구나!

서른날: 죽음은 자명한 진리이자, 삶의 저 끝인가? 그렇다고 해야 한다. 그러나 죽음은 부정하기 어려운 단 하나의 진리이기 이전에, 벌써 사방을 살아 내고 살아간다. 죽음은 시작의 반대, 삶의 종결이기 전에, 벌써 매일 우리의 몸을 찢으며 우리의 삶에서 피고 또 지는, 자잘하게, 보이지 않게, 지나치게끔, 몰래, 공공연히 자라나는 참혹한 사건들의 구성 요소이기 때문이다. 이 현실의 죽음에게 어떻게 마땅한 제자리를 돌려줄 수 있을까.

서른하루: 죽여야 한다. 너의 내면에서 기생하는 억압의 흔적들을 밖으로 꺼내고, 침묵하고 있던 네 심연을, 너의 죽음을, 너의 죽임을, 그 기원을, 가장 낮은 자리를 봉인한 저 철문을, 무의식과 그 조정자를, 지금-여기로 끌어내어야 한다.

서른이틀: 믿을 수 없는 죽음, 믿어서는 안 되는 죽음은 세상의 모든 것들을 거짓말로 만들어 버리고, 일시에 우리 모두를 거짓말의 주체로 그 생산자로 환원해 버린다. 거짓말이 오로지 죽음 자신일 뿐이라 해서, 죽음이 우리의 거짓말을 일시에 바꾸어 놓는 것은 아니다.

서른사흘: 나와 타자가 모두 죽음에 의해, 죽음으로 인해, 서로가 서로에게 흔적을 남기거나 서로가 서로에게 입사하는, 그렇게 삶의 어두운 고랑을 함께 돌아나오고, 컴컴한 시간의 장벽에 막혀, 피 흘리는 말로, 눈물의 말로, 서로의 감정을 새겨 공유하면서, 이 삶과 저 삶을 드나들려 끊임없이 시도하는 검은 주체의 목소리가 당신의 귓전에 들리는가? 이 시는 애도가 아니다. 우리 안의 괴물을 꺼내, 막막하고 모호하고 소독된 삶을 현행(現行)하는 죽음, 죽음이 울려 내는 목소리의 망각에 대항하고자, 자기를 걸고 너로 향하는, 처절한 실존의 기록이다.

서른나흘: 부르지 않았는데, 죽음은, 늘 어딘가에서, 내부-외부에서, 지체 없이 달려와, 발설하지 못하는 지금-여기의 고함이 되고, 수면을 청할 수 없는 저 미래의 깊은 잠이 되고, 주시할 수 없는 참혹의 빛이 되어, 검은 백지에 하얀 구멍 하나를 뚫는다. 삶은 정확이 이 구멍 속에 기거한다.

서른닷새: 죽은 자들, 죽어 가는 자들이여! 네가 이 땅 위에서 마지막 의식을 수행할 수 있도록 제의를 올려야 하나, 나는 차마 그걸 수가 없네. 땅속에 묻혀도, 사라짐에 제 몸 실어 떠나가지 못하게, 생명이 너를 파먹으며 자라고 있네. 오

지(五指)에서, 눈알에서, 온갖 구멍에서, 사지(四肢)에서, 제 싹을 틔우고 있네. 죽음에서 생명이 피어나 죽음의 의식을 거행하려네. 현기증이 봄 햇살을 받아 너를 마중할 채비를 서두르네. 온 천지가 피를 토해 내며, 술에 취해, 노래에 취해, 너를 배웅하네.

서른엿새: 부정의 무한이나 무한한 부정을 통과해서만, 제 잃어버린 자아를 되찾을 수 있는, 그 전까지, 지워져야 했고 없어져야 했으며, 빼앗겨야 했고 사라져야 했던 존재들이, 아버지라는 이름을 제 입술 위에 올리며, 고통을 세계의 표면 위로 끌어낸다.

서른이레: 알지 못하는 죽음, 알려지지 않은 죽음 덕분에 비로소 알게 되는 죽음이 있다. 죽음으로 죽음을 살려 내는, 아(我)와 타(他)의 구분을 취하며, 세상을 모두 가슴에 묻어야 가능한 이 행위는, 타자를 자아로 대신하는, 희생과 같은 것이 아니다.

서른여드레: 분절되지 않은, 분별하지 않은, 하나임을 폭력적으로 표상하는 저 강제된 말의 뭉치들 사이로 짓치고 들어가, 포획된 채 신음하고 있는 아이를 구해 내야 한다. 아이의 이름과 존재를 또박또박 발음하고 발음하게 하여, 죽은 아이를 하늘 높이 날아가야 해 주어야 한다.

서른아흐레: 죽음이 나를 비치는 거울이라면, 타자를 비치는 나의 거울도 마찬가지로 죽음이라 불러야 한다. 죽음은 내가 들어간 타자의 거울이며, 타자가 들어간 나의 거울이다. 둘이서 죽어, 함께 소리를 내며, 서로의 얼굴을 더듬고, 서로의 몸을 만지는 환각의 무덤가에 도달해, 미칠 수밖에 없었을, 죽음을 상사(相思)할 수밖에 없는 처절함을 고백하는 순간들.

마흔날: 죽지 말아야 했을 죽음이 거부되지 않을 때, 죽지 말아야 했을 죽음이 질병으로 참칭될 때, 이름을 상실한 죽음이 기정사실이 되어, 바다 저 깊은 곳에 서서히 가라앉았을 때, 죽지 말아야 했을 죽음이 죽어야만 할 수 있는 모든 것들을 죄다 끌어안아야 할 때, 죽지 말아야 했을 죽음이 그렇게 죽임 당할 공포에 사로잡힐 때, 두 눈을 부릅뜨고 죽음의 편에 서서 밤의 참혹 정면으로 마주하며 거사를 준비한다. 그 어디에도 영웅적인 죽음은 없다. 죽음이 관조할 수 있는 실사(實辭)가 아니라, 행위이자 폭력처럼 제 권력을 행사할 때, 때로는 학살의 이름으로, 때로는 기만의 이름으로, 때로는 부당의 탈을 쓰고, 때로는 삶을 욕보이려 할 때, 죽음은 가장 기민하고 영악하고 교활한 행위사가, 동사가, 그렇게 진리의 문장을 자청하고 나선다. 공포의 장막 너머로 죽음의 형상을 똑바로 바라보고, 죽음을 온몸으로 부딪쳐야 한다.

마흔하루: 몸은 죽음이 분할하여 통치하는 개별 기관들의 총체와도 같은 것! 이 몸에서 새어 나오는, 죽음에 기거하여 제 생을 피우는 의식의 약동과 시간의 소스라침, 저 파토스의 기록들! 저 파지(破紙)의 시름 위에 내려앉은 실존의 흔적들! 죽음이 몸을 경유해 내지르는 소리로 온 천지가 진동하는 지금-여기의 기이한 시간들! 불완전한 과거의 연속처럼 아마득한 순간들이 긴 울음을 뽑아내는 무형의 영지(靈地) 위로 온통 사신(死身)이 되어 컴컴한 하늘이 우리를, 너를, 나를 급습한다. 공동체가 홀라당 여기에 빠져 허우적거리는 정지의 시간들!

마흔이틀: 모든 죽음은 그저 아무렇게나 죽은 것이 아니다. 죽음이 느닷없이 들이닥치는 법은 그 어디에도 없다. 비가시의 가시적 출현. 끊임없이 되돌아오는 망령들. 자꾸 출몰하는, 그렇게 편재하는 정령들과 환영들. 강박적으로 회귀하여 일상과 질서, 삶을 무시로 물들이고 삶의 골목과 골목을 마구 돌아다니는, 삶에서는 존재하지 않는, 그럼에도 삶을 재편하며 분주히 유동하는 저

유령의 '척후(斥候)'들. 잊힐 수 없어, 잊을 수 없어, 항시 되돌아오고 또 되돌아와야 하는, 부메랑과도 같은 피의 영혼들. 삶 밖으로 완강하게 밀어내는 데 급급했던, 바닷속 깊이 매장된 채 머무르고 있는, 그렇게 죽음이 종용을 했던, 망각을 종용하여 다시 한번 죽음이 되고 말았던 저 잊혀지려는 이름들을 불러, 한 명 한 명과 대면하고 대화를 나누는 일. 물을 마시고, 마신 물속 깊은 곳을 들여다보며, 물속으로 내려가는 처절한 일을 감행하려는가. 한없이 겉돌아야만 했던 그들이, 나를 찾아오게 수문(水門)을 열어 두는 일, 그들을 만나러 다시 바닷속으로 걸어갈 길을 발견하는 일, 끝나지 않을, 끝이 없을 저 절규들을, 아우성을, 함성을, 단말마를 기록하는 일, 처절을 기록할 형식을 고안하는 일을 감행한다. 일상에서 죽음을 추방하려는 지금, 이렇게 죽음이 오히려 침묵의 금기를 해지하고 우리 삶으로 물결처럼 범람하기 시작한다.

마흔사흘: 죽음은 오로지 이미지의 만물이 되어, 흘러가고, 흘러들고, 고이고, 잠시 머물고, 빠져나가고, 항시 넘친다. 죽음의 만상과 면상을 발화하려는 너는 차라리 네 혀를 녹아야만 했을 것이다.

마흔나흘: 발가벗겨진 인형이 타고 있다. 타 들어가는 인형의 얼굴에 내 얼굴이 고스란히 포개어진다. 사지가 따로 노는 인형의 몸이 벌써 내 몸이고 네 몸이다. 내 몸이, 네 몸이 찌그러진 꼭두각시 인형의 저 몸이다. 누가 너-나를 인형으로 만들었는가.

마흔닷새: 얼굴을 상실한 망자들이 그러나 도처에 파편처럼, 불현듯, 그러니까 일상적으로 재현되고 현현한다. 망자들의 실(實)로 있는(存) 모습에, 저 지하의 누런 샘물 가까이에, 너는 네 부르튼 입술을 맞춘다.

마흔엿새: 세상의 모든 부사와 접속사만이 붙잡고 있는 저 숨. 당신은 헐떡거리고

있나요? 숨넘어가나요? 숨을 멈출 수 있나요? 어쩔 수 없이 멈춰야 하는 죽음의 시간을 맞이할 자신이 있나요? 그래야만 하나요? 왜 그래야만 하는지 당신은 충분히 물어보았나요?

마흔이레: 울고 있는 것은 오히려 밖이다. 밖의 흐느낌이 내면을 꺼내 여기에 진열을 한다. 개인 안에서도 공동체가 있다. 바로 이 개인-공동체가 타자-주체의 진창과도 같은 저 비극의 텃밭을 경작해 나간다.

마흔여드레: 달은 가면이다. 저 가면이, 하얗고 둥근 달로 제 얼굴을 참칭한다. 저 달은, 저 가면은, 성숙하지 못한 얼굴, 무능력한 얼굴, 소외된 얼굴, 유약한 얼굴, 유용성이 제거된 얼굴, 편입하지 못하는 얼굴, 쉽사리 긍정하지 않는 얼굴, 뒤처진 얼굴, 헐떡거리는 얼굴, 죽음을 머금고 있는 얼굴, 죽임당한 얼굴, 죽어 가는 얼굴, 학대당한 얼굴, 학대하는 얼굴, 시름에 가득한 얼굴, 실직한 얼굴, 유린당한 얼굴, 강제된 얼굴, 어리석은 얼굴, 바보 같은 얼굴, 그러니까 '잉여'라는 문신이 가득 새겨진 저 얼굴들을 말끔히 지워 낼 수 있을까?

마흔아흐레: 부정할 수 없는 부정의 행렬들에서 피어난 반어(反語)의 역습이, 너의 그리움, 너를 향한 그리움, 너에게 바칠 수밖에 없는 그리움에게, 세상의 모든 상처와 감정과 풍경과, 이 상처의, 저 감정의, 모든 풍경의 행위들을 문자로 붙들어, 장문의 헌사를 보낸다.

죽음을 보고 있는 동시에 알고 있는 주체의 흔적들은 끔찍하다. 죽음이 또다시 죽임을 당하는 삶이 반복되고 있다. 죽음은 저절로 울리는 종소리 같은 것이 아니다. 까닭을 모른다고 말하는 죽음이 까닭을 모른다고 말할 수 없는 것은, 증인도 절차도 없이 발생하는 은밀한 죽음이 되어 죽음을 사라지게 했던, 아주 오래전부터 이 땅에서 유습되어 왔던 맹목적

광기와 터무니없는 믿음을 그간 너무 자주 끌어안아야 했기 때문이다. 죽음은 마땅히 죽음의 것, 죽음의 권리, 죽음의 사회적 자리에, 제 몸과 영혼을 온전히 돌려주어야 한다. 그렇지 않은 죽음은 치욕스러운 죽음이 되어, 결코 죽지 않는다.

죽음의 옷을 입고, 죽음의 숨을 내쉬고, 죽음의 양식(糧食)을 먹으며, 하루하루 검은 영혼들과 그 생존의 형상을 보고하는 순간과 순간들을 제 백지 위에 기록하며 죽음의 고현학을 실천한 자가 있다. 그는 모든 싸움이 죽음에 있고, 죽음으로 인해 착수되고, 죽음으로 인해 패배하며, 죽음 저만치에서 다시 죽음으로 되돌아와 지금-여기의 삶을 간섭하고, 뭉개고, 망치고, 조절하고, 이끌고, 물들이고, 이윽고 커다란 그물처럼 감싸고 있다는 사실을 누구보다 먼저 보았을 것이다. 이 죽음의 기록에서, 너는, 망령이 되어, 법의 집행자가 되어, 아버지가 되어, 어머니가 되어, 여자가 되어, 아이가 되어, 그들을 뚫고 그들의 몸이 되어, 그렇게 나의 정념이 되고 너의 비극이 되어, 타자에게 거류하면서 너와 하나가 되고자 하는 파토스의 화신이 되어, 축축하고 어두운 공동체의 기억과 현실을 더듬어 나가려고 한다. 왜 그러는 것인가? 죽음과 죽은 형상에게 제 주권을 돌려주는 일이 좀처럼 이루어지지 않기 때문이다. 망각되고, 은폐되고, 유린되고, 착취될 뿐이다. 우리는 심지어 죽음으로 정치를 하고, 장사를 하는 세계를 살고 있다.

여성의 이야기가 여성의 이야기인 적이 없었던 것처럼, 아버지-국가-남근이 펼쳐 놓은 거대 담론이 폭력이 아닌 적도 없었다. 죽음이 일그러져 고정되지 않고, 관점에 따라 흔들리기도 하며, 제 남루하고도 일천하며 헛헛한 모습을 거울로 자주 비추려는 시도 자체가 벌써 모욕적이며 쓸모없을 뿐 아니라, 사회의 진보와 발전에는 도움이 안 될 것이라 여겨져, 저 수면 아래로 오래도록 가라앉았을 뿐이다. 그리하여, 건강과 안녕, 안전과 복지를 표방하는 저 가면 뒤에서, 죽음은 다시 죽임을 당하고, 필요할 때 불려 나와 정치가들의 새치 혀 위에서 놀아나거나, 국가 이데올로기의 관철을 위해, 영원히 죽지 못하는, 영구히 박제된 재료가 되어, 도구가 되어, 제 유한한 유용성을 잠시 부여받아 활용을 당한 후, 다시 컴컴한 관 속으로 되돌아가 다시 호명될 시간을 묵묵히 참아 낼 뿐이다. 이 땅의 죽음들, 학살들, 처벌들이 거개가 그러했다. 죽음은 이렇게 자주 이장(二場)에서 이장(移葬)되며, 이때마다 죽음은 제 형식을 상실하고, 주권을 유린당하고 만다. 국가의 밖에 위치하고 있는 죽음은 영원히 국가의 밖을 떠돌고, 사회의 낙오자처럼 죽음은 사회에 존재하지 않는 곳에 숨어 은폐될 뿐이며, 그러나 언제고 불려 나와 크리넥스처럼 소모될 일회성 이슈를 지어 내는 적절한 자료가 될 뿐이다. 그도 아니면, 외부에서 불순물처럼 흘러 들어온 이물질처럼, 문밖에, 울타리 저 너머로 내쳐지거나, 곧 쫓아내야 할, 그럼에도 벌써 추방을 당한 잠재적 범죄자가 될 뿐이다. 죽음의 균열과 주름, 죽음의 시름과 비명을 말끔히 제거하는 데 성공한 자들은, 저 죽음의 망망대해, 주검들이 아직 수면 위로 올라오지 못한 붉은 물위를 잘도 걸어 다니며, 저 주검들이 떠돌고 있는 죽음의 미로를 잽싸게 빠져나올 훌륭한 지도를 갖고 있고, 저 죽음의 유령들이 여기를 떠나지 못해 투척하는 불가시의 투망을 아예 없는 것이라고 주장한다. 죽음은 이렇게 매 순간 말끔히 씻기고, 깨끗이 정돈되며, 정육점에 걸려 있는 고기만도 못한, 이 사회와 역사의 가장 강력한 적, 즉시 소독해야 할 병균이 되어 버린다.

공동체의 유령이 되어, 지금-여기를 떠도는 죽음의 외투를 입고, 죽음 속에서 제 삶을 살아 내는 주체가 될 때, 저 있음과 없음 사이, 지금과 저기 너머로 벌어진 틈을 메우고 봉합해 낼 희미한 가능성을 열어 보려는 마음이 시인에게 없다고 말하기 어렵다. 그는 그럴 것이라고 믿는다. 차라리 어떤 가능성으로만 존재할 유령이 되어, 망각에 저항하고자 기억에 수시로 구멍을 내고, 그렇게 해서, 해야 할 것이 무엇인지, 가야 할 곳이 어디인지를 조심스레 타진하는 일을 그는 가능한 일이라고 우리에게 알려

주었다. 저 망망대해 한복판에서, 자주 하늘을 올려다보고, 저 아래를 내려다보고, 고개를 바삐 돌려, 아래와 위, 좌와 우, 앞과 뒤를 살피며, 이윽고 정신을 온통 잃은 광기에 사로잡혀 그는 컴컴한 심연으로 들어가려 했을 것이다.

우리는 이렇게 보이지 않는 보임을, 그 순간의 광휘를, 달아나는 울음과 새어 나오는 비명을 담아낸 목소리의 기록을 여기에서 읽는다. 이 기록은 제의나 애도, 위무나 고발이 아니다. 그것은 차라리 '너'에게 투신하는 말들을 고안하는 일이다. 죽음을 수행하는, 죽음을 살, 주어가 오로지 '너', 나인 너여야만 한다고 단단히 다짐을 하고 있는 것은 아닐까? 나-나의 목소리는 이렇게 섬뜩한 것이 아니라, 슬픈 것이 아니라, 차라리 공포를 자아낸다. '너'는 타자와 나를 한 덩어리로 묶어 기록을 감행할, 나의 내부에서 끌어내, 외부로 이끌 갈 지금-여기의 죽음을, 살아 내고 기록할 단 하나의 주어이기 때문이다. 문장의 호흡은 항시 가쁘고, 말은 아주 단단하고 부지런히 너부러져, 아직 우리가 모르는 절박의 형식을 처절한 운동처럼 부여잡는 데 전념한다. 이렇게 솟아오른 사유들이, 점점이 이어져, 서로가 서로에게 회신을 보내는 다차원적·다성적 울림의 문장들, 내용을 함부로 해석할 수 없는, 그러려고 거칠게 요약하고 정리를 하다 보면, 결국 기만으로 가득한 나르시시즘에 빠진다는 사실을 우리에게 정확히 경고하는 글을 그는 실천하였다. 너-나의 기록으로, 죽음과 함께 사는 지금-여기의 우리 삶의 대명사 하나가, 방금 우리를 방문하였다. 죽음이 무거운 추를 달아 놓아 멈춰 버린 저 시계 바늘을 이제부터 우리는 어떻게 다시 나아가게 할 수 있을까?

소진하는 주체, 각성의 파편들

이문숙, 『무릎이 무르팍이 되기까지』(문학동네, 2017)

> 나는 마침내 알지도 못하는 존재들에게 인사할 자격을
> 얻었다
> 내가 보는 모든 것을 내가 알지 못해도
> 그들은 내 앞을 지나가 저 먼 곳에 쌓이며
> 그들의 희망은 내 희망 못지않게 강렬하다[1]

　이문숙의 이번 시집은 구체적인 사연에서 착수해서 기이한 사태를 우리로 하여금 겪게 하고, 겪게 된 만큼 미지의 틈을 열어, 생생한 죽음의 그림자를 날것으로 삶의 장면과 장면의 틈바구니에 붙잡아 두고, 일상의 결핍과 파열을 특이한 방식으로 끌어모아, 주관성의 세계 하나를 거뜬히 개척해 낸다. 작품 하나하나가 벌써 단단하지만, 오히려 큰 폭으로 작동하는 유추와 독특한 상상력에 의존하여 풀어놓은 말들이 힘껏 뿜어내는 열기와 작품들이 서로 교섭을 하며 풀어놓은 비극의 목소리가 시집 전반을 지배하고 있는 것으로 보인다. 그렇기 때문일까? 시집을 마주한 우리는 솟구쳐 일어나는 커다란 주제 하나로 시의 밑그림을 그리는 대신, 차라리 동시다발적인 어떤 사태에 주목하게 된다. 그렇게 이문숙이 안내하는 곳으로 가만히 따라가다 보면, 어느새 이상한 체험, 그러니까 저 비극과 일상이 교차하고 혼요된 극점에 당도하고 마는 것이다. 그의 이번 시집은 자각몽의 한 형태를 취하고 있는 것처럼 보이기도 한다.
　그러나 그의 시집이 만약, 당신에게나 나에게나, 더러 꿈이나 환상처

1　기욤 아폴리네르, 황현산 옮김, 「생메리의 악사」, 『사랑받지 못한 사내의 노래』(민음사, 2016), 91쪽.

럼 느껴진다면, 이는 오로지 시집을 읽는 우리가 차라리 그랬으면 좋겠
다는 생각을 품게 되었기 때문에만 그럴 뿐이다. 물론 이러한 바람이 소
용없다는 사실을 우리는 곧 알아차리게 될 것이다. 그러나 이문숙의 시가
각성의 목소리를 울려 내는 순간은 바로 이때인 것으로 보인다. 각성의
목소리는 현실을 극단적으로 밀고 나간 낯선 지점을 만나는 일이며, 방금
꿈이나 환상처럼 느껴지기도 한다고 말했던, 그러니까 어떤 한계점에 이
르거나 아슬아슬하게 매달려 있는 극한과도 같은 순간을 펼쳐 보일 때,
느닷없이 울려 우리에게 내려앉는다. 이런 의미에서 이문숙의 시집을 우
리는 고통스러운 현실, 포화 상태에서 터져 나온 비극에 대한 정직한 보
고서라고 불러도 좋겠다. 상처가 되어 왔고, 상처가 되고 있으며, 또한 상
처가 될 사태들이 특이한 방식으로, 서로 활발하게 접속을 하고, 수시로
포개지며, 자주 파편이 되어, 기어이 삶의 전선(戰線), 저 위태로운 순간으
로 우리를 데리고 간다고 해야 할까.

부동에서 유동으로: 이야기에서 착수하기

낯설게 빚어 놓은 풍경들이 시간과 공간의 통념을 풀어헤치고, 포화된
현실의 날카로운 날이 되어 부메랑처럼 되돌아와 우리가 서 있는 바로 그
곳에 꽂힌다. 그의 시는 바로 이러한 방식으로, 자기만의 시적 세계를 일
구어 낸다. 여기에서 삶이 배제되는 일은 좀처럼 없다. 상황은 오히려 반
대다. 독창적인 구상과 상상력으로 부동하는 삶을 유동하게 만들어 내는
그의 시는 결국 삶에 주관성의 무늬들을 입혀 내는 데 성공하기 때문이다.
삶이라는 하나의 실사(實辭)가 붙박인 제자리를 벗어나 시집 전반에서 활
발하게 움직이기 시작하며, 수동적인 삶을 유동하는 삶으로 바꾸어 낸다.
이 유동하는 삶은 삶을 규정해 온 단일하고 추상적인 지칭을 버리고, 특질

과 변별의 세계로 입사하는 삶을 의미한다. 그러니까 실상 삶이 늘 '다른' 삶이며 응당 현실이 항상 '다른' 현실이라는 사실이 이문숙의 시에서 보다 자명해지는 것이다. 외상에 관한 진술이 기이한 체험을 불러일으키는 시. 저 너머에 있는 시간과 공간을 지금-여기의 말과 하나로 포개며 그로테스크한 비극에 크게 숨결을 터 주는 시. 삶의 파편들을 한꺼번에 손아귀에 쥐고 미지로 솟아오르게 하는 시. 그렇다면, 무수한 욕망과 상처로 뒤틀린 저 영혼들은 어디로 가서 또 어떤 상처를 매만지고 있는가?

먼저 말해 두어야 할 것이 있다. 주관적인 삶을 자각하고 또한 자각하게 만드는 그의 시는 상상의 폭이 제아무리 넓다 해도, 삶을 함부로 신비화하지 않는다. 이문숙은 어떤 신념에 사로잡혀 삶을 속박하는 데 골몰하거나 삶의 예기치 못한 가능성을 단일한 방식으로 저버리는 성급한 탄핵을 선택하는 법이 없으며, 추상적 사유의 틀 안에 가두어 삶을 변절된 눈으로 바라보지도 않는다. 사실 이문숙은 항상 이와 같은, 그러니까 밑바닥부터 차근차근 삶의 저변과 주변을 훑어내 위태로운 비극의 사태를 독특하게 기록하는 일을 감행해 왔다.

거기에는 물론 여성으로 이 삶을 살아 내야 하는 자의 운명과 일상에서 필패하고 마는 순간들이 흘려보내는 고통을 고유한 시적 체험으로 환원해 내는, 언어 운용자의 비상한 재능이 자리한다. 삶이 벗어나려 하고 삶을 벗어나려는 것들, 삶이 배제시키고 삶을 배제하려는 것들, 몽롱한 문으로 삶을 통째로 밀어넣으려는 온갖 수작들이 그리하여 그의 시에서 과감히 내쳐진다. 그러나 그 자리가 빈 채로 남겨지는 것은 아니다. 거기에는 의미에 폭과 깊이가 더해진 '다른' 삶이 자리하기 때문이다. 이문숙이 자주 기존의 이야기에서 시를 착수하는 데에는 바로 이런 까닭이 있다.

물을 질금질금 머리에 쓴다
뜨거운 물속에 유영 중인 개쑥 뭉치

얄팍한 향기에 취해

2천 원짜리 사우나에 가면
전쟁이 끝난 줄 모르고 덤불 속에
16년 동안 항복을 모르고 산 병사의 이상한 전투
이상한 전선이 형성된다

2천 원 사우나에선 주인에게 미안하여
아무도 뭐라 하지 않지만
2천 원어치의 물만 쓰려는 나와의 전쟁이 벌어진다
감시도 교전도 대치도 없는

적병이 있는지 포복이 있는지 살금살금 내다보는 덤불
그런 병사의 빼꼼한 눈이 좋아서
이 모호한 대치와 열망이
나를 2천 원짜리 쑥 사우나에 가게 한다

하수의 머리칼
수채 냄새가 올라오는 지하 2층
삐꺽거리는 그 계단 소리를 들으면
이상한 전의가 불타오른다

찔금찔금 냇물과 놀며 야생의 열매를 따 먹으며
이발도 없이 너덜거리는 군복을 입고
16년을 버틴 어린 병사는
어느덧 중년이 되어 해방을 맞았다 하니

이 이질적인 곳에서 벌이는 전투

종전된 지 16년이 되었는지 모르고 숨어 살았다는
병사의 전의가 2천 원짜리 사우나
낡은 천장에 맺혀 있다고 하니

2천 원 사우나는 밤낮없이
항복도 없이

—「추억은 방울방울」

이문숙은 타자와 자기 자신을 하나로 포개어, 일상에서 벌어지는 사소한 전투를 잘 빚어진 하나의 실패담으로 만들어 낸다. "16년 동안 항복을 모르고 산 병사의 이상한 전투"는, 비유하자면, 이 시에서 원형의 이야기에 해당된다. 낯선 이야기의 접목은 멋을 부린 기교의 결과가 아니라, 오히려 일상의 "이질적인 곳에서 벌이는 전투" 속에서 "모호한 대치와 열망"에 사로잡히는 일로 그가 부지런히 삶의 전선을 하나둘 드러내는 일을 감행하고 있다는 사실을 말해 준다. 이렇게 "16년 동안 항복을 모르고 산 병사의 이상한 전투"와 "2천 원짜리 사우나"에 가서 "2천 원치의 물만 쓰려는 나와의 전쟁"이 시에서 서로 호응하여, 묘하게 서로의 처지를 기이한 방식으로 공유한다. 또한 "어느덧 중년이 되어 해방을 맞"이한 "16년을 버틴 어린 병사"가 제 기구한 삶에서 품게 된 적의(敵意) 역시, 비록 "감시도 교전도 대치도 없"지만 이 삶에서 시시때때로 차오르는 나의 전의(戰意)와 어느덧 하나로 연결된다. 기막히고 고통스러운 사연을 애잔한 영상으로 담아낸 일본 애니메이션 「추억은 방울방울」 속 저 병사의 기구한 이야기가 지금-여기 시인의 삶 속으로 걸어 들어오는 매개는 오로지 '물'밖에 없다. 그래서일까? 지금-여기의 정체된 삶이 유동적인 삶으로,

위태롭고 긴장된 순간, 절박한 사태로의 탈바꿈이 오로지 '물'의 유추를 통해 가능해졌다. 이렇게 "병사의 전의가 2천 원짜리 사우나/ 낡은 천장에 맺혀 있다"는 구절에 이르러 우리는 갑작스레, 마치 기습을 하듯 터져 나오는 절박함이 다름아닌 바로 삶의 사선을 드러내는 일과 무관하지 않으며, 또한 이 사선이 바로 빼어난 알레고리의 소산이라는 사실을 알아차리게 된다.

읽은 책의 내용이나 방문한 일상의 장소들, 스치듯 본 범박한 풍경이나 우연히 손에 쥐게 된 사물 등, 시의 모티프는 매우 다양하다. 이문숙은 자주 어떤 이야기, 사연, 체험에서 시를 시작하지만, 그 갈피는 오히려 삶에서 발생하는 온갖 이질적인 사연을 한곳에 끌어모아 서걱거리는 감정의 결에 몰두하는 일에서 제 방향을 정해 두고, 그렇게 안도 밖도, 출구도 입구도 없는 어떤 위험한 공간 속에서 속절없이 무너지거나 곧 다시 일어나, 다시 걷고 뒤를 돌아보거나, 머뭇거리거나 주저앉으며, 타인이 흘려보내는 이상한 소리를 듣고, 컴컴한 삶의 바닥으로 천천히 되돌아온다. 이야기에서 촉발되어, 긴장이 팽배한 지점까지 급박하게 밀고 나가 이상한 비극을 체험하게 하는 시들로 넘쳐 난다. 몇 가지 예를 들어 보자.

가령 「백색왜성」은 죽은 별이 아니라 죽기 직전의 별을 의미하는 "백색왜성"의 과학적 지식에 근거하여 이야기 전반이 착안된 것으로 보인다. 사라지기 전, 주변에 잔존하던 행성들을 갈기갈기 쪼개어 흡수해 버린다는 백색왜성에 대한 정보가 이 시에서 이야기의 재료이자 실질적인 출발점이지만, 이문숙은 이 과학의 지식을 외려 우리의 삶에서 항용 쪼개어져 파멸되는 것들에게 손길을 뻗는 계기로 삼을 뿐이다. 파쇄된 후 재탄생하는 것들의 고통스러운 이미지는 "사지 육신을 종이처럼 펴서 밀어넣는" 고양이나 "면도날처럼 씹어 뱉는/ 하늘에서 파쇄되어 나오는/ 자질구레한 별들"처럼, 매 순간 안간힘을 쓰며 제 생에서 겨우 살아남는 생명이나 그렇게 갈기갈기 찢긴 상태에서 존재하는 것들 전반의 위태로운 모습을 담아내는 매우 효과적인 알레고리로 기능을 하는 것이다.

「살금살금 전속력으로」 역시 쿠사마 야요이의 예술 세계와 밀접히 관련되며, 이와 같은 사실은 작품에도 암시되어 있다. 전시회를 모티프로 삼았다는 사실이 매우 자명한 상태에서조차, 그러나 시는 이 점(點)의 예술가에게 서둘러 오마주를 바치거나 그의 예술 세계를 통한 깨달음을 고지하는 일에는 도통 관심이 없다. 이문숙은 경탄의 형식에 매혹되어 성급히 상징과 기원으로 제 발걸음을 재촉하는 일에 전념하기보다 원형이 된 이야기가 현실에서 파편처럼 실존하는 양상, 그러니까 이 '원(archi)-이야기'를 제 삶의 비극적 지평으로 끌어내리고 다시 흩뿌리는, 다시 말해 원-이야기의 중심을 이탈시키는 고유한 방식을 고안하는 데 오히려 몰두한다. 작품의 마지막 부분이다.

> 사방에 솟아나는 점들이
> 점 점 점 점 점 시야를 가려
>
> 벽도 바닥도 호박도 무너진 천장도
> 거울도 형광등도
> 그 아래 깔려 버린 손도
>
> 나에게 손을 내밀어
> 점점 파랗게 굳어 가며
>
> 나 여기,
> 풀, 사이, 멀리, 살아
> 살아 있다구!
>
> ―「살금살금 전속력으로」 부분

예술가의 특이성, 즉 원-이야기는, 그러니까 사태를 촉발시키는 자그마한 계기였을 뿐이다. 이내 변형되고 전이를 겪어 결과적으로 삶의 위태로운 순간들을 사유하는 매개의 역할에 국한되고, 내 삶으로 입사할 자그마한 통로를 내기 위해 열고 또 닫아야 하는 현실의 작은 문이 될 뿐이다. 차라리 점의 예술이 시인의 삶에서 또 다른 삶을 매우 기이한 형태로 펼쳐 내고 있다고 말해야 할까. 하나의 고유명사로만 존재했던, 쿠사마 야요이 고유의 예술 세계는 그 자체로 경이와 커다란 충격을 주었지만, 이문숙의 시에서 그의 점은 예술가의 고유의 것이라는 저 상징의 구심력을 해체하고, 점층의 감정을 표현하는 부사로 전이되고, 파편을 강조하는 일반명사의 단순한 나열로 환원되면서 삶의 호흡을 점점 끌어올리고, 점점 부수어지고 마는 양상, 점점 파멸로 치닫는 순간들, 점점 굳어져 가는 어떤 박탈의 감정을 매개하는 모티프로 작용할 뿐이다. 중요한 것은 바로 이 '점'의 알레고리를 통해, 절박한 실존의 목소리를 울려 내고 있는 지금-여기 저 삶의 전선으로 우리가 차츰 이동하고 만다는 데 있다.

파편의 언어, 사선(死線)의 감정들

소설가 위화의 삶과 그의 작품을 모티프로 삼아 "세상을 끊기 위해 망상하는 남자"와 "삼십 년 타임벨을 끊기 위해 이명을 앓는 여자"의, 얼핏 서로 포개기 어려울 법한 이야기를 한곳에 결집한 작품 「어느 날 발치사는 소설가가 된다」 역시, 아이러니나 놀람을 비극에 연관 짓는 알레고리의 작동 방식은 별반 다르지 않다. "발꿈치를 자르는 어떤 형(型)에 대해 생각"하며 돌아보게 된 제 삶의 어두운 그림자는 위화의 중편소설 「이 글을 소녀 양류에게」를 반영하는 동시에 시인의 삶을 이접한 결과 주어진 것이기도 하다. 시는 그러나 이와 같은 공존의 양상에만 몰두하지 않는다. 이문숙이 그 과정에서 손에 쥐게 된 "결심과 결락"의 저 위태로운 순간들은 결국 제 삶에 찾아든 매우 고유한 체념의 순간, 하염없이 반복되는 비극의 순간에 대한 강렬한 각성의 상태를 고지하기 때문이다.

이문숙은 말의 층위를 서로 달리하고 이야기를 중층적으로 이접하여 알레고리 하나로 이 모든 이질적인 것을 하나로 집약해 내면서 비극을 삶에서 어긋나거나 멀어지는 객관적 대상으로 고정시키는 대신, 오히려 "등을 대고 나란히 걸어"가는 순간과 순간의 계속되는 사건으로 환치하여 그어떤 희망의 얼굴도 얼씬거리지 않게끔 추상이나 감상의 흔적을 아예 제거해 버린다. "결심과 결락"의 반복된 삶과 그러한 삶의 진부함에 배어 있는 비애를 그는 주관성이 가득 적재된 비극의 발화로 백지 위에 끌고 와 각성의 순간을 실현해 낸다. 「손톱이 길어진다」역시 전반적으로 동일한 방식을 취한다. 작품의 일부를 인용한다.

> 물 위에서 침대는 떠돌고
> 물 위에 가로등이 켜지네
> 청소부는 주홍 조끼를 입고 물결을 쓸어 내네
> 집채를 집어삼키거나 배를 난파시키는
> 난폭한 파도는 이곳에 없어
> 임산부들은 뒤뚱거리며 물 위를 건네

어느덧 대도시로 변한 서울 변두리 어느 한 호수공원에서 펼쳤던 프랑스 거리예술극단 '일로토피(Îlotopie)'의 공연 「물 위의 광인들」이 작품의 모티프였을 것이다. 우리가 인용한 대목은 매우 환상적이지만, 사실에 근거한 정확한 묘사로 여겨야 하는 이유가 여기에 있다. 초현실로 치달은 저 묘사는 따라서 고유한 상상력의 산물인 동시에 배우들이 특수 제작된 서핑 보드를 타고 물 위를 걷듯이 연기를 하는 실제 장면이기도 한 것이다. 거대하고 화려한 소품을 효과적으로 사용하고, 강렬한 사운드와 불꽃 퍼포먼스를 거기에 더해 화려한 이미지를 뿜어내는 공연의 장면과 장면들, 그러니까 "물 위에서" 떠도는 "침대"나 깜빡거리는 "가로등" "물결을 쓸어 내"는 야광 조끼의 "청소부"는 환상이 아니라 사실이다. 물 위에서 달리던 차가 고장이 나서 벌어지는 해프닝이나 꿈을 꾸듯 잠을 자다 침대에서 기지개를 켜는 여인의 어리둥절해하는 표정을 실현한 실제 공연의 장면들인 것이다. 도심의 호수 위에서 펼쳐진 저 뛰어난 공연은 시에서 차츰 현실 속으로 밀려 들어오면서, 삶을 주관적인 시선으로 녹여내는 상상력의 원천이 된다. 물의 상상력에 기댄 저 퍼포먼스의 몽환적 이미지를 시인은 기묘하고 그로테스크한 방식으로 차츰 자기 삶과 주위와 장소로 확산해 낸다.

그 방식은 매우 포괄적이며 또한 파편적이다. 우선 가장 먼저 공연이 펼쳐진 곳, 저 "호수가 생기기 전"의 기억으로 향한다. "호수가 생기기 전" "홍수가 난 벌판이었던" 버려진 땅이었던 이곳이 오늘 공연을 하고 축제를 개최할 버젓한 도심의 호수가 되기까지의 일들, 그사이 "물의 조망권"으로 평가받아 각광받는 매물이 되어 투기의 대상이 되기까지 도시에서 실제로 일어났을 법한 일들이 가파른 상상력에 힘입어 백지 위로 하나둘씩 걸어 들어오기 시작한 순간은 비극의 참사, 비극의 물, 그러나 아직 수면 위로 올라오지 못한, 누구나 저 부당함을 알고 있는, 아직 물속에 잠겨 있는 저 컴컴한 죽음의 사건이 시에서 묵시록의 목소리로 울려 나오는 순간이기도 하다.

"누구나 잊히길 원"하는 사건에 대한 유추는 그러나 어디 먼 곳에서 날아온 이미지나 추상적인 사유에게 의지해 전개되는 것이 아니다. 다양한 인간들의 실로 다양하고 독특한 삶의 순간과 순간이 동시다발적인 공간에서, 과거와 현재, 아직 일어나지 않았지만 현실적으로 가능성을 타진하는 전 미래의 시제 속에서 펼쳐진다. 공연의 현장에서, 혹은 공연을 보면서, 이문숙은 '물'이라는 모티프 하나로 공연의 사실적인 장면에 이 사실적인 이미지와 이질적인 것들을 그대로 포개어서 충돌시키고, 예기치 못한 사태를 우리가 살고 있는 삶의 현장에 즉자적으로 비끄러매어 지금-여기로 거칠게 활보하게끔 숨통을 터 준다. 이 모든 것이 일시에 '물 위의 광인들'이 울려 내는 축제의 목소리가 되고, 물 위에서 펼쳐진 광인들의 저 넋이 나가 흐느끼는 음성으로 변하며, "아직 물속에 잠긴 자신"의 모습을 보고 있는 처절한 내면의 함성이 되고, "심지어 목숨까지 내놓고/ 우두커니 물속을 들여다보는 광인"의 무언의 비극적 목소리가 되어, 이구동성으로, 그렇게 동시다발적으로 울려 내는, 그러니까 집결되고 응축되어 결국 하나가 되어 터져 나오는 희생 제의의 처절한 발화로 변하는 순간은 바로 이때이다.

이문숙은 물의 사건, 물이 삼킨 저 비극을 하루아침에 호수가 되어 "아직도 물속에 잠긴 자신의 논과 집을 들여다보는" 노인의 일화나 호수 위에서 펼쳐진 화려한 공연과 하나로 포개면서, 자신의 시를 "물과 불의 결혼을 보여 주기에 가장 적절한 장소"로 부각시키는 매우 어려운 일을 기어이 해낸다. 중요한 것은 이 모든 비극적 목소리의 주인, 그것을 감당하는 주체는 바로 시인이라는 점이다. "이따금 혼자 눈을 뜨는 밤이면/ 물이 이를 악물고 우는 소리"를 듣는 사람은 결국 이야기의 화자 노인도, 광인의 축제에 참가했던 사람도, 공연장의 관객도 아니라 바로 시인인 것이다. 그러니까 이 비극에의 기묘한 경청과 특이한 주시는 이문숙에게 차라리 시인이 할 수 있는 고유한 일, 그러니까 시인의 운명이자 시의 윤리에 가까워 보인다.

이렇게 본다면, 시에서 모티프가 된 온갖 사건들이나 이야기들을 하나로 결집시키는 알레고리의 효과적인 파편성은 무엇보다도 우선, 이문숙이 빼어난 유추와 상상력의 시인이라는 점을 말해 주지만, 거기에는 항상 삶의 윤리와 시의 윤리를 하나로 붙들어매려는 의지가 자리하고 있다고 해야 한다. 시에서 파편들의 일시적 결집을 통한 독창적인 목소리를 터트리는 원인은 바로 이 의지에 있다.「투어 버스」의 전문을 인용한다.

내가 아는 사람 중에
형천(形川)이란 자가 있다

그는 세상의 모든 전투에 가담하였다
모든 천착 끝에 머리를 잘렸다

눈 없으니 볼 수 없고
입 없으니 말하지 못한다
그래서 젖꼭지를 눈으로 바꿔 달았다
배꼽을 입으로

그는 세계를 섭렵하고
오지를 탐험하고
개털원숭이와 대화도 나눠서
모든 언어에 능통하다 한다
세상의 장광설을 다 되뇔 수 있다고 한다

머리가 없으니 그가 누구인지를 알아보는
사람은 없다
눈과 입 또한 옷 속에 감췄으니
그가 무얼 꿰뚫어 보는지
지껄이는지 알 수 없다

세상에서 가장 번쩍거리는 방패와 도끼를 휘두르는
머리 없는 훤훤장부

무엇을 보든
젖꼭지가 호기심으로 볼록하다
배꼽이 아 하고 벌어진다

그 빛에
긴꼬리여우가 눈 속에서 빙빙 돌다 쓰러졌다
털에 맺힌 얼음이 버석거렸다
마침내 그곳에는 능란한 언어의 유희가 사라졌다

하얀 질료의
무한한 두루마리가 펼쳐져

도시의 첨탑이 솟고
전깃줄이 윙윙거리고
투어 버스가 달리고

　이 작품은 천계의 왕 염제(炎帝)의 부하였던 형천(刑天)의 이야기를
모티프로 삼는다. 황제(黃帝)가 제 세력을 점차 넓혀 가며 염제를 무찌르
자 형천이 홀로 황제에게 도전했다가 겪게 되는 비극적 신화를 시는 부분
적으로 차용해 와 전개해 나간다. 싸움을 포기하지 않자 그는 제 머리를
베이게 되었다. 그러나 그는 현실에서 그 상태 그대로, 젖꼭지를 제 눈으
로 삼고 배꼽으로 제 입을 대신하여 살아가면서 왼손에 방패를, 오른손에
도끼를 들고 부박한 현실에서 싸움을 계속하고 있다. '목이 베이다'라는

뜻을 담고 있는 동시에 사람의 이름이기도 한 형천(刑天)을 "형천(形川)"
으로 시에서 바꾸어 놓은 것은 신화의 흔적을 지워 내기 위해서가 아니
라, 시의 대상이 일종의 (물)귀신과도 같은 존재라는 사실을 암시하고, 이
와 동시에 범박한 이름 함자의 의미도 살려 내기 위해서다.

　　그렇다면 이외에, 이 목이 없는 거인 신화에 견주어 무엇이 변주되었
는가? 시 속의 '형천' 역시 지조를 지키며 싸우는 사람이다. 그 역시 머리
를 잘리는 형벌을 받았다. 여기까지는 크게 다를 것이 없다. 그러나 "눈
없으니 볼 수 없고/ 입 없으니 말하지 못"하는 그가 "세계를 섭렵하고/ 오
지를 탐험"하여 "모든 언어에 능통하다"는 대목에 이르러 신화는 차츰 모
습을 감추기 시작하고, 시인이 거인의 운명을 이어받아 자기 싸움을 해
나가기 시작한다. 진부한 눈과 입을 버렸다는 것은 따라서 평범한 현실에
서 현실 너머의 것을 보고 말할 수 있는 자격을 갖춘 자가 되었다는 것을
의미한다. 시는 신화와 이 순간, 본격적으로 결별을 한다. 그는 보편적인
언어, 그러니까 모든 방언의 저 시원에 자리한 진실한 언어를 말할 수 있
는 자가 되려 한다. 그래서 "그가 무얼 꿰뚫어 보는지/ 지껄이는지" 우리
는 좀처럼 알 수 없다. 통념을 지워 낸 자리에, 그러니까 "능란한 언어의
유희가 사라"진 저 시원에 당도한 자, 그렇게 오로지 "하얀 질료의/ 무한
한 두루마리가 펼쳐"지는 곳에 도착하여 지금-여기에서 저 덜컹거리는
투어 버스를 타고, 윙윙거리는 전깃줄의 소리를 들으며, 뾰족이 솟아난 도
시의 첨탑의 풍경을 주관적으로 기록하는 자, 그는 헐거운 비유에도 불구
하고 결국 시인이 아닐까? 그는 결국 모든 것을 소진하고자 하는 자이며,
삶의 기적들을 놓치지 않으려는 저 안간힘으로 매일매일 순교의 시간을
붙잡고 오로지 그런 일로 일상을 각성의 순간들로 환원해 낸다. 소진하는
인간이라?

언어를 통한, 언어에 의한, '어언'의 탐구

소진하는 인간과 소진된 인간은 같지 않다. '소진된'이라는 표현은 사실 좀 얄궂기도 하다. 소진하는, 저 자신을 닳아 없어질 때까지 모조리 소진해 버리고, 그렇게 언어도 소진한다는 말은, 언어를 부정하거나 언어의 무용성에 무게를 실어, 함부로 백색의 공포를 끌어안는다는 말을 의미하지는 않는다. 이문숙은 차라리 능동적인 소진의 주체가 되려 한다. 그때 그 목소리는 거개가 뜻밖의 사태로 인해 고지되고야 마는 각성에 바쳐진다. 그는 따라서 소진된 상태, 저 누진된 피로에서 새어 나오는 나약한 목소리의 주인이 아니다. 오히려 소진하는 인간의 목소리는 처참하기조차한데, 이는 그로테스크한 상태를 우리의 삶에서 체험하게 해 주기 때문이다. 얼음과도 같은 밤이 계속되고 있다. 그렇다. 이번 시집은 이 처참함의 윤리를 (다시) 일깨워 준다. 불꽃과 얼음의 기묘한 조화로 삶이 달구어지고, 곳곳에서 비극의 목소리가 터져 나온다. 이문숙의 시집은 자기 삶을 진원지로 삼아 여기저기를 방문하고, 그곳이나 그곳 주변을 두드려 깨고, 먼 곳에 삶의 거처를 마련해 주며, 그 거처에 감정을 입히고, 타자와 나의 삶을 일시에 깨어나게 하는 일에 바쳐진 그러한 일로 오롯이 소진되고자 하는, 한 인간의 진실되고 아름다운 면모를 감추지 않는다. 자신을 오롯이 소진하려는 이 능동적인 시는 시대의 윤리를 독특한 발화의 산물로 전환해 내는 일에서 시인의 운명을 보고, 길게 드리운 자기의 그림자로 타인을 감싼다.

그는 이렇게 "선로에 뛰어든 누군가 육신이 수습될 때까지 전동차에 단체로 갇혀" 있게 된 상황에서 발생한 "여기저기 늦는다고 뜻밖의 사고로 동시에 다발적으로 진행되는 한결같은 통화 내역들"(「약냉방 칸」), 저 복합적인 난리의 신음들에 귀를 기울이며, "영원한 무재해와 안전모"의, 그러나 안전하지 않고 재해로 넘쳐나는 세상의 가식과 위선을 "뛰어 뛰어 뛰어 펄쩍 펄펄펄펄펄펄 푸드덕"거리는 급박한 상황으로 환원해 내며, 출근 시간 지하철에서 보낸 지각 직전의 기이한 순간을 급박한 어조로 담아 내는가 하면, 병원에서 금지된 담배를 피우는 행위가 어쩌다 간호사에게 발각된 여인을 고발했다고 오해를 받은 자신의 처지를 그려 나가며, "이미 반은 딴 세상에 가 버린/ 기화되는 그녀"(「기화 되는 여자」)의 병을 앓고 있는 비극적 운명에 눈길을 준다. 고발자로 "아무런 근거 없이/ 나를 지목하는" 이 흡연자이자 병자인 여인 앞에서 제 결백을 주장해야 하는 기묘한 상황과 급박한 처지를 "누가 화장실에서 담배를 피피피네요/ 지금 당장 가서 현장을 발발발각하자고"라며, 바로 이 처지에 부합하는 말, 그러니까 그 상황을 가장 적확하게 담아낼 말로 실현해 낸다. 이처럼 일상을 벗어나는 법이 없으나 일상을 다른 눈으로 주시하고, 일상을 지배하는 저 비극의 무늬들을 이문숙은 그 상황에 정확히 부합하는 말로 담아내는 일에서 크게 성공을 거둔다. 물론 시제도 함께 움직인다.

　　양수가 갑자기 터지면 남편은 당장 달려올까요 주근께 여자가 묻는다 그런 일은 거의 없을 거예요 그냥 출산 예정일을 믿어요 예정일은 예정에 불과하다 오지 않아서 언제 올지 모르니까 가을에 예정된 국화는 벌써 저기 들려 가고 있다.

—「삼각김밥 속 소녀」 부분

　　태영미용실은 지하에서 지상으로 이사를 하고 수건들은 고슬거리며 잘 마른다 머리가 갑자기 새까매진 할머니들이 가지를 말리고 들깨를 털고 토란 줄기를 넌다 이 식물도 영생을 얻어 재활 센터에 가려다가 요양원에 온다 점심 식판을 앞에 둔 할머니들이 턱받이개를 두르고 씽씽하게 졸아 댄다

—「서머 드림」 부분

동네 슈퍼마켓에서 우연히 만나 담소를 나누고 있다. 주로 출산에 대한 이야기를 주고받는다. 예정일을 묻는다. 예정일에 남편이 오지 않을 거라는 사실을 충고해 주는 여자들은 경험적으로 그 사실을 안다. "예정"은 현재를 벗어난다는 사실을 전제한다. 예정은 앞으로 닥쳐올 일…… 그러다 주위를 돌아보니 국화가 배달되고 있다. 이문숙은 "가을에 예정된 국화가 저기 들려 가고 있다"라고 이 순간을 적는다. 이 문장은 아직 일어나지 않은 것의 현실적 실현을 고지하며 예정을 지금-여기에서 실현한다. 이렇게 '전 미래'는 지금-여기 현실에 미리 앞당겨 죽음을 새겨 넣는 하나의 방식이 된다. 희망을 포기하는 법을 이렇게 지금-여기의 삶에서 그는 순간의 사태로 각인해 낸다. 미용실이 지상으로 이사를 했다. 그 앞에 수건들을 널어 놓을 수 있게 되었다. 맞은편에는 미용실에서 염색을 한 할머니들이 모여 찬거리가 될 만한 야채를 말리려고 한아름 펼쳐 놓는다. 야채는 차츰 물기를 잃어 곧 시들어 말라 갈 것이다. 죽음의 이미지가 급습하듯 포개어진다. 예정된 할머니들의 모습, 아니 인간의 필멸성이 현실에서 갑작스레 실현된다. 우리 모두는 결국 말려진 가지처럼 물기(생기)를 잃을 것이며, 쭈글쭈글해진 토란의 줄기처럼 점점 말라 갈 것이고, 어느 날엔가 모두 요양원으로 발걸음을 옮길 것이다. "턱받이개를 두르고 씽씽하게 졸아" 대는 저 "점심 식판을 앞에 둔 할머니들"의 행위는 미래의 어느 시점에서 행해진 것인지, 지금-여기에서 연차적으로 취해진 행동인지가 묘연한 상태를 시에 결부시키며 균열을 만들어 내고, 결과적으로 현실의 불화, 현실의 이질감, 생명을 잃고 사라져 가는 모습의 알레고리가 되어 시의 시제를 복합적 해석의 영역으로 끌고 간다. 이문숙은 "이 불화를 당신께 바칩니다"(「서머 드림」)라고 말함으로써 현실의 어긋난 자잘한 이음매들, 예상에서 어긋난 것들을 표현해 내는 독특한 시제에 시적 알리바이를 부여한다. 이때 언어의 논리적 운용에 자그마한 금이 가기 시작하고, 바로 그 균열만큼 그 균열에 부합하는 발화 속에서, 이문숙은 불화하는 일상과 비극적인 삶을 이야기의 형식으로 살며시 넣어 둔다. 그는 이러한 방식으로 이 삶에서 가능한 것을 두 손에 쥐고서 아직 실현되지 않은 것을 능동적으로 소진하는 주체를 시에 불러내며, 그의 시적 발화는 이렇게 진력을 다해 스스로 바닥까지 가려는 의지와 에너지 하나로 이 삶에서 바쁜 걸음을 재촉하며, 삶의 사선을 드러내는 일에 몰두한다.

> 얼음은 늘 미끄럽고
> 나는 언제나 사물의 뒷전이 궁금한 지배인
> 유추와 상상력만으로 나는 이곳을 다스린다
>
>   —「냉동된 악기」 부분

> 기계의 도움 없이 순수하게
> 설계 같은 것도 물론 없이
> 끝과 망치, 톱과 자귀
> 뜨거운 입김과 불꽃만을 사용하리라
> (……)
>
> 세 번째 방에는 햇볕을 끌어들여 종이를 태우듯
> 불똥이 튀는 정오의 빛만을 끌어모아
> 조그만 구멍을 만든 뒤,
> 그것을 진원지로 조금씩 균열이 가기 시작하는 것을
> 기록하여 보여 주리라
> 얼음의 바늘을 이용하여 한 땀 한 땀
> 기억의 망각 곡선처럼 둥그렇게
>
>   —「처음 투숙한 물고기가 터뜨린 첫 숨」 부분

현실과 유착된 시에서 각성의 순간을 일시에 토해 내듯 그는 시를 쓴다. 이 각성의 시간은 추상적이지 않다. 현실에서 미끄러지는 모든 것, 유동하여 잡히지 않는 모든 것, 나의 삶에 들러붙어 있지만 아직 드러나지 않은 잠재적인 것을 하나로 끌어모아 날카로운 "얼음의 바늘" 같은 언어로 "한 땀 한 땀" 이어 나가며 그는 망각에 대항하는 시간을 궁리한다. 이문숙은 이렇게 시라는 노동의 방식에 대해 근본적으로 사유하게 만들고, 결국 "뜨거운 입김과 불꽃"과 같은 문장들로 각성으로 이르는 삶의 통로를 제 시에 열어 보이려고 한다. 알레고리 역시 파편적인 장면을 포개거나 통사의 이질적 배치를 통해 구동되기보다 이야기와 보다 친연성을 갖고서 타자의 먼 곳을 불러내는 형식을 취한다. 소진하는 주체의 목소리로 발화자의 다양한 이야기성을 끌어드리는 것이다. 이문숙의 기이한 이야기는 추상적인 시론이 아니다. 그것은 삶에서 지어 올린 시적 각성의 순간이며, 이러한 순간은 "언제나 지연되는 사물들"(「톱상고래의 시간」)의 양태를 붙잡고, "만류와 매료 사이"(「달팽이관」)를 오가며, "난기류가 부딪치는 마음의 울돌목"을 "볼락거리는 말들을 중얼거리"(「발원지를 되돌릴 수 없이」)는 순간을 적실하게 표현해 내고, 나일 수 있는 것과 나인 척하는 것, 내가 할 수 있는 것과 내가 할 수 있었던 것들, 내가 되고 싶은 것을 모두 끌어안으려는 욕망, 실현되지 못하고 마는 추체험의 실천(「나연(然)을 찾아서」)을 통해, 언어를 한없이 풀고 또 조이기를 반복하면서, 삶의 곳곳을 방문하고, 소진되고자 하는 과정에서 찾아온다.

그는 "권태의 춤"을 추는 "괴어(怪魚)들"(「처음 투숙한 물고기가 터뜨린 첫 숨」)이나 "머릿속에서 끓어넘치는 하얗고 텅 빈" 상태에 이르러, 저 뉘엿뉘엿 넘어가는 붉은 노을 너머 "저녁을 더듬거리며 오는 흰 지팡이"(「산후한의 날」) 하나에 의지해 생의 표면에서 살짝 들어 올려진 것들, 조금 거칠고 까끌한 순간들, 살짝 부유하고 있는 일상을 적시하고, 파편과 같은 이 상황을 그러모아 특이한 감정의 공간을 일구어 낸다. 그는 "이 이름의 주인은 어떤 타자일까"(「치매학교」)라는 물음을 들고, "얼음을 이어 붙이는 불꽃"(「얼음을 이어 붙이는 불꽃이라니」)과도 같은 삶, 저 삶이 벼랑 끝으로 간 곳에 도달하여 비로소 열리는, 차갑고 치열한 삶과 이 시대를 가득 채우고 있는 비극을 처절하고도 고통스러운 목소리로 담아낸다. 또한 "그 그녀 어릿광대 교수 사기꾼 평론가 교열인 불한당 파락호 기타 등 등"이 나에게 "주입"(「사려니숲」)한 통념이나 고루한 문법에서 과감히 탈출하고자 끊임없이 시도하며, 그는 "언어와 어언 사이를 탐구"(「깰 '파' 자는 너무 강해요」)하는 일에 전념하는, 그러니까 어느 순간의 특성(어언, 즉 於焉)을 적시해 내는 발화를 고안하여, 자기 언어가 깨지는 파멸조차 감수해 내는 지점까지 제 시적 언어를 밀어붙인다. 이문숙은 "흰눈새이다가 새매이다가 매올빼미이다가/ 결국 흰눈새매올빼미로/ 통합되는 이름"(「흰눈새매올빼미」)으로 시를 통해 이 범박한 삶의 지형을 재편하는 일에 사활을 걸고, 대롱거리며 매달려 있는 절명의 순간들을 두 발로 직접 찾아 나서며, 바로 그러한 일로 각각의 파편적인 경험들을 모아 고유한 하나의 이야기, 이야기의 국면들, 그러니까 '사태'로 되살려 낸다. 이러한 사태들의 교집합으로 커다란 합집합의 밑그림 하나를 만들어 내어 결국 공집합, 그러니까 결여와 결핍, 기화와 소멸의 순간들에서 각성의 목소리를 울려 내는 시를 우리는 자주 보았다고 말하기는 어려울 것이다.

소진의 힘, 각성의 윤리

각성의 순간은 어떻게 찾아오는가? 이 삶을 모두 소진할 정도로, 그러니까 머금고 삼키고, 끌고 밀고, 이접하고 연결하고, 내부로 달려가고 외부를 바라보고, 곁으로 끌고 오고 곁에서 밀어내고, 궁리하고 상상하고, 방문하고 되돌아 나오고, 걷고 또 걷고, 묻고 또 대답하고, 탐구하고 또 주시하고, 고민하고 두려워하는, 바로 그렇게 한 다음에야 비로소 열리는 어떤 순간들이, 이문숙의 시를 읽고 난 다음 우리에게 다가오게 될 각성의 순간, 즉 각성의 목소리를 울려 낸다. 이문숙의 시에서 문장과 문장이, 이미지와 이미지가 충돌할 때 튀어오르는 파편과 같은 지점들은 거개가 이야기에서 착수되었지만, 어느덧 이 삶에 깊이를 더하고, 지독한 고통의 숨결을 불어넣으며, 망각에 대항하는 각성을 궁리하는 일에 오롯이 바쳐진다. 이렇게 그가 서로가 서로에게 덧대면서 접점을 모색하는 저 파편의 일시적 그러모음과 분출로 매우 빼어난 알레고리의 시를 선보일 때, 누더기가 된 현실의 독특한 공점(共點)으로부터 비극의 기류가 일시에 집결되고, 이 사회에 차고 넘치는 슬픔이 자주 화답을 하는 저 모양새로부터 고통의 목소리가 우리의 삶에 점점이 뿌려지며, 결국 공동체의 비극을 사유하게 한다. "침몰하는 배의 절박한 보난 신호를 감지한/ 그의 젖가슴이 채 저에 닿"을 때까지, "연일 실종자 수색이 떠들썩한 이 나리에서 제가/ 그 누군가에게 수유를 했"다고 결국 말할 수 있을 때까지, "바다 위 하얀 부표들의 유방"이 저 "뽀얀 젖줄기가 바다로 뻗어"(「하얀 부표」)나갈 수 있는 저 순간까지, "철썩이는 파도를 피해/ 가파른 계단으로 허겁지겁/ 그러다가 저도 모르게 건물의 경사면을 타며 올라간/ 어느 가파른 낯선 곳에" 힘겹게 당도하여 "무한대로 펼쳐진 파란 칠판들"과 "그 위의 빼곡한 글씨들"을 떠올리며 위태롭게, 비틀거리며, "파랗게 질린 바다"(「팥빙수 기계가 드르륵 빙산을 무너뜨리기 전」)로 다시 발걸음을 옮길 때, 그가 분노와 고통과 슬픔과 정념을 기록하려 여기저기 발걸음을 분주하게 옮기면서 스스로 납득한 다음에야 비로소 찾아오는 말들로 삶의 고통들을 하나씩 소진시켜 나갈 때, 이 시대에 잃어버린 것들, 이유를 묻지 못한 채 망각의 무덤으로 향하도록 종용받은 것들이 각성의 형식으로, 비극의 사건으로, 우리를 방문하고 우리의 삶과 삶의 조건을 변화시키려 할 것이다. 이번 시집에서 비극에 바쳐진 일련의 시를 우리는 바로 각성의 비극, 비극의 각성의 목소리로 읽게 될 것이다.

앞에서 우리는 이문숙의 시를 소진하는 인간의 발화라고 말했다. 이에 관해 부기해 둘 것이 있다. 그저 소진되는 것이 아니라 능동적으로 소진하는 인간은, 무언가를 전부 소모하여 지친 인간이 아니다. 그는 자기 자신을 걸고 일상의 구석구석을 쉴 새 없이 두드리고 방문하면서 언어와 이야기를 아낌없이 써 버려, 결국 희미하기만 한 이 삶의 전선을 드러내는 일에 전념하는 정념의 소유자이기 때문이다. 아직 실현되지 않은 것들이, 풀려 나오지 않은 이야기들이, 고통과 상처의 순간들이, 능동적으로 소진하려는 그의 의지에 붙들려 발아되기 시작할 때, 비극을 각성하는 목소리 하나가 우리의 삶에서 크게 울려 나온다. 그의 언어는 결코 닳아 없어지는 법이 없다. 소진하는 인간은 끊임없이 사유하는 인간, 사유하고자 하는 인간이며, 삶이 머금고 있는 잠재성과 기이한 것들의 사연을 유추와 상상력에 기대어 우리 곁에다가 풀어놓는 일에 전념하지만, 자기 자신을 지우고 모조리 덜어내어 텅 비게 된, 마냥 지친 인간이 아니라 불가능한 것을 가능한 추체험의 산물로 전환하여, 위로받을 수 없었던 것을 위무하고, 발화될 수 없었던 것에 주관성의 입을 달아 주며, 생기를 잃고 시들어 가는 온갖 것에 예의를 갖추고, 잠시 옷깃을 저미게 하는 윤리적인 인간이다.

이 윤리적인 인간은 삶의 사선을 드러내고 삶의 사선에 직접 서는 인간이다. 이문숙의 시는 자주 병원에서 삶의 비애를 엿보고, 망자가 된 자들, 저 물 위에 제 젖줄을 제공하려 부표 하나를 꽂아 놓고, 차가운 얼음 같은 세계에 잠시 웅크리고 기다리며, 하나의 정체성으로 포괄되지 않는 세계를 지금-여기에 포개 놓는 일에서 삶의 비극, 저 비극의 기원을 순식간에 폭로하는 각성의 목소리로 일상에서 꿋꿋이 삶의 윤리, 시의 가치를 찾아 나선다. 자기 정체성의 완고함을 부정하는 순간, 할 수도 있었던 일, 해야만 했던 일, 할 수 있는 일이 한곳에 결집되어 울려 내는 비애의 목소리, 그 순간순간의 각성의 울음을 우리는 그의 시집을 통해 듣게 될 것이다. 거기에는 개인의 체험을 이 세상의 끝 간 곳으로 밀고 나가려는 우직한 힘과 정직한 의지, 슬픔을 주시하는 눈 밝은 언어가 있다. 진지한 성찰보다는 성찰의 전시와 탐구의 과시가 보다 풍성해진 지금-여기의 삶, 이 허기진 비극이 과장되게 부풀어올라 과욕과 비만의 자취를 보란 듯이 드러내고 있는 이 시대에, 그는 어떤 일에 대해 그것이 가능하지 않다고 말하는 대신 일시에 접촉되는 순간들을 붙들고 자신이 고갈되고 소진될 상태까지 힘껏 밀어붙이고, 불화를 일으키는 접촉의 체험들을 마다하거나 회피하지 않아 결국 삶에서 고유한 비극의 불꽃을 뿜어내는 당당한 저 파편 같은 말의 주인이 된다. '어언'과 '언어'의 사이에서 가능한 세계, 점차 특수해지며 가능해지는, 점차 가능해지면서 특수해지는 어떤 순간을 표기하는 말로, 그는 지금도 삶의 전선을 드러내고, 삶의 전선에 서고, 삶의 전선에서 싸우고 있다.

야만의 힘, 타자의 가능성

장석주, 『일요일과 나쁜 날씨』(민음사, 2015)

우리는 야만으로 들어간다[1]

*

장석주는 시를 통해, 시에 의해, 시도해 보지 않은 것이 없다고 말해도 좋을 시인이다. 40년가량의 삶을 시와 함께 살아온 그에게 시는 늘 잡히지 않는 것이면서도, 순간의 기록이자 징표이며, 제 사유가 끝 간 자리에서 토해 낸 고백이었을 것이다. 분야와 주제, 언어권과 학문의 영역을 가리지 않고 섭렵한 지성의 산물이기도 했을 것이 분명한 그의 단단한 시세계와 시력에 군말을 덧붙이는 것은 어쩌면 무모한 일에 가깝다. 그러나 시는 시다. 장석주가 시집을 상재하면서 일관되게 하려 했던 말이 이것이었을 것이라는 짐작이 타당하려면, 앞 문장의 방점이 '그러나'에 놓인다는 조건이 필요할지도 모르겠다. 우리의 물음은 지금−여기 상재한 그의 이번 시집이 머금고 있는 이 '그러나'로 향할 것이다. 물음은 이렇게 주어진다. 자신을 건 분별력의 발산과 구원의 몸짓은 이 속된 세계에서 가당키나 한 것인가? 지(知)에 대한 추구와 단아한 상징으로 빚어낸 초월의 흔

---

1 미셸 앙리, 이은정 옮김, 『야만』(자음과모음, 2013), 18쪽.

적들로, 저 속세에 고유한 노를 저어 불멸의 길을 하나 내는 일이야말로 시인이 애면글면 실천해 낼 최소한의 임무이자 꿈꿀 수 있는 최대한의 과업은 아니었을까? 장석주는 잘 빚어진 사유의 호위를 받으며 삶이, 역사가, 인간이라는 미물이, 저 문명의 맹점과 야만이라는 통점(痛點)들이, 모이고 흩어지는 미지의 행렬에 동참하려 무한한 변화의 순간들을 하염없는 풍경 곁으로 불러내고, 그렇게 해서 특이한 이미지들로 이 세계와 저 너머를 나란히 마주하게 하려 한다. 그의 시에 시간은 없다. 세계나 자연도, 사람도 역사도 없는 것일지 모른다. 오로지 모든 것을 제 편으로 돌려놓으려는 의지의 산물로 우리에게 주어지는 시간, 세계, 자연, 사람, 역사가 있을 뿐이기 때문이다. 그러니까 우리가 '모든 것'이라 부른, 찬찬히 내려놓은 내면의 고통과 사랑의 흔적들, 야만을 머금은 문명의 잠재력을 일깨워 죽음과 삶, 있음과 없음, 당신과 나 사이, 깊게 파인 저 건널 수 없는 고랑을 흥건하게 적시려는 주관성의 의지가 반짝거리며 제 빛을 뿜어낼 뿐이다.

지성의 발화 — 개념적으로 사유하기

장석주의 시는 독특한 방식으로 지성에 내기를 건다. 그의 시가 앎으로 빚어진 도자기와 같다고 한다면, 그것은 그의 작품에 산재한 개념어들이 시집 전반에 지성의 무늬를 새겨 넣기 때문이다. 장석주 시 고유의 문법이자, 특성 중 하나가 여기에 있다고 해야 할지 모르겠다.

> 자두나무 소맷부리를 적시는 석훈(夕曛),
> 검정은 검정을 잊은 황량한 바다,
> 땅이 밀어내고 하늘이 누르는

자두나무는 귀머거리 맹금(猛禽),

검은 젖을 마시며 포효하는가?

가지마다 천 개의 귀를 달고

검정의 한가운데에서 검정을 듣고 있는

자두나무의 맥동(脈動)을 들어라.

자두나무의 방광에는 검은 오줌,

검정은 다만 검정이 아니듯

번쩍이는 저 여름 자두나무의 검은 동공,

일순(一瞬) 세계의 비밀을 봐 버린

자두나무는 검정이 낳은 새,

검정의 슬하에서 검정의 젖을 먹는 새,

자두나무는 날아오르려는가?

자두나무는 밤의 지고(至高) 속에서

검정을 찢고 검정의 창공으로

솟구쳐 날아오르려는가?

—「저 여름 자두나무」

시인은 '해진 뒤 어스레한 빛' 대신 "석훈(夕曛)"을, '맥박의 운동'이 아니라 "맥동(脈動)"을, '아주 짧은 동안'이 마땅해 보이는 자리에 "일순(一瞬)"을, '지극하게 높음'을 "지고(至高)"라는 단어로 적어 놓았다. 사물의 존재나 상태를 간략하고도 압축적으로 표현해 내면서도, 저 깊이도 부여하는 어법이라고 말하는 것만으로는 충분히 설명되지 않을 장석주 시의 특성이 이 한자의 사용에서 생겨난다. 한자를 매개로 우리는 어디론가 초대받거나 침투해 들어갈 수밖에 없기 때문이다. 거기에서 우리는 오로지 근사치의 값으로, 그러니까 개념적 사유의 결과로 주어지는 시의 친화력, 그러니까 어떤 특수성을 만나게 된다. 이 근사치의 값은 한자로 된 단어가 복합적인 어의(語義)를 머금어 "암시적인 가치"[2]를 뿜어낼 때 생성되는 특수성이라고 해야 할 것이다. 그리 난해하다고 할 수 없는 위 작품이 '낯섦'의 세계에 진입하는 것은 바로 이 한자어의 암시적 효과가 우리의 독서에 크고 작은 제동을 걸어 오기 때문이다. 우리에게 생경한, 시화(詩化)의 일환처럼 보이는, 한자로 이루어진 개념어들의 빈번한 사용은, 시 전반에, 마치 깨진 도자기를 다시 수선하여 이어 붙인 것과 같은 독특한 흔적을 남긴다.

장석주의 시가 근사치로만 존재하는 미적 공간의 창출에 몰입하고 개념적 사유를 추동해 내는 것은 바로 이 흔적, 저 친화력의 힘 때문이다. "여기저기 상심(傷心)들이 얼어붙고"(「겨울 정원의 자두나무」)처럼, 개념어를 동작주로 사용하는 감정의 활유적 어법이나 "은멸(隱滅)하는 것들의 세계 속에서"(「피의 중요함을 노래함」)처럼 응집의 무늬를 시에 돌올하게 새겨 넣는 효율성,("은멸하는 것들"은 사라져 가는 것들과 같지 않다!) "햇빛 닿는 곳마다 사타구니 오므리는 추색(秋色)"처럼 '가을을 느끼게 하는 경치나 분위기'를 한 단어로 담아낸, 경제적이고 압축적인 사용을 통해 추체험의 세계로 자연스레 우리를 안내하는 기법, "나는 영물(靈物)일까요?"[3](「묵음」)나 "남기(嵐氣)를 머금어 더 검은 하늘", 혹은 "음예(陰翳)의 무늬들"[4](「문턱들」)처럼, 한자로 된 개념어를 하나 빼어 물어 낱말과 낱말 사이, 행과 행 사이에 독특한 "묵음"의 공간을 창안해 내며, 시는 우리를

---

2 프랑수아 쥘리앵(François Julien, *La Valeur allusive*(P.U.F., 2003))은 한자의 조합으로 이루어진 낱말들 고유의 성격을 "암시적 특성"이라고 불렀다.

3 영물에 대하여 사전은 '사람의 지혜로는 짐작할 수 없을 만큼 훌륭하고 신비스러운 물건이나 생명체, 또는 육체가 없는 영적인 실체를 가리켜 이르는 말'이라고 전한다. "영물(靈物)"과 같은 낱말은 이 긴 설명문을 압축적으로 담아내는 동시에 매우 지적이면서도 추상적인 어조, 그러니까 차라리 여백의 역할을 수행하는 한시적 공간을 시에서 창출한다.

4 '남기(嵐氣)'나 '음예(陰翳)' 같은 낱말을 사전에 의지하지 않고 어떻게 "해 질 녘 멀리서 보이는 푸르스름하고 흐릿한 기운"이나 "하늘이 구름에 덮여 침침해진 그늘"로 이해할 수 있을까?

낯설고 독특한 세계로 초대한다. 이러한 낱말들을 우리는 끊임없이 제 의미를 찾아 나서야만 하는 친화력의 낱말들이라 부를 수 있겠다. "낙빈(樂貧)"과 같은 단어도 중의적이기는 마찬가지다. 세 가지 이상의 뜻(예컨대 '가난하지만 즐겁게 지낸다', '가난하며 즐겁게 지낸다', '가난하여 즐겁게 지낸다')을 전제해야 하며, 그럼에도 이 중 하나를 선뜻 선택할 수도 없는 처지를 탓하기는 어렵다. 결과적으로 이 셋을 포괄한다고 여길 수밖에 없는 상태에서 우리는 그의 시를 읽어 나갈 수밖에 없는 것이다. 이처럼 한자어 고유의 개념적 특성과 암시적 가치를 고구해 내는 이와 같은 시적 문법은, 호환되는 등가의 낱말을 찾아내면 해결되고 마는 단순한 기법이 아니라, 시집 전반의 커다란 흐름을 조절하고 주제의식을 가늠해 낼 열쇠와도 같다. 한자어의 사용으로 촉발된 개념적 특성은 시에 모호함을 결부시키며, 낱말의 암시적 가치는 해석의 단일성이 붕괴된 미지의 공간을 시에 확보해 내고, 나아가 그 공간에 주관적 목소리를 침투하게 하기 때문이다. 장석주의 시에서 잠재성의 실현 가능성이나 해석 불가능성의 가능성을 기반으로 형성되는 고유한 친화력의 세계는 이러한 한자어의 독특한 사용과 밀접하게 연관되어 있다.

삼(三)시제의 시학 — 모호함의 잠재력

지(知)에서 출발한, 지를 기반으로 한, 저 주지주의의자의 시적 문법이 정(情)과 의(意)의 세계와 기묘한 방식으로 조우한다고 해야 할까? 흑백의 돌 가운데 하나를 선택할 수 없음을 자발적으로 선택하는 시적 독특성, 기계적인 이분법을 부정하는 시집 전반의 기류가 돌올하게 솟아나는 것은 거개가 모호함을 기반으로 보다 단단하고 커다란 모종의 밑그림이 시집 전반에서 형성되기 때문이다. 장석주의 시에서 시간은 '비존재의 존재'를 찾아 나선 미지의 발걸음과 제 보폭을 이렇게 나란히 한다. 과거의 시간으로 현재의 사건이 재구성되고, 미래의 시간으로 제 바람이 투영되는 순간의 감성을 특이한 발화로 담아내기 위해서는 추상적인 시간을 구체적 시제로 환원하거나, 결국 하나로 묶어 내는 방법밖에 없다고 생각한 것은 아닐까?

> 과거는 흘러간 게 아니라
> 잊힌 것,
> 과거는 미래일 거야.
> 먼 곳의 시간들이 앞당겨지고
> 망쳐 버린 내일은 지나가니까
>
> ──「종말을 얇게 펼친 저녁들」 부분

> 가난을 굶기니 호시절이다, 오늘은
> 어제의 내일이고
> 또다시 내일의 어제일 것이니,
>
> 오늘은 당신과 나에게도
> 큰 찰나!
>
> ──「좋은 시절」 부분

> 노동과 생계의 함수관계를 풀다 만 것은
> 오늘은 내일의 옛날이고,
> 지나가서는 안 되는 것들이 지나가고
> 옛날은 자꾸 새로 돌아오는 탓이다.
>
> ──「가을의 부뚜막들」 부분

    장석주의 시집은 과거 — 현재 — 미래를 일순간에 소급하고, 이윽고 지금-여기에 하나로 내리꽂는다. 그 위로 생의 그을음이, 감각의 물보라가, 슬픔의 그림자가 어른거린다. "오늘은/ 어제의 내일이고/ 또다시 내일의 어제"였다는 것인가? 장석주는 바로 이러한 삼시제의 시학을 통해, 사람 속류(genus Homo)로 분류된 존재들의 지성과 야만, "흘러가는 인류"와 아직 소원하기만 한 "380만 년"의 역사를 통째로 담아내고자 한다. "계단들"이 "새 계단을 낳고. 오늘 죽은 자들이 어제의 한숨"(「광인들의 배」)을 내쉬는 순간들, 이 고유한 순간 속에서 그는 "사랑의 그림자를 견디고", "구백구십팔 번의 실패와 천 번의 실패 사이에/ 서 있"는 제 운명을 확인해 나간다. 이는 "아직 우리는 무엇인가"와 "아직 우리는 무엇이 아닌가"(「광인들의 배」)와 같은 존재론적 물음을 이끌어 내고 또 대답하기 위해 필요한 절차는 아닐까? "떠나면서 떠나지 않고/ 떠나지 않으면서 떠나는 것"(「미생(未生)」)들이 존재의 가치를 캐묻고자 하는 그의 꿈은 과연 이루어질 것인가?

    한밤중 큰 눈이 내리고
    눈을 이고 서 있는 자두나무,
    자두나무는 자두나무의 미래다.
    설원의 자두나무,
    자두나무 눈썹은 하얗다.
    자두나무는 초탈에 대해 말한 적이 없다.

    어디서 왔느냐, 자두나무야,
    자두나무는 큰 눈을 인 채
    붉은 자두 떨어진 방향으로 몸을 기울인다.
    우리는 자두나무의 고향에 대해

알지 못한다.

붉은 것은 자두나무의 옛날,
자두나무가 서럽게 울 때
저 자두나무는 자두나무의 이후,
자두나무의 장엄이다.

　　　　　　　　　　　　　　　—「눈 속의 자두나무」

　　찰나인 시간, 순간과 순간이 모여 이루어 낸 주관적인 시간, 사라져 가
는 것들과 사소한 것들이 조금씩 변화하여 기어이 "장엄"의 한때를 마련
해 내는 시간, 주관성으로 설계된 시간 속에서 우리의 삶과 역사는 이렇
게 자두나무 한 그루에 오롯이 담긴다. 당신은 자두나무를 본 적이 있는
가? 언제, 어디서, 누구와 보았는가? 본다는 행위는 자두나무의 어느 한
순간의 양태를 본다는 것일 뿐이라는 사실이 너무나도 쉽사리 확인될 것
이다. 자두나무는 무한한 삶이자, 감정의 총체, 시간의 총합이자, 우주일
수 있다는 사실을 우리는 그의 시를 통해 알게 된다. 자두나무는 언젠가
꽃을 피울 것이며, 피웠을 것이다. 언젠가 열매를 맺을 것이며 맺었을 것
이다. 언젠가 제 잎을, 제 열매를 대지 위에 떨굴 것이며, 떨구었을 것이
다. 그래서 "자두나무는 초탈에 대해 말한 적이 없다"고 시인은 적는다.
세월과 함께, 역사와 함께 하는 자두나무, 무한하고 변화무쌍한 존재의 자
두나무가 있을 뿐이기 때문이다. 자두나무는 봄—여름—가을—겨울이
라는 통념, 저 연월구분이나 물리적 시간을 필요로 하지 않다. 그래서 "자
두나무의 고향에 대해/ 알지 못한다"라고 시인은 말한다. 자두나무를 통
해 절대성을 꿈꾸며 잠시 생의 불멸을 넘보려 해도, 확정될 수 없는 저 변
화의 굴곡 속에서, 결국 이 세계의 알 수 없음, 그 불가지가 맺는 삶의 친
화력을 통해, 오히려 자두나무가 우리 삶의 실체와 미지를 동시에 은유한

다고 그는 믿기 때문이다. 낮과 밤의 구분 역시, 자두나무의 삶을 옹색하게 둘로 나누고 가를 뿐이다. 역사와 삶, 그 고비와 고비에 스며든 온갖 자잘한 경험들을 머금어 실천될 수 없는 것을 행위를 실천하는 주체이자, 언제 어디에선가 일어나고 일어날 모든 가능성을 머금고 있는 잠재성의 상징이 바로 자두나무이기 때문이다. 그래서 "자두나무는 자두나무의 미래"라고 시인은 말한다. 이것으로 끝이 아니다. 늘 어디선가, "암중모색"하고 있는 "다시 차가운 감촉 속에서 깊어지는"(「백 년 인생」) 시인의 인생도, 자두나무에서, 자두나무와 피고 지며, 시시각각의 감정을 표현해 내고, 우리 존재와 삶의 가치를 확인하게 되기 때문이다. 자두나무는 삼시제의 시학을 머금고, 또 수시로 뱉어 내는 주체로, 비루한 이 삶에 "신앙도 없이 여행"(「북국 청빈」)을 떠날 희미한 가능성을 시인에게 열어 준다.

백년이 순간이며, 여기가 저기이고, 가까운 곳이 먼 곳이라고 시인이 시집의 곳곳에서 말하는 이유는, 실현 가능한 잠재력의 총체적 상징이 바로 자두나무이라고 여기기 때문이다. 자두나무는 모든 사물과 생활의 탄생지이자, 변화의 척도이고 징후이며, 알 수 없는 미지의 감정과 알고 있는 속된 욕망이 동시에 피어오르는 장소이며, 세월을 압축적으로 머금고 있거나 거꾸로 매달려 있는 것("옹이나 거꾸로 매달려 있는 박쥐", 「박쥐와 나무옹이」), "나무에 옹이가 생기는 것"이나 "풀밭 위에서 고라니의 배설물"(「서리 위 족제비 발자국을 보는 일」)처럼 아주 작은 피조물의 흔적 같은 것들("고리니나 족제비 따위"가 자두나무 근방에 흘려 놓은 "배설물", 「미생」)을 기억하고 환기하게 하는 모태일 것이다. 사랑이, 사랑이라는 이름으로 타자를 향하는 모종의 시선이 제 거리를 좁히지 못하는 마음을 잠시 내려놓는 곳, 끊임없이 당신과, 당신이라는 존재와, 어긋나는 내 내면의 균형을 스스로 잡아 나가고 추스르는 곳, 가난을 고스란히 간직한 옛 기억을 뭉텅 풀어놓는 곳이며, 우리를 잊혀진 과거와 더불어, 그 세계로 불쑥 초대를 하는, 그렇게 죽은 자를 만나고 산 자를 지워 내는, 모호성의 세계가 열리고 닫히는 시작점이자 종착점이다.

　　가자면 갈 수 있고
　　오자면 올 수 있겠지요.

　　달 아래 자두나무,
　　옛날의 눈을 가진 나무 맹인
　　달 아래 자두나무,
　　제 그림자를 파는 나무 상인

　　당신이 달 아래 자두나무인가요?
　　달 아래를 걷는 당신,
　　눈꺼풀 없는 눈으로 보는 목인(木人)인가요?

　　가지도 않고,
　　오지도 않고,

　　　　　　　　　　　　　　　　　　—「측행(仄行)」

　　장석주의 시에서 자두나무는 시인이 걷고 있는 현실의 벼랑이 자신의 삶의 배후가 될 때까지 사유를 밀어붙일 수 있는 힘으로 거듭난 상징이며, 무궁무진한 잠재적 존재로 그려진다. 모든 것을 빨아들이고, 모든 것이 생성되는 입구이자 출구, 중력과 무중력이 공존하는, 저 우주와도 같은 존재가 자두나무이며, "가지도 않고, 오지도 않"는 당신으로 마주하는, 비켜서거나 돌아가야 한다고 말하는 당신을 향한 내 노래, 좀처럼 표현할 수 없다고 믿었던 감정이 제 싹을 틔우는 시간이자 순간이고 대상이자 타자인 것이다. 환(環)하는 자두나무, 생(生)하는 저 자두나무는, 그러니까 베어도 자라나고, 세월을 머금은 단단한 옹이처럼 존재하며, 하얗고 탐스럽게 제 꽃을 활짝 피우고, 또 요염한 열매를 맺는 존재이기도 할 것이다. 또한 시인은 자두나무를 객관적 대상으로 묘사하지 않는다. 활유와 환유의 빼어난 활용을 통해, 시인은 오히려 무엇이든 실행하고 실천하며 표현을 해 내는 주체로, 이 세계와 존재 자체를 하나로 결부해 낼 가능성으로, 마치 그렇게, 강박적인 은유의 상징으로 그려 낸다. 자두나무는 이렇게 시인의 은밀한 신화가 피어나고 지는 곳이다. 나아가 자두나무는 아이를 낳고, 목적지가 없는 곳에 도달하여 붙박이로 제 삶을 살아가는 존재(「하얀 부처」)와도 같다. 자두나무에 생이 통째로 담기고, 시간이 한없이 축적되며, 가족사도, 개인적 고뇌도, 애잔한 감정과 섬세한 감각도, 자연의 아름다움과 경이도, 비루한 일상도, 자질구레한 일상의 파편들도, 자두나무로 모두 담아낼 수 있다고 그는 믿는다. 중요한 것은, 시인이 자두나무를 변화와 정동의 주체로 삼아, 시적 분신들을 만들어 내는 일을 감행하여, 모호함과 친화력의 미학적 가치를 일구어 낸다는 데 있다.

> 황무지에 서 있는 자두나무,
> 세상에 없는 어머니인 듯
> 자두나무 옆에 서 있는 당신
> 당신이 미소를 짓고 있는 동안 커피는 식었다.
> 늦가을 저녁 어스름 속에서
> 당신과 자두나무는 잘 분별되지 않았다.
>
> ──「웃어라, 자두나무」 부분

시인은 자신의 삶과 당신을 하나로 포개려 한다. 자두나무로 삶과 시간과 역사와 자연의 인위적 구분과 작위적 경계를 지워 내면서 그는 "어리석은 자아의 윤곽"이 흐려지기를 기대하고, "사라진 것들이 돌아오고/

돌아온 것은 다시 사라지"(「자두나무 삼매(三昧)」)는 삶의 원리를 통찰하고자 시도하며, 마음의 집중을 통해 사물의 추이에 열중하는, 그렇게 당신이라는 이름의 저 미지를 내재화해 내는 아름다운 일련의 시를 선보였다. 자두나무는 이렇게 "시간과 운명에게 흉금을 털어"놓으라고 독촉 받는 "시계 수리공"(「자두나무 시계 수리공」)이며, "지나가고 지나"(「지나간다」)가는 온갖 것들, 가고 또 오는, 사라지고 또 생성되는 저 만물들의 이치이기도 할 것이며, "무(無)와 공(空)의 나날"(「우산」)을 하나씩 채워 나갈, 일상에 지친 "내 영혼의 주유소"(「자두나무 주유소」)이자, "부처, 이방인, 뜨내기 일꾼들, 이주 노동자들이/ 모여 고양이처럼 웃는 곳,/ 오래된 영혼과 영혼들의 유령이 모이는 곳"(「자두나무 주유소」), 모든 "실패의 관(棺)들을 보관한 곳"(「옷과 집」)인 것이다. 자두나무는 이렇게 모호함의 화신이자, 모호함의 문법을 시에서 보장하는 후견인의 자격으로, 모호함의 특수성을 시에서 고스란히 체현해 내는 주체인 것이다. 삶의 시학이라 부를 이 모호함의 시학은, 나아가 야만이라는 주제로 고스란히 이어져, 장석주의 시집에서 가장 고유한 지점을 만들어 낸다.

야만에 의해, 야만을 향해

그러니까, 야만은 무엇인가? 야만을 간직한 애초의 장소, 야만의 원천도, 기원도, 야만을 발화하는 근원도 자두나무라고 지적하는 일이 우선 필요하겠다.

천 년된 자두나무들이여, 가지에 열린
저 망각의 풍요한 열매들을
바람이 불 때 모조리 땅으로 떨궈라.

대지에 대한 너희의 순정을,

중력의 법칙에 숨긴 저 무서운 정치들을 증언하라.

우리는 멀리서 온다.

더는 떠나지 않기 위해 온다.

먼 곳은 없다

——「야만인들의 여행법 1」 부분

머뭇거림은 바로 야만인들의 낯익은 숙소,

오래 머물 수 없는 숙소.

기다림의 비행(卑行)이 우리를 망쳤으니, 우리는 떠난다,

저기로, 내일의 저녁이 잉태되는 곳으로,

사랑에 빠질 시간이 흐르는 그곳으로

——「야만인들의 여행법 2」 부분

"야만보다는 얌전한 도덕 쪽이 편하"(「야만인들의 사랑법 1」)다는 사실을 시인을 잘 알고 있을 것이다. 그렇다면 누가 야만인인가? "해지는 벽에 기대어 저녁의 책들을 읽는 우리를/ 너희들은 야만인이라고"(「야만인들의 여행법 2」) 부른다고 시인은 말한다. 이렇게 "야만인"은 누군가가 "우리"에게 부여한 타자의 명칭이다. 바로 이 타자화된 야만인은 "더는 떠나지 않기 위해" 이리로 온다. 야만인은 어디에 거주하는가? "오래 머무를 수 없는 숙소"에 거주하다 이내 머문 자리를 뜬다. "여전히 똑같은 날들"이나 "똑같은 날들의 지루함"(「함부로」)을 이겨 내는 방법은 "내일의 저녁이 잉태되는 곳으로,/ 사랑이 빠질 시간이 흐르는 그곳으로" 떠나는 수밖에 없다고 생각하기 때문이다. 야만인은 "어디에도 속하지 않"으며, "무심코 저지르는 작은 과오"는 물론, 그 무엇에도 "길들여지지 않"아야

하며, 심지어 "나쁜, 사랑스러운, 야비한, 당신에게"조차 야만인의 얼굴을 하고 있다. 이렇게 야만은 "길들이는 것에 저항"하는 속성 즉, 경향이나 징후가 아니라, 차라리 특수성이다. 장석주의 시에서 야만이 지닌 힘은 바로 이 특수성에 있다. 시의 존재 이유도 야만의 특수성에서 찾아야 할지도 모르기 때문이다. 바로 이 야만의 힘이 장석주 시의 원천인 것일까?

그러나 이 야만은 문명의 반대말이 아니다. 문명 속에 있는 것들, 문명 속에 거주해 온 것들이 바로 야만이며, 따라서 시인에게 중요한 것은 문명에 내재한 이 힘을 일깨우는 순간과 순간을 일상에서, 당신에게서, 타자에게서, 지금-여기에서, 고안해 내는 일이다. 야만의 고안, 야만의 발명은 통념에 갇힌 시제를 무효화시키는 작업, 모호성을 단단한 상징으로 전환해 내는 일에 달려 있다. 시인은 우리의 삶이나 운명은 물론, 이 세계가 어느 하나의 이분법적 갈라섬을 쉽사리 허용하지 않는다는 사실을 경험적이고 지성적인 각성을 통해 타진해 내려 할 것이다. 시집에서 자주 반복되어 나타나는 주저나 망설임("가지도 않고,/ 오지도 않고"(「측행(仄行)」)), 당부("가지 마라고,/ 가지 마라고"(「당신이라는 야만인」))의 발화나 이를 증거하는 문장의 배치는, 따라서 어느 하나에 귀속되거나 붙들리지 않으려는 실존의 몸짓이지, 허무의 적재나 달관의 표출과는 크게 상관이 없다.

세계의 불안이 우리를 사육한다면
야만인을 기른 것은 숲속의 검은 눈동자,
검은 것은 슬픔의 시작,
야만인은 도착하자마자 운다.
모호함과 연약함 때문에 울었으리.
우리 안이 그토록 많은 수치심의 서식처들이라니!
몸에서 솟구쳐 빠져나오려는 말들.
겨우 말이 되려다가 마는 말들.

너, 짐승 아니었어?

너, 귀머거리 아니었어?

너, 말할 줄도 알아?

——「야만인이 쓴 책 열한 페이지」 부분

문명의 세계에서 야만을 일깨우고, 야만을 야만으로 보존해 내려면 어떻게 해야 하는 것일까? "겨우 말이 되려다가 마는 말들", 그러니까 통념에 비추어 기이한 말들을 기록하는 것이 우선일 것이다. 그러나 또한 야만은 사랑에도 달려 있다. 뼈아픈 사랑, 슬픔의 깊이를 재는 사랑, 검은 영혼의 크기를 측정하는 사랑, 결국 "모호함과 연약함 때문에 울"게 되고 마는, 그런 사랑이 야만을 이 세계에 틔워 내고, 지켜 내며 돌본다. 야만은 아픈 사랑으로 제 자양분을 얻거나, 지극한 슬픔, 연민과 고통 그 자체, 그 특성이라는 말일까. 장석주의 시에서 "모호함"은 여기에서 미지로 존재하는 저 외부의 상징이자 나를 둘러싸고 있는 세계의 이치에 가깝다는 사실을 잠시 환기하려 한다. 이에 비해 "연약함"은 감정의 세세한 파동이나 인간의 저 내면 깊은 곳에 자리할, 아직 단련되지 않는 살과 혼, 즉 내부를 은유한다. 외부와 내부, "모호함"과 "연약함"은 야만인이 기술한 열한 줄의 시구가 "열한 페이지"를 천천히 메워 나가는 동안, 시에서 서로 포개어지며, 야만의 세계를 오롯이 장악해 낸다. 야만은 수치를 알고, 슬픔의 주인이 될 줄 아는 우리의 능력이며, 문명은 이러한 능력을 제거해 낸 일종의 역장(力場)이자 장력(張力)이라고 해야 한다. 세속의 질서에 길들여지지 않은, 저 세속의 본모습, 규정되지 않는 것과 빠져나가는 것을 말하려는 자는 야만을 발화하는 주체이며, 그가 바로 시인, 시의 목소리인 것이다. 시인이 야만을 어떻게 점유해 내며, 어떻게 야만의 힘으로 시의 본령을 확인해 내는지 살펴보기로 한다.

죽음이 왼쪽 눈으로 나의 부재를 본다.
후박나무 잎이 떨어질 때 오후 5시는
집개가 조용히 숨을 거두는 마당에 도착하고
당신은 본다, 우연을 확장하는 이 부재의 시각을.
죽음은 과거들의 미래,
내일의 모든 약속을 철회하는 나.
화요일의 밤은 화요일의 밤으로 깊은데,
어제 저녁을 먹고 잠든 내가 없다니!
미래는 이미 발밑에 엎질러져 있다.
몸통에서 팔 두 개는 늘어나고
귀는 자정 넘어 차츰 커진다.
후박나무 잎들이 바람에 흔들린다면
화요일의 나는 착한 사람이었던가?
나는 신중해지기로 결심한다.
새벽 신문이 배달되고 태풍은 소멸된다.
꿈속에서 김밥을 마저 먹고 편지를 썼다.
밤의 이빨들이 어제보다 더 자라고
어떤 날들은 빨리 흘러간다.
야만인들은 아직 오기 전이다.
저 숲속에서 서성거리는 당신!
정작 우리는 미래의 야만인들,
새로운 야만인을 기다리는 불굴의 야만인들,

—「야만인을 기다리며」

야만은 당도해야만 하는 속성, 망각할 수 없는 성질, 그러나 끝없이 현실에서 미끄러지며 어디론가 빠져나가는 미지의 특성에 가깝다. 그것은 정확이 말해, 증상이나 징후가 아니라, 특성과 속성으로만 존재하는 무엇이라고 우리는 말했다. 그러니까 그것은 "우연을 확장하는 이 부재의 시각"에서 가동되는 타자의 그림자거나, "과거들의 미래"에서 붙잡히는 "죽음"이 지금—여기에서 어른거리는 전미래적 형상이며, 내가 규정하는 나라는 존재나 물리적 시간 위에서 저울질되는 나를, 한없이 의심의 시선으로 바라보게 한다. 이 야만의 힘은 당도했다고 생각하는 순간, 나아가 우리가 확신하는 순간, 그 즉시 어디론가 빠져나가는 속성, 그 자체인 것이다. 야만은 형태가 없다. "저 숲속에서 서성거리는 당신"이자 "이미 발밑에 엎질러져 있"는 미래의 시간에 잠시 눈앞에 당도했다가 또다시 사라지고 마는 무엇, "그림자 수만 개를 데리고" "멀리 사라질 때" 제 얼굴을 잠시 내비치는 "일요일"이나 "아침의 새들과 세상의 거짓과 웃음들", 이 모든 것들이 오가는 저 "문들을 지탱하는 경첩들"과도 같기 때문이다. 야만이 "살얼음 아래로 흐르"(「야만인이 야만인에게」)는 사랑인 까닭이 여기에 있다. 흘러가는 속성이 야만 그 자체라고 한다면 결국 사랑도 그럴 수밖에 없기 때문이다. 살얼음 위를 걷듯 조심스레 다가가야만 하는 것, 부서지기 쉬운 거울과도 같은 것, 아주 작은 떨림에도 깨지기 쉬운 질그릇과도 같은 것, 바로 이것이 사랑이며 야만인 것이다. 야만은 편재하기에 우리 삶의 속성이자 삶의 위태로움과 아슬아슬함, 연약함과 모호함인 것이며, 장석주의 시는 이 야만의 힘에 시적 미래를 기투한다. 야만이 일상에 편재한다고 방금 우리는 말했다. 어떻게?

> 직립인의 고요한 식욕에 부응하는 이것,
> 뼈도 근육도 없는 이것,
> 비늘을 가졌거나 가시를 가진 것도 아닌 이것,
> 두드리고 때려 단련시켰건만
> 물과 만나 허수히 무너지는 이것,

여럿이되 하나고
단순하되 극적인 이것,

한 끼니의 편의,
미끈거리는 촉감의 허영심,
오랜 명망과 혁명의 동지들,
가느다란 양생(養生)의 꿈들!

—「국수」부분

　국수는 가늘고 길다. 그 가닥은 위태로우며 그 자체로 부러지기 쉽다. 심지어 사소하다고도 말할 수 있겠다. 이 위태로운 것, 부러지기 쉬운 것, 사소한 것에서 장석주는 야만의 속성을 빼어난 상징에 기대 절묘하게 기술해 낸다. 무엇인 동시에 무엇이 아닌 것들, 어디에 속하는 동시에 속하지 않는 것들, 우리는 바로 이러한 것들로 "편의"를 취하기도 하고 그 과정에서 "허영심"을 품기도 한다. 이 무정형의 존재, 모호해서 단순하고 단순해서 모호한 것들, 순수와 단순으로 이루어진 것들에서 그는 야만의 모습을 본다. 야만은 이처럼 가장 평범한 것("공무원들의 직무 유기와 인공 조미료와 진부한 말들/ 여자의 거짓말과 얇은 우울들"(「광인들의 배」)이며, 민중적인 것이며, 의식하지 않고도 반복되는 저 밥을 끓여 먹는 행위, 단순해 보이지만 실상, 삶과 죽음에 깊숙이 관여하는 행위, 그래서 원초적인 행위와 본능의 몸짓으로 지금-여기를 살아가는 것이다. 장석주는 이 편재하는 야만에 의해, 야만으로, 인간이 제 삶을 살아가는 이유를 발견하고, 자신의 꿈을 실현할 수 있다고 믿는다. "양생(養生)"이라는 개념어는 여기에서 모호함을 덜 감추었다고 말하기 어려운 해석을 시에 빚어내면서 이와 동시에 명료한 세계를 지향하는 고유한 시적 문법을 만들어 내는 데도 힘을 보탠다. 길고 가느다란 저 "양생(養生)의 꿈들"은 그러니까 장석주

에게는 "생존 기술의 소규모 집합체"의 삶이자 "어제 생명 보험을 해지한
자"와 "어제 김밥을 먹은 자"(「슬픈 가축」)가 꾸는 소소한 꿈이기도 할 것
이다. 야만은 문명에 갇혀서는 오롯하게 제 존재의 이유를 발견하지 못하
고, 제 삶의 가치를 충족시키지 못하는 사람들의 몫이자 얼굴인 것이다.

토성이나 천왕성 여인숙에서 밤새우던 날들,
꿈엔들 꿈엔들
우리는 왜 수마트라의 섬들을 위해
혹은 미로와 하구(河口) 들을 위해 노래하지 않는가?

주어와 동사는 가지런하고 목적어는 불분명했으나
맥락들은 모호해지지 않는다,
우리가 이미 모호함을 선점하고 있었기에.
무당벌레거나 여뀌거나 벵골 호랑이거나 자작나무거나
가서 돌아오지 않는 것들의 사소함을 위해
우리는 노래하리라.

살고 죽는 것의 사소함으로 웃는 우리,
사랑이 그렇듯 죽음의 사소함도
우리는 노래를 하며 차츰 배우게 될까?
　　　　　　　　　　　　　　—「늙은 자작나무의 피로한 무릎」 부분

야만은 장석주 시의 행간에 어떤 자리가 마련해 주는 것일까? 무엇이
그 사이와 사이를 맴돌며, 끊임없이 제 고유한 의미를 궁굴려 내는 것인
가. 장석주의 시는 회의와 성찰이라는 말로 채워지지 않는 지점에 당도
해, 오히려 성공을 꾀한다. 그는 이렇게 야만에 내기를 건다. 그의 시는 야

만에 대한 근본적인 사유를 모호함과 자두나무라는 상징으로 붙들어 매면서, 야만으로 찾아나서는 삶의 경이로운 여정을 우리에게 보여 주었다. 문명은 여기에서 제 치부를 조용히 드러내고, 불가능한 사랑은 타자화되는 대신, 사랑 그 자체로 남겨질 수 있는 가능성을 걸머쥐고 이 세계를 반복해서 방문할 것이다. 문명과 야만은 오롯이 나뉘지 않을 것이며, 사실 그래야 한다고 시인은 믿는다. 야만이 문명을 일깨우는 것일까? 야만은 문명을 새로이 바라볼 시선이자, 문명을 주관적으로 울려 낼 목소리이며, 문명을 세심하게 어루만질 손길일 것이다. 흐르는 속성의 야만, 부서지기 쉬운 특성의 야만은 이렇게, 정체된 세계가 머금고 있는 저 미지를 간혹 이해가 쉽지 않은 말로 우리에게 흘려보낸다. 모호함이라는 이름의 야만이, 당신이라 호명하는 야만이, 사랑이라고 부르는 야만이, 이해와 소통의 격자 안에 안전하게 거주하는 명료함과 단일함을 거부하고, 세계의 잠재적 감정에 대해, 삶의 숨결에 대해, 아직 오지 않고 와야 할 것에 대해, 보다 더 많은 것을 우리에게 알려 줄 것이다. 그는 그럴 것이라고 믿는다.

> 어둠 속에 떠가는 배 한 척,
> 광인들의 배는 어디에서 와서 어디로 가는가.
> 배의 갑판 위에서 웃고 있는 한 사람,
> 저 웃고 있는 자는
> 광인인가, 혹은 착한 이웃인가?
>
> ──「광인들의 배」 부분

슬픔, 수치, 연민이 그의 시에서 중요한 것은, 그것이 야만의 소유물이자 야만의 속성이기 때문이다. 정확히 말해, 그것은 이 세계에 저 역사 속에서 잠시 고였다가 빠져나가는 미끄러짐의 수행자의 자격으로, 바로 그렇게 "밤의 깊이를 재는 일"(「돌」)로 우리를 방문한다. 문명이라는 허구

에서 새어 나온 저 야만이라는 자폐가 우리에게 허용해 줄, 미지의 크기
와 사랑의 고통을 짐작하는 일은 벌써 자두나무가 품은 우주의 광대함을
헤아리는 일과 나란히 그 궤를 같이 할 것이다. 물론 문명의 특성은 명료
함에 있다. 장석주는 문명의 명료함 안에서 야만을 일깨워 모호함을 회복
하고, 나아가 연약함으로 존재하는 것들의 슬픔과 부끄러움, 이 세계에서
지금 바글거리는 저 사소한 것들의 운명을 노래한다. 그의 시집을 다 읽
은 다음, 우리가 다시 던져야 하는 물음은 이렇게 산재해 있다.

> 과연 나는 젊은 무릎과 늙은 무릎 사이에서
> 비밀을 지키기 위해 이기주의자가 되어 버린 것일까요?
> 세계의 끝에 서 있는 욕망하는 단백질일까요?
> 동사무소에 등록된 생각하는 뇌일까요?
> 자두나무나 그 그림자가 아닌 건 분명하니까,
> 나는 나 아닌 것의 신기루일까요?
>
> ——「슬픈 가축」 부분

　야만은 그러니까 저 '인간(Homo)'이라는 명칭을 달고 역사 속에 출몰
했던 온갖 존재들 가운데, 욕망하는 단백질과 생각하는 뇌의 주인, 이 양
자 사이에 존재하는, 이 양자를 왕복하는, 이 양자의 포개짐 속에서 도출
된 공집합적인 무엇이다. 오로지 야만인만이 슬퍼할 줄 알고, 비극을 체현
하며, 회의를 하고 번뇌에 시달린다. 야만은 오롯이 기다릴 줄 아는 자의,
실연을 견뎌 내고 타자를 그리워할 줄 알고 타자와의 차이를 취소하는 것
이 아니라 오히려 다른 각도에서 타인을 바라볼 줄 아는 자의, 그러니까
우리 내면에 존재하는 미지의 타자이다. 야만은 "자연의 일과 사람의 일
사이"(「서리 위 족제비 발자국을 보는 일」)에 거주하며, 무수한 "바다의 조
각들"을 이루고 "깊이를 잃어버린 채 상심"하는, 제 각각의 수만큼이나

다채로운 경험을 내장한 "빗방울"과도 같은, "새로 온 아침"과 "아직 도
착하지 않은"(「초록 거미에게 인사를」), 미지라서 다채로운 삶을 머금고 있
으며, "최소주의로 쪼개어진 입술들"(「비의 벗들」)의 자격으로 이 세계에
키스를 하고, 이 세계를 어루만진다.

　장석주의 시는 그래서 '과녁'을 말하지 않는다. 그의 시는 나와 당신
사이의 '난간'을 부정하지 않으며, 함부로 넘으려 하지도 않는다. 쏘는 사
람도, 맞을 대상도 없다는 사실을 기어이 발화해 내는 그의 시는, 마치 허
공에 쏘아 올린 화살이 "어둠을 뚫고" 스쳐 지나간 궤적으로만 존재할, 그
러니까 그 어떤 경직된 관계로는 정의될 수 없는 저 고유한 야만의 세계
를 "핏방울 몇 개"(「활과 화살」)를 지불하는 노동으로 백지 위에 소급해
낸다. 타자의 슬픔은 내가 "난간" 너머로 보는 슬픔, 난간이라는 저 경계
를 걷어 내는 것이 아니라, 아래로 또는 위로, 고통스럽게 위치를 바꿔 가
며 바라볼 수밖에 없는, 그러나 그렇게 해서, 그렇게 할 때, 오로지 당신에
게로 향할 꿈길이 열릴 것이라고 생각하는 그는, 그렇게 바로 "난간 아래
사람"이고자 한다. "슬픔의 저지대"(「난간 아래 사람」)에서 울려 내는, 그
럼에도 난간의 아래에서, 저 난간 위로 펄럭이는 깃발을 바라봐야만 하는
연옥에 갇힌 것과 같은 고통스러운 심정으로, 저 야만의 신비함으로, 야만
의 힘에 기대어 그가 부르는 노래가, 하얀 밤과 검은 아침에, 광인의 평온
함과 착한 이웃이 악의에 차 흘려보내는 거짓 웃음으로 가득한 저 패러독
스의 광장 한복판에서 조용히 흘러나오기를 우리는 기다리고 또 기다리
게 될 것이다.

부끄러움과 허기, 유동하는 정념

기억을 해독하는 자의 목소리에 관하여
박연준, 『베누스 푸디카』(창비, 2017)

부끄러움의 감수성

박연준의 세 번째 시집 『베누스 푸디카』는 어떻게 시를 쓰게 되었는지, 그 과정과 동기를 고백하는 시편으로 첫 장을 연다. 어린 시절 성장이 멈추었다는 비유로부터 기묘하게 피어오르기 시작하는 '부끄러움'은 시집을 한 장 한 장 넘길수록 독특한 감수성의 자리를 찾아 나서는 동력이 되어 절묘하게 승화된다. 실패하는 사랑, 정지된 삶, 현실에 대해 지고 있는 부채와 개인적 각성, 억압된 감각들의 저 불꽃같은 트임이, 범속한 말들의 표면 위로 뚫고 나와 특이한 순간들로 빚어낸 언어를, 그러니까 고유한 감각의 표식을 만들어 내는 저 얼룩 같은 문장들을 우리는 목격하게 될 것이다. 박연준의 시가 비극의 원형을 들여다보고, 상실의 순간을 마주하고, 결여의 장소를 불러내어, 때론 과감하게, 때론 조심스레, 에로티시즘의 저 높이 상승하는 목소리를 울려 내는 것은 사실 '정숙함'이라는 이데올로기, 그 강요의 독선과 편견, 그 통념에 과감히 구멍을 내고자 하는 사유가 있었기에 가능한 것이라는 점을 먼저 말해 두기로 한다.

연필을 물고 담배 피우는 흉내를 내다
등허리를 쩍, 소리 나게 맞았고
목구멍에 연필이 박혀 죽을 뻔했지 여러 번
살아남은 연필 끝에서 죽은 지렁이들이 튀어나와
연기처럼 흐르다 박혔고
그렇게 글자를 배웠지

꿈, 사랑, 희망은 내가 외운 표음문자
습기, 죄의식, 겨우 되찾은 목소리, 가느다란 시는
내가 체득한 시간의 성격

(……)

어느 여름 옥상에서 어떤 감정을 알게 됐는데
떠난 사람의 길고, 축축한, 잠옷이
펄럭이는 걸 보았지

사랑이 길어져 극단까지 밀고 가다
견디지 못하면
지구 밖으로 밀려나는구나
피가 솟구치다 한꺼번에
증발하는구나

(……)

일곱 살 옥상에서 본 펄럭이는 잠옷만큼은

무엇도 더 슬프진 않았고

—「베누스 푸디카」 부분

"표음문자"는 정해진 의미의 자리가 마련되어 있지 않은 껍데기 문자다. 그러니까 "꿈, 사랑, 희망"과 같은 것이 실상 텅 빈 기호였다는 것이다. 이 고백에는 상실을 말하는 부끄러움의 섬세함이 자리한다. 그 부끄러움은 그러나 수동적인 수줍음이 아니라, "어느 여름 옥상에서 어떤 감정"을 알게 된 이후, 그러니까 조금 더 인용하자면, "떠난 사람의 길고, 축축한, 잠옷이/ 펄럭이는 걸 보았지"와 같은 고백에서 묻어나는 시적 감정이자, 삶을 살아오면서 그 무엇도 "일곱 살 옥상에서 본 펄럭이는 잠옷만큼은" 슬프지 않게 된 어떤 상태의, 저 정지된 시선을 백지 위에 붙잡아, '지금-여기'와 하나로 포갤 때 솟아나는 감성의 힘이며 그 힘의 원천이기도 하다. 견딜 수 없을 만큼 고통이 컸다거나, 벗어나려 해도 차마 그럴 수 없다고 고백하는 것은 아니다. 중요한 것은 '부끄러움'이라는 독창적이고 은밀한 시적 목소리가 탄생한다는 사실 자체에 놓여 있는 것일지도 모른다. 시의 제목으로 차용해 온 '베누스 푸디카', 그러니까 우아한 팔 동작으로 한 손으로는 젖가슴을 한 손으로는 성기를 가리고 있는 그림 「정숙한 비너스」에는 역사적으로 비난을 받아 왔던 여성의 나신(裸身)에 가했던 원죄의 아우라가 서려 있다는 사실을 환기해야겠다.[1] 박연준은 이와 같은 이데올로기를 '정숙한 자세'라고 부른다. 정숙한 자세에는 감수성의 발현이나 자유로운 감각, 삶을 고르게 표현하는 힘이 제거되어 있다. 강요된 것이나 통념이 덧씌운 편견, 혹은 그러한 태도가 바로 정숙한 자세이기 때문이다.

---

1   "「매디치의 비너스」(피렌체 미술관)나 시돈의 「아프로디테」와 같은 '정숙한 비너스'에는 "벌거벗은 남자는 양식에 어긋나지 않지만, 벌거벗은 여자들은 사람들의 빈축"(장 클로드 볼로뉴, 전혜정 옮김, 『수치심의 역사』(에디터, 2008), 459쪽)을 사 왔다. 이 그림은 역설적으로 부끄러움을 모르는 주체, 남성적 힘의 상징이나 폭력의 기원을 폭로한다.

젖가슴과 성기가 가려진 것은 따라서 부끄러움의 단순한 표현이 아니라 이 두 신체 기관이 사회적·역사적으로 지워지거나 잘렸다는 사실에 대한 강력한 비유이며, 이 지점에서 시집 전반은 상실과 훼손, 억압과 결여를 한번 더 사유의 반열로 올려놓는 목소리를 울려 낸다. 따라서 부끄러움은 외려, 폭력적인 것들에 대항한다. 부끄러움은 몸을 통과하는 모든 것, 몸의 경험, 몸의 감각에 의지하여, 수직적으로 구조화된 폭력과 고정된 사회적 양식의 중심을 이탈시키고 시에서 저항하는 발화를 창출해 내는 시적 목소리이기 때문이다. 비밀스러운 것들, 은밀한 것들, 감각들, 잘려 나간 것들, 은폐된 것들, 상실된 것들, 그러나 몸이었던 무엇, 몸이 해 왔던 것, 몸이 뿜어내던 것, 몸이 결여한 것들, "주둥이 끝을 덜덜 떠는 백조들이 숨기는 것"이나 "수줍고 냄새나고 미끄러운" 저 "몸을 밀치고 태어나는 다리들"(「베누스 푸디카 2」)은 공히 '부끄러움'이라는 감수성이 저 견고한 사회적 편견과 이성의 장막을 뚫고 시 안으로 걸어 들어오게 한 것들이다.

> 당신은 결코 나를 가질 수 없을 거예요
> 미끄러운 건 쉽게 잡히지 않으니까요
> 나는 담을 수 있는 시간이 아니니까요
> (……)
>
> 훗날 기억이 왜 이렇게 모질게 남아 있을까 생각하다
> 첫 동굴 속에서 내 어둠이
> 증발 불가능한 액체임을 알게 되었네
>
> 나는 고인 채로 찰랑이다
> 온 세상으로 흘러다녔다
>
> ── 「베누스 푸디카 3」 부분

꿈에 지네가 되었다

펼쳐진 밤의 문장을 읽다

한꺼번에 증발한 다리

—「침대 2」부분

춤추라!

소리를 빼앗긴 노래들아

가장 부드러운 것들이 모여

쏟아지지 않는 발기를 이루고

(이 모든 것 사이를 흘러다니고 싶어요)

—「무용수」부분

부끄러움은 시적 역동성과 조용히 접속한다. 모든 감각이 살아나 무언가를 들을 채비를 꾸리고 어디론가 흘러 들어갈 권리를 획득하는 것은 단호한 문장의 반대편에서 주조해 낸 부끄러움의 감각적 발화 덕분이다. 그의 시에서 인식의 주체는 이성이나 관념이 아니라, 기관과 감각이다. 귀가, 머리가 하지 못했던 일을 한다. 눈이, 볼 수 없다고 믿었던 것을 본다. 손이, 잡을 수 없거나 만질 수 없다고 여겨졌던 것을 커다란 획을 그으며 거머쥔다. 입이, 아니 입술이, 다시 칠해지거나 독특한 색깔로 각인되어 조금 더 영롱해진다. 다리가, 두 발이, 사라지거나 늘어나거나 허공에 떠다니며, 직진하는 도보를 돌아다니는 난보의 상태로 표현해 낸다. 박연준의 시는 이렇게 오로지 몸을 경유해서 당도할 모종의 상태, 가령 아물지 않은 채 존재하는 것, 잔존하는 끔찍한 것들이나 현존하지만 돌보지 않은 슬픔, 자주 울컥하거나, 간혹 울컥하게 만드는 순간과 순간의 정념들, 다소 식어 버리거나 잠시 고조되거나 조금 뻗어 나가거나 이내 흩어져 버리는, 그러니까 움직이는 감정과 그 감정이 길을 낸 몸과 몸이 길을 내며 남겨 놓은 정신-몸의 흔적들을 기록해 낸다.

부끄러움은 시에서 타자를 끄집어내는 동력이 되면서 사랑의 기원을 폐기하고, 실패의 산물로 인식되기도 하며, 단단하고 단호한 것의 기반을 서서히 물에 빠뜨리거나 젖게 만들고, 끊임없이 악(惡)과 폭력에 대해 성호를 긋는 시적 고백이라고 하겠다. 부끄러움은 함부로 드러내지 않는 것, 눈물을 흘리며 슬픔을 과도하게 표현하거나 탄식을 내뱉으며 갑자기 얼굴을 붉히거나 하지 않는, 감추고 절제하게 되는 시적 문법이다. 부끄러움은 원초적이고 무의식적인 상태를, 개인적인 행동의 범주에서 작동하는 규범과 사회적인 생활을 구속하는 것 사이의 갈등으로 전환해 낸다. 이 양자 사이에 묘한 긴장 관계가 형성되는 것은 박연준의 시에서 부끄러움이다. 그 부끄러움은 그러니까 허용과 금기를 조절하고, 시에서 은밀한 장소를 개척하거나 내면의 목소리를 울려 내는 공간을 만들어 낸다. 박연준의 시에서 침대나 숨은 곳, 버드나무 등, 무언가 가리고 있거나 보이지 않음을 상정하는 곳은 어디에나 있으면서 아무 곳에도 없는 시적 영역에 가깝다. 여기서 시인은 숨거나 모습을 드러낸다. 물론 드러내거나 숨는 것은 강력한 시적 고유성을 불러내는 원인이 되며, 이를 통해 감각이 발현되고, 이지적인 구성이 살아나며, 시간의 주관성에 공간을 덧입혀, 매번 세밀한 목소리를 토해 내는 데 다다른다.

유동성, 어디로든

부끄러움은 유동(流動)의 감각을 한껏 펼쳐 내는 동력이기도 하다. "심장이 몸 밖으로 나와 저 혼자 툭,/ 떨어질 때"를 침대에 누워 가만히 기다리는 일, 그렇게 "붉은 궤적을 따라 신경이 쏟아지"는 순간의 소리를 들으려 하고, 이윽고 "밤의 긴 혓바닥 위에 '우리'라는 깃발을 세우고/ 행복해서 육손이가 되"는 숨 가쁜 순간을 맞이하는 일, "뿌리가 액체로 흐르다 겨울 끝자락에서 겨우/ 굳을 수 있었"(「침대」)던 저 추이를 성애(性愛)의 감각으로 섬세하게 살피는 일이 이렇게 가능해진다. 유동하는 감각은 "뜨거운 주물(鑄物)로 탄생하는 꿈"을 꾸며 사방으로 흘러 다니거나, 차라리 "전부를 맡기고 흘러가 볼까"(「당신이 물고기로 잠든 밤」)라고 고백하며, 어디로든 갈 수 있는 "노래하는 뱀들이 구불구불 전진하는 새벽"(「뱀의 노래」)을 맞이하게 해 준다. 유동하는 뱀, 그 말이 가닿지 못할 곳은 없다. 시인은 스며드는 존재와 다르지 않다. 기억을 통해 되살아나는 잊힌 것들, 삶의 리듬이 미지의 감각에 의존하여 은밀하게 성취해 낸 문장들, 유령처럼 조용히 등장했다가 다시 떠나고 또 되돌아오는, 그래서 형체가 없는 저 어두운 것, 아픈 것, 깊이 파인 것과 그러한 곳에 고여 있는 정념을 불러내는 존재가 바로 시인이기 때문이다.

> 입속에 엷은 화상을 입은 듯
> 말이 부끄러운 아이
> 침묵의 갈비뼈에 금이 갈 때만
> 이따금 흔들리는 아이
>
> 있어야 할 빛과 모르고 태어나는
> 빛은
> 어떻게 섞일까
>
> ─「그애가 저녁에 하는 행동」부분

> 느리게 오는 기억은 오는 동안

귀퉁이를 잃지요
담요 아래서나 살지요

차가워진 턱 아래를 만져 봅니다
지붕 아래 숨어 사는 고드름들이
한꺼번에 물이 되어 쏟아질 듯
흔들립니다
                                          ──「생각담요 아래 살다」부분

미래를 펼쳐 보다
안쪽이 환해지면

공기를 흘리면서 떠오르는 사람
풍선처럼 뚱뚱해지다
터진 채 날아가는

커튼이 펼쳐 놓은 정적 속,
부풀어 오르다 몰래
시드는 생각들

                                                        ──「커튼」부분

　"말이 부끄러운 아이"의 언어는 그러나 무르지 않다. 이 언어는 "있어
야 할 빛"과 "모르고 태어나는/ 빛"의 섞임을 기록하며, "지붕 아래 숨어
사는 고드름들"이 "한꺼번에 물이 되어 쏟아질" 순간을 기다려야 가능해
진다. 고백체가 어우러져 간혹 슬픔의 빛을 뿜어내고, 돌출하듯 생생한 정
념을 토해 내는 박연준 시의 뛰어넘은 시간이나 공간, 존재 등을 액체라는

유동성의 산물로 전환해 내는 능력에서 자주 빚어지는데, 가령 「생각담요 아래 살다」처럼 결구에 이르러 '흔들림'으로 조용히 치환하며 기억의 불완전성을 담요처럼 따뜻하게 덮고 사유의 결을 은밀하고도 섬세하게 벼려 낼 줄 아는 감수성에도 그 출중함이 있다고 해야 할 것이다. "미래를 펼쳐보다/ 안쪽이 환해지면"(「커튼」) 비로소 제 모습을 드러내는 미지의 존재, 곧 사랑의 대상은 기대감으로 그 대상을 키워 내는 기화(氣化)의 상상력이야말로 부끄러움의 가장 믿을 만한 문법이라는 사실을 잘 보여 준다.

　부끄러움의 시적 발화는 경어의 사용이나 은밀하고도 섬세한 고백의 어투, 경제적이고 효율적인 통사의 구성, 감각적인 어휘의 운용 등에서 묻어나는 것이기도 하지만, 주로 밤이나 보이지 않는 곳, 저 심연이나 죽음의 공간, 무덤과도 같은 무의식 등 시인이 어디로든 갈 수 있고 스며들 수 있는 유동성의 페르소나를 창출하면서 한층 배가된다. 박연준의 시는 자발적으로 통념에서 미끄러지고, 유쾌하게 상투적 감각에서 미끄러지며, 비판적으로 고정되었을 것이라 여겨 온 시간과 공간에서도 미끄러진다. 미끄러지면서 형체를 지니는 건 액체가 아닐 수 없다. 뱀이나 유령도 마찬가지다. 이 유동하는 것들은 모종의 틈새로 흘러들고, 대상과 존재 사이를 오가며, 시간과 공간에 주관의 무늬를 입히고 감정의 흔적을 남긴다. "페이스트리 같은 고통을 한 겹 한 겹 뜯어 먹는"것 같은 배우의 연기나 그의 표정을 보는 순간 시인이 포착한 비밀스러운 눈동자의 "주름"(「발쇠」)이나 무용수가 무대에서 절정을 이루는 순간, 아니 그 순간의 아슬아슬하고 위태로운 상태("목숨을 담보로 춤추는, 포식자 앞의 새"(「무용수」)를 노래하는 작품들을 관통하는 감각은 "증발 불가능한 액체"(「베누스 푸디카 3」)의 감각, 그러니까 "빠져나가는/ 분사되는/ 흡수되는"(「베누스 푸디카 2」) 주체 즉, 유동성이다. "시계추에 매달려 도망가는 리듬"으로 공중을 유영하는 고양이와 "가볍게 흘러내리는, 레이스" 사이로 찾아드는 "행운"(「고양이」)처럼, 움직이는 것, 빠져나가는 것, 흘러드는 것의 삶과 감정

의 유동성은 어떤 시간을 만들어 내는가? 박연준은 주관적인 '때'를 그러
모아 독특한 주제 하나를 거뜬히 길어 올린다.

무릎이 하염없이 허공을 앞지를 때
입속 강이 말라 메아리가 생길 때
괄호 속에 갇힌 말들이 희미해지다
사라질 때 불리지 못한 이름이
수면 아래로 떨어져
소용돌이가 될 때
물결이 물결과 부딪쳐 구름의 얼굴이 찌그러질 때

밤이 반복되다 어그러지며
쌓일 때
허공을 점령한 높이가 한들한들
무너지려 할 때
찾는 사람은 유리컵이 되고 기다리는 사람은 조약돌이 되어
깨지거나
깨지지 못할 때

삼각형은 동그랗다 이름이 웃는 것처럼
장미는 애꾸고 버드나무는 울지 않는다
손목은 기도하다 꺾이고 욕망은 가난하다

강물은 날아가고
꽃들은 사악하고
죽음은 머무르는데

어떤 소란은 빛나지 않는다

— 「기다리는 자세」

절대적이고 중립적인 공간에 사는 사람은 없다. 그럴 수 없기 때문이다. 시는 어떤 곳이 아닌 다른 곳을 만들어 내며, 다른 곳이 아닌 특수한 곳에 정박한다. 시적 장소와 시간은 항상 다른 장소이자 시간이며, 몸의 섹슈얼리티와 사랑이 녹여낸, "괄호 속에 갇힌 말들이 희미해"질 때까지 기다려 얻어 낸, 그렇게 시인이 특별한 의미를 부여한, 오로지 그렇다는 전제 아래 나타나는 유일하고도 특수한 장소이자 공간이다. 박연준의 시에서 시간과 장소는 차라리 사물에 주로 말귀를 비끄러매며 제 모습을 드러내고, 청각에 의존하여 평소라면 들을 수 없었던 말을 듣거나, 자주 내지 않았던 목소리를 돋우며, 이러한 추이를 감각적으로 영위하는 미완의 시간이다. 미완의 시간에서 시인은 "시작도, 선언도, 기억도 없이/ 깊어진 것들"과 "이름 귀퉁이가 부서진 것들"을 기록하는 일에 전념한다. '것'과 '때'로 마무리되는 관형어구의 고유성은 "완성이란 더 이상 걸을 수 없다는 선고"(「침대 3」)에 이르러 아직 오지 않은 새벽의 시간성에 조응하는 내밀한 고백의 목소리를 획득한다. 사랑의 기억, 몸의 기억, 사유의 고유한 이지러짐이 자리하는 것은 바로 여기다. 눈, 귀 등 감각기관이 울려 내는 목소리는 이때 내면 깊숙한 곳에 내려앉아 숨 쉬고 있는, 가장 믿을 만하면서도 의식에서 미처 다 알고 있다고 말하기 어려운 경험을 외부로 발화하는 근본적인 동력이다. 부재하는 대상의 전이는 자주 이 세계에 내디딜 발을 상실하고 살아가야 하는 상태를 말하지만, 그 방법은 절묘하게도 언술의 차원에서 복합적으로 구성되어 부끄러움의 미적 상징이 되고, 이 상징은 마음속 무늬의 간헐적인 발현과 그 다발이 함께 움직여 뿜어내는 이미지들의 응축으로 표현되어, 독서의 자장을 넓히는 데 소용된다.

허기, 실패하는 실연

실패의 사랑, 사랑의 실패가 반드시 패배하는 사랑, 그 삶을 말하는 것은 아니다. 그것은 "떨어지기 위해 물방울이 시작하는 일"(「녹」)과 닮아 있기 때문이다. 사랑하는 사람이 곁을 떠나가고, 그렇게 모든 것이 끝난다. 사랑이라는 이름으로 함께 피웠으나 이제는 꺼져 버린 저 불꽃을 되살려 내려는, 그러나 그것이 불가능하다는 사실을 잘 알고 있는 일, 그럼에도 할 수밖에 없다고 여전히 믿는 일을 이루어 내려고 어쩌면 우리는 온갖 노력을 기울이는 것인지도 모른다. 사랑과 이별, 삶에 대한 우리의 생각은 이렇게 항상 제자리를 맴돈다. 이러한 사유에 역전이 가능할까? 바꿀 수 있는데도 바꾸지 못하는 것일까? 바꿀 수 없는 것을 바꾸려 하는 에너지가 여전히 남아 있는가? 가능성도, 에너지도, 사랑도, 사랑이나 이별에 대한 저 첫머리의 생각과 감정들도 더는 남아 있지 않다는 사실을 깨닫는 것은 사랑의 종말이나 파국, 그 사라짐을 삶의 이치로 받아들인다는 것이며, 이러한 토대 하에 자기 삶을 다시 고안할 활력을 이 자명한 이치에서 되찾아내는 상태, 그와 같은 감정에 값하는 말을 세밀하게 기록한다는 것을 의미한다.

이 지혜는 아름답다고 말할 수는 없지만, 드물고 귀하다. 이를 발화하는 언어는 명쾌하다고 하기는 어렵지만, 참신하고 감각적이며, 고유성을 지니고 있다. 시인은 여기에서 '실패하는 실연'을 말한다. 모든 것이 뒤바뀌고, 관점도 역전된다. 이전의 시집과 조금 달라진 것은 어쩌면 이러한 지점일지도 모른다. "보자기가 되어/ 담을 수 없는 것을 담으려고 안간힘을 쓰는 일", 다시 저 "이파리로 가득한 숲속"을 생각하며 "나무"의 "얼굴이 어디일까 생각"하는 일, "바람의 힘"에 기대서라도 "사랑에서 떨어질 수 있다면"(「녹」) 하고 한 번 정도 가정해 보는 일. 그와 같은 노력이 없었다면, 사랑이라는 한껏 긴장된 에너지 속으로 빨려 들어갔을 때, 실패하거

나 상실하고 만 사랑의 기억에서 무작정 달아나려고 하면서 세상의 이치
에 요령껏 기대고자 했을 것이다. 그러나 시인은 그렇게 하지 않는다.

실연에 실패한 자가 걸어가고 있다
북을 치던 손은 가고 흔들림만 남았다

승리한 거울들이 돌아눕는다
일렬종대
별들의 함성
함몰된 얼굴에서 일어나는 빛의 산란

행복해서 미칠 것 같다
자지러지는 거울들
복에 겨워 죽을 것 같다
자지러지는 거울들

지금은 계절이 번복되는 시절
수천 송이 연(蓮)들이
봉오리째 수장(水葬)되는 밤
떠오르지 못하도록 부력을 삼키는 입술들
열두 개의 머리가 가라앉는 하나의 몸통을 견디고
물의 허를 찌르며 깨진 것들이 태어난다

아홉 번 죽은 별들만 아름답다는데 대관절
아름답게 죽은 별이란 게 무슨 소용일까?
살아나면 어쩌지

이 많은 생의 궁극들,
피어나면 어쩌지

밤의 이적수(耳赤手)로 죽음에 성공한 귀신들,
실연에 실패한 자가 언덕을 오르고 있다
                    ──「아홉 번 죽은 별들만 아름답다」

　"실연에 실패한 자"는 항상 사랑을 먹고 산다. 사랑의 에너지를 잃으
면 모든 것은 소멸되고 말 것이다. 어쩌면 우리는 "아름답게 죽은 별"이라
는 환상과 사랑의 낭만적인 실패에 감상의 배를 띄우고 승리의 거울을 비
추면서 위선을 떨고 있는 것일지도 모른다. 사랑 없이 살 수 없는 존재이
면서도 항상 사랑의 실패에서, 사랑의 좌절에서, 아름다움과 낭만의 자락
을 붙잡으려는 감상주의자들이 도처에 너무 많다고 말하는 것은 아닐까?
박연준의 시에서 사랑은 편재(偏在)한다. 은밀하고도 섬세한 언어를 통해
뿜어나오는 저 명랑하고도 발랄한 에로티시즘의 미학은 맹목적인 것이
아니라, 오히려 이데올로기적인 것, 그러니까 위선과 권위, 가식에 대한
비판도 겸한다고 보아야 한다. "앓고 난 후 뒤늦게 대가리를 밀고 도착하
는 감정"은 그러니까 '실패하는 사랑'이 아니라 '실패하는 실연'을 말하
는 데 바쳐진다. "버려도 돌아오는 나의 귀신들은/ 끝내 살아남은 것들"
(「빈 잔」)은 사랑과의 관계에서는 차라리 역설이라고 해도 좋겠다. "물의
허를 찌르며 깨진 것들이 태어"나는 순간마다 삶에 에너지는 충만해지고,
"이 많은 생의 궁극들"이 피어날 수 있기 때문이다. 그러나 현실은 자주
이 에로티시즘의 에너지를 억압하거나 비워 두라고 재촉한다.

　알 수 없지
　가득 찬 허기란 게 얼마나 묵직한지

한때는 액체들의 이동수단
흐르는 키스들의 보관함이었지
입술을 통과해야 도착하는
키스들

다섯 갈래로 흩어지는 적요가 몸을 감싸고
공기와 먼지,
그늘이 쌓이면
빈방을 채우는 무음들

시간은 바깥에서 미끄러진다

깨지지 못한 자의 비애랄까
제대로 죽기 전, 죽음에도 실패한 당혹
이 빠진 그릇이란
끝내 아무것도 적시지 못하는 자의 얼굴,
얼굴 위를 기어가는 금〔線〕

—「그릇」 부분

허기가 이기는 게임을 할래?

부엌, 할 때 '엌' 하면 갈고리가 생각나
수많은 갈퀴들이 냄새를 긁어모으는 풍경

이름표를 떼고,
실체가 된 유령들이

식탁 아래 쌓이는 놀이를 할래?

말과 혀와 색을 숨기고,
위보다 아래를 풍성하게 해 볼래?

　　　　　　　　　　　　　　　　— 「비 오는 식탁」 부분

　에로티시즘의 순간은 사방을 정지시킨다. 외부의 시간은 삐걱거리거
나 어디론가 휘발되어 버린다. 오로지 '지금-여기'에 충만해진 상태, 그 찰
나가 있을 뿐이다. 그러나 이 감각의 순간은 지연되거나 연장되지 않는 상
태에서, 모든 것을 순간으로 붙들어 매는 이중성을 지니며, 반드시 끝을 맞
이할 수밖에 없는, 그러니까 "이름표를 떼고,/ 실체가 된 유령들"의 얼굴,
죽음의 형상을 지닌다. "눈 코 귀가 순해지고/ 입속 벙어리들만 사납게/ 들
썩이는" 순간에 차올라온 저 정념의 분출은, "얼굴과 얼굴이 기찻길이 되
어/ 달아나"기 바쁘고, "뛸 수 있는 근육들이 미래를 유예하다/ 잦아드는"
(「키스의 독자」) 순간으로 이어질 뿐, 노동의 시간, 일상의 시간 앞에서 너
무나도 무기력하여 "제대로 죽기 전, 죽음에도 실패한 당혹"을 불러일으
킬 뿐이다. 따라서 박연준 시에서 "허기"는 따라서 역설의 형태를 지닌다.
대저 무엇에 대한 허기인가? 왜 허기를 느끼는가? 허기는 "앓고 난 후 뒤
늦게 대가리를 밀고 도착하는 감정"의 반영이며, 고작해야 "겨우 오는 것
들"(「빈 잔」)을 허용할 뿐, 채워지지 않는다. "잠정적으로/ 잠정적으로// 살
아 날뛰는// 이별들"(「이별에 관한 일곱 개의 리듬」)로 아주 낮게, 그러니까
"흰 머리칼 수줍게 자라나 머쓱한 걸음으로 도착하는 것들"로 채워지기를
바랄 뿐인 허기는, 에로티시즘의 에너지이자, '실연의 실패'로 가득한 현
실의 빈 잔, 현실의 구멍, 현실의 죽음이기도 할 것이다. "입을 반쯤 벌린
채/ 가장 고음으로 죽어 가는" 존재들의 소리를 듣는 것은 바로 허기라는
저 결여의, 결핍의 감각을 통해서일 것이다. 이 허기는 오로지 "정신없이

머리카락을 뜯어 먹"거나 "지워진 거리에서 차가운 발과 끊어지는 리듬으로"만 "완성되는 과거"(「빈 잔」)를 실현이 가능한 현실의 공간에서, 그러나 꿈처럼, 몽상처럼, 일시적인 사건처럼 펼쳐 놓을 에너지인 것이다.

기억의 해독자

그러니 무엇이었을까? 감각의 결을 저버린 채, 자유로움을 구속하는 정의(定意)와 정의(正義)들에 맞서, 그 무엇으로도 규정되지 않는 감수성으로 재현되는 기억들은 박연준의 시에서 닻도 없이 삶의 흐름 속에 내던져져 낯선 곳의 문을 열어 보이고, 자유로이 미끄러지면서 여기저기 스며들고 또 빠져나간다. 유동하는 것들, 흐르는 것들이 삶의 이면을 드러내며, 이 움직임을 감각과 결부시켜 창발해 낸 언어로 풀어놓고 신선한 이미지로 조합해 내는 대상은 박연준에게는 우선 몸이 기억하고 있는 미지이자, 흑백의 시간에서 '지금-여기'로 포개지며 주관적인 시선을 갖게 되는 감각들과 그것의 체험들이다. 그래서 그의 시는 유령과도 같은 존재들이나 그 형상들, 빠져나가고 고이고 스며들고, 사라졌다고 생각하면 되돌아오고 마는 것들의 입을 빌린다. 유동하는 모든 것들은 따라서 두려움이나 분노의 대상이라기보다, 새로운 눈을 갖게 해 주고, 사랑의 본질을 캐묻거나 거기에 주관성의 실루엣을 입혀 주는 것들, 깊이를 헤아릴 수 없는 흐름의 공간을 창안하고, 삶과 죽음의 경험들을 다지는 주체다. 그의 시가 자주 다리를 잃는다거나 바닥으로 떨어진다거나 하는 경험들로, 간혹 나란히 붙여 놓을 수 없을 상이한 이미지를 잘린 채, 그대로 이접하는 것은 정신분석학에서 말하는 그 무슨 상실이나 애도의 발현이 아니라, 삶을 다르게 보는 일이 바로 기억에 특수한 언어의 옷을 입히는 일과 다르지 않다는 사실에 기인한다.

오늘은 기다란 얼굴을 옆으로 기울이며
지금을 잊는 게 아닐까
어제의 걸음엔 부러진 발목과
진실이 빠져 있는 게 아닐까

한마디쯤 멀리 선 귀신을 뒤로하고
개찰구를 통과하는 눈먼 귀신들

오늘 아침엔 아무도 서로를 못 본 채
모두가 귀신이 되어 사라졌다

─「아침을 닮은 아침」 부분

떨어지는 일은 마음과 리듬과 나부낌이 엉켜
밤의 등을 얇아지게 하는 일

머리칼에 새벽을 묻힌 귀신들이
영원을 흘리면서 사라진다

─「모래와 밤」 부분

"찢을 수도/ 닦을 수도/ 건질 수도 없는/ 울음 안개"에 갇혀 "우리 집 천장을 뚫고/ 바닥에 고인" "어떤 벼랑"과 같은 "악을"(「울음 안개」) 붙잡고 싸우는 시, "종이 위 다섯 개의 무덤을 짓고/ 기억을 해독하고 싶을 때마다 하나씩 부숴 먹"고야 마는 시, "가난한 사람들의 뒤꿈치가 모여 자"고 "목이 쉰 남자들이 목적을 잃어버리는" 저 "흰 장송곡들의 종착역"에서 "무덤 위에 내리는 눈"을 바라보며, "무덤의 무덤"(「이별에 관한 일곱 개의 리듬」)을 기록하는 시가 이렇게 우리에게 당도한다. "모래알이 밤으로 떨어지는 소리"(「모래와 밤」)를 들으며, "시간을 다 쓴 노인 둘"이 "미래를 재현하고 있"는 죽음의 그림자의 긴 자락을 헤아린다. "문을 닫는 손"과 "눈을 감는 신"을 동시에 떠올리게 되는 "시간의 오장육부"(「동굴 앞을 지날 때」)를 헤집고 그는 "다 쓴 시간 앞에서 모가지가 길어지는 사람들"의 욕망을 "쓸쓸함에 허리가 꺾인 사람들의 얼굴"을 매만지는 바람과 대비시키며, 기어이 바람의 혀가 되어 "모든 것을 보여도 될까"(「바람의 혀」) 망설이는 저 '새벽의 얼굴'을 쓰다듬는다. 박연준의 시는 이렇게 외향적인 시선보다는 내면에서 차올라온 목소리가 한결 도드라지고, 하나의 중심으로 가지런히 수렴되는 이미지보다는 외부에서 걸어와 내면에서 폭발하면서 일시에 굳건한 자아와 통념을 붕괴시키며, 그 폐허의 자리에서 자신의 체험과 감각을 독특한 시적 경험으로, 의미를 특수하게 조절하는 말의 찬란한 행렬과 낱말의 변주로 풀어낸다.

이 기억은 공동체적인가? 아니다. 이 기억은 개인적인가? 그렇다고 말할 수만은 없어 보인다. 그것은 차라리 "문턱에 널어 놓은/ 알아보지 못한 날들"을 열어 보이며, "조그만 것들의 과거"를 "실감"(「가벼운 장례식」)의 영역으로 끌고 오는 일을 감행할 때, 아직도 "가닿지 못한 이름들이/ 기름처럼 떠 있는 방"에서 흐르지 않고 정지된 시간의 빗장을 풀어내려는 해독자에 의해 당도한 기억일 것이다. "풍경으로 박히는", 오로지 그럴 뿐인 저 "부러진 시간들이 초로 꽂힌 방"(「가라앉은 방」)을 더듬거리며, 시계추에 무거운 추를 달아 놓아 아직 수면으로 떠오르지 못한 비극을 해독자의 언어로 담아내고자 애쓰면서, 시인은 그렇게 한 줄 한 줄의 시를 써 나가고, 결국 제 삶을 살아 낸다. 바닥이, 지상이, 이 세계가 불타오르고 있다. 발을 내려놓을 수가 없다. 오래된 일이다. 변한 것은, 아니 나아진 것은 없다. "척추가 없는 것들"의 "무절제"를 일시에 돌려세울 "뒤집개"가 필요한 것일까? "아래에서 위로, 위에서 아래로 몸을 던져"야 하는 것들을, "죽은 이름들"을 "으깨져 발끝에서 곤죽이" 된 것들에 대한 "기억" 혹은 "얼룩"(「쏟아

192

지는 부엌」)으로 전환해 내는 해독자의 이 언어는 진지하면서도 아름답다.

아주 커다란 원을 그리다 지치고 싶다

하늘에서 매미들이 다 쓴 날개를 떨어뜨리고
투명한 죽음들로 무거워지는 여름
우리의 밤이 모여 백야를 낳고
종이다!
흰 종이다!
글자들이 뛰어내리고

(……)
힘이 센 혀가 그늘을 걷어 내려다
한꺼번에 무너진다 해도
무너져, 흐른다 해도

　　　　　　　　　　　　　　　　　—「음악에 부침」 부분

　몸이 쓴다. 기억이 쓴다. 감각이 쓴다. 몸-기억-감각이 고유한 시적 에
끄리튀르가 되어, 개인이라는 섬에서 탈출하여 또다른 타자의 섬에 발을
내딛고, 거기서 주관성의 주재자가 되어, 다시 살아 나갈 힘을 얻는다. 그
래서 시를 쓴다고 말하고 있는지도 모른다. "실패에 엉기는, 실패(失敗)
들"(「화살과 저녁」)을 반복하며, "어느 새벽 방바닥에 앉아"(「술래는 슬픔
을 포기하면 안 된다」), "한꺼번에 무너진다 해도/ 무너져, 흐른다 해도" 여
전히 그렇게, 다시 시를 쓰겠다는 이 매혹적인 목소리는 시라는 형식 속
에서 발화될 수 있는 감수성의 가능성을 타진하면서 시의 미래로 향하는
가파른 언덕길을 오르는 데 바쳐질 것이다.

침묵의 기원, 기원의 침묵

조용미, 『나의 다른 이름들』(민음사, 2016)

조용미의 시는 한결같다. 한결같다는 말은 시인에게 명료하고도 고유한 시적 순간과 고안의 방식이 존재한다는 것을 의미한다. 시인은 그간 몇 권의 시집을 통해, 매우 일관된 세계를 추구해 왔다. 그는 자기만의 정확한 시적 문법으로 자연과 우주, 자아와 타인이 이 세계에 뿜어낸 경이로운 숨결과 그 숨결 하나하나가 찬란하게 빛을 내며 번져 나간 풍경의 저 기이한 순간들을 포착하기 위해, 낯선 장소들을 자주 방문했으며, 그곳에서 그는 빈손으로 돌아오는 법이 없었다. 1980년대를 마감하면서 등장하기 시작한 다양한 방식의 시적 화자들 가운데 조용미의 자리는 개별 존재들을 자아의 손길로 다독거리면서 투통하는 시선으로 삶의 비의를 찾아 나서고, 세상의 심연을 주시하고자 한 목소리의 탄생에 있는 것인지도 모른다. 순간의 경이와 신비를 기록으로 남기기 위해, 그는 매 순간 백지와 자아 사이에 줄을 하나 매다는 것처럼 보인다. 긴장으로 줄이 팽팽해지기를 기다리고 또 기다리는 시간으로 한 시절을 통째로 사는 일을 어찌 쉽다고 말할 수 있겠는가? 어느 한순간, 줄 위로, 사선이라 부를 그 줄 위로, 곡예사처럼 뛰어올라, 무거운 사유의 장대를 들고, 보폭을 조절하며, 아슬아슬하게 앞으로 나아가려 했던 자의 두 어깨 위에 내려앉은 오롯한 감각과 붉은 영혼을 무엇이라고 불러야 좋을까. 세계에 내재한, 세계가 감추고 있는, 단일성-총체성-진리의 현현이라는 상징의 시학을 실현하기 위해, 물화의 감각으로, 자기 시의 기원을 명명하려 했던 시도들에서 조용미는 자주 시적 고유성과 제자리를 타진했다. 자아, 자연, 사물, 세계, 우주, 장소를 감각적으로 녹여 내고, 하나로 녹여지는 순간에 주목하는 그의 시선은, 그렇게 경계를 지우면서, 시적 순간이 서서히 제 모습을 잠시 드러낼 찰나까지 기다리며, 언어의 어지러운 자리를 침묵에로의 용기에 위탁했다. 우리는 그의 시를 기원을 찾아나서는 목도와 기다림의 과정이라고 불러도 좋겠다. 흡사 외부, 세계, 우주, 자연이 간혹 웃음을 짓거나 자주 슬픔의 옷을 입고 자아에서 돌올하게 솟아나는, 물아일체의 순간에 대한 추구와도 비슷했지만, 21세기에 여전히 지속되고 있는 이 시어 수집가의 순간에 대한 성찰은 그러나 그만큼 고통스런 세계를 통과하고 있다는 자신의 신념 속에서 제 노동의 가치를 망각하려 한 적이 없다. 따뜻한 이성과 단정한 감정이 서로 엇비슷한 무게로 시의 세계, 시라 믿어 온 세계, 시가 도래한다고 믿는 순간을 이렇게 노크한다. 시에 대한, 이르거나 다소 늦은 저 찬사를 살펴보기 위해, 그림 이야기를 할 필요가 있겠다.

사각형의 그림자

어느 날 시인은 전시회를 갔다. 마크 로스코(Marc Rothko)의 작품들이 그를 기다리고 있었다. 이 추상 표현주의의 대가가 남긴 작품들을 둘러보다가, 어느 한 작품 앞에서 시인은 발걸음을 멈춘다. 그는 작품을 물끄러미 주시하는 것이 아니라 차라리 꼼꼼하게 읽어 내려는 것처럼 보인다. 사유가 이렇게 촉발되기 시작한다. 어두운 색채로 일관되게 세계를 표현해 온 이 거장이, 제 생을 마감하기 전, 최후의 불꽃을 토해 내듯이 우리에게 남긴 일련의 작품들이 붉은 정념으로 차고 넘치며, 세계를 가득 물들이고 있다. '부활의 시대'라고 명명된 그의 말기 작품들 가운데, 시인의 망막을 비추고 있는 것은 그의 이 수많은 「무제」들 가운데, 마지막으로 남긴 「무제」(1970, 캔버스에 아크릴, 152.4cm×145.1cm), 그러니까, 가로가 조금 긴 붉은 사각형 두 개가 경계를 흐리면서 붉은 배경 저 아래위로 나란히 붙어 있는 작품이었을 것이다.

그 사각형 안에는 수십 가지 뉘앙스의 미묘한 색들이 있다 붉은색만 보려 한다면 붉은색만 보인다 당신이 그 안에 갇힌 얼음 같은 붉은색은 아무런 말도 해 주지 않는다

위아래로 붙어 있거나 떨어져 있는 두 개의 사각형, 어떤 사각형도 그렇게 명상적이지는 않을 것이다

주홍색이거나 검은색이거나 짙은 초록이거나 퍼져 나가는 노랑이거나 자주색이거나 군청색이다 때로 서너 개의 사각형이 앞뒤로 겹쳐 있거나 보이지 않는 끈에 묶여 있는 듯 보이기도 한다

붉은 사각형은 우기의 저수지처럼 여러 가지 색들을 다 빨아들였다 그 붉음 안에 동일한 양의 다른 색들이 웅크리고 있다 붉은색 사각형 안에 어른거리는 것들은,

모든 색들의 진정한 기원은 무엇인가

깊은 색을 천천히 뚫고 나오는 나른하고 고요한 밝은색의 소리들을 다 걷어 내고 나면, 그것은 고요하거나 소란하거나 적대적이거나 온순하거나

신성한 그저 하나의 둥그스름한 붉은 사각형

— 「붉은 사각형」

아무 말을 하지 않았는데 그림이 내게 말을 건다. 추상표현주의는 추상의 어느 상태를, 보는 사람의 감각이나 감정, 사유나 해석과 적극 결부시켜, 감상자에게 주관적인 역할을 부여하는 과정에서 표현성을 경험의 차원으로 확장하고 극대화한다. 카지미르 말레비치(Kazimir Malevich)나 호안 미로(Joan Miro)의 사각형과 마크 로스코의 그것이 같으면서도 다른 이유가 여기에 있다. 전자가 개념의 지적 산물로 사각형의 예술성에 방점을 내려놓고 고유한 추상성을 추구해 나갔다면, 후자는 거기에 감상자의 감정이라는 차원을 결부시켜, 추상을 감각적 경험의 산물로 환원하는 데 열정으로 임했다고 하겠다. 저 붉은 사각형은 그렇게 시인에게 무언가를 잔뜩 머금고 있는 근원이자 기원, 그러니까 모종의 발상지가 된다. "수십 가지 뉘앙스의 미묘한 색들"이 붉은색 안에 모두 들어 있다고 생각한 순간, 시인은 온몸을 꿰뚫듯 스쳐 간 사유의 한 자락을 붙잡고, 그것을 현실의 경험, 만물의 원리, 사유의 활동으로 전환해 낸다. 따라서 그림에 오롯이 바쳐진 이 시는 그 자체로 그림에 갇히는 것이 아니라, 오히려 다른 것을 알려 준다.

이렇게 말해도 좋겠다. 색은 물질적이다. 색은 이 세계에 속한 것을 사유하게 한다. 그러나 색은 이와 동시에, 물질과 현실 너머의 세계, 우리가 차라리 멀리 있는 존재나 심연이라고 부를 무엇에게도 말을 건다. 왜냐하면 이 붉은색은 단일하기보다는 무언가를 잔뜩 머금고 있기 때문이다. 현실과 물질은 시인에게 이렇게 기이한 풍경으로 다시 태어날 채비를 갖춘다. 붉은 사각형에서 촉발된 이 사유와 그것의 전이 과정에서 자연과 사물과 풍경들은 경이와 신비를 우리에게 간혹 흘려보내는 재료로 바뀌며, 이 생성 과정은 이미 생성되어 있는 것들이 새로운 감각의 무늬를 입고서 재현될 때, 감각의 사건으로 발화된다. 그것은 차라리 질서에 대한, 아니 질서의 욕망인지도 모르겠다. 하염없이 바라보는 붉은색에서 이상한 세계가 이렇게 열린다. 현실이 차츰 소거되어 가는 가운데, 기이한 풍경이나 기이한 순간에 붙들리는 일이 현실을 뒤로 물린다. 이 기이한 풍경은 제기이가 분출될 힘을 단아한 사각형의 틀 속에, 형체도 경계도 없이 간직하고 있다. 물끄러미 바라보며, 이런 생각을 한다. 그러자 차츰 테두리가 없어지고, 어느 순간 그림의 입이 열린다. 동시에 외부와의 구분이 취하되면서, 현실이라는 평평하고 밋밋한 하나의 판이 사라진 자리에서 돋을새김의 무늬나 문양들과 같은 것들이 하나씩 솟아난다. 밖으로 번져 나가면서 안으로 깊이를 더하는 붉은색의 출렁이는 물결은, 조용미의 시에서 저수지의 색이나 핏빛, 안개나 물의 색조와 조응하면서 세상의 모든 숨결을 일시에 빨아들이는 경험 그 자체가 현현되는 순간으로 향한다. 따라서 "모든 색의 진정한 기원은 무엇인가"라는 물음은 사실상 조용미의 시를 관통하고 있는 커다란 하나의 물음을 말해 주고 있으며, 그 여정과 추이를 추적하게 만든다. 이 "모든 색의 진정한 기원"은 현실의 다양하고 기이한 풍경에서 잠시 엿볼 수 있는 저 비의의 생성지, 그러니까 우주의 원리나 아름다움의 근원이기도 하기 때문이다. 로스코의 말처럼, 그는 그림을 "경험에 관한 것이 아니라 경험 그 자체"로 실천하는 일에 열중하며, 삶의 신비나 경이로운 순간을 통해, 세계의 질서와 근원에 대한 탐색을 실현하는 데 집중한다. 따라서 그의 시에는 사실 '현실'이라 부를 만한 것이 없다. 현실은 오롯한 사유의 뒤편으로 하나씩 소거되거나, 대신해서 차오르는 기이한 풍경으로 남겨질 뿐이기 때문이다. 그렇다면 이 세계는 모든 것들을 벌써 머금고 있는 잠재성의 산물이자 무언가를 비추는 그림자일 뿐이라는 것인가?

안개 속에서 갑자기 그림자가 나타났다

태양은 뒤에서 속삭이고 있다

빛이 안개 속으로 들어가 사람이 되었다
무지개가 어렸다

그림자는 나의 건너편에 있다
저것이 내 모습이라는 것을 어떻게 믿을 수 있나

나는 항상 내 몸과 함께 묶여 있었으니

괴이한 것들은 늘 건너편에 있다
브로켄의 요괴,

이쪽으로 건너오려 한다
안개가 걷히고 나면 사라지는 그림자

내 그림자는 나와 떨어진 곳에 홀로 서 있다
그 거리가 중요하다

안개가 걷혀도 나는 사라지지 않는다
내 몸의 그림자들만 우글거린다

— 「그림자 광륜」

    내가 있다. "나는 항상 내 몸과 함께 묶여 있"다. 이 세계는 무언가의 그림자로, 그 형상들로, 진리를 한차례 모방한 산물로 가득하다. '나'라는 존재도 마찬가지다. 본질을 보지 못하거나 그것이 가능하지 않은, 나를 자주 어지럽히는 것은 감각의 주인, 저 몸이다. 세계도 나도, 본질은 그림자로 존재할 뿐이다. 몸이라는 감각의 화신이 오롯한 질서 속에서 펼쳐졌던 적도, 오롯한 질서를 보장했던 적도 없었다. 눈부신 빛이 안개에 가려지자, 무늬처럼 형상이 사람의 모습을 한다. 그림자가 사방에 번져 난다. 나는 그 순간들을 본다. 그것은 괴이한 모습으로 재현된 나의 형상이며, 동굴에 갇혀 저 너머를 보지 못해 시야로 불러들인 본질의 그림자, "늘 건너편에 있"는 것의 복제물이다. 본질과 형상이 하나가 되는 것은 편견이 사라질 때, 그러니까 "안개가 걷히고 나면" 가능할, 그러나 오로지 한순간의 일이다. 이 순간은 "내 그림자"가 "나와 떨어진 곳에 홀로 서 있다"는 사실을 주시하게 되는 순간이며, 내 존재의 '있음'이 복제된 상태에서 풀려나와 잠시 현현되는 순간이기도 하다. 시인의 눈길이 향하는 곳은 바로 이 순간을 가능하게 하는 기원, 나의 뒤에 존재하는, 나의 너머에 있는, 지금-여기를 초월한 곳이다.

> 제대로 보이지 않는, 획 획 지나가는 것들이
> 내용도 없이 나타난다.
> 까마귀들이 붉은 눈으로 내 뒤의 세계를 바라본다
>
> ──「적목」 부분

모든 것이 반복되어도 생은 아름답구나,

여러 생이 모여 높고 낮고 넓고 깊은 하나의 음(音)이 이루어질 것이므로

새는 천 년을 살다 죽을 때가 되면 악곡을 연주하며 열락의 춤을 추다 불 속으로 뛰어든다 그 재에서 한 개의 알이 생겨나 다시 생을 받게 된다

그 새는 다시 무엇이 되지 않는 불사조이니 불사는 아름다움과 멀어지
는 불행이므로
봄은 계속되지 않았다

마음이 아득하면 머무는 곳도 절로 외지게 되니 당신의 거처 또한 묘연
하여 물소리 깊고 구름이 높았다
—「당신의 거처」 부분

기이한 풍경이 역사를 바꾸었다 기이한 풍경이 오래 나의 정신을 점령
했다 기이한 것들이 자라나 손발이 되었다 기이하고 기이한 풍경이 우리를
신비롭게 했다 거기서 우리는 문득 태어났다
—「기이한 풍경」 부분

그곳은 자연이 간혹 이상한 눈길을 흘려보내거나 신비한 목소리를 잔
뜩 머금고 있는 "내 뒤의 세계"이며, "한 개의 알이 생겨나 다시 생을 받
게"되는 곳이다. "여러 생이 모여 높고 낮고 넓고 깊은 하나의 음(音)"을
이루어 내는 세계이며, "저 풍경을 장악할 수 있는 힘"(「적목」)이 한없이
뻗어 나오는, "당신의 거처", 그러니까 이 세계의 신비를 모두 알고 있는,
만물의 조화와 세계의 비의가 하나로 붙들린 진리의 근원인 것이다. 그러
니까 세계에 존재하는 모든 것들이 "모두 한 방향"으로 "일제히 한 방향
을 바라보고 있"(「검은머리물떼새」)는 태초의, 저 기원 같은 곳이다. 간혹
이 세계에 그림자의 형상으로만 제 도래를 오로지 징조처럼 흩뿌리며 예
고하는 애초의 장소, 그렇게 살짝 열리는 순간의 틈으로만, 제 빛을 흘려
보내는 어두운 점 하나라고 해도 좋겠다. 기이한 풍경과 그 풍경의 무늬
들로 잠시 빛나는 곳, 그렇게 생의 어느 순간, 문득 걸음을 멈추고서, 넋을
놓고 바라보거나, 그럴 수밖에 없는, 시간도, 삶도, 인간의 활동도 모두 정

지되는, 경이가 솟아나는 곳, 알 수 없지만, 신비가 스쳐 지나듯 아주 짧게
질서의 본질을 풀어놓는 곳이다.

　　이른 아침 소소리바람을 헤치고 그곳으로 달려간다 왜 꼭 거기로 가야
만 하는가 한 번도 가 본 적 없는 곳이 꼭 모르는 장소여야 하는 건 아니다
　　그런 곳이 아주 드물게 없지 않았으니 거길 가야만 한다는 것만 알겠다

　　자석에 끌려가는 쇳가루처럼 손발이 그리로 뻗는다 지금까지 거기 가
지 않은 이유 또한 알 수 없다
　　그곳에서 나는 그저 바라보기만 하면 될 것이다 경이로운 이 지상의 모
든 빛들을

　　여러 가지 아름다운 색을 가진 구름이 낮게 드리워져 다리에 걸리며 떠
다닌다 해도
　　반은 어둡고 반은 환한 꽃나무가 우두커니 몇 백 년을 서 있다 처음 꽃
을 피워 올린다 해도

　　우리는 같은 것을 보지 못하겠지만, 같은 시간을 겪지도 못하겠지만
　　새들이 날아간 허공 어디쯤 우리의 눈빛이 잠시 겹쳐지는 일도 없겠지만

　　그저 감각하기만 하면 되는 것이다 그곳의 멈추었다 미끄러지는 모든
시간들을
　　순간이 모든 것을 좌우하는, 순간이 아무것도 아닌, 기이하고 아름답고
무서운 그 풍경을
　　　　　　　　　　　　　　　　　　　　　　　　　　──「풍경의 귀환」

"경이로운 이 지상의 모든 빛들"이 생성되는 기원은 어디인가? "미끄러지는 모든 시간들"과 "순간이 모든 것을 좌우"하지만 그럼에도, 저 순간들조차 "아무것도 아닌" 것이 되어 버리는 "기이하고 아름답고 무서운 그 풍경"을 목도하기 위해 시인은 투시자가 되어야 한다. 아니 이러한 풍경이 현실에서 얼마나 자주 열리는 것이며, 예감으로는 충분하지 않은 감각의 대상이 되어 어지러운 기운 속에서 현상되는 것인가? 동굴에 갇혀 있는 자들에게는, "같은 것을 보지 못"하는 자들에게는 보이지 않을 저 찬란하고도 무서운 순간들을 목도하기 위해, 시인은 무엇을 하는 것이며, 왜 그렇게 할 수밖에 없는 것인가? 분명한 것은, 순간의 목도는 이성적 앎에 위탁된 임무도 아니며, 성찰로 다가갈 수 있는 깨달음의 열매도 아니라는 것이다. "그저 감각하기만 하면 되는 것"이라는 말에는, 그럼에도 감각에 대한 일방적인 예찬이 아닌, 현실에 존재하는 모든 것들, 저 온갖 것들이 진리의 껍데기에 불과하며 이데아의 카피라는 인식이 자리한다. 조용미의 시에서 서로 대비되는 두 개의 양상이나 현상이 세계의 질서를 구축하는 중요한 요소를 이루는 것은 따라서 우연이 아니다.

두 개의 세계, 하나의 질서

이 두 가지는 가령 안과 밖, 자신이나 타인처럼 추상적인 차원의 이분법이나 "명과 색"(「흰 독말풀」)이나 "내용과 형식이 일치해도 일치하지 않아도 매번 기시감과 미시감 사이에서"(「압생트」) 출몰하고 사라지기를 반복하는 두 개의 형상들처럼 감각적 차원의 두 극단을 말하기도 한다. 또한 "뒤죽박죽인 이 세계의 선과 악"(「시디부사이드」)이나 "언어의 이중 구조 안에 갇혀 버린"(「침묵지대」) 모든 것들처럼, 개념적이고 언어적인 차원의 두 가지 양상으로 나타나기도 한다. 중요한 것은 이 양자의 화해가 가능하지 않거나, 서로 등을 돌려 어긋났다기보다는, 세계를 구축하는 두 가지 가지런한 질서를 구성한다는 점이다. "우주의 운행은 저 두 개의 심장이/ 고요하게 그러나 강력하게 뛰는 우리가 들을 수 없는/ 먼 북소리 같은 것"(「두 개의 심장」)이다.

이 두 가지 항 사이에 존재하는 수많은 파편들에 대해서도 시인은 제 사유를 거두어들이지 않는다. 그러나 파편화된 것들의 상세한 양태나 파편화의 과정, 그러니까 우리의 삶에서 저 파편처럼 존재하는 것들이 겪어 내는 남루한 감정들이나 삶의 질척한 고랑을 무시로 들고 나는 고통스러운 얼굴이나 일그러진 모습에는 주목하지 않는다. 조용미의 시학이 이를 허용하지 않는다고 할까? 이는 보다 원대한 차원에서 빚어진 모종의 질서를 거기에서 읽어 내는 데 전념하거나, 찰나와 같은 순간을 추수하는 데 시 세계의 요목들을 붙잡아 두고 있기 때문인 것으로 보인다. 따라서 아주 명백한 두 가지, 가령 "명색 있으면 식이 있고 식이 있으면 명색 있다"는 전제의 공고함을 그는 자연스러운 이 세계의 질서로 받아들이며, 더구나 이 명(明)과 색(色)이 각기 다른 짝이 되어 하나를 이룰 때조차, 그것과 대척점에 있는 '식(識)'과 명료하게 구분되는 두 가지 질서 속에 세계는 편입되어 있는 것이다.

조용미는 이 두 가지 상이한 항(項) 사이에 존재할, 수많은 파편들의 삶을 언어로 받아 내는 것이 아니라, 관찰과 주시를 통해 오히려 파편 자체의 질서화를 추정하거나 도모하는 데 주력한다. '명'과 '식'을 비롯해, 두 개의 대립 항은 조용미에게는 결국 일체를 이루는 각각의 요소들이며, 그렇게 저 기원에서 비롯된 현상이자 그 현상의 일시적 파노라마이기 때문이다. 따라서 "명색이 있다 있다 없다 없다 있다 없다"(「흰 독말풀」)처럼, 있음과 없음, 생과 사, 탄생과 소멸, 유와 무는 서로 화답을 하면서, 각각의 성질을 그대로 보존한 채, 우리 앞에 나타나는 일련의 현상처럼 제시되며, 그 과정에서 세계와 우주의 저 이치가 자연 현상 속에서 진리의 징조처럼 잠시 풀려나올 뿐이다. 이분법에 대한 이와 같은 지지는 우주의 질서가 두 개의 대립되는 힘으로 이루어졌다고 생각하기 때문에 갖게 된 것이다.

> 내가 보고, 내게 보이는 것들
> 내게로 와 내 눈에만 살며시 보이는 헛것들
>
> 속삭이며 귓속을 울리는 내 것이 아닌 이 숨소리들
>
> 나의 감각이 구축한 튼튼하고 허약한 세계
> 내가 설계한 기이한 건축물
>
> 나는 죽을 사람을 보고 당신은 죽은 사람을 본다
> 나는 빛의 어둠을 보고 당신은 암흑의 광휘를 뽑아낸다
>
> 나는 침묵의 굉음으로 아프고
> 당신은 소리 없는 곳에 산다
>
> 능소화를 밟고 여름을 지나온다
> 독이 많은 꽃들이 피뢰침처럼 피어난다
>
> 노랗고 붉은 큰 꽃들의 목이 다 비틀어져 있다
> ──「나의 사랑하는 기이한 세계」

말하자면, 시인은 현실을, 이 두 가지 항들이 이질적인 형태로 웅크리고 있는 일종의 잠재태로 인식하고 있다고 해야 할지도 모른다. "내가 보

고, 내게 보이는 것들", "침묵의 굉음"이 울려 나오는 세계, "튼튼하고 허약한 세계", "빛의 어둠"과 "암흑의 광휘"가 공존하는 세계, 다시 말해, 시인에게는 현상과 기원, 표면과 심연, 여기와 너머, 순간과 영원, 자아와 우주, 이승과 저승, 타인과 나, 기시감과 미시감, 죽은 자와 산 자, 없어지는 것과 돌아오는 것, 음과 양, 창조와 소멸처럼 열거할 수 있는 모든 종류의 두 가지 대립되는 현상으로 세계가 이루어져 있다. "내가 설계한 기이한 건축물"에서는 파편들조차 두 가지 항에서 비롯된 것으로 인식된다. 파편들, 가령, 어느 절에서 파도 무늬의 와편(瓦片) 한 조각을 손에 넣었을 때조차, 그는 가루가 된 그것보다는, 그 가루가 견뎌 냈을 세월과 시간과 운명을 짐작하는 매개처럼 집어 들어, 결국 이 와편의 원형, 즉, 본(本)을 그려 보고, 사물의 이치에 대한 깨달음을 "습득"(「습득자」)하는 데 몰두한다. 두 가지가 일체를 이루는 세계에서 빗어진 모든 일부와 조각은, 일자(一者)라고 할 저 기원의 흔적을 침묵하는 모습으로 고요히 간직하고 있는 것이다. "말을 거는 창문과 침묵하는 창문", "각각 다른 크기와 모양의 모든 창문들이/ 완벽하게 조화를 이루고 있"(「저녁의 창문들—베네치아」)는 풍경이 그의 시에서 오롯해지는 것이다. "집은 밤마다 물의 화폭에 휩싸"일 때, 나는 "벽에 새기는 물의 부조들을 맞은편 창에서 내려다"보는 일을 한다. 형태가 없는 것들이 감정을 부여받는 순간, 높이 솟아오르는 모양들, 피조물인 우리, "창안"에 갇힌 우리는 "몸에 물의 무늬가 드는 것도 모르"는 채, 시인의 밝은 눈에 의지해서 그 상태를 통보받을 뿐이다.

에피파니의 순간

이렇게 그는 "부수어진 아름다운 것들을 치우지 말자"(「거울」)고 말한다. 세계에서 파편으로 존재하거나 훼손된 것들은 그에게 참혹하지 않다.

그렇다면 부서진 것들, 상실한 것들, 훼손된 것들은 왜 아름다운가? 물에 잠긴 창문들, 꺾인 꽃들, 불타 버린 나무는 일그러진 제 모습 뒤에서, 상실한 제 모습을 통해서, 원형의 질서를 사유하게 해 주기 때문이다. 그러니까 오로지 제 질서를 상실했거나 아직 찾지 못했을 뿐, 어느 본질에서 떨어져 나온 한 조각이거나, 피고 지기를 반복했을 실체를 잠시 상실하여 꺾인 꽃, 가지와 줄기와 잎을 모두 잃어버린 저 불타 버린 나무이므로, 파편이나 부분으로 존재하는 세상의 모든 형상들은, 모종의 섭리 아래 빚어진 것이며, 적어도 그 흔적을 간직하고 있는 것이다. 일부일망정, 어느 순간에 제 존재의 찬란함을 뿜어낼 줄 안다면, 그것은 오히려 훼손되거나 침투된 시간, 안개로 뒤덮이거나 물에 잠겼을 때, 눈부신 빛으로 제 형상이 비추는 순간, 그렇게 기이한 풍경 속에 놓일 때인 것이다. 이 순간, 그러니까 존재가 현상에서 벗어나 제 '있음'을 고지하는 순간을 좀 더 살펴볼 필요가 있겠다.

사이프러스가 우뚝 서 있는 언덕과 돌로 견고하게 쌓아올린 긴 벽 사이에서 멀리 풍경화의 소실점을 알려 주듯 수도사가 나타났다
——「매듭」부분

이 악기의 이름은 무엇인가요
누군지 모를 어떤 사람을, 오래전 잊은 어떤 말을
감추어 둔 어떤 마음을
그것이 무엇인지도 모르는 채
이 낯선 도시에서 문득 만나게 된 거예요
당신은 이 악기와 조금도 어긋나지 않고 하나이군요
내게 이 악기의 이름을 말해 주겠어요
당신은 왜 이 머나먼 곳의 거리에서

곧 져야 할 목이 긴 분홍 장미 옆에서
다른 악기도 아닌 루트를 연주하고 있나요
당신은 아주 춥고 아름답고 먼 나라에서 여기까지 오게 되었군요
————「그 악기의 이름은」 부분

부러진 뼈를 통해 그가 이룬 것은
단지 세상으로부터 잠시 잊혀진 것,
이 도시에도
부러진 뼈가 구축한 계단들이
까마득히 올라가고 있다
————「부러진 뼈」 부분

서서히 앞에 나타나, 차츰 모습을 드러내며, 무언가가 당도하는 연차
적인 순간을 시인이 주목하는 이유는 그것이 바로 현현의 순간이기 때
문이다. 진리가 반짝거린 후 다시 사라지는 순간이자, 삶이 은폐하고 있
는 신비와 고통의 원인이 알아들을 수 없는 신호로 여기에 통보된 후, 다
시 흩어지는 순간이자, 시적인 것이 잠시 솟아나는 순간이기도 하다. 기
원이, 진리가, 조각처럼, 기이한 풍경처럼, 기이한 풍경의 사건처럼, 현현
하는 순간, 세계에 흩어진 저 부서진 조각들이, 세계의 본질과 진리를 고
지하는 것이다. 조각과 조각을 잇고 있는 운명이나 계단과 계단을 밟고서
점점 다가오는 추이를 기록하는 일은 지금-여기에서 짐작하기 어려운 것
들, 가령 세계라는 원뿔의 가장 위 저 꼭짓점 하나를 읽는 일, 세계라는 제
단 위로 켜켜이 쌓여 차츰 높아지는 하나의 점을 바라보는 일이거나 "끝
없이 출렁이는 저 푸른 껍질 한 장을 핀셋으로 집어 올려 거대한 벽에 걸
어두"(「표면」)려는 시도, "보랏빛 그늘이 섞인 어둠 속에서 눈부심의 뒤편
에서/ 호흡할 수 있는 연약한 것들의 숨결"(「소리의 음각」)을 들어 보려는

행위와도 흡사하다.

　도래의 순간은 눈이 부시다. 볼 수가 없고, 읽을 수가 없으며, 들을 수 없고, 숨을 쉴 수가 없다. 그 순간은 "명왕성 너머에 있는 먼 곳"이나 "먼 지와 얼음의 띠"에서 시작된 "최초의 무언가"가 도래하는 순간이거나, "오르트구름으로부터 여기로"(「내가 사람이 아니었을 때」) 오고 있는 타인 에게서 뿜어져 나오는 아우라가 잠시 삶에서 검은 숨결을 뿜어내는 순간 이기 때문이다. 심연을 목도하고, 광막을 현시하며, 단순한 물리적 거리와 깊이를 취하는, 그야말로 기이한 순간, 현상이 잠시 본(本)을 움켜쥐는 순간이기 때문이다. 그렇게 "언제나 흔들"리는 "과녁"이 잠시 조준되는 순간을 포착하기 위해, 시인은 항상 "언어를 장전하고 있"(「묵와고가의 모 과」)는 것이며, 이 일은 "언제나 침묵하고 있는 죄"에서 비롯된, 그러니까 시인이 자신에게 처벌로서 가한 모종의 운명과 같다고 해도 좋겠다. 중심 은 항상 흔들리는 중심이다. 아니다. 흔들리는 것은 중심이 아닐 수도 있 다. 중심이란 유일한 하나의 점으로 수렴되는 질서나 그러한 이치를 담보 하고 있기 때문이다. 흔들리는 것은 그것을 바로 보지 못하는 우리, 우리 의 감각, 우리의 인식일 뿐, 기원과 중심은 도무지 말이 없으며 흔들리지 않는다. 사유할 수 있다고 해서, 추정이 가능하다고 해서, 현실에서 모습 을 나타내는 것은 그러니까 중심이, 기원이, 진리가 아니다. 중심이나 기 원, 근원이나 진리는, 오로지 순간적 징후로만 감지될 뿐이며, 기이한 풍 경 속에서만 솟아날 뿐이다. 조용미에게 시인이란 제 맑은 눈을 들어 이 진리의 징후를 읽어 내고 그 형상을 포착할 줄 아는 자, 그것의 그림자를 더듬어 나가며, 일자(一者)를 사유할 감각과 재능을 갖춘 자이며, 수도사 가 여기로 천천히 걸어오듯, 도래의 순간, 순간이므로 또한 사라질 순간 의 현현을 목도할 줄 아는 자이다. 조용미의 시에서 자주 목격되는 부사 와 지시형용사(특히 '저')는 이 순간을 보다 생생하고 갑작스러운 사건으 로 환원하는 데 기여한다. 순간의 도래는 그의 시에서 갑작스러우면서도 아늑한 깊이를 갖는다.

　　이 세상의 모든 덩어리는 출렁이고 접히고 또 출렁이는 질료였다 아무
것도 끝이 없다
　　우리는 각자 죽을 때까지 고독할 수 있다 표면은 덩어리이고 덩어리는
심연이다

──「표면」 부분

　자연은 표면이라는 옷을 입고 있다. "저 나무는 어두운 내면을 초록으
로 오래 위장해 왔"으며, 저 나무의 심연을 "순식간이어서 보지 못했다"
(「나무들은 침묵보다 강하다」)라고 시인은 말한다. 나무는 기원을 폭로하
거나 진리가 유출되는 자연의 상징이다. "초록"은 현상이자 표면이며, 지
금-여기에 일시적으로 나무에 입혀 있는 거짓 형상일 뿐이다. 시간이 지
나면 사라질 것이며, 영원과는, 불멸과는 거리가 먼, 그러니까 덧없고 무
르며 세속적인 단 한순간에 붙잡힌 헛것일 뿐이다. 이에 비해 나무의 어
두운 내면과 심연은 나무라는 존재의 본질이며, 기원-너머에서 영원히
거주하는 인과의 씨앗이다. 시인은 "하늘과 땅을 이어 주는 시퍼런 길" 위
에서 "검은 초록의 터널"을 지나오며, 심연과 존재를 맺어 줄 수 있다고
믿는다. "저수지 쪽으로 뿌리를 옮기고 있"는 저 "물가의 품"이 "똑같은
간격" 속에서, "모두 정확하게 저수지를 향하고 있"(「저수지는 왜 다른 물
빛이 되었나」)듯이, 세계는 하나의 질서 속에서 탄생했고, 단지 눈이 밝지
못한 우리는 그것이 감추어진 장소를 찾아내지 못하며, 그 순간을 제대로
주시하지 못할 뿐이다. 시인은 그 컴컴한 일자, 보이지 않는 일자의 유혹,
비밀의 신비를 캐기 위해, 심연 속으로, 모든 원리를 머금고 있는 저 침묵
하는 기원을 향해, "저렇게 검은 물빛이라면, 원치 않아도 걸어갈 수 있는
사람"이며, 이렇게 자주 이방인의 운명을 겪어 내었어야 했을 것이다.

어둑하고 축축하고 우울하도록 아름다운
이 도시에서 가장 잘 어울리는 사건은
무엇일까

　　　　　　　　　　　　　　　—「이방인」부분

으스스한 경보음이 울리는 밤이면
그는 밤마다 이 도시에 와서
뜻하지 않은 죽음을 맞이하게 되는
사람들의 이야기를 읽는다

몇 시간 후면 도시 전체가 물에 잠긴다

물이 문을 막고 있다
물을 꺾어 버리려면 문을 확 열어야 한다
물을 물리치려면 물을 들여놓아야 한다
지붕의 붉은색이 더 깊어졌다

천천히 수위가 올라간다

집밖을 나서려면 무릎 위까지 올라오는
긴 장화와 홀린 마음이 필요하다
철벅철벅 물을 끌며 걷는 저 사람은
오늘 밤 이 도시를 떠나려 했다

어둠은 벌써 바닥이 보이지 않는다.

　　　　　　　　　　　　　—「물에 갇힌 사람」부분

세계가 물에 잠기며 서서히 어롱지고 있다. "어둠은 벌써 바닥이 보이지 않"으며, 컴컴한 구멍에서는 일자가 희미하게 빛을 내고 있다. 저녁의 창문에 안개가 스며들거나 물기가 촉촉해지면, 사물에, 사물을 보는 우리의 눈에 감정이 생겨나고, 풍경이 기이한 모습을 뿜어내기 시작하며, 본질을 은폐하고 있던 눈앞의 현상이 조금씩 제 빗장을 풀어헤치기 시작한다. 저녁의 창문에 서린 물기와 안개는 기원과 접사될 수 있는 순간을 시에서 예고하는 매개처럼 기능한다. 유동하는 액체가 세계를 적실 때, 단단한 현상이 조금씩 본질을 조금씩 드러내기 때문이다. 안개나 물은 휘발되기 때문에, 그렇게 금방 사라지기 때문에, 순간을 들어 올릴 자격을 갖추고 있는 동시에 순간을 곧 상실하기도 한다. 순간은 가령, "아까시꽃이 젖어 창을 열어"(「빗소리 위의 산책」) 둘 때, "빗소리가 방을 녹"이기 시작할 때처럼, 안개가 가득하거나, 물이 차오르는 상태에서 기이한 세계의 도래를 예비하는 것이다. 시인은 "기침이 다시 시작되었다"(「이방인」)라는 말로, 순간에 들이닥치고, 엄습하는, 저 지속적이고 간헐적인 현상의 특성을 강조하면서, 순간과 순간의 현현을 몸으로 붙잡거나 눈을 들어 주시하려 한다고 말한다. 이런 상태에 붙잡히는 것은 오로지 이방인(異邦人)의 몫이며, 이방인이 오로지 기이(奇異)한 풍경을 목도할, 불멸의 눈을 가지고 있다고 그는 믿는다. 현실의 "막다른 골목"(「물에 갇힌 사람」)에서 그는 무엇을 보려 하는 것이며, 무엇을 이야기할 수 있다고 믿는가? 이방인-시인, 저이(異)의 사도가 가장 즐겨 하는 것은 산책이다.

> 나무다리 아래에서 나를 기다린 거냐
> 이 다리를 건너 저 골목으로 들어가 왼쪽으로 꺾으면
> 내가 좋아하는 장소가 나온다는 걸 너는 알고 있는 거냐
> 너는 내가 두렵지 않구나
> 내 안의 너와 같은 무엇을 보았구나

그런데 왜 자꾸 길을 막는 거냐
네 눈빛이 무얼 말하는 건지 모르겠다

이 도시에서 고양이는 네가 처음이구나
죽은 자들에게도 마음이 있어
저 건너편 바다의 묘지에서 뭐라고 너와 내게
자꾸 시비를 거는 것이 정녕 느껴지는 거냐
자정의 낡은 나무다리 위에서
나는 왜 네게 이런 말을 하는 것이냐
나는 먼 나라에서 온 이방인

누구에게도 비밀을 발설하여서는 안 되는 거다
너는 다리 위의 고양이,
나는 다리를 조용히 지나가는 산책자
오늘은 네가 이야기를 청하기에
조금 더 많이 머물렀다
내가 하는 말을 알아듣기는 하는 거냐
우리는 오늘 밤 다리 위에서
다정한 비밀을 나누어 가졌다

— 「다리 위의 고양이」 부분

　　조용미의 시에서 산책이나 도보는 거개가 기원을 확인하거나 기원의
순간을 목도하는 데 바쳐진다. 세상의 비밀이나 우주의 섭리를 "다정한
비밀"처럼 고양이와 나누어 갖기도 한다. 말하지 않는 대상에게 말을 거
는 것은, 그러니까 산책 중 어느 한순간 붙들려, 자신의 내면에서 움터온
자각이나 깨달음을 발화한 것이라고 해야 하겠다. 산책은 어디에서나 이

루어지지만, 타국이건, 동네의 골목이건, 물위의 수초건, 자연의 산물이건, 마주하는 대상들은 "한결같이 말이 없어서 고독한 이방인에게 도움이 되지도 방해가 되지도 않았다"라고 시인은 고백을 한다. 산책은 이렇게 스스로 묻는 과정을 대상에서 만들어 내고 그 순간을 찾아 나서는 일에 헌정된다. "나는 어떤 유연관계로 묶여 있는 걸까"와 같은 의문을 통해, "내가 만들어 낸 헛것"을 이방인은 분명히 보거나 볼 수 있다고 믿고 있다. 나만 보는 무엇, "다른 사람들의 눈에 보이는 것 같지는 않"(「베네치아 유감」)은 무엇, 내가 투시자가 될 때 시야로 포착이 가능한 것, 오로지 이방인이기에 볼 수 있는 기이한 순간들, 그 순간은 기원이 머금고 있는 침묵 사이로 무언가가 흘러나오는 순간이다. 현현의 순간, 진리가 도래하는 저 찰나는, 이렇게 말의 발화에 제 처소를 마련해 주는 것이 아니라, 만물에 입혀진 무늬를 두 눈으로 보게 하고, 듣지 못하는 미지의 소리를 자신의 귀에 들게 하는 일에 전념하면서, 잠시 가능한 무엇으로 환원되어 나타날 뿐이다. 그렇게 "얼음 아래로 흐르는 물이 무늬를 만들며" 이동하거나, "햇빛에 무늬가 꿈틀거"(「주천」)리는 모습이, 세계라는 평면 위에 "우뚝한 존재감"(「난만」)으로 살짝 돋아 있는 부조와도 같은 현상들이, 시에서 말을 점령하고 침묵을 생성해 내는 것이다.

산책은 따라서 걷기 위한 산책이 아니다. "이 공기에는 어딘가 규칙적이고 질서정연한 모래알들이 숨어"있다고 믿는 자에게 산책은 무언가를 발견하기 위해 착수한 물리적 이동이자, 시선의 창을 열고 닫기 위해 내딛은 단순한 발걸음일 뿐이기 때문이다. 파편처럼 흩어져 있는 모래에조차, 모래알과 모래알 사이조차 모종의 질서가 자리할 것이라 생각하는 시인에게 산책의 시간은 차라리 명상의 시간이며, 기원의 도래를 꿈꾸며, 우주의 신비를 헤아려 보는, 그러한 순간을 맞이하기 위한 기다림의 순간과 가깝다. 발걸음을 떼는 일보다 시선을 이동하며, 관조하는 행위가 조용미의 시에서 보다 중요한 까닭이 여기에 있다. 사유를 활성화하는 데 바쳐진 저 거리에서의 분주한 움직임 대신, 그는 침묵으로 가득한 세계, "용암 같은 침묵이 장전되어"있으며, "얼음 같은 침묵이 장전되어 있는" 세계, 돌올한 상징들이 침묵에게 무늬를 새기며 비의를 통보하러 기이한 신호를 흘려보내는 순간을 보고자 한다. "내 영혼을 흔들어 놓은 풍경들"(「풍경의 온도-굴업도」) 속에서 "당신과 내 몸에 묻어 있"는 "보이지 않는 빛들"(「젖은 무늬들」)을 "쉬이 들키지 않는 정교함"으로 그려쥐려 하는 시도가 바로 이방인이 나서는 산책의 목적인 것이다. 침묵은 언제라도 진리의 목소리를 흘려보낼 것만 같고 울음을 터트리거나 웃음을 지어 보일 것만 같다. 그렇게 "아름답고 비루하고 쓰라리고 신비한 이 삶"에서조차 "부재하는 실재"(「구름의 서쪽」)에 닿을 수 있다고 시인은 믿는다. 그렇게 바로 여기에서, 침묵이 머금고 있는 것들을 잠시 깨트리거나 그것들이 깨지는 순간을 활자로 기록하면서 그는 질서의 기원을 잠시 소급할 수 있다고 재차 믿는다. 바로 이 세계는 시가 거주할 세계이며, 시라는 행위를 통해, 세계의 경이와 신비의 질서를 고지할 운명을 시인이 떠맡고, 현상에 가려진 진리를 목도할, 그와 같은 순간을 시인은 체현하고자 하는 것이다.

아아, 지고 있는 꽃들이 나를 들어 올린다 어디로 데려가고 싶은지 얼마나 자주 이곳으로 끌어올릴 건지 말줄임표처럼 내 곁으로도 오고 마을 아래로도 가고 산 너머로도 가고 우주 너머 몸을 너머 그 먼 곳으로도 가려 하는 꽃잎들아

어지러워, 이제 그만 나를 놓아 다오 몸살이 나듯 신열이 돋아나고 있다 여기 이 화엄 언덕 아래의 작은 슬픔은 얼룩 같아 보기에 좋지 않구나 이렇듯 뜨거운 몸이 되려고 나 여기 왔나 아아 열꽃이 붉게도, 붉게도 피어나고 있다

—「상리」 부분

비밀의 무늬, 시인의 몸에 새겨진 저 시적인 것의 현현이 이렇게 기록된다. 그는 기이한 세계로 간다. 저 너머에 있는 무엇의 현존을 수행하는 "뜨거운 몸이 되려고" 그는 시인이 되었는지도 모른다. 그렇게 해서 그는 "이곳에 발붙이고 있어도 늘 저곳을 향하고 있는 마음"(「봄의 묵서」)의 소유자가 되었을지도 모른다.

침묵의 지대들

"삐걱, 침묵의 한가운데서 고요히 얼음이 갈라"(「주천」)지는 순간, 일자의 저 흔적들에서는 빛이 새어 나오고 신열이 번져 간다. 현현하는 것은 아름다움이 아니다. 아름다움의 절대라고 해야 하기 때문이다. 꽃이 아니다. 꽃의 이데아라고 해야 하기 때문이다. 지금-여기의 생이 아니다. 세계의 저편에 있는 질서, 우주의 저 먼 곳, 암흑처럼 웅크리고 있는 한 점의 도래라고 해야 하기 때문이다. 내 안으로 짓치고 들어와 나를 일깨우는 타자가 아니다. 내 바로 앞에, 죽음으로 혹은 생으로 존재하는 묵묵한 타인이라고 해야 하기 때문이다. 그것은 말이 아니다. 순간을 주시하는 힘에서 솟아오른 말의 무늬들과 부조들, 말의 형상들이라고 해야 하기 때문이다. 폐허가 아니다. 차라리 상실이 은폐하고 있는 성스러움이라고 해야 하기 때문이다.

> 목 없고 팔 없고 코 없고 다리 없는 것들은
> 목을 베어 내고 팔을 떼어 내고 코를 잘리고 다리를 빼앗겨서
> 우뚝한 존재감을 갖게 되지
> 그 자리에 돋아나는 초록의 폐허를 쓰다듬어 보네
> 당신 없이, 당신을 떼어 내고, 당신을 빼앗기고

당신이 부수어진 자리마다
빛나는 당신,
몸통만 남아 그대로 당신이 되는
머리 없고 팔 없고 눈 없고 귀가 없이
그대로 더욱 강력해진 당신을
나는 바라보네
아주 긴 생을 출몰귀관하는 저 꽃들,

—「난만」

"당신"은 그렇게 일자, 그러니까 꽃의 이데아, 꽃이 흐드러지게 피어난 저 애초의 형상이자, "빛나는" 진리이며, 망가지고 부수어질 때만, 상실을 경험했을 때만, 망가지고 부수어지고 상실한 만큼을 빛으로 뿜어내는 저 '본(本)-이데아'다. 우리는 고작해야 이 원형의 그림자만을 현실에서 볼 뿐이지만, 저 꽃이 진 풍경에서 시인은 꽃의 질서, 꽃의 형상, 꽃의 생을 통째로 쥐고 있는 기원, 그러나 현실에서 침묵하고 있는 기원이 현현하는 일순간을, 일그러진 꽃, 잘려 나간 꽃에서, 모든 걸 다 빼앗긴 꽃에서, 본다. 성스러움이 이렇게 시에 잦아든다.

침대 밑 가장 구석진 곳에 둥글게 모여 있는
민들레 씨앗 같은 먼지들의
외로움을 생각해 본다

열 개의 태양이 기억하고 있는
우주란 어떤 곳일까

내가 감각하는 나는 열 개의 태양이

기억하는 각각의 우주,

감각의 극지는 감각을 기꺼이 닫는
서늘하고 뜨거운 곳

몸이 나의 정신과 한 치의 빈틈없이 꼭 들어맞는 곳

가자, 우주의 기억을 되찾기 위해
무성한 기억의 숲으로
몸을 데리고 들어가 보자

별이 내뿜는 빛들을 먼먼 우주의
어느 한 점에서 바라본다는 건

별과 내가 아주 커다란 한 집에 산다는 것,
별과 내가 곧 우주라는 것

─「열 개의 태양」 부분

　"몸이 나의 정신과 한 치의 빈틈없이 꼭 들어맞는 곳"은 시가 가닿을 최대치의 꿈이며, 시인이 현실에서 그려 볼 최대한의 이상향이다. 두 개의 이원적 요소들이 함께 공존하는 저 "서늘하고" 동시에 "뜨거운" "감각의 극지"와도 같은 곳은 과연 현실에서 실현이 가능할까? "어둠을 만날 때마다 새벽이 올 때마다 변형되는 이 세계"(「우리가 아는 모든 빛과 색」)에서 항상 기원은 침묵하고 있는 기원이며, 침묵하고 있기에 기원이다. 침묵하고 있는 저 일자의 입술에서 흘러나오는 말은, 발화의 형태가 아니라, 무늬이자, 부조와 같은 것, 그러니까 현실을 변화시키거나 현실의 생태와 생리와 구조를 새로이 빚어내는 것이 아니라, 도드라진 형상처럼 제 빛을 현실의 한가운데서 발산하고 있을 뿐이다. 과연 이 "침묵은 규정될 수 있"으며, 침묵의 목소리는 세계를 가로지르며, 울려 나올 것인가? "침묵지대"는 어떻게 이 세계에 제 흔적을 남길 것이며, 시인은 이 침묵의 지대에서 어떻게 계속해서 시를 궁굴려 낼 것인가?

그는 침묵이 머금고 있는 것들, 침묵이 기이한 풍경 속에서 간혹 내비치는 저 일자의 질서나 그 오묘함과 신비는 발화의 상태에서는 그대로 휘발되고 말 것이라는 사실을 알고 있다. 언어의 휘발성과 일회성에 대한 강력한 회의는 조용미 시에서 일련의 물음의 형식으로 제시되기도 했다. 표제작 「나의 다른 이름들」에서 일부를 인용한다.

나는 어디까지 나일 수 있을까

나는 어떻게 나임을 증명할 수 있으며 어느 순간 나의 다른 얼굴을 드러내어서는 안 되는가

나는 내가 아닐 수 있는 가능성으로 똘똘 뭉친 이 진실을 어떻게 실현할 수 있을까

한순간 전의 내가 한순간 후의 내가 아님을 부정할 수 있는 방법이 있는가

조용미의 이번 시집에서 자주 등장하는 질문들은, 그러나 의문에서 비롯된 것, 모르는 것을 모른다고 말하는 어떤 마음의 상태를 말하는 데 봉사하지 않는다. 시간의 축에 의해 고정될 수 없는 진실의 허무함을 향해 쏟아 낸, 대답을 청해 듣지 않아도 좋을 의문들도 아니다. 현현의 순간을 목도하고자 하는 시인의 책무와 그 순간의 접이에 대해, 그 과정의 고난을 비유하는 데 헌정되고 있기에, 질문들은, 질문이 아니라, 감정의 적재

나 믿음, 사실이나 사실이라고 생각한 것들의 고지에 가까운 것으로 보인다. 그래서 그가 던진 질문들은 거개가 의사(疑似) 물음의 형태를 취하고 있다고 해야 할지도 모른다. 그의 시는 물음을 필요로 하는 것이 아니라, 물음이라는 형식을 통해 신비와 경이의 순간을 기록할 시의 정언과 사유의 명백성을 찾아 나서는 동시에, 우주적 질서에 대한 탐구, 진리의 현현을 갈구하는 욕망의 소산이기 때문이다.

그는 이 (시적) 질서가 쉽사리 구축될 수 없다는 사실조차 알고 있는 것 같다. 그럼에도 우주의 질서와 모든 의문을, 일시적으로 해소할 수 있는, 그러니까 나의 본질과 관련된, 내 존재 양태와 연관된 어떤 섭리와 이치와 같은 것을 물음의 형식으로 봉헌하는 일은 최소한 시인을 끈덕지게, 한결같이 붙잡고 있던 어느 순간에 대한 조심스런 고백이었을 것이다. 그것은 차라리 시인에게 임무 같은 것일지도 모른다. 그의 시에서 미적 시선과 근원에 대한 성찰이, 언어가 밀고 나가는 행보를 항시 한 걸음 앞서고 있는 것도 우연이 아니다. 또한 그의 시에서는 타자가 아닌 타인의 자리가 고즈넉하게 마련되어 있다. "나는 어디까지 나일 수 있을까"와 "나는 왜 시종일관 오로지 나 자신이어야만 하나" 사이에서 "내가 내가 아님을 완벽하게 실현하는 일"은 타자와 타인의 차이를 명확하게 규정하면서, 이 세계에 "정교한 시간 배치가 필요한 일"(「나의 다른 이름들」)로 환원될 뿐이기 때문이다. 타인, 그것은 타자가 아니다. 명백히 자아와 분리된 인간 존재에 대한 인식, 타인이 뿜어내는 감정의 자장에 대한 정확한 인식, 그것과 함께 내가 기울어지고 바로 서는, 그렇게 있던 자리, 그 뿌리, 한 장소로 돌아오는, 돌아 나오는 관성의 주시에서 비롯된 존재가 바로 타인이기 때문이다.

조용미의 시는 언제나 보편적인 시, 보편적이고자 하는 시, 무질서한 이 세계에서, 우주와 조응하는 보편적 유추의 흔적을 묻힌 비밀처럼 찾아내고 감추어진 상징으로 구축하고자 애를 쓰는, 마치 신 앞에서 피조물이

올리는 간절한 기도와도 같은, 명상과 주시의 파장을 구현하려 하는 것과도 같다. 보편적인 시의 미학을 궁리하려 끊임없이 자신을 다그쳤던 자들이 하나씩 자취를 감추고 있는 요즘, 그 무엇에도 자아를 쉽사리 일치시킬 수 없는, 미지와 공포가 삶의 덕목들을 하나씩 지워 내는 이 시대에, 조용미는 잃어 가는 존재의 지위를 회복하고, 존재의 비밀을 감추고 있는 기이한 풍경들을 누구보다 열정적으로, 끈덕지게 주시했고 그 결과를 단아한 문장들로 우리에게 풀어놓았다. 그는 대상의 지위를, 세계의 비밀을, 기이한 사태를, 우주와의 합일과 질서의 회복을, 자주 자연에 대한 비유로 전환했지만, 발화의 힘에 기대어 그것을 성취할 수 있다고 믿지는 않는다. 대상의 침묵을 언어로 깨뜨리려 하는 대신, 순간에 주목하는 주시의 진실성과 힘에 신뢰를 보냈기 때문이다. 그는 차라리 침묵하는 지대의 무늬들을 귀로 들을 수 있다고, 그 순간의 솟구침을 시선으로 그려 낼 수 있다고 믿는다. 자아가 한없이 강력해지는 시, 침묵에서 돋아난 묵언의 무늬들에서 대상과 세계와 자연과 우주가 제 위상을 회복할 때, 침묵 주위에 생겨나는 것은 이 모든 것의 아우라지, 발화의 세계에 붙들리고 조직되어 풀려나는 의미가 아니다. "내가 없는 이상한 문장을 새기"는 일, "내 몸을 뚫고 자라"(「오동」)나는 순간들의 신비를 가득 머금은 저 세계의 무늬들이 현현하는 장면의 투시와 투사에 집중했다고 해도 좋겠다. 자아는 바로 이 대상과 대상의 아우라, 이 사이에서 자기 고유의 자리를 타진한다. 순간에 매혹되는 시, 그러나 자아는 벌써 그 말의 밖에 거주한다. 마음이 말을 대신하거나 말의 직능을 수행하기 때문이다.

밤의 저 끝으로의 여행

홍일표, 『밀서』(문예중앙, 2015)

세상의 모든 밤을 소유할 수 있을까? 묻기도 그 대답을 그러쥐는 것 자체도 불가능하다는 사실을 알면서도 그 길을 가려 하는 사람이 있다. 홍일표의 세 번째 시집 『밀서』는 "눈도 코도 없는 안개의 긴 문장"(「감전」)으로 밤을 더듬고, 밤을 만지고, 밤을 돌아 나와, 다시 밤으로 향하는, "밤의 중심에서 밤을 포획"(「북극 거미」)하려는 끝없는 열정과 전진의 의지로 가득하다. 그는 순간의 변이들로 어둠의 시간을 만들어 내고, 전도된 시선으로 기어코 대상에 검은 입을 달아 놓는다. 밤의 실존으로 가득 채워진 시적 공간은, 뛰어난 감각으로 대상과 존재를 움켜쥐고서 행과 행 사이에 한없이 축적해 놓을 때, 불현듯 우리 앞에서 솟아오를 것이며, 홍일표는 이렇게 되기까지의 자신의 고투와 사유의 발견을 시적 모험이라고 여긴다. 그가 이 세계를 분주히 돌아다니고, 자연의 풍경 속에 짙은 제 감정의 그림자를 내려놓을 때, 비어 있는 동시에 꽉 채워진, 저 검은 시적 공간 하나가 탄생을 채비하기 시작한다. 시간과 대상, 존재와 자아를 빨아들이는 저 공간이 '검다'라는 말은 벌써 복합적이며 총체적이다. 어둠도, 어둠이라는 저 말도 사실 마찬가지다. 어둠도 그 자체로는 어둠이 되지 못하며, 사실 온전한 어둠이 아니기 때문이다. 검어지는 순간과 순간을 끝없이 덧대야만 풀려나오는, 오로지 한층 더하거나 덜한 어둠의 순간들이 내는 소리를 기록해 낼 수 있어야만, 그는 밤의 끝에 가닿을 수 있다고, 그렇게 세상의 존재들을 고유한 목소리로 담아낼 수 있다고 믿고 있는 것은 아닐까? 그가 어둠의 시학을 완성하려 할 때, 구와 구, 행과 행, 문장과 문장 사이를 떠도는 공간은 밤의 저 밀행 끝에 어떻게 시에서 주인의 자격을 회복하는 것인가? 어딘가에 어둠이 고여 짙어지고, 다시 옅어지기를 반복하는 저 밤의 어귀 여기저기에 내딛은 그의 발걸음의 보폭과 추이를 먼저 살펴볼 필요가 있겠다.

역치의 문법

자연의 이형(異形)들이, 세계의 풍경들이, 밤의 한가운데서, 혀를 내밀고, 불꽃을 쏟아 내며, 제 존재의 흔적을 각인하기 위해, 시집의 여기저기에 바글거린다. 밤으로 잠행하는 조건은 무엇인가? 아무것도 볼 수 없는 공간과 모든 것이 소멸한 광막한 지대에 당도하기 위해, 그는 어떤 감각을 동원하는 것이며, 어떻게 시적 장치를 설치해 놓는 것인가? "밤을 잘라 넣은 뼈와 뼈 사이"(「소실점」)에서 산 자가 죽은 자를 보고, 죽은 자가 산 자에게 말을 거는 저 시적 공간은, 거개가 보는 자와 보이는 자의 역치를 통해 제 지반을 확보한다. 홍일표의 시에서 대상이 입을 달고 발화의 주체로 자리매김하는 것은 작위가 아니라 차라리 필연에 가깝다.

호박죽이 나를 먹고 있다 호박죽의 부드러운 혀가 내 몸을 감싼다 이건 사라진 손에 대한 아득한 기억이다 고마워요 나는 천 원짜리 지폐처럼 중얼거리며 서서히 녹는다 모서리 없는 죽처럼 무한히 둥근 미풍이 될 때까지 나는 황금의 숨결로 설레며 노랗게 웃는다 빈 그릇이 서둘러 나를 비운다

─「밀행」부분

방과 거실이 나에게 누구냐고 묻는다

골목 구석에 저물어 가는 낡은 구두 한 짝
아직도 나는 밤의 설교자들이 끌고 다니는 낙타의 발바닥이다

방과 거실이 나를 뱉어 낸다 가로등이 깜박거리고 벚꽃이 흩날린다 빛
의 파편들이 내 어두운 몸에서 떨어져 나간 살점 같다

─「구두」부분

검정 우산을 쓴 해변이 죽어도 죽지 않는 한 사람을 바라봅니다 여자는
떠나고 우산은 둥글게 제 몸을 말고 웁니다 어두워지지 않는 검은 몸은 비에
젖고 있습니다 툭툭 두드리며 다가오는 발 없는 발자국이 있습니다 발자국
이 불에 타서 재가 되고 둥근 무덤이 한 남자의 마지막 아침을 증언합니다.

─「봉포항 판타지」부분

사물의 입으로 사유를 표현하고, 대상의 눈으로 제 시야를 확보하고,
풍경의 감정에 입사하여 죽음을 체현하는 일이 이렇게 착수된다. 그런데
대상과 주체가 제 역할을 바꾸는 순간의 고안은 왜 필요한 것이며, 그 순
간과 순간 사이에 실로 어떤 일이 빚어지는 것일까? "몇 순갈의 슬픔과 사
라진 미풍의 달콤한 전생을 건져 먹"거나 "아직 도달하지 못한 계절"을
체현하기 위해서나, "깃발이 깃발을 뱉어" 내고 그렇게 "깃발을 빠져나온
깃발이 격렬하게 허공을 치며 날아"(「잠행」)가는 모습을 주시하려면, 시
인에게 대상-주체 사이의 역치는 선택이 아니라 차라리 불가피하게 마주
한 시의 문법처럼 보이기도 한다. 이는 환유에 기댄 인접성의 자장 속에

서 문장을 연장해 내거나 대상의 우유적(寓喩的) 풀이로 화자의 수를 늘려 낸 단순한 기법의 소산이 아니라, 시선의 근본적인 전환을 바탕으로 사물의 상태나 움직임을 이접하는 비유라고 해야 할 것이다. 이 역치를 통해 "안으로 들어갈 수도/ 바깥으로 나갈 수도 없는" 대상들의 숨통을 잠시 터놓을 때, 그렇게 시점의 탈각이나 중첩을 통해 "풀밭을 줄였다 늘렸다" 대상의 크기를 조절해 나갈 때, 비로소 그는 "짧고 또렷하게 한 획으로 갈라지는 밤"(「사냥꾼」)이 도래할 가능성과 그 순간을 목도할 수 있다고 믿는다. 그러니까 밤으로의 "밀행"에 반드시 필요한 것이 바로 시선의 주관적 변용이자 대상과 주체의 역치인 것이다. "볼 때마다 산의 위치가 바뀌는 것을 사람들은 알지 못한다"(「염소 씨의 외출」)는 사실은 이렇게 새로운 눈으로 세상을 구획하고 존재를 탐구하려는 시인의 시도에 힘을 보탠다. 대상이 자신을 가두던 통념에서 벗어나 새로운 가능성 속에서 제 존재의 잠재성을 발산하는 순간들을 시에서 체현할 때만, 밤으로 향하는 길이 잠시 열릴 것이라고 생각한 것일까? "사물의 지루한 정면을 부수어 강을 건너고 산을 넘는"(「새」) 일에 매진하고 "묵상에 든 꽃이 저무는 해에 골몰하는 시간"(「푸른 손을 고백하는 숲」)을 시인이 고민하는 이유는, 미지의 영토에 시의 촉수가 뻗어 나가게 함이다. 그렇게 해서 당도하려는 곳은 기지의 장소가 아니라, 차라리 "이곳은 어디입니까?"(「제의」)라는 물음을 계속해서 호출하는 미지의 공간이다.

> 다만 깨어진 항아리와 벽돌 틈새로 들락거리던 바람의 흰 어깨
> 아무것도 없는 것이 있는 곳
> 허공의 껍질을 벗기며 중심을 향하던 손발이 길을 잃고 마는 곳
>
> 여기가 어디지요?
>
> ──「양파의 궤도」 부분

대상과 주체의 역치로 그는 "아무도 보지 못한 외경"(「젖은 달」)을 직시하려 하고, "그림자처럼 어디로도 이어지지 못한 입 속의 말들"(「9H」)을 우리 앞에 꺼내 놓으며, 낯선 표현들이 한곳에 모여 빚어내는 경이로운 힘에 의탁해 "아직 태어나지 않은 꽃이 수없이 피"(「나비 날다」)고 또질 가능성, 그러니까 존재가 머금고 있는 잠재적인 행위들을 실행하고자 시도한다. 늘 비어 있는 동시에 항상 차 있는 시적 공간이 그의 시 전반에서 이렇게 만들어진다. 홍일표의 시에서 대상의 바뀜과 풍경의 겹침은, 없던 공간, 없던 시선, 없던 감정의 실천을 가능하게 해 주는 동력과 다르지 않다. 시집 전반을 지배하는 이 역치의 문법은 그러나 초현실에 집착하며 놀람의 궤적을 어설프게 흉내 낸 것이 아니라, 오히려 겹침의 미학을 구현하고자 특이한 이미지들을 중첩하여 만들어진 시적 운동의 원인이자 시집 전반을 강력하게 꿰뚫는 주관적인 동선이다. 죽음에 입사하고, 그렇게 죽음과 사투하는 타자를 내 안에 거주하게 하는 작업의 근간이 바로 여기에서 이루어진다.

죽음-노래

거개가 단단하고 아름다운 어휘들의 조합으로 구성된 구(句)들이 홍일표의 시 전반에서 돌올하게 솟아나는 결절과 접사의 문양들을 최소한의 시적 단위로 형성해 낸다면, 이 문양들이 서로 어울리며 뽑아내는 문장은 오히려 간결하게 구성되어 있다고 해야 한다. 그의 시가, 노래로서의 본령을 망각하지 않고, 모험을 빙자하여 서정의 세계를 함부로 저버리지 않는 미덕을 간직하고 있는 까닭이 여기에 있다. "결심을 모르는 거울에 아무도 빠져 죽지 않아 꽃이 피고 바람 불듯 맑고 동그랗게 태어나는 노래들"(「백치 거울」)은 가령, 「야사」 같은 작품에서 크게 그 가치를 뽑아낸다.

밤의 뒤통수에는 아직 잊지 않은 맹세가 매달려 있습니다 봉인된 아침을 뜯어 봅니다 낯선 노래들이 흘러나와 혀가 녹고 발가락들이 새로 돋아납니다

난세는 무궁하여 하늘이 더 가팔라집니다

죽은 사내가 부르다 만 노래는 가시나무 끝에 걸려 있고 두 아이와 한 여자가 돌 속에서 웁니다

제 몸을 찢어 해를 꺼내는 이도 있습니다 몇몇 사람들이 모여 만가를 부르지만 해는 불이 붙지 않습니다 터지기 직전의 조약돌은 이마에 금이 가기 시작하고 저녁 해는 낡은 신발을 벗어 놓고 떠납니다 도처에 민란이지만 아무 소리도 들리지 않습니다 울지 않기 위해 우는 새만 저녁의 가슴을 가득 메웁니다

적도 동지도 보이지 않는 곳

눈감지 못한 동백꽃이 땅에 불을 지르고 산등성이를 넘습니다
—「야사」

그의 문장을 구성하는 통사구 각각은 애절하고 단아하여, 이른바 아름답다고 부를 어휘들로 이루어져 있지만, 그의 노래는 결코 아름다움을 연주하지 않는다. 그는 대신, 죽음에 바쳐진 노래, 차마 따라 부르지 못하는 애가, 병자와 동행하는 만가(輓歌), "꽃피지 못하고 말라붙은 요절한 노래"(「봉포항 판타지」), "이곳에 없는 죽은 이의 연애를 완성"하는 데 바쳐진 "바람의 악보에서 흘러나와 내 몸을 핥고 있는 노래"(「소문의 형식」)를

짓는 데 몰두하며, 삶에 찾아든 비애와 그 구석구석에서 신음하는 고통의 순간들을 자연에 스며 있는 고독과 슬픔으로 전화하여 매우 단단하고도 실존적인 밤의 사건으로 바꾸어 놓으려 한다.

나는 아직도 그대의 어깨에서 빠져나오지 못한 심장이다 도처의 죽음은 날마다 태어나고 여러 번 죽은 계절은 어디로 가나 나는 빛으로 살아남은 다리를 주무르며 밝아지지 않는 오늘의 악몽에 골몰한다 병상에 누운 당신의 통증이 통증을 잊고 화장실에 갈 때 부축한 남자의 심장에서도 새가 운다 죽음은 망가지지 않는 검은 현악기라서 몸속에 들어와 살지 못한다 물속의 눈, 허파, 마지막 짧게 몰아쉰 숨 그리고 당신이 잡지 못한 어제와 오늘 사이에서 죽음은 번식하고 담요 한 장으로 살아남은 자의 한 조각 목숨을 덮는다 총구를 돌려 나를 겨누는 밤에 나는 검은 머리카락처럼 여자를 숨 쉰다 피가 돌지 않아 아픈 다리가 구름으로 흩어지며 안녕, 안녕 중얼거리는 동안 심장 속의 딱딱한 뼈가 종유석처럼 자라나는 밤이다
　　　　　　　　　　　　　　　　　　　　—「공중을 주무르는 남자」

이 애가는 병자를 곁에서 간호하면서, 자주 어른거리는 죽음의 그림자를 경험하는 남자의 심정을 결곡하게 담아냈기 때문에만 지극한 슬픔과 감동을 자아내는 것은 아니다. 죽음과 맞서 싸우려면 죽음을 이 세상에 편재하는 진리로 직시하는 수밖에 없다는 사실을 이 시인만큼 잘 알고 있는 사람이 또 있을까? "죽음은 망가지지 않는 검은 현악기"이다. 나는 죽음이 "총구를 돌려 나를 겨누는 밤"을 힘겹게 지난다. 타자의 죽음과 나의 죽음은 이때 서로 다르다고 말할 수 없다. 죽음의 순간과 순간이 한 존재에게서 한 존재로 고스란히 투사되고 시적 사건이 되어 서로 교통한다. 죽음의 불가능한 공유는 현실적인 시간을 정지한 상태에서만, 제 실현될 가능성을 한 줄기 빛처럼 뿜어낼 뿐이며, 그 빛 속에서 그는 "딱딱한

뼈가 종유석처럼 자라나는 밤"을 서서히 통과할 것이다. "빛으로 살아남은 다리를 주무르며 밝아지지 않는 오늘의 악몽에 골몰"하는 순간은 죽음으로 이렇게 정지된 시간이다. 그는 "당신이 잡지 못한 어제와 오늘 사이에서" "죽음"이 "번식"한 "담요 한 장으로 살아남은 자의 한 조각 목숨을 덮는" 일로, 타인과 함께 죽음의 순간에 입사하며, 이렇게 그는 "이번 생은 천천히 죽어 가기로 한다"(「푸른 손을 고백하는 숲」)고 말할 주체이고자 한다. 중요한 것은 시적 단위인 '구' 각각이 서로 뭉치거나 흩어지며 시에서 죽음의 선율 하나를 울려 낸다는 데 있다. 개별적이고 이질적인 통사 구들이, 사물의 물질성에 기대어 죽음을 한껏 벼려 내면, 죽음이 어른거리는 순간과 순간이 타자와 내가 하나 되는 긴장의 시간, 정지의 순간으로 시에서 솟아오르기 때문이다. 풍경이, 주변이, 일상이, 자연이, 타자와 나를 무수히 포개어 놓는 죽음의 변증법적 운동을 통해 시 전반에서 존재와 존재를 연결해 주는 비유로 되살아나며, 이는 포갤수록 검어지는 색채의 원리처럼, 검은 점 하나로 시 세계 전반이 수렴되고 있다는 사실을 말해 준다. 구와 구, 절과 절, 문장과 문장을 떠돌며, 그 사이사이에 포개어지는 이미지와 이미지의 충돌 속에서, 세상의 모든 존재들이 검은 공간 속으로 빨려 들어가고 다시 돌아 나와, 범람하는 그의 검은 노래로 뒤덮일 때, 시간과 존재가 눈부신 시적 도약을 준비한다.

시간-존재

홍일표의 시에서 대상과 주체의 무수한 바뀜과 이미지들의 부단한 겹침은 시에서 검은 공간을 짓고, 그곳에 죽음의 구멍을 내는 일에 바쳐진다. 시인은 자아를 이 공간에 거주하게 하려 애쓰며, 시간을 그곳에 끌고 와 각별한 순간들의 연속으로 전환해 내고자 힘겨운 전진을 꾀한다. 그가 방문한 곳곳에서, 그가 도달한 여기저기에서, 사방이 어룽지는 순간들이 컴컴한 제 그림자를 내려놓으며, 존재가 단숨에 이 어둠에 휘감기게 되는 것은 바로 이 때문이다. 시간의 선조성에 의지해 화자의 위상을 가늠하거나, 현재의 시간 속에서 사방천지를 주조하는 일은 따라서 이 시인에게는 관심 밖의 일이다. 사방은 그의 시집에서 단 한 순간도, 지리적 장소에 정박되지 않으며, 시간 역시, 과거-현재-미래의 흐름을 무기력하게 만드는, 오로지 어둠 속에 반짝이는 죽음의 시간으로 흘러넘치기 때문이다. 「태어나는 편지」의 전문을 인용한다.

개의 귀에 도달한 소리의 빛깔에 따라 저녁의 방향이 달라지고 이목구비가 없는 사물들의 심장소리에 감전된 개는 컹컹 보랏빛 꽃으로 핀다

밤을 열면 어젯밤의 결심과 두 번 다시를 중얼거리던 어두운 거리와 심장이 없는 목각인형들이 또박또박 걸어 나오고
소나기는 제 슬픔의 무게에 놀라 쥐고 있던 허공을 놓아 버린다

어둠은 어둠을 지우기 위해 태어나지만
물의 목소리를 잊고 얼음 조각이 되는 시간
하늘엔 죽은 새들이 몰려다니며 구름 속에서 폭발하고 가끔
거룩하게 눈이 내린다

순간, 순간 태어났다 죽는
숨기면서 보이는 아침
파닥이던 물결이 결심하기 전에 다시 개들이 짖는다

얼어붙는 강물을 흔들며 컥컥, 물의 숨결에서 숨이 빠져나간다

순간과 순간의 이접에 의해 탄생하는 시간을 우리는 '현존재의 시간'이라고 부를 수 있을 것이다. "순간, 순간 태어났다 죽는" 시간에 "숨기면서 보이는" 존재들이 시에서 포화가 되다시피 한 목소리로 충만하게 제 존재를 울려 낸다. 바로 이 순간들이 만들어 낸 주관적 시간이 밤을 여는 시간이자 '생과 사'가 공존하는 시간이기도 할 것이다. 이 시간은 시계의 초침에 의지한 물리적 시간이 아니다. 차라리 어둠이 서서히 움직이기 시작하는 저 아득한 무정형의 시간, 구름 속을 날던 새가 눈송이가 되는 순간, "이목구비가 없는 사물들"이 흘려보낸 제 존재의 소리를 미물이 짖어 발성하는 미지의 소리의 시간, 유동하던 액체가 일시에 딱딱해지는 순간, 그렇게 매 순간이 정지될 때 주어지는 특수한 시간이며, 오로지 이 순간들이 정지의 상태를 잠시 풀고 제 숨을 토해 내는 시간이자, 그러한 순간들의 다발로만 주어지는 시간이다. 이 시간은 시인이 발화의 정확한 한 순간을 포착해 낼 때, 차라리 그러한 순간을 고안하는 일에 몰두할 때, 그런 후에야 비로소 열리는 유일한 시간이다. 시인은 바로 이 시간으로 미지의 장소를 열 수 있다고 믿는다. 이 시적 시간은 주관화된 순간들의 연속으로 세상의 모든 것을 전환해 낼 때만 비로소 제 모습이 드러나는 시간, 이 세상의 모든 존재들이 자신을 꽁꽁 묶어 둔 통념에서 풀려나와, 제 실존을 드러내고 잠재력의 숨결을 서서히 뿜어내는 시간이다. 또한 이 시간은 생과 사의 구분을 취하하는 시간이며, 모든 것을 머금고 삼키며, 그렇게 정지시키는, 검은 저 영혼의 시간, 그래서 미지의 순간들로 가득 채워진 시간이다. 있었던, 있어왔던, 있다고 여겨진 존재들(자연이건 인간이건, 사물이건 대상이건)의 진정한 '있음'이 실현되는 무시간의 시간이며, '있음'을 의미의 영역에 붙잡아 두려 고유한 발화로 빚어낸 시간이다. 홍일표는 존재를 일깨우는 이 시간으로 죽음을 현재화한다. 순간과 순간의 연속으로 이루어진 이 시간을 그는 밤의 시간, 밤을 열고 닫는 시적 시간이라고 부를 것이다. "눈뜨는 순간 눈이 감기는 곳"에 당도할 때, 존재는

'있은 것'이 아니라 '있음(Dasein)'의 자격으로 "집 밖의 집"(「입」)에 거주할 가능성을 타진한다. 죽음에 맞서서, 죽음과 함께, 죽음을 통하여, 편재하는 지금-여기의 시적 시간들이 이렇게 우리를 찾아온다.

> 폭설이다 몇 개의 산맥을 넘어 날아온 이곳은 발바닥처럼 어두운 새벽이다 열두 시간 전에 숨 쉰 공기와 얼굴들은 설화로 피어 다시 눈앞에 있다 조문한 고인은 아직 살아서 나에게 말을 걸고 웃는다 시간은 흘러가는 살이어서 나는 여기 있으면서 부재하고, 죽음은 숟가락처럼 익숙하여 그들은 사람 밖에서 사는 그림자다 돌아보지 마라
>
> ──「번제」 부분

그는 이 시간의 문을 열어, 삶과 죽음이 잠시 구분을 물리친 순간을 지금-여기에 불러내는 데 전념하며, "여기 있으면서도 부재하"는 자신, 그러니까 죽음이라는 진리를 직시한 후, 그 사실을 현재에 체현하는 언어의 발화자 "나"를 얻어 낸다. 그렇게 시인은 이 시간 속에서 "열두 시간 전에 악수를 하고 헤어진 거리"를 지나와도, "열두 시간 전에 숨 쉰 공기와 얼굴들"을 "시간이 놓아 버린 달"로 다시 안을 수 있으며 "설화로 피어 다시 눈앞"에서 볼 수 있다고 말한다. 시간의 축도를 죽음이라는 진리의 수평 위에서 꿰어 놓으면, "멈추지 않는 소용돌이로 빨려 들어가는 한낮의 태양"도 바로 이 지평에서 바라볼 수 있게 될 것이다. 그에게 진리의 시간은 오로지 죽음의 시간이며, 이렇게 "죽음은 누군가 쓰다 버린 구두칼, 지팡이, 녹슨 반지"에, "아무렇게나 버려둔 빵조각"에 편재하는 시간을 만들어 내면서, 우리 존재를 돌아보게 하는 계기를 선사하는 데 전념한다. 따라서 이 시간은 "창세기의 첫 줄"(「백치 거울」)과도 같은 시간, "아무것도 없는 것이 있는 곳"(「양파의 궤도」)의 시간이다. 홍일표의 시에서 죽음이라는 진리의 도래를 견인하는 저 찰나의 시간을 포착하지 못하면, 우리는

왜 그가 상상의 복잡한 미로 속에 제 몸을 위탁하고, 제의의 형식으로 자주 죽은 자들을 시에서 불러내며, 그토록 망자나 유령, 자연과 미물과 한 목소리를 내려 하는지 이해하기 어려워진다. 그의 시가 초현실을 애타게 갈구하는 자아의 저 팽창하려는 낭만주의의적 고백에 머물지 않고, 부재하는 존재와 현존하는 죽음의 봉합을 꿈꾸며, 밤으로, 밤의 끝 간 곳을 향하는 이유가 여기에 있다. 그곳에서 그는 누구를 만나고 무엇을 보는가?

> 네가 없는 곳
> 몸을 지우고 가닿은 자리에서 청동으로 만든 밤이 휘어진다
>
> 아무도 열어 보지 않는 시간
> 새도 아니고 나뭇잎도 아닌 낯선 노래들이 수런수런 모여든다
> 너 거기 있니?
> 천 개의 팔다리가
> 창을 부수고 밤의 바깥으로 휘몰아치다 먼 행성에 닿는다
>
> 오가던 길이 지워지고 저무는 땅에 떨어지는 사과
> 여러 개의 심장이 지구를 펌프질하고
> 길에 박혀 있던 돌멩이들이 툭툭 튀어나와 길을 버린다
> ──「수상한 일기」 부분

"아무도 열어 보지 않는 시간"은 어둠의 거처에 오롯이 존재를 위탁하고자 하는 시간일 것이다. 우리는 이 시간을, 존재가 현현되기를 기다리는 시간이라고 앞서 말한 바 있다. 그렇게 이 시간을 미지의 너를 호출해 낼 유일한 시적 시간이라고 부를 수도 있겠다. 삶에 편재하는 이 검게 빛나는 진리의 시간에서만 미지의 너를 만날 가능성이 열린다. 죽음의 저

검은 구멍에서 흘러나오는 한 줄기 빛에 자신을 위탁할 때, "오래 뒤척여 납작해진 밤의 표정"을 궁굴리며 "잘게 썰어 반듯해진 마음의 다발들"에 제 목소리를 입힐 때, 비로소 "너에게 닿"을 수 있으며, 그와 "오래도록 저물지 않"(「칼국수를 빚는 저녁」)을 모종의 가능성을 움켜쥐게 될 것이라고 그는 믿는다. 죽음의 목소리에 자신의 실존을 내맡길 때, 그는 "한 번도 호명되지 않은 당신을 매일 밤 남몰래 만"(「주술사」)날 수 있으며, 그렇게 "제문의 글자"를 태운 "검은 나비로" 조용히 날아올라, "죽은 이의 이름을 가만히 만져"(「문암리」) 볼 수 있다고 생각한다. 거기서 시인을 기다리는 것은 부재하는 너, 죽어서 살고, 살아서 죽는 너다.

　　너는 사라지고
　　검은 발바닥만 남은 저녁은 조문객처럼 분꽃 속으로 들어간다

　　어제 죽은 살과 머리카락이 붐비는
　　촛농으로 굳은 공기의 틈새에서

　　아무것도 보이지 않을 때 비로소 너는 보인다

　　몸 밖을 활보하는 마음의 방향대로

　　노래의 발가락 손가락이 환하게 너를 만지는 저녁
　　　　　　　　　　　　　　　　　　　　　　　—「몽유」 부분

　그는 매번 다시-시작하는 이 시적 공간에서 "이미 허공을 다 읽고 내려온 어느 외로운 영혼의 밀지"(「나비족」)를 받아 들고, 밤으로의 여행 끝에, 이렇게 밤의 저 끝에 자신의 존재를 송두리째 내걸고, 삶과 죽음의 목

소리로 미지의 공간을 열 수 있을 때까지 자신의 사유를 밀고 나가고, 주변을 주관적인 시적 시간으로 재편하면서, 이 모든 것을 가능하게 할 섬세한 감정들을 내면에서 끌어내, "가다가 기진하여 쓰러진 울창한 밤"(「해변의 코끼리」)에 이르고, 마침내 부재하는 목소리로 부재하는 너를, 미지의 타자를 노래한다. 그는 통념을 지워 내야 한다고, 죽어야 한다고, 그렇게 자아를 죽여야 한다고, 오로지 그런 상태로, 뒤돌아보지 않고, 고독하게 홀로 나아갈 때만, "내 몸"이 "눈먼 시간"(「검은 숨」) 속에 입사할 때, 그렇게 "아무것도 보이지 않을 때", 그렇게 될 때 "비로소 너는 보인다"고, 그렇게 존재의 '있음'의 현현을 제 시에서 실현할 수 있다고 믿는다. "길을 가르쳐 주거나 햇빛의 방향을 설명하는"(「일곱 번째 골목의 비밀」)데 바쳐진 저 안전하고 검증된 말들을 거부하고, 대신 지움과 겹침을 통해, 고유한 발설의 순간들로 시적 시간을 고안해 내고, 거기에서 존재를 살게 하는 순간까지 나아가야 한다는 다짐하며, 그렇게 할 때, 자신에게 주어진 시인의 책무를 완수할 수 있다고 믿는다.

그리고 그는 실로, 이 끝 간 지점에 당도하기 위해, 슬픔과 고독, 연민과 회한, 고통과 절망을 모두 삼켜 버린 거대하고 광막한 심연으로 들어가, 제 "몸에서 빠져나간 밤이 갈 곳 없이 헤매는" "새벽 어디쯤"에서, 너의 부재를 앓는 일로 저 존재의 시간을 불러내고자 하며, 오로지 그러한 방식으로, 죽음으로 부재하는 너의 현존을 목도하고, "죽음으로 꽃피우는 절벽"(「제의」)에 당도하여 "죽음의 손끝으로 붉은 하늘을 벗"기며 "울음 가득한 당신의 심장"(「밀서」)을, 그렇게 그의 존재를 읽으려고 애쓴다.

> 내 몸 안의 병으로 너를 읽고 너의 부재에 닿는다 비어 있는 의자는 점점 자라서 밤을 넘고 나는 비로소 너를 앓기 시작한다
>
> ──「병」 부분

내 안에서 눈동자들이 범람한다 서로 끌어안고 저녁을 조금씩 잘라먹
으며 검은 밤이 된다.

—「세계사」 부분

그는 "아직 발설하지 못한 밤"을 발설하려고, 그렇게 "밤의 밀어를 받
아 적던 심야의 속기사"(「9H」)가 되어, 타자에게로 흘러들기 타자를 허
용하기 위해, "말을 던지고 표정을 지우고/ 갈라지고 흩어지는 사이"(「축
제」)를 틈타, "아무도 알아듣지 못한 말들이 숨어드는 극지"(「입」)로 향하
는 길을 마다하지 않는다. 그 길 위에서 너의 혀들이 태어나고 나의 이 망
자가 된, 병자가 된, 그렇게 타자인 너의 혀가 되어, 어둠을 노래한다.

혀가 혀를 넘어섭니다 일찍이 혀는 당신의 불이었고 동굴에 숨어 있는
붉은 짐승이었습니다 당신의 밀실에서 울고 있는 어둠의 혈족이었습니다.
한없이 자라던 혀가 하늘 밖의 하늘을 핥습니다.

—「젖은 달」 부분

너는 범람한다 동서남북으로 흘러가는 기다란 혀가 어둠의 터진 살을
핥는다 나는 살기 위해 여러 번 죽는다

—「푸른 손을 고백하는 숲」 부분

거기에서 그는 "일찍이 당신의 불이었고 동굴에 숨어 있는 붉은 짐승"
이었던 "당신의 밀실에서 울고 있는 어둠의 혈족"이었던 저 "혀"로, 밤의
너, 죽음의 너를 증명하는 밀서를 조용히 써 나간다. 그렇게 그는 "살기
위해 여러 번 죽는" 길을 택한다. 그는 이 밀서로, 일어날 수 없었던 일을
가능하게 하고, 실현되지 못했던 감정을 실현하면서, 우리가 영위하는 시
간과 그 속에서 살아가는 저 우리라는 존재를 죽음이라는 진리 앞에다 끊

임없이 소환하려 시도한다. 홍일표의 시에서, 서로 분리될 수 없는 문장-이미지는 타자와 함께 '검음'을 곱절로 새기는 데 헌정되며, 지금-여기 생을 살고 있는 사람과 벌써 생을 살았던 자들이 만나는 공간을 열고 또 닫으며, 죽음을 애도하는 검고 또 검은 미지의 목소리를 불러내는 작업에서 제 특성을 부여받을 것이다. 그러나 밤은 곧 다시 달아날 것이며, 존재는 오롯하게 제 모습을 드러내지 않고 어디론가 가뭇없이 사라질 것이다. 밤을 수식할 수 있는 말들이 무한에 가까운 만큼, 발화하고 난 후 휘발된 말 역시, 백지 위를 방문한 후, 결코 되돌아오는 법이 없기 때문이다. 물론 시인도 이러한 사실을 잘 알고 있을 것이다. 표현할 수 없다고 믿어 왔던 순간들을 언어로 담아내려 저 밤의 끝으로 향하는 여행에서 우리를 기다리는 것은 미지의 목소리이다. 시인은 그렇게 시간-대상-존재를 다시 자리매김하며, 검은 구멍이 거주하는 공간으로 우리를 기어이 끌고 간다.

시-제의

돌아보지 마라.
하늘의 벼락을 삼키고,
혼돈과 무질서의 미로 속으로 즐거이 사라지는 노래들아.

시집의 제사 격 글(「시인의 말」)에는 이번 시집의 방향과 특성이 고스란히 담겨 있다. "하늘의 벼락을 삼"킨다는 것은 경이와 놀람을 내재화하겠다는 시적 의지의 표출이며, "혼돈과 무질서의 미로"는 이 내재화의 과정과 그 지형이 어떠한지를 말해 주는 동시에, 시인의 눈에 비친, 아직 만나지 못한 "미지"를 향하려는 노력에서 시의 운명이 결정될 것이라는 판단이 담겨 있다. 지난 시집에 비해 조금 더 중요해진 것은 역시 죽음의

"노래들"이며, 이 노래 속에서 태어나고 생명을 부여받는 존재와 시간이다. 시적 발화가 저 휘발되는 성질에 기초하고 있다는 사실을 인정할 때, 고유한 시간과 공간을 우리 곁에서 제기하고 폐기하는 힘은 그러니까 전적으로 발화의 특수성을 고안하는 일에 달려 있다고 시인은 우리에게 말한다. 존재의 '있음'을 지금-여기의 시적 시간 속에서 실현하는 시적 언어는 "낯선 리듬이 태어나 심장을 뛰게 하"(「달과 바다」)는 고유한 노래이며, 한편, 이 노래는 아직 태어나지 않은 세계를 향하고, 아직 깨어나지 않은 곳으로, 뒤돌아보지 않고 나아갈 수 있는 에너지가 될 것이다. 그렇게 시인은 "사물의 지루한 정면을 부수어 강을 건너고 산을 넘는"(「새」)는 노래의 고안에 오히려 서정시의 미래가 달려 있다고 생각한 것은 아닐까.

홍일표의 서정시는 현실에 두 발을 굳건히 땅에 내리고 올려다보는 하늘을 향한다. 그가 올려다본 하늘은 아름답기보다, 자주 빈 공간이고, 결정된 무엇을 내려놓는다기보다, 앞으로 채워 나아가야 할 정념들의, 멀고 가까운 미래의 사건을 현실에서 열어 보이는 일을 섬세한 언어로 다룬다. 그에게 자연은 내면의 감정으로 타자의 무늬를 풀어놓을 무정형의 공간이며, 이 무늬의 결들은 결국 현실을 비추는 거울이자 현실 자체이기 때문이다. 우리는 그의 시집에서 그가 올려다본 하늘이, 그의 심연이자 타자라는 검은 구멍이며, 죽음이 거주하는, 우리 모두가 죽음과 함께 기거하고 살아가는 공간이라는 사실을 알게 될 것이다. 지금-여기의 시간이 존재의 '있음'을 실현할 가능성으로 시적 사건을 만들어 내는 것처럼, 자연, 그러니까 자주는 달, 구름, 바다, 돌, 나무, 새, 꽃, 물고기, 나비 등과 함께 시집에 자주 출몰하는 저 풍경들은 결국 사람들의 목소리를 통해 여기에 소환되는 자연일 뿐이다. 홍일표에게 자연은 거리를 두고 바라보는 자연, 내부를 걷지 않고 경외감에 휩싸여 넋을 잃게 하는 황홀한 자연이 아니라, 사람의 자연, 그래서 끔찍한 자연, 검은 자연, 그래서 현실과 고스란히 포개진 자연, 망자들의 자연, 그래서 유령이 제 목소리를 울려 내는 미지의 자연, 그렇게 "누구는 멸이라 부르고 누구는 환이라 부르는"(「달과 바다」)
자연이다.

　그의 시집을 읽는 지금, 밤이 흘러넘치는 소리가 사방에서 들려온다.
밤이 삶 속으로 짓치고 들어오는 소리를 듣는 순간, 밤이 검은 제 감정을
하나씩 풀어놓고 여기저기에서 불꽃처럼 존재의 있음을 현현하는 순간들
이 이어질 것이다. 그렇게 이내 여기를 빠져나갈 것이다. 이 밤의 역습과
밤이 쏘아 올린 실존의 시간을 우리는 어떻게 감당할 것인가? 여명(黎明)
도 박명(薄明)도, 어슴푸레한 기운도, 어느새 밤이 모두 삼켜 버렸다. 밤으
로 뒤발된 이 세상은 그런데도 왜 캄캄한 아름다움을 뿜어내는 빛의 병동
이자 타자의 울음인가? 우리는 그의 시와 함께 더 이상, 밤이 오기만을 우
두커니 기다리지 않을 것이다. 차라리 삶의 검은 언저리를 배회하다, 컴컴
한 지대와 경계를 죽음과 함께 넘나들고 다시 돌아 나오기를 반복하면서,
결국, 밤의 저 깊고 낯선 공간, 광막한 미지의 세계로 들어갈 것이다. 밤의
저 끝으로의 여행은, 한없는 나락을 예고하는 것도, 절망을 벼려 내는 것
도 아니다. 홍일표의 밤 끝으로의 여행은 존재와 시간을 달리 보려는, 시
라는 이름의 또 다른 희망이며, 존재의 이유를 죽음의 내부에서 찾아 나
선 한 시인이, 이 세계와 자연을 주시하면서 고안해 낸 고유한 실존의 색
깔이기 때문이다. 당신이라는, 타자라는 죽음을 붙잡고 써 내려간 이 아름
다운 시집은, 말할 것도 없이, 지금-여기에서, 이 시대에 병을 앓으며 힘
겹게 죽음의 그림자와 싸우고 있는 모든 사람들에게 헌정될 것이다.

3부

꿈의
파란

명랑과 우수, 그리고 삶, 오로지 삶

황인숙, 『못다 한 사랑이 너무 많아서』(문학과지성사, 2016)

단단한 자아도 고개를 들어 잠시 하늘을 바라보면 공중으로 흩어져 버리니, 그는 노동과 근면으로 무장된 시간의 주인인 적이 없었을 것이다. 우수와 명랑의 시간을, 바쁜 거리 위의 생활로 가득한 시간을, 그는 산다. 존재가 있었던 것이 아니다. 시간이 존재를 만든다. 해방촌 거기, 그 시간에는 아무도 없었다. 그는 발걸음을 돌리고, 걷고, 이내 누군가와 마주치고, 무언가를 내려놓고, 걷고 다시 또 걸을 것이다. 우리의 안방이 그에겐 저 거리, 내내 컴컴한 저 구석이었을 것이다. 그의 늦은 산책에는 안락과 휴식과 자만과 교만과 비난과 질투와 욕심과 이기심이 들어설 자리가 없다. 조그만 가방 하나 어깨에 메고 고양이에게로, 컴컴한 곳으로 발걸음을 옮긴다. 묵묵히 걸어가는 뒷모습, 그 걸음을 삶이 붙잡아 줄 것이다. 같은 밤이 다시 당도할 것이다.

정지의 시간, 터벅터벅

황인숙의 시에서 말들은 감정을 한 움큼 머금은 상태 그대로 터져 나오는 법이 없다. 그런데도 시가 깊이를 갖는다는 것은 조금 특이한 일이다. 또한 황인숙의 시에서는 미래가, 더러 희망이, 완벽하게 비어 있거나 적어도 그런 것 같다는 인상을 받는다. 기대, 들뜸, 해석, 판단이 그리하여 자취를 감춘다. 문자가 조합되고, 낱말이 연결되고, 구절이 형성되고, 문장이 연결되고, 행이 하나씩 리듬을 타고 제 자리를 조금씩 달리하여, 시 전체에서 하나의 행임을 알리고, 페이지가 이 리듬에 힘입어 하나둘씩 넘어갈 때쯤, 그가 삶에서 내디딘 보폭들이 서서히 조합되고, 걸음으로 방문한 작은 길들 그 위와 구석들, 그리고 그 풍경들이 서로 연관성을 지니기 시작하면, 조금씩 사유의 폭이 모습을 드러내고, 천천히 삶의 행동이 다시 연결되고, 그 행위가, 다시, 하나씩, 리듬을 타고 다른 곳으로 이동을 채비한다. 이때, 그리하여 삶, 작은 삶, 자잘한 삶들이 하나씩 백지 위에 내려앉고, 우리에게 살짝 노크를 한다. 그의 시는 그러나 무언가를 비웠거나 비워 내려 하지 않는다. 정확히 그의 시만큼, 우리에게 주어지거나 펼쳐져, 결국 무언가가 우리의 내부로 침투할 뿐이다. 낙관주의의 장터, 사유의 쉼터, 시선의 터전, 그러니까 거리, 계단, 골목, 지하, 이렇게 그의 삶에서 장소가 되었던 모든 곳들이, 조금 달리한 시간의 외투를 입고 어떤 순간을 예고하며 우리를 찾아온다. 그의 시에 주관적인 시간은 없다. 기대와 환상이 빠져나간 현실 그대로의 시간, 크게 부풀려지거나 일시에 가라앉거나 하지 않는 저 삶이, 기품을 잃지 않고, 조금 위로 부상하거나 조금 내려앉을 뿐이다. 그의 시가 갖고 있는 명랑성은 바로 이 움직임에서 나오며, 이 명랑성 안에는 우수로 묶인, 가지런하거나 단순화한, 그래서 매우 개성적인, 시적 질서가 자리한다.

　　슬픈 건 내 마음
　　고양이를 봐도 슬프고 비둘기를 봐도 슬프다
　　가게들도 슬프고 학교도 슬프다

나는 슬픈 마음을 짓뭉개려 걸음을 빨리한다
쿵쿵 걷는다
가로수와 담벼락 그늘 아래로만 걷다가
그늘이 끊어지면
내 그림자를 내려다보며 걷는다
그림자도 슬프다

—「그림자에 깃들어」 부분

　모든 것이 슬픔에 젖는다. 그러나 그는 비통함이나 비극으로 달려가지 않으며, 그런 일은 황인숙의 시에서 좀처럼 벌어지지 않는다. 황인숙의 시는 지성의 힘으로 결국 감성이라 부를, 독특한 층위로 삶을 감싸고, 그렇게 해서 차라리, 일상의 신실함과 삶의 장면들이 포개어지며 울려 내는 고결함을 체험하게 해 주기 때문이다. 슬픔은 그 무엇도 덥석 손을 내밀어 붙잡지 않는 주체의 자격으로 삶을 살게 하며, 끝없이 걷고, 다시 걷다가 잠시 찾아오는 지연과 연속의 운동으로 삶을 영위하게 한다. 그리하여 모든 게 슬픔에 포섭된다. 슬픔은 삶에 악취의 구멍을 내고야 마는 항상 부재하는 윤리를 풀어놓지 않는다. 그런 일은 일어나지 않는다. 그저 다시 삶을 천천히 되돌아보게 만들 뿐이다. 황인숙의 시에서 치열한 각성으로 대표되는 정신적 유산이나 삶을 저만치 밀어 둔 예술적 열정은 그리하여 재빨리 기화하거나, 삶에, 삶의 슬픔에, 슬픔의 그림자에 그 자리를 내준다. 그러니까, 황인숙에게는 예술이 중요한 것이 아니다. 그는 사실, 시의 중요성이나 고유성도 신봉하는 것 같지 않다. "내 그림자를 내려다보며" 걸어가는 삶, 그리하여 오로지 생활 자체인 삶, 그러니까 삶 자체인 저 생활의 무늬들을 펼쳐 내고, 자기 삶의 테두리에서 출발하여, 삶이 게워 낸 것들을 다독이고 돌보며, 고유한 일상의 영역을 확보하고 제시하는 일을 할 뿐이다.

문득 고요히
빛과 어둠이 멈추는
황색 시간
문득 텅 빈
산길 아래 집들과 골목
행인 두엇도
말쑥한 그림자처럼

———「황색 시간」 부분

  믿음이나 원대한 희망 같은 것을 이야기하기 전에, 그는 너른 대통 같
은 삶에서 찾아드는 순간들, 가령 "빛과 어둠이 멈추는/ 황색 시간"의 "텅
빈" 곳과, 그곳을 지나는 "행인 두엇"의 "말쑥한 그림자", "가로등/ 착실
히 켜져" 돋우어 내는 "그림자"(「삶의 궤도 1」)를, 그 개성적인 흔적들을
"그림자 없는 흰 종이들"(「선방(善防) 1」) 위에 기록하고, 활력을 부여한
다. 황인숙은 감정의 드라마를 꿈꾸지 않는다. 그의 시에서 우수와 슬픔은
감각에서 우러나는 단단하고 고요한 허밍이나 새로운 가사로 지어내는
사실주의적 삶의 곡조를 실천하면서, 정지의 영역에 모든 것을 잠시 붙잡
아 놓고, 거기에 삶을 번져 낸다.

나는 지금
알 수 없는 영역에 있다
(……)

부팅이 되지 않는다

풍경이 없다

소리도 없다

전혀 틈이 없는
알 수 없는 영역을
내 몸이 부풀며 채운다

—「우울」 부분

　이 시간은 무엇인가? 그것은 노동하는 시간이나 근면의 시간, 현대사
회를 대표하는 선적(線的) 시간이 아니다. 정지의 시간, 권태의 시간, 멜
랑콜리의 시간이라면 차라리 모를까. 알 수 없는 영역에 자기 존재를 붙
잡아 두는 일은 황인숙의 시에서 시간에 대한 인식을 "전혀 알 수 없는 영
역"으로 끌고 가, 현실을 조금씩 바꾸어 나간다. 황인숙은 삶의 순간과 순
간에 부딪히는 저 "칼로 베인 듯 쓰라린 마음"을 패배의 말로, 그 아픔을
드러내어 만개하듯 부풀어오르는 슬픔으로 담아내는 것이 아니라, "그에
겐 주어지지 않고 내게는 주어진 시간"(「마음의 황지」)에 발을 디디며, 살
짝살짝, 흔적을 찍어 나가며, 슬픔의 그림자를 남기듯, 잠시 확인하듯 지
나가는 것이다. 그렇게 그는 자주 진다. 아니, 매번 진다. 그리고 그 마음
을 "이토록 내가 비루해졌다"고 적는다. 그러나 그것은 패배가 아니다. 동
일화의 감정으로 죽음을 소비하지 않으려는, 애도의 경제적 발화는 그의
시에서 우울한 자가 누리는 특권은 아닐까. "영원히 젊은 얼굴"은 그러니
까 죽음일 것이다. 죽음의 상태를 그는 지금-여기에서 이렇게 살고 있다.
황인숙은 거창한 허무나 비어 있음을 말하는 대신, 정지의 시간을 환기하
고, "전혀 틈이 없는/ 알 수 없는 영역"을 인식하는 죽음-삶, 삶-죽음에다
가 그러한 시간의 자리를 마련하며, 정확히 그곳에 있고, 또 머물며, "마
주 서 한없이 되비추는 거울처럼", "달처럼, 우울하게"(「달아 달아 밝은 달
아」), 그곳에서 너른 바깥을, 바쁜 주위를, 하염없이 지나가는 행인들을

주시하는 일에서 자기 시의 자리를 확보한다.

명랑과 우수는 하나

우울은 그리하여 도처에, 몸 구석구석에서 조용히 숨을 내쉬기 시작한다. 물론 순간의 일이다. 그리고 삶의 일이다. 또한 삶의 저 순간과 순간을 덧대며 살아가는 일이다. 앞 단락에 인용한 시를 마저 읽는다.

> 간이, 부풀어, 오른다, 찌뿌둥,
> 달처럼, 우울하게,
>
> 달아, 사실은 너,
> 우울한 간 아니지?
>
> ——「달아 달아 밝은 달아」 부분

도처가 우수의 대지이자, 우수의 소산이자, 우수의 스펀지와 같은 곳, 우울의 신체 기관이다. 그런데 이 대칭형의 비유에서 대상이 된 저 "달"에게 툭 던지는 말, 그러니까 짐작 반, 확인 반의 저 물음은 무엇인가? 명랑의 맥박이 여기에서 숨통을 틔운다. 모든 것이 걸음의 소산이며, 일상의 몫, 삶의 여백이 뿜어내는 힘이다. 황인숙에게 명랑과 우수는 좋은 짝이다.

> 줄창 쏟아지던 비가 걷히고
> 햇빛 난다
> 습한 대기 속에서
> 배를 맞댄 두 그루 나무

한 몸으로 어우러져 가지를 뻗었다

(아니, 엑스 자로 벌어진 두 다리를

다소곳이 모은 한 그루 나무일까?)

그 옆을 사람이 지나간다

서로 조금 떨어진 두 사람

어디서 오는 걸까

어디로 가는 걸까

땅 위에 창창 사람의 걸음

공중엔 울울 나무의 걸음

벌판 가득 발걸음들

— 「걸음의 패턴」

걸음의 리듬, 일보를 내딛는 이 리듬은 어딘가 좀 이상하다. "창창"하고 "울울"한 저 교차의 리듬에서 명랑과 우수가 뿜어져 나오지만, 정작 이 둘은 서로 다른 것이 아니다. 사람들이 걸어간다. 나는 관찰자, 우수에 가득 찬 시선의 주인이다. 나는 없다. 사람들이 "창창" 간다. 이 우수의 시선은 동시적 시선이기도 하다. 사람들이 걸어가면, 나무는 뒤로 물러난다. 그리하여 나무도 걷는다. 둘 다 걸음이기는 매한가지이다. 나무는 "울울" 간다. 나는 여전히 없다. 주시하는 우울의 시선이 있을 뿐이다. 이 교체의 풍경이 서로 엇갈려 대조를 이루고, 이 대조는 시에서 조화로운 리듬의 게토가 된다. 읽는 사람의 마음을 조금씩 흔들어 야릇하게 움직이는 이 대조의 리듬으로 세계의 풍경들이 지나가고 있다. 자주 엇갈리고 있다. 눈여겨볼 것은 황인숙이 사람만을 주시하지 않는다는 사실이다. 왜냐하면 그는 숨어 있는 눈, 고양이의 눈으로, 간혹 나-고양이의 시선으로 어딘가를 보기 때문이다. 이런 관찰자의 태도는 그의 시가 감상으로 빠지는 것을 방지하고, 걸음의 질서 안에 명랑성을 끌어안는 근본적인 원인이기도 하다. 백지 위에서 불쑥 부조(浮彫)처럼 조금 돋아난 눈, 밖에서 안으로 앵글을 고정시킨 공공연한 시선으로는 명랑성을 이끌어 내지도 담아내지도 못한다.

> 상대의 성향과 확률을 숙고해서
> 가위를 낼지 바위를 낼지
> 보를 낼지 결정하는 승부사도
> "하늘에서, 내려오는, 천사가, 요거 내래!"
> 가락 맞춰 외치다 보면
> 얼결에 손을 내게 된다
>
> 흥겨워라,
> 운명의 힘
>
> —「운명의 힘」

삶에서 우연을 배제할 수 없다. 그러하다는 것은 누구도 존재의 이유를 비롯해 산재해 있는 수많은 물음들에 대한 답이나 해결책을 미리 알 수 없는 세계에 살고 있다는 말이면서, 어떤 사실에 대한 가치판단보다 그것의 추이와 태도와 맥락과 상황이 좀 더 중요한 무게를 지니고 있다는 사실과 연관이 있다. 우리는 모두 "얼결에 손을 내게" 되는 주체이며, 단지 "가락 맞춰 외치다"가 잠시 제 손가락의 펴고 접음을 어떤 찰나의 결정에 의탁하는 존재이기 때문이다. 황인숙은 이를 "운명의 힘"이라고 표현했지만, 여기에서 시선의 무게는 오히려 '흥겹다'는 말에 실린다. 이 '흥겨움'은 무엇인가? 신난다? 기쁘다? 꼭 그렇다고 말할 수는 없다. '흥겨움'은 삶에서 옳고 그름을 판단하는 기준이 미리 결정되어 있지 않다는 사실에 자그마한 지지를 보낸다. 그러니 '흥겨움'은 우연에 의한 결정을 일상에서 확인하게 될 때, 그럴 때 비로소 찾아오는 어떤 시원한 느낌이라고 해도 좋겠다. 황인숙의 시에서 명랑성은 이렇게 생겨난다. 그의 시에서는 비유나 은유, 상징이 물러난 자리에 현실에 리듬을 부여하는 명랑이나 현실에 조금 젖어들게 하는 우수의 발화들이 들어찬다.

> 샹송 구슬들이 떼구르르 구르는군요
> 그 골목을 탈탈탈탈 작은 손수레
> 불을 켜야 하는 눈빛으로
> 할머니가 지나갑니다
>
> ——「토요일 밤의 희망곡」부분

> 마지막 개체로 남아 수만 날을
> 혼자 산다는 건 어떤 것일까요?
> 너무 커다란 외로움은
> 외롭지 않은 것이기를!
>
> ——「론리 조지」부분

"골목을 탈탈탈탈 작은 손수레"처럼, 저 생(生)이 흘려 내는 소리를 들으며 희망은 한 장의 "로또" 위에 살며시 앉아 있다. 여간해선 당첨되는 일이 벌어질 리 없는, 그 사이로, 소비하는 주체의 시간이, 우수와 명랑의 시간이, 이 세계의 견고한 질서와는 사뭇 다르게 흘러가고 있다. "로또 같은 건 벌써 잊어버렸습니다/ 매번 있는 일인걸요"라고 그는 말한다. 오로지 이와 같은 "구도"를 갖고 있는 "토요일 밤의 희망곡"은 그러니 무엇인가. "너무나 커다란 외로움은/ 외롭지 않은 것이기를!"의 저 느낌표는 왜 독특한 경쾌함을 뿜어내는가. 구두점으로 지탱되는 저 낙관과 권고의 경쾌한 어조는 체념이나 달관의 표식이 아니라, 오히려 명랑의 표지라고 해야 한다. 명랑은 어느 한쪽으로 기울어진 상태에서 산출되지 않는다. 황인숙에게 명랑성은 삶에 대한 태도와 관련된 소중한 시적-지적-감각적 자산이며, 간혹 말의 유희라는 형태를 취해, 삶에 자그마한 위로의 힘을 불어넣고, 소소한 평안을 만들어 내고, 조금 상승하거나 조금 가라앉는, 그러나 절제된 단단한 말들로, 기품을 상실하지 않는 발화로, 삶에 대한(삶에) 감정을 새겨 넣는다.

'회화-시'는 톡톡톡

황인숙의 시에서, 명랑성은 삶에 관한 태도 자체이며, 그것은 내면의 자연적 성질을 최대한 제거한, 그렇게 감상이나 판단의 물기를 뺀 저 '댄디'의 일면이기도 하다. 명랑성은 삶에서 좌절과 희망의 대립적 한계를 모르게 하거나 최소한 부정하는 주체라고 해야 한다. 그러니까 명랑성은 자연적인 것이 모이고, 잠시 고이고, 그렇게 잔뜩 머금은 상태의 감정들이 두런두런 이야기를 나누고 있는 과잉의 정류장에 함부로 의탁하지 않는다. 명랑성은 그리하여 시적 기교나 추상적 관념, 격렬한 비탄이나 제어되지 않은 감상 따위를 백지 밖으로 밀어낸다. 또한 명랑성은 자주 '회화(conversation)-시'의 특성과 맞물려 황인숙 시의 고유성으로 자리 잡는다. 회화-시?

나는 왜 항상
늙은 기분으로 살았을까
마흔에도 그랬고 서른에도 그랬다
그게 내가 살아 본
가장 많은 나이라서

지금은, 내가 살아갈
가장 적은 나이
이런 생각, 노년의 몰약 아님
간명한 이치

내 척추는 아주 곧고
생각 또한 그렇다 (아마도)

앞으로!
앞으로!
앞으로, 앞으로!

—「송년회」부분

　"늙은 기분으로 살았"기에, 그러했기에, 역설적으로 그는 늘 젊은 시인이었으며, 젊을 수 있었을 것이다. 정지된 시간으로의 저 충일한 몰입과, 몰입을 어떤 '태도'로 자기화하면서 갖춰 낸, 단아하고 냉정하며, 그러나 오히려, 아니 그렇기에 '따뜻함'이라고 말할 수 있는 울림은, 그러니까 우수가 준 시선이며 명랑이 달아 준 입이다. "항상 늙은 기분으로" 살았기에, 그는 일상에서 정지된 시간을 만들어 내고, 삶을 더 세세히 들여다볼 수 있었을 것이며, 생활의 고유한 지형도를 그려 내고, 그 지형도 위에, 명랑과 우수의 동선을 하나로 새겨 놓을 수 있었을 것이다. 마지막 세 문장이, 어린아이들의 동요에서 가져온 것이라고 본다면, 황인숙은 어쩌면 시간의 구분을 배제하고, 한 순간에 세 가지 시제(늙음[미래]-어림[과거]-지금[현재])를 붙들어 놓는 망각의 힘으로, 삶의 평면을 힘껏 닦아 내고, 눈앞을 주시하며, 또다시 걸어가는, 그와 같은 현실의 시를 자신만의 방식으로 선보일 수 있는 것이리라. 여기에서 괄호로 처리된 "(아마도)"에 관한 언급도 아끼기 어렵다. 자주 괄호 안에서 숨을 내쉬고 있는 문장들, 그러니까 '자신이 자신에게 건네는' 말들은 황인숙의 시에서, 의문이나 여지, 긍정이나 추측, 이 모두를 포괄하며, 자신의 사고와 느낌에 의문의 여지를 두고, 그 상태를 보존하면서, 긍정과 추측도 시에 결부시켜, 조금 끌어올린 감정의 상태를 적시하거나 화자를 모종의 태도 안에 잠시 붙잡아 놓는 역할을 한다.

무슨 일이지?
무슨 일이긴 무슨 일
열쇠를 안 갖고 가서
마스터키를 빌린 것
그리고 실수로 옆 사물함을 연 것
다른 사람 사물함이 무방비로
스르륵 열린 것
실례했습니다!
나는 얼른 그 사물함을 잠갔다
두근두근

마스터키를 빌렸을 땐 조심해야 한다
지갑이건 젖은 옷가지건 쓰레기건
가정생활이건 연사(戀事)건 범죄건
뜻하지 않게 남의 방을
열어 보게 될 수 있다
그래서 대개 마스터들이
냉담하고 권태로운 얼굴을 하고 있는 것

— 「마스터」 부분

각각의 문장은 어떤 층위에서 작동하고 있는가? "무슨 일이지?"라고 내가 묻는다. 이후 "무슨 일이긴 무슨 일"에서 "스스륵 열린 것"까지의 발화가, 실상 앞의 자문을 향하는 대답이라고 보면, 그것은 다른 층위의 화자가 하는 말이며, 그러나 한편, 시인이 (속으로) 한 말이기도 하다. "실례했습니다!"에서 발화의 층위는 한 번 더 바뀐다. 물론 화자는 여전히 '나'다. 자기가 자기에게 나눔을 청하는 이 어법은, 대화라기보다 삶의 표층에서 날것으로 전개된, 자신과 자신이 나누는 '회화'에 좀 더 가까워 보인다. 이러한 시적 발화는 그러나 "두근두근"에 이르러, 여태껏 전개되어 왔던 두 가지 층위를 단박에 무너뜨린다. 명랑이 주관성의 시적 표식으로 살며시 돋아나는 지점은 바로 여기다. 이 '명랑'은 이제 화자의 것이 아니며, 단일한 '화자-발화-해석-이해'의 수준에 시를 묶어 놓지도 않는다. 오히려 이와 같은 회화-시 고유의 특성은 황인숙이 일상에서 하는 말투와 어법을 날것 그대로 시에 개입시킴으로써, 삶과 시의 경계를 허물고, 시적 화자와 실제 화자 사이의 구분을 없애는 데 일조하는 것으로 보인다. 중요한 것은, 바로 이렇게, 황인숙은 예술이나 시가 아니라, 삶, 그러니까 오로지 삶이 시가 되고, 시가 삶이 되는 기록을 보여 준다는 사실이다.

> 화장실 전구가 나간 지 오랜데
> 나도 모르게 번번이
> 스위치에 손이 간다
> 딸깍,
> 스위치를 누른 뒤에도 걷히지 않는 어둠에
> 한 대 맞은 듯
> 딸꾹, 거리는 대신
> 킬킬 웃는다
> 어쩌면 이렇게 자동적으로

스위치를 누르게 되냐
전구 나간 거 빤히 알면서
귀갓길엔 또 번번이
전구 사오는 걸 잊어버리냐
뎰, 뎰, 뎰, 뎰, 뎰, 뎰, 뎰

— 「근황」 부분

　황인숙의 '회화-시'는 시와 삶을 가르는 경계를 '실제'로 없애고, 시의 주인을 차라리 삶으로 만들며, 그러한 방식으로 명랑과 우수의 연대를 도모하면서, 고유한 목소리를 울려 낸다. 그리하여, 내면으로 들어간 말들이 생생하게 표면으로 드러나는가 하면, 드러난 말들이 속으로 숨기도 한다. 가령 "어쩌면 이렇게 자동적으로/ 스위치를 누르게 되냐"는, 내가 나 자신에게 어떤 반응을 기대고 전개한 평범한 대화가 아니라, 내 감정을 '회화'의 말투에 기대어 내려놓는 동시에 그러한 사실 자체를 날것으로 담아내는 독특하고 특이한 기록인 것이다. 「삶의 궤도 2」나 「중력의 햇살」, 「이렇게 가는 세월」과 「아침의 산책」과 같은 작품에서 목격되는 것처럼, 황인숙의 시에서 말은, 타인이 발화의 주체일 때도 마찬가지로, 가치판단이 들어설 자리가 방지되거나, 표면으로 불쑥 과장되어 튀어나오지 않는데, 이 또한 그의 시가 '회화-시'의 형식을 취하고 있기 때문이기도 하다. 황인숙의 시는 바로 이러한 방식으로 단아해서 아름답고, 정확해서 깔끔하고, 절제해서 고요해지는 삶을 우리에게 펼쳐 놓으며, 단순성의 미학의 극치를 보여 준다.

타자들로 삶을 조금씩

　삶을 표면으로 살짝 들어 올리고, 어느새 삶을 조금 가라앉히는, 오로지 그러한 방식으로 삶과 시를 가장 밀착시키는 저 고유한 말, 타자를 향한 고백도 비판도 아닌 말, 삶에 몸을 내주는 말, 삶을 둘러싸고 있는 관념이나 추상의 갑옷을 뚫어 작은 구멍을 내게 하는 말, 그렇게 백지를 찢어버리고, 그 구멍으로 삼투하여, 결국 삶과 하나가 되게 하는, 더러 기이한 느낌을 자아내는 말로 황인숙은 회화-시 고유의 특수함을 자기 것으로 만든다. 회화-시의 이러한 특성은 황인숙 시의 미학을 잘 보여 주는 '타자화'하는 문법과 오롯이 연관된다.

　　　백칠, 백육, 백오, 백사
　　　백팔 계단 털벙털벙 내려간다
　　　백삼, 백이, 백일, 백
　　　쿵짝, 쿵짝, 쿵짜작, 쿵짝
　　　느닷없는 반주 소리에
　　　내 무릎 무르춤하다
　　　산 밑 허름한 동네 백팔 계단
　　　맨 아래 분홍빛
　　　노래방 간판 비에 젖는다
　　　가출 중학생들 길고양이들 숨어들음직
　　　후미진 지하실에서
　　　마흔 넘은 여자의 노랫소리 들려온다
　　　쿵짝, 쿵짝, 쿵짜작, 쿵짝
　　　살짝 비애스럽고 살짝 환멸스런
　　　쿵짝, 쿵짝, 쿵짜작, 쿵짝

음악과 악다구니 사이에서 째지는 목소리의 동네 아주머니시여
선율 없는 반주에 맞춰 당신은 몸을 흔들까
당신의 입술은 웃을까, 눈은 헤맬까
노래방 건너에 '한 마리 팔천 원' '후라이드치킨' 집
막 돌아온 심야 배달 오토바이
구성진 비에 젖는다

—「봄밤」

　작품에서 비에 젖은 풍경은 정확히 '비'의 질량만큼 감정으로 풀려나와, 사실적 묘사를 통째로 휘어갈 뿐이다. 황인숙은 그대로 놓아두는 일에 전념한다. 그의 시는 항상 그러했다. 전체를 살며시 쥔 다음, 다시 놓고 그리기를 반복하며, 그는 우수로 삶을 서서히 감싸 나간다. 이런 물음이 생겨난다. 비에 젖어 촉촉해진 저 감정을 시에 입혀 내는 주체는 여기에서 누구, 혹은 무엇인가? 바라보는 시인의 주관이 아니라, 펼쳐진 한 폭의 풍경처럼 시에서 나열되고 있는 인물들과 그들의 단순한 행동이 바로 비에 젖은 감정을 세상에 표현해 내는 주체라는 사실을 눈여겨볼 필요가 있다. 황인숙은 어떤 경우라도, 제 마음자락을 과하게 투여하거나 방심하여 펼쳐 냄으로써 아주 사소하나마 현실을 다른 곳으로 옮겨 놓을 여지를 주지 않는다. 시의 중간쯤 등장하는 "노래방 간판 비에 젖는다"라는 문장을 보자. 우리는 방금 이 문장을 읽었다. 풍경을 떠올려 보자. 그런 다음, 계속 읽어 나가자. 우리는 이제 마지막 시행 "구성진 비에 젖는다"라는 문장을 만났다. 독서도 끝났다. 다시 묻자. 마지막 문장에서 '주관적 감정'을 표현하는 "구성진"의 주어는 누구인가? "구성진"은 황인숙의 판단이나 의도에 힘입어 "비에 젖는다"를 수식하는가? "막 돌아온 심야 배달 오토바이"와 함께 읽어 보자. "구성진"은 배달을 마치고 돌아온 사람을 보면서 느낀 시인의 감정을 표현하는 게 아니라, 시인과 이 배달을 마치고 돌

아온 사람이 함께 공유하는 감정을 나타낸다. "구성진 비에 젖는다"는 문장은 대상을 주어로 삼으며, 대상이 그렇게, 다시 말해, 비 오는 풍경 전반을 '구성지게' 만들어 놓은 것이다. "음악과 악다구니 사이에서 째지는 목소리의 동네 아주머니"와 "막 돌아온 심야 배달 오토바이"가 "구성진"의 주어, 그러니까 비 오는 풍경에 감정을 입히는 실질적인 주체인 것이다. 시인은 이렇게 타자에게 힘입어 자신의 감정을, 아니, 차라리 시의 감정 자체를 없는 듯 있는 듯 표현한다. 그런데 우리는 대관절 이런 사실을 왜 이야기하고 있나?

황인숙에게 우수와 명랑은 시에 등장하는 대상이나 사물, 풍경이나 타자를 통해서 제 고유한 목소리를 갖는다. 이렇게 황인숙의 시에서 감정을 드러내는 언술들은 항상 타자들에게 고삐가 잡혀 있다. 감정의 배제나 절제를 위해, 그러나 그는 단순한 묘사의 길을 선택하지도 않는다. 대상이 항상 기술의 주인이며, 그는 대상의 추이와 행위를 기록하면서, 간혹 '나'도 살짝 드러낸다. 이렇게 "유난히 붕 떠 있는 하오의 햇살"(「파동」)은 화자가 마주한 사태이지만 분명 "오직 먹을 것에 정신이 팔려" 있는 비둘기에 기대어 제 감정을 조금 내비치며, 아예 비둘기의 것이라고 봐도 무방한 상태를 시에 안착시킨다. 황인숙의 시를 '이타성의 시'라고 부를 수 있는 이유가 여기에 있다.

소형 트럭도 개인택시도 제자리에 돌아와 있다
인적 끊긴 골목
기특하게도 드물게나 자리를 비우는
군청색 스포티지 뒤에 쪼그려 앉으면
차 밑에서 밥을 재촉하는 고양이
쉬잇! 속삭이며 내 귀는 자라고

어디선가 똑, 똑,

똑, 똑, 똑,

귀 익지만 지금에는 어울리지 않는 소리 잡힌다

자욱한 어둠 너머 저만치

보안등 불빛 아래 한 사람 등 고부리고

손톱을 깎고 있다

그이는 거기 공용 주택

어딘가에 사는 사람

자주 마주치나 한 번도 서로

눈을 마주치지 않은 사람

주차장 출입구에 의자를 놓고 흐릿하게 앉았거나

손녀 것 같은 분홍색 자전거를 타고

그늘진 골목을 왔다 갔다 하던 사람

이윽고 그 사람 골똘한 자세로

발톱을 깎는다

그 사람 보안등 불빛 아래서 손톱을 깎고 발톱을 깎는다

나는 그 소리를 듣는다, 숨죽인 어둠 속에서

가가호호 잠꼬대처럼

손톱이 자라고

발톱이 자라고

손톱이 자라고

발톱이 자라고

　　　　　　　　　　　　　　　——「골목의 두 그림자」

삶의 풍경은 오로지 고양이가 되어서야 볼 수 있는 앵글에 비추어 기록된다. 그는 완벽하게 고양이의 눈, 고양이와 자신을 분리하지 않은 상태의 관찰자가 된다. 가난한 동네의 사람들, 지극히 평범한 일상의 풍경, 사람 사는 곳에서 일어나는 아주 평범하고 세세한 일들, 그들의 습관들, 행동들, 몇몇의 소사들이 어둠 속에서 초점을 맞춘 몇 장의 사진처럼, 어둠 속에서 고양이-화자의 앵글이 포착한 순간의 스냅사진처럼, 마치 크로키처럼, 백지 위로 정확히 새겨진다. 제목이 "두 그림자"인 이유가 바로 여기에 있다. 두 그림자는 그러나 서로 다르지 않다. 자기 정체를 드러내지 않고 조용히 관찰하는 그림자 하나는 물론 시인이다. 차가 어디론가 떠나지 않아야만 고양이는 제 그릇을 비울 수 있다. 시인은 "군청색 스포티지 뒤에 쪼그려 앉"아 비어 있는 그릇을 채운다. 황인숙이 고양이의 먹이 그릇을 놓은 곳은 차 아래, 어두운 곳이기 때문이다. 이 시에서 관찰자의 위치는 바로 여기다. 그의 시선은 정확히 고양이의 그것과 하나로 포개진다. "쉬잇! 속삭이며 내 귀는 자라고"는 고양이랑 나와의 저 일치의 시작을 알리는 신호나 다름없다. "숨죽인 어둠 속에서"의 저 "숨죽인"의 주어 역시, 이렇게 나-고양이다. 손톱을 깎고 발톱을 깎는, "공용 주택/ 어딘가에 사는 사람", "자주 마주치나 한 번도 서로/ 눈을 마주치지 않은 사람"이 볼 수 없는 곳, 보지 않는 곳, 보이지 않는 곳에서 드리운 시선, 그러니까 그림자는 두 개이지만, 고양이-시인의 시선, 즉 한 시선에 포착된다.

아무도 없는 곳, 어두컴컴한 곳에서 고양이와 일치한 시선은, 한낮의 시선, 자아의 시선, 정체성의 시선이 아니다. 그러나 그것은 감정이입도 아니다. 그것은 결코 이입하거나 오롯이 삼투하지 않는, 그럴 수 없다고 말하는 거리의 시선이다. 평범한 일상의 소리에서 읽히기 시작하는 삶의 풍경, 우리의 안온한 시간도 이 시선으로 조금 다르게 조명된다. 그렇게 시인은 사적이고 은밀한 공간으로 들어간다. 바로 이 사적이고 은밀한 공간이, 우리의 삶이 손톱처럼, 발톱처럼 자라나는 현장을 주시하며 시선도 따라서 사적이고 은밀한 시선이 된다. 이 시선은 황인숙 시에서 일관되게 유지되는 도시의 시선이지만, 항상 이타적인 시선, 고양이-나의 시선이다. 고양이-나의 시선으로 타자를 바라보는, 그렇게 있는 그대로 드러내면서, 나의 주관이 개입할 수 없는 골똘한 시간이, 단아하고 정갈한 방식으로 우리에게 찾아온다. 고양이와 하나가 되어 삶을 이렇게 주시할 눈과 삶의 소리를 들을 귀가 생겨난 것이리라. 고양이와 나, 저 "골목의 그림자 두 개"는 따라서 손톱이 자라는 시간, 가가호호의 시간, 지하실에서 죽어 가는 생명의 시간, 시들어 가는, 삶의, 타자들의 시간을, 시에서 살게 한다. "어디선가 똑, 똑,/ 똑, 똑, 똑,"은 대저 무엇인가? 내가 열어 줄 수도 없고, 내가 두드리는 것도 아닌, 그러나 반드시 그렇다고만은 말할 수도 없는, 이 소리는 무엇인가? 그는 이 노크, 이 타자의 소리, 타자의 신호를 듣고 적고 기록한다. 대답을 할 것인가? 열려 할 것인가? 그러지 않을 것이다. 이 우수의 의성어, 우수의 노크, 적막을 살며시 깨는 이 세 마디의 분절음에서 무엇이 흘러나오고 또 무엇이 들려오는가.

이제 그만 아파도 될까
그만 두려워도 될까
눈물 흘린 만큼만 웃어 봐도 될까
(양달 그리운 시간)

삶이란 원래
슬픔과 고뇌로 가득 찬 거야
그걸 알아챈 이후와 이전이 있을 뿐
(양달 그리운 시간)

우리 모두 얼마나

연약하고 슬픈 존재인가
(양달 그리운 시간)

한겨울에 버려진 고양이에
그 고양이를 품어 안고
저희 사는 모자원에 숨어드는 어린 남매에
그리고 타블로 씨(氏)에
콩닥콩닥 뛰는
모든 가슴에

따뜻하고 노란 햇빛
졸졸졸 쏟아져라
조리개로 살뜰하게 뿌리듯
중력의 햇살 나려라

—「중력의 햇살」

고양이는 동네에 주차해 놓은 트럭이나 자동차 아래 컴컴한 곳으로 먹이를 먹으러 살며시 모습을 드러낸다. "(양달 그리운 시간)"으로 마감된 앞의 세 연은 고양이-시인이 화자라고 봐야 한다. 회회-시의 형식을 취한 "(양달 그리운 시간)"은 단지 시인의 것이 아니다. 정확히 그것은 고양이-시인의 바람이다. 황인숙에게 고양이는 대상이 아니다. 그에게 고양이는 매혹이나 아름다움을 지닌 대상도, 교묘함이나 천의 감각을 품고 있는 원천도 아니다. 왜냐하면 고양이는 그에게 타자가 아니기 때문이다. 황인숙이 하루를 거르지 않고, 고양이에게 먹이를 주기 위해 집을 나서는 이유는 고양이를 '돌보기' 위함이 아니다. 그것은 누가 누구에게 베푸는 행위가 아닌 것처럼 보인다. 그는 고양이를 대상화-타자화하지 않기 때문일 것이다. 성스러움이나 신비감으로 고양이를 대하는 것도 아니다. 황인숙이 고양이를 유달리 '좋아한다'고 말할 수도 없다. '좋아한다'가 벌써 타자를 향한 감정이기 때문이다. 그는, 인간과 함께 삶을 살 권리를 갖고 있음에도, 학대당하고 괴롭힘을 당하는 이 불쌍한 동물을 그저 돌보는 것이 아니다. 연민을 쏟아내는 것이 아니라, 오히려 함께 사는 것 같다. 아니 함께 삶을 영위하는 것 같다. 그는 고양이 밥을 준다고 기술하지 않는다. 그것을 "돌리러 집을 나섰다"고 매번 적고 있다. "내가 내다보는 줄 알았는데/ 들여다보고 있었네"(「고양이가 있는 풍경 사진」)라고 말한다. 내가 고양이를 바라보는 줄 알았는데, 고양이가 나를 들여다보았다는 것일 테고 주어인 '고양이'마저도 생략하여 표현한다. 이와 같은 말의 사용은 시인의 '태도'를 말해 준다. 학대당하고 병들고 쓰러져 가는, "비참의 냄새 진동"하는 저 도시의 죽어 가는 고양이들이, 밥그릇을 두고 벌이는 저 악다구니 같은 싸움은 벌써 인간의 것과 다르지 않다. "더 이상 두려울 게 없"(「슬픈 권력」)는 매우 사나워진 고양이가 부리는 악다구니를 그는 이렇게 말한다. 황인숙이 삶에 대해, 타자에 대해 갖고 있는 태도 역시 이와 같다고 해야 한다.

> 압구정동 구현대아파트 74동 지하실
> 고물거리던 작은 털복숭이들이 사체가 돼 뒹군다
> 당신들 영혼의 지하실
> 그 위에서 당신들은
> 잘 먹고 잘 싸고 잘 자고
> 사돈이 될 가족을 맞는다
>
> ─「당신의 지하실」 부분

가장 따뜻한 데를

추위도 안 타는 시계가 차지하고 있다
그 옆에 기억을 빨아들이는 진공청소기
비쩍 마르고 오들오들 떠는 것들을
어두운 구석으로 몰아넣는다
열정이니 고양감이니 사랑이니 우정이니
시니 음악이니 존재니
행복감이니 다행감이니

심장이 찌그러진다
찌그러져라, 참혹하게 찌그러져
터져 버려라
연식 오랜 시계여
진공청소기여
피도 눈물도, 눈도 코도 귀도,
아무 감각도 없는 것이여

—「고통」 부분

생명에 가하는 폭력은 일상적인 얼굴을 하고 있다. 인간이 비인간의
형상을 띨 때조차 지극히 일상적인 표정을 갖는다. 모든 것이 인간에게는
안전하다. 이 안전한 일상은 생명을 갖고 있으나 다만 인간이 아닌 존재
들에 비추어지고 조용히 폭로된다. 생명을 배려하거나 공존하는 일에 인
간은 관심이 없다. 아무 의심도 없이 사물을 고정시켜 놓은 자리는 누군
가의, 어떤 생명의 체온을 강탈한 자리일 수도 있다. 시선을 투사하되 투
영되지 않고, 거리를 두고 거리를 존중하고, 그는 항상 한 걸음 뒤에 서 있
다. 거리의 존재들을 본다. 그는 가령, 그 누구도, 그 어떤 거리의 존재들
도, 노숙자도, 위로하지 않는다. 그런 이유로 이들을 주목하는 것이 아니

다. 「숙자 이야기 1」과 「숙자 이야기 2」에서처럼, 그는 노숙자와 함께, 삶에 자신이 존재한다는 사실을 확인하고, 노숙자라는 존재, 그가 있는 자리, 그가 삶을 살아가는 모습, 바로 그 자체를 부정하거나 판단하지 않는 시선으로 그를 보고, 최대한 예의를 갖춘 자신의 감정으로 그들의 삶을 시에 담아낸다. 상대를 존중한 시선 속에서, 어리석은 충고나 부풀린 권고를 뒤로 물리고, 인간임을 포기하지 않는 상태 자체를 보존하는 일, 그것이 바로 황인숙의 시가 오로지 삶 자체인 이유와 맞닿아 있다. 그렇게 황인숙은 삶의 의미를 잠시, 순간적으로, 거리 위에서, 돌아보게 한다.

> 네 얼굴을 알아볼까 봐 두건을 쓰고
> 네 얼굴을 알아볼까 봐 역광 속에서
> 그림자처럼 스쳐 인파 너머로
> 넘어가는 너를 돌아보면서
> 네게도 내게도 낯선
> 거리를 돌아보면서
> 내 모든 고인(故人)들을 돌아보면서
>
> ——「일몰(日沒)」

> 이루고, 무너지고, 복구하고
> 만들고, 먹고, 싸고, 또 만들고
> 허물어지고, 사라지고, 망각하고
> 다시 만들고, 먹고, 싸고
>
> 하루 햇빛이 일제히 돌아가느라
> 몰려 있는 하늘
>
> ——「서녘」

지는 해가 사람의 뒷모습을 비추고 있다. 해는 살아 있고 빛을 비추고, 그러나 우리는 모두 고인이다. 도시에서 사람들은 모두 고인이 되어 간다. "그림자처럼 스쳐 인파 너머로" 넘어가는 사람에게 도시는 항상 낯선 곳으로 남겨지고, 또 낯선 곳일 뿐이다. 대도시의 낯섦은 고인을 돌아보게 하는 낯섦이다. 우주의 별을 헤아리는 것처럼 알 수 없는 미래를 내다보고 있는 것만 같은 삶은 그에게 없다. 황인숙 시에서는 항상, 어떤 것들은, 있거나, 있다. 그대로 놓이거나 놓인 채인 듯하다. 어떤 것들은 그렇게, 그래도 살아간다. 그대로, 그저 있는 그대로, 살아가는 것 같다. 또 어떤 것들은 조금 더, 이전에 비해 약간 더, 나빠지거나 밝아질 수도 있다. 나빠진 상태 그대로 깊어지고, 밝아질 상태 그대로 밝아지는 것 같다. 또 어떤 것들은, 어느 날, 고약하게 망가지기도 한다. 고약한 인상을 찌푸리기도 한다. 망가지며 인상을 찌푸리는, 그런 상태에 놓여 있거나, 그 상태 그대로 움직이고 있다. 가만히 있는 것들을 그대로 내버려 두겠다는 것은 체념이 아니다. 체념은 어떤 반작용의 감정이지, 그것 자체로 체념인 경우는 없기 때문이다. 지리멸렬에 대항하는 것, 병든 모든 것들, 고양된 어떤 열망의 상태, 현재를 미래로 이전하는 기투의 마음과 단절하려는 사람들이 황인숙의 시에서 지금-여기의 삶을 기록해 나가는 모습을 우리는 읽고 보게 되는 것이다. 명랑과 우수는 그러니까 무수히 반복되는 단 하나의 삶에 기울인 귀이자, 발화하는 입이다. 고양이-시, 회화-시, 그리고 이타성의 시. 황인숙의 시를 조금 더 깊이 읽으려 할 때 필요할지도 모를 세 가지 낱말.

이타성의 시, 거리의 성자

우울은 삶에서 무언가가 훼손당하고 탈취당하고, 잃어버린 상태에서 얻게 된 것이 아니다. 우울의 상태, 우울의 마음이 삶에서 훼손당하고 탈취당하고 잃어버린 상태를 인지하고 그것들의 질서, 그것들의 상태, 그것들의 주체를 재현하려 삶의 모든 풍경들과 일상의 모든 파편들을 회복하기 위해, 그러니까 황인숙의 경우, 걸으면서 부딪치고 체험하고 마주하게 된 모든 경험을 기록하는 것이다. 아니다. 차라리 기록한다, 에서 우리는 문장을 마감해야 할지도 모르겠다. 회복은 바람과 기대를 불러일으키기 때문이다. 황인숙의 시에는 그가 한 번도 제 삶에서 가져 본 적이 없는 것들, 제 손아귀에 들어온 적이 없는 것들의 상실을 체현하며, 그 회복의 주체를 거리의 사람들, 거리의 존재들, 거리의 고양이들에게 부여하거나, 그런 상태에서만 시로 기록을 남긴다. 이는 우울한 만보객의 시선이 아니라, 타자로 채워진 정체성, 그러니까 정확히 이타성에 관한 것이다. 자기 정체성이란 결국 타자들에 의한 역사, 그 삶이라는 사실을 황인숙만큼 잘 보여 주는 시는 없다.

반짝반짝 부서지는 재처럼
쏟아지는 햇빛 속으로
요일(曜日)에 사는 사람들이
일사불란 입장한다
나, 그저께쯤 화장하고
아직 씻지 못한 얼굴은 퇴장한다
입장과 퇴장이 한 방향이다
뚜벅뚜벅 또각또각
어쩌면 이리도 단단하고 분명한 존재들이냐!
왠지 고맙고 대견하고,
어쩌나 싱그러운지, 알지도 못하는 그들에게
실례합니다!
로맨틱한 감정마저 솟구친다

정장을 하고 흰 장갑을 낀 기사 양반이
문 열어 주기를 기다려야 제격일 듯한
뽀야니 하얗고 납작하니 꽤 기름한
리무진 같은 아침이다

아참,
시도 아니라고 생각해서 파기한
아침,

—「아침의 산책」

　명랑, 아침과 아침 사이에 명랑의 리듬이 흐른다. 우수와 명랑은 사실
다르지 않다. 끝없는 무게에 짓눌린 권태와 권태 속에 파묻힌 우울은 황
인숙의 몫이 아니다. 삶의 고통이 뒤엉키고 허우적거리며, 내지르는 아우
성도 그의 몫이 아니다. 그 목소리는 단아하고 절제되어 있으며, 고유한
리듬의 산물이 아니라면, 목을 돋우지도 않는다. 자신이 표현하려는 감정
이나 상태를 설명하려 하지 않는 그의 문법 역시 한몫을 한다. 우울은 물
질의 이미지, 거리의 풍경에 차라리 덧입힌 채로 우리를 찾아온다. 암시적
인 방법이 동원되는 것은 아닌데, 이는 황인숙의 시가 사실적 묘사와 사
실적 관찰, 사실에 토대를 둔 기술에서 조금도, 단 한 발도 벗어나지 않기
때문이다. 고양이는 우울과 명랑을 투사하며, 우울과 명랑을 삶의 근원으
로 환원한 하나의 상징처럼 보이지만, 그것이 현실에 발을 붙인 사연들과
하나가 되어서만 우리에게 주어진다면, 이는 차라리 이야기에서 분절해
낸 장면처럼, 모종의 스냅 컷처럼 여겨야 할지도 모른다.

　낙산사 홍련암 마룻바닥
　바다가 내려다보이던 구멍

불에 타 사라져 버린
그 구멍이 종종 생각난다
홍련암 잿더미와 함께
바다로 낙하한 구멍
금물결 은물결로 반짝인다
기억의 수평선 저 너머에서
"닥터스 미스!
닥터스 미스!"
미국 드라마 「우주 가족」의
말썽꾼 닥터 스미스를 찾아 외치는 소리가
금물결 은물결로 들려온다
주인공도
숱한 에피소드도 먼지처럼 다 가라앉고
구멍들만
금물결 은물결로

—「세월의 바다」

추억을 기술하는 방식에서 우수가 제 모습을 자주 회복하는 것도 아
니다. 추억과 과거는 황인숙의 시에서 현실에 난 구멍으로 잠시 들여다본
이후, 시 안에 차고 들어오기 때문인데, 이 방식 역시 컷과 컷을 붙여 놓
았다고 볼 수밖에 없는 형태 속에서 유지되어, 과거로 치우치거나 현재에
하중을 크게 싣지도 않는다. 균형 잡힌 리듬은 이 경우, 두 시제의 보완물
과도 같아, 나란히 병치한 상태 그대로 두 시제의 일을 하나로 묶는 게 아
니라, 서로가 서로에게 화답을 하는 방식으로 현실에 구멍을 내는 명랑의
순간들을 통해 열릴 뿐이다. 이 구멍에 기거하는 삶은 그리하여 다시 정
신을 현실에 묶어 두려 되돌아오는 형식을 취하고 있지만, 우리는 그의

경제적인 언어, 절제된 표현, 일체의 허식을 지워 버린 기술, 단문의 구성, 간투사와 의성어의 적절한 배합, 회화의 어법, 지문과도 같은 독백의 배치를 통해, 한결 가벼워지면서 그 의미가 중층으로 조용히 번져 나가는 시의 흐름에 몸을 내맡기게 되는 것이다.

얼마나 많은 추억들을 거느리고 살 것인가? 그러나 이 추억들은 현재가 아니라면, 아무 소용없는, 정제되거나 덧붙여지거나 상처가 되거나, 갑자기 정념으로 부풀어 오르거나, 갑자기 허공으로 사라지거나 하지 않고, 지금-여기의 지평 위로 조용히 붙들려, 조용히, 무언가를 고지하는 데 소용될 뿐이다. 우울과 명랑은 그 진폭이 크지 않되, 하여 매우 고유한 양상을 띠기 시작한다. 아주 조심스러우면서도 과감하고, 매우 소박하면서도 급진적인 시, 발화의 다발을 전혀 뿜어내지 않으면서도, 매우 복합적인 공간을 말로 만들어 내는, 저 이중적인 리듬에 주목하지 않으면, 황인숙의 시는 조금 다르게 읽힐지도 모른다. 농도는 배가되지 않고, 환기력은 힘을 쓰지 않는다. 대신, 이 모든 것을 삼키고 남을 리듬, 저 삶의 리듬이 우리를 찾아와, 우리를 거리로, 그의 현실로, 그의 과거와 현재로, 그가 비워낸 저 공간으로, 지하에서 지상으로, 지상에서 지하로, 골목에서 다시 골목으로, 계단, 층계, 물에 젖은 저 포도 위로…… 그의 시는 가슴도 정신도 없는 시대를 살아가고 있는 지금-여기, 삶이 뿜어내는, 삶 속에서 숨 쉬고 있는 우수와 명랑의 타자들이다.

꿈의 파란

김참, 『빵집을 비추는 볼록거울』(파란, 2016)

> 현실이 아무것도 아닌 현실이라고 내가 생각하는데 어
> 떻게 꿈을 마냥 꿈이라고 믿을 수 있겠는가.[1]

　모든 사람들이 꿈을 꾼다. 이들 중 어떤 사람들은 제 꿈을 기억하고, 이보다 적은 사람들이 꿈을 타인에게 이야기하며, 간혹 몇몇은, 드물게, 제 꿈을 백지 위에 옮겨 적는다. 그런데 꿈은 그것이 무엇이건, 그대로를 전사하는 법이 없으며, 바로 그렇기 때문에 우리는 꿈을 꿈이라고 믿는지도 모른다. 꿈을 옮겨 적으려는 아주 적은 수의 사람도 꿈이 무언가를 굴절하고 변형한다는 사실을 알고 있을 것이다. 더구나 꿈을 기록하면서 자신도 함께 굴절되고 변형될 것이라는 사실도 모르지 않을 것이다. 어딘가 좀 이상하지 않은가? 왜 이러한 전이와 굴절을 그는 받아들이려는 것일까? 꿈은 차라리 필연이라는 말일까? 꿈은 그렇게 꿈이 아닐 수도 있다는 것일까? 꿈으로 그러쥐게 될 미지의 영토는 차라리 현실이라는 것일까? 오래 전부터 꿈을 기록해온 시인이 자신의 꿈을 들고 우리를 다시 만나려 한다. 그는 천천히 붓을 들어, 자기가 본, 자기가 읽은, 자기가 귀 기울여 들은, 저 이상한 풍경과 소리를, 달아나려는 제 기억과 사라지려는 제 경험을, 그러니까 꿈의 형태를 한 낯선 화면을 꺼내 제 언어로 받아 적는 일

1　G. Perec, *La boutique obscure*(Denoël, 1973).

을 감행한다. 오로지 자신의 꿈을 기록하기 위해서만, 그렇게 자신이 꿈을 꾸었다는 사실을 정확히 깨달은 상태에서야 비로소 표현이 가능할 저 동시다발적인 현실의 사태들에 그는 이상한 내기를 걸고 있다고 말해야 할지 모른다. 지나치다 할 정도로 꿈꾸어진, 지나치다 할 정도로 읽혀진, 지나치다 할 정도로 세계를 듣고 또 주시한, 지나치다 할 정도로 현실을 파고든 이 꿈들이, 오밀조밀 모여 시라는 네모 속으로 오롯이 들어갈 때, 현실의 선물처럼 위탁된 저 텍스트들은 서로 뭉치고 흩어지며, 대관절 어디로 우리를 데려가는 것이며, 거기에서 우리를 기다리고 있는 세계는 또 무엇인가?

꿈의 문법

잠들지 못하는 여름밤의 이야기 「열대야」로 시집은 문을 연다. 명백히 꿈 이야기지만, 그러나 이 꿈이 언제 시작된 것인지, 왜 착수되었는지, 그 전모를 아는 사람은 아무도 없다. 우리가 모르는 것은 이게 다가 아니다. 화면, 혹은 그림처럼 제시되어, 꿈을 꾼 상태의 이야기를 현실처럼 기록한 것인지, 꿈을 꾸다가 다시 꾼 또 다른 꿈 이야기인지, 꿈밖에서 꿈을 객관적 서술처럼 적어나간 것인지, 어느 것 하나 명료한 대답을 발견하기 어렵다면, 그것은 시점과 시간과 상황이 이 모든 가정을 폐기하라고 말하고 있기 때문이다. 전문을 인용한다.

파란 소가 골목을 돌아다니는 여름밤. 잠 못 드는 내가 파란 소와 함께 산책 나서면 잠들지 못한 사람이 틀어 놓은 음악 때문에 잠들지 못한 새들과 잠들지 못한 새들 때문에 잠들지 못한 풀벌레와 잠들지 못한 풀벌레 때문에 잠들지 못한 아기들. 잠들지 못한 아기 울음소리 아파트 창문 타고 흘러내리는 밤. 거리에 도열한 가로수 초록 잎 열풍에 조금씩 말라 가는 밤. 내가 파란 소 따라 건널목 건널 때 주황색 달이 커다랗게 떠올라 오렌지처럼 타오르는 밤. 그 열기 때문에 잠 못 드는 내가 파란 소와 함께 강변 모래밭을 횡단하는 밤.

　다만 장면과 장면처럼 서술되어 서로 겹쳐진 선명한 화폭들이, 관형구를 마감하는 실사(實辭)들과 함께, 어떤 단위처럼 우리의 눈에 들어오고, "틀어 놓은 음악"처럼 계속 번식해 나가는 문장과 문장이 우리의 귀에 감겨, 글로 매끄럽게 풀려나왔을 뿐이다. 그는 이렇게 비가시성의 가시적인 것들을 백지 위에 붙들어 놓지만, 가시성은 꿈-현실의 이분법 중 어느 하나를 온전히 제 편으로 삼지 않는다. 마치 그림 속의 풍경들이나 그림에 등장하는 대상들을 백지 위에 모두 꺼내 놓으려 시도한 것과 같다고 할까? 그림 속 대상들이 "잠 못 드는" 저 자신과 하나로 어울려, 그렇게 그림 밖의 풍경과 또 다시 하나로 섞여, 행위자가 되고 주시자가 되는 과정을, 꼬리에 꼬리를 물고 이어지는 말로 유려하게 배치를 했다고 해야 할까? 그는 꿈과 같은 현실의 전경이나 현실과 같은 꿈의 장면을 이와 같은 방식으로, 그러니까 이 양자를 '동시에' 실천의 반열위에 올려놓는다. "파란 소가 골목을 돌아다니는" 풍경을 본 적이 없는 우리는 그럼에도 이것을 '착란'이라고는 부를 수 없다. 김참의 시에서 드러나는 꿈의 문법을 잠시 살펴볼 필요가 있겠다.

　"모든 풍경이 달라 보였다 선잠에서 깬 사이 선착장에 배가 닿았다" (「백일몽, 섬」)처럼, 잠든 상태에서 이야기를 전개하고, 다시 그 꿈에서 깨어나는, 즉 되돌아오는 구성도 꿈의 문법 중 하나다. 중요한 것은 꿈처럼 과거를 기술했지만, 깨어난 다음에조차 이 과거의 시제를 그대로 붙들고 있다면, 그 꿈은 어딘가 조금 다른 꿈이라는 사실이다. 잠에서 깨어난 상태를 고지했기에 분명 우리는 다시 현실을 마주했다고 믿게 되지만, 바로 그 순간, 우리는 여전히 꿈의 시제에 붙들린 우리 자신도 발견한다. 그러다 어느 순간, 우리는 꿈-현실의 구분이 아예 취하된 곳에 당도한다. 가령 「폭우」 같은 작품에서도 꿈과 현실은 서로가 서로를 간섭하다, 끝내 제 경계를 지워 낸다. "결혼식 끝나고 하객들이 밥 먹을 때 비가 내리기 시작"했다는 사실은 명백한 현실일 수 있기에, 특별히 이상할 것이 없다. 창밖의 풍경이거나, 야외 결혼식도 흔하지 않은 요즘이다. 그런데 "빗발은 점점 굵어졌고 강물은 순식간에 불어났다"라는 서술 이후, 모종의 전이가 일어나는 순간까지 장면과 장면이 서로 덧대어 미끄러지듯 진행되어 착시와 같은 상태에 우리가 붙들린다는 데서 문제가 발생한다. 교묘하게 서로에게 침투를 하는 순간을 유려하게 빚어내기 때문이다. 현실과 연결고리를 상실하지 않은 상태가 이어진다. 그러다 우리는 작위나 인위적인 장치도 없이, 저 비오는 날의 지극히 현실적인 풍경은 어느덧 "신랑 신부"가 "내리는 비를 맞으며 강가의 오리 알들이 흙탕물 속으로 쓸려 가는 것을 멀뚱멀뚱 바라보고 있었"던 장면과 서로 절반쯤 섞인 상태로 진입하게 된다. 문제는 이 둘 가운데 무엇이 현실이며 또 무엇이 꿈인지 구분하기 어렵다는 사실 뿐만 아니라, 이 장면을 보고 있는 시점조차 가늠하기 모호한 상태로 빠져든다는 데서 발생한다. 그렇게 어느새, 서술자가 서술자 자신의 행위를 지켜보고야 마는, 결국 타인의 일이 나의 것이 되어 버리거나 그 반대도 가능한 지점에 당도해, 우리는 현실의 비현실, 비현실의 현실의 저 동시다발적으로 벌어지는 낯선 경험을 모조리 감당해야 하는 처지가 된다.

눈을 감고 뜨는 행위의 역치(易置)도 꿈의 문법 중 하나다. "당신이 눈을 감으면 내 머릿속"에서 "젖은 몸 말리던 물고기들 마로니에 잎처럼 흔들리"는 풍경이 떠오르고, "당신이 눈뜨면 내 몸속 푸른 숲에서 호랑이들이 내려와 해변 바위 절벽에 모여"(「바다를 건너는 호랑이」)든다. 눈을 뜬 자-눈을 감은 자 사이의 교체는 오로지 나에게 꿈의 언어, 꿈의 장면들을 가능하게 해 주는 두 개의 계기이지, 그 무슨 악몽이나 무의식의 발현을 뿜어내는 장치는 아니다. 꿈의 특이함은 시선의 역치를 통해 현실-비현실의 경계에서 벗어난 상태에서 제 고유한 이미지를 피워 올린다는 데도 있다. 이처럼 그의 꿈은 현실과 비현실의 공집합으로 지어 올린 낯선 곳에 우리를 끌고 간 다음에야 비로소 막을 내린다. 방금 인용한 작품을 마지막까지 따라 읽은 우리는 "물고기들과 마로니에 잎과 푸른 숲의 호랑이들 달빛처럼 쏟아져"내리는 장면을 마주하게 되지만, 이 결구를 우리는 현실로 잠식한 무의식의 침투라거나 아주 각별한 상상력의 소산이라고는 생각할 수 없게 된다. 현실과 꿈이 서로를 지워 내며 만들어 낸, 결국, 기이하다고 부를 수밖에 없는, 그래서 고유하다고 부를 수밖에 없는 어떤 풍경일 뿐인 것이다. 당신이 눈을 감는다. 내가 무언가를 떠올린다. 당신이 눈을 뜬다. 내 몸 속에서 무언가 빠져나온다. 간단한 교차 서술에 말려들어 하나씩 그 과정을 따라가다 보면, 행위의 인과성이 차츰 사라지고, 논리적 연결고리가 슬그머니 배제되어, 점차 비동시성의 동시성의 실현에 동참하고 있는 우리 자신을 발견하게 될 것이며, 그럼에도 우리는, 현실에서 벗어났다고 말할 수 없는 기묘하고 야릇한 상태에 젖어 드는 이상한 체험을 하게 되는 것이다. 비동시적인 것들의 동시적 발현, 동시적인 것들의 비동시적 실천 역시, 그가 자주 선보인 꿈의 문법 가운데 하나다.

이렇게 꿈은 하나의 시간으로 세 가지 이상의 사태를 동시에 붙잡는 일에 전념하기도 한다. 문제는 정해진 시간에 동시 다발적으로 전개된 세 가지 현실들이 단순하게 꿈의 결과처럼 주어지는 것이 아니라는 데 있다. 차라리 그의 꿈은 "오후 네 시"에다가 세 개의 입을 달아 놓거나, 세 가지 풍경에다가 "오후 네 시"라는 하나의 몸을 부여한다고 해야 할까? 그러니까 "오후 네 시"는 무엇인가? 단 하나의 시간이다. 김참은 이 하나의 시간에, 서로 다른, 그러니까 비동시적 풍경을 결속해 내는 동시에, 한 장소에서 일어난, 그러니까 동시적 풍경을, 각각의 "오후 네 시"(「오후 네 시」), 그러니까 비동시적 시간으로 붙들어 매어, 이상한 결속력을 실현한다. 우리가 김참의 시에서 꿈이라고 부르는 것, 그 고유성은 바로 이 이상한 결속력을 통해서 탄생한다. 이 비동시성의 동시성, 동시성의 비동시성의 실현은, 물론 영화의 장면을 현실에 이접한 작품들이나 거리의 풍경을 카메라 앵글의 시선을 따라 담아, 컷과 컷처럼 분절적으로 배치한 작품들에서도 모습을 드러낸다.

폭풍이 지나간 구도심, 회색 가로수와 낡은 건물 즐비한 거리. 오래된 음악 흐르는 길거리 찻집과 찻집 건너 인쇄소와 인쇄소 옆 제본소와 제본소 옆 분식점과 분식점 옆 세탁소 지나 느릿느릿 걷는 노란 원피스의 여자를 지켜보는 회색 눈동자들.

—「중앙동」 부분

대나무 숲 흔들며 바람이 분다 내가 대꽃 날리는 돌담 옆을 지날 때 복면 쓴 여자가 나타난다 그녀의 칼이 꽃을 그리며 날아온다 나는 대밭 위로 훌쩍 뛰어올라 돌담을 밟으며 달아난다 발을 헛디뎌 담 아래로 떨어진다 차가운 칼이 목에 닿는다 온몸에 소름이 돋는다 내 목에서 붉은 피가 흘러내린다 벽에 걸린 시계를 본다 자정이다 일어나려고 해도 몸이 움직이지 않는다

—「자정」 부분

영화를 찍어 보자. 건물들 사이로, 카메라가 서서히 피사체를 바꿔 가며 이동한다. 다양한 풍경들이 긴 하나의 화면에 담긴다. 뭔가 좀 이상하지 않은가? 지그시 누르고 있던 제 셔터에서 손을 떼기 직전 마지막까지 앵글에 머물고 있을 저 "회색 눈동자들"은 무엇이란 말인가? 어디서 본다는 것일까? 누가 본다는 것일까? 우리는 카메라로 찍은 필름을 다시 되돌려보기로 한다. 이렇게 "오래된 음악 흐르는 길거리 찻집과 찻집 건너

인쇄소와 인쇄소 옆 제본소와 제본소 옆 분식점과 분식점 옆 세탁소 지나 느릿느릿 걷는 노란 원피스의 여자"를 다시 본다. 뭔가 이상하다. 이 문장은 왜 카메라 앵글의 사실성을 배반하는가? 그러니까 "오래된 음악 흐르는 길거리 찻집"은 그 자체로 온전한가? 그렇지 않을 것이다. 왜냐하면 '오래된 음악(이) 흐르는 길거리(의) 찻집'이 아니기 때문이다. '오래된 음악'과 '흐르는 길거리'와 '찻집'은 허용되지 않는단 말인가? 그렇다. 바로 이것이다. 다시 언급하겠지만, 저 격조사의 생략이 문장의 차원에서 김참의 시에 비동시성의 동시성을 가능하게 해 주는 꿈의 문법을 만들어 내는 데 일조한다. 읽으며 어딘가 이상하다고 생각한 순간, 입술에 붙잡아 놓은 낱말들이 낯설게 웅얼거리기 시작할 때, 우리는 이 시인이 매우 자유롭게 말과 대상의 관계를 사유하고, 그 결과를 실험하려 한다는 사실을 곧 눈치 채게 되는 것이다. 문법의 포로가 된 낱말들을 자유롭게 풀어주어 텍스트의 주인이어야 한다면, 가령 "음악"은 또 어떻게 제 지위를 확보해 내고 제 성질을 시에서 관철시킬 수 있는가? 논리적·통사적·의미론적 관절을 조금 부러뜨려도 좋다는 시인의 생각은 그러니까 묘사의 대상이라는 통념으로부터 저 낱말을 해방시켜, 그들이 향유하는 세계를 도출시켜 보자는 의도에서 비롯된 것이다. 카메라처럼 장면을 차곡차곡 담아 기술하는 대신, 차라리 전도(全圖) 하나를 펼쳐들고, 그 전도를 자신의 눈으로 자유롭게 바라본 광경을 적어 낸 것은 아닐까. 그렇게 "노란 원피스의 여자"는 실체를 갖는 개별 피사체가 아니라, 회색의 거리가 그 여자를 주시하며 만들어 낸, 그렇게 "회색 눈동자들"에 의해 가능해진, 그럼에도 실제인지 아닌지 명확히 구분할 수 없는, 그러니까 꿈의 인물인 것이다.

　그는 조금만 관점을 바꾸어 바라보고 대상에게 숨통을 터주면, 이 세계가 조금 더 풍요로운 옷을 입고, 조금 더 확장되거나 조금 더 늘어난 공간 속에 거주하게 될 수 있다고 믿는다. 명백히 영화의 몇몇 장면을 꿈처럼 그려 낸 작품에서도 현실과 비현실의 구분은 용이하지 않거나 구분자체도 별반 소용이 없다. 오히려 그는 영화의 장면을 직접 백지 위로 끌어와, 영화의 등장인물처럼 무언가를 해 보는 것, 이렇게 도달하게 될 감정의 저 끝간 추이나 그곳에서 마주하게 될 낯선 풍경, 그러한 상황을 펼쳐 드는 일에 좀 더 관심이 있을 뿐이다. 「와호장룡」이었을 것이다. 대나무 숲이었을 것이다. 쫓고 쫓기는 장면이었을 것이다. 돌담 위를 가뿐히 날아올랐을 것이다. 그리고 싸웠을 것이다. 꿈이란 거개가, '할 수 없음'을 하면서 제가 꿈임을 알려 준다. 김참은 바로 이 '할 수 없음'을 가능한 것처럼 기술하고 간혹 그 행위의 주인공이 되려고 한다. 영화라는 사실, 영화를 보았다는 사실에 기대어, 꿈의 이름으로, 자기가 해 보고 싶은 것을 해 보는 것이다. 잡으려하면 달아나고, 피하려 애쓰면 애쓸수록 몸이 움직이지 않는다. 그렇게 자주 "발을 헛디뎌 담 아래로 떨어"지고 결국 "내 목에서 붉은 피가 흘러내"리는 내가 이렇게 실현된다. "일어나려고 해도 몸이 움직이지 않"(「자정」)는, 그러니까 가위에 눌린 것처럼 제시됨에도, 이 장면은 매우 사실처럼, 영화의 한 장면처럼, 우리를 찾아온다. 가위에 눌리는 저 형식은 어쩌면 꿈과 현실을 연결시켜 주는 매개처럼 보이기도 한다. "너무 아팠지만 비명이 나오지 않았어요"(「계단에서」)와 같은 구조는, 꿈을 빌려 현실을 그려 내고, 현실을 통해 꿈을 실현하는 방식일 뿐이다. 저 "외눈박이들이 외발자전거에 우리를 싣고 끝없이 흘러내리는 나선의 지하도를 달리는 꿈"(「외눈박이와 코 없는 사람」)의 주인들과 잠들 수 없는 불면의 존재들, 좀처럼 쉴 수 없어 매일 불면의 삶을, 죽음과도 같은 삶을 살아야 하는, 그러나 "비명도 지르지 못하고, 공중에서, 보리밭으로, 아직도 떨어지고 있는 저 많은 사람들"(「불시착」)이, 우리의 자화상처럼, 김참의 시에서 꿈을 통해 현실로 걸어 나온다. 이렇게 김참의 시는 현실에서 꿈으로 향하거나, 꿈에서 현실로 향하거나, 꿈이 곧 현실이거나, 현실이 곧 꿈인 세계, 이 네 가지 가능성 가운데 하나를 들고, 자신의 문법을 완성해 나간다.

서로 다른 곳에서 벌어진 행위를 하나로 묶어 내는 기법이나 위에서 전경을 내려다보며, 낯선 풍경을 서로 이접하여 삶의 지형도를 조금 더 풍요롭게 구축해 내려는 방법도 그의 저 꿈의 문법에서 누락하기 어렵다. "악사들이 이 층 건물 옆 공터에 앉아 검은 음악을 연주하는 동안"을 (상상하며-떠올리며) 나는 "낡은 침대가 있는 내 방"에서 "검은 레코드를 턴테이블에 올리고" 밖을 응시한다. 여기서 자그마한 전이가 일어난다. '보기'의 저 이상한 결속력에 붙들려 "검은 정장 악사들"(「백일몽, 이중주」)이 주위의 나무들과 하나로 겹쳐질 때, 이 악사들은 내 상상속의 산물이 아니라, 어느새 내가 듣고 있는 음악의 주인이 되는 것이다. 꿈-현실을 하나로 연결 짓는 그의 문법 속에서 결국 단 하나의 연주가 우리에게 남겨진다.

막다른 골목과 뚫린 골목들이 끝없이 나타났다가 사라졌다 부리 긴 잿빛 새들이 어지럽게 날아다녔다 현기증 때문에 골목에 잠깐 서 있었다 긴 골목이 보이는 대문 안에는 검은 항아리들 가득했고 항아리 옆엔 풀들이 자라고 있었다 항아리를 밟고 옥상에 올라가 나는 아주 긴 골목을 내려다보았다 낯선 사람들이 골목 중간중간에서 웅성거리고 있었다 그들이 주고받는 이야기가 골목과 이어진 작은 창문 안으로 흘러들어 갔다 골목 옆 작은 방에서 아이들은 노란 이불을 덮고 잠들어 있었다 엄마들이 부르는 자장가가 노란 달 둥둥 떠다니는 어둡고 좁은 골목을 휘감고 도는 길을 따라 나는 걸었다 초록 대문 열고 나온 여자가 파란 대문 열고 나온 남자와 입맞춤을 하는 골목 끝에 정류장이 보였다 막다른 골목들과 뚫린 골목들이 나선형으로 둘러싼 좁은 길 따라 버스가 떠나자 정류장은 사라지고 마른 잎 뒹구는 막다른 골목만 남았다 내 방 뒷문과 이어진 긴 골목은 내가 한 번도 가 본 적 없는 낯선 길과 미로처럼 이어져 있었다

—「백일몽, 미로」

김참에게 꿈은 삶의 지형도를 그려 보고, 그 범주를 넓혀 낼 유일한 방법이다. 그러나 미로는 끊임없이 돌아 나오고 또 다른 길을 헤매야 하는 복잡한 길들도, 상상으로 지어 올린 신화 속의 미로와 같은 것이 아니다. 그는 미로 속을 헤매는 대신, 종종 미로의 전경을 볼 수 있는 시선을 단계적으로 선택하기 때문이다. 분주하게 이 골목 저 골목을 돌아다니는 현실("막다른 골목과 뚫린 골목들이 끝없이 나타났다가 사라졌다")의 미로에 나는 위치한다. 그러다가 조금 더 높은 곳에서 골목과 골목을 내려다보기로 결심("항아리를 밟고 옥상에 올라가 나는 아주 긴 골목을 내려다보았다")한다. 거기서 어딘가를 바라보는 시선은 "엄마들이 부르는 자장가가 노란 달 둥둥 떠다니는 어둡고 좁은 골목을 휘감고 도는 길"로 접어들어 계속 걷는 행위로 전이된다. 꿈으로의 전이인가? 현실로의 전이인가? 그런 것은 중요하지 않다. 단지 이제 그가 바라보거나 기술하는 그 골목이 어느새 보다 광범위한 공간의 골목, 그러니까 전지적인 시점으로만 포착이 가능한 골목이 되었다는 사실이 우리의 관심을 끌 뿐이다. "초록 대문 열고 나온 여자가 파란 대문 열고 나온 남자와 입맞춤을 하는 골목"을 주시하는 일이, 이러한 과정을 거쳐서야, 비로소 가능해진다. 그러니까, 이 골목을 상상이나 현실, 어느 한편으로 편입시킬 수 없다는 사실에 주목해야 하는 것이다. 하늘 위에서 살던 동네의 풍경을 보니 그 시점이 광대해졌다. 그러나 현실은 그 초점에 반비례해 작아지는 피사체의 운명을 따르지 않는다. 단지 처음의 저 "막다른 골목들과 뚫린 골목들"을 드나들던 내가 어느새 "나선형으로 둘러 싼 좁은 길 따라" 걷고 있을 뿐이다. 이것은 전이가 아닐 수도 있다. 왜냐하면 "내 방 뒷문과 이어진 긴 골목"은 원래 "내가 한 번도 가 본 적 없는 낯선 길과 미로처럼 이어져 있"기 때문이다.

꿈의 서정

> 파란 옷의 여자가 부르는 몽롱한 노래는 둥글고 투명한
> 파문을 만들며 느릿느릿 퍼져 나간다
> ──「백일몽, 문」

　김참에게 꿈은 인과관계를 부정하고 초현실로 직진하는 가정이 아니며, 부재하는 언어로 지어올린, 그렇게 허공에 매달린 층계 없는 빈 집에서 겪게 되는 추체험의 상상적 결과물이 아니다. 시간을 파기하고 대지 위로 껑충 날아오른 정지의 감수성도, 그 어떤 책에서도 등장하지 않고, 달력이 문득 제 기록을 멈춘 곳, 그리하여 망자들이 들고 또 나는 현실의 비현실적인 통로나 그 검은 구멍과 같은 것이 아니다. 축축한 지하로 내려가 공포와 환각으로 뒤엉킨 저 컴컴한 세계의 하부를 잘라먹고, 지금-여기로 걸어 나온 이상한 환상이나 악몽의 발화도 아니다. 자주는 시각에, 더러는 청각에, 그렇게 눈의 권위와 소리의 자유에 우월성을 부여해서, 현실을 백지 위로 끌고 올 때 빚어진 모종의 전이를, 우리가 지금 꿈이라고 부르고 있는 풍경으로 시인이 제시한 것뿐이다. 우리는 벌써 김참의 시가 그 길을 개척하는 과정에서 꿈의 가능한 온갖 형태들을 동원하여, 현실의 동시성을 가능한 하나의 기록으로 붙들어 매고, 현실의 비현실마저 현실과 함께 움켜쥐려 한다는 사실을 말했는지도 모르겠다.
　현실-꿈을 하나로 연결해내는 일에 이상한 열정으로 입사하는 시. "이상한 생각이 들어 나는 아래를 내려다보았다. 까마득한 지상에서 검은 상복 입은 사람들이 미로처럼 얽힌 길을 헤매"(「백일몽, 장례식」)는, 그렇게 자주 세계를 저 위에서 내려다보며 세계를 다시 구성하려 시도하는 시. 세상의 골목들을 숱하게 방문하고 다시 돌아온, 그렇게 현실을 자주 헤집고, 거꾸로 역행을 해 보거나, 자발적으로, 감히 할 수 없는 행위의 주

인공이 되어, 우리의 마음에 자그마한 파란을 일으키는 시. 이 세계는 그에게 착란과 환상이 꼬불거리는 미로로 채워지는 것이 아니라, 미지의 감각을 현실에서 붙잡아 서정의 숨결이 들고 나며 만들어진 '파란'의 세계, '파란'의 장소, '파란'의 공간이다. 「흐르는 음악」의 전문을 인용한다.

　　음악이 들려온다 목욕탕 굴뚝에서 음악이 검은 연기처럼 몽글몽글 피어난다 약국 유리문 앞에 서서 비긋는 남자의 귓속으로 음악이 흘러들어간다 올리브나무가 있는 거리 아라비아풍 건물 창문 틈에서 흘러나온 음악이 해변의 파도를 타고 흘러간다 달콤한 음악이 들려온다 음악은 포도즙 마시는 사내의 집에 걸린 구름 위에 떠 있다가 빨래 흔드는 바람을 타고 정류장 파란 의자에 앉아 버스 기다리는 여자의 귓속으로 흘러들어 간다 지금은 없어진 오래된 레코드점 오래된 레코드에서 아주 오래전에 흘러나온 음악이 아직도 집과 골목 사이를 흘러 다니고 있다

　　꿈이 음악이 되고 음악이 꿈이 된다. 어디선가 "음악이 들려온다." 눈에 보이지 않는 선율을 그는 보려 한다. 볼 수 있다고 믿는다. '보다'는 여기서 환상의 산물이나 비유의 전유물이 아니다. 저 선율이 흘러갈 수 있는 장소로 제 눈을 옮긴 결과일 뿐이다. 청각은 보이지 않기에 기술할 수가 없다. 그렇게 우리는 음악을 백지 위에 붙잡아 둘 수는 없다. 일정양의 데시벨을 문자가 기록해낼 방법이 없다는 사실을 시인은 잘 안다. 그렇다고 선율이 어디로 휘발되는가? 그는 이 무형의 운동을 시각에 의존해 담아 보려 한 것뿐이다. 울려 퍼진다는 성질 자체가 그에게 그렇게, 그러나 오롯이 남겨졌다. 음악의 저 흘러가는 특성은 주위를 꿈처럼 비끄러맬 현실의 사건이 되는 동시에, 음악을 들으며 자신에게 떠오르는 이미지들을 각인해 낼 계기도 마련해 주었다. 중요한 것은 모든 풍경들이 흘러가고, 들려오고, 청각 속에서 제 형체를 피어 내는 가운데, "빨래 흔드는 바람을

타고 정류장 파란 의자에 앉아 버스 기다리는 여자의 귓속으로 흘러들어
간다"라는 대목에 이르러, 자그마한 반란이 생겨난다는 데 있다. 정확히
"파란"의 크기만큼의 주관성이 현실에 꿈을 덧입힌 것과 같은 시각의 문
법에 의존에, 우리를 이상한 곳으로 끌고 오는 것이다. 그가 자주 꿈으로
산문에 구멍을 내는 것은 이렇게 우연이라고 부르기 어렵다.

　　대전에서 대구로 가려면 어떻게 해야 해요? 여기는 대전이 아닌데 여학
생은 왜 엉뚱한 질문을 하는 걸까? 나는 이곳이 구포역 아니면 삼랑진역이
며 대구로 가려면 대구행 기차를 타면 된다고 했다 그녀는 고맙다는 인사
를 남기고 플랫폼 쪽으로 뛰어갔다 플랫폼으로 기차가 들어왔다 물금발 남
산정행 열차라는 안내 방송이 흘러나왔다

　　물금은 기차역이고 남산정은 지하철역인데 참 이상한 일이다 어쨌거나
나는 집으로 돌아가야 했다 경전철을 타려고 한참을 기다렸지만 아무리 기
다려도 열차는 오지 않았다 어쩔 수 없이 집까지 걷기로 했다 레코드방과
만화방 연탄 가게와 반찬 가게가 늘어선 비탈길 따라 나는 천천히 걸었다

　　짙은 초록 잎 매단 은행나무 늘어선 도로 따라 나는 걸었다 새털구름 뜬
하늘 옆 언덕 지나고 커다란 물고기 입 벌리고 헤엄치는 강 따라 걸었다 떡
갈나무 듬성듬성 서 있는 오솔길 따라 나는 걸었다 걷고 또 걸었지만 아무
리 걸어도 내가 아는 길은 나오지 않았다 집으로 가는 길을 찾기가 생각처
럼 쉽지 않았다

　　　　　　　　　　　　　　　　　　　—「집으로 가는 길」 부분

　행선지를 묻는 사람도, 대답을 하는 사람도, 정확히 자기가 어디에 있
는지 알지 못하지만 이러한 사실은 시에서 교묘하게 감추어진다. "플랫폼

으로 기차가 들어왔다" 이후, 잠시 생겨난 단절은 환상이 아니라, 꿈을 알리는 신호의 일종과 닮아 있다. 그러나 이 신호는 곧 바로 꿈임을 알려주지 않는다. 알 수 없는 행선지를 향하는 기차를 기다리는 대신, 그는 길을 걷기로 작정한다. 그리고 실로 "레코드방과 만화방 연탄 가게와 반찬 가게가 늘어선 비탈길 따라" 그는 걷는다. 죄다 현실적인 공간들이다. 꿈은 다음 연으로 넘어와서야, 서서히 제 모습을 드러낸다. 시골길을 걷는 장면에서 모든 것들이 점차 몽롱해진다고 느끼게 된 순간은 정확히 낱말과 낱말 사이의 연결어를 지운 만큼의 감정이 산문에 서서히 구멍을 내는 순간이기도 하다. 그러니까,

> 짙은 초록 잎 매단 은행나무 늘어선 도로 따라 나는 걸었다 새털구름 뜬 하늘 옆 언덕 지나고 커다란 물고기 입 벌리고 헤엄치는 강 따라 걸었다 떡 갈나무 듬성듬성 서 있는 오솔길 따라 나는 걸었다

같은 대목을 읽으며 우리는 각각의 실사들 주위에 무언가가 누락되었다는 사실을 알게 되는 것이다.

> 짙은 초록 잎(을) 매단 은행나무(가) 늘어선 도로(를) 따라 나는 걸었다 새털구름(이) 뜬 하늘 옆(의) 언덕(을) 지나고 커다란 물고기(가) 입(을) 벌리고 헤엄치는 강(을) 따라 걸었다 떡갈나무(가) 듬성듬성 서 있는 오솔길(을) 따라 나는 걸었다

그러니까 가능한 현실의 풍경을 구성하는 저 말들은, 뚝뚝 끊어져, 마치 노래처럼, 몽롱한 꿈처럼, 가락처럼, 논리의 비분절적 단위들을 만들어낸다는 사실에 주의해야 한다. 이러한 의사(疑似) 운문(pseudo-verse)의 배치가 김참의 산문시에 고유한 문법, 그러니까 특이한 리듬을 조성해낸

다. 행에 붙잡히지 않은 이미지가 외려 독특하게 살아난다. 직진하면서 도약을 하는, 끊겨지면서 사변을 절약하는 고유한 보폭이, 독특한 차원의 서사를 시에서 가능하게 해 준다. 운문이 하지 못한 것들을 산문시가 실현할 수 있다는 믿음이 바로 여기에 있다. 연결어의 누락을 통해 조성된 가볍고 경쾌한 저 리듬, 껑충껑충 뛰는 것과 같은 단절과 소스라치듯 잠시 튀어 오르는 도약의 운동이, 현실에서 헛딛고 마는 꿈의 발화("집으로 가는 길을 찾기가 생각처럼 쉽지 않았다")와 보폭을 맞추어 조우한다. 꿈이기 때문에 헛디디는 것이라고 말하는 것으로는 그러니까 충분하지 않은 것이다. 언어의 조직으로 그 헛디딤이 실현되는 것이라면 모를까. 이 헛디딤은 결국 산문에 시적 구멍을 내며 피어오른 꿈의 언어가 발현되었기에 가능성을 타진할 뿐이다.

네모난 한 장의 지도처럼 제 삶을 펼쳐내듯, 김참은 산문시를 선택했지만, 그는 그 지도 위에서, 걷고, 돌아 나오고, 다시 걷고, 헛디디고, 미끄러지고, 멈추고, 길을 가고, 돌아오고, 다시 가는, 절룩거리고, 그러다 잠시, 어리둥절해 하는, 그렇게 다시 주위를 돌아보고, 또 헛디디거나 길을 자주 잃는, 그러니까 마치 제 삶을 살아가는 모습 그 자체를 그 지도 위에서 실현하려 한 것일까? 그러기 위해, 그는 빈번하게 격조사를 덜어 내고, 접속사를 생략하고, 보조언과 수식어를 누락시켰던 것일까? 산문이 빈틈없는 간격으로 낱말과 낱말이 촘촘히 연결된 글이라면, 말과 말 사이에 공간을 만들어 모종의 감정들이 흘러들게 자리를 마련하여 산문시의 특성을 살려내려고 한 것일까? 그렇게 제 시의 고유한 리듬을 발견하려, 가능성을 타진한 것일까? '이', '가', '은', '는', '을', '에', '로', '의', '과'……등이 사라진 공간, 저 한 음절의 상실로 살아 숨을 쉬는 꿈의 무늬들, 한 음절만큼 달라진 세계에서 서정이 제 꽃을 한껏 피워 올린다.

안개 낀 연못에 연꽃 피는 아침. 달팽이들 연잎 갉아먹고 통통하게 살

오른다. 검은 치마 흰 저고리 차림의 처녀들 꼬불꼬불 좁은 길 따라 연못을 지나가면 진흙탕에서 기어 나온 두렁허리들 물뱀처럼 연못을 돌아다니며 불규칙적인 파문을 만든다. 두렁허리들 수면에 대가리 내밀고 숨을 쉬면 연잎에 붙어 있던 청개구리 부들부들 떨고 연꽃 그늘에서 놀던 붕어들 놀라 흩어진다. 바람이 분다. 연잎이 흔들리고 안개가 흩어진다. 느티나무 그늘 짙은 논에서 마을 사람들이 삽으로 검은 흙을 떠낸다.

—「두렁허리」 부분

이 작품을 우리가 '운문의 산문'이나 '산문의 운문'으로 부를 수 있다면, 그것은 사라진 한 음절 때문이다. 의사 운문들은 음악을 연주하는 것처럼, 제 보폭을 조절하고 공간을 재배치하면서, 꿈의 서정, 서정의 꿈이 만개하도록 그의 산문시에 작은 길을 하나 터 준다. "검은 치마/ 흰 저고리 차림의/ 처녀들/ 꼬불꼬불/ 좁은 길 따라/ 연못을 지나가면", 그 사이로 "바람이 분다." 모든 것이 조금씩 흔들리고, 또 흩어질 것이다. 격조사에 붙들리지 않은 저 낱말들도 함께 흔들리고 흩어지는 데 일조한다. 아니, 이 한 음절의 상실이 산문시에 꿈의 파란을 불러일으키고, 서정의 숨결을 불어 넣는다. 그렇게 "밤새 뿌리 내린 고추들 밭이랑 흙을 뚫고 떡잎 올리고"(「뭉게 구름」), "개울 따라 늘어선 작은 집 창문을 열고 검은 머리 아름다운 처녀"(「그림자 마을」)를 보며 "그녀가 돌담 옆 좁은 길 지나갈 때 바람 불고 종달새 울고 감꽃 떨어지고 배 속의 아기 뽈룩뽈룩 움직"(「초록 임부복의 여자」)이는, 저 한음절의 부재에 감겨 울려 나오는 서정의 기운이, 꿈처럼 읽어도 자꾸 현실이 되고, 현실로 읽어도 자주 꿈이 되는 언어 사이로 우리의 귀를 조심스레 두드린다.

꿈의 유토피아

이상한 꿈을 꾸고 난 아침. 집 앞엔 파란 강이 흐르고 있다.

—「파란 강」

그는 시간을 자주 멈추었고, 이질적인 공간을 열어보였으며, 거의 시도된 적이 없던 시기에 벌써 미로와 환상의 매력을 우리에게 선사했던 시인이었다. 그러나 우리가 오늘 마주한 김참의 시에서 착란의 진폭은 크지 않으며 일탈은 함부로 조장되지 않는다. 그는 명백한 꿈의 시인이지만, 그 꿈이 과거의 부재를 호소하며 환상의 문을 여는 일은 일어나지 않는다는 말이다. 꿈은 현실의 화폭 뒤의 저 보이지 않는 여백으로 불현 듯 되살아나거나 레코드에서 흘러나오는 굉음에 맞추어 화려하게 변주되는 길을 택하지 않는다. 보기에 전념하는 것은 불화나 장애를 일으키는 원인이 아니라, 사물의 질서를 재구성하려는 시도, 그런 식의 아주 자연스런 인식의 결과, 그러한 말을 익숙하도록 제 몸에 달아 놓고 수시로 매만진 결과에 가깝다고 해야 한다. 그의 시선은 알레고리의 그것이 아니라, 오히려 차라리 복원에 집중하는 것처럼 보인다. 그는 기원을 소급하기보다, 차라리 기원의 파편과도 같이, 오로지 꿈을 매개로, 이전에 속했거나 존재했던, 그렇게 기억의 어느 층에, 때론 추억과도 같고 더러 악몽과도 닮은, 원풍경을 복원하는데 집중하며, 서정으로 향하는 저 언어의 배치와 잘 어울려 김참 시의 지금-여기의 지평을 우리에게 보인다.

김참에게 시는 이렇게, 할 수 없다고 믿었던 것을 실현하려는 '파란 꿈'이자 그 '꿈으로 생겨난 파란'과 그 과정의 기록이다. 세계에서 자기만의 지도를 갖는 일, 그것은 '파란'의 크기만큼의 꿈을 실현하는 일이었을 것이다. 파란의 꿈은 "내 몸속 작은 집"에서 누군가 부르는 "노래"를 듣는 일이자 "아름다운 노래"를 백지위로 꺼낸 후, "내 몸속 외딴집에 홀로 버려"(「백일몽, 첼로)」지는 고달픈 과정의 반복이었을지도 모른다. 자기 안의 무언가를 꺼내어 현실과 포개려는 지난한 작업이 바로 꿈이라는 형식을 그에게 선사한 것일지도 모른다. 그리고 그는 빈손으로 돌아 나오지 않았다. 그는 "내 몸속을 맴돌다 내 방으로 흘러나온" 꿈의 노래/노래의 꿈이 흥건히 적셔 낸 풍경의 주인이 되었으며, 저 타자의 얼굴, 무의식의 의식, 기억의 현재를 우리 앞에 펼쳐 내, 차라리 중력이 사라진 세계로 우리 모두를 초대하였기 때문이다. 그는 인간의 고집스런 시선을 자주 탄핵하려 했을 것이다. 그는 오히려 자주 대상의 시선을 높이 들어 이 세계를 주시하고자 했으며, 단일한 화자를 지워 낸 자리에, 시의 대상이 된 물고기나 새, 나무와 거리에게 빈번히 입을 주어, 그렇게 쏟아지는 말들을 기록하려했고, '할 수 없음'을 하게끔 추동하는 행위의 주인을 시에서 불러내 삶의 구석구석을 자유롭게 활보하려 했으며, 그렇게 "초록 대문 열고 나온 여자가 파란 대문 열고 나온 남자와 입맞춤을 하는 골목 끝"(「백일몽, 미로」)에 자주 도달하고자, 꿈이라는 저 열망의 말을 단아하게 빚어 내고자 하였다. "굳게 닫혀 있"는 저 "파란 불빛 새어 나오는 검은 집 대문" 앞에서 그는 자주 "절망"(「검은 집」)했을 것이며, 절망한 만큼 그는 현실에서 자주 어른거리는 죽음의 그림자를 보았을 것이다.

　　공원 오른편은 비탈길, 비탈길 왼편은 약국과 우체국과 과일 가게 그리고 늘어선 연립주택들. 잿빛 지붕에 먹구름 걸려 있는 연립주택 사이 골목을 걸으면 소름이 돋네. 언제나 소름이 돋아나네. 돋아난 소름 때문에 석상처럼 굳어 있어도 아무도 지나가지 않는 음산한 골목으로 습한 바람 불어오네. 작은 곰팡이들 꽃처럼 핀 창밖으로 새어 나오는 파란 불빛과 라디오 음악 그리고 좁은 골목을 울리는 개 짖는 소리. 붉은 달 하얗게 식은 아침이 와도 골목 풍경은 그대로네. 아무도 살지 않는 연립주택 늘어선 골목. 굳게 닫힌 파란 대문들로 끝없이 이어진, 꿈꿀 때마다 내가 지나가야 하는 그 골목 끝에 석상처럼 굳어 있는 소녀. 소녀의 다리 아래엔 공포에 질린 그녀의 밀랍 같은 얼굴이 떨어져 있네. 골목의 음산한 풍경들이 소녀의 얼굴을 더욱 창백하게 하네.

—「소름」

그는 그렇게 방향을 잃은 채 그 길 위에 서 있거나 서고자 했고, 그럼에도 가야하는 길을 보고 또 그 길의 소리를 들으려 했으며, 복잡하게 엉킨 저 미로로 자진해 들어가면서, 제 꿈이 현실에서 시작된 꿈이라는 사실을 정확히 알고서는, 그 경이와 놀람을 그려내는 일에 몰두하였다. "파란 불빛과 라디오 음악 그리고 좁은 골목을 올리는 개 짖는 소리"는 그에게 전이의 기미처럼 표현되었으며, 그럼에도 그는 "하얀 달 하얗게 식은 아침"까지 기다릴 줄 아는 시인이었다. 그렇게 그는 "그대로"인 "골목 풍경"을 한 번 더 확인하는 일을 잊지 않았다. 그런 후, 그는 침착하게 현실을 한 손에 잡고 "아무도 살지 않는" 골목으로 자진해서 들어갔다. 들어선 골목이 "굳게 닫힌 파란 대문들로 끝없이 이어"져 있다는 사실을 알아차렸을 때, 그 골목 저 끝에서 그를 기다리는 것이 죽음이라는 사실도 알아버렸지만, 그는 비명을 지르지 않았다. 매일 반복된 저 꿈속의 "밀랍 같은 얼굴", 침묵하는 얼굴, 그러니까 죽음의 얼굴은 역설적으로 말해, 삶의 의지를 지펴내기 위해 어쩌면 필요한 제의와도 같은 것이 아니었을까? "어제가 오늘 같고 오늘이 어제 같은 날들"(「동어반복과 중언부언의 날들」) 속에서 "포크와 나이프를 들고 서로의 가슴을 찌르며 깊이를 알 수 없는 아득한 구멍 속으로 떨어지는 꿈"(「외눈박이와 코 없는 사람」)은 그저 우리 모두가 매일 꾸는 "악몽"일 것인가? 악몽 속에서, 외침 속에서, 저 지리멸렬한 현실 속에서, 수많은 존재들이 의미를 부여받지 못한 채 매일 사라지고 또 망각의 강을 건너는 이 세계는 어떻게 제 '파란 대문'을 열게 될 것일까? 그는 차라리 '파란'을, '파란'이었던 것을, 현재에 '복원'하려 어딘가를 자주 방문하기로 한다.

산비탈 논 가운데 웅덩이가 있었다 웅덩이엔 하얀 물고기들 놀고 있었다 나는 이슬 맺힌 풀 밟으며 산비탈 웅덩이로 물고기를 보러 가곤 했다 산과 들 쏘다니다 집에 돌아오는 길에 작고 하얀 물고기들과 마주치곤 했다 폭설 내린 겨울 지나고 삐비꽃 피는 봄이 왔다 나는 가방을 매고 탱자 울타리가 있는 학교에 갔다 내가 국어와 산수 사회를 배우는 동안 웅덩이는 사라졌다 하얀 물고기를 찾으려고 아무리 돌아다녀도 웅덩이는 없었다 꿈속에서 나는 삐비꽃 하얀 논두렁 따라 산비탈로 간다 산비탈 논엔 작은 웅덩이들 가득하고 웅덩이마다 하얀 물고기가 놀고 있다 나는 웅덩이 옆에서 하얀 물고기를 물끄러미 바라본다 고개 돌려 보면 나를 닮은 아이 하나 넋 놓고 웅덩이를 바라보고 있다

──「물고기를 만나다」

　　시인은 원풍경을 재현하는 일에는 관심이 없다. 오히려 그는 어떤 장소를 꿈처럼 복원하여, 과거-현재를 하나로 붙들어 매는 일이 중요하다고 생각한다. 이 복원은 그러니까 과거와 현재를 꿈같지 않은 꿈, 꿈같은 현실의 사태로 빚어내는 작업에 바쳐진다. 꿈의 언어로 기억을 반추하는 행위는 과거의 향수를 기록하는 일과 크게 상관이 없다. 복원은 아주 어렸을 때 보았던 어떤 곳의 풍경이나 그 이후로 자주 꿈에 나타나, 지금까지 이어진 꿈-현실을 담아내는 작업이기에, 기억의 실체이자 꿈의 필사의 결과라고 부르는 것이 옳을지도 모른다. 기억은 기억하는 자가 부리는 언어가 전부인 현실일 뿐이며, 꿈 역시 사실 마찬가지이다. 아이였던 나를 만나는 이야기, 그렇게 나를 지금-여기의 삶에 포개어 놓은 장면들을 그는 언어가 전부인 꿈, 꿈이 전부인 언어로 복원해 낸다. 어렸을 적, "산비탈 논 가운데" 놓인 "웅덩이"를 보았던가? 그 장면이 꿈에서 반복되었고, 그 꿈에 이끌려 나는 그곳에, 그 공간에, 그 풍경에 그렇게 자주 머물게 되었던 것일까? 그렇다면 지금의 시점에서 내가 바라보고 있는 아이는 어

릴 적 웅덩이를 바라보던 나인가? '지금-여기'와 '과거-거기'의 구분은 이쯤 되면 벌써 덧없는 행위가 되어버린다. 그것은 미래의 꿈이자 과거의 꿈, 지금-현재 내가 보는 꿈이기 때문이다. 그의 꿈은 과거의 기억이라기보다 그러니까 차라리 유토피아를 향하는 발걸음이다.

어릴 적 풍경을 현재에 살게 하는 것, 아이가 되어 저 파노라마 속으로 들어가는 꿈, 그럼에도 오히려 지금의 시점에서 재구성하는 세계라면, 꿈과 현실, 이 양자의 구분은 벌써 무용하다. 그는 꿈-현실, 현실-꿈의 풍경들, 저 파노라마의 주인이 되기로 한다. 그렇게 그는 박제된 과거 속에서 지금을 꺼내 들고, 지금에서 과거를 살려 내는 꿈(「여름이 오기 전에」)과 같은 이야기의 주인공이며, "나는 또 저수지로 간다"고 말하는 현실의 화자이자, "저수지 옆 낯선 집에서 하얀 물고기 그려진 파란 컵에 커피를 담아 건네는 여자를 만나 짧은 인사를 나누게 될" 상황을 바라거나 예견하는, 그런 자신을 "아이는 이따금 저수지 가는 꿈을 꿀 것이다"(「조우」) 말하는, 저 아이-어른이기도 하다. 그는 어렸을 적 체험을 현재의 경험처럼 (「안개 마을」) 기록하는, 저 아이의 일기의 주인이기도 하다. 완전히 유실된 풍경의 복원이라는 점에서, 사실 그의 꿈은 이상향을 바라본다. 특히 시집의 후반부에서 우리가 만나게 된 작품들은, 사실 도시에서건, 시골에서건, 오늘날에는 찾아보기 힘든 자연 속 풍경들을 배경으로, 거기서 일어났던, 일어날 일들을 담아내는 데 주력한다. 그러니까 후반부는 시 세계의 지향이기도 하며, 시원이기도 한 것이다. 그의 꿈은 자연이나 과거에 대한 향수가 피어나는 상상력의 소산이 아니라, 이 원(原)-풍경의 복원에 바쳐진 기록(「아침」, 「죽림동의 여름」)과도 같은 것이다. 복원하려는 시도 자체에 벌써 꿈, 아니 꿈의 유토피아를 향한 발걸음이 담겨 있는 것은 아닐까?

황금빛 꽃 핀 나무에서 새가 운다 귀에 익은 소리다 나는 귀를 열고 산란철 연어처럼 기억을 거슬러 올라간다 메워진 우물을 지나고 마늘밭과 파밭 지나 내가 태어나기 전에 살던 마을을 찾아간다 발소리 죽이며 돌담으로 둘러싸인 마을로 들어간다 마을은 변했다 집들은 사라지고 돌담과 대문만 남아 있다 나는 냇가를 따라 옛집을 찾아간다

푸른 달빛 내린 대숲 사이 좁은 길 걸어가면 바람은 댓잎을 스치며 파도소리를 낸다 대숲이 끝나는 곳에 활짝 열린 대문이 있다 마을의 다른 집들처럼 옛집도 사라지고 없지만 마당 한쪽엔 눈에 익은 꽃나무가 있다 꽃나무에 황금빛 꽃이 핀다 황금빛 향기 아득하게 퍼진다 꽃나무 가지에 앉아 있던 파란 새가 가지를 차고 공중으로 날아오른다

─「꽃나무」

저 푸른 대지 위 하늘을 새들이 맘껏 유영하는 곳, 거기서 울려 나온 "귀에 익은 소리"를 듣고 "기억을 거슬러 올라", 만나게 되는 곳, "집들은 사라지고 돌담과 대문만 남아 있"는 곳에서 "냇가를 따라 옛집을 찾아"가는 이 이야기는 그러니까 현실일까? 꿈일까? "마을의 다른 집들처럼 옛집도 사라지고 없지만 마당 한쪽엔 눈에 익은 꽃나무가 있"는 곳은 현실의 공간도 꿈의 장소도 아니다. 그가 찾아낸, 그가 당도한, 그가 이 세계에서, 꿈의 파란을 찾아 나선, 저 "활짝 열린 대문" 너머는, 차라리 현실과 꿈이 분리하기를 멈춘 장소, 그러니까 현실과 꿈의 경계가 취하되는 곳이자 작위적인 구분들이 붕괴의 수순 속에서 새롭게 재편되는 곳이다. 그곳은 현실이라 여겼던 영토로 꿈이 밀려오고 꿈이라 생각했던 대지로 현실이 제 촉수를 뻗어 대는 장소, 밤과 낮이 초점을 흐리고, 시간이 물리적인 시침의 뒤로 물러나는 시계(時計), 시선이 높낮이의 척도를 상실하거나 기준 자체를 철회해야만 하는 낯선 곳일 것이다. 다시 묻는다. 이곳은 현실인가? 꿈인가? 이상향인가? 어느 곳도 아닐지도 모른다. 다만 꿈과 현실의 전복이나 도치, 그 역치나 환상으로 만들어진 세계는 아닐 것이다. 하나

확실한 것은, 그가 우리를 초대한 이 세계는, '꿈의 파란', 저 형용사 '파란'이 제 존재 가능성을 수시로 타진하는 현실 속의 '파란'이라는 것이다.

산출된 파도, 내파되는 일상

김미령, 『파도의 새로운 양상』(민음사, 2017)

계획 그 자체에 벌써 충분한 향락이 있는데, 계획을 꼭
실천해서 좋을 게 무언가?[1]

사방이 고요하다. 귀를 쫑긋 세우자. 그리고 두 눈을 들어 잠시 주위를
둘러보자. 어떤가? 모든 것이 여전히 무사한가? 그렇지 않다고 해야 할지
도 모른다. 누군가의 눈에는 이 조용한 풍경들이 뭔가를 잔뜩 머금고 있
는 상태로 비추어질 수도 있으며, 태평한 사물들이 제 기세로 잔뜩 인내
하고 있는 운동의 순간들이 보일지도 모른다. 그렇다고 해도, 이는 환상
이나 몽상의 결과는 아니다. 거꾸로 말해도 마찬가지다. 일상은 굳게 닫
혀 있는 서랍처럼, 매번 제자리를 지키고 서 있는 나무들처럼, 미동도 않
는 벽과 테이블과 소파처럼, 자주 침묵한다. 그러나 누군가는 이 단조로
운 일상에서 어떤 운동과 그 운동의 원리와 그 원리의 규칙과 그 규칙의
기이한 질서를 캐려 한다. 일상이 걸어 잠근 것을 깨트릴 가능성은 사실,
일상에, 그리하여 삶에 벌써 내재되어 있을 수밖에 없다. 역설적으로, 일
상에서 살아 숨 쉬고 있다고 가정하는 모든 것들은 '사실-있음'에 기반을
한 객관적 사물들이나 현실적 존재들이며, 그렇게 해서 자주 관찰의 대상
으로 여겨질, 그러니까 오로지 이와 같은 조건하의 현실이나 사물일 뿐이

1 샤를 보들레르, 황현산 옮김, 「계획」, 『파리의 우울』(문학동네, 2015), 68쪽.

다. 따라서 누군가 이 사실적·객관적 구조물이 그 안에, 고유한 목소리와 독특한 질서를 담고 있다고 여기고, 한 걸음 나아가, 자신이 재편해 낼 무엇, 그러니까 기록을 시도하여 쟁취할 미지의 무엇이라고 여긴다면, 그는 사실상 이 세계를 훨씬 복잡한 관점과 미묘한 차원에서 바라볼 자격을 갖추고 있는 자라고 해야 한다. 이 경우, 그는 "모든 돌덩이는 그 안에 조각상을 가지고 있고 그것을 발견하는 것이 조각가의 과업"이라고 말했던 미켈란젤로의 생각을 훌륭히 계승하려는 사람이기도 하다. 이제 일상은 인식을 통해 재편될 수 있거나, 인식은 차라리 일상 속에서 매번 깨질 수도 있다. 사실-사물-일상-삶을 찢고 들어가는 일을 감행하려는 자, 그는 자주 절묘한 상상력으로 백지를 물들이지만, 그는 이성-상상으로 갈라선 두 세계의 기계적 구분에는 관심이 없다. 그는 단지, 일상이 창의성의 게토라는 사실을 애써 드러내는 일에 의식적-무의식적으로 몰두하고, 그 이후의 사태는 미지에 위탁할 줄 안다. 중요한 것은 그에게 '인식'(그러니까 사실적 지각)과 '창의성'(시적 순간의 고안)이 서로 밀접하게 연결되어 있는 것으로 보인다는 점이다.

1 착수

김미령의 첫 시집 『파도의 새로운 양상』은 삶-일상을 시적 주관성의 발현을 통해 담아내려는 진지한 노력과 독창적인 시도로 가득하다. 김미령은 전체를 고려하여 부분을 배려하는 일로 열망의 궤도를 삶 한복판에서 피워 올린다. 그는 조직적으로, 그러니까 모종의 계획 하에, 제 첫 시집을 하나의 건축물처럼 선보였다. 작품 하나하나의 배치나 제목 역시, 일상을 시적 질서로 궁굴려 보려는 기획에 대한 알레고리이다. 첫 작품 「캉캉」은 이 기획의 서막이라고 해도 좋겠다.

두꺼운 장막 열 겹의 주름 밖에 내가 서 있다

파도치는 거리 언젠가 이 바깥을 모두 걸을 때 너를 다시 시작할 수 있다

도는 것을 멈출 수 없고
멈추는 방법을 우리는 모르고

너의 음흉이 나의 어리석음을 칭칭 감으며 비대해진 솜사탕처럼

치마를 벗기면 얼마나 너는 줄어들까 주름을 쫙 펴면 얼마나 넓어질까 도열한 풀들이 빽빽하게 막아선 것 잠깐 나왔다 들어가며 숨바꼭질 하는 것 누르면 까르르 웃기만 하는 아이가 들어 있고 뉘여 말리면 비쩍 마른 엉덩이들이 뿔뿔이 달아난다

무릎 위로 일렁이는 흰 건반들

밤새 입안에 쇠붙이가 많이 쌓이고 새를 날린 아침 나무처럼 너는 헐렁해져서

'캉캉'은 무엇인가? 드러냄과 숨김의 예술이다. 무대 위의 춤이다. 시집을 끝까지 따라 읽고 난 다음, 우리는 비로소 이 작품이 어떤 시적 상태의 고안에 바쳐진 알레고리이며, 그 시도를 조용히 천명하는, 단단하고도 진지한 고백임을 알게 된다. "두꺼운 장막 열 겹의 주름 밖에 내가 서 있다"고 시인은 말한다. 무대에 설 준비가 되었는가, 라는 물음을 우리는 거기서 듣는다. "너를 다시 시작할 수 있다"고 시인은 말한다. 무대에 서기전, 저 "바깥을 모두 걸을 때" 비로소 그럴 수 있을 것이라 고백하는 그의

목소리를 우리는 예서 듣는다. 이 전언은 망설임인가? 차라리 진지한 고민의 생동감 넘치는 발화가 아닌가? 가까스로 무대에 올랐다. "너의 음흉이 나의 어리석음을 칭칭 감으며 비대해진 솜사탕"이 되어, 계속해서 쓰는 행위에 착수하겠다는 목소리를 우리는 듣는다. "도는 것을 멈출 수 없고, 멈추는 방법"도 알지도 못한다고 적었지만, 이는 단지, 쳇바퀴처럼 반복되는 단순한 일상에 대한 대칭적 비유는 아니다. 시작(詩作)을 시작(始作)하기 위해 요구되는 몰두, 저 고민의 시간, 망설임 속에서 흘러나오는 목소리를 우리는 여기서 듣는다. 그는 (시적) 예술에 정답이 존재할리 만무하다는 사실을, 백지를 마주하며 보낸 숱한 시간 속에서 직관적으로 깨닫는다. 과다한 수식을 덜어 내야만 한다고 생각했을까? "잠간 나왔다 들어가며 숨바꼭질하는 것", 이 단순한 놀이는 생활과 일상의 반복에 대한 것이지만, 무대에 서는 자의 운명에 대한 비유로 여기는 것이 조금 더 타당해 보인다. 작품은 개인적 경험의 기록이면서, 삶-일상-세계를 지금-여기의 주관적 언어로 마주하려 기투하려는 사람의 우여곡절이기도 한 것이다. "밤새 입안에 쇠붙이가 많이 쌓이"면 일단락이 마무리되고, 이후 잠시 "헐렁해져서" 다시 또 시작을 모색해야 하는, 저 끝이 예정되지 않은 행위. 이를 무엇이라 불러야 하는가. 끝없는 작업이라는 사실을 그는 완수되지 않은 근접 과거의 사건처럼 방금 풀어놓았다. 그가 어떻게 "발밑에 오래 잠복해 있었"던 "말"을 귀 기울여 들으려 하고, "가장 준비되지 않은 순간"을 "날아오르"(「점프」)고자 하며, 시적 비상(飛上)의 꿈을 실현하며 궤도를 그려 내는지, 그의 시가 왜 다발적 발화의 폭발로 주관성의 세계를 열어 보이고자 하는, 미지를 향한 기획의 소산인지 살펴보기로 한다.

2   구상

점(點)을 들고 있다. 일상은 점과 같은 존재-사물-행위로 가득하다. 시인은 "점들이 있다"(「측량사」)는 평범한 사실에서 구상의 씨앗을 발견한다. 사방에서 "점들이 붙고 있"는 현실-풍경은 어떤 가능성을 머금고 있는가? "수많은 오차들"을 빚어내는, 이 점들로 구성된 세계에서 그는 "얼룩의 구체적인 형태"를 그려보고 "다만 내려다"보는 일에 전념한다고 말한다. "울퉁불퉁한 지면 위에서 각자 다른 방향을 보고 있"는 점들을 잇다 보면 어떤 일이 생겨나는 것일까? "몇 개의 점이 더 있으면 얼굴을 그릴 수 있는지/ 그 점들의 무게를 재면 얼마인지" 궁금해 하고, 점과 점으로 된 "선을 잘못 이어" 예기치 않은 사태를 겪어 보기로 결심하며, "곧 사라질 목록"이라도 그려 보려 시도한다. 이렇게 점과 점을 이어 보는 순간, "장소가 드문드문 생겨나다가 사라"(「건너가는 목소리」)지기도 한다. "결정의 순간 초조함"(「갑자기 모든 것이」)이나 예기치 못한 "다발적인 실종"(「갑자기 모든 것이」)을 경험하기도 한다. "하나의 형태를 이루려는 경계"(「친밀감」)에서 끝없이 망설여야 할지도 모른다. 그렇게 "기억의 입구"(「선영이가 가르쳐 준 스파게티」)에 당도하면, 어느새 잊혔던 수많은 인물과 사물이 백지 위로 쏟아져 나오고 다시 사라지기를 반복하며, 새로운 질서 속에서 삶을 재편하기 시작한다. 순간은 이때 구조물처럼 실현 가능성을 타진한다. 가능했을 어느 순간들이 서로 교차하면서 통점(痛點)과 공점(共點)을 백지 위에서 창출하는 것은 바로 이때다.

> 수없이 미루기도 하고 정반대로 가면 잠깐 보이기도 하지
> 희박할 것 같던 접점 하나를 남기고
>
> 다시 무한히 어긋나기 시작한다

지붕을 가로지르던 고양이가 선인장을 쓰러뜨리고
긴 통로를 지나
기적처럼 전화가 울린다

또 하나의 가능성을 기대하면서

돌멩이의 땀샘이 열리길 기다리는
구름의 낮은 주문처럼

─「전이」부분

모든 것이 이렇게 시의 재료가 된다. "소파의 재료/ 아침의 재료/ 눈물의 재료"는 곧 시의 재료, "무르고 촉촉하고/ 관계 사이를 통통거리는 소립자"(「친밀감」), 그러니까 항용 어떤 점이다. 김미령에게 '점'은 그 자체로는 의미가 없다. 점과 점이 접점을 이룰 때, 그 순간, 무엇이 고이고 또 사라지는지, 그들이 맺는 관계와 작용, 그 전이(轉移)의 과정에 주목하기 때문이다. 한차례 생겨난 이후, 물론 이 접점들도 기지(旣知)의 범주에 안주하여 곧 "클리셰"가 되어 버린다. 바로 직전, 시인은 "또 하나의 가능성에 기대하면서", "다시 무한히 어긋나기 시작"하는 순간에 눈길을 준다. 오로지 '과정'으로만 존재하는 전이의 순간들로 일상이 재편되기 시작한다. 점과 점의 전이가 시인에게 "가능성에 도달하기 위해 통과해야 할/ 수많은 물방울의 뺨"과 같이 그려지는 이유가 여기에 있다. 일상은 사실, 점과 점이 접점을 이루고, 이 접점이 새로운 접점과 충돌하며 그려 나가는 주관성의 운동이며, 그는 이 운동 속에서 제 시의 씨앗을 보고, 이 씨앗을 깨트리면서, 시적 순간의 도래 가능성을 타진해 나갈 뿐이다.

당신은 한순간 공중에 붙들려 있다

시작이 잘못된 웃음은 그냥 찢어 버리는 게 나아요 그렇게 말해 주고 싶
었지만

자루를 어떻게 얼마만큼 벌릴까
언제 다시 묶을까
엄마께 물어보고 싶네

정교한 웃음에는 바늘을 꽂을 수 없어요
얼음 위에서 아직 더 미끄러질 일이 남았는데
기우뚱거리며 어기적거리며
조금 더 머물러요

실패한 도입부를 분질러 땔감으로 써요
돌림노래처럼 앞니를 돌려요
옷깃에 밥풀을 묻히고 안심하며 웃어요

절정은 저기 졸고 있는 사람 위 꺼질 듯한 불빛처럼 깜빡이고

눈이 부시다면 눈을 감아요
가운데 던져 넣을 차고 단단한 동전을 준비해요

반짝이는 눈이 탁자 위에 다 내리고 나면

따뜻하게 입어요
웃음의 이후로 건너가기 전에

―「앞니에 묻은 립스틱처럼」

시인에게 일상은 벌써 시를 품고 있는 모종의 조각품과 다르지 않다. '착상'("당신은 한순간 공중에 붙들려 있다")에 붙잡힌다. 새로운 이 '고안'("시작이 잘못된 웃음은 그냥 찢어 버리는 게 나아요")은 비판에서 시작된다. '구성'("자루를 어떻게 얼마만큼 벌릴까/ 언제 다시 묶을까")은 문장이나 낱말에 대한 선택에서 전반적인 배치나 조직과도 관련된다. '각성'("정교한 웃음에는 바늘을 꽂을 수 없어요")의 순간이 찾아온다. '방법적 의심'("기우뚱거리며 어기적거리며/ 조금 더 머물러요")은 필연적이다. '편집'("실패한 도입부를 분질러 땔감으로 써요/ 돌림노래처럼 앞니를 돌려요")과 '퇴고'("옷깃에 밥풀을 묻히고 안심하며 웃어요")를 통한 교정의 시간은 '시적 도래-순간의 체현'("절정은 저기 졸고 있는 사람 위 꺼질 듯한 불빛처럼 깜빡이고")을 위한 밑거름이다. '완성'("반짝이는 눈이 탁자위에 다 내리고 나면")되고 나면 다시 '착수'("웃음의 이후로 건너가기")해야 한다. 작품은 일상에서 '시적인 무엇'을 일깨우는 일련의 절차와 과정과 고스란히 포개진다. 김미령에게 시는 구성의 산물, 다시 말해, 일상을 두드리고, 일상을 잇고 덧대면서, 새로운 것을 끊임없는 고안하는 과정이자 평범한 순간들을 독특하게 재편하고 새롭게 무언가를 꺼내는 행위인 것이다. 잊지 말아야 할 것은 착상-고안-구성-각성-의심-퇴고 등을 일상에서 일상의 언어로 재구성한 만큼, 그의 삶이 시 창작 과정과 마찬가지로 재구성된다는 점이다. 한 편 더 읽어 보자.

백 개의 의자들이 밤마다 서로 자리를 바꾼다
날이 밝을 때까지 미친 궁리처럼

끝없이 문장의 순서를 뒤바꾸듯이
집을 나섰다가 돌아와서 신을 바꿔 신고 다시 나가듯이
종일 같은 일을 반복하는 것이 그의 종교인 듯이

어디부터 시작하지? 계속 중얼거리며

내 손끝에서 끝없이 벽돌 조각이 태어난다
백색 퍼즐처럼
모두 무의미한 형태
다 맞추면 기억이 깨끗이 지워질 것이다
머릿속에서 해머 소리가 끊이지 않는다

모든 경우의 수를 동원하더라도 정답은 아니지
당신에게 나를 두들겨 넣을 수도 있고 금니처럼 어색하게 반짝거릴 수
도 있지만
멈추지 않는 것이 유일한 나의 문법이다
멈추는 순간 나는
파묻혀 죽을 것이다

문득 돌아보면 돌가루 덮인 나의 등 뒤로
흰 얼굴들이 지나간다

방금 틈을 다 메운 완벽한 벽 한 채처럼
— 「테트리스가 끝난 벽」

그는 삶의 경력을 가지고 시의 이력을 쌓아 올리는 일에 전념한다. '멈
출 수 없음'을 유일한 문법 삼아 착수하는 이 시적 실천에서 "정답"은 늘
부재할 수밖에 없다. "모두 무의미한 형태"를 깨트려서 시적인 것을 일상
에서 꺼내고자 하는 이 궁리의 시학은 삶을 특수한 순간과 순간으로 전환
해 내는 끝없는 작업에 바쳐지며, 고안의 순간은 삶을 시적 질서로 재구성

하는 사건이 된다. 거꾸로 이야기해도 좋다. 삶을 재구성하는 언어의 주관적 실현으로 시가 탄생할 기획을 그는 꿈꾼다. 김미령의 시에서 자주 목격되는 시적 자의식은 제 안에 품고 있는 시원을 꺼내려는 이랑의 시도에 대한 비유적 발화로 표현된다. 일상은 그러니까 돌멩이처럼 단단하며, 시인의 언어는 돌멩이를 조각하는 망치와 정이다. 생활의 언어를 주조하면서 김미령은 묻고 또 되묻는다. 어떻게 시를 찾아낼 것인가? 과연 이것은 시인가? 시란 대체 무엇인가? 중요한 것은 이와 같은 물음이 현실의 울타리를 뛰어넘는 법이 없다는 데도 있다. 삶과 괴리된 언어, 삶을 추상화하는 구문, 그와 같은 문장으로 지어 올린 시는, 일상을 형이상의 극지로 몰아넣어 얻어 낸 추상의 발현일 뿐이다. 시는 이런 게 아니다. 일상이라는 이름의 단 하나의 시가 이와 같은 인식 속에서 탄생하며, 그의 삶은 이때 '쓰는 주체'를 고안하고 모색하는 일로 온통 뒤덮인다. 마찬가지로 일상 역시, 쓰는 행위 속에서 모색되는 주관적 순간들의 건축물로 전이된다.

김미령의 시에서 일상은 굴종의 시간 속에서 패배하거나, 예정된 반복 속에서 시르죽는 법이 없다. 시인은 종이 위의 한 점에서 출발하여 불가사리 모양으로 차츰 퍼져 나가는 사유의 물결을 따라가 "인과를 찾을 수 없는 열매들이 곳곳에서 떨어져 있"는 곳에 자주 머물고, "수직으로 솟구치다 이내 조용해지고 각자의 정맥으로 스며"든 순간에 빈번히 붙들리며, "순간의 가능성을 위해 우리의 테이블이 열"(「그곳으로부터」)릴 때까지 그는 기다릴 줄 안다. 그렇게 해서 제 삶의 굴곡들을 가파르게 오가며 생성되는 긴장의 순간으로 시적 발현의 흔적들을 발견한다.

> 손바닥을 내민다 오른쪽 어깨 높이만큼
> 이 위에 무엇을 올릴 수 있나
> 뭔가 말랑말랑한 것
> 혹은 둥글둥글 굴러가는 것

최후의 쟁반처럼 균형을 유지하면서 넘어지지 않으려고 애를 써야지

그 동작은 위엄이 없어라고 말한다면 왼발을 들고 달리고

그 동작은 상투적이야라고 말한다면

오른발을 들고 달려야지 꽥꽥거릴 필요는 없다고 생각하지만

난 이런 걸 구했어요 이것입니다 우리에게 가장 중요한 건 이 손에 다 담겨요

이렇게 의기양양 달릴 것이다 손바닥을 펴 들고 상체는 쏟아질 듯 앞으로 내밀면서

바로 이것입니다 어쩌다가 이것이에요 결국

이것이랍니다!

　　　　　　　　　　　　　　　　　　　　—「스푼 레이스」부분

　"균형을 유지하면서 넘어지지 않으려고" 애를 쓰며, "의기양양"하게 달리는 저 '질주'는 무엇인가? "상체는 쏟아질 듯 앞으로 내밀면서", "그 동작"이 "위엄"을 잃으면 "왼발을 들고 달리고", "상투적이야라고 말한다면" "오른발을 들고" 달려, 결국 무언가를 '구하고 마는' 아슬아슬한 질주를 통해서만 시인은 "이것"이라고 여겨진 모든 것들, "어쩌다가 이것"인 무엇, "결국" "이것"이라고밖에 표현할 수 없는 무언가를 발견할 수 있다고 믿으며, 그렇게 해서 "가장 중요한" 것을 담아낼 가능성을 찾아 나선다. 바로 "이것"인 무엇, 결국 "이것"인 무엇, 특수한 "이것"이라 할 무엇은, 나보다 항시, 한 걸음 앞지른다. 내 앞에서 보란 듯 자주 미끄러지고 다른 곳으로 잘도 빠져나간다. "서로 다른 방향으로 돌아앉아 밥을 먹고 있는" "이것"은 차라리 항상 다독이고 또 끌고 가며 발견하게 될 무엇, 미래로 함께 데려갈 무엇이다. 숟가락에 무언가를 담아 흘리지 않고 앞으로

내달려야 하는 마음은 삶에서 시를 궁리하는 마음이다.

우리는 서로를 모른다

끝없이 앞으로 나온다 제 순서가 되면
더듬거리던 문장이 채 끝나기도 전에 다시 뒤로 가 버린다
같은 동작을 반복해도
언제나 모르는 표정이다

—「중첩」 부분

그 말은 입에서 맴돌다가 모자를 쓴다
이제야 생각난 듯 문어체의 표정으로 너는 겨우
입을 움직이지

"다시 집에 가서 다른 문장을 데려올 테니 잠깐만 기다려주시기 바랍
니다"

어딘가 피가 돌지 않는 말을 물밑으로 늘어뜨리고 기다린다
아무리 천천히 놀고 있어도
데리러 간 아이는 오지 않는다

—「과도기」 부분

그렇다. 삶이 그러한 것처럼, 문장도 항시 미끄러진다. 입에서 맴돌던
입의 '구어'는 시가 되기 위해 '모자'를 써야 한다. 입말은 문어체의 표정
을 지향하지만 그것은 다시 입의 움직임을 저버리지 않을 때에야 비로소
시가 될 수 있다. "피가 돌지 않는 말"은 '피가 도는 말'이 될 때까지 기다

려야 한다. 그제야 말의 리듬을 획득한다. 구어와 문어 사이의 긴장이 과도기처럼 삶에서 펼쳐진다. 삶이 자주 실망스러운 것처럼, 애써 문장을 덧대어 봐도 시는 좀처럼 실현되지 않는다. 아직 오지 않은 것, 도래하지 않은 것을 붙잡고 새로운 문장을 고안하며 글을 쓰는 매 순간은, "다시 집에 가서 다른 문장을 데려"와야만 하는 순간이다. "더듬거리던 문장"이 "채 끝나기도 전에 다시 뒤로 가 버린" 상태에서 다시 시작해야 한다. 고안의 힘겨운 과정에 대해, 발화 직전이나 발화 이후의, 그러니까 근접 과거와 근접 미래의 사건처럼 미끄러지고 당도하고 미끄러지고 당도하기를 무수히 반복해야 할지도 모른다. "피가 돌지 않는 말"이 다시 발화의 순간에 오를 때까지 한껏 기다려야 할지도 모른다. 널리 인정받아 온 시적 표현들과 상투성에 갇힌 감정들이 시의 운명을 결정하는 것은 아니다. "누구도 그것을 기록하지 않기로 한 결정"(「과도기」)조차 고려해야 할지도 모른다. 그러나 어떤 상태에서도, 문(文)을 세차게 두드려야 한다는 사실은 자명하다. 일상의 문(門)이든, 백지 위의 문(文)이든!

3   관점

김미령의 시는 '과도기' 상태와 같은 생성과 전이, 과정과 관계에 대한 탐구를 통해 의미의 새로운 층위를 찾아내고, 특수한 감정의 공간을 열어젖혀, 독특한 장면들을 하나씩 만들어 나간다. 중요한 것은 이 시인이 대상-사물-세계의 의미가 바라보는 관점에 의해 결정된다고 사고한다는 것이다.

이별의 간격이 넓어지고 있다
다리가 길어지고 보폭이 느려진다

간격 하나를 뚝 떼어 내 목검 놀이를 하고 싶다
이 빠진 간격 사이에 머리를 내밀어 흔들흔들 숫자 놀이를 하고 싶다
홀수로 하나씩 건너뛰거나
열씩 스물씩
건너뛰며

팔분음표들이 쌓여 있다
점차적으로 늘어난 사분음표들이 그 위에 쌓여 있다
기다림이 쌓이는 동안
나의 우울과 나의 강박과 나의 실패를
간격 사이에 하나씩 끼워 넣는다
흘러넘치는 간격들을 내버려 둔다

—「간격놀이」 부분

사과를 돌려 깎아요
다 깎을 때까지 얼굴이 보이지 않아요
흰 벽을 따라 다 돌 때까지
흩어진 이목구비가 제자리를 찾을 때까지

나는 전방으로 달리고 있나요
뒷걸음질 치고 있나요

나와 같은 속도로 내 주위를 도는 행성처럼
계속 나를 비추고 있던 건
누구의 스포트라이트입니까

—「회전체」 부분

언제 우리는 충돌하지?

이마에 돋은 핏방울로 그림을 그리고 그 인상을 벽에 걸어둘 수 있을까?

작은 마디들을 기억해 두지 않는다면

유사한 장소에서 유사한 몸짓을 알아채지 못한다면

그들의 미소 때문에 가려진 부분을

접고 접어서 작아진 얼굴을

너는 아무렇게나 꽂아 두고 가끔 컵 받침으로나 쓰고 있지

내가 감행했던 대각선이 먼 훗날 반대의 대각선과 짝을 이루고

결국 구체적인 형태로 우리는 만날 것인가

미리 계산한 듯 헤어졌던 것인가

계단의 개수를 끝없이 헤아렸지만 이 너머에 또 다른 계단들이 이어져 있는 것인가

발 옆에

세 개의 돌멩이가 모여 있는 구조

—「프렉탈」 부분

빨래를 널었다. "골목과 의자와 담과 담쟁이넝쿨"의 모습이 물방울에 오롯이 담긴다. 물방울은 두 가지 관점에서 포착된다. 떨어지는 빈도가 차츰 줄어든다. 물방울과 스웨터의 "이별의 간격이 넓어"진다고 말한다. 물방울이 떨어지니 스웨터에 다리가 달린다. 줄이 희미하게 윤곽을 드러낼 찰나에 시선이 꽂힌다. "다리가 길어지고 보폭이 느려진다"고 적는다. 슬로비디오를 보는 것처럼 시간에 주관의 옷을 입힌다. 그러다 정지시킨다.

"간격 하나를 뚝 떼어내 목검 놀이"를 한다. 동작의 물성(物性)이 시에 부재하는 시간을 만들어 낸다. 환각이나 환상에 의지한 비유가 아니다. 매우 사실적인 관찰을 섬세하게 묘사한 결과일 뿐이다. 물방울의 수를 세어 본다. 하나 둘 셋 넷… 분절의 차원이다. 물방울 하나하나에 새로운 시간의 질서를 부여하기로 한다. 홀수와 짝수로 나누어 세어본다. 바닥에 부딪혀 툭하고 퍼진 모양새가 음표를 닮았다. "팔분음표들"이 바닥에 쌓여 있다. 시간이 점점 늘어난다. "사분음표들이 그 위에 쌓인다." 물방울이 떨어지는 "간격 사이"에 골몰하며 그곳에 토해 낸 "나의 우울과 나의 강박과 나의 실패"는 이처럼 시간의 조절과 사물의 분절에 힘입어, 일상을 새로운 의미의 질서로 구축해 낸다. 사과를 깎는다. 오른손은 과도를, 왼손은 사과를 쥐고 있다. 끝나기 전까지 과육이 제 모습을 전부 드러내는 것은 아니다. 그러려면 "흰 벽을 따라 다 돌 때까지" 껍질을 조금씩 벗겨 내야만 할 것이다. 본질과 현상 사이의 역치("흩어진 이목구비가 제자리를 찾을 때까지")가 발생한다. 껍질을 벗겨 내는 순간은 역설적으로 본질을 회복하는 과정이다. 두 손이 수행하는 기능은 모순으로 결합된 두 개의 명제처럼 다루어진다. 과도를 쥐고 있는 오른손이 왼쪽으로 돌아가고("나는 전방으로 달리고 있나요") 애초 사과를 쥔 왼손은 오른쪽으로 돌아간다.("뒷걸음질 치고 있나요") 모순은 늘 하나로 맞물려 있으며, 삶에서 역치를 수행하는 하나의 행동이다. 시점은 단순히 뒤바뀌는 것이 아니라, 대상-화자 사이의 붕괴를 수행한다.

구조적으로 유사하거나 동일한 것들은 실상 현실에서, 자주 다른 형태의 사물로 인식될 수 있다. 그 순간, "언제 우리는 충돌"하는지, 그 여부를 하나하나 따져 보거나, "저는 어디에 끼워져 있는 겁니까?"(「프렉탈」)라고 물음을 던지는 일이 시인에게는 고유한 시적 문법을 고안하여, 일상과 기억, 관계를 새로운 사유의 영역 속으로 끌어들이는 작업과 연관된다. "작은 마디들을 기억해 두지 않는다면" 우리는, 가령 겉보기에 완전히 다르지만 커피 잔과 도넛은 위상동형(位相同形, isomorphism)을 이루고 있다는 사실을 제대로 인식하지 못한다. 이제 당신의 발 옆에 돌멩이 세 개가 모여 있다고 생각해 보라. 다양한 종류의 삼각형, 혹은 직선에 가까운 형태를 그려, 서로 달라 보일 것이다. 그러나 이 세 개의 물체의 구조는 실상 동형이다. 매우 다양한 형태로 존재하는 세상의 계단들도 마찬가지의 원리에 기초한다. 김미령은 현실에서 표상되는 수많은 저 이질적인 것들이 사실 동형으로 이루어졌다는 사실에서, "내가 감행했던 대각선이 먼 훗날 반대의 대각선과 짝"을 이룰 가능성의 알리바이를 찾아낸다. 그렇게 "작은 마디들을 기억"할 이유가 시에서 모색된다.

김미령은 바로 이러한 방식으로 시라고 우리가 부를 '타자', 그러니까 "너의 감정이 입장"(「파도의 새로운 양상」)하는 순간들을 삶에서 발굴하려 시도하고, 일상에서 그렇다고 느낄 수 있지만, 표현을 잘 해 내지 못하는 다양한 층위의 감정을 말의 실천적 영역으로 섬세하게 끌고 온다. 매 순간을 찬찬히 둘러보며 고심하여 이질적인 것을 서로를 덧대고 실현 가능성의 영역으로 끌고 와 특이한 질서 속에서 서로 연결해 내면서, 삶 자체를 특이한 발화, 즉 시적 사건으로 환원해 내고자 시도한다. 그의 손에 들려 있는 어떤 문장이든, 어떤 낱말이든, 삶의 경험과 결합하여, 제 구성의 가치를 획득하는 순간은 이렇게 모종의 '결정'이 행해진 순간이다. 이와 같은 과정을 되풀이하며, 그는 자신의 삶에서 물결치는 숱한 경험들과 제 생의 주위에 널브러져 있는 기억의 파편들을 고유한 말의 질서 하나로 그러모아, 결정적 시적 순간들로 되감아 내고 조직한다. 김미령 시의 힘은 여기에 있다. 사유하게 하는 시, 생활에서 시를, 시에서 생활을, 그 과정에서 독특한 상상력과 특이한 구성으로 삶의 평범한 영토를 고유한 발화의 사건으로 점령해 내는 시, 단 한 번도 자신의 지금-여기를 떠나, 시를 추상의 영역으로 훌쩍 이동시키지 않으려는 시는 어떤 방식의 형이상학도 시에서 나래를 펼치지 못하게 단단하게 단속하는 동시에, 시인에게는 빼어난 재능을 발휘하게 할 근본적인 힘으로 자리 잡는다. 이렇게 그는 "목이 쉰 팬터마임"을 삶에서 발견하며 세상의 모든 풍경들, 바로 그 "수면을 핥는 바람의 혀"로 "수많은 기호들을 파생"시키는 시를 선보인다. 항상 "새로 태어난 관점 하나"를 붙잡고 수많은 기획을 일상이라는 재료를 들고서 실현해 내는 시, "인터체인지"와 "스타디움"과 "갯벌레들" "고생대 식물들"을 "주체할 수 없는"(「파도의 새로운 양상」) 시선과 감정, 문장의 독특한 구성으로 되감아 내는 시, "어색했던 풍경들에게/ 다시 백치미를 돌려"(「서 있는 사람」) 주려 시도하는 시로 제 첫 시집을 빚어 내었다. 이것은 허구가 아니다. 그의 시에 사실 픽션은 없다. 그는 차라리 낱말을 깨고 구문을 부수며, 말의 가능성에 최대한의 내기를 걸기 때문이다.

그럴 땐 파를 썰겠습니다
기네스북에 오를 만큼 높이

악의적으로 파를 이용하겠습니다

어떤 혁명가가 어둠 속에서 작은 실패들을 다독이듯이

칼이 아닌 칼의 소리에 심혈을 기울이겠습니다
송송송이 총총총이 될 때까지
파가 손가락이 될 때까지
배경이 주제가 되고
예상치 못한 장면에서 주제가가 울려 퍼지도록

작고 푸른 고리들이 튀어 오릅니다
간격에 심취한 사람처럼

어느새 소리보다 먼저 수북해진 침묵이 있습니다

이유를 모르는 길이에 집중합니다
전후 상관없이 밀려드는 대로
파가 아니라 파도라도 좋습니다
점점 굵어지거나 가늘어지지 않도록 속도를 조절하면서
—「시위자」 부분

    제 글에서 패배하지 않으려면, 그날의 문장을 고안해야 한다. 고유한 숨결을 불어넣는 일이 필요하다. 계속해서 패배하지 않으려면 여러 개의 문장이 필요하다. 패배를 지워내려면 이보다 더 많은 문장이 필요할지도 모른다. "어떤 혁명가가 어둠 속에서 작은 실패를 다독이듯" 낱말과 낱말의 접점을 찾아내고, 이미지와 이미지의 전이를 기획하며, 문장과 문장의 파격적인 구성을 통해, 삶의 새로운 타자들을 발견하는 일에 그는 몰두한다. 그는 이렇게 "악의적으로 파를 이용하겠"다고 말한다. 길이에 집중을 하는가 하면, 어느새 음성의 예기치 않은 힘에 주목한다. 시간을 재편하는가 하면, 공간을 다층적으로 구성한다. 그의 기획은 일상을 깨트리는 일에 가깝다. 그는 말로 일상을, 일상으로 말을 깨트린다. '파'(破)의 실패가 필연적으로 '파'(波)를 산출한다. 이것은 실패의 여진이 아니다. 생성되기 시작한 말과 이미지, 사유의 운동이다. "파가 아니라 파도라도 좋"다고 그는 말한다. 실패의 연속이라는 것일까? "뭔가 열심히 잘랐지만/ 아무것도 잘리지 않았습니다"라고 제 작품을 마무리한 것은 시적 기획이 사실 목적을 달성할 수 없는 시도, 그러니까 지속되는 상태와 과정으로만 존재하며 제 가치를 지니는 일련의 기획이기 때문이다. "금새 초록의 목적이 실현되"고 마는 일은 따라서 김미령에게는 가능하지 않은 일이 된다. 기획은 목적에 종속되지 않는다. "소리보다 먼저 수북해진 침묵"이 도처를 지배하고 만다는 사실, 바로 이 지점에서 다시 착수해야 한다는 사실에 그는 이렇게 방점을 내려놓는다. 고삐가 잡히지 않고 계속 미끄러지듯, 언어가 무한이며, 상상력이 무한인 것처럼, 일상은 무한에서 순간과 순간의 구조물이자, 무한한 사유가 응집되어 있는 가능성의 장소이기 때문이다. "흩어진 종이들의 피로"를 뒤로 하고, 그는 "한 자루의 느낌표"(「통굽의 억양」)를 찍기 위해, 다시 백지를 마주할 것이다.

4 심연

뛰어난 이미지스트는 통사의 새로운 구축과 구문의 고안을 통해 제 재능을 발휘한다. 영롱한 불구덩이가 하늘에 하나 매달려 있다. 땅에서 살짝 솟아나 표류하는 것과 같은 상태를 담아내려 마음의 빈 곳에서 빛이 새어 나오는 시간을 헤아리는 일은, 정확히 일몰 이후의 거처를 마련하느라 저 허공과 삶의 바닥에서 너부러지는 데 여념이 없는 사람들을 향한다. 이상한 착각은 아니다. 지상 위에 허공이 숭숭 구멍을 내면, 그 사이 죽음의 그림자가 살짝 몸을 내밀기도 했을 것이다. 정확히 일상의 일이다. 그러나 그것을 포착하고 형상을 그려 보는 일은 언어가 한다. 우선 검은 원 두 개를 머릿속에 그려 보자.

겨울 점퍼 모자 달린 겨울 점퍼 모자에 털 달린 겨울 점퍼 모자에 굶주린 들짐승이 달린 겨울 점퍼 털 테두리 안의 까만 얼굴 암컷 테두리를 감은 까만 얼굴 수컷 테두리를 두르고 암컷 테두리에 둘러싸인 까만 얼굴 테두리가 풍성할수록 까만 얼굴이 잘 메워지고 뿌연 하늘에 굵은 눈발이 몰아치고 얼굴은 동굴 속으로 깊숙이 들어간다 겨울을 기다렸어요 언제나처럼 커다란 동그라미를 공중에 그렸어요 선천적으로 우리는 견디는 것을 숭

배했어요 동그라미들이 모여서 일제히 어디론가 향한다 더 깊은 동굴 안을
향한다 동그라미들이 겹친다 화재경보기 옆에서 키스를 한다 정류장에 한
줄로 서서 동그라미를 뻐끔뻐끔 내쉰다 우리들의 이글루 이글루를 무덤처
럼 목 위에 달고 얼굴들은 거리에 서서 겨울잠을 자는 얼굴들은

             —「오메가들이 운집한 이상한 거리의 겨울」전문

하나의 형태에서 착안하였다. 다른 층위의 동형인 형태를 여기에 포개
어 놓았다. 하나의 테제, 그러니까 죽음이나 고립이, 이제 현실의 풍경에
제 숨을 몰아쉬기 시작한다. "나는 알파와 오메가요 처음과 나중이요 시작
과 끝이라"는 성서의 한 구절을 여기서 떠올릴 수도 있다. 그러나 중요한
것은 우선 오메가(Ω)의 형태다. "무덤처럼 목 위에" 오메가가, 아니 이 문
자가 제 형태 그대로 달려 있다. 모자가 달린 "겨울 점퍼"를 입은 두 사람
의 "키스"와 또 다른 여럿이 죽음의 행렬처럼, 끝을 상징하는 오메가처럼,
그러니까, 의미와 형태의 차원을 동시에 머금고, 늘어서 있다. 바로 이와
같은 방식으로 시인은 그들의 운명으로 침투하는 데 성공한다. 버스 정류
장의 해질 무렵은, 모자의 원형을 '거꾸로 부조하듯' 깊이 도드라지게 하는
작법을 통해 선명한 이미지로 그려진다. "겨울을 기다렸어요 언제나처럼
커다란 동그라미를 공중에 그렸어요 선천적으로 우리는 견디는 것을 숭배
했어요"는 누가 한 말인지 경계가 모호한 상태에서 복합적인 감정과 주관
이 적재된 시적 장소를 만들어 낸다. 보는 자-보이는 자, 화자-대상의 이
분법이 붕괴되면서, 개인적이고 공동체적인 목소리, "더 깊은 동굴 안으로
향"하는 미지의 목소리가 버스터미널 범속한 겨울 거리 풍경에서 시적 순
간을 찢고 밖으로 나오기 시작한다. 이미지들은 논리적 접착력을 잃은 대
신, 자아-화자-대상의 함몰로 생겨난 시적 주체의 자리를 발산한다.

    돌스프가 우룽우룽 끓는다

젤리국자가 쿨렁쿨렁 웃는다

젤리가 불가능에 기여하려는 순간에 대해서라면
명랑한 사기꾼을 사랑하게 될 수도 있다

물체가 되기 직전
우리는 어떤 표정을 지어야 하나

숨이 차오르는 임계점에 대해 꽃들은 씨앗에 기록을 한다

절정 앞에서 멈추는 연습하다가
발 위로 많은 발목들이 떠나갔다

남겨진 수많은 발들을 감상하기에 좋은 아침

—「젤리국자와 돌스프」

　김미령이 크로키처럼, 일순간을 포착하듯, 첫 느낌을 존중하여 세밀하게 담아낸 시 마디마디에는 일상의 결들이 매달려 있다. 이 시인은 시각-청각-후각을 복합적으로 활용하여, 일상의 범속한 순간에 찾아든 느낌을 다각도로 살려 내고, 후차적으로 그 감각에 부응하는 이미지를 의미-형태의 차원에서 고안하는 데 성공한다. 가령 가로등의 전구를 비유한 "더러워진 압박붕대 위로/ 밀려 올라간 입들/ 밀려올라간 구토들"(「레깅스」)은 사물의 이미지를 보는 시각보다 이미지에 '생'을 불어넣는 입김이 압권이다. 물화(物化)에서 생화(生化)로의 전이가 일어나는 지점을 고안할 때, 시가 생활을 찢고 몸을 내밀기 시작한다. 이는 보기의 가능성에 대한 열망의 소산이라 할 수 있지만, 이미지와 의미 사이의 공동(空洞) 지대를 만들고

거기에 신체의 부위를 포개어, 결국 이미지에 살아 있는 행위를 접목시킨 결과에 더 가깝다. 이는 "숨이 차오르는 임계점"을 "씨앗에 기록"하듯 백지 위에 남기는 일에 다름 아니다. 이를 통해 "불가능에 기여하려는 순간"에 한껏 기투하는 일, 그것은 마치 일상에서 결코 끓일 수 없는 음식을 끓여 보려 시도하는 일, 담을 수 없는 도구를 쥐고 무언가를 담아 보려 애쓰는 일과도 닮아 있다. 김미령은 절정을 유보해야 하는 순간까지 밀어붙여 독특한 이미지를 고안하고 이 이미지를 일상의 재료를 통해 살게 한다. 이러한 방식으로 그는 일상의 재료들이 내지 않는 소리를 들으려 하고, 일상에 스며들어 있는 잠재적 실체를 씨실과 날실로 조직된 말의 질서 속에서 담아내려고 한다. 일상과 시, 시와 삶, 언어와 사물의 이분법은 여기서 붕괴되며, 모든 순간들과 공간들, 온갖 재료들이, 시적 질서 속에서 재편되면, 불가능과 가능, 생명과 무생명, 보기와 듣기, 이미지와 의미, 개인과 타자, 일상과 시 사이의 작위적 구분도 어느새 뒤로 물러나고 만다.

5 비판

시의 애매함은 난해함이 아니다. 시가 태생적으로 지니고 있는 특수성이 바로 애매함이다. 애매함은 낱말이나 통사의 논리적 구조 속에서 가지런히 해명되지 않는 고유한 지점들이 생성되는 장소다. 언표와 발화의 층위라고 해도 좋고, 내부와 외부라고 불러도 좋다. 이 두 가지 층위는 서로 어떻게 다른가?

네가 오고 있어서 거리는 멀고 모든 창문은 빛을 반사시켜 이 안은 어둡다

거기와 여기 사이

모두 있다 이마를 짚으며
작고 사소한 문제를 일으키며
지연되지 않아서 지금 죽는 것들

문손잡이가 반짝이고 있다
문손잡이는 없어도 되지만 지금
있다

                             —「다가오는 사람」 부분

양말을 신지 않고는 말할 수 없습니다.
미끄러지기 때문입니다
위기의 감촉은 보들보들하고 털이 있고
(……)

그 기억은 테이블 아래 껌처럼 붙어 있었습니다
구겨진 휴지들이 부풀어 오르고 쓰레기통이 비밀의 집이 될 때까지 우리는 본론을 찾지 못했습니다

                             —「양말이 듣는 것」 부분

내 말은 이미 굴러갔고 그 공이 흐르는 방향을 우리는 함께 지켜본다 고쳐 말하지 않고 그냥 놔두면 무엇을 쓰러뜨리는지 너의 상상이 툭툭 불거진다

                             —「공이 흐르는 방향」 부분

'문손잡이는 없어도 된다'는 것일까? 문손잡이는 없어도 괜찮지만, 지금 여기에 '있다'라는 말일까? 김미령은 시를 쓰는 순간의 마음, 더러 애매하지만, 매우 결정적이기도 한 순간의 심정, 시가 도래하기를 바라는 마음을 표현하려 시도한다. "네가 오고 있어서 거리는 멀고, 모든 창문은 빛을 반사시켜 이 안은 어둡다"고 묘사한 저 추상의 방, 그러나 가만 따져보면, 당연히 문손잡이가 있을 법한 방문을 열기 위해 문손잡이를 돌릴 것인가. 확신하지 못하는 대신, 바람이 더 간절하다고 시인은 고백한다. "애매한 곳을 긁기 좋은 모서리를 찾는다"(「우스꽝스러운 뒷모습」)와 같은 문장 역시 애매함을 그 안에 감추고 있다. '시적 진실'을 찾아내 정답처럼 제시하는 것이 매우 우스꽝스럽다는 사실을 비유한 이 작품에서도 시의 태생적 애매성과 그 가치는 통사의 차원에서 실현된다. 우리는 위의 문장이 '애매한 곳'과 '긁기 좋은 모서리'를 '동시에 찾는다', 라고 읽어야 할지, '애매한 곳을 긁어 주기에 적절한 모서리'라고 읽어야 할지 결정할 수 없다. 통사의 구성으로 벌써 애매함의 의미를 실현하는 동시에, 시가 무언가 진리를 주장할 때의 아이러니를 폭로하고 비판적 실천을 감행한다는 사실을 알게 된다. 시인은 항상 두 가지 목소리를 들으려고 시도한다. 이처럼 "양말을 신지 않고는 말할 수 없"다고 말하는 시인의 전언은 일상에서 서로 연결되기 어려운 동시다발적 기억들, 다시 말해 최소한 두 개의 발화로 울려 나오는 삶의 입체적인 단면들을 단 하나의 시적 목소리로 담아낼 가능성을 시인이 타진하고 있다는 사실을 알려 준다. 김미령은 이처럼 "고쳐 말하지 않고 그냥 놔두면 무엇을 쓰러뜨리는지" 지켜보며 상상력에 의탁해, 예측 불가능한 삶의 잠재적 지형도를 그려 보는 일에 매달리며 이러한 자신의 작업을 "작은 망치 하나 들고 세상의 무릎을 두드리고 다니는 지질학자"(「손이 떠 있는 높이」)의 일과도 같다고 말한다. "의심이 자라"나는 소리에 귀를 기울이고 "너의 눈을 더 잘 들을 수 있"도록 저 "재난 같은 허기"(「식물 일기」)의 시간들을 기록하는 것은 비판적 실천이다.

그가 박수를 치자 내 생각이 급선회했다 내 생각은 달리고 있었다 자신의 박수 소리가 근사한지 그는 다시 박수를 쳤다 박수가 박수를 모방하고 박수가 박수를 격려했다 그는 틈을 두고 치다가 삼삼칠로도 쳤다 그의 손바닥에서 나는 짓이겨졌다 박수를 치다가 그는 벌떡 일어났다 나는 바닥에 툭 떨어졌다 리듬에 맞춰 생각할 수도 있겠지 손바닥에서 침 튀기듯 멀리 날아갈 수도 있겠지 나는 그의 박수를 응원하고 싶어졌다 박수의 안에서 밖으로 나가고 싶어졌다 손들이 박수를 호위하며 소리의 둘레를 북돋운다 발화가 시작되려는 지점에서 나는 기다린다 어떤 도약은 예기치 않은 곳에서 예기치 않은 방향으로 진행한다 그의 박수는 실패할 수도 있다 박수에 의해 박수가 궁지에 몰릴 수도 있다 손가락을 최대한 모으고 함성을 더해 무엇이 무엇을 토끼몰이 하다가 나동그라지는지 보기로 한다 박수의 뒤에서 박수를 기다리며 볼륨을 조절하며 신중하게 또는 발랄하게 나는 박수를 친다

—「박수의 진화」

시인은 규칙이 뻔한, 진부한 '박자'에 의지해 시를 궁굴리지 않는다. 단순히 반복에 의지하는 리듬은 시를 퇴화시킨다. '박수'는 이렇게 규칙적이고 뻔한 시의 문법을 가리키는 것이기도 하지만, 또한 서로 모방하고 부추기고 짓이기고 호위하고 북돋우면서 통속의 논리를 구축해 가는 문단의 생리를 비판하는 것이기도 하다. 모두가 '토끼몰이'를 하듯 이런 유행, 저런 유행, 이런 스타 저런 스타들을 좇으며 몰려다니는 행태 역시 이렇게 비판의 반열에 오른다. 시인은 시에서 통용되어 왔던, 그러니까 어느 시기에는 시의 정수나 미덕으로조차 간주되었던 저 통념을 부수어 진부한 "박수의 안에서 밖으로 나가고 싶어졌다"고 말한다. "소리의 둘레"를 뚫고 밖으로 나아가려는 이 행위, 그러니까 새로운 "발화가 시작되려는 지점"에서 다시 기다리는 행위는 비판에서 착수될 수밖에 없다. 무엇을 기다리는가? "어떤 도약", "예기치 않은 곳에서 예기치 않은 방향으로

진행"될 미지의 말들이 생성될 때까지, 일상의 소품들과 재료들을 재구성하면서, 일상을 찢고, 일상을 보듬어 고유한 질서를 이룰 때까지, 그는 "박수의 뒤에서 박수를 기다리며 볼륨을 조절하며" 시적 기획을, 일상에서의 미지로의 투신을 꿈꾼다. 하여, 모든 것이 사실 비판의 대상이 된다. 고루한 도식에 빠진 이야기들, 진부하고 지루한 문장의 구성, 지나치게 고르게 전개된 글, 아름다움을 고지하고자 서둘러 주워 담은 추상적 낱말들, "가지런히 엎드린 손"으로 쓰는 "대부분의 결론"들, "방부제 냄새"가 폴폴 풍겨 나는, "경색된 쉼표들이 서서히 마침표가 되어 가"(「환기 ? 헛기침과 말더듬과 부적절한 소음들」)는 글에게 대고 "넌 왜 이렇게 가니?"라고 시인은 비판적인 물음을 던진다. 차라리 시인에게는 "의도가 제거된 비둘기/ 의도가 제거된 캔 커피/ 의도가 제거된 하수관 공사"에서 제 글을 착안하는 작업, 그렇게 "자신의 쓸모를 사용하지 않는 기술", 그래서 차라리 새로운 발화로 "종착지를 계속해서 미끄러지게 하는 이유"를 끊임없이 글에서 캐묻는 작업이 훨씬 더 가치 있는 일인 것이다. 김미령은 바로 이러한 방식으로 "어제의 조화로운 농담과 영원히 결별"하려 시도하고, "싸울 게 아무것도 남아 있지 않다는 듯", "가장 무심한 동작 하나"(「밀리터리룩」)에서 착안하여, 진부함과 낡음, 전통의 고루함과 싸움을 개진한다. 김미령은 시가 비판적 발화이자 사유이며, 부정성의 정신에 토대를 두고 저 미지의 시간을 향해 투척하는 비판적인 통사의 실천이라고 말한다.

나는 아니라고 해도 그가 나는 아니라고 한다 나는 아닌 것이 아니라고 해도 아닌 것이 아닌 것이 아니라고 한다 이쯤 되면 아닌 것이 아니지 않느냐고 묻지 않아야 나는 아닌 것을 지킬 수 있다 이제 아닌 것이 아니리 아니리 말하지 않는다

나는 나를 위증한다

진창에 빠진 공은 진창의 것
구하지 않는 눈빛은 눈빛의 것

미치지 않는 장소에 손이 있다
손이
얼고 있다

미처 미치지 않은 명랑한 발들이 공을 가지고 논다
상상하지 못한 곳에서
당도하지 못한 의지를 차며 논다

어느 날
아닌 것과 아닌 것들이
모여 논다

—「공이 흐르는 방향」 부분

시는 근본적으로 비판이다. 시는 "급히 몰아넣은 활자들"(「부조리극」)
에 대한 비판이며, "문장의 안도감"(「9를 극복하고」)에 대한 비판이자, 문
장과 문장이 결합되는 방식에 대한 근본적인 비판이다. 기법과 도식, 규
칙과 클리셰, 낡은 비유에 대한 비판이자, 시임을 가장해 온 모든 시도들
에 대해 "멈추지 않는 것"을 단 하나의 "문법"(「테트리스가 끝난 벽」)으로
삼아, 착수하고 개진하는 비판이다. 시는 추상에 대한 비판이며, 아닌 것
을 아니라고 말하지 않는 행위에 대한 비판이다. 아니라고 말하는 행위와
아님을 가장하는 것 사이, "유니폼"을 입고 "어색한 몸짓과 낭패감이 번
진 표정"을 지으며 "성실한 세계의 일원"(「흉내 내기」)이고자 하는 모방과
"땀에 젖은 리듬들" 저 "알 수 없는 음악"(「무용」)의 고안 사이에서 벌어

지는 치열한 싸움이다. 시는 "단결한 구름 덩이들"처럼 "유사한 형태"의 "죽은 용어들"의 저 "익숙한 패턴"(「영어들」) 앞에서 굴복을 하는 것이 아니라, 부정의 연쇄를 만들어내는 말의 겹침에서 뿜어 나오는 아이러니와 모호함에 과감히 입사하여, 지금-여기의 '아닌 곳'과 '아닌 것'의 저 끝에 도달하려는 의지이기에, 결국 비판인 것이다.

6 미완-예술

김미령은 부정의 변증법적 테제를 완성하는 일보다, 테제에 대한 '반(反)'의 고리를 고안하는 미지의 일에 몰두하는 것으로 보인다. '합'이란 김미령에게 단지 도래할지 모를 미지의 무엇으로만 남겨질 뿐이며, 바로 여기서 시적 도래의 꿈도 함께 피어오른다. 다가오거나 다가갈 무엇, 방금 빠져나갔거나 한 발 멀리 내딛고 있는 것들을 현실에서 촉발시키려는 순간 발생하는 미끄러짐의 세계로 현실을, 삶을, 일상을 비끄러매고, 주관성의 깃발을 꽂으려는 행위로 그는 제 첫 시집의 기획을 진지하게 실현하며, "너의 경향이 나의 경향이 될 수 없"(「갑자기 모든 것이」)는 이유를 끊임없이 따져 묻는다. "꿈꾸던 그곳으로 모든 실패가 시작되던 처음의 그곳으로" 향하는, 미완의 기대 속에서 자주 주관성을 꽃피우려 시도하는 그의 시에는, "손에 쥔 곤봉을 높이 던져 모두 떨어뜨리는 미친 광대의 저글링"(「노랑의 윤리」)에 맞서, 아직 완수되지 않을, 어쩌면 완수될 수 없을 사건 자체로 이 시대의 비극을 사유하려는 힘겨운 노력이 자리한다. 미완의 일상에 대한 끊임없는 사유는 김미령에게 있어 일상에서 발견해 나가는 예술에 관한 사유로 불거져 나온다.

공이 바닥에 균일하게 머릴 쩧을 때 우리의 취미는 제법 근사해 보입

니다
　동작이 의태어를 따라하고
　소리가 의성어를 따라합니다
　공중에 땀 냄새를 좀 칠하고 퍽퍽 쓰러지는 효과음도 바른다면 기분이
실제를 능가할 것입니다

　반사해 보면 프로처럼 보입니다
　부분만 확대해 보면 예술적으로 보입니다
　유니폼을 입으세요
　어색한 몸짓과 낭패감이 번진 표정으로 당신은 성실한 세계의 일원이
될 수 있습니다

　새로 산 립스틱이 주황색을 흉내 냅니다
　찻잔이 찻잔의 예의를 흉내 냅니다
　오늘 나는 원피스 입는 흉내를 내었습니다

　꽃을 간섭하기로 하자 꽃이 한없이 커져서 코는 구석에 숨었습니다

　오늘의 먼지가 어제의 먼지를 모방합니다
　오늘의 건물이 어제의 건물 위로 애드벌룬을 띄웠습니다
　엉킨 차들이 교통사고 씬을 완벽히 연출하였습니다

　하늘이 온통 어둡습니다
　파도타기하듯 흉내들이 밀려가고 있습니다

　도로를 두 팔로 감독하는 비에 젖은 신호수에게 도시를 통째 맡기고 싶

습니다

―「흉내 내기」

이 작품은 시뮬라크르와 모방 전반을 통째로 **빠트려**, 새로이 기획하고 싶다는, 일종의 예술론으로 읽을 수 있다. 이 예술론은 기존의 언어를 "균일하게" 따라하는 "취미"에 반격을 꾀하면서 완성을 넘본다. '기분'이 '실제'를 능가하는 것이 바로 모방이다. 기계적으로 "실제"를 "반사해 보면 프로처럼" 보인다는 사실과 전체를 놓치고 "부분만 확대해 보면 예술적으로" 모든 것이 재현된다는 사실에 시인은 경각심을 갖는다. "유니폼"을 입고 "어색한 몸짓과 낭패감이 번진 표정으로 당신은 성실한 세계의 일원이 될 수 있"다는 사실에 전념하는 모방론이나 시뮬라크르의 세계를 어떻게 벗어날 수 있을까? 이 세계를, 이 도시를, 나의 일상을 "신호수에게" "통째 맡기"는 수밖에 없다는 것일까?

탑 위의 작은 방에는 끝없이 놀이를 생각해야 하는 사람이 있습니다
벽에는 반복적으로 초조하게 긁거나 긴 수평선이 그어지다 아래로 툭 떨어진 자국이 있고
땀에 젖은 리듬들이 곳곳에 쌓여 있습니다
그것은 알 수 없는 음악입니다

멍멍 짖어도
높은 곳에 올라가 슬랩스틱을 해도
충분하지 않아요

웃어야 한다면 얼굴에 경련이 일 때까지

무엇을 하던 도중에 나가 버렸는지
당신이 잊어버려도
고정된 포즈를 유지하는 가구들처럼
계속 기다릴 수 있어요

다리 하나를 들고

—「무용」부분

일상에서 미완의 순간은 아슬아슬한 예술의 순간과 맞닿아 있다. 순결한 정신, 순결한 연습을 통해 따라야 하는 "맹목"의 이유를 캐묻고, 동작 하나하나의 과정을 차분히 따라가 과정 각각에 제 감정을 입혀 본다. 김미령이 예술의 시원을 바라보는 방식은 오로지 시원에 도달할 수 있는 저 가능성의 불가능성, 불가능성의 가능성을, 고정된 시선으로 "얼굴에 경련이 일 때까지" 다리 하나를 들고 서 있는 드가의 그림과 같은 순간들처럼, 집요하게 바라보는 것밖에 없다. 다리 하나로 시연을 해야 하는 어려움을 김미령은 이렇게 비유로 풀어낸다. 이 과정에 천착하는 시는 "계단을 둘둘 감으며 방을 밀어 올리"기 위한, 일상에서 시도되는 끊임없는 연습일 수 있는 것이다.

김미령의 첫 시집은 다채로운 시도로 가득하다. '시도'란, 무언가를 완수하고 매듭 짓는 저 사건의 결구를 상정하지 않는다는 것을 의미한다. "그것은 어김없이 시작되고 있었습니다"(「9를 극복하고」)라는 말을 기억해야 한다. 그의 시는 일상에서 타진하는 진지한 시적 기획으로 가득하지만, 시가 미완일 수밖에 없다는 사실을 환기하며, 예술의 정신을 사유하는 데도 전념을 다한다. 그러니까 그의 시는 우리에게 기획(企劃)이나 계획(計劃)이 시적 모티프가 될 수 있다는 사실을 독창적인 방식으로 알려

주었을 뿐만 아니라, 일상의 순간과 순간의 새로운 질서를 사유하는 일이 그 자체로 매우 중요한 시적 실천으로 전이되어 나타날 수 있다는 사실도 보여주었다. '

김미령의 시는 삶을 추상적인 고통의 산물로 상정하여 극화하는 길을 택하지 않는다. 그 대신, 그는 과감히 일상을 찢는다. 새로운 눈으로 보고 골몰한다. 이때 솟아나는 순간과 순간의 경이와 신비, 참혹과 공포를 그는 보이는 그대로, 정확히 움켜쥘 줄 아는 섬세한 언어를 고안하고자 하였다. 그의 시적 기획은 제 의미를 쉽사리 확정지을 수 없는 기이한 순간들의 현재성을 실현하는 일에 헌정된다. 다양한 관점을 고안하고, 특이한 화자의 입술을 놀려, 일상을 결국 새로운 질서로 재구성한다. 일상의 입구에서, 그는 평범한 온갖 재료들을 시적 고안의 대상으로 환원하였으며, 훼손된 불모의 기억과 미처 형태를 부여받지 못한 감정을 묵묵히 기록하면서, 예기치 못한 입체적 시간을 발명하고, 사물의 잠재성을 일깨운다. 그가 첫 시집에서 펼쳐 낸 저 특수한 공간들은 따라서, 아직 발견하지 못했던, 미처 인식되지 못했던, 영토를 발굴한 결과라고 해야 한다. 그의 시는 자주 다발적 발화가 피어나는 순간에 도달하여, 납처럼 무거운 일상의 고독을 시적 사건으로, 평면적인 삶을 지금-여기의 특수한 사태로 담아내려는 진지한 열망의 소산이다. 미지의 목소리를 받아 낸 자가 울리는 메아리의 운명과도 같은 그의 시는 차츰 닳아 없어지는 우리의 삶의 내부에서 뿜어내는 진지한 숨결과 기묘한 자락을 한껏 비끄러매면서, 우리를 새로운 세계로 안내할 것이다.

성(聖)과 속(俗)의 아우라

이순현, 『있다는 토끼 흰 토끼』(문예중앙, 2018)

1 '장소 상실'의 장소성

> 내게는 들판과 숲과 바위와 정원이 언제나
> 공간에 지나지 않았다.
> 그러나 그대가 그곳들을 장소로 만든다.[1]

'공간(空間)'은 '아무것도 없는 텅 빈 곳'을 의미한다. 그러나 '텅 빈 곳'은 사실, 우리 주변 어디에도 없다. 공간은 사물들로 가득하며, 이 온갖 사물들로 인해 생성되거나 변화를 겪기 때문이다. 공간은, 지도나 설계도처럼, 거리나 면(面)으로 계산되어 나타나기도 한다. 사물과 인간의 자취를 지워 버린 물리적 공간이나 차원을 중심으로 재편한 기하학적 공간, 조금 더 이를 추상화하여 수식과 좌표로만 오롯이 정의를 시도한 수학적 공간도 존재한다. 공간은 또한 인간과 사물들이 함께 맺는 관계 속에서 생성되거나 변화를 겪으며, 삶의 다양한 영역들과 이 세계를 인식하는 방

---

1 괴테, 「사계」 중.

식 자체에 의해서 정의되기도 한다. 따라서 심리적이고 지각적인 경험이 계기가 되거나, 특수한 상황과 맥락이 공간에 나름의 정의를 부여할 수도 있다. 공간은 삶 속에서, 시간의 흐름과 함께, 타인과의 관계를 통해, 매번 새롭게 생성되고 또한 고유한 가치를 지니기 때문이다. 가령, 지금 당신이 도시의 야경이 훤히 내려다보이는 어느 카페의 커다란 창가에 누군가와 마주 앉아, 따뜻한 커피를 마시며, 그에 대한 신뢰를 느끼고, 이윽고 당신과 그가 서로 좋아하는 감정을 갖게 되었다고 해 보자. 이 경우, 두 사람에게 찾아온 감정의 변화에 모종의 단초를 제공한 것은 둘이 마주하고 있는 공간이라고 할 수 있다. 이는 곧 공간에 의해, 관계가 변화를 겪는다는 사실을 의미하는 동시에, 공간 자체도 비로소 이때, 특수한 의미를 갖게 된다는 것을 뜻한다. 그리고 인간이 공간에 부여한 의미가 구체화되어 나타나는 것을 우리는 흔히 '장소'라고 부른다.

이순현의 두 번째 시집 『있다는 토끼 흰 토끼』를 읽으며 어쩌면 우리는, 다소 기이하다는 느낌에 사로잡히게 될지도 모르겠다. 이는 시인이 구체적인 '공간'이나 '장소'보다는, 오히려 공간의 추상성에 기댄 '장소 상실'을 자주 시의 모티프로 삼아, 현실에서 무언가를 읽어 내고 미지의 목소리를 들으려 시도하기 때문인 것으로 보인다.

여기로 와서 우는 저쪽

아무도 받지 않는다

칼을 물고 잠든 칼집이거나
맨땅에 부어 놓은 물이거나
옴짝달싹할 수 없는 감정의 극지

한 사람이 고통받아도
지축은 휘청거린다

덫에 걸린 부위를 물어뜯어서라도
자유가 되고 마는 짐승들의 서식지

여기로 와서
울고 또 울리는 저쪽

경로를 벗어난 시간이
다른 몸을 찾아 배회한다

누구의 고통도
혼자 독점할 수는 없다

저쪽이 와서 우는 여기

흰 국화꽃이 시들고
횡단보도가 새롭게 그어졌다

—「저쪽」

　"저쪽"은, 이곳에는 부재하는 공간이다. 또한 "저쪽"은 '이쪽'에서 구
체적인 장소를 갖지 못하거나 어떤 형태로든 주어지지 않는다. "저쪽"은
'울음'의 발산지이거나 아득한 기원일 뿐일 것이다. 이런 의미에서 "저
쪽"은, 이쪽에서 보자면 오로지 '상실된 장소'로만 기능을 한다. 그러나
이 '상실된 장소'는 "여기로 와서/ 울고" 무언가를 "또 울리"면서, 이곳의

침묵을 깨고, 새로운 인식을 촉발하거나 성스러움의 그림자를 내려놓기도 한다. "옴짝달싹할 수 없는 감정의 극지"를 '이곳'에서 발현하게 해 주는 것은 그러니까 "저쪽"이다. 무슨 말인가? 이곳에는 없는 공간, 이곳에 부재하는 장소가, 이곳에서 "다른 몸을 찾아 배회"하게 만들고, "경로를 벗어난 시간"을 이곳-여기, 그러니까 현실에서 가능한 시간으로 전회하거나, 새로 찾아 나서야 하는 주관적인 시간으로 전환해 주는 것이다. "횡단보도가 새롭게 그어졌다"는 인식을 현실에서 가능하게 해 주는 것은 바로 "울고 또 울리는 저쪽"인 것이다. '현실-이쪽-여기'는 결국 "저쪽이 와서 우는 여기"인 것이며, 이 "저쪽"의 울음은 현실에서는 넘실거리는 죽음의 문턱이자 그 경계이며, 성스러움이 내려놓은 삶의 그림자인 것이다. 이렇게 이순현의 시에서 "저쪽"은 지금-여기의 '장소 상실'이자 지금-여기의 '사건'이라고 해야 한다. 이 사건을 우리는 성스러움의 사건이자 파국의 지형이라 부르려고 한다. 시를 한 편 더 읽어 보자.

슈퍼문이 자라고 있을
까마득한 거기

아이스크림 성화를 들고 아이들이 뛰어가는
할매보쌈집의 흐린 창 밑에
배를 매어 두고 들어가면 찾을 수 있을까

저녁에 피어나는 분꽃의 분홍을 타고
좁고 긴 꽃술을 파고들면 별천지인 듯
어리둥절할 거기에 다다를 수 있을까

바다거북 즐겨 노는 잘피숲 너머일까

돼지 당나귀와도 거리낌 없이 뒤섞이는 오지일까

흐린 창 밑에는 물웅덩이가 여럿이다
믿음을 시험하러
성상을 짓밟고 지나가게 하듯
물속의 자신을 뭉개고 가는 바닥

슈퍼문은 아직 떠오르지 않는다

어둡고 질척이는 기억을 간직한 채
분꽃들이 오그라들고

살아있는 사람들을 죄다 걸러 내며
엄청난 물이 한쪽으로 빠르게 이동하고 있다

——「슈퍼문」 부분

　　"까마득한 거기"나 "어리둥절할 거기"는 대관절 어디인가? "거기"는
지리적·사회적으로는 '공간'을 의미하며, 언어학적으로는 '장소'를 지칭
할 것이다. 그렇다면 시에서 이 공간은 어떤 의미를 부여받으며, 현실에서
어떤 장소를 소유하는 것인가? "까마득한 거기"나 "어리둥절할 거기"의
현실적 공간으로 시에서 제시된 것은 "바다거북 즐겨 노는 잘피숲 너머"
이며, 장소는 "돼지 당나귀와도 거리낌 없이 뒤섞이는 오지" 정도라 하겠
다. 그런데 이와 같은 현실의 '공간'과 '장소'는 과연 여기의 '공간'이나
이곳의 '장소'가 될 수 있는가? 이순현의 시는, 유기적인 의미 연관을 풀
어헤친 독특한 구성을 통해, 현실의 '장소 없음'이 갖는 바로 '장소성'을
가능한 시적 영역으로 포섭해 내면서, 마치 서로가 서로에게 스며드는 사

건처럼 성(聖)과 속(俗)의 변증법을 구현해 나간다. '장소 없음'의 장소성은 이순현의 시에서 "내 안이면서도/ 안드로메다보다 먼 마을"(「스테이플러를 찾아서」)과 같은 심적 지리를 갖거나 "자정이 매일 부활하는 곳"(「비행의 힘 말고」)처럼 생몰의 반복 속에서 삶의 연속성을 보증하는 주관적인 시적 시간을 빚어낸다는 특성을 지닌다.

'장소 없음'의 장소성은 또한 성스러움의 아우라가 서려 있는 실제의 장소에서도 발현되며, 현실적인 공간의 신성한 특성에 힘입어 시를 독특한 세계로 안내하기도 한다. '공중에 떠 있다'는 의미의 그리스 수도원 '메테오라(Meteora)' 같은 장소가 시인에게 "시간 뒤편을 파낸 주거지"이자 "사람의 길로 오지 않았을 그 무엇이/ 문을 두드"리는 미지의 발산지이며, "바깥에서 문을 두드"(「메테오라」)리면서 척박한 이곳에 깃든 성스러움의 아우라를 목도할 수 있는 곳으로 나타나는 까닭이 여기에 있다. 성과 속, 이 두 가지 이질적인 요소가 공존하는 장소이거나 서로가 서로에게 침투하는 공간이기 때문이다. 이순현에게 성스러움은 따라서 현실의 구석구석에 벌써 깃들어 있는 것이나 마찬가지라고 할 수 있다. 우리가 목격하지 못한다고, 이와 같은 장소, 이러한 공간이 존재하지 않는 것은 아닌 것이다.

이순현의 시는 이처럼 '장소 없음'의 독창적인 구성을 통해, 성스러움의 발현과 그 순간들을 절묘하게 빚어내면서, 저 먼 곳, 저 멀리, 이곳에는 없는 공간과 장소가 여기로 당도하는 순간의 사태에 주목한다. 이 순간은 '성(聖)'의 목소리가 삶에서 울려 나는 순간이다. 그러나 이 순간은 오로지 '속'(俗)을 통해서만, 그러니까 오로지 속세의 침묵을 깨뜨리면서 잠시 모습을 드러내고, 이내 사라질 순간이기도 하다. 방금 순간이라고 했던가? 산술적 계산으로 환원되지 않는, 정지된 순간의 연속을 우리는 시간이라고 부르지 않는다. 누구에게나 흐르는 시간이 누구에게는 그 시간이 아닐 수도 있는 것이다. 차라리 "서로의 사이에 끼우고 있"는 풍경들이 빚어낸 찰나, 그 순간이라고나 할까? 성과 속 각각이 "새로운 언어를 위해"(「신인

(新人), 신인(神人)」 현실에서 뜨거운 접점을 만들어 내는 이 순간들은, 그의 시 전반에서, 아프게, 자주는 붉게 드러나며, 너무나도 천연하다고 할 형태로 비극을 뿜어내며 '미답'의 현실을 살아내는 데 요청되는 시적 노동을 견인해 내는 것일지도 모른다. 그 순간, 이미지는 생생하게 살아나, 순간과 순간을 날것으로 담아내며, 묵시록처럼 활활 타오르고, 장소와 그 경계를 허물어 내면서 언어는 제 한계를 극한까지 확장하며 지난한 실험에 전념한다. "일 초 후의 나"와 "일 초 전의 나"(「미답」)를 하나로 비끄러매며, 시인은 핏빛으로 솟아나는, 그러나 저 유토피아와도 닮아 있을 '섬' 하나를 백지 위의 하얀 물결 위로 힘겹게 끌어오고, 그렇게 지상에 숨겨진 말라 버린 "샘"에 성스러움의 물이 들게 하고자 "사람 손 타지 않는 어둠을 골라" 가 본 적이 없는 "길"(「공유지」)을 향해 묵묵히 발걸음을 옮긴다.

2 성과 속의 헤테로토피아

이순현의 시에서 성과 속의 변증법은 내부도 아니고 외부도 아닌 '장소'에서 탄생한다. 일상과 개인의 내면, 다양한 사건들, 과거와 현재의 역사적 경험 등이 복잡하게 상호작용을 하는 전이나 이탈의 장소, 즉 헤테로토피아(hétérotopia)가 그의 시집 전반을 지배하는 것은 우연이 아니다. 경계를 명확하게 구분 지을 수 없는 '통로'나 '계단', 들어온 곳과 나온 곳을 알 수 없는 미로와 같은 세계(「미궁의 입구」), 호수의 기슭처럼 물과 대지가 접점을 이루는 장소(「화이트노이즈」), 현재라는 시간과 과거 혹은 미래의 경험이 하나로 녹아 있는 장소 등 우리가 흔히 이질적인 요소 둘 이상이 공존하는 곳이라 부르는 헤테로토피아는 이순현의 시에서 가장 자주 부각되는 시적 공간이다.

떠올리면 언제든 어디서든
내 안으로부터 그가 출현합니다
새 장기처럼 피를 끌어들입니다

계단참 위에 그가 앉아 있는 날은
어김없는 목요일
반바지 밖으로 두 다리가 뭉툭했습니다

그에게로 빨려 들어가는 피는
부동액으로 얼지도 마르지도 않고

양면의 메시지가 다른 동전이 떨어지는
콘크리트 바닥
새겨진 새 발자국들이
하늘로 쭈욱 이어집니다

올 때와 갈 때의 중량이 다른 천사처럼
기대어 앉은 공중 난간 뒤로
별들의 숲이 울창하였습니다

그가 보이지 않는 여섯 날도
계단참을 지나갈 때는
모두 목요일입니다

그것을 보증하듯
침을 묻혀 가며 둥지를 짓는 문장들

울창한 행간을 열고

잉크 빛을 입은 그가 걸어 나오고 있습니다

—「목요일의 보증인」

헤테로토피아는 '그'가 "내 안으로부터" 출현하는 공간이다. "떠올리면 언제든 어디서든"이라고 했는가? 그러니까 '그'는 편재(遍在)한다. 그는 성스러운 존재이자, 비극적인 현실, 풀리지 않는 신비로 가득한 세계의 비밀이나 이 세계에 내가 존재하는 이유, 인간과 자연의 이치조차 알고 있는 전능한 자일 것이다. 성스러움의 현현은, 저곳을 이곳에 불러내거나, 이곳의 일을 저곳의 말로, 그러니까 '저곳'에 최대한 밀착된 언어로 치환하며 시도된다. 성스러움이란 오로지 이렇게 해야만 가능한, 그러나 사실, 재현이 불가능한 시도 그 자체일 것이며, 시의 궁극적인 도달점은 바로 이 불가능성의 가능성을 타진하거나, 이러한 순간을 포착할 언어를 고안하는 일에 달려 있는 것일지도 모르겠다. 먼 곳의 빛을 여기의 어느 한 순간에 목도하거나, 폐허와도 같은 세계, 순수한 로고스인 신의 외부, 고통 속의 여기, 저 암흑과도 같은 비극의 한 장면을 열면서, 그는 저기 먼 곳으로 향해 여기에 나 있는 미지의 길과 그 길의 흔적을 찾아 "침을 묻혀 가며 둥지를 짓는 문장들"을 내내 고심하고 있는 것이다.

우리는 여기에서, 접합된 단절이나 분절된 연결인 '계단'이 이종(異種)의 장소라는 점에 주목할 필요가 있다. "계단"은 성과 속이 하나가 될 접점과도 같은 장소, 그러니까 헤테로토피아의 상징인 것이다. 계단은 이처럼, 이동이나 이행을 다각도에서 표상하는 건축물의 일종이지만, 이순현에게는 "하늘로 쭈욱 이어", 그 끝을 열어 놓았을 때, 하늘 저 끝에라도 가닿을 수 있는 상징, 즉 성스러움에 다다를 현실의 구멍과도 같은 장치인 것이다. 따라서 '계단'은 '하나님'을 부르는 "엘리엘리 엘리베이터"(「엘리엘리」)와 마찬가지로, 또한 쪼개져 세계로 흘러넘치는 저 핏빛 덩어리 수

박이 그 안에 머금고 있는 태초의 검은 씨앗(「이기적인 수박」)과 마찬가지로, 차라리 그의 시에서는 성스러움으로 향하는 세속의 좁고 가파른 사다리와도 같은 것이라고 해야 할 것이다. 이처럼 "올 때와 갈 때의 중량이 다른 천사"들의 통로가 바로 계단이라면, 시는 "잉크빛을 입은 그가 걸어 나오"고 있는 순간에 바쳐진 순결한 최후의 말인 것이다. 시는 "누르는 만큼 울컥 밀려 나오는 치약"처럼 "자기의 힘을 다시 받아 쓰는 사람들"의 목청과 "녹이 슨 유물처럼/ 뚜껑을 열 수도 사용할 수도 없는" 장소들에 도달해서 흘러나오는 목소리, "어느 순간이든/ 땅 끝으로 가는 빛의 걸음"(「1023」)을 재촉하며 촉발된 말이다. 글을 매듭짓기 전에 다시 설명하겠지만, 시는 그에게 현실에서는 항상 부족한 언어로 표현될 수밖에 없는 부재하는 언어이며, 부재 너머의 '순수 언어'를 회복하려는 시도라고 하겠다.

> 설탕빛으로 반짝이는 비행기가
> 공중에 뜬 백색의 대륙을 날아간다
>
> 건널목에 대기 중인 외투 주머니에서
> 모서리가 닳아 가는 봉지 하나
>
> White Sugar 5g
> 백색 정제 설탕 5g
>
> 하얗게 모래들이 새어 나오는 소리
> 비행기는 설탕팩보다 작아지다
> 더 작아지다
> 아예 녹아 없어진다

수습할 수 없는
흰 뼛조각들

빌딩 꼭대기의 대형 광고 스크린
생존을 반복하는 코끼리 일가족이
강물 속으로 코를 쑥 밀어 넣는다

폭죽으로 터지는 길 건너 벚꽃들
5g을 넘지 못할 천진난만한 일생들
백색 파편이 공중 살포 된다

신호가 바뀌고
파란 신호등 속에 한 사람이 잠겨 있다

백성들이 적진을 다 빠져나갈 동안
수초에 머리를 묶고서 물속에 잠겨 있던
고대의 한 왕처럼

―「5g의 원근법」

　헤테로토피아의 특성을 살린 원근의 조절로 시인은 이질적인 공간을
성과 속의 사건처럼 점유해 낸다. 우리는 "비행기"와 "설탕"이 느슨하면
서도 갑작스럽게 하나로 이어진다고 느낄지도 모른다. 중요한 것은 이런
연결 방식이 통상 즐겨 말하는, 이미지의 유비나 이질성의 충돌에 기대어
진행되지는 않는다는 점이다. 차라리 하늘의 "백색"과 설탕 가루의 "백
색", 이 양자가 위치한 공간이나 장소를 좀 더 눈여겨보아야 할지도 모른
다. 이 둘의 접점이 헤테로토피아적 특성에 기대어 마련되면서 성과 속이

하나로 묶인다. 비행기가 날아가다가 차츰 사라지는 하얀 하늘은 명백히 '공간'이며, 손으로 만지작거리다가 부스러기가 되어 녹아 없어지는 "외투 주머니" 역시 '장소'라고 할 수 있다. 이 둘을 하나로 비끄러매며, "수습할 수 없는/ 흰 뼛조각들"과 "5g을 넘지 못할 천진난만한 일생들"의 공집합을 발견해 내는 저 시적 운용이 눈부시게 빛난다. 이 순간은 "백색 파편이 공중 살포"하는 광경의 현현, 즉 죽음이 시에서 솟구쳐 오르는 순간이다. 이순현의 시에서 공집합의 창출은, 무언가를 없애거나 없어지는 공간과 연관되는 것이 아니라, 서로 포개어진 공간들, 합종된 장소를 들어 올려, '겹'화자의 목소리로, 두꺼운 페이지 위에 끊임없이 죽음과 실존의 구멍을 뚫는 일에 가깝다. 이 구멍, 백지 위의 구멍, 삶의 구멍에 성스러움이 깃들어 있거나 속됨이 거주한다. 이순현의 시에서 자주 목격되는 '들여쓰기'는, 시적 공간으로 '겹'화자를 들여오는 데 기여한다. 시의 중간에 문득 등장하는 들여쓰기는 누군가에게 건네는 이야기 형식을 취하기도 하고, 시점을 달리한 사건을 겹으로 배치하기도 하며, 동시다발적인 공간을 창출하거나 복합적이고 다성적인 목소리를 울려 내는 데 소용되기도 한다. 시가 모놀로그의 예술이라는 통념은 여기에서 자리를 물린다.

주머니 속의 1회용 설탕, 비행기가 가르는 흰 구름, 빌딩 위의 대형 광고 스크린, 건널목 저편의 벚꽃 나무 한그루, 누군가가 서 있는 파란 신호등 등, 시적 공간은 다양한 장소들이 성과 속의 '절합(絶合)'을 이루어 내면서, 헤테로토피아의 시학을 구현하는 데 동참한다. 모든 것이 마치 장소와 공간의 기이한 사건처럼, 성과 속의 기묘한 아우라를 체험하는 사건처럼, 일시에 뿜어 나오는 예언자의 목소리처럼, 시에서 핏빛으로 울려 퍼진다. 그러나 이 헤테로토피아의 시학에 '서사'가 누락되어 있다고 생각하면 곤란하다. 이순현의 시에서 서사는 거개가 성과 속의 원근법이 파생시킨 이야기를 골자로 삼으며, 평범한 장소들의 밖에서 구동된다. "고대의 한 왕"의 이야기처럼, 그의 시에는 희생을 통해, 죽음을 통해, 우리 삶의 문을 열어 준 자의 목소리가 걸어 들어온다. 지금부터 이 '이야기' 속으로 잠시 들어가 보자.

3   바벨 이후의 언어

> 신의 초월성은 무너졌다. 그러나 신은 죽은 것이 아니라
> 인간의 운명 속에 편입되었다.[2]

온 세상의 언어가 단 하나였던 시절이었다. 사람들은 거처를 옮기려 길을 떠났고 어느 평지에 도착하여 제 살 곳을 마련하려 부지런히 벽돌을 굽기 시작했다. 자르기 어려운 딱딱한 돌 대신 벽돌로, 진흙 대신 찐득한 역청을 발라 단단한 집과 굳건한 성을 만들었다. 그들은 성 한가운데에서 탑을 쌓았으며, 그 탑 꼭대기를 하늘에 닿게 하려고도 했다. 과연 이 탑을 보려고 신께서 하늘에서 내려왔다. 신이 보기에 하나의 족속인 이들이 하나의 언어를 사용해서 이런 일을 할 수 있었으며, 그대로 놔두면 이후, 이들이 하고자 하는 일들을 더는 막을 수 없을 것만 같았다. 신은 이들을 사방 천지에 뿔뿔이 흩어 놓았는데, 이들의 언어를 혼잡하게 해서 서로 말을 알아듣지 못하게 하려 함이었다. 신이 이 무리를 흩어 놓으니, 과연 하늘을 향해 탑을 건설하는 일도 중단되었다. 이 탑의 이름은 바벨이었다. 신이 흩어 놓은 저 세상마다 제각각의 언어가 생겨났다. 이후 사람들은 서로가 하는 말을 알아듣지 못했다.

구약의 창세기에 나오는 이 일화는 '대홍수'와 같이 신이 내리는 '성스러운 폭력'을 모면할 수 있다고 믿는 인간의 어리석음을 경계한다고 알

---

2   발터 벤야민, 최성만 옮김, 「종교로서의 자본주의」, 『역사의 개념에 대하여 외』(길, 2008), 123쪽.

려져 있다. 탑을 쌓아 올려 신의 분노를 모면하려는 인간의 욕망이나 신의 영역, 그러니까 저 하늘에 가닿을 수 있다는 교만은 인간에게는 면하기 어려운 죄였다. 이야기는 또한 '바벨 이후', 다시 되돌아갈 수 없는 언어적 상황도 말해 준다. 혼란 없는 저 '순수언어'를 인간은 다시 회복할 수 없게 되었으며, 이는 번역이 불가피해진 역사적 사연을 설명해 준다. 이야기는 또한 이주한 자들의 운명이나 추방된 자들의 고통과 방황, 그 과정에서 겪게 될 고난과 시련에 관해서도 말한다. 신의 공간이자 신의 내부에 속했기에 완벽했던 저 낙원에서 추방당한 이후, 인간은 결코 완벽할 수 없는 결핍된 공간에 제 몸을 의지하거나, 폐허와도 같은 장소들을 전전하고, 불안과 공포로 가득한 세계의 이곳저곳을 떠돌아다니며 비극의 당사자가 되어 구원을 기다릴 수밖에 없는 운명에 처했다는 사실을 은유한다. 이순현의 시는 현실의 공간에서 이 이야기의 암묵과 계시를 독특한 방식으로 전유해 낸다.

지우야 이모야 이모
이모 불러봐 이모

(……)

한 방향으로 앉아 있는 승객들
같은 깊이로 숨이 차지는 않을 거야
스쳐 가는 거리에는 언어에서 태어나지 않은 것이 없고

지우야 네 네
잘 했어요 참 잘 했어요

언어가 불어나면 지구온난화도 빨라지겠지
지우이모 옆에 앉은 아이는 양손으로 이어폰을 누르고
북극 바다의 일각고래가 언 수평선을 뚫고
참았던 숨을 뱉어 낸다

(…)
문자로 옮겨 앉은 지우를 태우고
달려가는 종착지는
모두의 정중앙

의미를 잃은 기호들이 기다리고 있을 거야
거인처럼 백미러 견장을 번쩍거리며

지우 이모가 창에 기댄다
창 저편의 그녀도 문장처럼 조용하다

—「지우도 없이」부분

바벨은 '혼란'이라는 의미를 지닌다. 바벨 이전의 언어는 혼란이 없
는 언어, 즉 '순수 언어'이자, 지금의 현실에는 존재하지 않는 '보편 언어'
였다. 그것은 대문자로 표기되는 '말씀(Verbe)', 즉 자체로 진리이자 가장
순결한 말이기도 할 것이다. 순수 언어를 상실한 자의 입에서 흘러나오는
말은 항상 결핍된 언어, 오염된 발화일 수밖에 없다. 우리가 사용하는 언
어는 시인에게는 이러한 인식 속에 놓인다. 그것은 '혼란을 가중시키는
언어'("언어가 불어나면 지구온난화도 빨라지겠지")이며, 그럼에도 불구하
고 우리의 삶을 담아내고 이 세계의 정보를 전달해 줄 유일한 수단("스쳐
가는 거리에는 언어에서 태어나지 않은 것이 없고")이다. 시인은 성스러움을

그대로 전사(傳寫)할 충만한 언어가 부재하는 세계에 살고 있다는 자각을 자주 시적 비유를 통해 표현해 낸다. 그러나 그가 순수 언어의 회복을 단념하는 것은 아니다. 그는 "더듬더듬 적고 난 뒤 다시 잠든 사이/ 열린 펜의 꿈"(「테이블 위에」)을 실현하는 일에서 시의 순결성, 시적 언어의 구원성을 희원하는 것으로 보인다. 온갖 소음과 우울한 소식, 아우성과 함성으로 뒤발한 이 세계, 지금-여기의 척박한 공간에서 펼쳐지는 번잡하고 잡스러운 언어의 전시장에서 시인은 "백지를 꺼내 들고 조용히 소리 지른" 이후의 말을 고안하여 '이후'에 가능할 순수한 언어를 흔적처럼 내려놓을 수 있다고 믿는다.

그에게 순수 언어의 실현이란 곧 시, 오로지 시라는 형태의 언어, 혹은 시적 순간의 발현일 것이다. 그러니까 시인은 '순수 언어'의 고안을 위해서, 저 혼효한 현실의 말들을 모두 '지우려' 하는 것이며, 삶에서 지울 수 있는 순간들을 집요하게 포착해 내려 주위를 찬찬히 뜯어본다. 시인이 성스러움의 순간들로 일상의 한복판에 커다란 구멍을 내는 것은 바로 이 순간이다. 순수언어의 회복을 통한 유토피아의 열망은, 불가능성의 가능성을 타진하는 일, 그러니까 시의 미래이자, 시의 기원, 시의 진리를 구현하는 일과도 맞닿아 있다. 그렇다면 시인에게 순수 언어는 어떻게 표상되는가? 순수 언어는 소통을 도모한다고 우리가 헛되이 부리던 저 "의미를 잃은 기호들"을 벗어나거나 통념을 지운 상태의 언어다. 그것은 바로, "문자로 옮겨 앉은 지우를 태우고" 삶의 종착지에 도착한 후, 혼란스러운 현실에서의 문자를 지워 낸 상태에서만 가능한 언어, 즉 죽음 이후에 구현될 미지의 언어, 그러니까 바벨이 붕괴되기 이전의 언어일 것이다. 시는 세속의 시간을 삼키고 세속적 소통 체계를 무너뜨릴 때, 바로 그 순간에서 발생하는 사태를 그러모은 순수하고 순결한 기록이며, 그럴 때 시적 특성을 회복하는 것이다. 바벨이 무너진 이후의 언어, 방언들에 가까운 언어를 '지워 내는 자'가 바로 시인이라는 말일까. 시인은 성스러운 행위자인 속세의 인간, 즉 "지우 이모"이며, 창가에 기대어 저 너머 죽음 이후의 문장이나 죽은 자의 침묵과도 같은 언어("창 저편의 그녀도 문장처럼 조용하다")를 체현하는 자라고 그는 믿는다. 현실에서 성스러운 순간들의 도래는 결국 성스러운 언어의 회복을 통해서만 가능할 세속의 사건인 것이다.

> 따뜻하게 데워진 우유
> 심장의 온기가 아니다
>
> 석순처럼 바닥에 딱 붙어 서서
> 한 걸음도 떼지 못한다
>
> ㅜㅜ,
> 다리가 하나 모자란다
>
> ——「우유」 부분

> 빗소리 장막에 가려진
> 나지막한 목소리 하나
>
> 어디서 오는 걸까
> 천둥소리도 물결소리도 아닌 그것
>
> 비의 첫 줄부터
> 마지막 행간까지
> 뒤엉키지 않는다
>
> 추적해 들어가면

살을 다 뜯어 먹힌 꼭지들이
아무렇게나 나뒹굴고 있을 텐데

악마도 섣불리 거래를 않는다는
이면에서 다가오는 목소리

밑밥이 될 수 있을까

— 「밑밥」 부분

    사물의 모자람은 시인에게는 곧 언어의 모자람이다. 언어는 기호의 불완전성[3]에 기대어 잠시 '있다'는 사실을 고지할 뿐, 사물의 존재를 오롯이 담아내지 못한다. 언어는 너무나도 불안정해서 사물의 '있음'을 확정짓지 못하는 것이다. 그러니까 사물이나 존재 자체인 언어, 발화가 곧 진리가 되는 말은 없는 것일까? 소통이 즉각적으로 이루어지는 언어, 단일한 의미를 갖는 언어, 어떤 오해도 불러일으키지 않는 언어, 진리의 언어, 즉 '아담의 언어'는 현실에는 존재하지 않으며, 시인은 이 태초의 언어, 순수 언어가 상실된 세계를 우리가 살아가고 있음을 부정하지 않는다. 상실한 언어로만 재현되는 이 불안정한 세계의 한복판에서 "선도 악도 들어갈 수 없는 수중으로/ 바람이 흩어지며 배어들 때 / 먹구름을 박차고 꽃대가 솟구"(「말문을 뚫고」)치는 저 시적 현현의 순간은 과연 찾아올 것인가?
    이순현의 시는, 순수 언어가 상실되었다고 믿는 자가, 척박하고 불완전한 이 비극의 세계에서 쏘아 올린 열망의 언어이며, 저 너머에서 울려 나오는 태고의 "나지막한 목소리 하나"에 사활을 거는 순간들의 주시이

---

3 기호는 항상 자의적이다. 하나의 기호가 하나의 뜻에 일치하는 경우는 없다. 어떤 기호의 값은 그 기호 자체가 아니라, 그 기호를 둘러싼 나머지 기호들에 의해, 그 기호 밖에 위치한 다른 기호들에 의해 결정되기 때문이다.

자 현현이다. 그에게 시는 종말이나 파국 이후의 언어, 그러니까 원죄를 사하는 사건 이후에야 가능할 언어적 실현이다. 순수언어는 "악마도 섣불리 거래를 않는다는/ 이면에서 다가오는 목소리"일 것이며, 역사가 종말을 고하는 바로 그 순간, 세상 모든 사람들의 입에서 흘러나올 언어, "첫 줄부터 마지막 행간까지" 결코 "뒤엉키지 않는" 일목요연하고 순결하며 또한 명징한 말인 것이다.

4   파국과 구원의 지형학

그의 시에서 저곳은 이곳에 부재하며, 이곳은 저곳의 실루엣도 아니다. 저곳은 내면도 아니고, 바깥도 아니다. 이곳은 지척간도 아니며, 그러나 삶에서 멀찌감치 떨어져 있다고 단언할 수도 없다. 이순현의 시에는 바로 이 헤테로토피아의 지형 위를 한없이 떠돌아다니며 안주하지 못하는 사람들이 바글거린다.

> 탈출하지 않았다면
> 어디를 지나가고 있을까
> 뜨거운 피 흐르는 대지
> 살갗 안쪽에는 길 없는 고요로 충만하다
>
> 북적거리는 피부과 대기실
>
> 엄마, 아래에 뭐가 생겨서 지금 피부과에 와 있어요
> 이번 주는 엄마한테 못 갈 것 같아요

헐렁한 반바지 속을 긁고 있는
두툼하고 우람한 남자도
바탕은 붉은 고요이다

엄마를 뚫고나온 이들은 모두 밀항자들
한때는 고요의 지극한 주민이었던 그들

엄마, 엄마,
거미줄에 나쁜 사람들이 걸리게 했으면 좋겠어요

　　　　　　　　　　　　　　　　　──「기항지」부분

볼펜심 끝까지 잉크가 당도해 있듯
언제 어디서든 흘러나오는 죽음

(……)

전신주에 묶인 강아지도
의자에 올라 시계 바늘을 돌리는 남자도
부르면 젖은 눈으로 뒤돌아보는

삶에게 명중 당한 자들
저도 모르게 끌려온 자들

　　　　　　　　　　　　　　　　──「메아리들의 행진」부분

　"한때는 고요의 지극한 주민들이었던" 사람들이, 마치 바벨 이후 세계 곳곳에 흩어져 떠돌아다니듯 "밀항자들"이 되어 살아가는 모습을 시인은 지금-여기에서 울리는 저기-너머의 복화술처럼 담아내며, "볼펜심 끝까지 잉크가 당도해 있듯/ 언제 어디서든 흘러나오는 죽음"의 소리를 듣는다. 시인은 이종 공간의 경계만 주목하는 것은 아니다. 그는 이유를 모른 채 어딘가를 떠나온 자들이나 유배된 듯 이곳에서 제 삶을 살아가는 사람들, 처형을 언도받은 자들처럼 제 삶의 고비마다 비극적인 운명을 짊어진 사람들을 그려 나간다. 그러나 시인은 이러한 사태의 모순을 고발하거나 부당한 삶을 비판하지 않는다. 또한 선의를 통해 진행되고 있는 자그마한 변화들을 그가 지지하는 것도 아니며, 헛된 희망이나 약속을 가장한 실질적인 차별과 교묘한 폭력에 대한 비판을 고발하고자 지그시 힘주어 제 어금니를 깨무는 것도 아니다.

시인은 다만, 일상의 "굳게 닫힌 시간의 틈바구니"가 열리는 순간을 기다리고, 모든 것을 "기어코 비집고 나오려는 의심"(「수난곡」)의 시선으로 이 순간을 탐구한다. 그렇게 그는 반짝이며 솟아나는 경악과 놀람, 충격과 경이, 분노와 애도의 순간, "반감기가 한 번도 없었"을 "지금의 지극함"(「반감기」)을 시에서 포착하려 시도하는 것이다. 따라서 시인은 차라리 성스러움과 속됨이 포개지는 순간, 이 순간들이 작렬하며 솟구쳐 오르는 범속하고도 성스러운 불꽃의 아이러니를 기록하고 있다고 하겠다. 그의 시는 이렇게 "저도 모르게 끌려온 자들", "혼자일 때도 여럿일 때도/ 벚꽃잎처럼 흔들리는 우리들"(「메아리들의 행진」), 방황 속에서 시련을 겪고 있는 자들의 어깨를 다독이며, 현실에서 가능하지 않을 저 출애굽의 꿈을 실현하려는 자가 토해 낸 시련의 기록과도 닮아 있다.

어느 순간이든
땅끝으로 가는 빛의 걸음이 있다

걸음걸음 검게 그어지는 국경에도

종말이 도사리고 있다

—「1023」 부분

"자기로부터 자기에게 고통을 주고받는 종족"인 우리들은 "측은한 불가사의"(「모래여자」)이며, 그런 우리를 향해 "그녀"가 오고 있다는 것은 시에서 그가 메시아의 도래와 그 전조로 읽어 내면서 "야생의 창세기로 귀환"(「광장」)을 꿈꾸며 지금-여기의 삶을 겪어 내고 있다는 것을 의미한다. 이러한 삶은 과연 어떨 것인가. 세상을 오염시킨 모든 발화들을 불러낸 최초의 언어를 회복하려는 몸짓과 떠도는 자들의 균열을 봉합해 낼 순결한 사태들을 빚어내려는 시도는 과연 무엇인가? 저기-너머의 시간을 지금-여기로 고지하는 최후의 순간에 대한 주시, 혹은 발견이다. 시인은 이렇게, 타락한 지상 위로, 파국의 지형학을 그려 내고, 순수한 로고스 자체인 신의 목소리의 현현을 일상의 사태들로 담아내면서, 추방되기 이전 세계로의 회귀를 실현하고자 한다.

불을 붙이려다
내리 꺼뜨린 손이 다시 불을 켠다

대성당 입구

가까스로 도착한 불꽃 하나
둥글게 감싸는 손 안에서
순식간에 내부로 번져 간다

동공까지 화염이 일렁이는
소각로

살타는 냄새가 바깥에서도 매캐하다

—「수난곡」부분

기도
흉곽의 밑변에서 죄를 찾는 사람들
거두어 모은 그것들을
피라미드 안벽에다 새겨 넣는 사람들
메시아를 불러 놓고도 알아보지 못하는 사람들
좌우의 지문을 맞붙이고 지옥문을 연다

끝집
나무들은 더 나은 삶을 어떻게 찾아가는가
막다른 가지 끝
기도 말고는 아무것도 하지 않는 침묵들이 모여 산다
매일 오는 태양이 몸을 없으려다
빈손으로 끌려 나간다 길 끊어진 거기

—「습득물」부분

파국의 목소리가 흘러나온다. 실패하고 마는 생은 차라리 기원을 적시하려는 순수 언어의 회복을 통해서만 "길 끊어진 거기" 저 너머로 향할 수 있는 것일까? 그는 성스러움의 문을 열어 "메시아를 불러 놓고도 알아보지 못하는 사람들"의 신음과 비극에서 파국의 전조를 부여잡는다. 모든 것을 태워 버려야 한다. 더 나은 삶을 위해, 모든 것이 수난 속에서 불타고 있다. "피에타 한 폭"(「새벽의 근황」)처럼 펼쳐지고 다시 사라지는 순간들로 일상을 재건한 시, "모래알과 모래알 사이/ 측량할 수 없는 틈을 숭배하고 있을"(「믿음」) 모든 존재들에게 바쳐진 시, "들어온 길로는 나갈 수 없다"고 수난의 정념을 삶의 구석구석에 흩뿌리는 시, 그렇게 "나는 어떻게/ 나에게 도착하는가"(「달의 연못」)를 끊임없이 묻는 시를 우리는 읽었다고 해야 한다. 시계추에 무거운 추를 매단 듯, 자주 정지하는 저 파국의 순간들, 장소를 찾지 못하고 빈번히 뒤섞이며 성과 속이 교차하는 낯선 공간들, 복합적인 목소리의 울림에 제 몸을 의탁하며 자아를 어디론가 숨겨 놓은 시를 우리는 만난다. 문장의 행렬을 부지런히 쫓아도 이미지는 명료하게 피어오르는 않는다. 유기적인 구성과 가지런한 의미의 지반이 허물어진 폐허 위에서 시인은 언어 자체를 다시 쌓아 올리려 하기 때문이다. 시인은 이 세계와 삶에서, 수없이 빚어지고 있는 미답의 물음들을 독특한 언어를 통해 집요하게 비끄러매면서, 오히려 현실에 자주 구멍을 낸다. 이 구멍은 그러나 검다만 할 수는 없다. 당신은 어쩌면 하얀 구멍, 그러니까 빛이 서려 있는 얼룩 같은 것, 그러나 이내 사라질 신기루가 솟아오르는 순간을 간간히 목도하게 될지도 모른다. 우리는 이 순간, 이 순간의 이미지를 성스러움의 순간, 성스러움의 이미지, 그것의 발현이라고 해도 좋겠다. 검은 폐허 위에서 가장 순수한 말을 내려놓을 용기를 취하기 위해, 시인은 피의 변주로 이 삶의 등고선을 얼마나 넘어야 한다고 여겼을까.

잃을 게 아무것도 없는 순간들이
물 마른 분수의 동전처럼 나뒹굴고

매 순간 불어오는 희망 가득한 미래는
희망을 꺼내지 못한 채 뒤로 더 밀려난다

어디다 세울 수 있을까
피의 변주로 등고선이 채워지는

은폐되어 화창하고 오래될 나라

—「기호 없는 지도」 부분

참된 본질로의 복귀는 가능할 것인가? 시는 잃어버린 본래의 언어, 순수 언어, 최초의 언어, 바벨이 붕괴되기 이전의 언어를 되살려 낼 수 있을까? 태초의 언어를 구사하는 인간의 언어는 없거나 부재한다. 순수 언어는 무너져 내리면서 기원을 상실했으며, 지금-여기에서는 존재할 수 없기 때문이다. 그러나 이 순수 언어는 감각에 눈 멀어 진리를 멀리하고, 욕망을 채우기에 급급한 생명들과 존재를 통념에게 위탁한 사물들이 이 세계에서 살아가는 파편적이고 고통스러운 모습 속에서 살아갈 성스러움으로 흔적을 남긴다. 잃어버린 시간을 회복하고, 참된 본질을 복원하고, 순수 언어를 구사할 수 있는 세계가 열리려면, 모든 언어와 모든 사물과 모든 생명의 종말 이후, 즉 완벽한 죽음 이후, 그러니까 '성스러운 폭력'과 같은 대사건을 겪은 후에나 가능한 것은 아닐까?

그렇다. 시는 파국과 종말을 겪어 내는 사건인 것이다. 파국을 몰고 올 순수 언어의 회복, 헤테로토피아를 통한 성스러움의 복원, 고난을 통해 기원으로 향하려 열망과 좌절을 시적 사건으로 승화한 시집을 우리는 마주하고 있는 것인지도 모른다. 시를 물들이는 저 빛과 어둠의 문법, 시작과 종말의 서사는 신학에 어깨 하나를 내주는 일과도 닮아 있지만, 그럼에도 시인이 신앙과 쉽게 타협하는 길을 걷는다고 생각하면 오산이다. 어쩌면 이러한 사실이 가장 중요할지도 모르겠다. 운명을 통제할 수 없는데, 내 앞에 떨어진 우연의 폭격들을 우리는 어떻게 축복으로 받아들일 수 있을까? 내가 생각하지 않는 곳에 존재하는 나를 대관절 무엇이라 부를까? 순간에 빛을 뿜고 사라지며, "피의 변주로 등고선이 채워지는" 절명의 매 순간을 일상에서 뿜어내는 숨결로 그는, 시를 통해, "은폐되어 화창하고 오래될 나라"에 당도할 수 있을까? 이순현의 시는, 모든 것이 완벽했던 저 신의 영역에서 추방된 인간의 운명에 바쳐진 애도가 아니다. 오히려 그의 시는 일상과 삶, 현실의 틈을 열고 성스러움과 속됨이라는 사유의 재료들을 뒤진 후, 피를 뒤집어 쓴 채 살아가는 자들의 시련과 고난을, 파국의 사건으로, 파멸의 목소리를 통해 복원하려는 일이라고 부를 수 있을 것이다.

블랙박스 사용법

김경주의 시극(詩劇)에 관해
김경주, 『블랙박스』(안그라픽스, 2015)

> 연극에서 제시된 행동양식과 상황에서 특수성이 드러나
> 고 비판될 수 있게 하기 위해, 놀이하듯이 관객은 사건진
> 행을 따라가면서 머릿속으로 연극에서 제시되는 것과는
> 다른 행동양식과 상황을 만들어 보게 된다. 그럼으로써
> 관객 스스로가 화자로 변화하게 되는 것이다.[1]

　의미를 유보하거나 의미 자체를 근본적으로 부정하는 대사로 무대를
구성해도 연극은 살아남을 수 있을까? 이는 부조리극이 던진 화두였지만,
그 배면에서는 항상, 끓어오르는 세계의 감각과 미지를 담아내려는 의지
로 넘쳐났다는 사실을 우리는 모르지 않는다. 소통 불가능성과 번역 불가
능성을 말로 궁굴리며 해프닝의 세계를 실험하다가 침묵의 위대함을 깨
닫고, 대사 없는 연극을 만들어야 한다고 생각한 베케트(Samuel Beckett)
는 그 길로 끝내 자신을 투신했고, 말을 조롱의 대상으로 타자화하는 등
장인물을 무대 위에 배치한 이오네스코(Eugène Ionesco)는 연극의 공점
(共點)이었던 대화라는 최소한의 협약을 깨트리는 것으로 모자라 이야
기 전개의 완연한 붕괴에 모종의 열정으로 입사했으며, 아다모프(Arthur
Adamov)는 소외된 인간의 고독과 불안, 공포와 연민을 연기하고자 실존
의 저 깊은 곳까지 밀어붙였다. 개인과 집단, 내부와 외부, 다수와 소수를
하나로 묶어 내며 그는 사회라는 무대, 현실이라는 특수한 공간에다가 정
치와 역사의 특이한 추이를 관찰한 개별적 기록을 새기고자 했다. 주네

1　베르톨트 브레히트, 송윤엽 외 옮김, 『브레히트의 연극이론』(연극과인간, 2005), 364쪽.

(Jean Genet)는 조금 다른 길을 갔다. 죄수들의 축축한 영혼과 사형수의 이글거리는 육신에 동화된 죽음의 망령에서 좀처럼 빠져나올 수 없었던 탓일까. 피라미드식 지배 체계의 보이지 않는 횡포와 맞서 싸우기를 자청한 그에게 부르주아 사회의 폭압적 이데올로기와 가부장적 질서, 성적 파시즘과 미학적 단일성에 대항하는 악마주의는 차츰 낯설지 않은 것이 되어갔다. 이들의 시도는 모두 아우슈비츠에서 살아남은 자들의 증언과 서구 현대성의 형해(形骸)를 제 손에 쥐게 된 직후, 표상 불가능한 비극의 세계로 달음질하며 토해 낸 절규였으며, 뒹구는 시신들과 함께 폐허 위에서 삶을 살아가야하는 자들이 펼쳐 낸 서구 문명의 아이러니이기도 했다. "추락을 겪어야 알 수 있는 진실"을 말하는 김경주의 『블랙박스(Black Box)』는 부조리극의 운명을 고스란히 끌어안고 착수한다고 고백을 하는 것 같지만, 결국 그 너머의 세계까지 나아간 것으로 보인다. 블랙박스의 사용법을 알아보자.

*

막이 오르면
언어들이 미로와 멀미 속에서 활공하고 있다
어디선가
들려오는
자음과 모음의 항해들[2]

말놀이가 말놀이로 끝난 적은 없었다. 베케트의 『고도를 기다리며(En

---

2   김경주, 「1막 인형(人形)의 미로」, 『기담』(문학과지성사, 2008)

attendant Godot)』를 접한 사람이라면 두 뜨내기 에스트라공과 블라디미르가 주고받는 끝없는 말, 공허한 말, 오지 않는, 오지 않을, 어쩌면 도래하지 않아야 할, 저 고도(Godot)를 하염없이 기다리면서 자기들에게 주어진 시간을 메우기 위해, 진즉에 의미를 상실해 버린 이 세계를 소모하고 소비하기 위해, 서로 나누는 헛헛하고도 이상한 대화를 기억할 것이다. 미하일은 에스트라공처럼 "직감적"이며 카파는 블라디미르처럼 "이성적"이다. 스튜어디스는 괴상한 주문을 외우라고 협박을 하거나 스페인어로 알아듣기 어려운 욕설을 지껄이는 등, 느슨하게 비유하자면, 포조의 지시에 따라 장황한 대사를 토해 내는 럭키와 어떤 면에서 상통한다.『블랙박스』의 주인공들이 당근과 분유를 먹고 새를 오독거리며 뼈까지 씹으며, 차츰 유아적 퇴행을 겪는다는 점도 여기에 부기해 둘 만한데, 이는 정확히『고도를 기다리며』를 은유하는 것이기 때문이다.『블랙박스』는 언어의 한계에 대한 자각과 각성에서 출발해 어딘가에 중심을 붙들린 꼭두각시와 같은 현대인의 자화상에 이르기까지, 그렇게 넘나드는 알 수 없는 삶의 저 미로 속을 헤매는 불안한 우리의 운명을 베케트에게 오마주를 바치는 것으로 막을 올린다.

> 카파   이 세상에 존재하지 않는 곳을 찾고 있군요.
>   아무도 알아보지 못하는 곳 말이에요.
> 미하일   거기서 오는 길이에요.
> 카파   정말? 거기서요?
> 미하일   그렇긴 하지만…….
> 카파   그런다고 달라질 게 있나?
>
> 사이.
> 미하일, 주머니에서 당근을 꺼내 씹어 먹는다.

카파, 가방에서 수면양말을 꺼내 양말을 벗고 신는다.

카파 그동안 비행기를 안 탄 이유가 있나요?

미하일 선원이었어요. 기관을 담당했죠. 배에서만 지냈어요.

카파 기계는 빠끄미겠구나. 볼트를 씹어 먹을 수도 있겠네.

미하일 일상은 다 비슷해요.

카파 기관실에선 주로 무슨 일을 하지?

미하일 일어나면 씻고, 이빨 닦고, 스킨 바르고, 우유 마시죠.

카파 난 달라. 일어나면 스킨 마시고, 우유 바르고, 틀니 씻는데.

카파와 미하일이 "그분"이라고 부르는 자는 호명에 응하지 않으며 막이 내릴 때까지 그 실체가 규명되지 않을 '고도'와도 같은 존재라 하겠다. 미하일이 떠나온 "거기"도, 아니, 이 둘이 함께 타고 있는 비행기의 기내도, 그들이 도달하고자 하는 목적지도, 비행 내내 난기류를 헤매며 붙잡혀 있게 될 구름의 저 가운데도 사실은 마찬가지다. 사고가 발생하기 전에 열어볼 수 없는 블랙박스처럼, 이 작품에서 무엇 하나 규명되는 것이 없다는 사실을 미리 알아 둘 필요가 있다. 블랙박스 사용법 1: 오픈되었다고 생각하면 곤란합니다.

이러할 것이라는 개연성을 머릿속에서 지워야 한다. 다시 언급하겠지만, 언어학자-뱃사람-스튜어디스라는 직업 역시, 어떤 상징일 뿐, 그들의 행동이나 대사에서 모종의 일관성을 찾고자 한다면, 블랙박스는 끝내 열리지 않을 것이다. 블랙박스의 설계도를 미리 보려고 하지 않는 태도가 따라서 중요하다. 자유롭게 추이를 쫓기만 하면 일단 절반은 성공한 것이다. 사실 김경주가 우리에게 요구하는 것은 이것뿐이다. 그러나 이것이 더 어려울지도 모른다. 관습적으로 사용되는 언어를 탄핵하며 부조리한 인간을 주조해내는 특이한 방식에 주목하라고 끊임없이 권고하는 듯해도,

거기에는 브레히트의 교훈을 새기고자 하는 의지가 있기 때문이다. "누구도 장담 못"하는 언어. 그러나 미지의 세계를 노크하며, 부조리의 표정을 날것 그 자체로 담아낼 가능성은 결국 언어를 통해서, 언어에 의해서만 가능할 뿐이다. "제가 말하는 것은 아무것도 아닙니다."와 같은 발설은, 관습처럼 우리가 익숙하게 사용하는 말 자체를 의심해야 한다는 촉구이자 해석의 단일성에 대한 거부의 의지와 크게 다르지 않다. 의미의 붕괴나 소통의 불가능성, 말의 불충분성이나 대화의 미끄러지는 속성조차, 결국 말에 의지해서, 말을 통해서, 그런 사실을 담아낼 수밖에 없는 것이라면, 부조리한 상황을 체현해 낼 말은 결국 부조리한 문법의 고안을 통해서만 실현 가능한 것은 아닐까? 언뜻 보면 언어학자 카파는 한마디 말로 가볍게 일상을 조롱하는 것 같다. 그러나 위에 인용된 카파의 마지막 대사에는 우리 시대가 어영부영 끌어안고 있는 난감한 처지에 조응하려는 언어적 태도가 자리한다는 사실을 잊지 말아야 한다. 습관적으로 느끼고, 매만지고, 소유하고, 향유하는 우리의 일상을 카파는 회의 가득한 의심의 대상으로 돌려놓는 것이다. "일어나면 씻고, 이빨 닦고, 스킨 바르고, 우유 마시"는 일상, 그 권태롭고 허약한, 하품을 할 정도로 따분한, 그러나 거부할 수 없는 어떤 관성에 따라 제 행위를 습관처럼 반복하는 태도에 반기를 든 카파의 이 말장난은 그러니까 벌써 말장난이 아니다. 그것은 '나'라는 존재와 '나'의 일상을 빚어내는 질료가 바로 언어라는 사실에 대한 비유라고 해야 한다. 따라서 문장의 의미 연관을 가볍게 비트는 행위는 세계를 다르게 구성하고자 하는 작가 고유의 열망이자, 관습에 매몰되지 않고 인간으로 살아갈 수 있는 최소한의 길을 확인하는 작업, 그러니까 인간됨을 확보하려는 실존의 몸짓과 다르지 않은 것이다.

| 카파 | 속고만 살았어? |
| 카파 | 구름 속에선 새들도 멀미를 한대. |

미하일   새가 어떻게 멀미를 느껴?

카파   새도 느껴.

미하일   거짓말.

카파   날아가는 게 멀미 없이 가능하다고 생각해?

미하일   우리가 지금 멀미를 하는 건 아니잖아. 멀미는 속이 울렁울
         렁거리고 토하고, 그런 거야. 난 잘 알아.

카파   우린 새가 아니라서 멀미를 안 한다고 생각해?

미하일   멀미를 하지 않으니, 우리는 새가 아닌 거지.

카파   새가 아니면 누가 멀미를 하겠어?

미하일   누가 멀미를 하면 다 새래?

카파   너 멀미하잖아. 방금 멀미한 거야.

미하일   (침묵) 자꾸 말꼬리를 물고 늘어지면 어떡해. 우린 새도 아니
         고 지금 멀미도 하고 있지 않아.

  오류투성이의 인간, 불안한 존재, 시작도 끝도 알 수 없는 상황 속에
서 하루하루를 살아가야 하는, 저 난기류와 같은 세계, 한치 앞도 내다볼
수 없는 컴컴한 미래를 통과하는 구름과도 같은 인간의 운명은, 정언적
인 말, 확정하는 말, 단일한 해석에 사로잡힌 말, 그러니까 이것은 저것이
라는 식으로 단속하고 통보하는 말로 실현되는 것이 아니라, 부조리의 특
성을 고스란히 반영한 언어의 운용과 대사의 배치를 통해 관객 앞에 펼쳐
져져야만 하는 것이다. 김경주의 시극은 내용을 전달하거나 메시지를 통
보하며, 관객을 작가의 의도 근방으로 끌고 오려하는 대신, 관객의 이지
적 판단과 자유로운 상상력의 발동에 보다 큰 기대를 건다. 이렇게 카파
와 미하일의 대화에서 목격되는 삼단논법의 오류는 한편으로, 인간이 매
일 범하고 사는 자명한 실수이지만, 그것이 잘못되었다거나 어리석은 일
이라며 짐짓 반성을 요약하는 대사를 통해 관객을 찾아 나서지 않는다.

김경주는 그 오류의 수순과 절차를 날 것 그대로 드러내면서 관객 스스로 부조리한 상태를 경험하게 만들고, 그와 같은 세계의 부조리성을 판단할 자유 일체를 관객에게 일임하는 길을 택한다. 매일 반복되는 일상의 무늬가 바로 부조리 자체라는 것일까? 김경주의 작품에서 부조리는 오로지 관객의 상상과 연상을 통해서만 가늠할 수 있는 시적 논리 속에서 작동되며, 진실을 직시하지 못하는 인간의 운명에 대한 느슨한 암시처럼 배우의 입에서 터져 나와 극 전반을 서서히 지배해 나가는 강력한 주제로 자리 잡아 나간다. "나도 당신도 그분을 보지 못한 건 똑 같다."라고 말해야 하는 상황 속에서 카파와 미하일이 할 수 있는 일이란 결국 시간을 때우기 위해 꺼내든 카드놀이일 뿐이다. 그러나 이 카드놀이에서조차 "귀 한 쪽"과 "혀 한 조각"을 걸라고 상대방에게 하는 요구 앞에서, 왜 그래야 하는지 그 까닭을 묻는 일은 또 얼마나 허망한 일일까? 인간이 듣고 말하되, 진리를 직시하지 못하는 맹인과 다름없다는 것일까. 카파의 말처럼, "계속 우린 거리를 벌리고 있"는 존재라는 것인가.

카파   (생각에 잠긴 듯한 표정, 잠시 뒤 수첩을 꺼내 무언가 적은 것을 보면서) 나는 망각이 두려운 사람이에요. 내가 평생 한 작업은 말의 비밀을 되돌려 놓은 것이었어요. 물론 나 자신의 말 가운데 자신의 말을 알아보지 못한 순간도 있지요. …… 당신은 바다에서 생활했으니까 알겠지만 해저와 해변은 만날 수 없는 거죠?

가지런한 언표와 정갈한 문법의 세계에 머물며 논리적 이해와 원활한 소통을 위해 전념하는 언어활동으로는 충족되지 않는 무엇이 있다는 것일까? 그런 것이라면, 그것은 차라리 언어의 속내이자 발화자의 안쪽, 말의 꼬리와 꼬리를 물고 늘어지며 걷잡을 수 없이 늘어나는 농담처럼 한없이 의미를 유보하고 때론 방기하는 미지의 감정을 내려놓는 밀어(密語)는 아닐까. 표현될 수 없다고 믿어왔던 것, 요약될 수 없고 생각했던 것을 담아내기 위해 새로운 언어의 지평을 열려는 시도가 시극의 모토라면, 이 예술가는 의미를 유보하는 언어의 저 미끄러지는 속성을 알아차리고는, 절망의 한숨을 내쉬는 것이 아니라, 삶과 인간, 사회와 세계의 불안과 난 기류 속에서 살아가는 우리 운명의 비극적 추이를 쫓고, 그 섬세한 결을 표현해낼 가능성을 바로 이 언어의 잠재력에서 찾아 나선다. 부조리에 근 접한 대화와 어법을 고안하고, 말의 잠재성을 흔들어 깨우는 기이한 작업에 김경주는 극 전부를 헌정하고 있다 해도 지나친 말이 아니다. 단순히 문장의 배치를 뒤집기만 해도, 모든 것이 뒤집힌다는 저 사유, 그것은 생각만큼 쉽게 실천할 수 있는 것은 아니다. 김경주가 작품 전반을 조율해 나가는 구심점이 바로 여기에 있다. 블랙박스 사용법 2: 시차(時差)와 차이(差異) 언어의 세계로 들어가야 합니다. 말이 애초에 어떤 의미를 담지하고 있는 것이 아니라, 그저 사용과 맥락에 의해서만, 일순간 의미를 그러쥐고 또 그런 뒤, 허공으로 흩어질 뿐이라는 것인가.

미하일   조롱하지 마. 뭉개 버리는 수가 있어.
카파   뭉개? 이미 우린 서로를 조금씩 뭉개고 있는 거 아닌가?
미하일   비켜 갈 수 없다면 뭉개고 가야죠.

말은 오로지 제 사용 방식과 처한 맥락에 의해서만, 의미의 가변성을 창출하고 또 다른 곳으로 서둘러 빠져나간다. "이 알아들을 수 없는 외계어"와 같은 말은 현대사회의 고독한 운명을 거부할 수 없는 인간의 말이며, 이때 삶은 벌써 "원한다고 나갈 수 있는 곳"이 아니다. 차라리 하나의 거대한 덫이자 "대가리 없는 조종사"의 손에 붙잡힌, 끈이 떨어진 연과도 같다고 하자. 그럼에도 우리는 불안정한 언어로, 단어가 아니라 단어와 단어가 모여 생성해 내는 연쇄와 연상 작용에 모종의 내기를 걸고, "소통이 안"되는 세계, "하지만 누구나 자신이 아는 진실을 말하고 싶어 하"는 곳으로, 바로 이 끈 떨어진 연을 무작정 따라가 보는 수밖에 없다. 거대한 덫에 빠졌다며, 진저리를 치고 통곡을 하며, 억울해하는 것이 아니라, 덫의 실체에 부합하는 언어를 고민하는 과정에서, 김경주는 어느덧 덫의 공간에 대해, 기이한 덫의 시간에 대해 머리를 맞대고 고심을 할 것이다. 그렇게 그는 언어-공간-시간-행위가 서로 모이고 흩어지면서 쏟아낼 어떤 미지의 함수, 의미의 중의성과 복수성을 한껏 머금은, 아직 당도하지 않은 침묵의 저 힘과 잠재력을 바라본다. 난기류 속에서 우리는 아주 새로운 말을 들어야만 하고, 또 배워야 할지도 모른다.

스튜어디스 100년 전에 떠난 구름이 제 자리로 돌아와서 우는 중이에요.
미하일   난기류는 언제까지 지속되는 거죠?
스튜어디스 이건 구름의 발음입니다. 말을 배우고 있거든요. 발음을 멈출 때까지 기내는 귀가 젖어야 해요.

진실/진리는 근엄한 강령이나 확고부동한 이데올로기가 아니며, 그것의 소관도 아니다. 통념은 진리/진실을 강화할 뿐이며, 그렇게 진리/진실이 아니라, 그것이라 믿고 싶어 하는 모든 것, '진실임 직한 것'을 재생산하는 데 몰두할 뿐이다. 잊지 말자. 김경주는 추락해야만 알 수 있는 무언가를 진리/진실이라고 말하지 않았나? 추락하기 전에는 경험될 수 없으며, 경험할 수 없는 것이 바로 진리/진실인 것이다. 이 시인-극작가에게 목격되는, 확정될 수 없는 것, 떠다니는 것, 흐르는 것에 대한 탐구의 의지나 "구름이 언어 안에서 흐려지는 일"[3]에 품은 열망은, 세계를 몇 가지 구

3 「구름이 백 년 전을 지나갔던 것일까? — 꽃밭에 묻은 양배추 인형」, 『기담』(문학과지성사, 2008).

조 안에서 약분하지 않으려는, 그래야 한다는 각성의 발현이며, 통념과 관습에서 벗어나기 위해 반드시 필요한 일종의 예술적 제의이기도 한 것이다. 그렇다면 카파와 미하일은 "자기가 만든 구름 속에 갇혀 지내는" 제 운명을 어떻게 벗어나, 진실의 세계를 향해 발걸음을 내디딜 것인가?

*

공간이나 시간 역시 주관적 구성에서 예외가 될 수 없다. 지문의 역할이 배우의 행위나 무대의 묘사에만 국한되지 않을 것이며, 일찌감치 김경주는 작품집의 서두에 다음과 같이 밝혀 놓았다.

> 이 극에서 지문은 구름이 대본 속으로 서서히 차오르는 느낌으로 표현되고 있다. 허공은 지문 속에서 지문 바깥으로 나오는 하나의 형(形)으로 우리가 해독하기 어려운 공간과 시간으로 흘러간다. '사이(pause or bit)'와 '정적(silence)'의 질감도 나눌 필요가 있는데 '사이'가 세밀한 곳에서 전체로 퍼지는 공기의 밀도를 가지고 있다면, '정적'은 전체에서 세밀한 곳으로 모아지는 공기의 질감이다. 따라서 이 극에서 지문(silence sentence)은 기내를 항해하는 또 하나의 시차를 가진 이야기다.

"또 하나의 시차를 가진 이야기"인 지문은 크게 보아 무대 위에 재현이 가능한 것과 실현 불가능한 세계의 시적 표현, 이렇게 둘로 나뉜다. 후자의 경우, 각별히 주의를 요구한다. 시차와 사이, 정적(靜寂)에 대한 추구는 그간 김경주에서 가장 중요한 예술적 모티브이자 그 혁신의 계토였다. 그의 시는 미지의 혀로 "언어의 공동(空洞)"에 자진해서 입사했고, 구름과 같은 무정형의 것이 머금고 있는 잠재성을 표현하고자 부유하는 세계를 기록해 내는 고통스런 모험을 마다하지 않았다. "해독할 수 없는 시차(時差) 속에서 멀미"를 하는 이야기, "우리가 한 번도 경험한 적이 없는 허공과 언어의 한가운데에 존재하는 기묘한 섬"에 도착하기 위해 필요한 것이 왜 침묵이라고 말하는 것인가.

미하일   침묵. 온통 침묵뿐이야. 언제까지 이 침묵을 기다리고 있어야죠?

카파   침묵이라……. 그건 너와 내가 진짜 잘 알고 있는 멀미지.

구원의 목소리를 듣지 못할 때, 메시아의 도래를 확신하지 못할 때, 인간은 수많은 말을 뱉어내면서, 커다란 희망, 그래서 헛된 희망을 매일같이 유보하는 연습을 하며 삶 속에서 제 존재의 어떤 자리를 확인하려 한다. 침묵하는 기원 앞에 우뚝 선 말이란, 결국 아무것도 아닌 말이며, 본질을 담지 못한 말이란 어쨌거나 진리에서 빗겨선 말일 것이다. 그러니까 그것은 무(無)의 언어, 무화된 언어, 본질을 담보하지 못한 말, 결국 침묵과 같은 말일 수밖에 없다. 홍수처럼 넘쳐나는 정보와 범람하는 글자는 이 세계에서 순수한 언어, 기원의 언어, 태고의 언어를 말살한, 아무것도 아닌 말, 진리에 관해 아무것도 통고하지 않는 말이다. "언제나 그것은 다만 거기에 있는 말이면서 오래된 말"일 뿐이지만, 그것은 또한 진리를 발설할 유일한 씨앗을 머금고 있는, 침묵하는 말인 것이다. 우리가 발화하는 거개의 낱말과 문장이 반드시 어떤 가치를 담보했다고 생각하는 것은 그래서 난감하며 또한 어리석다. 그렇다면 말을 하지 말아야 하는가?

미하일   젠장, 당신은 내가 자꾸 무언가를 말하기를 바라나요? 하지만 제가 아무것도 말하지 않으리라는 걸 알아 두세요. 제가 말하는 것은 아무것도 아닙니다.

카파   운명이라고 하면 너무 가벼워지잖아.

그럼에도 말은 인간에게 인간됨을 확인해 줄 최후의 수단이다. 말이 아무것도 아닐 수 있다는 모종의 공포에도, 침묵의 위대함과 저 위대한 침묵[4]에도, 인간은 말을 말살할 수 없으며 그걸 권리조차 없다. 인간의 몫은 침묵이 아니라 침묵이 머금고 있는 무엇, 침묵과 함께 동반되는 파장, 침묵이 전해오는 양감, 이들을 침묵 밖으로 끄집어내는 일이며, 이렇게 생각할 때 비로소, 이 '말-침묵'의 이분법에 금이 가기 시작한다. 카파는 미하일이 말하기를 바란다. 미하일은 아무것도 말하지 않겠다고 '말한다.' 그러니 그가 방금 한 말은 아무것도 아닌 것, 아무것도 말하지 않은 침묵의 말이다. 이 둘은 이렇게 말을 주고받으며 침묵을, 침묵의 말을 완성해 나간다. 침묵과 말은 이제 서로 다른 것이 아니다. 이제부터 침묵의 말은 텅 빈 말, 난센스, 해프닝, 무의미한 표현이 아니다. 텅 빈 말을 발화하는 말이자 난센스의 구조와 가치를 적나라하게 드러내는 말이다. 그러니까 이것은 의미를 탈색한 말을 직접 실천하는 말이며, 말 자체의 허점을 스스로 지시하는 말, 그러니까 침묵의 언어이면서 침묵을 수행하는, 어떤 의미에서는 인간에게 주어진 최후의 말, 인간이 할 수 있는 유일한 말, 그래서 부조리하며 부조리를 수행하는 말, 자체인 것이다. 말이 아무것도 아니라고 발화하는 말은 김경주에게는 아무것도 아닌 말 이상의 세계를 넘볼 유일한 수단이자 방법인 것이다. 이것은 바로 시차의 말, 멀미의 말, 구름의 말, 바람의 말, 사이의 말, 난기류의 말, 추락하기 전에 주고받을 수 있는 유일한 말, 최후의 말, 진리에 접근하기 위해 반드시 토해 내야하는 토막 나고 상처받고 감정이 적재된 주관성의 말인 것이다. 블랙박스 사용법 3: 진리의 말은 침묵의 말입니다. 시간과 공간을 특수하게 주조해, 시차를

---

4 왜? "그분"이 아무 말도 안하기에 침묵은 오히려 진리에 가깝다. 고도가 말을 하는 것을 보았나? 침묵은 에스트라공과 블라디미르가 고도에게서 전해 받은 유일한 말이기도 한 것이다.

만들어 내고, 바로 이 주관적 상태에 무늬를 입히는 유일한 방법이 바로 특수한 말, 침묵의 말, 즉 진리의 말을 고안하는 것뿐이다.

　시간의 불가역성을 무용지물로 만드는 일은 바로 이 침묵의 말에 비추어 오히려 자연스러운 것이기도 하다. 벌써 기내는 침묵의 말로 가득한 언어의 동공 속에 놓인 이상한 공간으로 둔갑했다. 난기류의 시간이 오히려 중요한데, 그것은 연대기적 시간, 선적 시간, 논리적 시간의 반대편에서 작동하는 시간, 비선형적 시간이기 때문이다. 그것은 '영원 회귀'의 시간, "직선이라는 작위적 형태로 표현되지 않고 원의 형태로, 혹은 되풀이의 특성을 지닌 전혀 다른 모양으로 표현되는 시간 개념"[5]에서만 펼쳐지는 시간이다. 시간에 대한 통념도 여기서 부정된다. 블랙박스 사용법 4: 블랙박스의 시간은 '영원 회귀'의 시간입니다. 그것은 동일하고 단순한 반복을 의미하는, 즉 영원히 회귀하는 무한한 시간이 아니라, 침묵을 통해 재구성된 주관성과 정동(情動)의 시간이며, 시차와 차이에 의존해서만 재편된 특수한 시간이자, 미학적 목적에 의해서만 구성되고 지탱되는 시적 시간이다. 김경주는 '기내극'이라는 알리바이를 십분 활용해 시간의 주관적 운용에 부합하는 고유한 논리를 바로 이렇게 만들어 낸다.

　지문인지 대사인지 명료하게 구분되지 않는 대목, 제사(題詞)처럼 인용되었음에도 배우가 "다같이" 발화에 참여해, 무대 위에서 잠시 정지 상태를 유발하는, 저 경구를 닮은 구절도 언급해야 한다. 극의 첫 시작을 장식하는 리뉴 공(Charles-Joseph, 7th Prince of Ligne)의 문장과 다니엘서 5장 6~7절, 이후 몇 차례 등장하는 모리스 블랑쇼(Maurice Blanchot)의 잠언은, 등장인물이 제 행위를 멈추고 아주 짧은 시간 일제히 객석을 바라보며 한 목소리로 읊어, 해프닝을 연출한다. 무대를 마치기 직전에 등장해 스튜어디스가 스페인어로 지껄이는 욕설 역시, 언어학자 카파가 제멋

5　피에르 바야르, 백선희 옮김, 『예상표절』(여름언덕, 2010), 116쪽.

대로 감행한 번역의 과정 속에서 소통 불가능성을 해프닝처럼 재현하는
데 일조하기는 마찬가지다.

스튜어디스 솔로 이다 오 이다 이 부엘따.

카파   대학 졸업 후 첫 직장이래. 학자금 이자가 많이 남았대.

스튜어디스 에스따 레세르바도 아 미 놈브레.

카파   계약금이라도 돌려받을 수 없는지 묻는데,

         낙하산한테 이렇게 당할 순 없대.

스튜어디스 꼬메 미엘다.

스튜어디스 마마 구에보 꼬뇨.

카파   젖이나 더 먹고 와라.

         믹서기로 뼈까지 갈아 마셔 버리겠어.

스튜어디스 이호 델라 그란 뿌따 이호 델라 그란 뿌따.

스튜어디스 이호 데 뻬라 까베소떼.

카파   더럽고 뻔뻔한 낙하산들. 세상에 낙하산은 모두 사라져야

         해. (……)

이 구절의 원문과 뜻은 다음과 같다.

스튜어디스 Solo ida o ida y vuelta.

카파   편도인가요, 왕복인가요?

스튜어디스 Está reservado a mi nombre.

카파   제 이름으로 예약되어 있습니다.

스튜어디스 Come mierda.

스튜어디스 Mamá huevo coo.

카파   똥이나 처먹어.

니미 뽕이다.

스튜어디스 Hijo de la gran puta, Hijo de la gran puta.

스튜어디스 Hijo de perra cabezote.

카파   천하의 개새끼들, 천하의 개새끼들, 병신 새끼. (……)

책 전반에서 오른쪽으로 밀어 배치한 지문도 곰곰이 뜯어보면 연출 불가능한 주문을 담은 이상한 구절이라는 사실을 알게 된다.

고요 속에

죽은 시곗바늘이

두 사람 손목의 동그란 시계 창속에서

다시 돌기 시작한다.

난기류가 비행기의 내부를 지나간다.

따라서 이런 물음이 불가피해진다. 이 대목은 무대에 실현되지 말라고 한 주문인가? 어떤 연출가가 죽은 시곗바늘을 기획할 수 있을 것인가? 어떤 관객이 이구동성으로 배우들이 자신을 향해 외치는 블랑쇼의 문장을 이해할 것이며, 그런들 무시할 수 있을 것인가? 대관절 누가 발화의 주인이 될 수 있는가? 이 지문은 그렇다면 "그분"의 말인가? 실행 불가능한 말, 맥락이 탈구되어 툭 튀어 나온 잠언과 같은 문장은, 시가 늘 그렇듯, 어떤 의도에 따라 무언가를 전달하려는 매개의 말이 아니라, 관객의 주관적 판단과 상상력을 이끌어내는 장치로만 기능하는, 만듦(poiēsis)의 말, 고안을 부추기는 말일 뿐이다. 배우들이 연기하지 않는 지문이자 연출 불가능한 주문이라면, 그것은 오로지 관객 각자의 머릿속에서만 열리는 어떤 세계를 넘보고자 배치한 말이자, 관객의 상상력을 연극의 주체로 전환해내는 특수한 말이라고 해야 할 것이다. 이를 각각 '시적 공간' '시적 지문' '시적 대사'라고 부르려 한다. 눈여겨볼 것은, 이 시적 지문이 해석의 자유를 관객에게만 온전히 위탁하는 것이 아니라, 카파와 미하일이 부조리의 세계로 우리를 초대하고자 할 때 반드시 행해야만 하는 제의이기도 하다는 것이다. 블랙박스 사용법 5: 실현 불가능한 시적 세계를 실현합니다.

언어로 우리가 알아볼 수 없는
혼수상태, 의 시차가 어둡게 번진다.

이 시적 지문을 등장인물의 대사로 배치하지 않고, 자기-지시적 표현으로 환원하는 데 몰두한 까닭이 바로 여기에 있다. 예컨대 앞에 인용한 지문 다음에 바로 이어지는 "난기류가 어떻게 면회를 와? 헛소리 마. 날 면회 온 건 아니지?" 같은 미하일의 대사는 헛소리라고 생각할 것이 분명한데도 그것을 믿어 버리는 어떤 사유의 관성과 그 터무니없음을 표현하고자 한 것이다. "죽은 시계 바늘이 / 두 사람 손목의 동그란 시계 창속에서 / 다시 돌기 시작한다."라는 지문의 실현 불가능은 이렇게 미하일의 대사에서 발화의 세계 안에 안착해 불가능성의 가능성을 실천해 내는 모티브로 살아난다. 시극의 핵심이 바로 이것은 아닐까. 블랙박스 사용법 6 : 시적 세계를 대화로 풀어 무대에서 실천합니다. 김경주의 시극에서 중요한 것은 이와 같은 시적 지문[6]의 배치 자체가 아니라, 실행 불가능한 시적 지문, 가령 "창밖엔 교미 중인 구름들"과 같은 대상의 설정, "기내를 천천히 얼리는 시간들이 쏟아진다."나 "공기들이 숨이 막혀 죽기 시작한다."라는 행위의 타진, "어디선가 흘러나온 사람들 같아 보이는 구름들 / 기내를 물풀처럼 흐느적거리면서 / 걸어 다닌다."나 "그 손은 어떤 음악의 공간으로

---

6   오른쪽으로 몰아 배치한 지문을 '시적 지문'이라고 말하는 까닭은 이 구절이 김경주의 시와 흡사하기 때문이다.

들어가는 듯하다."라는 묘사 등에 할애된 지문이, 그 자체로는 무대 위에서 표현될 수 없지만, 등장인물에게는 엄연한 현실이 되기도 하고, 등장인물의 말에 제 몸을 실어 우리에게 명백한 상상의 대상으로 부각되는 등, 대화 속에서 녹아나 어떤 방식으로든 우리 앞에 당도한다는 데 있다. 이렇게 시적인 것을 연극의 대사로 실천하는 작업은 언어와 세계에 대한 일의적 해석에 반기를 들고, 언어를 단일한 소통의 도구로 환원하려는 관성적 사유에 대한 전복이기도 하지만, 시극의 정체성 그 자체라고 해도 좋다. 김경주가 '시의 연극적 실천' '연극의 시적 환원'을 통해 시극의 새로운 이정표를 꽂았다는 말은 이렇게 설득력을 얻는다.

*

지상에서, 우리가 사는 이 사회에서, 역사 속에서, 진리를 추구하거나 진실을 목격하는 것은 애당초 불가능한 것일까? 김경주에게 '기내(機內)'는 진실을 고백할, 진실의 언어를 구사할, 잃어버린 기억을 복원하고 애초의 관계로 다시 회귀할 유일한 공간이다. 기내는 실내이면서 동시에 하늘, 아니 구름 속이다. 이런 설정은 유동하는, 저 미끄러지는 현대성의 공간에서만 오로지 진실-언어-기억이 희미하게나마 제 모습을 드러낼 수 있으며, 그러고 나면 또 다시 꼬리를 감출 것이라는 예술가의 직관을 반영한 것이다. 이동하는 공간, 어딘가로 향하는, 미하일에게는 "목적지"도, 카파에게는 "목적어"도 없는, 여기저기 떠돌아다니는 구름과 같은 이 공간은 중력이 크게 작용하지 않는 공간이며 지상의 모든 습관을 지워 내기 위해 마련된 공간이기도 하다. 따라서 우리는 이 공간이 비판적 공간, 이행하는 공간, 진실의 문(門)이자 문(間)과 같은 공간이라고 생각할 수밖에 없다. 허공의 시간과 지상의 시간이 서로 분리된 공간이며, 지상의 시간을 배반함으로써만 갖게 되는 예술적 시간을 가능하게 해 주는 공간이기 때문이다.

예술이 행하는 고유의 비판성은 창의성과 다른 말이 아니다. 이곳에서 진실은 관성에 젖은 귀로는 알아들을 수가 없으며 타성에 길들여진 입으로는 발화할 수 없다. 그렇다면 비행기를 타고 우리는 어디로 가는 것일까? 추락할 것을 뻔히 아는 상황에서도 이런 질문은 반드시 던져야 한다. 우리가 확신할 수 있는 유일한 진리란 사실 죽음이 우리를 기다리고 있다는 것, 바로 그와 같은 진리이기 때문이다. 블랙박스 사용법 7: 진실과 죽음에 관한 랩소디가 들리십니까? 그렇다면 추락은 예정되어 있기에 피동적이 아니라, 인간의 자발적 선택의 결과로 주어질 수 있는가? 막을 내릴 순간이 서서히 임박했다. 카파는 미하일에게 진리의 말, 진리를 마주할 말을 가르치고 싶었던 것은 아닐까? 죽음을 거부하지 못할 때, 그 운명을 직시하고, 죽음이라는 진리를 제 언어로 실현하려고 하는 자만이 가장 주체적인 삶을 살아가는 주인일 수 있다는 것은 아닐까?

미하일   (카파의 수첩을 흘깃 보면서) 알아듣지도 못할 소리들. 아니 누가 우리 보고 서로를 속이고 있다고 그래? 이봐요 우린 자신을 속이는 데 익숙한 사람들 아닌가요? 그걸 확인하려고 당신의 주둥이가 계속 펄럭거렸던 거 아니에요. 당신이 그 구역질나는 입을 벌려 아무리 이 기내 속에서 갈매기를 날린다고 해도. 난 살아남을 거야.

카파   너도 나도 살아남지 못해. 난 들었어.

미하일   뭘 들었다는 거야?

카파   아까 머리통이 다음은 우리 차례라고 속삭여 줬어.

미하일   잘린 머리통하고 대화를 나눌 수 있어? 그런 재주가 있는 줄 몰랐네. 약속대로 여기에 있는 물건만 잘 옮겨 주면 돼. 약속

카파	이건 유서가 아니야……. 내가 살아가면서 잃어버린 언어들이지……

지킬 거야. 두려우면 쓰시던 유서나 계속 쓰세요.

카파　　이건 유서가 아니야……. 내가 살아가면서 잃어버린 언어들이지……

미하일　(괴성에 가까운 비명) 불쌍한 사람. 언어 속에서 잃어버린 삶을 찾고 있는 게 아니구?

　"대가리 떨어져 나간 두 사람이 조종실에서 핸들을 꽉 잡고 있으니까. 염려하지 마."라는 미하일의 말에는 무지에 대한 경고가 아니라 추락이 필연이라는 사실이 암시되어 있다. 말의 함정, 말의 불충분성을 고발하는 데 열중해온 카파는 "살아가면서 잃어버린 언어들"이 결국 "유서"라고 말한다. "언어 속에서 잃어버린 삶을 찾"는다는 미하일의 대사 역시, 삶과 언어의 분리불가능성을 강력하게 천거하기는 마찬가지다. 시간이 얼마나 흘렀는지는 중요하지 않다. 진실을 마주하기 위해서, 단지 주관적 시간과 기이한 공간과 침묵에 가까운 언어, 유서와 같은 말이 필요했던 것뿐이다. 죽음이라는 유일한 진리, 그것이 유일한 진리라고 우리가 인식하는 순간, 죽음이 우리에게 가르쳐 주는 것은 역설적이게도 주관적 삶, 주관적 언어의 필요성과 절박함, 실천의 불가피함이다. 김경주의 시극이 "수의를 입고 있는 이해할 수 없는 이야기"인 까닭도 여기에 있다. 죽음을 진리로 받아들이는 행위는 인간에게 부조리한 것으로 비춰질지 모르지만, 인간이 시간과 공간, 언어와 삶을 다르게 바라볼 유일한 계기이기도 한 것이다. 이와 같은 사실조차 그 자체로 부조리한 것은 말할 것도 없다.

카파　　널 찾으려고 오래 헤맸다.

미하일　히히, 난 당신이 잃어버린 단어 조각이 아니야.

카파　　난 널 잃고 무서워서 눈을 감고 울었어.

미하일　히히, 낙하산 함부로 펴면 곤란해. 달아나지 마. (노려본다.)

카파	야리지 마. 내가 그랬나? 조금씩 들키다가 가는 게 인생이야.
미하일	난 아직도 유원지에 혼자 남아 풍선을 꼭 쥐고 있지……. 내 입안엔 아직도 당신이 그때 내 입에 쑤셔 넣은 사탕이 녹지 않고 있어. (생각에 잠긴 듯 미소) 난 혼자가 될까봐 무서워서 그 사탕을 삼키지 않았으니까.
카파	무슨 소릴 지껄이는 거야? 갈매기 그만 날려.
미하일	왜 어린 날 놀이공원에 혼자 두고 가 버린 거지?
카파	마음에 있는 걸 다 말할 수 있는 사람은 없어.
미하일	거짓말. 당신의 사탕발림치곤 너무 단순한 거 아닌가? 난 그 자리에서 한발 자국도 움직이지 않았어. 풍선을 손에 꼭 쥔 채 당신 앞에 이렇게 나는 아직도 서 있으니까.
카파	믿지 않는군. 왜 내 말을 들으려 하지 않지? (노려본다.)
미하일	야리지 마. 사전 속을 아무리 뒤져도 당신은 그때 내 마음을 찾을 순 없을 거야.
카파	옛날 사전을 봐서 그래. 요즘 건 많이 좋아졌어. 다시 찾아 봐. 네 마음에 맞는 단어가 있을 거야.

손을 털고 자리와 돌아와 기내의 좌석에 앉아 옷을 입는 둘. 처음 장면 같다.

카파	일상은 다 비슷해. 난 일어나면 씻고 우유 마시고 이빨 닦고 스킨 바르지.
미하일	난 달라. 일어나면 스킨 마시고 우유 바르고 코털 닦아.
카파	미하일. 많이 컸네. 이거 그 동안 우린 서로를 너무 몰라보도 록 새까만 구름이 되어 버렸어.
미하일	(미소) 깃털이 가득한 물 먹은 베게 두 개가 물속에 가라앉아

있었던 거지.

블랙박스 사용법 8: 오래전부터 반복된 일이었습니다. 카파와 미하일의 이야기는 어디선가 벌써 일어났던 일이자 이 세계 어딘가에서 끊임없이 되풀이되어 온 일이기도 하다. 일상의 톱니바퀴가 되어 삶을 살아가면서, 우리가 이 사실을 잊은 것뿐이다. 카파와 미하일은 최초의 관계, 최초의 말, 최초의 기억, 자신이 한 모든 일을 수시로 망각하는 삶을 살아왔으며, 결국 그 사실을 자각한다. 약에 취해서, 이상한 기운에 젖어, 기억의 문이 열린다. 블랙박스는 이들이, 우리가, 아니, 이 세계가 망각한 것, 소홀히 한 모든 것을 기록하고 있지만 그러나 추락한 뒤에만, 그러니까 구름의 언어를 배우게 될 때, 죽음을 직시하고 삶에서 침묵의 언어를 발명하려고 그간 잊고 있었던 용기를 다시 끄집어낼 때, 그 존재를 인식하게 될 뿐이다. "더는 속이고 싶지 않아." 하고 고백할 수밖에 없는 진실의 시간을 찾아내고, "세상이 더는 우릴 속이지 못하도록 하자." 하고 대답할 수 있는 주관적 의지를 우리 내부에서 끄집어내기 전까지, 우리는 블랙박스를 필요로 하지 않을 것이다. 그렇게 "너무도 멀리 있지만 우리 안에 있는 그곳……. 세상에 있지만 세상에 속하지 않는 그곳, 이해하려면 사랑에 빠지지 않을 수 없는 것" 그것을 담아낼 말을 발명하거나 그 감정을 사유하려는 행위를 통해, 진실을 일상에서 시시각각 소급하려 노력하지고 않는다면, 블랙박스는 끝끝내 제 존재를 드러내지 않을 것이다. 상투적 언어로는, 망각을 유보하는 진리의 힘을 얻어낼 수 없으며, 잊힌 태초의 기억을 복원할 수는 없다.

김경주의 시극은 관객에게 커다란 통념의 봇짐을 풀어 이것저것을 설명하고 주입하는 것이 아니라 주관적 이해의 순간에 동참하게끔 수시로 다가가, 설명되지 않는 것, 번역이 불가능하다고 여겨진 것, 말로 표현되기 어려운 순간들, 이해할 수 없다고 여겨진 여러 삶의 무늬를, 상상력으로 찾아 나갈 주관성의 개별적 체험으로 선사하려 시도한 도도하고도 개성으로 충만한 지성의 산물이다. 진실의 주관적 재현은 상상의 영역으로 치고 올라오며 예측 불가능성의 가능성을 타진해나갈, 갱신된 언어, 속살의 언어로만 가능하다는 사실을 이렇게 선명하게 직시하고 있는 예술가가 또 있을까? 진실의 그림자라도 붙잡으려면 우리의 통념, 언어의 통념, 사유의 통념, 시선의 통념, 오감의 통념은 물론, 꼭두각시처럼 주렁주렁 우리를 매달고 있는 저 질기고 다양한 이데올로기의 심줄을 끊어 내야 한다고 그는 우리에게 말한다. 블랙박스 사용법 9 : 당신이 작품을 해석하는 주인공입니다. 김경주에게 연극의 필요성은 시(詩)의 필요성이며, 연극의 필연성은 결국 시의 필연성일 것이다. 둘의 절망과 셋의 불가능성을 노래하며, 카파와 미하일이 서로를 마주 보게 하면서, 동굴에 갇힌 현재인의 자화상을, 돌이킬 수 없는 말로, 언어의 충만한 실험으로, 침묵의 언어에 대한 지지로, 자의성에 대한 모종의 궐기로, 절망하는 인간의 처절한 실존과 최후의 말을 우리에게 보여 주었다. 김경주의 시극은 공간을 점유해 나가는 언어로 침묵의 가치를 회복하며, 타자를 상정하는 대화로 소통을 굴절시키고, 타자를 등 뒤로 배치할 수 있는 배면의 방백으로 우리를 이상한 낯섦의 세계로 끌고 온다.

*

다시 유럽의 부조리극으로 돌아오자. '부조리극(théâtre de l'absurde)'은 그 말을 그대로 풀어보면, 부조리한 것을 다룬 연극이다. 부조리극은 선구자라 할 알프레드 자리(Alfred Jarry) 같은 작가를 예외로 둔다면, 제2차 세계대전을 겪은 이후에 당도했다. 언어의 가지런한 질서를 말살하고 소통을 부정한다는 모토가 따라서 지극히 당연한 것으로 이해될 만큼, 베케트를 위시한 부조리극 작가들의 실험에는 별도의 설명을 필요로 하지 않을 어떤 당위와 근거가 자리하고 있었다고 해야 한다. 정상이라는 기준, 근대라는 사유, 합리라는 질서, 소통이라는 통념, 진보라는 이데올로기, 이성이라는 제국주의가 벌써 제 주권을 크게 상실한 뒤였기 때문이었다.

미하일   난 기관실에서 욕조를 닦는 일을 했어.
카파   기관실에 욕조도 있나?
미하일   더러운 욕조.
카파   욕조에서 뭘 했지?
미하일   욕조를 바다로 던져 버렸어요.

사이.

미하일   항상 두 놈이 했어. 한 놈씩 뒷구멍으로 들어왔지…….
카파   죽인 거야? 자네 전공이지? 몇 명이나?
미하일   떠올랐어요.
카파   둘 다? 욕조 속에 묶인 채?
미하일   해변으로 가서 확인해 봐야죠.
카파   해변에 가면 자네가 갑판에서 몰래 던져버린 시체들이 떠내려 와 있겠네. 그걸 확인해서 뭐하게? 해저가 해변을 만나러 가는 건가?

김경주의 부조리극은 오히려 시대를 앞지른다. 그의 시극은 시대의 결핍을 예고하는 자화상이면서, 우리의 언어와 삶을, 정치와 사회보다 앞질러, 정치와 사회가 배반한 민낯으로 마주하려 했다. 그의 시극이 이 시대의 말이면서, 시대를 앞서가는 말이자, 결핍된 공간과 나누는 밀어이며, 다가올 전 미래의 세계에 불어 닥칠 역류를 감당하는 불가시성의 가면이라고 말해야겠다. 이 기억의 기록은 관객이 열고 또 닫으며 판단의 주체가 될 때만 어떤 진리의 박스일 수 있는 것이지, 그 자체로는 아무것도 될 수 없다. 블랙박스 사용법 10: 우리가 본 것은 블랙박스입니다. 우리가 무대에서 본 것이 블랙박스라는 사실도 잊으면 곤란하다. 복기한다는 관점, 추론한다는 시각을 배제하기 어렵다. 추락을 겪어야 알 수 있는 진실의 창이 블랙박스라는 사실은 추락해야만 볼 수 있다는 어떤 난해한 어떤 기록이 바로 블랙박스라는 것을 의미한다. 구상에 이미 아이러니가 자리하고 있으며, 설정에서 벌써 부조리를 염두에 두었다고 해야 한다. 추락하지 않으면 블랙박스를 열어 그 기록을 볼 수 없고, 블랙박스를 보고 있다면 우리는 추락한 존재일 것이라는 패러독스가 시극의 핵심인 것은 이 때문이다. 이제 당신의 두 손에 블랙박스가 있다. 블랙박스 사용법 11: 추락할 채비를 마치셨나요?

그의 악몽, 그녀의 비명, 우리의 슬픔
— 최휘웅, 『타인의 의심』(시와사상, 2015)

시는 아직도 오리무중이다

「건망증」, 부분

지금-여기에서 세기말의 징후를 목도하며 하루하루 악몽을 꾸는 시인이 있다. 이 악몽에는 사실 주인이 없다. 시간도 없고, 공간도 없으며, 등장인물도 그 배후도 없다. 그러나 악몽은 지금-여기를 벗어난, 초현실의 소산은 아니다. 초현실이라는 저 용어는, 최휘웅의 경우, 현실을 재료로 삼아 여기저기를 느닷없이 방문하며 토해 낸 이상한 무늬들로 제 빛을 천연히 뿜어내는, 지극히 현실적인 삶의 결들이자 정교하게 그것들을 이접해 낸 기억의 산물일 뿐이다. 그의 시는 언어가 시의 발목을 잡아채는 함정이자 한계라는 사실을 환기하고 있다는 사실조차 스스로 고지하는 지점에서 착수되지만, 결국 언어를 벗어날 수 없다고 힘겹게 고백하는 데에 이르러 모종의 성취를 얻어 낸다. 그의 시를 우리는 젊다고 말할 수도 있을 것이다. 그러나 그의 시가 젊다는 말은 그가 구사하는 시적 언어가 그렇다는 말이지, 그가 시로 붙들어 놓은 주제나 사유가 그렇다는 말은 아니다. 우리는 마찬가지로, 그의 시가 노년의 타오르는 정념과 이를 조절해 가는 완숙한 지혜를 머금고 있다고 말할 수도 있을 것이다. 그러나 이 또한, 세월 속에서 경험적으로 체득한 깨달음을 섣불리 내려놓은 고백이나 삶의 비의를 터득했다는 식의 강담을 오히려 시인이 최대한 제어하거나, 최소한 제거해 내려 노력한다는 점에서만 그렇다고 해야 한다. 시를 통해 시인이 지켜 내려는 최후의 사선, 도달하고자 하는 미지의 지평이 바로 여기서 흐릿하게나마 제 모습을 드러낸다. 그는 자신이 겪어 온 세월을 최대한 제 시에 담아낸 것처럼 보이지만, 이 세월은 시간의 선조적 전개에 의지해 차곡차곡 기술해 낸 나날들의 기계적 합으로는 환치되지 않기 때문이다.

역설의 조감도

1부의 '역설' 연작은 거개가, 시인이 한때 그랬던 모습, 시인이 한때 꿈꾸었던 자아, 시인이 한때 그럴 것이라고 믿어 왔던 세계를, 지금 시를 쓰고 있는 여기로 끌고 와, 여기의 풍경과 서로 병치해 나갈 때 나타나는 변화나 느닷없이 기습해 오는 사태에 기대를 건다. 어떻게?

어제 관으로 들어간 또 다른 생명 때문에 내일 가야 될 내세가 궁금해지고, 인생은 지겹다 생각해 온 안일함이 일순 공중분해되는데, 세상은 참 낙관적이다. 어제와 오늘이 다름이 없고, 내일도 또 그럴 터인데,

왜?,

질문이 잠든 밤. 새벽까지 눈 뜨고 있는 나는 보일 듯 보이지 않는 화두를 안고 빈 허공의 깊은 바다 속을 열심히 헤엄치고 있다.

—「왜? — 역설 12」부분

어제와 오늘이 같으며, 내일도 그럴 것이라고 시인은 말한다, 이 말은

그저 공허한 언술이 아니며, 달관이나 깨달음에서 새어 나온 발화도 아니다. 그것은 오히려 시인에게는 이 세계를 근본적인 물음의 대상으로 전환하게 해 주는, 저 기억의 주관적 활용과 그 활용에 힘을 실어 주는 근본적인 행위일 뿐이다. 그가 "안온한 방안에 대한 불온한 사상"(「봄의 관능 ─ 역설 6」)을 꿈꿀 수 있는 것은 결국, "도대체 나를 흔들어 놓는 정체가 무엇인가"를 끊임없이 묻고 되묻는 일에서 제 시를 착수하기 때문이다. "독한 회의를 품은 독설"(「불발의 화살 ─ 역설 1」)은 이렇게, 옛 일과 지금-여기의 소사를 뒤섞어 생겨난, 주관적 시간 속에서 제 시적 자아를 피워 낸 결과라고 해도 좋겠다. 중요한 것은 최휘웅의 시에서 꾸준히 목격되는, "보일 듯 보이지 않는 화두"와 같이 인과관계가 생략된 듯한 서술이나 "빈 허공의 깊은 바닷속을 열심히 헤엄치고 있"는 듯한 저 환상적인 묘사, 너와 나, 그와 나, 그녀와 나, 그와 그녀 사이에 혼재되어 있는 주어의 자리, 그 배경은 물론 장소조차 모호해 보이기조차 한 시적 공간은 물론, 혼합되어 나타나는 시공 전반이, 사실상 '기억의 현재화-현재의 기억화'의 산물이라는 사실이다. 역설이 그의 시에서 탄탄한 근거를 확보해 내는 것은 바로 이때다.

이순을 지나 칠순 위에 서 있는 나는 아직도 바람 등진 촛불처럼 흔들린다. 시간의 뼈마디 어긋나는 울음소리를 안으로 삭이며 강을 건너고 있다. 선상의 횃불이 물결 위의 노을처럼 출렁거리고, 내 생의 소실점을 찾아 노를 젓는다. 어쩌면 소음으로 가득했던 지난날들이 더 이상 소음으로 남기를 거부하고 있는지도 모르겠다. 내 안에서 시간의 벽을 타고 넘어온 실어증의 꽃들이 이제 허망의 무게를 지탱하지 못해 고개를 묻었다. 그러고 보니 고개는 또 다른 고개로 이어져 있고, 앞으로도 고개는 계속 나를 시험할 것이지만, 그래서 내 키는 자꾸 작아진다. 시간은 나를 성장시키는 것이 아니라 왜소하게 만든다. 사통팔달로 널려 있던 길들이 한두 가닥 좁은 외통수의 길로 줄어들며, 나는 그 길도 벅차 숨을 헐떡거린다. 차 한잔 마실 사이에 또 반년이 지나가고, 그만큼 내 키도 줄어든다. 내 몸이 바닥에 닿을 때 시간은 현기증 나는 성장을 멈출 것이다. 그동안 시간에 쫓기듯 시간의 뒤만 따라왔던 나는 비로소 시간을 정복한 알렉산더가 될 것이다.

—「시간 — 역설 16」

이 작품을 읽으며 시제를 헤아리는 것은 벌써 소용없는 일이다. "이순을 지나 칠순 위에 서 있는 나"의 현재적 감정을 "소음이 가득했던 지난날들"의 사건, 그러니까 순전한 자신의 기억과 병치해 내었기 때문에, 시간의 순차적 전개에 의지한 시제는 벌써 자취를 감추었다. 그는 이러한 방식으로 시에서 좀처럼 걸어 들어오지 못했던 미지의 일들을 하나씩 실현해 나간다. 가령, "내 안에서 시간의 벽을 타고 넘어온 실어증의 꽃들"은 벌써 그 양태와 추이를 짐작하기 어려워진다. 물론 그 까닭은 과거와 현재의 일을 하나로 중첩시켜, 기술자의 관점과 위치를 모호하게 방기했기 때문이다. "앞으로도 고개는 계속 나를 시험할 것이지만, 그래서 내 키는 자꾸 작아진다"라고 말한 대목 역시, 단일한 해석을 허용하지 않는다. 나이가 들수록, 키가 작아진다는 식의 해석을 허용하지 않는다는 말이다. 오히려 세월이 나를 시험하기 때문에, 나는 작아진다고 말하고 있다는 편이 옳을 지도 모르겠다. 그러니까 시인은 시간을 단순히 역전시켜 독특한 분위기를 창출해 내는 것이 제 시의 목적이 아니라, 지금-여기에다가, 내가 지금가지 걸어온 지난 삶을 밀착시키고, 그렇게 이 양자를 혼용하여 "시간을 정복한 알렉산더가 될 것"이라고 말하고 있는 것이다. 그렇게 해서 만들어진 세계가 바로 역설의 세계이며, 역설은 이렇게 옛 것의 현재적 발현이자, 현재라는 무덤덤한 지평 위로 내리 꽂은 근접 과거의 사건들이다. 이러한 충돌이 현재를 금가게 하며, 현재를 다른 눈으로 주시하게 허용해 줄 것이라고 그는 믿고 있는지도 모른다. 그는 꿈이나 초현실에 쉽사리 편승하는 시인이 아니라, 역설의 알리바이를 시에서 마련하고자 기억-현실의 혼용이라는 고유한 문법을 제 시에 도입한 모험가인 것이다. "한때 랭보가 되고 싶었"(「내 안의 랭보씨 — 역설 7」)던 시인이 "젊은 한때 꿈꾸던 랭보 씨는 없다"는 사실을 굳이 확인하면서도, "아직도 랭보를 찾아/ 아프리카 캄캄한 오지를 더듬는다"라고 고백하며, 이윽고 "그런데 도시 속에서 외롭게 떠도는/ 베르렌이 되어 있다는 건 역설"이라고 말하는 것은 우연이 아니다.

나는 잠을 청한다. 어제도, 오늘도, 하루도 거르지 않고 잠을 잔다. 잠 위에 잠이 겹치고, 잠 밑에 잠이 있다. 잠에는 몇 개 층의 지하로 이어지는 계단이 있고, 그런 잠으로의 미행은 무거운 현실을 가볍게 안고 간다. 그의 폭언도, 가위 눌린 공포도, 억압하는 온갖 공화국의 반란도, 찬란한 깃발의 위선도, 그녀의 폭발하는 눈물도, 책상 위에 무겁게 쌓인 글의 압박도(……) 잠 속에서 나는 비로소 새가 될 수 있다. 산과 들이, 우주가 나의 발밑 어딘가에 있고, 구름은 편안한 평상처럼 나를 태우고 빌딩 옥상에서 옥상으로 이동한다. 몸은 끝없이 가벼워져서 공기주머니처럼 날아다닌다. 아프리카 오지의 검은 추장은 새의 깃털을 달고, 창(槍) 뒤에서 사자의 심장을 노리기도 하는데, 적막의 해일이 덮쳐 이 세상의 모든 추악한 것들을 쓸고 가기도 한다. (……) 잠시 목이 마르다 생각했는데, 잠의 문이 열리면서 무심결에 잠 밖으로 나왔다. 갑자기 오토바이 폭음이 귀를 밟고 지나갔다. 다시 현기증이 폭발하고, 촉촉한 감정이 너의 표정 뒤에 있고, 나는 끝없이 또 작아지기 시작하며, 눈과 귀를 세워 너의 동정을 살피기에 바쁘다. 잠 밖으로 통하는 창에는 검은 비가 내리고 있다.

— 「잠 — 역설 17」 부분

역설은 "이렇게 완벽한 길은 없다"할 만큼, 기이하고 미묘한 세계를 우리에게 열어 보일 것이다. 이 역설의 시학을 바탕으로 그는 "촉수만으로 길을 더듬"(「니이체여 — 역설 2」)어 나가며, "잎의 황홀함에 가려 보이지 않던 꽃등"(「꽃의 등 — 역설 19」)을 주시할 수 있다고 말하는 것이며, 그렇게 "있는 것과 없는 것/ 보이는 것과 보이지 않는 것/ 들리는 것과 들리지 않는 것/ 경계"(「색色과 공空 — 역설 5」)에 서서, 아직 실현되지 않는 것들을 발화할 수 있다고 생각한다. "잡은 듯하지만 잡히지 않는 것이 세상사"(같은 시)라는 사실을 선험적인 깨달음을 통해 우리에게 통보하는 것이 아니라, 시에서 구체적인 사건으로 시연해 보이기 위해 그에게 역설의 문법은 차라리 필연이었던 것일까? "잠 속에서 나는 비로소 새가 될 수 있다"는 말은 이렇게 그 말의 책임을 저버린 적이 없다. 이러한 구절은 상상이나 망상, 공상에서 나온 것이 아니기 때문이다. 그것은 기억-현재의 충돌로 열린 시적 공간의 가능성에서 솟아난 고유한 표현이며, 잠과 깨어남의 이분법을 붕괴하는 "꿈"의 세계를, 자연스러운 현실적 사태로 전치해내는 실험에서 빚어진 결과인 것이다. "잠의 문이 열리면서 무심결에 잠 밖으로 나왔다"는 것은 이렇게 과거-현재, 현실-상상, 꿈-깸의 이분법적 구분이 그의 작품에서 벌써 붕괴되었다는 사실을 말해 준다.

> 연필 자국 따라가다 보면
> 기억 한쪽의 바다가 열린다.
>
> ——「피리」부분

> 곡마단이 떠난 공터에 바람이 쌓였다.
> 종이와 낙엽이 같이 뒹굴었다.
> 가로등 불빛이 폭력처럼 쏟아지고
> 시계탑 바늘은 비스듬히 허리를 꺾었다.

기억의 한쪽 거울은 투명한 녹색이다.

사과 속살의 긁힌 자국과

그녀의 충혈된 눈이

암벽에 박힌 화석의 무늬와

완고한 시간의 고집처럼

녹색 거울 저쪽에 못 박혀 있다.

— 「달리의 오후 6시 55분」 부분

  기억은 현실과의 연장선상에서 실현된다. 기억을 따라 적어 간 그의 문장들이 어느새 그가 지금 바라보고 있는 바다 위에서 거친 숨을 내쉰다고 해야 할까. 이러한 사실을 놓치면 최휘웅의 시는 허공으로 달아나거나 몽상 속으로 휘발되고 만다. 최휘웅의 시 전반을 꿰뚫고 있는 단단한 특성이자 고유한 문법인 이 기억-현실의 언어는, 모든 것을 시에서 가능하게 해 주는 자유를 시인에게 부여할 것이며, 초현실의 세계로의 틈입이 허용해 준다. 물론 이때의 초현실은 현실과 기계적으로 대립하는 추상적 상상의 세계가 아니라, 살바도르 달리의 그림 "완고한 시간의 고집"처럼, 기억과 지금을 하나로 녹여낼 때, 주어지는, 여전히, 그리고 언제나, 새로운 현실인 것이다. 이렇게 해서 그는 "몽상가"가 되어 저 밤에, "머리는 한 끼의 밥을 걱정하는데 가슴은 총탄의 비명에 희열한다"(「머리와 가슴이 따로 노는 날—역설 20」)고 말할 수 있는 것이며, 상상을 현실의 사건으로 재현해 내는 데 성공적으로 합류하는 것이다.

'그녀'라는 알레고리

  최휘웅의 시에서 이 역설의 문장들은 구체적인 하나의 화자에게로 스며들어 다채로운 목소리를 울려 내는 원인이 된다. 이러한 사실을 잘 보여 주는 것은 바로 그녀와 관련된, 그녀의 시들이다. 시집의 제2부에는 놀랍게도 '그녀'라는 제목의 연작이 스물다섯 편 이어진다. 우리는 대번, 그녀가 누구인가라는 물음을 던지지 않을 수 없다. 그러나 대답을 위해 이 작품, 저 작품을 읽어 나가도 쉽사리 그녀의 정체는 잡히지 않는데, 이는 거개의 시들이 시점을 복합적으로 활용하고, 화자를 교체하거나, 시제를 뒤섞은 상태에서, '그녀'라는 고정 축을 중심으로 복합적인 이야기를 시에서 조율해 내기 때문이다. 최휘웅은 매우 능숙한 방식으로 나-그녀의 화자를 서로 분리하거나, 하나로 주조하면서, 그녀의 몸으로, 그녀의 의식으로, 그녀의 거취로, 그녀의 집안으로, 그녀의 침실로, 그녀의 나들이 산책 길 위로, 그녀의 감추어진 욕망으로, 그녀가 내지르는 삶의 비명 속으로 침투하고, 그렇게 그녀의 몸에서, 그녀의 의식에서, 그녀의 거취에서, 그녀의 집안에서, 그녀의 침실에서, 그녀의 욕망에서, 그녀가 내지르는 삶의 비명에서, 고유한 시적 목소리를 울리는 데 성공한다.

이렇게 '그녀'는 "마술에 취한 소녀"(「그녀 7」)가 되어 몽환적 분위기 속에서 묘사되는가 하면, "고비사막 같은 막막한 구릉 넘어/ 오아시스의 달콤한 저녁 하늘에/ 힘겹게 닻을 내리는 방랑의 꿈"을 꾸는 주체이기 하며, "미치고 싶다"(「그녀 8」)를 비명처럼 내지르는 실질적 화자가 되기도 한다. 그녀는 "요령부득의 혼란과 난공불락의 시간 앞에서 머리카락이라고 잡으려고 몸부림"(「그녀 13」)치기도 하고, 때론 욕망의 대상으로 피동적으로 묘사되기 하며, 나로 하여금 절묘한 감정을 자아내는 신체의 소유자로 포착되기도 하며, 이야기를 나누고 차를 마시고 잠깐의 인연으로 내가 알았던 저 과거의 여인들이나 지금의 내 주위에 존재하는 사람이 되기도 한다. 이 변화무쌍한 그녀는 변화무쌍한 바로 그만큼 변화무쌍한 이야기를 시에 풀어놓는 핵심이기도 하다는 사실을 지적하는 일이 필요하겠다.

그녀는 주술에 걸린 몽유병자처럼 허공을 헤맨다. 알 수 없는 기호의 미궁에 빠져서 눈을 감는다. 어차피 사랑도 혼 빠진 자의 미친 넋두리일 뿐, 확실한 것은 아무것도 없다. 잡을 수 없는 것을 붙들고 불을 지피며 애를 태웠다는 자책이 불현듯 눈발처럼 내려온다. 오류로 얼룩진 기억 속의 시간이 주마등처럼 지나간다. 삶은 늑골 사이를 아프게 지나가는 바람이었다. 불분명한 의식의 깊은 협곡에는 유년의 진달래, 머루, 다래들만 벼랑을 타고 있는 것은 아니다. 어느새 지금은 가고 없는 그의 달콤한 혀끝이 목 근처에 와 있다.

그녀는 전율하듯 눈을 떴다.

간혹 떠올리고 싶지 않은 기억들이 있다. 무덤 속에 박아 놓고 아무도 눈치 채지 못하게 하고 싶은…… 그런데 아프고 달콤한 기억은 불현듯 의식을 뚫고 올라와 얼굴을 붉힌다. 시린 이빨이지만 뽑을 수 없다. 유리 금가는 소리가 의식의 지하로 끝없이 낙하한다. 지붕 무너지는 소리 때문에 그녀의 앞은 캄캄하다.

—「그녀 5」 부분

우리가 인용을 미처 하지 않은 이 작품의 얼개를 잠시 적을 필요가 있겠다. 1연은 "지하에서 점"을 보는 이야기로 시작하여 "연신 고개를 끄덕거려 보지만 그녀의 뇌리는 여전히 흙탕물 한복판"이라며 마무리되는, 내가 기술한 그녀를 상태를 내용으로 삼는다. 2연은 달랑 "집 나간 그놈의 행방은 오리무중"한 연이다. 3연은 점괘의 속성을 "기호의 자간에 운명이 숨겨 있"으며 "달의 순환도 해의 의지도 그 행간에서 숨을 쉰다"고 부연을 하는 내용으로 구성되며, 우리가 인용한 4연은 "주술에 걸린 몽유병처럼 허공을 헤"매는 "그녀"에 대해 묘사하고 있는 것으로 보인다. 5연과

6연 역시 인용을 참조하면 내용을 짐작할 수 있겠다. 7연은 "그녀는 황망히 일어섰다" 단 한 줄로, 8연은 "풀어 놓은 점괘 속에서도" "묘연한" "그녀의 앞날"을 이야기하며 마무리된다. 정작 문제는 연 사이사이를 구성하는 저 "오류로 얼룩진 기억의 시간들이 주마등처럼 지나간다"와 같은 문장들의 실질적 주어를 우리가 단박에 '그녀'라고 확정할 수 없다는 사실에도 있지만, "간혹 떠올리고 싶지 않은 기억들이 있다"를 서술하는 화자가 '그녀'라기보다는 차라리 나에 가깝다고 해야 하며, 더욱이 이어지는 "무덤 속에 박아 놓고 아무도 눈치 채지 못하게 하고 싶은…… 그런데 아프고 달콤한 기억은 불현듯 의식을 뚫고 올아 와 얼굴을 붉"하는 주체 역시, 그녀인지 나인지 모호한 상태를 시에서 조장해 낸다는 사실에 있다. "얼굴을 붉"히는 주체는 누구인가? 이야기를 진행하는 나, 전지적인 관점에서 모든 것을 관장하는 나라고 우리는 말할 수 있을까? 그렇다면 시의 전개는 나의 목소리로만 진행되는가? 이렇게 따지다 보면, '그녀는 누구인가'라는 애초의 질문에 우리는, 그녀가 아니라, 차라리 나-그녀라고 대답할 수밖에 없다는 사실을 알게 된다. 그러니까 "시린 이빨이지만 뽑을 수 없다"고 말하는 화자 역시, 나와 그녀, 그 누구도 오롯이 장악하지 못하는 미지의 목소리라고 해야 하는 것이다.

최휘웅의 시는 이처럼 "그물을 찢고 싶은 끼가/ 하루에도 몇 번씩 고개를 내민다./ 미치고 싶다"(「그녀 8」)처럼, 명백히 그녀의 심정을 기술한 것인지, 나의 그것을 반영한 것인지 모호한 상태를 제 시에서 견인해 내며, 나-그녀의 시학을 실현하고자 한다. 연작시는 나의 이야기인지 그녀의 이야기인지 그 경계를 지워 내, 과거의 지금, 지금의 과거, 나의 과거와 나의 지금, 그녀의 과거와 그녀의 지금 전반을 하나로 녹여 내어 고유한 목소리 하나를 울려 내는 데 몰두하는 것이다. 이는 시인이 "창의 안과 밖. 어중간한 지점에서 흑과 백, 아니면 적, 청, 록이 엉켜 분별의 경계가 잘 식별되지 않는" 분위기를 만들어 내어, 그녀와 나를 하나로 합쳐 놓기도 하고, 다시 나누어 놓기 때문이며, 그녀를 묘사의 대상으로 삼아 거리를 유지하거나, 그녀로 하여금 스스로 화자를 자청하게 해 놓았기 때문이다. 그러니까 '그녀'는 "현실과 이상이 이합집산하며"(「그녀 24」) 빚어진, "유리 조각들이 유령의 옷깃을 날리며 사방으로 튀"(「그녀 13」)는 "상흔의 긴 메아리"와도 같은 존재인 것이다. 이처럼 복잡화-분산화-다양화를 통해, "그녀"는 에로티시즘의 화신이자, 이 세계의 폭력과 아이러니를 실천하는 복합적 주어로 거듭나며, 욕망과 고통과 배반과 절망을 수행하는 주체의 자격으로, 시 전반에서 해석의 변화를 견인해 내며, 시에 복합적인 목소리를 울려 내는 실질적 주체가 된다.

　'그녀'가 과거와 현재를 하나로 붙들어 매는 강력한 알레고리인 까닭이 여기에 있다. "물 위에 뜬 젊은 시절의 낙서. 그 상형문자의 비의가 아름답다, 고 생각한 순간, 그녀의 현실은 공중분해되기 시작했다"(「그녀 15」)처럼, 그녀는 과거와 현재를 중첩하고, 그 과정에서 이 양자의 경계를 허무는 일에 몰두하면서, 결국 시 전반을 지배하는 주제 의식을 오롯이 담아내는 장치이기 때문이다. 바로 이러한 주관적 공간 속에서, 시인-그녀, 그녀-시인이 울려 내는 온갖 목소리들이 스며든다. "밀봉된 비답을 풀었을 때의 흥분"으로 "주술에 걸린 몽유병자처럼 달을 밟고 다니다"(「그녀 15」)가 아무 곳에서나 쓰러져 잠이 드는 그녀는, 그러니까 바로 시인의 또 다른 얼굴이기도 한 것이다.

슬픔의 윤리

　'그녀'는 이처럼 현실을 뚫고 나와, 현실에 모종의 변화를 가미하거나, 현실 자체를 아예 뒤집어버리려는 시인의 기획이나 충동을 적극적으로 실천하기 위해 시인이 불러낸, 시적 욕망을 최대한 실현하는 기호처럼 기능한다. 시인이 '그녀'의 목덜미를 바라보면서도, 그 위에다가 제 과거의 기억을 올려놓는 등, 마음 놓고 상상할 수 있는 시적 자유를 획득해 내거나, 숲 속 어두컴컴한 곳에 당도해 주위를 둘러본 다음, 검은 동굴을 연상하여 죽음의 구멍을 보았다고 말할 수 있는 투사의 대상이 바로 '그녀'인 것이다. '그녀'는 이렇게 실천할 수 없는 행위를 실천하는 매개이자, 이럴 때 뿜어 나오는 저 기이하고 이상한 삶의 스팩트럼을 고스란히 발산할 언어의 고안을 추동하는 인자인 것이다. 그는 이렇게 그녀의 입장이 되어, 그녀의 경험과 욕망으로 고스란히 입사하는 일을 감행한다. "그녀의 길은 시계(視界) 제로였다"(「그녀 21」)고 말하는 시인은 벌써 "그녀를 가두고 있는 지옥으로부터 해방되는 희열의 한때"를 그녀와 함께 갈구하는 주체이다. 그녀의 욕망은 그 자신의 욕망이기도 하며, '그녀-나'의 자격으로, 함께 실천하고 해소해야 하는 운명을 나누어 갖는다. 과거의 그녀, 현재의 그녀, 모일 모시에 자신을 스쳐 지나갔을 그녀, 지금 현재 제 눈앞에서 스쳐 지나가고 있는, 현존하는 이 세상의 모든 그녀들의 삶과 욕망과 좌절과 억압이, 그녀의 비명과 신음과 고백과 사유가, 이렇게 해서 시의 구석구석을 누비면서, 시인의 말을 받아 내고, 시인의 감정과 하나가 되면서, 시적 모험에 동참하는 것이다.

갑자기 모퉁이가 튀어나와 길을 막는다. 느닷없이 찾아온 돌출 사고에 노래진다. 캄캄해진 해를 안고 물속으로 뛰어든다. 바람도 없다. 마른 잎들이 길을 잃고 헤매는 길옆에 서서 목덜미로 흐르는 땀방울을 훔치지만, 목을 조이는 감각의 능선은 끝이 없다. 까마득한 쓴 맛이 혀를 난타하고, 질긴 어둠이 목젖에 걸려 아무리 뱉으려 해도 뱉어지지 않는다. 끈끈한 그림자가 식도를 타고 위에 이르는 동안 역류하는 낙동강을 보았다. 거대한 현기증이 물보라처럼 일어서는 것을 보았다. 자동차의 경적이 귀를 막는다. 온통 세상은 헤드라이트 불빛으로 가득한데, 내가 있는 지점은 보이지 않는다. 막다른 골목이 부러진 늑골을 드러낼 때도 탐욕의 눈들은 사방에 벽돌을 쌓았다. 그래서 끝없이 또 다른 골목을 만들고, 미로처럼 엉킨 골목에서 골목으로 헤매다가 그만 모퉁이에 걸리고 말았다. 허공을 등지고 엎드린 육신. 그 위로 헬리콥터가 떴다. 골목의 하늘은 손바닥만 하게 떴지만, 저승사자의 굉음은 고층빌딩을 덮는다. 나는 억울하다. 모퉁이에 걸려 넘어졌을 뿐인데, 검은 조사(弔詞)의 꽉 막힌 행간에서 왜 잠을 자야 하는가.

—「나는 억울하다」

이 작품은 환상의 기록이 아니다. 착시나 느닷없는 발상을 적어 낸 기이한 발화가 아니라는 말이다. 최휘웅은 시제의 혼용이나 상이한 체험을 하나로 이접하는 행위를 통해, 주관적인 기억의 시적 기록으로 이질적인 것을 하나로 붙들어 매려 했을 뿐이다. 길 위를 걷다 무언가에 부딪혀 바닥에 쓰러진 일이 있었을 것이다. 그는 이 아찔한 순간을 최대한의 제 감각을 통해 기억하고자 한다. 역설을 통해, 상상력에 의지한 환유의 절묘한 활용에 기대어, 때론 시각을 달리 취하여, 빼어난 솜씨로 그 순간을 확장해 내고, 순간이 가두고 있는 시간의 담을 가볍게 부수었을 뿐이다. 매우 뛰어난 자기만의 어법으로, 제 고유한 경험을 기술해 낸, 현실의 아찔한 경험을 "검은 조사弔詞의 꽉 막힌 행간"으로, 그렇게 절묘하게 승화시켜 낸 것일 뿐이다. 최휘웅의 시는 "눈을 뜨는 순간 지워지는 아픈 기억"(「그녀 25」)에 바쳐진 적확한 발화의 한 순간을 고안하고자 내딛은 실험이자, "따발총이라도 있으면 난사하고 싶은 오후 한때"(「그녀 19」)에 쏘아올린 악몽의 기술이며, "물음표들이 방안 가득 쌓여"(「그녀, 13」)갈 때, 그렇게 내면의 궁금증이 삶과 기억의 포화의 상태에 이르러 터져 나와 내지르는 비명이기도 하다.

그는 이렇게 가뿐히 허구와 실체, 욕망과 허무, 현실과 상상의 경계를 뛰어넘는 시, 그러나 현실을 기반으로, 순간을 포착한 어느 한 점에서, 이 모든 것을 유추하여 독창적으로 저 멀리 쏘아올린 시적 궤적을 우리에게 그려 보였다. 그의 시는 이와 같은 방식으로 "기억 어디쯤에서 흘러나오는 멘트에 놀라 눈을 떴다"고 발화하기 바로 전의 상태에 주목하거나, "졸음이 묻은 시간"으로 한없이 빨려 들어가 "끝없이 공전하는 죽음의 그림자"를 결곡하게 받아 낼 때, "목 안에 잠복해 있던 것들이 지상으로 쏟아져 나온", 그렇게 "한번 시동을 건" 후 제어될 줄 모르는 "혁명"(「지하철」)과 같은 찰나의 일, 순간의 정념을 꿈꾸는 작업에 특이한 방식으로 동참한다. 그의 악몽은 이렇게 어느 순간, 걷잡을 수 없이 쏟아져 현실로 범람한, 그러나 사실을 따져 묻자면, 지독히 현실적이라고 해야 할 경험을 뛰어난 비유와 기발한 상상력으로 되감아 낸 시적 사태라고 해야 할지도 모른다.

어둠 속에 살쾡이 눈이 박혀 있다.
소름이 돋아 바짝 형광등을 켜는데
정체 없는 울음소리가 골목을 휙 지나갔다.
칠흑의 넝쿨에 목이 감긴다.
마천루의 그림자 짙은 후미진 외길
오금을 펴지 못하고 미아처럼 서서
"엄습하는 두려움에 치를 떤다.
엉거주춤, 한 발짝 앞으로 나가려는 순간
어둠 속에 떠 있는 야광의 눈빛 때문에
발목 잡힌 채 뚜껑이 열리고
후들거리는 다리 밑의 땅이 꺼진다.
분별없는 저공비행을 하다
앞뒤 꽉 막힌 밤의 저인망에 걸렸다
정적 뒤에 숨은 날카로운 비명
귀가 밤의 몸을 더듬는 동안

머리털이 발기하여
도리질을 몇 번 했는지 모른다
이제 잠들고 싶다 했을 때, 밤은
하얀 미소 뒤로 뒷걸음치기 시작했다.

—「밤」

그는 이 밤, 저 불타는 세계, 저 불안에 휩싸인 도시에서 "바벨탑의 꼭대기에서 추락하는 허전함과/ 두고 온 삶의 보따리들이 풀어져 뒹구는 압박과 꿈 밖으로 튕겨 나온 현실의 차가운 공기"(「콜라텍」)를 기어이 제 시에 불러낸다. "욕망의 처절한 시신들이 쌓이는/ 일방통행의 막장 드라마"(「자동차」)가 펼쳐지는 이 세계의 불안과 한없이 저 현실에 떠돌아다니는 죽음의 그림자는, 까닭 없이 현실로 짓치고 들어오는 시간의 횡포와 끈덕지게 맞서 싸우면서, 과연 일말의 희망을 꿈꿀 권리를 획득해 낼 것인가? 그의 비명은 어떻게 우리의 슬픔이 되는 것이며, 고독한 자아를 완성하려는 세월의 행렬에 동참할 것인가? 기억과 현실을 환상적이고 몽환적인 언어로 그려 낸 이 세계의 "정적 뒤에 숨은 날카로운 비명"을 그는 어떻게 "어둠 속에 떠 있는 야광의 눈빛"으로 받아 내고, 또 계속해서 주시해 나갈 수 있을까? 이 고유한 악몽은 제 자신의 미래를 어디에 내려놓을 것이며, 어느 곳에서 제 거처를 마련할 것이며, 누구와 함께, 잠들 밤의 청하며 시간의 흐름에 제 자신을 위탁할 것인가?

틀니를 한 문자들이 입을 벌리고 웃을 때, 아차 길을 잘못 들어섰구나 싶었지만 돌아 나오는 길은 미로를 헤맬 때처럼 허둥대는 불빛들로 가득했다. 책 속에는 진흙 밭이 있어서 발을 잡고 놓아 주지를 않는다. 발을 빼려고 버둥대지만 이미 어긋난 문장의 늪에서 나이는 자꾸 저물어 간다. 초인종 소리에 문을 여니 택배입니다 하고 책이 또 들어 왔다. 바위의 무게가 걸어 들어왔다. 허리의 통증이 또 도진다. 그래도 새들이 창을 열고 찾아올 것 같은 예감, 책장을 넘긴다. 그러나 미아가 된 낱말들이 길의 입구에서 또 억새처럼 울고 있다. 억새는 바람 등짐 지고 아프게 울다가 허리가 접혀 그만 눕고 말았다.

—「책 — 역설 10」

그는 한때와 지금, 옛 것으로, 옛 기억으로, 옛 시적 정체성으로 지금-여기, 자신의 시적 정체성을 조절해 내며, 시인의 자격, 시인의 태도, 시인의 가능성을 타진해 낸다. 그는 한때 열광적으로 책을 읽었을 것이다. 책은 우리에게 늘 고통을 준다. 책(시집) 속의 "틀니를 한 문자들이 입을 벌리고 웃"는 지식들(시적인 것들), 그는 그것을 오롯이 전유하지 못한다는 사실을 직관으로 알아차리는 일에서 그는 벌써 한번쯤 힘겨워 했던 사람이었을 것이다. 그러나 그는 책을 벗어나지 못했고, "이미 어긋난 문장의 늪"에 빠져, 그렇게 시를 읽으면서 세월을 보내야만 했을 것이며, 이는 자발적인 일이었을 것이다. 물론 이러한 과거는 과거의 일로 머물지 않고 현실로 침입해 온, 지금-여기의 사건이 되어, "바위의 무게로 걸어들어" 온다. "미아가 된 낱말들이 길의 입구에서" 여전히 그를 잡아챌 때, 이 시의 이해 불가능성의 가능성을 타진하면서 그는 조용히 눈물을 흘렸을 것이다. 바로 이, 기억-현재의 책(시집)이, 한 평생을 이어온 독서가 시인을 통념에서 벗어나게 해 준 것인지도 모르겠다. 적어도 그는 시인이나 시인의 정체성 그 자체를 확인하는 것이 아니라, 시인이 되어야 한다는 다짐 속에서, 매 순간 자신을 반성의 대상으로 전환해 내며, 현재 진행형인 시인의 민낯을 갖기 위해 시적인 것을 캐묻는 일을 멈추지 않을 것이다. 이 진행형의 시인이 되려는 몸짓에는 삶과 인생의 슬픔을 직시하려는 용기도 포함되어 있다.

슬픔은 이유 없이 찾아오는 것
거리를 쓸고 가는 낙엽 때문에
머리를 무릎에 박고 등을 들썩거릴 때
유리창 깨지는 소란의 한복판에서
멍한 시선, 탑 끝을 맴돌 때
선창가 잿빛 하늘이 갈매기 등 위에서
무거운 저음으로
마음의 흉터를 누르고 있을 때
항구의 뱃고동이 바다 위에 떠 있을 때
너무 잔잔하여 흐름을 멈춘 듯한 물결
그렇게 흘러가는 아름다운 시간 때문에
나는 잔인해지려고 칼을 갈지만
녹 쓴 몸은 이미 지옥의 문 앞에 있다,
겨울이 가고 봄이 오고
여름 가고 다시 가을이 지나갈 때
산을 넘는 억새의 속 빈 비명이
내 영혼을 아삭아삭 씹을 때
언젠가 이륙할 그 날을 위하여
허공에 떠있는 새의 기억들을
따라가다 보면 보인다.
새가 되어 가는 곳이
슬픔의 가루 뼈가 모인 천국이란 것을.

　　　　　　　　　　　　　　　　—「새가 되어 가는 곳」

　"슬픔"의 이치를 알게 되었다는 고백은 "녹 쓴 몸"이 "이미 지옥의 문
앞에 있다"(「새가 되어 가는 곳」) 사실을 그대로 인정하고, "슬픔의 가루

뼈가 모인 천국"을 예비하겠다는 다짐과 다르지 않다. "어제는 각을 세우고 있다가 오늘은 원을 그"린다거나, "내일은 긴 기둥으로 처마 밑을 받쳐주기도 할" 것이라는, "차갑게 절망의 모퉁이에/ 푸른 깃발 세우려고 안간힘 쓰던 하늘을 안고/ 나는 지금 깊은 밤의 은하를 건너고 있"(「하늘」)다는 시인의 말은, 실상 시인이 제 시집을 마무리하며 우리에게 조심스레 내려놓은 고백이나 다름없다. 이 고백이 매우 아름답고 한편으로 당당해 보이는 까닭은, 그가 "야광의 눈빛 뒤에 발톱을 감추고/ 언제든 뛰어내릴 각오로 포획의 꿈"(「윤회」)을 제 삶에서 단 한 차례도 포기한 적이 없는 시인이었기 때문이다. 그의 시의 가치와 윤리가 어쩌면 여기에 있는지도 모른다.

4부

의미의 자리

말과 사물, 그리고 의미의 희미한 그림자

성(城)을 쌓거나 감옥을 짓거나……

> 대상이 관점을 선행하는 것이 아니라, 우리는 오히려 관
> 점이 대상을 만들어 낸다고 말할 수 있다.[1]

대상은 견고하다

대상은 견고하다. 우리 앞에 놓인 사물, 그러니까 인식의 대상을 우리
는 항상 '견고하다'고 말해 왔다. 그러나 사물의 견고함은 언어와 대상(그
러니까, 말과 사물)에 대한 이야기가 아니라면, 별반 소용이 없는 표현일
뿐이다. 언어와 대상은 서로 애증의 관계를 맺는 것으로 보이며, 이는 차
라리 역설이라고 말해야 할지도 모른다. 아니다. 이 양자는 '반드시' 역설
의 형태를 띤다고 하는 것이 더 옳아 보인다. 해묵은 테제 하나를 여기서
꺼낼 필요가 있겠다. 대상은 말에 의지해 제 이름을 갖는다. 그러니까 우리
는 대상을 말로 명명한다. 하지만 말은 대상을 두 팔로 와락 끌어안는 법
이 없다. 말 안에 대상이 오롯이 담기지 않는다는 것이다. 이 테제는 간단
해 보인다. 그러나 비교적 간단해 보이는 이 테제, 누구나 알고 있다고 믿
고 있는 단순한 사실로부터 실로 복잡한 문제가 야기된다. 대상은, 오로지
언어에 의해, 언어 안에서, 우리와 관계를 맺는다는 사실을 우리는 기억해

---

1 Ferdinand de Saussure, *Cours de linguistique générale*(Payot, 1973), 23쪽.

야 한다. 또한 대상은 언어에 의지해서 우리와 관계를 맺을 수밖에 없지만, 언어는 대상을, 오로지 불완전한 상태로 포착할 뿐이라는 사실도 기억해야 한다. 그러니까 말이 사물을 재현하는 방식은, 오로지 근사치의 값으로밖에 주어지지 않으며, 말과 사물의 관계는 따라서 역설적일 수밖에 없다. 아주 오래전, 언어가 사물이나 사물의 상태와 동일한 것으로 여겼던 적이 있었다. '실재론'과 '유명론'이 서로 대립의 각을 드리웠던 '보편논쟁'은 이러한 골자로 전개되었을 것이다.

- 명제 1. 개가 한 마리 있다.
- 명제 2. 우리가 보고 있는 것은 개 중에서도 삽살개다.

- 테제 1. 보편적인 관념이 실재한다.
- 테제 2. 각각 개는 다르지만 이 모두를 묶어 주는 보편자가 어딘가 실제로 존재한다.
- 테제 3. 개를 본다는 것과 개를 생각한다는 것은 다르다.
- 테제 4. 보편이 개별에 앞선다. 즉, 선행한다.

- 안티테제 1. 보편적인 것은 이름뿐이다.
- 안티테제 2. 각각 개에 공통으로 존재한다고 주장하는 보편자는 실제 사물이 아니라 이름에 불과하다. 실제로 보고 있는 개는 삽살개, 치와와, 진돗개, 달마시안, 불독… 중 하나이기 때문이다.
- 안티테제 3. 개를 본다는 것이 결국 특정한 개를 보는 것이라면, 개를 생각한다는 것은 개별적인 개에 국한될 뿐이다.
- 안티테제 4. 보편은 개별에 뒤따를 뿐이다. 즉, 후차적이거나, 없다.

언어와 대상에 대한 해묵은 관점은 물론 실재론(實在論, realism)이다.

기호라는 것, 그러니까 낱말이 사물을 대신할 수 있다는 이 주장은, 중세 스콜라 학파 이후 꾸준히 계승되어 왔던, 언어와 사물에 대한 통념에 속한다. 대상의 보편적 실재(혹은 실체)를 말이 담고 있다는 '실재론'은 기호 각각이 항상 '무엇인가를 대신해서 존재하는 무엇'(aliquid stat pro aliquo)이며, 결국 보편적인 무엇을 대신하는 기능을 낱말이 갖고 있다고 전제한다. 이에 비해 유명론(唯名論, nominalism)은 기호가 '실재'를 가진다는 사실을 부인하며 오로지 개체의 대상만이 존재할 뿐이라고, 더욱이 이 대상을 지칭하는 낱말은 각 개체를 일컬을 뿐이라고 말한다. 이러한 주장을 바탕으로 윌리엄 오캄은 언어를 '문자— 음성— 개념'으로 구별한 다음, 보편은 개념으로서의 '말'로 주어질 뿐이지, 결코 '실재'를 반영하지 못한다고 일갈한다. 추론에 있어서 일체의 불필요한 가정을 모조리 논리의 면도날로 잘라 내면서, 오캄은 아울러, 언어와 사물의 관계에서도 보편의 그림자를 걷어 내고, 낱말을 실체의 망령에서 해방시키려고 하였다. '사람'이라는 말이 있다고 가정할 때, 이 '사람'이라는 낱말은 개별 대상을 '직접 지시하거나' 혹은 '대신한다'고는 볼 수도 없으며, 그 안에는 사람의 '보편'도 담고 있지 않다는 것이다.[2]

언어는 자기–지시적이다

언어가 그 위에 그림자를 드리울 때, 대상 위로는 하루하루 슬픔이 쌓여간다. 사물은 바라보면 볼수록 차츰 희미해지는 수평선과도 같다. 귀기울여 들으려 할수록 점점 더 멀어져만 가는 메아리와 같다. 대상은 언어의 장갑을 끼고 만질수록 덧나고 마는 상처와도 같다. 아무리 말로 대상

---

2   윌리엄 오캄, 필로테우스 뵈너 엮음, 이경희 옮김, 『오캄의 철학 선집』(간디서원, 2004) 참조.

을 명명해도, 결국 대상은 언어 바깥에 있기 때문이다. 대상은, 언어에 비추어, 늘, 넘치거나 부족할 수밖에 없다. 대상의 질서와 언어의 질서는 이렇게 서로 다른데, 이는 언어가 지시 대상을 '직접' 매개하지 않기 때문이다. 대상을 말로 재현한다는 것은 낱말 고유의 질서를 구성하는 과정에서, 대상에 주관성의 무늬를 입힌다는 것이며, 우리는 이를 언어의 '자기 지시적 특성'이라고 부른다. 그러나 이게 끝은 아니다. 언어는 사물을 '직접' 투영하거나 즉각적으로 결부시키지는 않지만, 한편 언어의 도움 없이 인간은 사물을 사고할 수 없으며, 언어라는 매개 없이 사물은 의미의 바깥에서 한없이 겉돌 뿐이다. 시인은 항상 언어로, 언어 안에서, 주관적인 언어의 고안을 통해, 대상-사물과 치열하게 싸워 왔다. 그 방식이라면 익히 알려져 있다. 우선 대상을 명명하는 과정에서, 점차 의미를 제거해 나간다. 대상의 순수성을 회복하려는 시도가 바로 그 첫째다. 다음으로, 대상과 관념의 거리를 최대한 벌려 놓으려는 방식이 있다. 그러니까 사물에 달라붙을 관념을 덜어 내고자, 낱말과 낱말의 접착력을 크게 줄여 나가는 방식을 둘째로 꼽을 수 있겠다. 첫째는 김춘수가 간 길이기도 하였다. 그는 의미의 구속에서 벗어날 수 있는 방법을 집요하게 모색했고, 그 결과 대상의 존재를 오롯이 드러내고자 의미 대신, 무의미를 추구하였다. 두 번째는 오규원이 마지막까지 밀어붙인 바 있다. 일체의 관념을 제거한 상태로 사물을 재현하려는 도저한 시도로부터, 사물과 시의 관계에 대한 본격적인 탐색이, 한국 시단에 새로운 물음으로 주어진 것도 이 때였다. 이후, 새로운 길이 열리거나 적어도 진지한 탐구를 통해, 타진되기 시작했다.

시계가 있다. 의자가 있다. 테이블이 있다. 꽃이 있다. 모자가 있다. 눈깔사탕이 있다. 눈깔이 주렁주렁 달린 사탕나무가 있다. 나무가 있다. 나무에서 제 죽음을 딱 딱 쪼는 딱따구리가 있다. 멍텅구리가 있다. 내가 있다. 나라는 풍선이 있다. 나라는 풍선껌이 있다. 점점 부풀다 빵 터지는 낮이 있다.

터진 낮의 심장부에 밤이 있다. 밤의 시계가 있다. 의자가 있다. 테이블이 있다. 고릴라가 있다. 고릴라 방귀가 있다. 네가 있다. 너의 뒤통수가 있다. 너의 뒤통수만 비추는 거울이 있다. 거울은 인간이 아닌 거울의 세계에 귀속된다. 언어는 인간이 아닌 언어 자체에게로 귀속된다. 언어로 표현할 수 없는 대상이 있다. 대상 없는 언어들이 있다. 그 사이에 세계가 있다. 침묵이 있다. 내가 있고 네가 있고 그림자가 있다. 그림자의 기나긴 한숨이 있다.[3]

사물, 대상은 어디에, 아니 어떻게 '있다'를 보장받는가? 사물의 '있음'을 실현할 방도는 없는가? 시인은 이와 같은 물음이 낡았다고 생각한다. 그래서 거꾸로 뒤집어 문제를 제기한다. "있다"를 다양한 대상들의 공통된 결구로 붙들어 매니, 말과 사물의 관계에 대한 색다른 사유도 풀려나온다. 언어로 지칭할 때, 대상의 존재는 결여될 수밖에 없다는 사실을 잘 알고 있는 함기석은 이러한 테제를 과감히 역전시킨다. 대상을 자유롭게 풀어놓기로 작정한다. 대신, 이를 통해 "있다"가 제 의미의 근사치를 걸머쥘 방식이 착안되기 시작한다. 두 가지를 함기석은 본격적으로 탐구한다. 어떤 언어로 지칭을 해도 대상의 완벽한 의미는 보장되지 않는다는 사실. 그렇다고 해서, 대상에서 의미를 완전히 제거하는 일도 불가능하다는 사실. "있다"는 사물의 존재를 보장하는 단순한 결구가 아니라, 의미의 영역을 재는 느슨한 투망과도 같은 것이다. "거울은 인간이 아닌 거울의 세계에 귀속된다"는 것은 사물의 질서와 언어의 질서가 서로 상이하다는 점을 말하는 동시에, 말과 사물이 아무리 자의적인 관계를 맺는다 하더라도, 의미의 유령, 의미의 그림자에서 벗어날 수 없다는 사실도 말하고 있다. 그러니까 '의미'는 대상으로부터 생겨나는 것만은 아니며, 대상이 언어 안에 갇히는 것도 아니다. 언어의 '자기 지시적' 특성 그러니까, 언어

---

3 함기석, 「있다」, 『고독한 대화 — 제로(0), 무한(∞), 그리고 눈사람』(문학동네, 2017), 75쪽.

고유의 질서가 존재한다고 해도, 대상과 완전히 무관한 것도 아니다.

　대상과 말이 뒤섞여 뒹구는 풍경을 우리는 방금 보았다. "있다"는 대상과 언어가 동시에 도달할 미지의 의미, 그러니까 시원과도 같은 것이리라. 대상과 언어가 서로 의지하며, 지워지거나 덧붙여지기를 반복하며, 불완전한, 의미의 운동을 만들어 낸다. "있다"의 운동이 시의 전부라고 할 수 있겠지만, 이 과정에서 불려 나온 대상과 거기에 붙여진 이름은, 항상 새로운 대상, 새로운 이름일 수밖에 없다. "언어로 표현할 수 없는 대상"과 "대상 없는 언어들"이 공존하면서, 의미는 낱말과 사물 사이에 존재하는 공백을 파고들고, 독자에게 미지의 틈을 열며 떠돌아다닌다. 우리가 읽는 것은 대상과 언어 사이에 이 유령과 같이 떠돌며 확산되는 의미, 그러니까 차라리 의미의 가능성이 아닌가. 결국 발화하면 사라지고 말 언어, 여하튼 지칭되어 불완전한 방식으로 불려 나오는 대상, 이 둘 "사이에 세계"가 있는 것이다. 거기에는 시를 쓰는 "내가 있고", 시를 읽는 독자, 즉 "네가 있고", 이 양자가 언어와 대상의 관계로부터 떠다 놓은 "그림자", 즉 불완전한 '의미'가 자리한다. '의미'는 대상과 언어와 독자와 시인이 모두 거주하며 만들어 내는, 그러나 어느 하나에만 귀속되지 않는 곳에서, "기나긴 한숨"처럼 한없이 퍼져나가다가, 이내 꺼진다는 성질을 지닌다. 함기석은 대상과 언어의 싸움을 예고하는 투쟁의 광장에서, 의미를 말과 사물이 맺는 관계의 산물만이 아니라, 독자나 시인에 의해서도 투척될, 비결정의 그림자, 무정형의 운동이라고 말한다. 중요한 것은 의미를 부정하거나 비워 내는 것이 아니라, 함기석이 언어의 자의성을 골격으로 삼아, 말과 대상의 어긋나는 관계를 탐구하고, 미끄러지는 의미에 대해, 세계와 맺는 우리의 정신에 대한 사고하고 있다는 점이다. 한편, 이수명은 말에는 늘 부재할 수밖에 없는 대상, 그 대상의 현존과 그 불가능성의 가능성에 몰두한다.

혀에서 지푸라기들이 자라고 있다.
뽑아도 뽑아내도
끝이 없다.
부러지고 끊어지며
혀에서 지푸라기들이 자라고 있다.

땅에
꽂혀 있는
모든 꽃들이 시들었다.[4]

대상과 언어, 말과 사물, 저 관계는, 불가능성이라는 치명적인 매력을 뿜어낸다. 대상과 언어, 그것을 둘러싸고 벌어지는 의미의 문제를 모든 시인이 대단하게 여기는 것은 아니다. 의미를 그저 당연한 것으로, 형식의 반대 개념이나, 어떤 사실에 대한 확정 정도로 받아들이기 때문이다. 그러나 막상 그 정의를 붙잡으려 든다면, 마치 손에서 놓쳐버린 풍선처럼, 쥐었다고 생각한 순간, 한없이 멀어지는 것이 바로 의미라고 해야겠다. 어떤 논리에 따라, 어떤 과정에 의해, 대상이나 언어의 저 미완의 방정식 속에서 의미가 제 얼굴을 드러내는가? 고무처럼 꼬였다 늘어났다 하는 말과 사물, 리얼리티의 관성에 한없이 끌리는 대상, 이 대상을 포착하려 몸서리를 치면서도 결국 밀쳐 내고야 마는 언어, 이들 간의 관계를 헤아려야 볼 수 있는 희미한 희망은 아닌가. 대상? 말? 다시 물음을 던져 보자. 말은 어느 시기, 어느 장소에서건, 어떤 대상 앞에서건, 충분한 적이 없었다. 의미의 결핍과 과잉으로만 대상을 포섭한다. 결핍에 하중을 실어 보자. 그러면 우리는 대상의 고고함, 대상의 단단함에 손을 들어 주기로 결심한 것

---

4 이수명, 「혀에서 지푸라기들이 자라고 있다」, 『고양이 비디오를 보는 고양이』(문학과지성사, 2004).

이나 마찬가지다. 대상은 수다스런 말에 갇히지 않는다. "혀"는 말일 것이다. 아니 언어, 명명, 지칭 등을 상징한다. 시발점은 바로 여기다. 말이, 발화가, 그 성질상 제 끝을 예고하는 것을 보았나? 무언가가 우리 앞에 있다. 우리는 어떤 낱말로 이 대상을 표현하는가? 빚어낼 수 있는 저 낱말은 무한에 가깝지만, 그럼에도 말은 대상의 '있음'을 보장하지도, 대상의 '경험'을 모두 담아내지도 못한다. 대상 앞에서, 말은 지나치게 모자란 말, 한없이 부족한 말일 뿐이다. 그런데도 말은 세상 여기저기를 활보하고, 사물을 애타게 부르고, 자주 울고 웃는다. 수다스런 저 말은 이렇게 "끝이 없다." 한 번 더 강조하자. 말은 대상에게 숨통을 틔게 해 줄 유일한 수단인 동시에, 대상을 가두거나 제한한다. 역설. 역설. 역설. 말은 항상 사물을 억압하는 말일 뿐이다. 따라서 대상을 지칭하는 순간이 시인에게 중요하다. 끝이 없는 말은 대상 앞에서 항상 "부러지고 끊어지"는 말일 뿐이기 때문이다. 말은 "모든 꽃들", 다시 말해, 말이 호명하는 모든 대상들의 '있음'을 결국 지워내거나, 다른 대상을 연상하게 조장하면서, 왜곡하거나, 과도하게 재현할 뿐이다. 명명하는 순간, 부정되는 존재의 저 상태, 사라지고 마는, 사물의 저 무수한 존재 가능성은 그러나 말에 딸려 나와 어디로 증발하지 않는다. 사물은 굳건하다. 시가 대상의 미스테리를 뒤쫓는 언어의 모험이기도 한 까닭이 여기에 있다.

우리는 우리의 언어 속에 갇혀 있는데, 나로 말하자면, 그대들은 인정하듯, 프랑스어다 하지만 얼마나 경이로운 감옥인가! 얼마나 행운인가! 흥미의, 교양의, 발견의, 놀이의, 모험의, 놀라움의 행운

테이블에 대한 나의 사랑, 고마움을 말하는 것에서 나는 시작해야만 한다

테이블, 너는 나에게 절박해진다

그렇다, 지금 내가 기뻐하려 하는 것은 너의 윤곽을 잡으려 하기 때문이다.

하지만 너의 지지에서 내가 면제될 수 없으니, 나는 너를 심연에 놓아두는 게 힘들다.

너의 윤곽을 잡으려면 필수불가결한.

따라서 나는 너를 심연에 놓아둘 수 없다, 나는 너의 윤곽을 그릴 수가 없다: 나는 고작해야 나는 내 날카로운 펜으로 너를 할퀴는 일(네 표면을 찢어놓는 일), 네게 리듬 하나를 새겨 놓는 일밖에 할 수가 없다. 너에게서 조화의 테이블 하나를 만들어 내는 수밖에.[5]

우리는 모두 말에 갇혀 버둥거린다. 그러나 이 "경이로운 감옥"에서 우리는 말로 "흥미의, 교양의, 발견의, 놀이의, 모험의, 놀라움의 행운"을 맛보기도 한다. 그러나 이러한 고백은 다소 기만적이다. 내 앞에 덩그러니 놓여있는 테이블이 "나에게 절박해"질 때, 나에게 제 존재를 담아달라고 호소할 때, 당신은 어떻게 할 것인가? 말에 갇힌 우리 존재는 그러니까 말로 테이블의 절박함을 온전히 표현해 낼 수 있는가? 고작해야 "윤곽을 잡으려"할 때 소소한 기쁨을 느끼는 존재는 아닌가? 테이블이 자길 좀 알아 달라고 징징거리며 울고 있다. 아, 어떻게 해야 하나? 시인은 테이블의 "윤곽을 그릴 수 없다"는 사실을 알고 있다. 시인은 언어로 사물의 "윤곽"을 담아내는 것이 아니라, "날카로운 펜으로" 사물의 "표면을 찢어 놓는 일"을 감행해야 한다고 여긴다. 그렇게 대상에 "리듬 하나를 새겨 놓는 일밖에 할 수가 없다"라고 고백한다. 사물은 항상 말로는 부재하는, 그런 사물이다. 시인은 이 부재하는 사물의 현존을 발화의 세계로 끌어들여 제시하고자 한다. 시인은 이 세계를 구성하는 사물, 우리 앞에 존재하는 사물이, 기존의 주장들(가령, 실재론 따위)에 따른 크기와 무게, 그러니까 실체를 갖는 사물과는 전혀 다른 차원에 존재하고 있다는 사실을 알고 있

5 Francis Ponge, *Œuvres complètes II*(Gallimard, 2002), 943쪽.

다. 대상은 불가사의하며, 대상의 실존은 어쩌면 섬뜩함으로 가득할 수도 있다. 대상에 관해, 그것의 존재 방식에 관해, 그것의 기록과 묘사에 관해, 그간 답변을 회피해 왔던 물음들을 그는 떨구어 버려야 한다고 생각하고 있는 것일지도 모른다. 시는 어쩌면 이러한 요청에 부응하려는, 처절한 언어의 기록일 수 있다. 사물의 존재 방식의 다양성을 열어 주는 것, 시는 어쩌면 이와 같은 일이 자기 고유의 일이라고 여기고 있는지도 모른다. 시는 이를 실현할 간단한 방법도 알고 있다. 문장의 수식 가능성을 늘려, 사물의 '있음'에 숨통을 터 주는 것이다.

테이블은 비스듬한 받침대, 같은 높이로 된 네 개의 다리 위에로 수평으로 세워진 두꺼운 나무로 된, 그리고 또한 나무로 된, 땅에서 대략 75센티미터 정도 높이에, 견고하게, 역시 마찬가지로, 가능한 한 수평을 유지하는 나무로 된 두꺼운 판 위에 고정된 어떤 종이 위에 이걸 끄고 있는 ⎧ 나의 복부
⎩ 복부 앞이 아니라,

⎧ 나의 왼팔 팔꿈치 ⎧ 나의 왼쪽 엉덩이
⎩ 왼팔 팔꿈치와 ⎩ 왼쪽 엉덩이 아래 견고하게 있다.[6]

어딘가에 테이블이 놓여 있다. 그런데 테이블은 어디에 있는가? 어딘가는 어디인가? 우선, 재료의 특성으로 지탱되는, 그렇게 자리를 차지하고 어딘가에 "견고하게" 놓인 테이블이 있을 것이다. 테이블에 대한 최대한의 객관적인 묘사, 상세한 기술이, 시인에게는 테이블의 존재, '있음'의 현존을 보장하리라는 방법이었을 것이다. 문제는 '나'와 관련되어, 테이블의 위치, 아니 '있음'을 기술하는 저 방식에 놓여 있다. 테이블은 그러니까, 우선,

6 Francis Ponge, 위의 책, 931쪽.

1. 나의 복부 아닌 곳 → 나의 왼팔 팔꿈치 → 나의 왼쪽 엉덩이

2. 나의 복부 아닌 곳 → 왼팔 팔꿈치 → 왼쪽 엉덩이

3. 나의 복부 아닌 곳 → 나의 왼팔 팔꿈치 → 왼쪽 엉덩이

4. 나의 복부 아닌 곳 → 왼팔 팔꿈치 → 나의 왼쪽 엉덩이

중, 한곳이나,

1. 복부 아닌 곳 → 왼팔 팔꿈치 → 왼쪽 엉덩이

2. 복부 아닌 곳 → 나의 왼팔 팔꿈치 → 나의 왼쪽 엉덩이

3. 복부 아닌 곳 → 왼팔 팔꿈치 → 나의 왼쪽 엉덩이

4. 복부 아닌 곳 → 나의 왼팔 팔꿈치 → 왼쪽 엉덩이

중, 한곳에, "견고하게" 있다. 여섯 가지 가능성이 모두 공존하는 자리가 테이블의 '있음'에 대한 증거를 자처한다. '있음'의 이와 같은 실현은, 말이 제멋대로라서, 그러니까 대상 앞에서 말이 항용 취하는 저 무용성, 그러니까 존재가 뿜어내는 찬란한 빛을 낱말이라는 캄캄한 외투로 덮어 버리고 마는 한계에 대한 고백이라기보다, 대상을 "할퀴는 일"에 가깝다. "나의 복부"와 "복부"는 간단한 소유 형용사의 있고 없음의 차이에 불과한 듯해도, 대상의 '있음'을 섬세하게 표현하기 위한, 개별화의 방편이다. 또한 '복부'나 '팔꿈치', '엉덩이'는 '나'의 몸이기 이전에, 세계에 벌써 존재하는, 제 '있음'을 고지하는 대상으로서의 '복부', '팔꿈치', '엉덩이'이기도 한 것이다. 테이블의 '있음'은 이렇게, 주관성과 객관성의 이중적인 자리에서 타진된다. "테이블의 매력이 거기에 있다는 것이다"라면, 시인은 "내가 그것에 기대는 방법이 의미를 지닌다"[7]고 말할 수 있는 것이다.

---

7   Francis Ponge, 위의 책, 931~932쪽.

내일의 테이블은 이렇게 내일의 테이블을 준비하느라 여념이 없을 것이다. 내일 모레의 테이블은 또 다른 방식의 발화, 저 언어의 '할큄'을 통해, 제 존재를, 있음의 자리를 타진할 수밖에 없을 것이다. 오늘의 말이 내일의 말과 다르다면, 아니 언어가, 발화의 시점과 주체와 장소에 의해, 동일한 낱말이나 표현이라도 항상 다른 의미를 지니는 속성을 지닌다면, 사물은, 대상은 왜 그와 같지 않겠는가?

대상—언어로 궁굴리는 주체는 무엇입니까

내일의 사물에 필요한 것은 내일의 말이다. 오늘의 말과 내일의 말이 다른 것처럼, 사물은 항상, 시간에 의해, 화자에 의해, 장소에 의해, 상이한 맥락을 창출하는 저 발화의 조건 속에서 제 잠재력을 일깨우고, 의미의 그림자를 붙잡을 가능성을 잔뜩 머금고 있는 것이다.

오스카를 압니까? 제 동무입니다 그랬던 적이 있습니까? 지금은 없습니다 지금을 접었다 펼칩니다 그림을 그릴 수 있다면 쫘악 펼쳐보고 싶습니다 그래야 사랑하는 마음을 알 것 같습니다 오스카를 알 것 같습니다 오스카가 내내 동무가 아니었는지 침대가 내내 동무였는지 알고 싶습니다 베개 없이 잠이 드는 오스카, 속눈썹이 긴 오스카. 뻐드렁니가 있고 다리를 저는 오스카, 내 짝꿍이고 내 우상이었던 오스카, 오스카의 침대에 누워 라이터를 켰습니다 왼쪽 모소리가 그을린 침대, 북두칠성 같은 일곱 개의 구멍, 시트에 묻은 딸기맛 우유, 오스카는 이런 걸 좋아했습니다 끝없이 흐르는 나일강을 꿈꿨습니다 내가 타고 내릴 때마다 삐걱거리는 침대, 리듬을 가진 침대, 돛단배 같은 침대 위에서 흔들렸습니다 그랬던 적이 있습니다 침대와 오스카와 내가 유유히 흘러가던 시절, 그때를 쫘악 찢어 버리고 싶습니다 침대는 가구가 아닙니다 오스카는 침대가 아닙니다 침대는 천국이 아닙니다 친구가 아닙니다 장난감이 아닙니다 화장실도 애인도 짐승도 아닙니다 침대는 그냥 침대일 뿐입니다 오스카가 오스카인 것처럼, 친구가 친구인 것처럼, 거기 놓였을 뿐입니다 오스카는 없습니다 침대는 없습니다 지금입니다 오스카의 목을 졸랐을 때 알았습니다 얼마나 쉽게 마음이 허물어지는지 알았습니다 꾸르륵 목구멍 속으로 숨이 넘어가는 걸 보면서, 맥박이 마구 요동치는 걸 보면서 나는 알았습니다 오스카는 더 이상 오스카가 아니라는 사실을 말입니다 지금은 여기에 없습니다 입을 닫고 문을 닫고 돛을 달고 흘러갔습니다 침대가 가구가 아닌 것처럼, 내가 사람이 아닌 것처럼, 내가 그저 사촌이었던 사실만 있습니다 떠는 손가락만 있습니다 삐걱삐걱 불규칙적인 소리만 있습니다 움푹 꺼진 자국이 남아 있습니다 아무도 몰라보는 생물이 있습니다 이것은 침대입니까? 침대 같은 삶이 누워보라고 부추깁니다 죽어보라고 깊이 꺼져갑니다 무덤같이 큰 침대가[8]

2층이건, 단층이건, '오스카 침대'라는 상품을 가구점에서 한 번쯤 보았을 것이다. 시는 이 두 단어를 분리하여, 기발한 이야기를 만들어 낸다. 추정되는 이야기, 그러니까 오스카를 중심으로 진행되는 그 한 축과, 침대를 따라 전개되는 나머지 한 축은 결국 만나고 헤어지기를 반복하면서, 언어-대상-이름-주체-의미의 문제를 포괄적이고도 독창적으로 사유하게 해 준다. 이야기에는 말과 사물의 관계에 대한 역설로부터 내려앉은 의미의 그림자가 떠돌아다닌다. 어떤 이유로, '오스카 침대'를 팔아야만 했을 것이다. 이사를 하면서 분실했을 수도, 버려야 했을 수도 있다. 암튼, 지금은 없다. 침대로 봐야 할, 나를 떠나간 저 사물은 그런데 이름을 갖고 있다. 이렇게 생각해보자. 공장에서 무언가를 제작한다. 이 사물을 우리는

8   한연희, 「침대는 가구가 아니다」, 《시인동네》, 2017. 1.

추상적인 이름으로 부른다. '침대'가 그것이다. 그러나 우리는 이 무생물 '침대'에 자주 생명과 감정을 갖는 사람의 이름, 혹은 지명을 붙인다. 그렇게 탄생한 것이 오스카 침대다. 오스카는 물론 누군가의 호칭이다. 어느 날 이사를 해서, 사물이 사라지자, 그간 써왔던, 그래서, 감정을 갖게 된, 지금 나의 머릿속에 남겨진 이 사물은 첫 번째로 그 이름으로 다가온다. "지금은 없"다. 그런데 시인은 이 "지금을 접었다 펼"친다고 쓴다. 이게 시작이다. 그래야만, 사물과 함께 지낸 시간, 그 기억과 추억, 경험을 되살릴 수 있기 때문이다. 사물이 지워지고, 이렇게 해서, 우선 '오스카'가 남겨진다. '오스카 침대'는 "오스카의 침대"가 된다. 사물이 이름을 통해, 이름에 의해, 제 삶을 갖는다. 나아가 나와의 추억, 혹은 제 기억을 백지 위에서 살려낸다. 그렇다. 시인은 사물의 관점에서 글을 쓰고 있는 중이다. 이 알리바이는 매우 절묘하다. 오스카의 입으로 말하기, 그러니까 시인은 이렇게 사물에 입을 달아주었기 때문이다. 사물의 입은 필연적으로 내 입이기도 하다. 사물 위에서, 나도 내 삶을 살았기 때문이다. 꿈을 꾸었던 것은 그러니 나였던가, "오스카"였던가? "침대와 오스카와 내가 유유히 흘러가던 시절"이라는 표현은, 시인이 사물과 언어의 관계를 한 차례 더 확장해서 시인이 서사를 고안했다는 사실을 말해 준다. 중요한 것은, 이 시인이 전개한 사물의 존재 방식이다. 사물은 '일반명사'("침대")로만 재현되는 것이 아니라, 특정한 이름을 갖는다는 사실에 시인은 주목한다. 이이름은 거개가 꽃이나 장미, 뭐 이런 것이 아니라(의인화하기 쉬운 대상이 아니라), 아주 딱딱한 무생물 등에 붙여진 이름이다. 여기서 시인은 사물을 단순한 묘사의 대상이나 존재의 찬란한 빛을 뿜으며 우리와 동떨어진 객체가 아니라, 고유한 경험을 갖고 있으며, 꿈을 꾸고, 나와 함께 동고동락한 주체의 자격으로 존재하는 동시에, 이야기의 장소(그러니까 침대 위), 즉 배경으로 삼는다. "오스카"는 이처럼 자기 자신을 지칭하는 단순한 침대(오스카=침대 이름)를 소유하고 있는 동시에, 자기 자신을 "왼쪽 모서리가 그을린 침대"라고 부르며 나와 이야기를 주고받고, 자기 자신을 "북두칠성 같은 일곱 개의 구멍"으로 묘사하며, 자기 자신을 지칭하는 침대 위에 나와 함께 누워 "시트에 묻은 딸기맛 우유" 등을 좋아한다고 말하는 주체로 거듭난다. 그러나 이러한 일은 지속되지 않는다. 사물과 언어의 관계 속에서 빚어진 의미의 사건은 끝났다. 사물은 곧 과거에나 존재했던 것("그랬던 적이 있습니다") 상태를 고지한다. 그러니까 나는 이 오스카 침대를 팔아 버렸거나, 누군가에게 줘 버렸다. 지금 내 앞에, 침대는 없다. 현실로 돌아온 것일까? 이 '없음'("그때를 쫘악 찢어 버리고 싶습니다") 역시, 시인은 말과 사물의 저 휘발되는 속성에 기대어 매우 독창적으로 그려 낸다.

자, 이제 침대는 내 눈 앞에 없다. 아니, 없을 것이다. 다시 나는 침대를 다시 생각한다. 침대는 가구가 아니다. 오스카는 침대가 아니다. 왜? 우선, '침대'라는 말

에는 '가구'라는 실체가 없기 때문이다. 마찬가지로, 오스카는 침대의 이름이었을 뿐이지, 침대의 실체는 아니었다. 더구나 침대는 "천국"이, "친구"가, "장난감"도 아니다. 이와 같은 말놀이는 무작정 풀려나온 것이 아니다. 여기에는 함정이 있다. 우리가 생각하기에 너무나도 당연한 사실을 늘어놓은 것도 아니다. 시인은, 낱말이란 오로지 '차이'에 의해서만 제 고유한 '값'을 갖는다는 테제를 정확히 알고 있다. 이와 같은 테제에서 착안하여 침대라는 대상을 하나씩 비워 내기 시작한다. 망아지는 송아지가, 강아지가, 병아리가, 항아리가 아니기 때문에만, 오로지 '망아지'일 뿐이다. 그렇다. 음성적으로 유사하다고 해도 "천국"이나 "친구"는 침대가 아

니다. 그저 엇비슷할 뿐이다. 반대로 말하면, 침대는 오로지 "천국"이, "친구"가 아니기 때문에, 다시 말해, 음소의 변별성에 토대하여, '침대'의 고유한 값을 확보할 뿐이다. 이렇게 "침대"는 결국, {침대가 아닌 A} ∩ {침대가 아닌 A가 아닌 B} ∩ {침대가 아닌 A가 아닌 B가 아닌 C} ∩ {침대가 아닌 A가 아닌 B가 아닌 C가 아닌 D} 식의 무한의 조합을 통해서만, "침대"의 의미를 성취하거나, 그러할 자격을 획득할, 그러니까 거의 무한대에 가까운 가능성을 통해서만 제 '값'을 가질 뿐이다. "침대"라는 하나의 "기호에서 그 특성을 만들어내는 것은 바로 기호들 간의 차이"[9]라는 사실을 적시하고, 시인은 나아가 오스카와 침대에 얽혀 있는 추억과 기억, 꿈을, 사라진 사물에 빗대어, 망각의 몫으로 환원해 내는 데 멋지게 성공한다. 주관성, 그러니까 기억에서 이렇게 지워낸 '침대', 사라진 침대는 오로지 '침대'라는 명칭만을 남긴다.("침대는 그냥 침대일 뿐입니다.") 의미는 한번 형성된 후, 사라진다. 소리도 없이, 흔적도 없이.

오스카도, 친구도, 침대도, 제 자리로 돌아가야 할 운명을 벗어나지 못한다. 되돌아가 봐야, 형해 같은 저 두세 음절의 음성적·물리적 소리를 제외하고는, 남겨진, 그들을 기다리는 의미 따위는 사라지고 없을 것이다. 침대라는 대상은, 놓여 있는 상태나, "삐걱삐걱 불규칙적인 소리" 외에, 그 무엇도 갖고 있지 않다. 이 작품의 결구는 따라서 의미심장하다. 언어로 대상을 찢고 들어가는 일, 그렇게 저 불완전한 양자의 속성을, 이야기로 환원하여, 속속들이 체험하고, 기왕에, 주체의 사건으로 전환하고 난다음, 그런 다음, 남겨지는 것을, 바로 그 끝을, 종말을, 의미의 사라짐을 한 번 더, 대상과 언어, 주체와의 관계로부터 착안하여 탁월하게 그려 내기 때문이다. 잊지 말아야 할 것이 하나 있다. 대상이 꾼 꿈, 그러니까 이름이 고유성을 빌미로 대상을 찢고 나와, 제 삶을 얻고, 나와 관계를 맺은

---

9 Ferdiand de Saussure, 앞의 책. 168쪽.

이 시적 사건은, 따지고 보면, 순간의 일, 과거에 대한 회상이나 기억의 형태, 발화되면 사라지는 언어의 습성에 기대어 우리를 찾아왔다는 점이다. 그러면 그뿐이라는 말일까? 언어-대상-주체로 궁굴리는 '의미'는 세계란 그렇게, 일순간에만, 도래할 뿐이며, 다시 유보된다는 것일까? 대상의 단단함은 좀처럼 깨지는 법이 없다. 이름도 불멸이 아니다. 회상이나 추억도 고작 과거의 소사인 것처럼, 이 대상-언어-주체가 피워 올린 꿈도, 결국 깨어나야 할 꿈, 사라지고 말 꿈이었다고 해야 하나. 대상이, 그것을 부른 이름이, 결국 실체를 소급해도, 지속되는 법이 없으며, 단단한 의미의 지평을 열지 못한다는 사실을 우리는 여기서 알게 된다. 이후의 추이는 과연 어떤가?

시인은 가차 없이, 지금-여기라는 저 일시적 순간에, 오로지 그 순간에, 대상-언어-주체가 피어올린 의미의 주관적인 꿈, 최대치의 주체성을 산산 조각내는 길을 택한다. 여기에는 주목할 만한 것이 하나 더 있다. 시를 마무리하기 전에, 시인이, 대상-언어-주체가 의미의 세계로 진입하는 순간의 저 작용과 그 특성에 기대어, 의미 이후의 사태를, 삶과 죽음의 변증법으로 치환해 내는 일에 절묘하게 성공하고 있기 때문이다. 이 시인은, 말이 사물을 호명하고, 이름이 사물에 주관성을 덧입혀 재현되는 과정을, 제 시의 뼈대로 삼아, 어디론가 날아가 되돌아오지 않을 저 발화의 성질, 의미의 미끄러짐, 항상 근사치로 존재할 의미라는 저 유령을 사물-말-주체가 삼각형 속에서 벌어지고 마감된 사태로 담아낼 줄 아는 것이다. 사물-말의 자의성에 대한 비유로 시가 끝나는 것도 아니다. 사물-말-주체의 분리는, 이 세계에서 의미의 추방이나 상실과 연관되며, 이는 곧 죽음이라고 말하고 있는 것은 아닌가. 의미는 그러니까 마지막까지 포기할 수 없는, 사물을 끌어안는 치열한 언어의 고안을 통해 도달해야 하는 불가능성의 가능성, 그 힘겨운 고지라고 말하는 것은 아닐까? 또한, 이와 동시에 우리의 삶 역시, 죽음이라는 진리를 인식한 상태에서 매 순간 고유한 가치를 얻게 되는 존재로 거듭나는 것이라고 말하는 것은 아닌가? 사물-언어-주체-의미에 대한 통찰은 시에 항상 난지도를 펼쳐놓지만, 무한의 공백 속에서 쉬지 않고 태어나고 소멸하기를 반복하는 저 '의미'라는 유령의 흔적도 함께 내려놓는다. 말과 사물의 벽돌로 쌓아올린 이 주관성의 성(城)은 당분간 무너지지 않을 것이다.

문장-사유-주체

'쓰다'와 '발생하다'의 변증법
김언, 『너의 알다가도 모를 마음』(문학동네, 2018)

> 인간이 스스로를 주체로 구성하는 것은 언어 내에서 그
> 리고 언어에 의해서이다. 이는 오직 언어만이 현실 속에
> 서, 존재의 현실인 자신의 현실 속에서, '자아' 개념을 정
> 립하기 때문이다.[1]

문장-실험-갱신

김언의 시를 가장 잘 표현하는 단어 하나가 있다면, 그것은 '실험'이
다. 김언은 항상 실험의 한가운데에 있었다. 그는 실험을 위한 절차를 고
안하였고, 실험에 필요한 말의 맥진을 산파하였으며, 실험에 의해 말로
사유의 뭉치들을 발생시키는 작품들을 선보여 왔다. 매 시기 그에게 실
험은, 시라는 상태를 촉발시키려는 자율적인 언어 운동의 형태들을 이끌
어 내는 새로운 작업으로 수렴되는 듯했으며, 이 과정에서 그는 '사건-
대화-운동'과 같은, 곧잘 난해하지만, 이 세계를 향해 빗발치듯 쏟아지는
사유의 요청들을 오롯이 발화의 산물로 받아 내고 표현의 정점으로 끌고
와, 미답의 영역을 하나씩 개척해 나아갔다. 그렇게 그는 홀로, 세계라는
이 무정형의 덩어리 앞에서, 언어를 들고 내내 싸웠다고 해도 좋겠다. 그
의 시집을 읽어 온 자라면, 이 과정은 차라리 전진의 순간들로 가득하다
고도 말할 수 있을 것이다. 그렇게 김언의 시와 함께 우리 역시, 언어를 들

---

1 Emile Benveniste, *De la subjectivité dans le langage*, in *Problèmes de linguistique générale*, I, Gallimard, 1966, p. 259.

고 미지를 열망하는 주인이 되어, 그가 새겨 넣은 독특한 사유의 무늬를 이 세계에서 함께 매만지고, 그가 가로지르고자 내딛은 새로운 특이점의 저 갈림길들을 한 번쯤 걸어 보려 했을 것이다. 그가 언어라는 횃불을 들고 세계의 안으로 걸어 들어간 바로 그만큼 환해지는 새로운 영토를 바라보면서, 우리는 고심의 결과를 목도하고 기투의 절정도 함께 맛보았을 것이다. 애초부터 그는, '문장론'을 벌써 구상하고 있었다는 점에서, 말의 기획자이자 사유의 주재자였다고 해야 할지도 모르겠다.

그 문장이 그 사람을 말한다, 말해 준다는 사실.
한동안 탐색했던 불구의 문장들. 주어가 하나 더 있거나 술어가 엉뚱하게 달려 있거나 앞뒤가 안 맞는 문장들. 팔다리가 하나 더 있거나 머리가 둘이거나 아무튼 정상과는 거리가 먼 문장들.
(······)
문장 하나에 사람과 문장 하나에 습관과 문장 하나에 운명과 문장 하나에 세계가 다 녹아들 수 있다는 과욕, 혹은 환상. 불가능에 도전하는 것이 시라는 과욕, 혹은 환상. 그리하여 처음과 끝이 다른 인생 혹은 문장. 시작하자마자 죽는 인생 혹은 문장. 더럽게 목숨을 부지하는 인생 혹은 문장. 한마디로 딱 부러지는 문장 혹은 인생. 도대체가 정체를 알 수 없는 문장 혹은 남자.
남자에서 여자로, 여자에서 남자로 끊임없이 넘어가는 문장 혹은 세계. 그 자체로 세계인 문장. 이 모든 것들이 한 문장에 녹아들기보다는 문장마다에 스며들기를 연습하는 것. 그러면서도 말을 바꾸는 연습 혹은 문장. 인생이 초지일관한 문장은 그래서 드물 것이다. 아주.

문장에서 인생이 보인다면, 세계가 보인다면 나는 소설을 쓰는 것처럼 시를 쓰고 있는 것이다. 인물 하나가 하나의 문장을 점유할 때 하나의 문장에 기대어서 자신의 성격을 까발리고 곧장 숨어버리는, 다음 문장에서는 또 다른 사건이 터지기를 기다리는 오늘 밤이 세계가 아니고 무언가.[2]

시집 『거인』은 명백히, 문장론에 대한 입론이자 기획의 시편으로 마감되었다. 말미에 실린 위 작품은 향후 문장 실험이 시작될 것이라는 예견과 사뭇 닮아 있는, 그러니까 "소설을 쓰는 것처럼 시를 쓰고 있는" 자신을 이내 발견해 나가리라는 사실을 시인이 조금 앞당겨 천거하는 동시에 서둘러 알리고 있는 글, 그러니까 철저히 전 미래적인 성격의 서술이었다. 과연 그러했다. "그 문장이 그 사람을 말한다, 말해 준다는 사실"은 시집 『거인』의 결구이자, 곧 새로운 발생을 준비하는 미래의 특이점이 되었다. 이렇게 김언은 『소설을 쓰자』에서 '내가 말하는 곳이 바로 내가 세계를 아는 곳'이라는 테제를 우직하게 밀고 나갔으며, 그는 앎의 장소로서의 문장론을 꺼내들고 캄캄한 카오스와도 같은 세계로 다시 뛰어들었다. 어두운 곳에 길 하나가 새로 태어났다.

이보다 명확한 사건을 본 적이 없다.
사건 다음에 문장이 생기는 것이 아니라
문장 다음에 사건이 생긴다. 어떤 문장은 매우 예지적이다.
어떤 문장은 매우 불길하다. 그리고 어떤 문장은
자신의 말에 일말의 책임을 진다. 그것은 조금 더 불행해졌다.

당신 앞에서 누가 손을 내미는가. 그것은 거지의 손이거나
도움의 손길. 아니면 서로가 평등하다고 착각하는
무리들의 우두머리가 맨 처음 만나서 나누는 인사.
그들은 무리들을 대표한다는 점에서 동일하지만, 평등하지는 않다.

2 김언, 「시(詩)도아닌것들이 ─ 문장 생각」 부분, 『거인』(랜덤하우스중앙, 2005).

공평하지도 않다. 누군가의 손이 더 크다. 이 문장이
사소한 분쟁을 일으킨다. 커다란 의문에 휩싸인다.[3]

　우리가 사건이라고 부르는 것, 진리의 발생 순간이자 그 장소라고 말
해 온 '사건'은 오로지 '언어에 의해 언어 안에서' 형성되고 해체되기
를 반복하는, 그런 사건을 의미할 뿐이다. 스스로 땅에서 솟아나는 사
건도, 하늘에서 불현듯 내려와 골몰하며 현현하는 진리도 존재하지 않
는다. 언어의 불가역성에 대한 김언의 당파적 입장은 모호하고 추상적
인 주장이 아니라, 사건이란 결국 발화가 발생시키는 발화에 의해 발생
하는 사건일 뿐이며, 문장 사용자의 권역에서 일어나는 말의 '주체화 과
정(subjectivation)'에 의해 나고 또 진다는 것을 전개해 낸 진지한 탐구
와 맞닿아 있다. 현대 언어학의 가장 눈부신 성과는 기실, 말이 전제된 다
음에야 비로소 세계도 주어진다는, 다소 막연했던 주장을 문장의 '사용
(usage)'(비트겐슈타인)이나 낱말의 '가치(value)'(소쉬르), '생성 중인 활
동(energeia)'(훔볼트)과 같은 관계론적 개념들로 단단히 묶어, 체계화했
다는 데 있다. 언어와 관련된 이러한 사유들은 따지고 보면 중요하다 할
만한 수준에 머무는 것이 아니라, 우리가 언어 예술이라고 부를 수밖에 없
는 시와의 연관성에서는 차라리 치명적인 관점인 것으로 보인다. 문장의
사용이나 발화를 통해, '사건'이나 '대화'와 같은 개념들을 훌륭히 전유해
내면서, 김언이 밀어붙인 저 실험의 끝에서 조우하게 된 것은 다름 아닌,
바로 이 관계성, 그러니까 낱말이 뭉치고 흩어지며 만들어내는 문장의 '운
동'이자 운동의 고유한 발현, 의미생성의 과정을 찾아 나선 주체의 모험이
었다고 해야 한다. 또한 '문장의 운동'이라는 화두는 당시에는 출간되지
않은 그의 시집에서 향후 개척해 낼 제 터전을 앞당겨 불하받는다.

3　김언, 「이보다 명확한 이유를 본 적이 없다」 부분, 『소설을 쓰자』(민음사, 2009).

배운 대로 행하는 문장들이 먹은 대로 토하는

문장을 쓰고 있다. 하늘이 아니면 바닷가에서

사막이 아니면 어느 숲에서 낱말은 기어이 행동이 되려 한다.

연기는 기어이 달아나는 문장을 쓴다.

누군가는 기꺼이 익사하는 문장을 쓴다. 달아나다가 제 속에서 허우적

대는 팔과 다리를 가지고 나오는 것이다. 식탁 위에서

　(……)

명사는 걸어간다. 동사는 말을 하지 않는다. 수사는 이걸로 족하다. 그

다음 문장.

달팽이는 흘러가고, 점액질의 그 단어는 걸으면서 위장하는 능력이 있

고, 감추는 화법은 스스로 익사하는 문장 속에서 부족한 단어를 끌어모아

발버둥친다. 이거라도 붙잡고 올라오는 연습. 식탁 위에서

다른 사람의 입속에서 [4]

언어는 모종의 단위들로 구성되며, 그 단위는 '명사', '동사', '수사' 등

으로 이루어지는 최소한의 구조다. 방금 우리는 '이루어진다'고 말했지

만, 김언의 경우, '구축한다'가 오히려 적절해 보이는데, 이는 김언에게 이

단위들은 수동의 상태에 정박될 줄 모르기 때문이다. 낱말들이 조직해내

는 말의 지형(configuration) 전반, 그러니까 '언술(discours)'의 최소 단위

를 김언은 '문장'이라고 부른다. 이 사실을 기억하도록 하자. 시집은 이렇

게 다양한 품사들이 뭉치를 구축하여 서로 어울려 움직이는 저 속성에 주

목하고, 나아가 품사들이 문장을 이루고, 다시, 앞선 문장이 이후의 문장

과 연접되는 과정, 그러니까 "그다음 문장"이 창출될 때까지 전개되는 운

4　김언, 「나는 식사하는 문장을 쓴다」 부분, 『모두가 움직인다』(문학과지성사, 2013).

동의 실현에 바쳐진다. 그는 "부족한 단어를 끌어모아 발버둥" 치는 문장들의 풍경을 펼쳐 보이고, 문장의 작용과 운동을 이룰 때 형성되는 특이점을 집요하게 파고든다. '문장의 운동'은, 문장의 속성과 특질, 활동의 메커니즘 전반을 탐구하게 한 번 더 촉발했다는 점에서, 그의 이전 시집들과 마찬가지로, 또다시 전 미래적 사유의 단면을 그대로 보여 준다고 할 수 있다. 이는 『너의 알다가도 모를 마음』에서 감행된 기이한 문장의 실험은 바로 여기서 착수된다.

이항-대립-분절

다음과 같은 물음은 벌써 던져졌다. 글은 누가 쓰는가? 과연 '자아'가 글의 행방을 모두 관장하는가? 글은 오롯이 자아의 몫인가? 글이 글을 쓰는가? 문장은 어떻게 발생의 상태에 진입하는 것이며, 서로가 서로에 의지해서만 가능한 쓰는 주체의 자리를 만들어내는가? 단 하나라도 문장은 언술 속에서 '돌이킬 수 없음'을 전제한다. 문장의 '돌이킬 수 없음'은 언어가 비교적 간단한 원리에 의해 작동하기 때문에 갖게 되는 언어 자체의 한계인 동시에 언어 생성의 조건이기도 하다. 우선, 문장은 가로로, 대개는 왼쪽에서 오른쪽 방향으로 나열하는 방식으로 진행될 수밖에 없다. 마찬가지로 세상의 그 어떤 화자도 '이중분절(double articulation)'의 원리를 배반하고서는 말을 구사할 수 없다. 분절을 초월하는 언어적 소통은 가능하지 않으며, 분절을 통과하지 않고 전제되는 발화의 상태는, 어디서든, 어떤 형태로든, 존재하지 않는 것이다. 텔레파시의 형태가 아니라면, 모든 문장은 분절을 토대로 작동한다. 따라서 시간도 실상은 언어의 산물이다. 문장이 분절에 토대를 둔다는 것은 문장이 시간을 잡아먹으면서 발화의 영역에 진입한다는 것을 의미하기 때문이다. 분절이 제거된 말을 구사할 수 있다면, 당신은 그러니까 미래를 앞당겨볼 능력도 갖출 수 있게 되는 것이다. 시간은 언어의 두 가지 분절, 즉 음운 차원에서 행해지는 분절과 의미 차원에서 진행되는 분절의 산물이다. 김언은 음운이나 음절이 서로 짝으로 묶여 대립하고 긴장 상태에 접어들 때 발생하는 변별적 가치에 주목하며, 이러한 사실을 시에서 펼쳐낼 때, 문장의 다양한 속성 중 하나가 비로소 설명될 것이라는 사실에 무게를 두고서 제 시집을 연다.

> 칼맛을 아는 자와 살맛을 아는 자가 만나서 싸웠다. 한바탕 격전을 치르고 나서 칼맛을 아는 자가 말했다. 내 살을 남김없이 바쳐도 아깝지 않은 맛이야. 인정! 그러자 살맛을 안다는 자가 대꾸했다. 내 칼이 제대로 임자를 만났군. 그 맛에 푹 빠져서 나올 생각을 하지 않으니 말이야. 그는 살에 담긴 칼을 빼지 않고 돌아갔다. 살과 칼은 서로를 맞물고 놓지 않았다. 마치 천생연분인 것처럼 각자의 집을 허물고 한집에 붙어살았다. 칼집이 아니면 살집인 그 집에서.
>
> ─「칼맛과 살맛」

낱말의 의미, 혹은 가치는, 그러니까 시라는 전체 언술 속에서 어떻게 결정되는가? 두 개의 짝처럼 구성된 "칼맛"과 "살맛"은 "맛"을 공유하는 동시에 "칼"과 "살", 보다 정확히 말하자면 'ㅋ'과 'ㅅ', 이 양자의 차이로 변별되는 팽팽한 긴장 속에서 의미를 취해 온다. 문장의 비상한 속성은 낱말이 다른 낱말과 상호적인 관계 속에서 자신의 값을 결정한다는 사실을 드러낸다는 데 있다. 이 두 낱말은 모순되는 관계에 놓이는 것이 아니라, 'ㅋ'과 'ㅅ'의 차이로 지탱되는 구조적 보완의 관계를 맺는다. 김언은 이를 "살과 칼은 서로를 맞물고 놓지 않았"다라고 말한다. 문장을 구성하는 낱말들은 이항대립의 논리 속에서 서로 관계를 맺으며 그 관계 속에서 발생하는 차이를 통해서만 자신의 값을 결정한다는 사실이 여기서 드러난다. 이항대립의 긴장 속에서 "칼맛"과 "살맛"은 이렇게 "한바탕 격전"을 치른다. '칼'이 제 '맛'을 느끼려면, 그러니까 임자를 만나야 하는 것이다. 즉 '살'에 담겨야 한다. 또한 '살'이 제 '맛'의 주인이고자 할 때도 마찬가지다. 언술 속에서 낱말은 다른 낱말과의 화학작용을 통하여, 그러니까 음운상의 변별된 짝패처럼 작동하며 제 값을 부여받을 수밖에 없다. 낱말들이 모여 문장을 구성하지만, 낱말들의 단순한 합이 문장은 아니다. 문장 발생 원리 하나. 문장의 관점에서 낱말들은 오로지 화학 작용의 상태 속에서 존재하는 값의 체계일 뿐이다.

"둘 중 하나만 택하라는 말을 수도 없이 들었지만 그는 일관되게 제삼자였다"(「갑오징어와 을어징어」)라고 시인이 말하는 이유가 여기에 있다. 어떤 낱말이건, 맥락 속에서, 그러니까 "이쪽을 만나면 이쪽에서 저쪽을 만나면 저쪽에서 다른 말이 나오는 것을 부정"할 수 없다는 사실은 그에게 문장 생성의 원리 중 하나인 것이다. 시인은 언술 속에서 하나의 낱말이 그대로 반복되는 경우는 '없다'는 사실을 바로 이렇게 확인하며, 문장이란 낱말들을 모아 결속시키고 다져 나가면서 낱말을 오로지 문장이라는 거대한 덩어리에 속한 부분의 값으로만 존재하게 만든다. 하나의 낱말은, 어떤 낱말과 함께 조합되느냐에 따라 자신의 값(value), 그러니까 고유한 의미를 달리 부여받을 수밖에 없다는 언어의 작동 원리를 확인하면서 시인은 문장이 이 낱말의 값을 주재하는 언술의 최소 단위라고 말한다. 낱말의 값은 그 낱말 밖에, 낱말의 저 어깨 너머에 자리한 나머지 낱말이 '결정'하는 것이며, 문장이라는 단위에 속할 때 비로소 낱말은 이항대립의 긴장을 통해 결속된 상태에서 각각 고유한 값을 부여받을 뿐이다. 문장 발생의 원리 둘. 문장이란 이항대립의 긴장을 통해 낱말을 작동케 하면서 사유의 단위를 구성해 낸다.

문장-역설-집합

문장은 자주 명제들로 구성되거나 명제들을 구성한다. 우리는 언술 내에서 이 명제들이 하나의 건축물처럼 인과성을 기반으로 한 문장들로 이루어진다고 여기며, 이러한 사실을 곧잘 믿는다. 이 믿음에는 언술을 구성하는 문장이 그 자체로 인격을 반영하거나 자아의 투영일 수 있다는 또다른 믿음이 깔려 있다.

> 저 안에 들어가면 죽기 전엔 나올 수가 없다. 죽기 전엔 나올 수가 없기 때문에 들어가는 걸 망설이는 사람도 한번 들어가면 도무지 나올 생각을 하지 않는다. 그는 죽어서야 나온다. 나온다는 생각도 없이 나오는 그가 사람으로 보이는가. 시체로 보이는가. 그는 개의치 않고 나온다. 때를 가리지 않고 나온다. 누구라도 나온다면 누구라도 들어가야 하는 곳에 자리가 있다. 자리는 비어 있다. 사람보다 오래가는 자리는 사람보다 오래 자리를 비워두지 않는다. 누구라도 가서 앉아야 한다. 죽을 때까지.
>
> ──「격군」

"저 안에 들어가면"은 가정하는 문장이다. 따라서 실현될 수도 있고 (참인 명제), 그렇지 않을 수도 있는(거짓인 명제) 두 가지 수행을 전제한다. 따라서 이어지는 "죽기 전엔 나올 수가 없다"는 술부는 절반만이 수행이 가능한 명제라고 할 수 있다. 참일 확률은 절반이다. 이어지는 주부 "죽기 전엔 나올 수가 없기 때문에 들어가는 걸 망설이는 사람"은 재차 가정을 전제하므로, 참일 확률을 조금 더 잘라먹은 명제의 형태를 지닌다. 이후의 "한번 들어가면 도무지 나올 생각을 하지 않는다"는 술부는 따라서 수행될 확률이 현저히 적은 명제이며, 그러니까 "한번 들어가면"이라는 가정에 토대를 두기에, 이후의 술부 "도무지 나올 생각을 하지 않는다"

를 수행되지 않을 확률이 가장 높은 명제로 만들어버린다. 문제는 이와 같은 문장이 논리적 역설을 보여주는 데 그치는 것이 아니라, 이 명제를 기술하는 게 누구인지에 관한 물음이 바로 이 논리적 역설에 기대어 효과적으로 촉발된다는 데 있다. 다시 살펴보자. 첫 문장 하나가 발생했다. 인용한 작품의 도입을 살펴 보자.

저 안에 ①들어가면 ②죽기 전엔 나올 수가 없다. ②죽기 전엔 나올 수가 없기 때문에 ①들어가는 걸 망설이는 사람도 한번 ①들어가면 ③도무지 나올 생각을 하지 않는다.

①은 세 차례 ②는 두 차례 반복되었으며 ③은 반복의 결과를 통해 무언가 새로 '조합'되었다. 이러한 구성은 대관절 어떤 작용을 전제하는가? 첫 문장이 다음 문장을 도출시킨 것인가? 아니면 어떤 의도나 생각이 이런 문장들을 부려 생산한 것인가? 물음을 바꿔보자. 한 편의 시를 우리가 읽을 때, 우리에게 가장 먼저 당도하는 것은 무엇인가? 그것은 사고나 사상인가? 내용인가? 감동인가? 화자인가? 김언은 우선 문자가 당도하고, 이윽고 문자를 이어붙인 낱말이, 차후에 그것으로 조합된 문장이, 사고-사상-내용-감정-화자에 선행하여 우리에게 당도한다고 말한다. 다시 묻자. 읽는 독자에게 가장 먼저 당도하는 것은 그러니까 시인의 자아에서 흘러나온 의도 같은 것인가? 이러한 물음은 생각보다 중요하다. 시인이 문장과 문장의 발생 실험을 통해, 쓰는 주체와 읽는 주체의 전환을 실천하는 새로운 시적 가능성을 타진하는 중이기 때문이다. 그는 시라는 미지, 그것은, 무엇보다도 문장이 앞서 우리에게 당도한 후, 후차적으로 불러일으킬 모종의 충격이자 문장과 문장이 연결되고 변형되면서 발생하는 사태일 수 있다고 말한다. 그는 이렇게 '말하는 곳에 내가 있다'는 테제에서 한 걸음을 더 나아가, 문장이 촉발된 다음에야 후차적으로 당도하

는 사유의 자락을 겨우 움켜쥘 수 있을 뿐이거나, 어쩌면 이도 불가능할지도 모른다고 말하면서, 시에 관한 통념과 시의 기저, 시의 요체를 뒤흔든다. 중요한 것은 김언이 문장을 '집합'처럼 구성한다는 데도 있다. 그는 의미의 층위를 구분하고, 앞선 집합에 포함되어 있던 공통어가 그 집합을 벗어나 또 다른 층위에서 새로운 의미를 발생시키는 과정을 구성해 낸다. 문장 발생의 원리 셋. 앞선 문장에서 발생한 것들 중 일부는 다음 문장으로 이어지면서 다른 요소들과 결합할 때, 의미의 층위가 이동되거나 새롭게 열린다.

따라서 의미심장한 것은 우리가 인용한 문장 다음에 발생한 "그는 죽어서야 나온다"라는 대목이다. "그"는 이전의 문장에서는 발생하지 않았다. "죽어서야"는 앞의 문장이 발생시킨 것이다. 이 둘은 화학 반응을 일으킨다. "그"는 따라서 단순한 인칭대명사라기보다 앞의 문장이 발생시킨 '죽음'을 수행하는 주체이자 앞의 문장을 연결하면서 새로운 의미의 층위를 구성해내는 주체이다. 다시 한번 따져 보자. "그" 이전의 문장들은 무엇을 발생시켰는가? 문장이 꼬리에 꼬리를 물고 자동적인 방식으로 죽음의 가정을 수행하는 "사람"을 발생시켰다. 이어서 당도한 "그"는 따라서 앞의 저 문장들의 타래가 발생시킨 연쇄들을 통째로 받아 내며 마치 이를 하나의 단위처럼 수행하게 만드는 대명사로 기능하면서 어느새 완전히 다른 차원의 언술을 열어 보인다.

따라서 "그"는 오히려 '시적 언술' 그 자체와 같은 것이라고도 말할 수도 있을 것이다. 시는 이렇게 "죽어서야 나온다"는 것일까? 그렇다면 어떤 죽음이 가정되어야 하는 것이며, 가정이 역설 속에서 얼마나 반복되어야 과연 "그"가 발생한다는 것일까? 자아에 기반한 사고나 사상, 감정이나 판단, 슬픔과 기쁨처럼 "들어가면 도무지 나올 생각을 하지 않는" 것들이 모조리 "죽어서야", 그런 다음에야 비로소, 그러니까 역설적으로 "그"가 빠져 나온다는 말인가? 의도나 의지의 개입 없이, 문장이 스스로 다음 문장으로 향하는 연결고리를 찾아 내어 이행을 감행할 때, 사유나 경험,

현실이나 일상이 모조리 소거된 상태에서 솟아나는 것은 무엇인가? 우리는 "그"를 사람, 즉 자아가 저 목줄을 쥔, 그 무슨 일인칭 서술의 주인이 아니라, "개의치 않고" 발생한 문장이자, 문장과 문장이 꼬리를 이어가며 쓰는 주체가 되어 스스로 변형되면서 스스로 발생시킨 무엇이라고 말해야 한다. 비교적 짧다고 해야 할 이 작품에는 시집 전반에서 실천의 반열에 오른 김언의 실험이 압축적으로 녹아 있다. 문장 발생의 원리 넷. 문장은 스스로 연결고리를 찾아 자아가 관장하는 모든 것을 지워낸 토대 위에서, 새로운 쓰기의 주체를 고안한다.

물방울 하나가 떨어져서 옷이 젖었다. 너무 예민한 사람은 다 젖어버린 옷을 들고 세탁소로 찾아간다. 이걸 어찌하나요? 세탁소 주인은 예의 그렇듯이 무덤덤하게 반응할 것이다. 하루면 됩니다. 내일 오시죠. 너무 예민한 사람은 내일 찾아가서 세탁을 끝내고 말끔하게 다려놓은 옷을 찾아올 것이다. 다행히도 내일의 날씨는 맑다. 지나치게 맑다. 지나치게 맑고 화창해서 햇빛이 금방이라도 후드득 떨어질 듯하다. 금방이라도 색이 바랠 것 같은 옷을 들고 한 사람이 걸어간다. 한 사람이 걸어오고 있다. 털끝 하나라도 건드리면 안 되는 사람이 걸어오고 있다.
　　그를 어떻게 지나쳐야 할까?
　　　　　　　　　　　　　　　　　　　　　　　　　　—「예민한 사람」

문장은 자아나 의도, 사고나 생각에 앞서, 자동적인 힘으로 자기 증식을 통해 스스로를 굴리며 시를 생성해 내는 곳으로 달음질을 친다. 문장이 문장을 발생시키는 과정 자체를 실험하는 진술들로 가득한 그의 시는, 결코 쓰는 주체의 자리를 비워두지 않는다. 특수한 시제를 주조해 내는 것도 자아가 아니라 차라리 문장이다. 모든 구절들이 서로 경쟁을 하듯 언술 안에서 포화의 상태가 되어 흘러넘친다. "젖었다", "너무 예민한 사람", "세탁"이 변형의 핵으로 기능하며, 이후 연관된 문장들을 이끌고 또 다른 문장들을 계속 발생시킨다. 시제는 이때, 무시되는 것이 아니라, 차라리 문장의 힘에 압도되어 역설에 빠진 채, 자아 소유의 저 인과나 추론의 기대치와 조금씩 마찰을 일으키고 점차 갈등의 목소리를 고조시켜 간다.

다행히도 내일의 날씨는 ①맑다. ②〔지나치게 ①맑다〕. ②〔지나치게 맑고〕 화창해서 햇빛이 ③금방이라도 후드득 떨어질 듯하다. ③ 금방이라도 색이 바랠 것 같은 옷을 들고 ⑥〔④한 사람이 ⑤걸어간다〕. 〔④한 사람이 ⑤걸어오고 있다.〕〕

반복한다. 앞선 문장이 이후 문장을 발생시킨다. '내일의 날씨가 맑다'는 것은 일기예보 같은 말을 옮겨놓은 것이다. 문제는 이 문장의 꼬리를 이어가며 이후에 발생시킨 "맑다"처럼, 문장은 지속적으로 생성되고 변형("지나치게 맑다"에서 "지나치게 맑고"로 이어지는)되면서, 낱말이 상이한 맥락 속에서 활용되는 과정(언어학에서 '굴절(inflection)'이라 부르는, 즉 단어를 변화시키는 과정)을 통해, 결과적으로 "금방이라도 후드득 떨어질 듯하다"와 같은 연결어를 불러내었다는 데 있다. ⑥의 경우, 반복항(④)와 '가다'와 '오다'의 이항대립의 원리(⑤)가 조합되어, 하나의 문장이 다른 문장을 자신의 짝처럼 구동시켜 백지 위로 호출해 낸 것이다. 아직 실현되지 않은, 어쩌면 현실에서 결코 실현되지 않을 시간이, 문장과 문장의 변형을 통해 시에서 가능성의 영역 안으로 포섭된다. 문장 발생의 원리 다섯. 문장은 발생의 수행 상태 속에서 시간에 주관성의 무늬를 입힌다.

문장과 문장 사이의 다소 '엉뚱한' 인과관계와 주관적인 시간은 그러니까 자아가 작성한 글이라는 관점에서만 '엉뚱하고 주관적인', 바로 그런 이유에서만 언급될 일종의 '낯섦'일 뿐이다. 문장이 문장의 주어가 되고, 문장이 제 조각을 들고 술어를 완성해가는 이와 같은 실험은, 각각 부분의 연결만으로는 문장의 구동방식이나 언술 전체에서 발생하는 의미를 가름할 수 없는 단순한 연어(連語) 실험이나 고작해야 단어의 차원에서 조작되는 말놀이나 그 표현에 휘둘려 발생하는 유희와 같은 것이 아니다. 문장에서 문장으로의 이행 과정에서 발생할 수 있는 변이들을 연속성 속에 풀어놓으며 언술을 완성하려 시도하는 이 작업은, 오히려 '저자의 지배'에서 벗어나 '독자의 읽기'라는 새로운 해방의 공간에 시의 생존, 혹은 그 가능성을 위탁하려 한다는 사실을 감추지 않는다는 점에서, 시에 대한 근본적인 관점의 이전과 이탈을 도모하는 도전이라고 해야 할지도 모른다. 문장 발생의 원리 여섯. 저자의 지위와 권위를 탈각할 때 문장과 문장의 조합으로 구성된 언술은 독자를 만난다.

문장-자아-생각

문장과 자아. 나란히 붙여놓으면 여전히 낯설기만 한 이 두 낱말이 서로를 훔칠 듯, 탐욕스런 눈빛으로 서로를 넘보기 시작한다. 문장이 자의식의 주체일 수 있다는 말을 당신은 들어본 적이 있는가? 이 문장과 결합하면서 구축되는 언술은 '사고'의 결과인가? 사고가 언어의 산물인가? 생각이 투척하는 문장인가? 문장이 발생시키는 생각인가?

무엇이든 생각하는 사람이 있어야겠지만 아무도 생각하는 사람이 없다. 생각을 옮기는 사람은 있다. 옮긴 생각을 다시 옮기는 사람은 있다. 생각은 와전된다. 생각도 없이 걸려든 소문에 내가 있거나 네가 있거나 누가 있거나 상관없이 생각은 커진다. 아무도 생각하는 사람이 없는데 그 말조차 의심하는 사람도 없는데 생각이 커진다. 아주 큰 생각이 도시를 덮었다. 아주 큰 도시를 덮었다. 아주 작은 마을은 거론조차 하지 않는 생각. 생각조차 하지 않는 생각은 그보다 더 작은 마을에서 마을로 생각을 옮겨다닌다. 생각은 이제 생각이 미치지 않는 곳까지 생각을 미쳐서 퍼뜨린다. 생각에 넘어가지 않는 사람이 누구인가. 어디 있는가. 어디 숨어서 무슨 생각을 하고 있는가. 그걸 색출하기 위해서라도 생각은 구름처럼 몰려가서 비를 뿌리고 어디 한 군데 스미지 않는 곳이 없나 한번 더 살피면서 물기를 남기고 물길을 만들고 습기도 담뿍 먹여놓고 돌아온다. 그곳은 생각이 점령한 곳이다. 그 마을은 생각이 짓밟고 간 마을이다. 그 도시는 온통 생각으로 파괴되었다가 다시 일어서기를 몇천 년째 반복하고 있다. (……) 생각은 생각 앞에서 연설한다. 자신의 생각을. 그리고 모두의 생각을 마치 한 사람의 생각처럼 똘똘 뭉쳐서 선언한다. 우리는 하나라고. 하나의 생각 앞에서 다른 생각에 몰두하는 다른 모두의 생각까지 아울러서 생각은 빛난다. 생각은 하나다. 국가가 둘이 아닌 것처럼. 둘로 쪼개지면 곧 하나의 생각으로 싸워야 하는 것처럼. 그 생각이 그 생각의 피를 부르기 전에 우리는 생각한다. 생각하는 사람이 여기 있다고. 생각하는 사람이 저기에도 있다고. 아니면 어디에도 없는 그 생각이 어디에서 나고 자라고 뿌리를 내리겠느냐고. 생각은 여기 있다. 이것이 바로 짐이라고.

　　　　　　　　　　　　　　　　　──「생각하는 사람」 부분

　김언은 꼬리에 꼬리를 물고 그칠 줄 모르는 생각의 '파시즘'을 문장의 변형을 통해 삶의 곳곳에 퍼트린다. "생각이 미치지 않는 곳까지 생각이 미쳐서 퍼뜨"리는 것이라면, '생각'을 벗어나 존재할 수 있는 삶은 사실상 없는 것이나 마찬가지이다. '생각'이 지배하지 않는 장소, '생각'을 벗어난 공간도 존재하지 않을 것이다. '생각'은 어느 순간이건, 어디에서건 불사조처럼 사멸할 줄을 모른다. '생각'은 '생각'이라는 명사 하나를 분신처럼 퍼뜨리는, 그러니까 항상 또 다른 '생각'의 '생각들'인 동시에 이 모든 '생각들'의 중심을 자처하는 집요한 '생각'이기도 하다. '생각'은 따라서 행동한다. '생각'은 비슷한 '생각'을 바탕으로 '생각'이 될 규칙을 발안하여, 법이나 질서와 같은 '생각'의 산물들을 잘도 만들어 낸다. 어쩌면 '생각'이 법이나 질서 자체일 수도 있다. '생각'은 항상 '생각' 앞에 서거나 '생각' 뒤에 자리를 차지하고 있는 고유하다 할 모종의 질서이며, 한 번 이상 내뱉는다는 '생각'으로 빚어낸 연설이자 이 연설에 대한 '생각'이며, 다른 '생각들'을 잘라먹고 뭉치고 흩어지기를 반복하는 '생각'이자, 하나를 지향하는 선언이며, 선언을 실현하는 '생각'이자, 지워내려 해도, 꼬리에 꼬리를 물고 자기증식을 하는 '생각'이며, 그렇게 불어나고 복제되는 괴물이자 괴물이라는 '생각' 자체인 것이다. 생각은 자기-지시적이며 자기-집중적이며, 의식과 세계, 말과 사물에도 편재한다. '생각'은 모든 것에 선행하면서 온갖 후행의 결과물이다. 그러나 생각이 결국 "생각이 미치지 않는 곳까지 생각을 미쳐서 퍼뜨린다."(「생각하는 사람」)는 문장에 의해서만 자신의 특성과 추이를 나타내고 제 양상과 권력을 표방할 수 있다면, 과연 '생각'이 우선인가? 문장이 '생각'의 선결 조건인가? 문장 발생과 연관된 물음이 이렇게 주어졌다. 뫼비우스의 띠처럼 돌고 도는 '생각'과 이 뫼비우스의 띠 자체인 문장의 관계는 선후를 따질 수 있는 성질의 것이 아닐지도 모른다. '생각'은, 문장에 의해, 문장을 통해서만, 제 존재 양식을 발견할 수 있지만, 문장은 '생각'에 의해 점령당하면 제 힘을 읽거나, 틀에 갇히거나, 무언가에 골몰한다. '생각'은 오히려 '문장'의 걸음과 '문장'의 결속을 둔하게 만들거나, 그 변형을 방해하는 무거운 "짐"일 도 수 있다. '생각'은 결국 자아의 산물, 의도의 소산, 의지의 적재이기 때문이다. 문장 발생의 원리 일곱. 생각은 끊임없이 세계를 규정하며, 이러한 사실조차 문장에 의해, 문장의 연쇄를 통해서만 드러난다.

내 옆에 누군가 있다는 생각도 관계. 내 곁에 나도 모르는 누군가가 쉬고 있다는 생각도 일종의 관계. 그래서 생각을 지운다. 생각을 지우기 위해 나를 지워야 하는 것. 그것이 혼자 있기의 정수. 혼자 있기의 진실. 혼자 있기의 불가능한 실현을 돕기 위하여 죽음이 있고 자살이 있고 때로는 타살도 필요하다. 그렇게도 혼자 있고 싶어 했으니 누군가라도 도와줘야 한다. 혼자 있도록 영원히 그리고 완전무결하게 혼자 있는 상태를 실현하도록 도와주는 죽음. 누가 관여했건 무엇이 원인이 되었건 어떤 사건이 발단이 되었건 상관없이 결과적으로 아무도 없는 죽음이 혼자 있는 나를 돕는다. 결정적으로 돕는다. 혼자 있는지도 모르는 나를 실현한다. 아무도 없는 곳에서 나는 혼자 있다. 누구도 없는 곳에서 너도 혼자 있다. 둘은 만나봐야 서로를 알아보지 못한다. 각자를 생각하지도 못한다. 각자의 생각조차 씨가 마른 곳에서 아무도 없는 몸이 태어난다. 혼자 있는 생각이 만개한다.

—「혼자 있는 사람과 아무도 없는 사람」 부분

김언의 시에서 죽음은 자아의 흔적과 의도의 무늬들, 주관하고 관장하고 주재하려는 사유의 관성 전반을 지워내는 일련의 행위와 맞닿아 있다. 죽음은 자아의 죽음, 환상의 죽음, 의도의 죽음, 조작의 죽음, 생각의 죽음이다. '혼자'는 '고독'과 서로 교환되지 않는다. 죽음은 혼자의 상태에 도달할 가능성이며, "각자의 생각조차 씨가 마른 곳에서 아무도 없는 몸이 태어"날 상태, 즉 문장과 문장의 생성에 오롯이 글의 지위를 일임할 선결 조건이다. 그러나 '생각'은 또한 집요해서, 매번, 모든 것을 자신의 결과물로 치환하기에, '벗어날 수 없음'을 제 성질로 삼는다. 문장을 기술하는 매 순간 "만개"하는 속성을 바탕으로 '생각'은 편재하기 때문이다. 생각하는 주체, 그는 "울음보다 먼저 생각이 고이고 생각보다 무거워진 대가리를 치켜들고 한 손에는 흉기를 집어 들고 마침내 일어선다."(「직립」) 이렇게 우리는 '생각'의 산물이며, '생각'을 토대로 문명을 일구어 왔으며, '생각'에서 벗어날 수 없다. 이 모든 '생각'이 자아의 산물이자 자아를 주재하고 또한 표출하기 때문이다. '생각'은 자아를 지워낼 때에야 비로소 문장에게 주체의 자리를 넘겨주는 것이며, 문장을 구성하고 있는 연쇄와 문장을 발생시키는 사태가 이때 주체의 자리를 넘겨받는다. 따라서 시에서 표출된, 저 홀로 선다는 것, 그러려고 관계를 끊는다는 것은, 인간관계의 고립이 아니라, 문장과 문장의 변형, 문장을 발생시키는 힘으로 글의 주체를 모색해 나가기 위한 조건을 만들어 낸다는 것을 의미한다. 문장 발생의 원리 여덟. 자아를 죽이는 순간, '생각'이나 '환상' 너머로 문장이 고유한 힘을 뿜어내고 내달리기 시작한다.

환상이 되어가는 소리이거나 환상이 되어버린 소리이거나 환상이 되지 않으면 다른 환상이라도 해보라고 권유하는 목소리. 환상의 본분에 충실한 그 소리는 환상은 끝이 없다는 소리와 다를 바 없이 집요하고 끈질기다. 그 소리는 끝나지가 않는다. 끝날 줄을 모른다. 끝난다면 환상이 아니므로 환상의 나라는 오늘도 내일도 계속해서 전화를 걸 것이다. 새로 나온 환상 하나를 소개할 것이다. 방금 나온 따끈따끈한 환상 하나를 권유할 것이다. 때로는 차분하게 때로는 간곡하게 때로는 목청을 높여가며 내 귀에 꼭꼭 심어주는 환상의 품목들을 나는 들을 만큼 들었다.

—「환상의 나라」 부분

문장이 곧바로 행동이 되는 연습, 그것이 내게 필요한 선택이고 그가 따라야 할 운명처럼 보였다.

(……)

처음 생각해 낸 단어가 그대로 돌아온다는 것. 아무런 의심도 없이 단어가 만들어낸 그 상상을 더는 상상하지 않고 기억하듯이 말해야 한다.

—「동반자」 부분

'환상'이나 '상상'은 무언가에 의해 조종되어 반복하는 구태의연한 목소리에 갇힌다. 생각-이성/상상-감성, 이 모두를 자아에 의한 것이라고 말하며, 김언은 문장과 문장의 연쇄에 의해 발생한 힘으로 재차 뻗어 나가는 문장들, 그 집합인 언술이 우리의 감정과 느낌을 주재하는 것이지, 언술과 별개로 존재하는 감정과 느낌이 문장이라는 단순하고도 이차원적인 표현 수단에 기대어 표출되는 것이 아니라고 말한다. "모르니까 쓴다"(「진짜 시인」)나 "그도 모르고 썼을 것이다"(「정가」)라는 저 말은 오로지 문장이 발생시킨 것들을 이어가며 언술의 경로를 구축하는 원리 자체를 추적하는 일로, 그 원리 자체를 고안하는 일로, 김언이 '쓰는 주체'를 탐구한다는 사실을 알려 준다. 이러한 관점에서 시집을 읽을 때, 우리는 김언의 시 한 편 한 편이 잘 짜인 문장들의 직물이자 낱말, 통사 구, 문장들이 서로 연쇄를 이루면서 결국 자율적이라고 말할 수밖에 없는 상태에서 발생된 집산이자 그 이합, 즉 운동처럼 구성되었다는 사실을 알게 될 것이다. 지금-여기의 시간과 사건은 당도하지 않은 문장들이, 아직 발생시키지 않아 유보한 시간과 사건, 그러니까 문장과 문장이 덧대며 서로 의지하는 힘을 움켜쥐고 있는 미지의 시간들이자 사건들인 것이다.

그것은 그러니까, 자아가 사형을 언도받은 순간, 생각이 길게 제 목을 내리 빼고, 칼날이 내려오기만을 기다리는 초조한 발화의 시간들이며, 당도하지 않는 문장을 연쇄로 일깨우고 앞과 뒤의 문장을 다독거리고 서로의 연결고리를 고안해내면서, 재차 발생시키기를 거듭한 문장들의 끝 간 지점을 실험하는 사건들이다. 주제와 의도와 자아로 구축된 글의 타임라인은 이렇게 문장들이 발생시킨 주관성의 시간들로 채워질 사태일 뿐이며, 주제와 의도와 자아가 토해낸 절망과 방황과 죽음의 서사들은 문장이 문장을 발생시키면서 매만질 시험의 추체험이자, 문장들의 연쇄로 모색되는 주체의 순간들을 고안하기 위해 쏘아 올릴 실행 그 자체일 뿐이다. 그의 시는 문장과 함께, 문장의 연쇄로, 연쇄를 고안하며 문장을 발생시키는 힘으로, 문법-자아-의미의 한계를 넘어, 새로운 영역으로 진입한다.

그에게 문장은 "무한한 창조물, 한계 없는 변화"이자 "활동 중인 언어의 삶 그 자체"[5]인 것이다.

주체-고안-발생

'글이 글을 쓰게 하려는' 모험, 그러니까 문장에서 문장으로 이행하는 과정을, 단순한 유희에 붙잡히지 않고, 성실하게 성취하려는 김언의 시도는 과거 문학들의 저 지배하려는 의지가 현실에 눌어붙어 관습이 되어가는 모습을 경계하는 맥락 속에서, 지금-여기 첨예한 실험처럼 우리에게 당도하였다. 어쩌면 그의 실험은 간혹 교훈서나 지침서, 보고서나 영웅담, 감정의 발화처럼 구성되어왔던 시에 대한 '역쇼트'의 한 장면을 다시 한번 펼쳐내려는 듯 보이기도 한다. 하지만 김언의 시도는 이러한 사실을 염두에 둔다고 해도, 쓰는 주체에 대한 물음과 새로운 가능성에 대한 질문을 본격적으로 궤도 위에 올려놓았다는 점에서 다소 충격으로 다가올 것이다.

나는 그 책임에서 자유로울 수 없다. 자유로울 수 없기 때문에 핀셋 하나가 초래하는 사소하거나 엄청날 수도 있는 사태의 추이를 끝까지 관망하고 있다. 방치는 아니다. 나는 방치를 모르는 인간이다. 나 또한 그렇게 교육받은 누군가의 결과물이며 누군가의 원인이 되려고 한다. 의도와 상관없이 나는 원인이 되었다. 의도와 상관없이 나는 말하고 있고 듣고 있고 오해하고 있고 의도와 상관없이 이해의 단서를 제공한다. 아무 단서 없이 퇴장하더라도 그리 놀랄 것 없는 등장인물이 또한 나다. 등장인물이 못 되더라도 나다. 내가 쓰는 소설에서 내가 등장하지 않는 소설을 쓰는 것도 나다. 불가능한 것을 불가능하지 않게 말하는 것도 나다. 내가 문제다. 내가 문제

---

5 Emile Benveniste, 앞의 책, 129쪽.

니까 나는 사라지지 않는다. 나라는 말만 쏙 빼먹고 사라지는 내가 얄밉기는 마찬가지인 너도 그래서 있다. 사라지지 않고 있다.

—「내가 등장하지 않는 소설」 부분

아무도 장화를 막을 수 없다. 어떤 작가의 어떤 문장도 막을 수 없는 그곳에서 장화는 떠나고 있다. 두 번 다시 장화는 떠날 수 없다고 써놓은 문장도 바로 다음 문장에서 포기하고 떠난다. 장화는 내 것이 아니다. 장화는 누구의 것도 아니다.

—「장화 신고 묘지 가기」 부분

과연, 누가 쓰는가? 문장이 문장을 발생시키며 뭉치와 다발처럼 이어지는 과정에 '나'는 배제되어 있는가? 문장에 행동을 부여하는 힘을 우리는 여기서 '주체'라고 부를 수 있을 것이다. 이 주체는 일인칭 단수의 '나'와 어떻게 다른 것일까? 벤브니스트는 고립된 개인이 스스로 주체로 구성되는 것은 "언어 내에서 그리고 언어에 의해"라며 그 이유를 "오직 언어만이 현실 속에서, 존재의 현실인 자신의 현실 속에서 '자아' 개념을 정립"하기 때문이라고 말한다. '주체'[6]가 항상 공동체적이면서 개인적인 것

---

6 '주체'나 '주제', '테마' 등으로 번역될 'sujet'는 '아래로 던지다'를 뜻하는 라틴어 'subjectum'에서 연원하였다. '〜에 종속된, 복종한 무엇', '어떤 사물의 작용이나 어떤 행동의 주(主)가 되는 것'을 의미한다. 그리스어로 'sujet'를 뜻하는 'hupokeiménon'에 대해, 아리스토텔레스는 '현실화되는 형태를 허용하는 방식'이라고 정의한 바 있다. 'sujet'는, 어원에 의거할 때, '무엇 아래에 자리 잡은 것'이며, '그 아래에서, 복종에서 지배로 미끄러지는 행위', 또는, '처해있는 관점과 토대에 의거해, 사물에서 자아로 미끄러지는 행위'를 의미한다. (C. Godin, *Dictionnaire de philosophie*(Fayard, 2004), 1272쪽.) 'sujet'가 '주제'(토론의 주제, 즉 토론에서 중심이 되는 무엇), '주어'(문장의 주어), '테마'나 '모티브'(주어진 재료나 대상, 작품 등에서 주가 되는 것) 등으로 번역되는 것은 바로 어원 때문이다. '주체'로 번역할 때, '주가 되는 것' '복종하는 것' '따르는 것', '만들어 내는 것'이라는, 가장 오롯한 의미가 남겨진다. 다시 말해, 주체는 무언가를(가) 만들어내는(지는) 힘, 무언가를(가) 따르게 하는(되는) 힘을 뜻한다. 시적 주체/시의 주체는 무엇인가? 시를(가) 만들어 내는(지는) 힘, 시

은 언어 내에서 그리고 언어에 의해 정립되는 주체이기 때문이다. "내가 쓰는 소설에서 내가 등장하지 않는 소설을 쓰는 것도 나"라는 사실은 바로 쓰는 주체, 시적 주체가 '문장 안에서, 문장에 의해', 그 연쇄의 발생을 주관하고 여기서 주관성의 최대치를 실현한 언술을 조직해 내는 주체라는 사실을 말해 준다. 그러니까 '자아'가 주체로 구성되거나 주체의 자리를 타진하는 것은 '문장 안에서, 문장에 의해' 가능하리라는 것이다. "불가능한 것을 불가능하지 않게 말하는 것"은 따라서 "나", 즉 주체, 그러니까 '문장 안에서, 문장에 의해' 타진되는 언술의 활동 그 자체인 것이다. 시는 주관성이 최대한 적재된 언어의 화자를 부려 성립하는 주체, 그 문제를 타진한다. 주체는 사라지지 않는다. 쓰는 주체는 일인칭 나, 즉 화자나 자아에 귀속되지 않으며("장화는 내 것이 아니다."), 문장과 문장의 연쇄를 가능하게 하는 힘 외에 그 누구도 알지 못한다("장화는 누구의 것도 아니다.")

시간을 보내면서 쓴다. 읽는 것을 포함해서도 쓴다. 쓰지 않는 것이 있다면 쓰지 않는 것을 쓰지 않기 위해서라도 쓴다. 모든 것이 쓰는 것의 방식으로 쓰이고 지워지고 다듬어지고 조정되고 또 건설된다.
　　　　　　　　　　　　　　　　　　　—「내가 등장하지 않는 소설」부분

혈흔이 숨어 있다. 혈흔이 녹아서 흐르는 피의 냄새가 어떤 문장에서 난다면 그 문장은 이미 시의 문장이 될 가능성이 농후하다. 미리 격리시켜야 할 문장. 미리 격리시키거나 최대한 멀리 떨어뜨려 놓아야 하는 문장. 아니면 아예 이 세상의 문장이 아닌 것으로 조치를 취해야 하는 문장. 가장 확실한 방식은 펄펄 끓는 문장들의 용광로 속에 집어넣고 형체도 없이 사라지게

를(가) 고안하는(되는) 힘, 그러니까 역사 속에서 (언어 안에서, 언어를 통해) 시를 고안하고 생성해 내는 동력이 시적 주체가 아니라면 무엇이 시적 주체란 말인가.

만드는 것. (……) 혈흔의 영향력. 그리고 또 어떤 문장이 그 영향력에 푹 젖어서 혈흔을 묻히고 나올지 알 수 없는 곳에 어이없게도 시가 있다. 시는 어이없이 나와서 있다. 대체로 넋이 빠진 채로 나와서 감식을 기다리고 있다.

—「문장 감식반」부분

주체는 매번 '쓰기의 순간들'을 고안한다. 문장들이 충돌하며 빚어낸 이 순간들은 결코 현실의 시간에서 살아나 춤을 추지 못하는, 자아의 조정 아래 의도나 사유를 관철시키지 못하는 시적 순간들이다. 그렇게 해 버리면 곧바로 달아나고 마는 기이하고도 신비로운 문장의 순간, 문장들이 서로 뭉치며 빚어낸 순간들이다. 그럴 수 있다는 실험 속에서, 지금-여기에서 아직 실현되지 않은 것의 지금-여기로의 도래를 꿈꿀 때만 가능한 순간들을 고안하려 김언은 문장을 발생시키고, 앞의 문장을 연결고리로 삼아, 젖어 들고, 찾아 들, 또 다른 문장들을 생성하며, 문장과 문장의 연속성을 통해 피워 올린 시적 주관성으로 '나'를 활활 태운다. 바로 이러한 조건 속에서, 문장은 쓰는 주체의 고안에 바쳐진 정념이 된다.

김언의 시에서 문장은, 자아를 통해서라면, 생각에 의거해서라면, 아직 발화되지 않을 이야기들, 그리고 환상과 상상력에 의해서라면 결코 당도하지 않았을 사태로 가득하다. 그는 문장을 잘 구성된 공리처럼 부리고, 낱말을 이항대립의 원리로 구성된 역설의 피라미드처럼 조직해내면서, 연달아 생성되는 문장들의 연쇄로 고유한 기억을 움켜쥐고 이 세계에 주관성의 흔적들을 새겨 넣는다. 그는 이렇게, 문장 생성의 힘을 쥐고 문장 발생의 자율적인 순간들을 공들여 매만지면서, 사유가 이지러지는 지역들을 과감히 통과하는 시집, 의식적 자아를 구축해내는 이성의 윤곽 전반을 아직 당도하지 않은 문장들로 가득한 잉크병에 담아, 다시 쏟아내 하나하나 조직해내면서, '쓰는 주체'와 '읽는 주체'의 가능성을 새로 타진하는 시집을 선보인다.

이 시집을 우리는 오로지 문장의 동력에 따라 빚어낸 한 편의 자율적인 이야기들의 모음집이자 문장이 주체가 되어 문장을 주재해나가는 이야기들, 자아-읽는 타자, 창작하는 의식-발생시키는 무의식 사이에 금 그어진 확고한 이분법의 이데올로기를 내치고자 감행한 모험 자체로 읽어야 할지도 모른다. 이렇게 김언은 이 세계에서 말해질 수 있는 가능성을 문장에 위탁하여, 아직 말해지지 않는 저 빈곳을 메우고 또 채우는 일을 독자의 문장, 그러니까 독자의 몫으로 남겨놓는다. 과연 누가 쓰는가? 대관절 누가 읽는가? 우리는 말로 과연 무엇을 만들 수 있으며 또 무엇을 만들 수 없는가? 우리가 우리 자신의 언어를 부리는 주인이라는 생각, 자아가 바로 집행지라는 생각, 문장을 모두 장악하며 글을 쓸 수 있다는 관념, 그렇게 이 세계를 모두 점령할 수 있다는 믿음은, 과연 무엇을 은폐하는 것이며, 또 무엇을 보지 못하게 만드는 것인가? 문장을 지배하고 그 향방을 부려, 우리 고유의 의도를 관철시키면서 이 세계에 내려놓는다고 우리가 믿는 굳건한 주장과 견고한 관념과 확신에 찬 신념은 과연 무엇을 억압하는 것인가? 언어의 주인 자격으로 우리가 무언가를 새로이 창안해왔다고 믿어왔던 저 견고한 통념은 왜 온갖 종류의 이분법의 산물이자 하나가 하나를 지배하려는 이분법의 관성에서 사로잡혀 있는가? 과연 어떤 형용사가 있어, 이 기이하고 낯선 '주체'라는 실사를 '문장 안에서, 문장에 의해' 보다 멋들어지게 수식할 수 있을 것인가? 김언의 시집을 읽으며 우리는 이러한 물음과 마주하고 이러한 물음으로 우리를 데려가는 문장의 주재자가 뿜어낸 더운 숨결을 느끼게 될 것이다.

실험? 실험……. 실험!

리듬과 이미지, 고안 속에서 피어나는 미지의 의미에 관하여
안태운, 『감은 눈이 내 얼굴을』(민음사, 2016)

> 사유를 "정신적 활동"인 것처럼 이야기하는 것은 잘못
> 이다. 우리는 사유가 본질적으로 기호들을 운용(運用)하
> 는 활동이라고 말해도 될 것이다.[1]

시에서 '실험'은 무엇인가? '실험(experimentation)'은 경험(experience),
시도(try), 시험(test)과 연습(practice)을 모두 포괄한다. 실험은 그러니까
시를 통해, 시에서, 시로, 시라는 이름으로, 언어로, 무언가를 실제로 해
보는 것(경험-시도-시험-연습)이다. 실험에는 새로운 방법이나 형식을 사
용한다는 전제가 있다. 하지만 새로운 방법과 형식의 사용은, 의미의 산
출이나 의미의 생성 과정에 대한 창출과 동떨어진 채 제 가치를 관철시킬
수는 없다. '무의미'를 추구하기 위해 낱말을 텅 비워내려 한 일련의 실험
역시, 그 자체, 그러니까 그와 같은 사실을 드러내는 과정에서 벌써 모종
의 의미 안에 포섭되고 만다. 낱말이나 문장의 단일한 의미를 제거하려는
시도들 역시, 그러려고 시도하는 과정이 벌써 의미와 관련된 사건, 그러니
까 항구적인 의미가 아니라, 의미의 생성, 즉 과정으로 형성되는 의미의
결들과 연관되는 것이다. 사실 모든 글은 '쓰기'의 실험을 토대로 집필된
다고 보아도 좋다.

시에서 실험은 거개가 말을 부리며 생겨나게 마련인 모종의 특성, 그

---

1 루트비히 비트겐슈타인, 이영철 옮김, 『청색 책, 갈색 책』(책세상, 2006), 24쪽.

특이성과 연관된다. 사태 인식을 통해 전망을 구상하고, 일목요연하게 그 핵심을 논리적으로 기술하려 할 때, 완결된 요약이나 도덕적 판단이 불가피해진다. 전망-논리-요약-도덕은 사태를 효율적으로, 이해의 지평 위에서 구성하는 일에 전념하며, 해석과 이해에 있어서 거의 정답에 가까운 언술을 구축해 낸다. 이 논리와 언변의 힘에 붙들려 자주 우리는 시에 별도의 수식어를 입혀, 그걸 시라고 여겨 온 것도 사실이다. 역사가 이 사실을 증명하는 것 아닌가. 서정시나 민중시의 '논리'가 우세했을 때, 우리는 말의 고안을 그저 표현의 고안이나 수사의 사용으로, 실험을 새로운 정서나 사상, 도덕이나 주장의 효율적 구현으로 이해해 왔다. 그러나 우리가 실험이라고 부를 수 있는 시는 의미의 자명함과 단일함을 공고히 하며, 애초에 의도했던 구상을 해석의 모호함을 걷어 내고서 펼쳐 보이는 국지적인 말놀이 정도로 착각하는 일련의 시도에서 비켜나 더 멀리, 일보를 내딛어야 한다고, 그렇다고 말한다. 실험은 여기서, 비켜가는 순간들 자체를 고안하려는 말의 운동에 투기하면서, 차라리 난감한 사태를 불러일으켜, 논리적 언표의 건축물을 백지 위에 쌓아 올리는 것이 아니라, 오히려 백지를 뚫고 들어간다.

비문(非文)과 실험

> 어떤 문장이 뜻이 없다고 말해진다면, 말하자면 그것의 뜻이 없는 게 아니라. 오히려, 어떤 낱말 결합이 언어에서 배제되고 유통되지 않는 것이다.[2]

2   루트비히 비트겐슈타인, 이영철 옮김, 『철학적 탐구』(책세상, 2006), 249쪽.

낯익은 소리. (요즘) 시에 대한 축적된 불만. 노이즈. 문법을 옳게 구사하지 못하는군요. 기초가 탄탄하지 못한 결과 아니겠어요? 비난과 함성과 이데올로기. 분열된, 겉멋으로 가득한 허황됨, 사치. 말들의 지루한 행렬. 멋 부려 꾸미려하니 대체 자연스러움이 뭔지 몰라. 경험 부족. 작위적. 서정을 무시하고 어떻게 시가 되나? 너무 길어서 짜증이 나고 난해해서 도통 읽을 수가 없어요.

그는 안에 있고 안이 좋고 그러나 안으로 빛이 들면 안개가 새 나간다는
심상이 생겨나고 그러니 밖으로 나가자 비는 내리고
비는 믿음이 가고 모든 맥락을 끊고 있어서 좋다고 그는 되뇌고 있다 그
러면서 걸어가므로
젖은 얼굴이 보이고 젖은 눈이 보이고 비가 오면 사람들은 눈부터 젖어
든다고 그는 말하게 되고 그러자 그건 아무 말도 아닌 것 같아서 계속 드나
들게 된다
얼굴의 물 안으로
얼굴의 물 밖으로
비는 계속 내리고 물은 차오르고 얼굴은 씻겨 나가 이제 보이지 않고
　　　　　　　　　　　　　　　　　　　　　　　　　　—「얼굴의 물」

비문으로 구성되었다고 생각할 수 있는 작품이다. 그러나 서둘러 말하자면, 비문이 아니라, 차라리 '정확한' 비문, 다시 말해, 한국어를 정확히 구사할 수 있는 능력의 부재를 드러내는 문장들이 아니라, '시적인 것'의 모색에 바쳐진 특수한 고안, 그러니까 궁리 끝에, 힘껏 몰입한 후 당도한, 다시 말해, 가지런한 문법적 질서로는 오롯이 설명되지 않으나, 그렇다고 그 질서를 완전히 벗어나 있다고 여기기도 어려운 문장의 조직과 집합, 의미론적 차원에서 단일한 해석에 포섭되지 않으나 순간의 감정을 정

확히 포착하여, 그 느낌 그대로 밀어붙인, 그 상태에서 발생하는 의미, 아니, 그 의미 생성의 과정을 실현해 보려는 작품이라고 보아야 한다. 다시 말해, 사유가 먼저 있어 어떤 사실을 그 사유에 부합하는 언어로 고지하는 것이 아니라, 언어 자체, 언어의 구성과 배치가 사유를 만들어 낸다는 생각이 없이는 실현이 불가능한 작품이라고 하겠다. "그는 안에 있고"가 시작이다. 시인은 어쩌면 이 한 구절을 적었거나 구상했다. '그'는 누구인지 밝혀지지 않는다. '그'는 중성대명사(외국어에서처럼)인지, 삼인칭인지, 작품을 모두 읽어도 명료하게 포착되지 않는다. 그러나 첫 문장을 적어 놓은 그 순간, "그는 안에 있고"라는 구절에서 제 심상에 떠오르는 것을 시인은 순차적으로 기술해 보려 시도한다. "안이 좋고"가 다음에 배치되었다. "그러나"는 뒤 구절에 문법적·해석적 책임을 지려 하지 않는다. 어쩌면 벌써, 그 사이에 틈이 생겼기 때문일 수도 있으며, "빛이 들면 안개가 새 나간다는 심상이 생겨나고"라는 문장을 먼저 적고나서, 차후에 삽입한 결과일 수도 있다. 안태운은 "심상이 생겨나고"라는 말을 어쨌든, 그대로 실천하려 했는지도 모른다. 대관절 무슨 이미지가 생겨났다는 말인가? '밖'의 풍경이 떠올랐을 수도 있다. 그러나 이 이미지는, 오로지 그것을 적고 있는 언어를 통해서만 우리가 추측해 볼 수밖에 다른 도리가 없다. 중요한 것은 이와 같은 상태, 이와 같은 순간에 찾아든 무엇, 그러한 감정을 그대로 기술해보려는 시도가 이 작품을 비문처럼 보이게 하는, 비문과 같다고 말할, 그러나 따지고 보면, 비문이라고 말할 수 없는 독특한 구성을 낳은 것이다. "비는 믿음이 가고" 역시 이미지의 산물이다. 일관된 방향으로 내리고 있는 비의 이미지가 후차적으로 생성해 낸 문장인 것이다. 물론 이는 하나의 가정일 뿐이다. 또 다른 가설도 성립한다. 왜냐하면 안태운의 문장은 이성적 통제와 가지런한 언표의 질서를 의도적으로 배제한 상태에서 탄생할 수 있는 말, 그 말의 가능성을 실현해 나간 실험의 결과이기 때문이다.

해석이나 의미의 기묘한 탈구는 이와 같은 문장을 주재해 나가는 리듬 덕분에 생겨난 것이다. "모든 맥락을 끊고 있어서 좋다고 그는 되뇌고 있다"와 "그러면서 걸어가므로"을 하나의 시행이라고 여길 때, 특히 문장 호응에 있어서 비문의 구체적인 증거처럼 보인다. 그런데 구절을 다시 한번 읽어 보라. 문장 호응이 파괴되었다고 생각한 당신에게는 그 이유가 없지 않을 것이다. 그 이유를 당신이 캐묻는 지점은 혹시 애당초 시인이 떠올린 이미지에 직접 시인이 입을 달아놓아 생겨난 표현의 결과는 아닐까? 시행을 바꾼 것에도 주목해야 한다. "그러면서 걸어가므로"를 방금 읽은 당신은 이제 행을 바꾸어야 한다. 그 사이 무슨 일이 일어나는가? "젖은 얼굴이 보이고"로 이어지기 전, 당신의 호흡은 조금 지체될 것이다. "그러면서 걸어가므로"와 ""젖은 얼굴이 보이고"는 따라서,

　　그러면서 걸어가므로〔 〕젖은 얼굴이 보이고

　　라고, 읽어야 하며, 〔 〕은 언어의 배치와 특이한 조직에 따라 생겨난 시의 감정, 문장의 감정, 그러니까 정동의 지표인 것이다. 이 사이에 무엇이 개입되는가? 떠오르는 이미지를 그 상태 그대로 표현하고자 한다. 이후의 구절도 여전히 의미 생성의 과정에 독특한 방식으로 합류하는데, 이는 통사의 조직을 통해서, 그러니까 오로지 리듬을 통해서 그럴 뿐이다. 병렬식 연속성을 실행하는 행위소는 가령

　　젖은 얼굴이 보이고 ‖ 젖은 눈이 보이고 ‖ 비가 오면 사람들은 눈부터 젖어 든다고 ‖ 그는 말하게 되고 ‖ 그러자 그건 아무 말도 아닌 것 같아서 ‖ 계속 ‖ 드나들게 된다 ‖

　　이처럼, 통사가 벌써 발화의 반복과 연속성을 가동하며, 리듬의 단위

를 형성해 낸다. 가치 판단이 배제된 구문과 그러한 구문의 병렬식 반복으로 "계속"에 의미의 힘이 실리고, 이어 "드나들게 된다"에 이르러 이 반복은 한 번 더 탄력을 얻어, '드나드는' 행위의 운동성을 강화하는 것으로 나타난다. 이 수동적 운동, 그러나 한편으로 수동성이 지속된 운동이, 의미생성의 과정을 드러내는 것은 결구에 이르러서다.

> 얼굴의 물 안으로
> 얼굴의 물 밖으로
> 비는 계속 내리고 물은 차오르고 얼굴은 씻겨 나가 이제 보이지 않고

"얼굴의 물 안으로/ 얼굴의 물 밖으로"는 어디에 의미의 연쇄를 걸어 놓는가? '계속 드나드는 곳'인가? '비가 계속 내리는 곳'인가? 그러니까 말이 운동을 한다. 문장의 연쇄가 해석의 자율성을 과시하며, 운동 자체인 이미지, 말의 단일한 해석이나 의미의 일관된 자장이 아니라, 오로지 이미지에 특권을 부여한다. 말과 이미지의 운동이 멈추지 않는다는 지점을 드러내며 시는 마감되었다. 작품에 등장하는 모든 낱말들은 서로가 서로에게 연결될 가능성을 결코 포기하지 않는다. 언표의 질서를 완연히 부수며, 운동의 상태에서 의미가 생성되고 다시 해체되는 과정이 행위의 연속성이라는 이미지를 흩뿌리며 완성을 타진하는 작품 하나가 이렇게 탄생한다.

이미지-문장, 혹은 문장-이미지

> 어떤 것이 나에게 — 또는 모든 사람에게 — 그렇게 보인
> 다는 것으로부터, 그것이 그러하다는 것이 따라 나오지

는 않는다.[3]

    안태운의 첫 시집 『감은 눈이 내 얼굴을』은 이와 같은 실험, 그러나 이보다 훨씬 다양한 실험으로 가득하다. 이 젊은 시인은, 말해진 것과 말해지지 않은 것 사이의 관계를 기어이 고유한 문장, 아니 그 조합을 통해 실현해 내려 한다. 그는 차라리 '문장-이미지'의 독특한 공간을 만들어 내는 일에 자신의 감각, 자신이 느낀 어느 순간의 경험을 시도의 대상으로 백지 위에 올려놓는다. 이때 '문장'은, 뜻을 풀어 해석을 덧붙일 필요가 없는 '말할 수 없음'의 순간을 실현하고, 이와 더불어 '이미지'는 더 이상 '보다'의 기계적 파생물에 정박되지 않으며, 진리나 기원의 발현에 자신의 가치를 헌정하는 현상학의 노예 상태에서 풀려나온다.

    흠집을 심었다 심었던 자리를 메우고 피부를 덮었다 그러나 유실되고 있습니다 비가 점차 긁어내고 있었다 나뭇잎이 떨어져 바닥에 안착한다

    내게 선을 긋는다면 나의 유동은 무엇의 나열입니까 분절되는 지점에서 정차한다 역마다 길섶에는 선홍빛 짐승들이 피어났고 역무원이 손을 흔들고 있다 죽은 것들에서는 물이 나옵니다 나는

    나를 잇대어 봉합합니다 시작된 곳과 멀어지는 곳은 서로 관여하고 있다 긴 터널을 지날 때 내 형체와 터널 사이 부유하는 어둠을 떠올린다 그곳에 꽃을 심어 둡니다 나의 유동이

    너의 나열이라면 누가 피부를 긁고 있습니까 흠집은 고체로 엉기기 시

---

3   루트비히 비트겐슈타인, 이영철 옮김, 『확실성에 관하여』(책세상, 2006), 18쪽.

작한다 너는 나의 유동에 물을 얹는다

——「어딘지 흐르고 붉은」

시를 여는 구절 "흠집을 심었다 심었던 자리를 메우고 피부를 덮었다 그러나 유실되고 있습니다"를 서너 문장의 조합으로 보아야 할 이유는 없다. 문장의 단위에 대한 고찰은 시를 마저 다 읽고 난 후(나아가 시집 전체를 읽고 난 후), 차후에 추정해 볼, 후차적인, 후차적으로만 가늠해 볼 의미의 단위일 수밖에 없기 때문이다. 우리는 이 첫 대목을 문장-이미지로 간주하고 읽어야 할지 모른다. 문장은 이 경우, 이미지의 운동을 실현하는 수단이자, 이미지에 활력을 부여하는 데서만 제 소용을 찾는다. 그리하여 모든 낱말은 이미지의 추정에 바쳐진 동형의 낱말들의 근사치 상상을 독자에게 허용한다. "흠집을 심었다 심었던 자리를 메우고 피부를 덮었다"는 언젠가 있었던, 있었을 모종의 소사(小事)를 '떠올린 것'이라고 볼 수 있는 것이다. 정확한 사실의 묘사가 아니라, 착상이라는 말이다. 어떤 이미지가 떠올랐다는 사실을 이렇게 착수하는 문장, 다시 말해, 무언가를 담아내었지만, 모호성이 그 자체로 의미의 개별 단위를 형성하는 문장이라고 해도 좋겠다. 그 다음의 저 "그러나 유실되고 있습니다"는 무엇인가? 화법이 바뀌었다는 사실이 벌써 앞의 문장, 그러니까 "흠집을 심었다 심었던 자리를 메우고 피부를 덮었다"로 표현한 이미지가 이제 '없어지고 있다-흐려지고 있다'는 사실을 발화한다. 이 양자는 단순히 말의 층위가 서로 다른 것이 아니라, 차라리 어느 한 순간의 발화 지점에서 피어오른 연상-착상-기억의 결과물을, 이후 이어지는 문장이 실행의 대상으로 삼았다는 점에서, 특이한 시적 질서 속에 이 둘을 연결했다고 보아야 하는 것이 더 타당하다. 나는 어딘가 있다. 무언가를 떠올렸다. 무엇을 보고 떠올렸을 수도 있다. "흠집을 심었다 심었던 자리를 메우고 피부를 덮었다"라고 표현한 이 이미지는, 이렇게 그 내용이 아니라, 통째로 다음 문장의 실행 대상이 되어 버렸다. 이어 이러한 자신의 생각을 다시 한번 "비가 점차 긁어내고 있었다"고 기술한다. 개개의 낱말이 아니라 이 문장들 사이의 관계를 헤아리는 작업이 보다 중요해졌다. 이와 같은 관점에서 첫 연의 구성을 살펴보자.

> 문장-이미지 1) "흠집을 심었다 심었던 자리를 메우고 피부를 덮었다": 과거 어디선가 본 것 혹은 기억. 하나의 의미 단위로 구성.
> 문장-이미지 2) "그러나 유실되고 있습니다": 지금-여기에서의 발화. 문장-이미지 1)의 상태에 대한 설명.
> 문장-이미지 3) "비가 점차 긁어내고 있었다": 과거 어디선가 본 것 혹은 기억. 대상을 지칭하지 않음. 혹은 문장-이미지 1)에서 파생된 또 다른 발화. 의미의 단위는 따라서 단일하거나 혹은 문장-이미지 2)와 결속됨.
> 문장-이미지 4) "나뭇잎이 떨어져 바닥에 안착한다": 현재의 발화. 문장-이미지 1, 2, 3)과 다른 층위의 서술.

떨어지고, 선을 긋고, 망막에서 유실되는 이미지가 과거-현재의 시제에서 다차원적으로 가동하지만, 이러한 구성의 의미의 다발적 연쇄는 시인의 작위적인 조작이라기보다, 시인의 머릿속에 떠오른 어떤 복합적인 상태를 그대로 기술해보려 시도한 결과라고 보는 것이 더 옳아 보인다. 기차에 탔을 것이다. 달리는 기차 안에서 밖을 보며 떠오른 심상, 그러니까 어떤 이미지와 그 이미지를 물고 나타나는 다른 이미지들의 연속, 그 연결의 순간에 다시 떠오르기 시작한 과거의 일의 복합적 기술일 수 있다. 이러한 사실보다 조금 더 중요한 것은 "내게 선을 긋는다면 나의 유동은 무엇의 나열입니까"라는 사유가 그 과정에서 떠올랐다는 것이다. 움직이는 상태로 존재하는 것, 오로지 이미지의 연쇄로만 나를 기습한 모종의 연속된 사유를 적어 보기로 결심하고, 그와 같은 운동의 상태를 날 것 그대로 표현할 권리가 있다는 생각이 저 의사-의문문으로 표현되고 있는 것은 아닐까? 그는 분명 "나의 유동"이라고 했다. 상상이 아니라, 과거에 운동의 형태를 지닌 일련의 일을 떠올리고, 그것이 현재로 이어지고 있는 상태(혹은 그 반대)와 그 순간의 흐름에 내가 오롯이 들어가 있다고 말하는 것일까. "역마다 길섶에는 선홍빛 짐승들이 피어났고" 역시, 정지된 어떤 이미지를 표상한 단순한 비유법의 결과가 아니다. 기차에 타고 있다는 사실이 중요한 것이 아니라, 차창 밖으로 스쳐가는 이미지의 연속을 그 느낌 그대로 살리고자 문장으로 기술하는 행위가 "유동"의 상태에서만 가능하다는 사실을 기술한 문장일 뿐이다. 그런데 가만 따져 보면, 기차를 타고 이동할 때의 이미지는 오로지 움직임의 연속, 즉 운동처럼 주어지지만, 사실 각각의 이미지는 그 자체로 활물은 아니다. 그렇다. 현상학의 신념이 여기서 가차 없이 깨진다. 안태운이 제 시에서 실험하고자 하는 것은, 죽은 이미지들, 정적인 장면 하나하나가 감정을 갖게 되는 저 운동의 상태, 연결될 때, 바로 운동으로만 재현될 때, "죽은 것들에서" "물이 나" 오는 순간을 언어로 실현해 보는 것이라고 하겠다. '물이 나온다'는 것은 이처럼 기차의 달리는 속도 때문에 발생한 이미지의 운동을 표현한 것이다. 그의 문장-이미지는 사자(死者)의 활어(活語)와 같은 상태를 고안하는 새로운 실험이다.

안태운은 어떤 대상이나 사물이 발산하는 모종의 이미지에 그냥 주목하는 것이 아니다. 그에게 중요한 것은 이미지가 생겨난 후, 이미지가 연속성을 띠며 전개되기 시작할 때 주어지는 일련의 사태이며, 그것을 정확한 발화, 그러니까 언어로 표현해 보려는 데 있다. 이와 같은 시도는 명백히 실험에 해당한다. 이미지의 흐름(연상-이접-회상-상상 등등)이 바로 쓰는 주체인 것이며, 그 상태 그대로를 실현하려 할 때, 언어가 시험에 들기 시작한다. 이미지 자체가 아니라 이미지의 연속과 그것의 "봉합", 그때의 "형태"가 유동성이라는 독창적인 질서를 만들어 내며, 문장은, 언어는, 그 사태를 그대로 받아 적는 데 충실할 뿐이다. 리듬은 버걱거리며 새로운 질서를 운용하기 시작하고, 의미 연관은 분해되면서 고유한 발화의 영역 속에서 예기치 못한 가능성을 모색하는 일에 착수한다.

　　밤에는 산책했다, 어제처럼. 이미 벌어진 일들을 다시 하고 있다는 기분으로, 이곳에 살던 사람들을 추측하면서. 나는 이 동네에서 오랫동안 살았다. 살아서 또 산책을 한다. 한산한 곳을 바라보고 있다, 이 모든 것이 여름같이 생겼으므로. 나는 걷는다. 걷고 있었다. 모퉁이를 돌고 있었다. 그러자 그곳에는 있었던 것이 사라졌다. 움푹 파여 있다. 그것은 분수대였고 그곳엔 구덩이만 홀로 남아 있다. 접근 금지 테이프가 둘러져 있다. 사람들은 지나친다. 나는 걷는다, 사람들을 따라서. 빈 곳을, 붕괴되어 사라진 한 곳을 돌아보면서. 그러면서 걷고 있었다. 여름은 변주되고 있었다. 걸을 때마다 붐비는 것들이 있다. 집적되는 것들이 있다. 도시는 발광한다. 나는 경관을 둘러보며 거리에 나와 있다. 도로변으로 빠져나온다. 많은 사람들이 지나다니고 있었다. 그리고 지나다니는 틈으로 또 한 사람이 앉아 있었다. 홀로 운다. 도드라져 있다. 앉아서 울고 있다. 나는 본다. 다른 사람들도 보고 있었다. 그러면서 지나친다. 그 사람에게 접근하지 못한다. 멀어지고 있다. 나는 뒤를 돌아본다. 돌아보고 있었다. 당신은 여기 있어선 안됩니다. 다시 걷고 있었다. 그러나 나는 이 모든 것이 여름같이 생겼다고 생각하고 있었다. 계속 걷고 있었다. 그렇게 생각하자 여름이 지나고 있었다.
　　　　　　　　　　—「이 모든 것이 여름같이 생겼다고 생각했다」

　“밤에는 산책했다, 어제처럼.”이라는 문장, 그리고 이어지는 “이미 벌어진 일들을 다시 하고 있다는 기분으로, 이곳에 살던 사람들을 추측하면서.”는 어딘가 좀 이상하다. 단순한 도치인가? 글쓰기의 습관인가? 이는 우연의 결과인가? 시집 전반에서 이와 같은 구문이 상이한 맥락 속에서,

매우 특수하고도 독특한 리듬을 운용한다. 다음과 같은 예문을 통해 그 특성을 살펴보자.

　① 밤에는 산책했다, 어제처럼.
　② 어제처럼 밤에는 산책했다.

　②의 '산책'은 어제에 이어 반복된 '산책'이다. 어제와 마찬가지로 산책을 했다는 사실을 단순히 표현한다. 이에 비해 ①은 산책을 한 것이 바로 '어제'라는 사실을 강조한다. 더구나 '산책을 했다'에 쉼표를 붙여 놓아, 휴지가 생겨났다. 이 경우, 리듬은 문장 부호의 기능에 충실한 독서를 강제한다. 따라서

　산책을 했다〔　〕어제처럼.

으로 읽어야 한다. 이게 무슨 차이가 있냐고? '산책을 했다'는 사실의 현재성보다, 그 행위가 '어제처럼'의 일과 같다는 사실이, 마치 정형시가 휴지에서 강제로 의미의 단위를 단속시키는 것과 같은 기능을 수행하며, 조금 더 강조되었다고 볼 수 있다. 리듬은 이렇게 언표의 차원에서 드러나지 않는 주관성의 표식을, 발화의 차원에서 드러낸다. 예를 들어보자.

　① 오늘 기차가 도착했다.
　② 기차가 도착했다 오늘.
　③ 오늘 도착했다, 기차가.

　②는 ①이나 ③에 비해 '오늘'이라는 시간을 강조한다. 따라서 '가차가 도착한 것은 오늘이다'라는 의미에 하중이 실리며 나머지와 미묘한 차

이를 만들어 낸다. ①이나 ②에 비해 ③은 '기차'에 무게가 놓인다. 오늘 도착한 것은 바로 '기차'라는 의미가 강조되었다. 더구나 쉼표가 앞에 붙어, 도착한 행위와 약간의 시차를 두고 기차가 고립되며 부각된다. 쉼표에 충실해서 독서는 잠시 정지된 다음 개진해야 하기 때문이다. 아주 찰나의 시간이지만, 기다림 다음에 읽게 되는 '기차'는 ①과 ②과 동일한 '기차'가 아니다. 이와 같은 사실을 지루하게 기술한 이유는 안태운의 시집 전반에서 목격되는, 그러니까 우리가 실험이라고 부를 만한, 특이한 문장의 구성을 통한 특이한 리듬의 창출이 가져다주는, 그러니까 특이한 어법과 미세한 감정이 바로 이런 형태로 생성되기 때문이다.

다시 시로 돌아오자. 안태운에게 스냅 사진의 운동처럼 나타나는 이미지는 바로 이와 같은 통사의 구성을 통해 실현된다. 물론 그것은 시의 첫머리, 그러니까 착수에 불과하다. '밤에는 산책했다' 그런데 그것은 '어제처럼'이다. '어제처럼'이 강조되면서 이미 벌어졌던 행위가 차츰 말을 물고 시 안으로 차고 들어오기 시작한다. 이미지는 이때 상승하기 시작한다. "이미 벌어진 일들을 다시 하고 있다는 기분으로" 임하는 산책은, 이렇게 모든 질서를 조금씩 바꾸기 시작한. 이해의 순서를 우리가 임의로 뒤바꾸면 곤란하다. 다시 말해, 우선 기시감이 있었던 장면들이 먼저인 것이다. 그러고 나서, 이 이미지에 부합하는 문장을 고안한다고 생각해야 하는 것이다. 이 시에 국한해서 말하자면, 과거와 현재의 교체는 이러한 이미지의 운동을 그대로 담아보려는 언어적 실천의 결과물이다. 가속화된 이미지를 필사하듯, 말이 실행한다. '있었다'과 '있다'는 따라서 '있음 (dasein)'의 구현에 목을 매며, 대상을 두드려 깨려는, 그렇게 '에피파니'라고 부르는 현상학적 무늬들(흔히들 문양 어쩌고 하는, 몇몇 표식들)이 도래를 채비하는 그런 순간을 시에 소환하지 않는다. 여기에도 중요성이 있다. 안태운 시의 실험과 가치는 차라리 문장의 운동으로 구태의연한 현상학에 맞서, 사물시의 유혹을 물리친다. 이와 동시에, 그의 시는 문장의 조직을 돌보지 않는 저 이미지에 눈 멀어 우선권을 부여한, 태만하고 추상적인 상징주의의 시학에 매몰된 시를 거부한다는 데도 그 실험의 가치가 있다. '있다'와 '있었다'로 산책하는 순간들을 천천히 따라 읽어 보라. 이미지를 먼저 떠올리고, 정확이 이 이미지에 부합하는 문장을 시인이 구현하려 했다는 사실을 염두에 두고서 한 구절 한 구절 읽어 나가다 보면, 이미지와 문장 중 무엇이 먼저라고 할 수 없을 만큼, 이 양자가 밀접한 관계를 이루며, 독특한 감정을 생성해 낸다는 사실을 알게 될 것이다.

이미지는 통념에서 벗어나 낯설어지고, 문장은 문법에서 이탈하여 조금씩 뒤틀리기 시작한다. 현재를 과거로 덧씌우거나 과거를 현재적으로 위치시킬 때 발생하는 언어의 운동은 안태운의 시에서는 문장이 단순한 의미의 체계를 벗어나는 근본적인 요인으로 자리잡는다. 그의 시는 이와 같은 방식으로, '보다'의 단순한 결과인 이미지에 적잖은 타격을 입히고, 이와 동시에 언표의 질서 속에 안주하는 언어에 자그마한 흠집을 낸다. '걷는다', '본다', '걸었다', '보고 있었다'처럼, 저 간단한 저 말의 교체는 이미지의 운동을 기술한 결과이며, 리듬은 의미의 질서를 새로 재편하며, 가장 중요한 시의 특수성을 창출해 낸다. 간단한 예를 들자. 다음과 같은 구성은 각각의 시에서 각각의 구절이 처한 맥락에 따라, 독특한 리듬의 변주를 생성해 내고, 의미를 특수성과 주관성의 영역으로 끌고 온다.

① 무언가 쏟아집니다, 철새처럼. (「예식」)

② 그는 낯선 언어로 된 문장을 읽고 있다, 이해하려 하지 않았으므로. (「원어」)

③ 나는 서서히 걸어간다, 어딘지 분실한 적이 있던 거리를. (「미열」)

① "쏟아집니다"라는 행동이 쉼표로 인해 마감을 유보한다. 행위의 지속을 생산하는 리듬이 의미에 주관성을 부여한다. '철새처럼 무언가 쏟아

집니다'라는 문장과 "무언가 쏟아집니다, 철새처럼."은 서로 다른 층위의 독서를 결부시킨다. '동사'는 행위를 마감하지 못하고, 수식어는 조금 더 선명하게 부각된다. 그러나 쉼표가 매번 같은 기능을 수행하는 것은 아니다. 가령 ②의 쉼표는 '문장을 읽고 있'는 행위를 지연시킨다. 의미의 단위를 새롭게 재편하는 이와 같은 리듬은 '낯선 언어로 된 문장을 읽는 행위'와 그것을 '이해하려 하지 않았'던 행위 사이의 고립감을 제거하고, 이 양자를 하나의 연결된 운동으로 발화한다. ③ 역시 '서서히 걸어가는' 행위를 마감하지 않는 리듬이 쉼표로 인해 탄력을 받아, 단편적·단속적 행위 대신 글 전반을 행위의 운동성, 운동의 발화에 결부시킨다.

> 개를 의식한다, 이전에도 그 이후에도. 그러자 개들이 불어났다. 앞발을 든다. 몸을 흔들어 보인다. 짖는다, 무기도 없이. 상처를 받은 개가 있다. 피해를 받는 개는 없다. 혀를 내밀고 있다. 나는 거울 앞에서 개 한 마리를 들고 있다, 그 개와 거울의 개가 눈 맞추기를 바랐으므로. 그러자 시선은 닿지 않았고 이내 개는 거리를 산책하고 있었다. 짖었다, 개들 사이에서. 겁 많은 종은 물체의 뒤를 오래 응시한다. 나는 그 개 옆에 없었다. 들었다, 눈앞에 없는 개를. 그리고 나는 그 자세를 유지하고 있다. 움직이지 않는다.
>
> ―「없는 개들」

"개를 의식한다, 이전에도 그 이후에도.", "짖는다, 무기도 없이.", "나는 거울 앞에서 개 한 마리를 들고 있다, 그 개와 거울의 개가 눈 맞추기를 바랐으므로.", "짖었다, 개들 사이에서.", "들었다, 눈앞에 없는 개를."과 같은 문장들, 그 조직을 살펴보아야 한다. '행위(동사) + 휴지(쉼표) + 묘사 (~처럼, ~듯이, ~이므로, ~에서)'로 이루어진 구성은 '행위'의 단호함을 약화시키면서, 오히려 행위를, 쉼표 이후의 구절에 위탁해 버린다. 주목해야 하는 것은 동사에 의한 행위가 마감되지 않은 상태에서, 연속성("이전에도 그 이후에도."), 부재("무기도 없이."), 바람("눈 맞추기를 바랐으므로."), 위치("개들 사이에서."), 없음("눈앞에 없는 개를.")이 강조되었다는 사실이다. '의식한다', '짖는다', '듣고 있다', '짖었다', '들었다'로 마감되었을 때와 완전히 다른 방식의 의미의 운동이 여기서 일어난다. '의식'의 차원에서 떠올려 본 '개'("개를 의식한다, 이전에도 그 이후에도.")가 차츰 증대하는("그러자 개들이 불어났다.") 과정을 이렇게 리듬의 운동으로 실현한다. 안태운의 작품은 이와 같은 독특한 리듬의 창출로 언표·문법의 단순한 차원에 정박되지 않는 (시적) 감정이나 운동을 창출한다. 그의 시에서 주관적이고 특수한 구문의 조직은 바로 리듬을 통해 이루어지며, 이 리듬은 이미지의 유동성에 대한 기술, 이미지의 운동에 대한 언어적 실천의 결과물이자, 특수성이 솟아오르는 원천인 것이다.

리듬-실험

> 내가 언어로 생각할 때, 내 머릿속에 언어적 표현과 나란히 '의미들'이 또 떠오르지 않는다; 오히려 언어 자체가 생각의 수단이다.[4]

의식은, 순간의 이미지는, 그러니, 말로 온전히 풀려나올 수 있는가? 이해할 수 없는 문장의 당도는 왜 시에서 필연적인가? '이해'란 대관절 무엇인가? 그런데 이 시인은, 사유란 정말 당신들이 말하는 것처럼 가지런한 언어로 표현되는가, 라고 오히려 의문을 제기하는 것처럼 보인다. 사유

---

4   루트비히 비트겐슈타인, 『철학적 탐구』, 193~194쪽.

가 '합'을 이룬다는 것은 대관절 가능하기나 한가?

> 이제 우는 사람은 여기 없고
> 울었다는 사람만 모여서
> 너는 얼음을 여기 놓고
> 다 녹기를
> 여기 없는 것들과
> 끝날 수 없는 것들을 생각하면서 다 녹기를
> 팔다리를 집어넣은 네가
>
> ─「合」

　이것은 무엇의 '합'인가? 아니다. 물음을 바꿔야 한다. 미완의 사태들의 집합이다. 우리는 왜 이러한 조합을 '합'이라고 부르면 안 되는가? 방금 우리는 '집합'이라고 했다. 이 작품은 '모아 놓은 것들, 그러니까 비록 행위나 서술이 온전히 마감되지 않는 미완의 상태를 담고 있는 문장들의 조합은 아닌가? 끝이 나지 않는 행위들을 기술한, 그렇게 '마감되지 않음'으로 구성된 통사들의 조합은 왜 '합'을 이룰 수 없는 것일까? 시는 하나의 단위이다. 시란, 결국 한 편의 시라는 사실에서 착안하였다. 안태운은 이처럼 완성되지 않은 것들, 끝날 수 없거나, 끝나지 않은 것들,(우리 삶은 사실 대부분 그러한 것들로 이루어진다.) 서로 다른 맥락과 상이한 상황에서 전개된, 그러나 한편, 지금도 어딘가에서 진행되고 있을, 저 단속적이고 파편적인 일들을 그대로 표현한 문장들을 그러모아 시의 '합'을 실현한다. 이것은 명백히 실험이다. 다만, 묻지 않는 새로운 질문을 우리가 끌어내야만 한다는 조건 하에서만 그렇다.
　안태운의 시는 물음을 던지는 데서 제 실험의 가치를 실현한다. 읽고 무언가를 느끼고, 교훈이나 감동을 조장하고, 단일한 해석에 붙들리고, 길들여진 의미, 하나의 뜻에 문장의 가능성을 붙들어 매는 일 대신, 그는 물음을 촉발시키는 일에 제 역량을 쏟아 붓는다. 그에게, 아니 우리에게, 물음은 시를 읽는 조건이면서, 시가 산출해낸 '지'(知)의 결과물이다. 그의 시는 가령 이러한 물음에 직면하게 한다. 자의식은 시점과 어떤 관련이 있는가? 보는 행위는 무엇을 억압하는가? 너, 나, 그, 그녀, 당신이라는 인칭은 하나의 텍스트 안에서 복합적으로 실현될 수 있는가? 그러려 시도할 때, 어떤 가능성이 열리는가? 나의 그림자와 나의 형태는 나의 의식과 어떤 관계를 맺는가? 어떠한 도치가 허용되고 어떤 역치가 발생하는가? 수사법을 벗어난 수사는 항구적인 고안의 대상인가? 운동으로 존재하는 것들, 흐르는 것들, 전체적으로 조직되어 있으나, 부분이 파편처럼 산재하는 것들을 집약한 문장은 어떻게 타진되는가? 의식과 무의식, 현재와 과거 사이의 저 경계를 부정하는 작업은 어떻게 가능할 것인가? 잘라진 문장들, 단편적인 구문들, 가지런한 의미로 마감되지 않는 문장의 파편들, 사유의 편린과 기억의 흔적을 연상에 의지해 연결한 문장들은 과연 백지 위에서 실현의 반열에 오를 수 있는가? 시를 쓰고 있다는 사실을 의식한 상태에서, 백지 위에 솟아날 언어는 무엇이며, 그러한 순간에 정확히 부합하는 문장의 고안은 과연 가능한가?

이러한 물음은 내가 안태운의 시집을 읽고서 던지게 된 몇 가지 질문들일 뿐이다. 중요한 것은 안태운은 이러한 선험적으로 이와 같은 물음에서 출발하여 그것을 증명하는 일에만 몰두하는 관념론자가 아니라, 언어와 이미지의 사태, 이 둘의 상호 교섭을 실험하면서, 이와 같은 물음들을 실험의 대상으로 쏘아 올린 경험주의자라는 것이다. 이 둘의 차이는 실로 크다. 따라서 매우 관념적으로 보이는 그의 실험은 전혀 관념적이지 않다. 언어로 이 모든 가정들, 필경 삶에서 수시로 느끼곤 하는 경험들, 우리 삶이 빚어내는 심상들의 자유로운 운동이라 할, 모종의 감정들과 그 순간들을 정확히 담아낼 리듬을 고안하면서, 차이와 감각의 구조물처럼 실현해 보려 할 때, 결국 어떤 형태의 말, 어떤 미지의 것들 앞에 우리는 서게 될 것인가? 이와 같은 물음은 물론 시를 좀 더 꼼꼼히 읽게 해 준다. 따라서 독서의 실패가 아니라 실패의 독서를 예정한다. 물론 다음과 같은 가설도 가능하다. 그의 시는 혹시 꿈의 기술은 아닌가? 죽은 자의 언어, 기이한 불안감의 언어적 실천은 아닌가? 꿈속에서 다시 꿈을 꾸는 이중적 장치의 시적 전환은 아닌가? 그러나 이러한 질문은 시가 품고 있는 물음들을 결론으로 대처해 버린다. 따라서 독서의 성공이 아니라 성공한 독서를 노정한다.

나는 무기를 쥐고 있었다. 겨루고 있었다. 그와 분투하는 동안 서로를 노리고 있다. 무엇도 되지 않는 풍경에 휩싸여서 그러나 눈앞에 있는 대상을 향하여 있다. 무언가 사라지는 사건이 일어났으므로. 나는 그를 본다. 어느새 이기려 한다. 이기고 있다. 이겨 버리면 되었고 그것은 감각 속에서 가능한 일이었다. 나는 그의 급소를 겨눈다. 거두고 있다. 그의 얼굴은 풀리고 있었고 그러나 우리는 서로 무연해지고 있습니다. 그가 나를 바라본다. 보면서 뒤돌아선다. 나는 감각을 잃고 있었네. 그러자 그는 걸어가고 있었다, 건너왔던 곳으로. 차 밭을 지나 주변을 돌아서, 또 돌아나가고 멀리 보이는 푸른 것들을 지나서, 그가 우세한 지역에 들어선다. 그가 돌아간 자리에서 그러나 다친 네가 생포되어 있었다. 너는 무기를 찾는다. 그것을 쥐려 한다, 너를 둘러싼 사람들 사이에서. 그가 네 앞에 선다. 너를 겨눈다. 너는 그림자에 가려져 있다. 네가 감각할 수 있는 건 무엇인지. 그러나 음각된 장식들이 흩뜨려 놓은 공간 속으로 너는 봉착해 있다. 사람들 틈으로 너는 어두워지는 푸른 것들을 바라보고 있다. 보이고 있다. 그런 너를 그가 찌른다. 사람들은 너를 보고 있다. 찌르고 있다. 네가 보는 걸 볼 수 있는 것들은 사라진다. 나는 너와 함께 죽고 있다.

—「동양」

산재한 수많은 물음에도 불구하고 마지막으로 꺼내는 물음 : 이미지가 언어로 표현되지 못하고 실패하는 지점이란 무엇인가? 각각의 구문들을 살펴보자. 우리는 가지런한 의미의 생성이 지속적으로 방해를 받는 부분에 도착하게 될 것이다. 접속사의 배치가, 무엇보다도, 리듬을 특이하게 조율하고 있다. 기대치를 배반하며 의미가 굴절되는 것, 이것은 리듬의 사건이다.

① 커피는 맛있다. 그러나 홍차는 감미롭다.
② 커피는 맛있다. 그리고 홍차는 감미롭다.

①과 ②에 공통된 두 문장 '홍차'와 '커피'는 완전히 상이한 의미의 질서에 속한다. '커피'와 '홍차'의 특질은 '접속사'가 무엇인지에 따라 결정되는 것이다. 이 양자는 대립되는가? 병렬되는가? 커피나 홍차에는 커피나 홍차가 없다. 커피나 홍차를 둘러싼, 그러니까 실사도 아니고 동사도 아닌, 아주 사소해 보이는 접속사 하나가, 커피나 홍차를 관계의 산물로 만들어, 그 변별적 특질을 결정한다. 안태운의 시는 태반이 이와 같은 구성을 염두에 두고서, 의미의 결을 조금씩 비틀어 나간다.

① 무엇도 되지 않는 풍경에 휩싸여서 그러나 눈앞에 있는 대상을 향하여 있다.
② 그의 얼굴은 풀리고 있었고 그러나 우리는 서로 무연해지고 있습니다.
③ 그가 돌아간 자리에서 그러나 다친 네가 생포되어 있었다.

접속사는 자신이 연결하는 두 구문의 목줄을 쥐고 있다. ①을 살펴보자. 우리는 "무엇도 되지 않는 풍경에 휩싸여서"를 읽었다. 이후, '그러나'

"눈앞에 있는 대상을 향하여 있다." "향하여 있다"에 특성을 부여하는 것은 따라서 접속사 "그러나"인 것이다. 시에서 대결 구도를 하고 있는 그와 나 사이의 적대감이 여기서 기묘하게 역전된다. 뭔가 어색하지 않은가? "눈앞에 있는 대상을 향하여 있다"라는 식의 발화는, '있는 상태'를 공고히 한다. 이러한 리듬은 대결의 행위보다, 그 상태를 더 강조한다. 중요한 것은 '있다'의 현행적·수동적 상태가 "그러나"로 인해 단숨에 역전된다는 데 있다. 의미의 역치가 낱말이나 구문이 아니라, 문장의 차원에서 통째로 발생하는 것이다. 〔~앞에 있는 ~를 향하여 있다〕는 〔그러나 〔~앞에 있는 ~를 향하여 있다〕〕의 구조로 읽어야 하는 사태가 벌어진 것이다. ②의 '그러나'도 조금 이상하다. '그의 얼굴이 풀린다'는 그러니까 대결에 임한 '그의 적대심이 풀린다'라는 이해를 결부시킨다. 여기에 "우리는 서로 무연해지고 있습니다"가 접속사 "그러나"로 앞 문장과 연결되면서, 의미는 단일성을 훌쩍 벗어나게 된다. 접속사의 리듬, 다시 말해 〔문장+접속사+문장〕의 리듬은 그렇다면 시에서 무엇을 수행하는가? 리듬이, 의미의 가지런한 단속을 방해한다. 접속사의 사용은 "우리는 서로 무연해지고 있습니다"를 작품의 다른 구문들, 또 다른 의미의 생성 지점들과 연관지어야만 하는 상태를 조장해 낸다. 이 사태의 조장은 경어 "있습니다"도 일조한다. ③ 또한 마찬가지다. 접속사의 리듬은 '그렇게 되지 말아야 하는 것'을 실현한다. 다시 말해, 접속사 "그러나"는 "그가 돌아간 자리에서" "다친 네가 생포되어 있"는 일이 예상 밖의 결과였다는 사실을 고지하는 것이다. 시 전반에서, 의미의 가지런한 정렬은 바로 이러한 리듬의 운용으로 인해 서서히 붕괴되고, 새로운 의미의 질서를 요청하는 지점으로 우리를 안내한다.

안태운의 시에서 단일한 의미, 가지런한 문법적 해석은 이와 같은 방식으로 서서히 백지위에서 증발된다. 중요한 것은 이러한 과정 전반이 언어의 배치를 통해 실현되는, 그러니까 리듬의 소산이라는 것이다. 통사에 의해, 통사의 특이한 구성에 의해, 독특한 리듬이 실현되는 정도에 따라, 시는 단일한 의미를 벗어나, 불가능의 가능한 영역 속에서, 혹은 어림치의 느낌에 의존해서, 주제를 구현할 수밖에 없는 운명과 마주한다. 이것은 명백히 실험이다. 위의 작품에서 '동양'이나 '동양적인 것'에 대한 사유는, 너와 나의 대결이나 침투, 생포나 사라짐의 과정 등의 어림치로, 그러니까 명료한 이해의 자장으로는 결코 포착할 수 없는, 바로 그러한 발화의 상태에서만 우리에게 주어질 뿐이다. 오로지 추정하면서 발견해야 할 무엇이 남겨질 뿐이다. 이 시에 대해 우리는 동양은 내가 대결을 하는 서양적인 것과 맞물려 있다, 라거나, 동양이나 동양적인 것은 '너'로 상정되는 서양이나 서양적인 것의 자기화를 통해 구현된다, 라거나, 그렇게 "음각된 장식들이 흩뜨려 놓은 공간"에 동양적인 것이 봉착한 것 같은 느낌을 받는다 등, 수없이 추정하게 되는 바로 그 상태 이상의 해석을 얻어 내지 못하게 되는 것이다. 그렇다면 이러한 물음이 불가피해진다. 이 작품은 '동양'이라는 낱말 하나, 거기서 떠오른 대결의 심상을, 행위자로 표현해가며, 계속해서 늘려 나간 이미지의 기록은 아닌가? 이미지와 이미지, 계속해서 물고 들어오는 이미지의 연속을, 언어로 그대로 표현하며, 시도한 것은 아닌가? 그런데 이미지가 '동양'처럼 개념과 같은 것이라면? 이미지는 오롯이 하나의 상이나 장면으로만 구성되는 것은 아니다. 시는 여기서 착안한다. 떠오르지 않는 어떤 개념(즉, '동양')을 물고 늘어진다. 이미지로 환원해본다. 그 작업은 번번이 실패한다. 이 실패의 지점을 그대로 언어로 기록해 본 것은 아닌가? 그렇게 해서 이미지나 리듬이 시련을 겪는다. 즉 독특성을 얻는다. 어떤 사유가 생성되는 상태 그대로를 적시해 보려는 안태운의 시는, 이처럼 새로운 시도라는 측면에서, 실험이라는 말에 가장 부합한다. 일종의 실패의 고안이기 때문이다.

　마지막 물음. 이것은 그러니 비문의 연속인가? 아니면, 오히려 '정확히', 다시 말해 '특수하게' 고안된, 문장인가? 이 이미지는, 이 리듬은 당신을 불

편하게 하는가? 안태운의 시에서, 의미론적 연관성의 탈구를 특수한 조직
으로 실현하고, 이미지가 실패한 곳에서 피어오르는 문장의 실험은 삐걱거
리는 리듬이 실현한다. 그의 시는 이렇게 특수한 리듬, 그러니까 주관성이
적재된 저 언어의 리듬, 이미지의 창안에 바쳐진 실험이다. 문의 실험!

> 문이 발하고 있다
> 문 아닌 것들이 문에 부딪치고
> 그러므로 문으로 넘쳐 나고 있다
> 치닫고 있다 이루어져서
> 문은 기이한 장소가 되어 가고 있다
> 그 속에 있던 네가
> 내 문으로 닫혀 있다
> 닫혀 있던 내가
> 네 눈으로 열려 있다
> 내 눈은 나를 없애기에 좋았다
> 문으로 오는 것들과
> 문으로 나가는 것들 사이에서
> 네 눈은 빈 방처럼 들어차 있다
> 누가 들어가도 좋을
> 네 눈 속에서
> 그러나 나는 서서히 잠들고 있다
> 문으로 발하면서
> 나 아닌 것들로 지내면서
>
> ──「문」

'문의 실험'은 미지를 경험하게 하거나 미지를 경험하는 주체를 고안

하는 실험이다. 요약할 수 없는, 약분이 가능하지 않은, 그러니까 그 자체로 치열하게 부딪히며 충돌하는 저 문(文)의 세계, 문장의 조직, 통사의 배치가 열어놓은 사유의 복잡하고도 미묘한 '문'(門)을 오가며, 자아를 지워 내고, 타자에 대한 통념을 바꾸어 보려는 시도이며, 이와 동시에 꽉차 있는 눈, 그러니까 기존의 이미지들로 가득한 눈을 비워 내는 행위를, 그렇게 입사하는 타자, 너, 미지 속에서 서서히 잠들어 간다는, 그 순간마저 운동의 형태로 그려 보려는 실험이 여기에 있다. '문을 발하면서/ 나 아닌 것들로 지내면서'는 타자에 대한 복무나 예찬이 아니라, 문을 통한, 문에 의해, 타자의 체현과 자아의 타자화, 저 이미지-문장의 경험(experience), 시도(try), 시험(test), 연습(practice)을 모두 포괄하는, 그러니까 실험에 대한 고백으로 읽힌다. 안태운의 첫 시집은 이제부터 다시 읽어야 할 실험으로 우리에게 남겨졌다.

나는 항상 '다시' 쓰는 주체다

타자와 주체의 중심이탈, 그리고 글(文)의 본능에 관하여
남진우의 시 세계

> 방법론적 글쓰기는 내게 현재 인류의 상황에서 한눈을
> 팔게 한다. 모든 것이 이미 쓰여 있다는 확신은 우리라는
> 존재를 지워 버리거나 환영적인 존재로 만든다.[1]

0

남진우의 산문시 다섯 편을 읽는다. 다섯 개의 '이야기'로 구성된 산문시, 그것은 정확히 말해, 다섯 개의 '겹(multi)-곁(para)' 이야기다. 이게 다가 아닐 수도 있겠다. 다섯 개의 '전(前)-후(後)' 이야기, 사실을 곰곰이 따져 보면, 결국 몇 개인지 알 수 없는 이야기일 것이다. 허나 그것은 주인이 없는 이야기, 주인을 상실했다고 선언하는 이야기이기도 하다. 아니다. 다시 생각해 보니, 차라리 주인이 확실한 이야기, 주인의 본능, 그 근원을 찾게 하는 이야기라고 말하는 게 옳겠다. 왜 그런가? 글의 자아를 물리고, 쓰는 주체를 소급하는, 쓰는 주체를 묻게 하는, 그렇게 주체를 궁리하는-궁리하게 하는 이야기이기 때문이다. 시간-공간-장소-화자-독자는 하여, 조금 번잡하고 다소 방대한 미궁으로 빠져든다. 잘 아는 곳인 줄 알고 들어왔다가, 어느덧 모르는 곳에 당도해서, 백지 위를 두리번거리며 어리둥절하게 만드는 이야기, 그런 이야기와 그런 이야기 속의 이야기 다섯

---

1   호르헤 루이스 보르헤스, 송병선 옮김, 「바벨의 도서관」, 『픽션들』(민음사, 1997), 108쪽.

편을 지금부터 읽는다.

1

누가 쓰는가? 이런 물음은 다소 황당해 보인다. 물음에 주어진 적절한 대답을 알고 있기 때문이다. 최소한 우리는 정답을 알고 있다고 믿는다. 그렇다. 내가 쓴다. 쓰는 건 '나'다. 의심할 수 있는 모든 것을 의심하다가, 의심하기를 거듭 하고, 그렇게 곱절로 의심하다가, 결국 의심할 수 없는 것이야말로 의심하는 행위를 하고 있는 '나' 자신이라고 내린 저 몇 세기 전의 결론은, 글의 주인과 관련되어서는, 자명한 '공리'(axiom), 그러니까 최초의 명제처럼, 여전히, 지금도, 의심의 대상이 되지 못하거나 아예 의심의 영역을 벗어나 있는 것이다. 글이란 작가의 손에서 발생하여 '이 세계에 당도하는 새로운 모든 것'의 총체이며, 타자의 흔적을 깨끗이 지워낸 고유성을 생명으로 삼아, 자기 기록의 본령을 확인하고, 창조의 영역으로 진입한다. 이와 같이 생각하면서, 우리는 글을 쓰고, 그렇게 쓰인, 그럴 것이라고 여겨진 글을 또한 추앙하며, 때론 그런 글에 신비감과 가치를 동시에 부여하기도 한다. 그런데 지금 우리의 눈길은 모두가 아는 이야기, 평범하다 못해 하품이 새어나올 정도로 익히 알려진 이야기에서 착수된 시를 쫓고 있다.

이른 새벽마다 살이 다 뜯겨나간 거대한 물고기 뼈가 부서진 배를 끌고 내 방 문턱에 와 좌초한다. 썰물진 해변 앙상한 물고기뼈 마디마다 맺힌 눈부신 물방울들. 나는 부서진 뱃조각이 널려 있는 길 위에 서서 저 멀리 상어 떼가 몰려오는 소리를 듣는다.[2]

이 작품은 그러니까, 그 무슨 독후감과도 같은 것인가? 독서 후에 밀려오는 감동의 기록인가? 역시 물음이 헛나갔다. 오히려 우리는 글의 주인이 누구인지를 물어야 하는 것인지도 모른다. 시인은 시를 썼다. 그것뿐이다. 감동적인 역작이라고 흔히 말하는 헤밍웨이의 『노인과 바다』를 '가지고' 시를 썼다. 그는 작품 속으로 들어갔는지도 모른다. 타자에게로 입사하여, 혹은 타자의 글과 함께, 제 시를 쓴 것이라고 볼 수도 있겠다. 이런 해석은 그런데 너무나 뻔해서 차라리 짜증이 날 지경이다. 우리는 누구나 자기 독서에 대한 기억을 자양분으로 삼아 제 글을 쓰고-읽고-만든다. 그 사실을 모를 리가 없다! 그러나 이와 같은 사실마저 이 시에서는 부정되는 것으로 보인다. 타자의 글이 차라리 내게 스며들고, 나의 저 자아의 밑바닥에 고여 있다가 "이른 새벽마다" 튀어나오거나 당도해서 나를 어딘가로 끌고 가고 있다고, 그렇게 어떤 사태에 말려들게 한다고 말한다. 하루가 시작될 때, 텍스트의 잔해들이 내게 당도해 있고, 모든 시간이 텍스트로 인해 열린다. 그는 텍스트에 내재된 소리를 직접 듣는다. 상어떼는 헤밍웨이의 작품에서 튀어나와 나의 글로 몰려오고 있다. 이런 텍스트와 텍스트 사이에서 빚어진 사태는 긴박함을 가장하지 않는다. 오히려 백지를 찢고 새로운 글의 공간을 만든다. 다시 묻는다. 그럼 누가 쓰는가? 간단해 보이는 이 질문은 보다 근원적인 물음을 꺼내게 하는 재주가 있다.

우선 이런 말을 하도록 하자. 세상천지 독서는 거개가 눈먼 독서일 뿐이라고. 모두, 어딘가에서 본 것 같은 이야기들, 한 번쯤 읽었거나 접했다고 우리가 믿고 있는 이야기들이 세계를 뒤발한다. 이런 이야기들의 실체는 무엇인가? 『노인과 바다』와 같은 책들은, 언제 어디서든, 읽었다는 '기시감'을 뿜어낸다. 언젠가 읽었거나, 어떤 필요에 의해 지금 읽고 있거나, 그저 읽지 않은 채, 읽은 척할 수 있는, 우리가 자주 농담 삼아 하는 말처

---

2   남진우, 「노인과 바다」, 《시로여는세상》, 2017. 겨울. 앞으로 인용될 남진우의 작품은 모두 여기에 실렸다.

럼, 아무도 읽지 않았으나 중요하다고 여겨 책꽂이에 모셔두는 책, 그러니까 소위 '고전'에 속한다. 약간의 손놀림과 눈길로, 그러니까 지금의 나처럼, 검색을 하고 줄거리를 스치듯 훔쳐보고(가령 '카리브해 바다 가운데서 커다란 물고기를 이틀간의 사투와 상어 떼로부터 고기를 지키기 위해 벌이는 노인의 힘겨운 투쟁…… 노인은 상어떼에게 고기를 빼앗기고 뼈만 가지고 돌아온다' 와 같은 요약들), 대략의 요점-포인트-핵심-노른자위('그러나 노인은 이와 같은 결과에 결코 절망하지 않는다, 바다는 인간의 삶이 이루어지는 현실이요, 고기는 인생의 목표라, 또한 상어는 현실에서 만나게 되는 시련을 암시하는 것으로 볼 수 있다'와 같은, 소위, 평가들)를 머릿속에 담아 넣을 수 있는 이야기인 것이다. 도서관에서 빌려와 두툼한 책을 쥐고 이곳저곳 책장을 펼치며, 눈에 띄는 부분들, 중요해 보이는 대목에 밑줄 좌아악 긋고, 독특해 보이는 장면에는 형광펜이라도 집어 들어 색칠하고, 대결이 무엇이냐, 사투가 무엇이냐, 자연과 바다가 그러니까 왜 이렇게 피 튀기는 고독을 선사하느냐, 뭐 이런 이야기들을 대략 간직하고 있으면, 나는 버젓이 이 『노인과 바다』라는 독서 공동체의 주인이 될 수도, 주인처럼 행세할 수도 있다. 중요한 것은 이러한 기억, 이와 같은 체험들이, 꿈에서건, 어느 새벽이건, 이성의 방비가 허술해진 시간을 틈타 건, 사실 현실로 들이닥친다고 시가 말하고 있다는 데 있다. 시를 쓰는 그의 왼손에는 항상 책이 들려 있는 것이다. 왼손이 도서관을 만든다. 그에게 이 도서관은 글의 무의식, 타자라는 무의식, 타자의 문학이라는 무의식이다. 오른손을 움직여 글을 쓸 때, 이 무의식이 현실로 걸어 들어온다. 바로 이 걸어오는 품세에서 글의 주체가 피어오른다.

2

책을 깊이 탐독하되 그 책의 위치를 정하지 못하는 사람
과, 어떤 책 속으로도 들어가지 않으면서 모든 책 속을
돌아다니는 사람 중 과연 어느 쪽이 더 나은 독자인지 자
문해볼 수 있을 것이다.[3]

　책을 저 자신과 나누는 대화의 산물로 환원하는 능력은 실상 독서의
깊이와 오롯이 일치한다. 책은 무엇인가 끊임없이 솟아오르는 화수분인
것이다. 어서 책을 한 번 열어 보라. 활자의 침묵을 깨려고 시도해 보라.
그러자 무슨 일이 일어나는가? 무수한 문장들이 몸 저 깊숙한 곳에 알 수
없는 무늬를 새기면서 시나브로 사방으로 번져나갈 때, 과연 어떤 일이
벌어지는가? 책의 침묵은 더 이상 침묵이 아니라, 우리의 내부에서, 그렇
게 당신과 내 안에서, 무럭무럭 자라는 한 그루 나무가 되어, 한잎 두잎 사
유의 싹을 틔워 낼 것이다. 남진우의 시는 독서에서 자라난 저 나무의 뿌
리로 향한다.
　「빙하와 어둠의 기록」은 "북극을 향해 떠난 탐험대에 관한 기록을 읽
었다"는 문장으로 시작한다. 시인이 읽은 이 "기록"은 마젤란이나 스콧
의 그것과 엇비슷한 체험들이 아니라 명확한 출처를 갖는 구체적 체험
의 기록이자 그 기록을 담은 소설이다. 시의 제목은 겹-텍스트를 하나로
고정시킨다. 크리스토프 란스마이어의 『빙하와 어둠의 공포』는 '원(原,
archi)-이야기'이다. 이 소설의 독서 결과물이 바로 시인의 한 줄 한 줄이
며 백지에게 공급할 양식이다. 장면은 수시로 겹쳐진다. 혹시 당신은 란스
마이어의 글을 읽어 본 적이 있는가? 저자와 독자의 관계는 이중으로 겹

3　피에르 바야르, 김병욱 옮김, 『읽지 않은 책에 대해 말하는 법』(여름언덕, 2008), 56쪽.

을 늘린다. 타자의 기록이 걸어 들어와서, 녹기 시작하면, 이 두 개의 "사실과 허구의 기록"은 하나의 지평선 위로 휘발되듯 날아가 버린다. 물론 독서를 진행하던 우리는 언제부턴가 주어를 상실한다. 「빙하와 어둠의 기록」 마지막 대목이다.

(……) 썰매 개들이 짖어 대며 달리는 얼음의 땅 저편에서 그들이 행진하며 내는 발자국 소리가 지금도 울려 퍼지고 있다. 그들은 아직도 전진 중이며 북극은 여전히 발견되지 않았다. 우주의 캄캄한 어둠 속을 돌고 있는 이 행성에서 북극이란 남극이란 얼마나 가없는 미지의 지점일 따름인가. 유빙이 떠내려오는 불모의 땅에서 그들은 지금도 사실과 허구의 기록을 써 나가고 있다. 멀리 만년설을 이고 있는 산꼭대기에 눈으로 뒤덮인 궁전이 보인다. 저기 영원히 지지 않을 오로라가 푸른 빛을 내뿜으며 지평선에서 하늘로 한없이 뻗어 오르고 있다. 바람이 죽은 자의 이름을 속삭이며 불어 온다. 마지막 원정대가 사라져간 눈보라를 응시하며 책을 덮는다. 빙하에 묻힌 시신들이 페이지를 넘어 내 손가락 사이로 흥건히 녹아 흘러내린다.

최대치의 독서라고 해야 하는가? 강력한 독서 이후, 상호 텍스트를 통한 타자-주체의 경계 넘기라고 해야 하는가? 최대치의 주관성이 담긴 독서는 독서의 대상을 외따로 놓아 두지 않는 것이다. "그들이 행진하며 내는 발자국 소리가 지금도 울려 퍼지고 있다"고 시인이 말하는 대목을 보자. 글의 타자와 주체는 여기서 그 관계가 역전되는 것이 아니라, 차라리 텍스트와 텍스트 사이의 혈류를 타고 삼투한다고 하겠다. 시를 읽는 독자들은 외려, 독자가 되어 글을 이끌어 나갔던 시인의 글이 뿜어내는 리듬, 시인이 벼려 낸 저 처절한 정동의 문장 속으로 서서히 자신이 빨려 들어가고 있는 중이라는 사실을 알고는 있는가? "우주의 캄캄한 어둠 속을 돌고 있는 이 행성에서 북극이란 남극이란 얼마나 가없는 미지의 지점일 따름인가"라는 발화의 주체는 또 누구인가? 누가 말하는가? 누구의 말인가? "그들은 지금도 사실과 허구의 기록을 써나가고 있다"라는 문장이 실상 기발한 것은 "지금도"와 "허구" 때문이다. 이렇게 이야기해 보자. 란스마이어의 소설은 1872년부터 1874년까지 악전고투 속에서 북극을 탐험했던 탐험대의 실제 이야기를 바탕으로 집필되었다. 그러나 이 글이 사실에만 토대를 둔 것이 아니라, 탐험대의 기록과 그림을 바탕으로 삼아, 허구로 지어낸 부분들도 더러 섞여 있는 소설이라는 사실을 당신이 기억한다면, 당신은 시인이 이 소설적 허구에 자신을 싣고 "지금"의 지평에서 타자-주체의 저 경계를 무화시키는 에크리튀르의 지점에 이르러 제 고유한 목소리를 이끌어내는 데 성공적으로 합류한다는 사실을 알게 될 것이다. 이후, 우리가 인용한 문장들은 벌써 타자의 것이 아니다. 타자의 독서에서 비롯되었으나, 결국 나의 글, 그러니까 내가 타자의 글의 중심을 이탈시키는 동시에 내 중심도 이탈되며 솟구쳐 낸 고유한 글, 공동체적이면서 개인적인 글인 것이다. 문장과 문장 사이에 깊게 젖어든 허무가 극한의 한계 속에서, 압도적으로 우리에게 육박해 오는 실존의 기록, 자연과 맞서 싸우는 치열하고도 장엄한 사투는 이렇게 타자로부터 나에게로 흘러들어와 어느덧 타자의 글의 저 "페이지를 넘어 내 손가락 사이로 흥건히 녹아 흘러내"리는 사태 속에서 빚어지는 것이다.

3

'하나의 텍스트'가 '다른 텍스트'와 포개지는 '작용'을 우리는 남진우의 시에서 목도한다. 그는 '하나의 텍스트'가 아니라 '하나의 텍스트'의 '작용'과, '다른 텍스트'가 아니라 '다른 텍스트'의 '작용'을 통해 제 글을 쓴다고 말한다. 사실 그렇지 않은가? 이 '다른 텍스트'의 작용은 강력한

독서의 과정을 통과해서, '하나의 텍스트' 즉, 우리가 타자라고 부르는 또
다른 주체가 쌓아올린 텍스트의 작용을 탐색하게 만들면서, 글의 본능, 글
이라는 것의 태생을 드러내며, 오로지 그러한 일로, 미답의 영역을 열어
보일 수 있다는 사실을 고지한다. 여기서 그의 시는 이야기의 이야기를
경유하면서, 타자로 서는 나의 글, 나의 글로 타자에 기념비를 세우고, 그
표면에 무늬를 빚어내면서, 그 무늬 사이로 나의 아우라를 뿜어내는 '화
학 작용'을 일궈 낸다. 이렇게 그는 글의 주체에 대한 근본적인 성찰을, 결
국, 사유 가능한 영역으로 끌고 온다.

　　소녀가 소년에게 묻는다.
　　"너 나를 얼마나 좋아해?"
　　소년은 한참 생각하고 나서, 조용한 목소리로 "한밤중의 기적소리만
큼"이라고 대답한다.
　　소녀는 잠자코 다음 이야기를 기다린다.
　　거기에는 틀림없이 뭔가 관련된 이야기가 있을 것이다.
　　"어느 날, 밤중에 문득 잠이 깨지."
　　그는 이야기하기 시작한다.
　　"정확한 시간은 알 수 없어. 아마 두 시나 세 시, 그쯤일 거야. 하지만 몇
시인가는 그다지 중요하지 않아. 어쨌든 한밤중이고, 나는 완전히 외톨이
이고, 내 주위에는 아무도 없어. 한번 상상을 해봐. 주위는 캄캄하고, 아무
것도 보이지 않아. 소리도 전혀 안 들려. 시곗바늘이 움직이는 소리조차 들
리지 않아 — 시계가 멈춰버렸는지도 모르지. 그리고 나는 갑자기, 내가 알
고 있는 모든 사람에게서, 내가 알고 있는 모든 장소로부터, 믿을 수 없을
만큼 멀리 떨어져 있고, 격리되어 있다고 느껴. 이 넓은 세상에서 아무한테
도 사랑받지 못하고, 아무도 말을 걸어주지 않고, 아무도 기억해 주지 않는
그런 존재가 되어버렸다는 것을 알게 돼. 설령 내가 이대로 사라진대도 아

무도 모를 거야. 그건 마치 두꺼운 철상자에 갇힌 채, 깊은 바닷속에 가라앉은 것 같은 느낌이야. 기압 때문에 심장이 아파서, 그대로 픽 하고 두 조각으로 갈라져버릴 것 같은 — 그런 느낌이야. 이해할 수 있어?"

소녀는 끄덕인다. 아마 이해할 수 있으리라고 생각한다.

소년은 말을 계속한다.

"그것은 아마도 사람이 살아가면서 경험하는 가장 괴로운 일 중 하나일 거야. 정말이지 그대로 죽어버리고 싶을 만큼 슬프고 괴로운 그런 느낌이야. 아니야. 그렇지 않아. 죽고 싶은 것이 아니고, 그대로 내버려 두면 상자 안의 공기가 희박해져서 정말로 죽어버릴거야. 이건 비유가 아니야. 사실이라고. 이것이 한밤중에 홀로 잠이 깬다는 것의 의미라고. 이것도 알 수 있겠어?"

소녀는 잠자코 다시 고개를 끄덕인다.

소년은 잠시 사이를 둔다.

"그런데 그 때 저 멀리에서 기적 소리가 들려. 아주아주 먼 곳에서 들려오는 기적 소리야. 도대체 어디에 철로가 있는지, 나도 모르겠어. 그만큼 멀리서 들려오거든. 들릴 듯 말 듯한 소리야. 그렇지만 그것이 기차 기적 소리라는 것을 나는 알아. 틀림없어. 나는 어둠속에서 가만히 귀를 기울여. 그리고 다시 한번, 그 기적 소리를 듣지. 그러고 나면 내 심장의 통증은 멈추고 시곗바늘도 움직이기 시작해. 철상자는 해면 위로 천천히 떠올라. 모두가 그 작은 기적소리 덕분이라고. 나는 그 기적소리만큼 너를 사랑해."

거기서 소년의 짧은 이야기는 끝난다.

이번에는 소녀가 자기 이야기를 하기 시작한다.[4]

하루키의 이야기는, 그 이야기가 끝나지 않았다는 사실을 예고하면서 끝을 맺는다. 하루키의 글을 다 읽은 우리는 또 다른 이야기, 그러니까 소

---

4 무라카미 하루키, 안자이 미즈마루 그림, 김춘미 옮김, 「한밤중의 기적에 대하여, 혹은 이야기의 효용성에 대하여」, 『밤의 거미원숭이』(문학사상사, 2003) 173~176쪽.

녀의 이야기가 이제 막 시작될 것이라는 기억을 끝으로 독서도 마감한다. 이야기란 결국 끝나지 않는다는 것일까? 차라리 나머지를 상상하고 채워 나가는 데 "이야기의 효용성", 그러니까 그 가치가 놓여 있다는 말일까? 남진우는 "긴 여운을 남기고 기적 소리가 완전히 들리지 않게 된 다음"(「기적 소리」)에야, 이 끝나지 않은 이야기를 다시 꺼내, 제 고유한 상상력의 산물로 주조해 낸다. 문제는 이 후일담이 단정한 독서를 허용하지 않는다는 데 있다. 무슨 말인가? 한 이야기가 닫히는 지점에서 다시 열리는 지점을 모색하고 있다는 점에서, 시 「기적 소리」의 모든 문장들은 '겹'으로 읽히며, 또한 겹으로 읽어야만 하는 것이다.

> (……) 기적 소리가 다가왔다 멀어져 가는 그 시간 동안 그녀의 몸은 기적 소리에 완전히 빨려 들어간 듯 사라져버렸고 세상은 오직 기적 소리로만 가득 찼다. 긴 여운을 남기고 기적 소리가 완전히 들리지 않게 된 다음 그녀는 다시 보이게 된 자신의 두 팔과 다리를 새삼 쓰다듬어 보곤 했다는 것이다. 물론 그 신비한 현상에 대해 아는 사람은 그녀 외엔 아무도 없었다. 그것은 오직 깊은 밤 그녀 혼자 있을 때에만 일어나는 일이었기 때문이다. 기적 소리와 함께 떠나고 싶었지만 그럴 수 없었던 그녀는 기적 소리 속으로 떠나곤 하는 일을 지금까지 반복해오고 있다고 말했다. (……)[5]

방금 인용한 시의 '기적 소리'는 전-텍스트의 또 다른 '기적 소리'를 제 거울로 비추고 있다. 하루키의 글에서 '기적 소리'는 소년이 고독을 물리고, 어둠 속에 귀를 기울일 때 비로소 들려오는 미지의 소리이며, 죽음의 유혹에서 그를 구해 줄 생명의 소리이자, 삶을 진행하게 할 시곗바늘과도 같은 것으로 그려진다. 바로 이 '기적 소리'만큼, 소년은 소녀를 사랑한

5   남진우, 「기적 소리」 부분.

다고 말한다. 우리는 이와 같은 사랑을 죽음과 비견되는 사랑이라고 하지 않던가. 남진우 시의 "기적 소리가 다가왔다 멀어져 가는 그 시간 동안 그녀의 몸은 기적 소리에 완전히 빨려 들어간 듯 사라져 버렸고 세상은 오직 기적 소리로만 가득 찼다"는 대목은 어떤 독서 지평을 바라보는가? 전(前)-텍스트를 왼손에 들고서, 아래와 같이 읽을 수밖에 없을지도 모른다.

〔"내 심장의 통증은 멈추고 시곗바늘도 움직이기 시작"하게 해주는, 죽음의 심연으로 깊이 가라앉은 "철상자"를 "해면 위로 천천히" 떠오르게 해주는〕 기적 소리가 다가왔다 멀어져 가는 그 시간 동안 그녀의 몸은 기적 소리에 완전히 빨려 들어간 듯 사라져버렸고 세상은 오직 기적 소리로만 가득 찼다. 〔소년은 이 "기적소리만큼" 소녀를 사랑했다〕

시에서 전개된 소녀의 이야기는 전-텍스트와의 관계 속에서, 뫼비우스의 띠 한 면을 돌아 나왔다고 믿는 순간, 또 다른 면 위에 놓이면서, 독서의 가능성을 겹으로 풀어헤친다. 전-텍스트와의 관계 속에서 놓인 당신은 아래와 같은 대목을 어떻게 읽겠는가?

기적 소리와 함께 떠나고 싶었지만 그럴 수 없었던 그녀는 기적 소리 속으로 떠나곤 하는 일을 지금까지 반복해오고 있다고 말했다.[6]

타자의 텍스트와의 연관성 속에서 비로소 위의 글은 예기치 않은 감정을 갖는다. 아니 감정을 타자에 기대어, 타자와 더불어, 고조시킨다. 숨어 있는 감정, 그러나 텍스트가 머금고 있는 감정이다. 주관성의 적재라고 해도 좋은 이 문장의 감정은 덤으로 생긴 것도, 홀로 가능한 것은 아니다.

6 남진우, 「기적 소리」 부분.

남진우의 시는 이처럼 텍스트는 텍스트이기 이전에, 전-텍스트이자 상호 텍스트라는 사실을 실현한다. 그는 바로 이러한 방식으로 "이야기의 효용성"을 실험하고 있는 중인 것이다. 하루키의 글에서 끝이 난 "소년의 짧은 이야기"(「한밤중의 기적에 대하여, 혹은 이야기의 효용성에 대하여」)는 "젊은 시절 내가 사랑했던 여자"(「기적 소리」)의 이야기와 상관관계를 가지며, 서로 결속되거나 최소한 서로가 서로를 간섭한다. 남진우의 시만 중심 이탈이 일어나는 것은 아니다. 미완의 퍼즐을 쥐고 있던 하루키의 글 역시, 남진우의 시를 통해 다시 의미를 부여받게 되는 것이다. 히루키 글의 "이야기의 효용성"은 남진우의 시를 통해 비로소 실천의 반열에 오른다.

4

검객이나 자객에 관한 이야기라면 너도 나도 너무나도 많이 알고 있다. 나열하는 것 자체가 번거로울 지경이다. 자객의 시간을 사유하게 해준 「자객 섭은낭」도 떠오르고, 누구도 승부가 되지 않았던 나머지, 너무나 지고 싶어 '패'를 구한다고 하여, 부른 독고구패(獨孤求敗)의 이야기도 떠오른다. 고독한 자객이라면 「동사서독」이나 진시황을 암살하려 했던 형가의 이야기, 그 자객의 이야기를 벚꽃이 흐트러지는 저 덧없음의 영상으로 담아낸 「영웅」도 떠오른다. 야심한 밤에 왕비를 암살하려 궁의 담을 훌쩍 뛰어넘어 발자국 소리를 죽이고 눈을 희번덕거리는 복면 사내들의 일, 그들이 목숨을 걸고 수행하고자 뽑아 치켜든 저 비장한 검은 달빛을 받아 유난히 번쩍이는데…… 사방에서 개 짖는 소리 들려오고 식은 땀 이마에 맺히는 순간 궁성 안의 불이 차례로 꺼지고, 쩽쩽, 휙휙, 억억, 악악, 누구냐, 쓱싹, 퍽, 으악…… 비명과 호통, 몇몇 간투사 이외의 모든 언어를 꿀꺽 삼켜 버린, 긴장으로 포화가 된 저 임펙트의 순간, 어라!

(⋯⋯) 휘장을 젖히고 방으로 들어가자 왕비로 보이는 한 여인이 침상에 앉아 교교히 웃고 있었다. 자객이 칼을 휘두르자 여인이 쓰러지고 붉은 피가 벽과 천정에 튀었다. 둥근 달이 구름 속으로 숨어들었는지 사방이 어두컴컴해졌다. 어디선가 개가 짖었고 다시 어디선가 밤새가 울고 지나갔다. 칼날에 묻은 피를 닦아 내고 왕비의 침소 밖으로 막 나서는 순간 자객은 흠칫 놀라고 말았다. 어느새 궁성안은 폐허가 돼 있었다. 잡초가 우거지고 부서진 돌조각이 여기저기 널린 뜨락에 지붕이 무너진 누각과 정자가 삭아가고 있었다. 놀란 그가 몸을 돌리자 죽었다고 생각한 여인이 여전히 침상에 걸터앉아 있는 게 눈에 들어왔다. 피 한 방울 흘리지 않은 얼굴로 여인은 그를 보며 교교히 웃고 있었다. 칼을 치켜들고 여인을 향해 다가가던 자객은 그녀가 아주 오래전에 죽은 여인이라는 것을 깨달았다. 그가 거듭 다시 칼을 휘두르고 여인은 피를 흘리며 죽었다가 그가 몸을 돌리면 다시 살아났다. 흩날리는 벚꽃이 휘날리는 눈송이가 되고 녹음이 짙푸르게 우거졌다가 다시 단풍이 지는 동안 자객은 여인을 죽이고 또 죽였다. 어느덧 석등이 쓰러지고 기왓장이 떨어져 뒹굴고 담벼락이 무너져내렸다. 긴 세월 자객이 칼을 휘두르는 동안 궁성은 완전히 텅 빈 폐허가 되었다가 다시 서서히 복구되었다. 기진맥진한 자객의 칼이 다시 왕비의 가슴을 관통하는 순간 한 무리의 관광객들이 방에 들어와서 연신 카메라 플래시를 터트렸다.[7]

이와 같은 시도는, 존재하는 기록과 허구 사이의, 기존 작품과 자기 작품 사이의 상호성을 전제하는 작업 이상으로, 새로운 의미를 지닌다. 시인이 자객 이야기의 충실한 독자라는 말로는 시도의 전모가 오롯이 설명되지 않는다. 텍스트는 가로지른다. 이야기도 가로지른다. 텍스트는 횡단한다. 이야기도 횡단한다. 이야기는 시제를 모른다. 이야기는 범람한다. 이야기는 우리가 도처에 읽었던 것들, 보았던 것들, 접했던 것들이다. 그것

<hr />

7 남진우, 「자객」 부분.

은 거개가 "거듭 다시 칼을 휘두르고 여인은 피를 흘리며 죽었다가 그가 몸을 돌리면 다시 살아났"던 이야기들이며, "흩날리는 벚꽃이 휘날리는 눈송이가 되고 녹음이 짙푸르게 우거졌다가 다시 단풍이 지는 동안" 자객이 "여인을 죽이고 또 죽"이는 이야기들이다. 그런데 우리가 읽었던 것들, 우리가 보았던 것들, 살고 죽기를 반복해왔던 것들은 어느새 우리의 삶으로 치고 들어온다. 이 이야기의 주인은 누구인가? 자객의 일화는, 사실 누구나 아는 이야기, 누구나 한 번쯤 보거나 들었던 이야기들이다. 우리는 이 시를 읽으며 그러나 실로 거대한 유령을 만나게 된다. 글자들과 문장들과 화면들이 뿌연 안개로 이야기를 뿌려 놓았다. 이 안개는 거대한 무의식과 같다. 반복되기 때문이다. 불멸의 이야기들이다. 따라서 사실, 안개라는 사실을 우리가 안다 해도, 무언가를 해볼 수 있는 것은 아니다. 기시감(déjà vu)이라는 지대를 형성하며, 어느새 현실로 흘러 들어오기 때문이다. 이야기는 범람한다. 무의식이라는 타자, 이야기라는 타자는 이렇게 시간을 삼키고 공간의 변화와 소멸을 디디고서 자기가 직접 끈다. 우리는 항상 이 무의식이라는 타자와 함께 글을 쓴다.

5

> '도서관'은 모든 언어 구조와 스물다섯 개의 철자 기호들이 만들어 낼 수 있는 모든 변형체들을 포함하고 있지만, 절대적으로 허튼 소리는 없다.[8]

'없음'에서 착수되어야 한다는 저 '고안(invention)'이나 '만듦(poeisis)'

---

8 호르헤 루이스 보르헤스, 앞의 책, 107쪽.

의 신화는 무엇인가. 타자의 것을 이행시킨다는 생각, 타자의 글로, 타자의 사유에서 출발하여, 무언가 창의적인 작업을 펼쳐낸다는 생각은, 여전히 모호한 지대에 거주하면서, '고유성의 침해'와 '상호 텍스트성' 사이를 계속 왕복하는 회전문 속에 갇혀있다. 타자의 것으로 내 것을 궁리한다는 사유는 항상 위험한 것이며, 자주 위험한 것으로 여겨졌다. 아무쪼록 '저자'가 위태로운 것이다. 그 행위가 근본적으로 잘못되었다고 말하는 순간, 우리는 자주, '나는 새롭지 않다'라는 사실을 인정하면서도, '너는 새로워야 한다'는 논리에 빠진다.

글을 쓴다는 것은, 그러니 무엇인가? 그것은 주어진 무언가로부터, 우리가 읽었던 무언가로부터, 우리가 읽었거나 읽었다고 믿는 어떤 기저 이야기, 너른 대통에 또 널리, 골고루 퍼져 있는 무언가로부터 솟아나는 것을 쓴다는 것을 의미할 수도 있다. 아니, 실로 그러하다. 창작의 가장 큰 도구, 원천, 재료는 창조적 사유나 영감이 아니라, 사실 '도서관'이라고 해야 한다. 도서관, 그러니까 "읽지 않은 책으로 거의 폭발할 지경"(「책도둑」)에 이른 곳, 무한한 글을 제공하는 도서관, 글의 미로로 설계된 그런 도서관이다. 이는 비유가 아니다. 도서관은 무엇을 하는가? 타자의 글을 읽는 곳이 아닌가? 주로 타자의 책을 읽거나 혹은 부분만을 읽고, 이따금 메모를 하고, 간혹 필사를 하고, 자주 밑줄을 치고, 나도 모르게 어휘를 기억하고, 표현을 눈여겨보고, 아이디어에 감동을 받으면서 뇌의 어딘가에 이 감동의 흔적을 저장하고, 문자의 행렬들을 부지런히 좇으면서, 어느새 그 행렬 속으로 기어 들어가는 곳, 그러다가 도로 나와 보면, 그 행렬의 흔적들이 시나브로 몸 구석구석을 나도 모르는 사이에 수를 놓는 바로 그런 곳 아닌가? 남진우의 시는 "한 권의 책이 아니라 집단 도서관의 어법으로 사유하도록 부추긴다."[9]

9 피에르 바야르, 앞의 책, 56쪽.

여기서부터 이야기는 시작된다.

그건 너무나 희망적이고 밑도 끝도 없이 낙관적인 것이어서 나는 기쁨의 눈물마저 쏟아 냈다. 그것은 이야기에 확신을 주면서 끝맺는 문장이었다, 나는 원고를 다시 품에 집어넣고 걸어가면서 내 머리를 계속 혼란스럽게 만드는 그 문장에 대해 곰곰 생각했다. 나는 갑자기 그 비밀스러운 작가가 그 문장으로 나한테 무언가를 말하려 한다는 생각이 번뜩 스쳐갔다. 그 작가가 지금 어디에 있든 간에 비로 이 순간 나한테 이렇게 말하고 있었다.

여기서부터 이야기는 시작된다.

하지만 그가 말하려는 것이 무엇일까? 나의 이야기가 여기서부터 비로소 시작된다는 뜻일까? 그렇다면 그거야말로 정말 위로가 되는 것이다. 아니면 나는 그 문장을 좀더 글자 그대로 받아들여야 할까?
내가 어디서 이런 확신을 갖게 되었는지는 나한테 묻지 말기 바란다. 내 충실한 친구들이여. 그렇지만 그 문장이 하나의 수수께끼이며 그것을 풀면 내가 여기서 벗어날 가능성에 더 가까워지리라는 확신이 들었다.

여기서부터 이야기는 시작된다.

여기라는 게 어디일까? 여기 지하묘지라는 뜻인가? 지금 막 내가 가고 있는 여기를 말하는 걸까? 그렇다면 좋다! 그러나 만약 내 이야기가 아니라면 누구의 이야기란 말인가? 여기에 보잘것없는 나말고 또 누가 있단 말인가? 곤충들이 있다. 그건 분명하다. 책들도 있다, 물론.
거의 번개에라도 맞은 듯이 나는 정신이 번쩍 들었다. 그렇다, 책이다. 이렇게 어리석을 수가! 책들을 무시한다는 건 당연히 어리석은 일이었다.

만약 내가 어떤 도움을 기대한다면, 그건 바로 책들에서였다.[10]

　지금 내 앞에 그 어떤 텍스트도 없다. 나는 지금, 어떤 글도 읽고 있지 않은 상태다. 그러나 나는, 그 어떤 텍스트도 내 눈앞에 펼치지 않고서, 다음과 같이 쓸 수 있다. 모든 텍스트는 나의 텍스트이기 이전에 타자의 텍스트이자, 전-텍스트(avant-texte)며 곁-텍스트(para-texte)라고 말이다. 나는 이 문장을 벌써 여러 글에서 여러 번 썼다. 필경 이 문장은 롤랑 바르트를 읽지 않았더라면 쓸 수 없는 문장이었을 것이다. 바르트도 바흐친의 글을 읽지 않았더라면 구사할 수 없는 문장이었을 것이다. 물론 이전에 보르헤스가 있다. 텍스트의 관계적 사유를 열어 놓은 것은 사실 바흐친과 보르헤스가 아니었던가? 우리는 바르트, 바흐친, 보르헤스 등의 글들을 애써 찾아내, 원문을 확인하고, 하나씩 인용을 하면서 매번 출처도 밝힌다. 무의식으로 가라앉아 녹을 때까지, 우리는 모두 출처 밝히기 쟁탈 대회 같은 데 출전한 것과도 같은 마음 자세로 제 글을 쓰고 있는 것 아닌가?
　사실, 우리가 구사하는 말도 그렇다고 하겠다. 말을 한다는 것은 이미 발화된 것을 다시 말한다는 의미를 지닌다. '다시'는 여기서 부가적-이차적-주관적으로 제시한다는 것을 의미하기에, 타자의 말의 기계적인 반복이라는 틀이 깨진다. 우리는 단순히 코드의 전환을 통해 무언가를 전달하거나 옮기지 않는다. 그런데 대관절 누가 쓰는가? 무의식이 쓴다. 독서가 쓴다. 읽은 글이 쓰게 만든다. 나는 항상 다시-쓰는-주체다. 다시-쓰는-주체는, 부가적-이차적-주관적으로 쓰는 주체라는 의미를 지닌다. 쓰는 자를 오롯이 장악하는 건 '자아'다. 그건 주체가 아니다. 그런데 주체는 언어에 의해, 언어 안에서, 세계와 관계를 맺는 공동체적이고 개인적인 개념이다. 그걸 우리는 '주체(sujet)'라고 부르는 것이며, 당신의 글, 나의 글은 모

10　발터 뫼르스, 두행숙 옮김, 『꿈꾸는 책들의 도시』(들녘, 2004), 258~259쪽

두 주체의 산물이다. 공동체적이라는 것은 한 시대가 허용하는 에피스테메 속에서 타자와의 관계 속에서, 타자의 산물로, 타자의 글로, 타자의 생각으로 나를, 나의 글을, 나의 관계를 세운다는 것이며, 타자와 분리될 수 없다는, 오로지 그러한 이유로, 오히려 자신이 고유할 수 있음을 의미한다. 텍스트는 자잘한 인용들로 이루어진 모자이크이며, 어쩌면 인용들의 집합이라고 해야 할지도 모르겠다. 그러나 이 집합은, 하나하나 보태듯 덧셈으로 계산된 총체가 아니라, 엉키고 이동하고 뒤섞이는 곱셈으로 구성된 도치이자 변형의 집합이다. 거의 무한에 가깝다고 할 결합과 조합의 반복되는 매커니즘 속에서, 낱말은 혈색을 잃고, 문장은 시들어가며, 언술은 고유성, 그러니까 특수성을 결국 상실하고 마는가? 시인은 그렇지 않다고 말한다. 텍스트가 닫히는 순간이 바로 텍스트가 열리는 순간이다. 여기에서 그의 이야기, 그의 산문시가 시작된다. 그의 이야기, 그의 산문시가 궁금하지 않은가? 이제 곧 시집이 되어 이 이야기가 우리를 찾아올 것이다.

의미의 자리

옮긴이의 타자와 근사치의 유령들

*

의미의 자리는 어떻게 타진되는가? 말해 두어야 할 것은 의미가 형식의 속살만은 아니며, 형식도 의미의 외투만은 아니라는 것이다. 발화는 기록이라는 형태로 백지 위에서 제 몸을 갖는다. 이 몸을 우리는 '에크리튀르'라고 부른다. 그리고 우리는 글이라는 것을 읽는다. 한 줄 한 줄 나아가며 독서를 전개한다. 낱말을 하나하나 음절의 형태로 분절하여, 소리라는 옷을 입히고, 목이라는 기관을 통해 발화하면서 독서는 조금씩 전진한다. 이 과정에서 다른 낱말을 만난다. (거개는) 왼쪽에서 오른쪽으로 나아가는 방식 속에서 줄이나 행, 연이나 문단이 바뀌는 어느 순간, 숨을 멈추고, 이내 다시 나아가기에 착수한다. 독서의 과정에서 머릿속에는 근사치로 주어지는 어떤 구름이 생겨나기도 한다. 애초에 그 크기와 무게가 일정한 벽돌로 차곡차곡 쌓아올려 완성하는 공든 탑처럼 낱말의 의미가 결정되는 것은 아니기 때문이다. 독서가 전개됨에 따라 또 다른 낱말을 만나고, 서로 접촉하는 과정에서만 낱말은 제값을 부여받을 뿐이다.

낱말 자체보다 중요한 것은 낱말이 서로 결속되는 양태, 그러니까 맥락이다. 맥락은 낱말 자체가 아니라, 낱말들의 관계를 자양분으로 삼아 제 살을 찌워 나간다. 이렇게 의미란 항상 '근사치'의 의미로 주어질 뿐이다. 근사치라는 것은 낱말이 제 값을 취하는 모습에 대한 비유이지, 기표와 기의의 불일치나 모호함, 예의 저 자의적 특성에 지나치게 집착하거나 과장할 때 흔히 전제하기 마련인 이 양자의 완벽한 단절을 뜻하는 것은 아니다. 백지 위에서 말은 늘 근사치의 값으로만 의미를 찾아 나서며, 뿌연 근사치의 안개 속에서 제 좌표를 설정하고, 낱말의 의미가 아니라 낱말과 낱말의 관계에서 빚어진 교섭과 충돌을 그러쥐고서 의미의 '자리'를 타진해 나갈 뿐이다. 시는 자주 이와 같은 말의 속성에서 착안하여, 말의 잠재성을 흔들어 깨우려 시도하고, 근사치의 의미가 피어오르는 과정 자체에 주목하여, 사물과 풍경, 세계에 주관성의 무늬를 입히려 시도한다.

주머니에 손을 넣고
주머니에서 손을 뺄 때

잃은 것이 있다고 생각해
잃어버린 것이 있다고

가득
이라는 말 속에
꽉 차 있는
부족함

오렌지 가득 담긴
절망의 맛

네가 그리려던 정물화

끔찍함을 구부리며 놀다가

아 아 아 발아하는 씨앗들

머리숱처럼 경험이

풍부해지고 있어

머리숱처럼 혼돈이

풍부해지고 있어

행과 연으로

구분되지 않는 사랑이[1]

　낱말은 입으로 발화하고 나면 곧 허공으로 사라져 버린다. 마치 "주머니에 손을 넣고/ 주머니에서 손을 뺄 때", 그러한 순간 우리가 무엇을 만졌건, 빈손으로 나온 당신이라면 느낄 것이 분명한, 넣었다는 저 감촉이 이내 당신의 손에서 사라져 버리는 것과 비슷하다고나 할까? 당신은 입을 연다. 그러고 나서 천천히 "가득"이라고 발음해 본다. 혹은 "가득"이라고 적어 본다. "가득"이라는 말에, 무언가 실로 "가득" 차 있는 걸 느끼는가? 백지 위에 내려앉은 "가득"이라는 낱말이 실제로 "가득"한가? 그럴 리가! 사과라는 말에 사과라는 실체가 담기지 않는다는 사실을 우리는 알고 있다. 그렇다면 대상 앞에서, 사물 앞에서, 아니 사유 앞에서, 그것을 표현하고자 발화한 말은 이렇게도 공고하다는 것일까? 그 어떤 말로도 대상의 '있음', 사물의 '경험', 사유의 '진리'를 오롯이 담아낼 수가 없다. 절

1　심지아, 「발생과 표현」, 《21세기문학》, 2017. 봄.

망은 여기서 끝이 아니다. 말은 바로 이 부재하는 '없음'과 부족한 '경험'과 고정되지 않는 '진리', 그러니까 자기가 발화하며 호출한 대상-사물-사유와 일대일로 대응하는 법이 없지만, 바로 그러한 이유로, 부재의 자리를 타진하는 동시에, '없음'과 '경험'과 '진리'를 한없이 범람하기도 한다.

시인은 명명의 한계만을 고백하는 것이 아니다. 그는 저 말의 불충분성에서 한 걸음 나아가 역전을 꿈꾼다. 대상을 담아내기에 말은 항상 부족하면서도, 넘친다는 것이 시인의 생각이다. 발화되며 형성되는 말의 '부족-불충분성-뺄셈'에서 '포화-넘침-덧셈'에 이르기까지를 우리는 의미의 근사치라고 부를 수 있을 것이다. 말은 항상 근사치를 꿈꾸면서, 대상을 비워 내기만 하는 것이 아니라, 오히려 풍부하게 하려 "아 아 아 발아하는 씨앗들"이다. 의미의 문을 열고 거기에 "머리숱처럼" "풍부해지"는 "경험"이 타진되는 순간은 낱말의 복합적인 관계 속에서 의미의 자리를 타진하는 순간이다. 의미의 자리를 마련하려는 노력은 이렇게, 낱말 자체가 아니라, 낱말과 낱말이 서로 뭉치고 헤어지기를 반복하며 생겨나는 통사에서, 통사가 아니라, 통사와 통사가 다시 뭉치고 헤어지기를 반복하며 생겨나는 문장에서, 문장이 아니라, 문장과 문장이 또 다시 뭉치고 헤어지기를 반복하며 다다르게 된, 그러니까 단순하게 "행과 연으로/ 구분되지 않는" '언술'(discours)의 세계에서만 제 꿈을 실현할 수 있다고 믿는다. 다시 말해, 시의 경우, 한 편을 다 읽고 난 다음에야 비로소 의미 작용이 일어나기 시작하는 것이다. "사랑"은 이렇게 아직 생성되지 않은 또 다른 글의 주어가 된다는 조건 하에, 아직 제 목적어나 술어를 갖지 않는다는 조건에서만 의미의 자리를 타진할 뿐이다. "사랑"의 의미는 이렇게 비워있는 동시에 지나치게 차 있다. 시의 마지막을 시인이 "사랑이"로 마감한 까닭이 바로 여기에 있다.

그런가 하면, 어떤 시인은 특정 사물이나 대상을 지칭하는 낱말도 아니며 추상에 붙들려 관념을 뿜어내는 단어도 아닌, 일상적인 낱말 하나를 붙들고 씨름하기도 한다. 의미의 가능성과 불가능성의 가능성을 계속해서 기록해 나가면서, 아주 평범한 낱말 하나를 이야기의 주인공으로 만들기도 한다.

일요일은 여러 개
기억력이 뛰어난 어쩌면 다정한
일요일이 나눠 주는 물티슈를 받았다

'일요일은 여러분을 기다립니다 일요일은 부드러움을 창조하시고…'

교회에서 나눠 준 물티슈로 식탁을 닦으며
일요일을 입술이라 잘못 발음했다
일요일이 다른 사람의 믿음에 있는 것 같았다

오늘이 며칠이었더라?
지루하고 지루한 하루가 달력 속에 있다
한 장 쪽 찢어 물에 담그자
뜨고 싶은 마음

일요일은 단 한 장
흡수력이 뛰어난 어제밤 꿈을 닦은
일요일은 십자가가 꾸는 잠 속에 사로잡혔다
깨어나지 못하고 점점 희박해졌다

일요일이 하나씩 지워지고 있다
일요일은 웃음

일요일은 걸음
일요일은 다음
일요일은 믿음

나는 잠수 중인 일요일을 만났다
물속에서 건졌으나 웬일인지 마르지 않았다
일요일이 젖어 있다는 편지를 썼다

그러니 서랍 속에서 발견한다면 뽑아 써도 무방하다
입을 쓱 닦자 사라진 일요일
입술의 일요일[2]

　과연 "일요일은 여러 개"다. 다시 한번, 음절을 하나씩 분절하여 〔일요-일〕이라고 허공에 소리 내어 외쳐보자. 그런 후, 아주-아주 짧은 시간, 그러니까 거의 찰나라고 할 순간에, 당신은 어쩌면 푸른 들판을 보고 있을지도 모른다. 십자가를 머릿속에 떠올리고 있을지도 모른다. 나른하고 조용한 어느 아침, 방에 놓여 있는 포근한 침대는 왜 아니겠는가? 이렇게 낱말을 읽으면, 그 즉시 우리는 모종의 이미지를 갖게 되거나, '청각적 영상'의 포로가 된다. 경험이, 감정이, 이야기가, 마치 파편처럼 이 자잘한 이미지에 담겨, 근사치의 관념을 발산하고, 근사치에 의미의 자리를 만들려 준비를 한다. "기억력이 뛰어"나고 "어쩌면 다정한" 그와 같은 "일요일"이 그 자리 중 하나일 수도 있다. "일요일"은 이와 같은 속성을 바탕으로, 경험의 주체가 될 자격을 얻어 내며, 나아가 행위의 주어로 시에서 제 기능을 발산하기 시작한다. 근사치 의미만을 간직한 "일요일"은 "물티

2　임지은, 「일요일」, 《현대시》, 2017. 4.

슈"를 나눠 주며, "여러분을 기다립니다", "부드러움을 창조하시고…"라는 목사의 설교가 이어지는 교회의 하루와 잠시 포개지기도 하며, 근사치의 영역을 확장하거나, 줄여 나가거나 잘라 내기도 한다.

"일요일"은 의미와 형식의 차원에서 근사치의 세계를 실현하며, 낱말의 관계 속에서, 형식과의 조화 속에서 제 고유한 자리를 타진한다. "일요일"은 의미와 형식의 차원에서 동시에 근사치의 항성을 운행하는 저 중심이다. "일요일"은 "입술"과 엇비슷한 소리를 공유한다. 음성의 근사치로 낱말이 서로 묶인다. "일요일"에서 "입술"로, "웃음"으로, "걸음"으로, "다음"에서 한 번 더, "믿음"으로, 저 음성적 유사성에 근거한 결합이 "일요일"에 모종의 숨통을 터 주고 근사치가 나아갈 주관적인 길을 마련해 준다. 중요한 것은 "일요일"이 의미의 성좌에서 중심인 동시에, 형식의 그것에서도 마찬가지의 지위를 점하고 점이다. "일요일" 주위로, 동일한 음소를 나누어 가지며 파생된 무수한 등위 요소들이 하나씩 모여, 의미망을 찢고서 백지 위에 고유한 음성적 질서 하나를 구축해 낸다. 이처럼 음소의 유사성에 근거한 낱말과 낱말 사이의 연상 작용이나 공통된 어간에 근거하여 전개되는 파생 작용이 이 시의 또 다른 축이다. 시는 "일요일"이라는 낱말이 고정된 의미에만 붙들리는 것이 아니라 항상 근사치의 값으로만 주어질 뿐이라는 사실을 두 가지 차원에서 말하고 있는 셈이다. 시는 "일요일"이 ① '일요일' → '입술'('이'의 공유) ② '입술' → '웃음'('ㅇ'과 'ㅅ'의 공유) ③ '웃음' → '걸음' → '다음'('음'의 공유)으로 나아가면서 "다른 사람의 믿음에 있는 것 같"은 상태에까지 이를 수 있음을 보여 준다. "일요일"은 더 불어날 수 있고 몸집을 키울 수 있으며, 아직 경험하지 못한 미답의 영역에 발을 들여놓을 수 있다. 제 근사치 값을 거의 무한까지 확장할 수 있으며, 이는 우리가 흔히 상상력이라고 부르는 것이다.

시는 이와 같은 언어의 속성에서 착안하여, 결국 "잠수 중인 일요일"을 흔들어 깨운다. "일요일은 단 한 장"이지만 "흡수력이 뛰어난 어제 밤

꿈"에 나오는 주인공이 될 수도 있으며, "십자가가 꾸는 잠"처럼 공동체에 존재하는 모종의 종교적 상징이 되기도 할 것이다. "지루하고 지루한하루" 중 하나, "달력 속" "일요일"은, 잠재력을 가득 내장한 "일요일"인 것이다. 우리가 사용하는 말 역시, 바로 이와 같은 속성을 바탕으로 백지위에 제 모습을 드러내며, 시인은 이 잠재력을 흔들어 깨우는 일로, 말이실현할 수 있는 최대치의 주관적 경험을 기록하고, 상상력의 근간을 제공한다. 마지막 구절 "입을 쓱 닦자 사라진 일요일"은 얼마나 절묘한가. "일요일"이라는 한 낱말이 제 근사치의 값을 실현해 낸 과정을, 입에서 발화된 짧은 순간에 비유하고 있다. 이렇게 제 의미의 자리를 타진하며, 시에서 최대한 근사치의 값을 경험해 낸 "일요일"을 "입술의 일요일", 그러니까 발화한 순간의 사건이라고 적어 놓았다. "일요일"의 정동이, 경험이, "일요일"이라는 낱말이 꿀 수 있는 최대치의 꿈으로, 근사치의 확장과 관계의 사건으로 실현되었다. 시인은 이렇게 "일요일"의 잠재력을 깨우고, "일요일"의 무의식을 발화의 사건으로 재현하면서, "일요일"에 주관성의날개를 달아 준다. 시도 마감되었다.

*

근사치의 체계 속에서 의미의 자리를 타진해 나가는 것은, 번역도 마찬가지이다.

나는 옮긴이로서 말할 수 있다.
이 모든 것이 원본과 다름없음을.
밤의 불 꺼진 방을 옮긴 것이 당신의 마음임을.
지금 응급실의 공기를 옮긴 것이 어제와 그제와 또

지난 시간임을.

옮긴이로서 나는 확신할 수 있다.
원본과 토씨 하나 다르지 않은 것이 당신의 갈 봄 여름 없는 계절이며
그 계절이 나의 먼 후일이며
먼 후일의 겨울이 지금 당신의 뜨거운 여름임을
절정임을

하지만 옮긴이로서 나는 자주 당신이 누구냐고
대체 누군데 그렇게 말하느냐고 묻는 사람을 마주쳤으며
주소지와 계좌번호와 석양과 강변의 개들을 옮겨 적느라 인생을 소모
했으며
결정적으로 이게 어느 나라의 문자냐
어느 시대의 사상이냐
네 애비가 누구냐
추궁을

옮긴이로서 말할 수 있다. 나는
잘생기지도 않았고 잘난 체를 하지도 않았고 언제나 처음 가는 길을 다
녔는데 나는
언제 어느 곳에서나 정확한 이정표를 보았고
그것이 쓸쓸하지 않았고
서서히 죽어가면서 내내
다른 언어로 태어났다.

나는 당신에게 전화를 걸어서

잘 지냈느냐고 오랜만이라고 취했노라고. 그런데 이 씨발놈아 나는 너를 사랑했다. 너는 나의 먼 곳에서 어떤 원본이 되어가고 있느냐. 내가 도달할 수 없는

실은 이미 도달한
부재중 신호의 저편에서

옮긴이로서 나는 몇 페이지에서 몇 페이지까지 슬픈가.
에이 비 씨에서 기역 니은 디귿까지
강변의 개가 북극의 곰이 될 때까지
응급실의
마지막 신호에 이를 때까지[3]

번역은, 번역의 결과물은, 어떤 경우에도 의미나 진리의 확정치를 노정하지 않는다. 그러려야 차마 그럴 수가 없기 때문이다. 세상의 그 어떤 번역도 항상 원문의 근사치를 실현한 결과일 뿐이다. 물론 번역가에게는 도달하고자 하는 이상이 있다. "원본과 다름없음"을 성취하고자 제 번역에 임하는 경우가 허다한 것은 이런 까닭이다. 가능하지 않음에도 불구하고 "원본과 토씨 하나 다르지 않은" 번역은, 번역가에게 도달해야 할 이상, 그러니까 불가능성의 가능성을 타진해나가는 작업이기도 할 것이다. 그러나 단지, 도달해야 할 무엇인 것이다.[4] 우리의 눈길을 잠시 사로잡는 대목이 있다. 시인이 "당신의 갈 봄 여름 없는 계절"이자 "나의 먼 후일"이

---

3   이장욱, 「옮긴이의 말」, 《현대문학》, 2017. 1.
4   흔히 우리가 번역은 원본에 충실해야 한다고 말하면서 머릿속으로 바라는 것은 원본과 최대한 일치하는 번역이다. 이 경우, 번역의 결과물은 역(逆)번역의 수순을 밟아 원본으로 살아날 수 있다는 믿음으로 이어지기도 한다. 우리가 역번역의 환상이라고 부르는 것은 바로 이것이다. 역번역으로 원본을 완벽하게 재구성할 수 있다는 믿음은, 번역의 근본적인 특성과 번역 과정의 근본적인 창조적 성격을 전혀 파악하지 못한 무지와 몰이해에서 자주 빚어진다.

라고 적은 부분이다. "당신의 갈"이라는 표현은 '가을'의 약어일 것이다. 그러나 동시에 '가다'의 미래형이기도 하다는 사실도 염두에 두어야 한다. 이 경우, "당신의"과 "갈"이라는 구성, 이 통사의 조합은 어딘가 미묘하게 서로 일그러진다. 물론 여기에는 김소월의 「먼 후일」과 「산유화」가 번역의 대상이며, 인유로 텍스트에서 살아난다는 사실이 전제되어 있다. 이육사의 「절정」도 예외는 아니다. 이는 타인의 글로 나의 글을 쓰는 행위라기보다, 옮긴이라는 화자를 선택한 즉시, 단순히 용인되는 것을 넘어서 새롭게 열리는 상호-텍스트의 지평에서 시가 작동한다는 사실을 말해 준다. 시인이 옮긴이의 자격으로 거의 매 연을 열면서 정체성에 의문을 던지고, 바로 그런 일로 의미의 자리를 새롭게 타진하고, 나아가 감정과 타자, 텍스트를 오로지 옮긴이가 해석하고 다시 쓰는 일종의 과업으로 전환해 낸다는 사실에 주목할 필요가 있는 것이다. 중요한 것은 "옮긴이"의 시각에서 전개되어 텍스트가 이중, 삼중으로 해석의 격자를 늘려 낸다는 데도 있다. 시인이 단일한 주체의 자리를 지우고, 옮긴이의 시선을 택하여 텍스트를 오로지 타자의 문장과 흔적을 간직하고 있는 중의성의 산물로 환원하였다는 사실을 말해 주기 때문이다. 이는 마치 번역에서 '의미'가 어떤 경우에도 단일성을 움켜쥐지 못한다는 사실에서 착안했다고 할까?

반복한다. 번역에서 '의미'는 확정적이지 못하고 근사치의 의미로만 존재한다. 우리가 읽는 번역서는 원문을 그대로 옮겨온 것이 아니라 항상 근사치의 의미 값을 쥐고 원문을 재현한 것이라는 사실을 부기해 둔다. 번역은 더러 신조어를 만들어야 할 경우를 맞이하며, 모국어의 저변, 저 예기치 못한 잠재성이 솟아오르기를 조심스레 기도해야 할 때도 있다. 시인은 서로 완벽할 수 없는 관계, 어떻게 해도 온전히 "도달할 수 없는" 타자, 그러면서도 "이미 도달한" 타자와의 관계에 고여 있는 슬픔을, 번역의 속성에 빗대어 아름다운 한 편의 시로 풀어나간다. 작품이 착안한 것, 시에 녹아 있는 절묘한 비유는 가령, 다음과 같이 말해 볼 수 있을 것이다.

'원문'과 '역문'을 각각 두 개의 원이라고 가정하자. 번역은 흔히 이 두 개의 원을 하나로 포개는 작업이며, 거개가 그러한 모양새를 지닌다. 번역가는 하나의 원(출발어-원문)을 다른 하나의 원(도착어-역문)에 최대한 가까이 옮기려 시도한다. 번역은 이렇게, 필연적으로, "당신이 누구냐고" 묻는 과정을 거친다. "이게 어느 나라의 문자냐", 그러니까 언어의 고유한 특성이나 구문의 특수성이 번역에서 제약이 되는 경우도 자주 발생한다. 더구나 번역의 난점, 혹은 한계로 작용하기도 한다. 가령 프랑스어와 한국어는 어순이 완전히 다르다. 번역가는 두 언어의 그것 가운데서, 어떤 통사적 질서에 따라야 하는지 빈번히 고민에 빠진다. "어느 시대의 사상이냐"도 번역에서는 자주 물을 수밖에 없는 고민거리이다. 시대에 고유한 사상과 그 사상의 특수성이나 특정 시대의 문화적 고유성 역시, 번역에서는 항상 문제가 되며, 번역가를 빈번히 시험에 빠지게 하는, 난맥의 기류가 흐르는 지점들이기 때문이다. 번역은 그러니까 이 모든 과정, 아니, 이와 같은 과정을 필연적으로 거친다. 그러나 번역가가 아무리 노력을 해 봐도, 좀처럼 이 두 개의 원이 완벽하게 포개어지는 일은 벌어지지 않으며, 벌어질 수도 없다. 경험적으로 그런 일은 가능하지 않을 뿐만 아니라, 언어의 속성상, 불가능한 일이기 때문이다. 번역의 역설이, 번역의 가치가 바로 여기에 있다. 번역은 포개는 과정(즉 옮기는 과정)에서, 중첩되는 부분(어려움 없이 해결되는 부분, "에이 비 씨에서 기역 니은 디귿까지")을 제외한 저 '나머지'를 옮겨 보려는, 진지하고도 실패가 예정된 시도에서 제 고유성을 뿜어내기 때문이다.

번역가가 가장 공들여야 하는 대목, 번역가를 시험에 빠지게 하는 부분은, 바로 두 개의 원을 포개었을 때, 좀처럼 교집합을 이루지 못하고, 오롯이 포개지지 않아 삐져나온 두 원의 저 나머지 부분일 것이다. 번역가의 능력, 재능, 특성도 여기서 드러난다. 번역가는 원문의 특수한 지점이 무엇인지 파악하는 능력에 따라 제 실력이 드러나기 때문이다. 이렇게 번역가는 원문을 세세히 헤아려 파악하고, 그렇게 손에 쥔 원문의 특수성을 내 언어로 옮기는 작업을 진행하지만, 그 작업이 녹록한 것은 아니다. 번역의 본질적인 성격이 그렇기 때문이다. 이런 경우, 어떻게 해야 하는 걸까? 원문에 대응하는 등가의 낱말이 없거나 아예 부재하는 경우라면? 지금은 사용하지 않는 저 기억속의 모국어를 샅샅이 뒤지려 시도하거나, 신조어를 만들려 고민을 해야 할지도 모른다. 원문의 특수한 통사적 구조가 역문의 그것과 서걱거리면서, 좀처럼 호응하지 않는다면? 원문의 낯선 구문이 번역문으로 흘러오도록, 원문을 과감히 깨트리고, 그 조각을 하나하나 이어가며, 텍스트를 다시 구축해야 할지도 모른다. 이렇게 번역가는 저울 위로 왼쪽에는 원문을, 오른쪽에는 역문을 놓고, 쉴 새 없이 낱말을 재보고, 그 근사치에 무게를 달아가며, 양자의 균형을 맞추어 나간다. 이 과정에서 도착어-역문의 잠재력을 깨워야 하는 순간을 번역가는 맞이하게 될 것이다. "강변의 개가 북극의 곰이 될 때까지" 노력해야 한다고 할까? 번역은 이렇게 생체이식을 마친 환자처럼 처음에는 도착어 문화에 안착하기 전, 거부반응을 일으킬 수도 있다. 이는 어쩌면 당연한 수순이자 과정이기도 하다. 그러니까 번역을 통해, 번역가의 손에 의해, 원문은 "서서히 죽어가면서/ 내내 다른 언어로 태어"나는 과정을 거칠 수밖에 없다. 정체성은 다른 언어, 타자를 만나 고안된, 고유한 역사적 산물이다. 번역은 "서서히 죽어가면서/ 내내 다른 언어로 태어"나는 과정에서, 결국 타자와 거래를 튼다. 번역은 타자와의 만남, 사랑의 방식, 관계성을 고스란히 드러낸다. 나를 보여주지 않으면, 나도 남을 볼 수가 없는 이치와도 같다. 번역은 나를 걸고 임하는 사랑, 즉 나의 깨어짐이지, 일방적인 타자에게 복속된 봉사나 희생도, 관대한 표정으로 타자에 대해 베푸는 동정이나 연민이 아니다.

원문이란 항상, 언제나, 번역가가 파악한, 바로 그 특수성을 드러낸 원문, 오로지 번역가의 원문일 뿐이다. 뛰어난 번역은 따라서 번역을 마친

후, 원문에게 무언가를 주기도 한다. "너는 나의/ 먼 곳에서 어떤 원본이 되어가고 있느냐"라는 것은, 번역이 끝난 후, 원문에게 번역이 되묻는 행위를 비유한다. 그러니까 이러한 물음은, 원문이 움켜쥐고 있는 특수성을 번역이 깨트린다는 사실, 그런 후, 다시 이어 붙여, 원문의 특수성을 근사치로 재현하는 것이 번역이기에 가질 수 있는 물음이다. 번역에서 우리는 자주 원문의 표정을 읽는 것이다. 어떤 경우, 드물게, 뛰어난 번역의 경우, 원문의 특수성을 번역이 폭로하기도 한다. 번역에 의해 원문의 가치가 드러난다고 말해도 좋겠다. 번역은 이렇게, 자주, 아니 항상, 비평적 특성을 지닌다. 시는 번역의 이러한 특성과 번역의 과정 전반을 시의 오롯한 문법으로 삼고 뛰어난 비유로 녹여 낸다. "몇 페이지에서 몇 페이지까지 슬픈" 타자, 위태로운 관계성 속에서 오로지 "마지막 신호에 이를 때까지", 그렇게 무언가를 옮긴다는 행위 속에서만 지속되고 존재하는 타자를 이장욱은 이렇게 불러낸다. 한번 경험했으며("이미 도달한"), 그러나 여전히 "부재중 신호의 저편에서" "원본"처럼 빛나고 있는 타자는 그러니 무엇인가? 나를 걸고 임하는 번역이 결국에는 일회적인 것과도 무관하지 않은 건 아닐까?

번역서를 비롯해 책이 제 숨결을 고르며 우리의 손길을 기다리고 있는 곳은 도서관이다. 우리는 도서관 열람실에 감도는 문자와 글, 사유의 향기를 맡고, 해석하며 살아간다.

제목이 감추는 것을 기다린다 내용이 가리키는 것을 기억한다 어둑한 통로를 따라가다 보면 찾기 쉬운 책장이 있고 찾을 수 없는 순서가 있다 하나를 생각하면 가까워지는 하나, 하나씩 나누면 친절해지는 숫자들이 있다

문제는 모였는데 문제가 주는 답을 더해

확인해야 나가는 것이다 확신해야 나서는 것이다 제목에서 하고 싶은 이야기가 있고 내용에 대해 하지 못하는 이야기가 있다 혼자 떠도는 동안 흔적이 되는 해석이 있다 문으로 들어서면 문밖의 질문으로 가득 차버리는 곳에는[5]

누구나 도서관 열람실에서 책을 찾아본 적이 있을 것이다. 열람실에서 겪게 된 이야기기가 시의 뼈대를 이룬다. 책이 즐비하게 꽂혀 있다. 책을 찾고 있다. 책의 제목이 정확히 기억나지 않는다. 그러나 내용이 얼핏 떠오르기도 한다. 열람실 통로, 저 어두운 복도를 따라간다. 어떤 구역에서 이르면 내가 원하는 책이 쉽게 발견되기도 한다. 이 책인가 하면 저 책이 떠오른다. 유사한 책을 뒤적거리다가 다른 책을 손에 쥐고서, 거기에 시선을 오래 두기도 한다. 시의 전반부는 여기까지다. 이후 시는, 중의적인 해석을 문제로 삼고 물음의 대상으로 전환해 내며, 열람실에서 책과 더불어, 우리가 할 수 있는 모든 것들, 공간의 잠재력, 사유와 글의 근본적 속성에 대해 골몰하기 시작한다. 문을 여는 것은 열람실로 들어가는 행위이지만, 제목이나 내용을 골간으로 삼은 책, 그러니까 글 안으로 침투한다는 사실도 함께 암시한다. "문으로 들어서면 문밖의 질문으로 가득 차버리는 곳"은 그러니까 물음을 던지고, 이렇게 던진 물음을 다시 확인하고, 나아가 재차 확인 과정을 거친 후, 확신을 갖게 되는 곳이다. "열람실"은 책이 담아낼 수 있는 최대치의 가능성이 실현되는 장소이기도 하다. 글을 쓰는 자에게는 "제목에서 하고 싶은 이야기가 있고 내용에 대해 하지 못하는 이야기"가 있게 마련이다. 해석은 확정된 사실에만 붙잡혀, 항상 정확한 형태의 지식으로 우리에게 남겨지는 것은 아니다. 간혹, 혹은 자주 의식의 흔적처럼, 지성의 파편처럼 존재한다.

5 정영효, 「열람실」, 《문학과사회》, 2017, 봄.

시인에게 "열람실"은 문자가 태어나고, 제목과 내용을 궁리하는 곳이며, 자기가 읽은 독서의 결과물에 해석의 무늬를 입히는 곳이자, 이 세계에 산재하는 물음들과 문(文) 전반에 대한 모종의 질문들이 시나브로 스며드는 곳, 그렇게 잔뜩 물음이 고이고 예서 또 궁리를 하는, 그런 시간으로 한없이 골몰해진, 사유의 정거장이다. "제목이 감추는 것"을 깨우는 곳이다. "하나를 생각하면 가까워지는 하나"는 흡사 문장을 짓거나 독서를 전개하거나 번역하는 과정에 대한 비유와도 같다. 우리는 "확인을 해야" 전진하고, "확신을 해야" 글을 쓰거나 원문을 제 언어로 옮긴다. 글을 쓴다는 것, 번역을 한다는 것, 책을 읽는다는 것은, 문제를 그러쥐는 행위이기도 하다. 모두, 자기 나름의 확신이 필요한 지적 작업, 쓰는 자의 책무, 옮기는 이의 사명과 연관된 작업이다. 문자를 놀리고 낱말을 옮기는 행위는 "문으로 들어서"서 "문밖의 질문으로 가득 차버리는" 순간과 순간의 연속으로 이루어진다. 그러니까 시인의 "열람실"은 흡사 번역과 독서, 창작의 과정과도 같다. 시는 하나의 단편적인 사실을 고하는 데 바쳐지지 않는다. 번역은 하나의 결과물을 노정하지 않는다. 시는 항상 근사치의 이상을 실현하고자 최대한 말의 잠재력을 흔들어 깨운다. 낱말과 통사, 문장은 자주 고정된 의미를 뚫고, 관계의 망에서 고유한 가치를 타진하고 자신의 터를 다진다. 시와 번역은, 이와 같은 사실을 자명하게 드러내며 의미의 자리를 타진한다. 시는 근사치의 비유로 발화의 경제성을 실현한다. 시와 번역은 한 입으로, 결국 두 마디 이상을 말을 쏘아 올린다.

5부

첫 줄의
현기증

없어지며 나타나는, 첫 줄의 현기증
변모하는, 변모할 수밖에 없는 이제니와 말의 운동에 관하여

*

시라는 것, 시라는 언어, 아직 당도하지 않은 말들이 붓끝에 대롱거리며 쏟아져 나오기를 바랐을 때, 바로 그 첫 순간, 처음이라고 우리가 말할 때부터 아마 그랬을 것이다. 종이가 울고, 소리가 뜻과 함께 뒹굴고, 그렇게 백지위로 적어 내는 저 글들의 행렬이 어디론가 자꾸 가려고, 반복하며, 또 가자고 그를 보챘을 것이다. 반복은 반복이 아니다. 그 어떤 말도 제 지위를 포기하지 않는다. 그러나 그 지위는 다른 낱말이 부여하며, 글 전체가 빚어내는 차후의 일, 후차적인 모종의 값으로만 주어질 것이다. 말의 값은 그러니까 맥락이 준다. 이러한 사실을 적시하는 일, 이와 같은 사실을 문자로 실천하는 일에서 시인은 시적 주체의 고안이라는, 한 가지 가능성, 하나의 가능성, 문자와 소리가 경계를 물리고, 한 방향으로 전진할 힘, 그 에너지의 운동을 목도했을 것이다. 그러니까, 자주 되풀이되어 노래와도 닮아 있다 할 구절들, 그걸 끌어안은 시들, 가령 그의 첫 시집에서 아름다운 소리를 울려 내는 저 반복에 임시의 거처를 마련해 둔 작품들은 작은 변주로도, 이른바 우리가 '의미'라고 부르는 무언가를 가변의 행로에 놓게 하는 저 차이, 그 미세한 움직임을 놓치지 않는다.

> 나무의 피를 가진 사람아
> 나무의 피를 가진 사람아
>
> (……)
>
> 물음을 울음이라고 발음하는 사람아
> 울음을 물음이라고 발음하는 사람아
>
> (……)
>
> 피어라 피어라 꽃 피어라
>
> 나무의 피는 조금 울고
> 어쩐지 자라나던 그것이 문득 작아진 것 같았습니다.[1]

그렇게 말과 말 사이로 감정이 고이고, 이내 어디론가 흘러간다. 누군가를 부른다. 두 번 부른다. 이 "사람"은 "물음"을 "울음"으로, "울음"을 "물음"으로 "발음"하는 발화의 주체이지만, 이 주체는 흔히 말하는 '화자'는 아니다. "울음"-"물음"-"발음"은 어떤 결속을 갖는다. 단일한 '뜻'의 저 견고한 의지를 물리고, 소리가 뜻과 서로 분리되지 않는 속성으로 창출해내는, 그렇게 미지의 의미, 미지였던 의미, 그러니까 주관적인 의미, 아직 당도하지 않았던, 그래서 흔히 정조나 감성이라 부르기도 했던,

---

1 이제니, 「곱사등이의 둥근 뼈」 부분, 『아마도 아프리카』(창비, 2010).

우리가 정동(情動, affet)이라 부를, 모종의 에너지를 분출한다. 각각의 낱말을 옥죄고 있던 '뜻'은 비교적 간단해 보이는 연상을 통해, 변주에 착수한다. '그러할 것이다', 라는 의미, '그럴 것이다'라고 추정되어 왔던 의미의 통념을 풀어헤치고, 음성, 그 어울림이 '뜻'의 결정에 관여하면, 형식과 의미는 분리되지 않고 동시에 작동하기 시작하며, 그렇게 "피"가 백지 위로 피어난다.

　　종이는 울고 있었습니다
　　심장은 손가락과 연결되어 있었습니다

　　삼각형 사각형 오각형 아름다운 도형들이 마음을 어루만진다 뾰족한 것들이 나를 위무한다 삼각형의 넓이를 구하는 공식이 사각형의 넓이를 구하는 공식보다 더 아름답게 느껴지는 이유는 무엇입니까[2]

　　차라리 밀착시키기. 그건 종이에 구멍을 내거나 존재의 현현을 바라는 일은 아니다. 사물의 '있음'을 공고히 하는 현상학의 문법을 이제니는 모른다. 차라리 변주한다. 차라리 몸과 문자를 밀착시킨다. 손가락 끝을 놀려 문자를 종이 위에 내려놓는다. 문자가, 글자가, 낱말이, 문장이, 종이 위에 접촉을 한다. 심장과 줄로 연결된 것과도 같이, 문자는 문자와 만나 변형되고 뒤섞이며, 그렇게 무언가로 깃들고 있는 중이다. 수많은 단어들, 그러니까 형태로 따지자면, 삼각형, 사각형, 오각형과도 같은, 그러니까 착시를 불러일으키는, 저 물질의 형태를 갖는 문자들, 이들의 교집합이자 합집합, 여집합이자 공집합인 상태가 만들어질 때까지 글을 적고 읽기를 반복한다. 없는 문자의 형태, 가령 삼각형과 같은 것이, 기존하는 문자

2　이제니, 「고아의 말」 부분. 위의 책.

의 형태, 가령 사각형보다, 시인은 "더 아름답게" 느껴진다고 말하며, 그 이유를 캐묻는다. 왜 그럴까?

"사각형의 넓이"는 우리가 벌써 아는 것(기존의 문자의 형태와 닮았기에)일 수 있다. 그러나 문자가 삼각형인 경우는, 없다. 한국어 문자 체계에서는 찾아볼 수 없다. 이 시인은 기존의 문자를 가지고, 아름답다고 느껴질 상태까지, 밀어붙인다. 아니다. 그 반대일 수도 있겠다. 문자에 들러붙어 있는 통상관념을 지워 낼 때만 탄생하는 감정을 제 글의 실천의 산물로 만들 줄 아는 것이며, 이 진지한 작업에 제 시원을, 미래의 시의 가능성을 타진하는 것이다. 그러니까 공들인 배치, 의도된 반복, 신중히 선별된 어휘의 조합들은, 의미 따로, 형식 따로, 겉도는 것이 아니라, 명백히 하나의 조직이 되어, 소리로 연결되고 울림으로 화합하면서, 기이하다고 할 수밖에 아름다움을 뿜어내는 것이다. 없는 문자로 기존의 문자를 지워 내는 일은, 시인이 문자와 의미를 분리하거나 별개로 여기는 작업에 전념하기 때문이 아니라, 기존의 문자들을 성실하게 어루만지면서 소리와 뜻의 이분법을 넘어서는 지점에 당도해서 근사치의 의미, 주관적인 의미의 세계로 진입하는 문을 열고 있다는 것을 말해 준다. 그의 시에 문자의 덧셈은 있을 수가 없다. 아름다움은 애초의 문자를 들고, 애초의 문자의 통념을, 애초의 문자의 관념을 서서히 붕괴시키며, 결국에는 지워 내는 것이며, 지운 다음, 전혀 기대하지 않았던, 전혀 알 수 없었던, 이상한 형태의 도형, 미지의 의미를 느끼게 하는 데에 전적으로 달린 것이다.

첫 문장을 기다리고 있었다.
슬픔을 드러낼 수 있는. 슬픔을 어루만질 수 있는.
고통의 고통 중의 잠든 눈꺼풀 속에서.

꿈속에서 나는 한 권의 책을 손에 쥐고 있었다.

(……)

언젠가 내가 썼던 기억나지 않는 책
언젠가 내가 읽었던 기적과도 같은 책

지금은 그저 이 고통의 고통에 대해서만 생각하도록 하자. 우주의 밖으로 나갔다고 믿는 자들이 실은 우주 속을 헤매는 미아일 뿐이듯이. 우주의 밖은 여전히 우주일 뿐이니까. 슬픔 안의 슬픔이 슬픔 안의 슬픔일 뿐이듯이.

쓴 것을 후회한다. 후회하는 것을 지운다.
지운 것을 후회한다. 후회하는 것을 다시 쓴다.

백지와 백치의 해후
후회와 해후의 악무한

텅 비어 있는 페이지의 첫 줄을 쓰다듬는다.
슬픔에는 가장자리가 없고 우리에게는 할 말이 없었다.

펼쳐서 읽어라
펼쳐서 다시 써라[3]

무언가 분실된다. 그렇게 무언가 없어진다. 시간이 지남에 따라 말의 물질성 자체는 변화의 요로 위에 놓여 차츰 자기 동력을 상실하고 허공으로 휘발될 수밖에 없다. 읽었던 글은, 썼던 글은, 왜 문자의 함성이 되어 좀처럼 되돌아오지 않는가? 휘발됨, 사라짐을 견뎌 내야 하는 운명은 기

---

3 이제니, 「분실된 기록」 부분, 『왜냐하면 우리는 우리를 모르고』(문학과지성사, 2014).

억하는 자라면 누구나 겪는 당연한 이치일 뿐인가? 글은 항상 이 휘발성의 한계를 끌어안고 있다는 조건 속에서만 글이며, 기억이라는 저장고에 웅크리고 있을 에너지로 남겨질 뿐이다. 어떤 순간이 있었을 것이다. 순간이 아니라 시기라고 해야 할지도 모르겠다. "이 고통의 고통에 대해서만 생각하도록 하자"고 다독이는 시간들, 그 사이로 의식과 무의식의 경계가 자주 자취를 감춘다. 고통의 극한에 처해서, 시인은 눈에 불을 켜고, 몸이 기억하고 있었던 것들, 제 독서와 기록의 흔적을, 아니 그 역사를 투명하게 주시하고 면면히 들여다본다. 살려 내려 한다. 다시 지펴야 한다. 꿈은 벌써 현실이다. 현실은 꿈과 같을 수밖에 없다. 그저 사투의 단순한 흔적들은 아니다. 정신이 글을 움켜쥐고, 글이 정신으로 귀환하는 순간의 기록, 다시 시작하는 자의, 저 차오르는 의지의 형형한 불빛이며, 의식과 무의식을 무화하는 시 쓰기의 시도이자 그 순간의 각오이며, 일어서려는 자가 도모하는 유(有)와 무(無)의 화해이자 백지 위의 고백이다. 여기서 시인은 항상 "첫 문장을 기다리고 있"는 사람이다, 라고 우리가 말하려면, 조금 더 깊은 이해가 필요할지도 모르겠다. 그는 새로운 것을 쓰겠다고 말하는 것이 아니다. 자기 자신에게 명령을 내리고 있지 않나. 시인은 고통과 슬픔을 극복했다고 말하는 것이 아니다. 고통이나 슬픔, 그 안으로 들어가자는 것도 아니다. "백지와 백치의 해후"를 실천하는 일, 그것은 차라리 순결한 의지, 죽음을 한 번 이상 소유해 보았던, 경험해 보았던, 그렇게 죽음을 지금-여기, 제 몸의 한가운데에서 간직할 수 있는 자가, 글을 향해, 미지의 글에게 보내는 '제안'일 것이다. 유한을 넘어서는 저 무한성에 대한 인식, 유한한 생명에서 무한한 상승 운동의 가능성을 넘본 자가 "후회와 해후의 악무한"(惡舞限, das Schlecht-Unendliche)을 언급한다. 그러니까 "기억나지 않는 책"과 "내가 읽었던 기적과도 같은 책"의 결합이나 "쓴 것을 후회한다"와 "후회하는 것을 지운다" 사이, "지운 것을 후회한다"와 "후회하는 것을 다시 쓴다" 사이의 유기적인 운동은 "텅 비어 있는 페이지의 첫 줄을 쓰다듬"으려고 하는 자의 각오와 다르지 않다.

*

끝없이 시작하는 생성 운동, 그리하여 무한의 문(文), 저 문자가 열어 보이는 무한의 공간, 무한의 시작, 항상 첫 줄일 수밖에 없는 상태로의 진입을, 이 시인은, 절망 너머로, 온 힘을 다해 타진하고 있는 것이다.

녹색의 입구
끝없는 녹색의 입구

녹색의 내부의 내부의 내부가
녹색의 내부의 내부의 내부의 외부가
내부의 외부의 내부의 외부의 내부가 열리기 시작했습니다.

머리카락이 자라나듯이, 너의 암흑이, 너의 검정이, 너의 하양이, 흑백의 밝고도 어두운 광선이. 흑백은 깨어 있지 않았다. 흑백은 누구도 깨우지 않는다. 흑백은 그저 간신히 그 자신만을 깨울 수 있을 뿐이다.

물결은 어디에서 어디로 흘러가는 걸까. 물결은 무한증식하는 액체의 메아리. 땅끝으로 밀려와서 하얗게 토해진 백지의 울음.

아무것도 조직하지 않을 것이며 아무것도 통제하지 않으리라. 매순간 모양을 바꾸는 구름이 말했습니다. 바람은 조언하거나 참견하지 않는다. 바람은 아무것도 돕지 않는다. 의지 없이, 의식 없이, 그 모든 것들을 돕는

다. 여기에서 저기로 꽃가루들이 날린다. 검은 비닐봉지가 날아간다.[4]

녹색의 나뭇잎을 본다. 본다. 보고 또 본다. 녹색의 나뭇잎이 여럿이
다. 서로 포개어진다. 자주 그렇게 한다. 혹은 뚫어져라 한 곳을 바라본다.
색은 조금 서늘해지거나 조금 더해진다. 서늘해지면 하얗게 느낌만 남겨
지며, 더해지면 투명해서 검은, 맑아서, 없어져서 끝내 드러나는 검은 무
엇이 된다. 색의 저 내부와 외부, 이 양자의 이분법이 결코 아니다. 주시한
다. 반복하다가, 그렇게 나아가다 보면, 저 녹색의 심연에 도달할 수도 있
을 것이며, 숲 전체가 "머리카락이 자라나듯이" 검은 덩어리처럼, 순간 묘
연해지기도 할 것이다. 중요한 것은, 세계의 모든 색들에서 오로지, 궁극
적으로, 하양과 검정만이 남겨진다는 저 사유에 있다. "나무 구름 바람"같
은 풍경들, 색을 갖는 모든 것들은, 항상 자기를 대변하는 대표적인 색으
로 이 세계의 독자들, 우리들에게 표상되며, 대표하는 언어, 그러니까 빨
강, 파랑, 주황 등의 낱말에 갇힌다. 색채가 한 단어로 호명될 때, 통상 붙
잡히게 되는 관념을 없애는 방법은 없을까?
　시와 시론은 여기서 나란히 한 길을 걷는다. 통념을 걷어낸 두 가지 색
은 하양과 검정밖에 없다고 시인은 생각한다. 근원적인 색이자, 오로지,
스스로가 "자신만을 깨울 수 있을 뿐"인 그런 색, 모든 색의 근원에 있는,
그 합침과 지움의 끝에 있는 그런 색 말이다. 문제는 언어도, 이 세계의 사
물도, 사정은 매한가지라는 데 있다. 언어란, 말이란, 낱말이란, 결국 결핍
되거나 과잉된 언어, 말, 낱말일 수밖에 없기 때문이다. 의미는 의미가 아
니다. 의미는 항상 근사치의 의미, 부족함과 넘침의 벡터 속에서 결정될
모종의 값으로 주어질 수밖에 없기 때문이다. 의미는 결국, 전체 글 덩어
리 안에서는, 선험적인 의미가 확정되지 않은 근사치의 값으로만 존재할

4　이제니, 「나무 구름 바람」, 『아마도 아프리카』.

수밖에 없다. 낱말들이 모여드는 순간의 값, 낱말들이 맺는 관계의 값, 문장들이 서로 포개지며 쌓아올린 말의 덩어리 속의 조직, 덩어리에 귀속된 산물이 바로 '의미'이기 때문이다. 시 전반에서 낱말은, 문장은, 따라서 덜 도착하거나 벌써 빠져나간 문장, 늦게 도착하거나 미리 당도한 문장일 뿐이다. 언어는 계산을 모른다. 언어는 구성 요소들의 관계 속에서 차라리 감정을 빚어낼 뿐이며, 그러나 이마저 확정적인 것은 아니다. 언어가 뻗어 나가는 과정에서, 순간순간 가지를 치며 가지런해지거나, 줄기를 잘라 내며, 제 모습을 드러내고, 그런 후, 이내 사라진다고 한다면 또 모를까? 시인은 이와 같은 사유를 제 글에서, 제 글의 실천적 결과물로 삼는다. 이제 니는 글과 말, 시의 저 "조언하거나 참견하지 않는" 언어적 속성을, 바람의 저 형태 없는 운동에 비유하고, 글과 말, 시의 저 맥락에 따라 "매순간 모양을 바꾸는" 특성을 하늘에 둥둥 떠 있는 "구름"이 발화하게 만들면서, 독창적인 시론을 제 시적 실천의 저 중심에 붙들어 맨다. 목소리, 터져 나오는 목소리, 나도 모르는 목소리, 말과 말이 부딪히며 빚어내는 이 목소리는 우리가 결국, 타자의 그것이라고밖에 말할 수 없는, 미지의 그것이라고밖에 부를 수 없는, 그러나 온갖 이분법, 그러니까 이성과 감성, 의미와 형식을 무화시키는 그런 목소리라고 할 수밖에 없을 것이다.

들려온다. 하나의 음이. 하나의 목소리가. 태초 이전부터 흘러왔던 어떤 소리들이. 이름을 붙여주기 전에는 침묵으로 존재했던 어떤 형상들이. 너는 입을 연다. 숨을 내뱉듯 음을 내뱉는다. 성대를 지나는 공기의 압력을 느낀다. 하나의 모음이 흘러나온다. 모음은 공간과 공간 사이로 퍼져나간다. 위로 아래로 오른쪽 왼쪽으로. 사방으로 퍼져나가며 진동한다. 음은 비로소 몸을 갖는다. 부피를 갖고 질량을 갖는다. 소리는 길게 길게 이어진다. 길게 길게 이어지다 끊어진다. 끊어지다 다시 이어진다. 어떤 높이를 가진다. 어떤 깊이를 가진다. 너는 허공을 바라본다. 높은 곳에서 쏟아져 내리는 빛을 보듯이. 구석구석 음들이 차오른다. 차오르는 음폭에 비례해 공간이 확장된다. 너는 귀를 기울인다. 저 높은 곳에서부터 내려오는 신의 목소리라도 듣듯이. 목소리는 말한다. 목소리는 목소리 그 자체로 말한다. 신의 목소리가 신의 말씀보다 앞서듯이. 소리의 질감이 소리의 의미를 압도하듯이. 너는 음의 세례를 받으며 빛의 세계로 나아간다. 다시 음들이 이어진다.[5]

읽는 이가 없는 곳은 말이 아직 당도하지 않았던 곳이다. "다시 음들이 이어"지는 어떤 개방체계를 우리는 이 연작을 통해 경험하게 될 것이다. 단어나 문장은 닫히지 않는다. 오로지 여는 데만 소용된다. 어떤 공간을 열고, 어떤 시간을 열고, 어떤 장소를 열고, 사물의 존재를 붙잡거나, 붙들어 맨 이후, 다시 이동시킨다. 그럴 수밖에 없었을 것이다. 낱말이, 문장이 서로 호응을 하며 분출된 에너지가 시집 전반을 관통하면서, 지배한다. 낱말과 낱말이 고정된 의미에 붙잡히는 법이 없다. 그렇다고 우리는 말했다. 차라리 소리의 공명, 그 울림에 따라 변주되어 의미와 협업을 하면서 우리의 독서를 이끌어 나가면, 명확한 언어, 단일한 의미, 정확한 전달, 단단한 감정이 자리를 물리고, 문장과 문장이 결속을 통해서만 뱉어내는 리듬이 시를 지배하기 시작하며, 여기에는 지극히 단순해 보이지만 청명하고도 맑은 목소리의 방문이 자리한다. 말의 운동이 빚어낸 저 물결들의 솟구침이 아직 경험하지 못한 목소리를 발화의 가능성의 영역으로 끌고 들어온다. 이제니의 시는 결국 덧붙이면서 지워나간다. 의미를 관계의 산물로 환원하면서, 아니, 의미를 순간의 값으로 변환하면서, 일보 전진하는 시, 그 과정에서 미지의 의미의 자락을 백지 위에 흩날리면서, 결국에는 의미가 무엇이었나, 우리로 하여금 되돌아보게 만드는 시, 바로 이 순간은 아무것도 정확히 기술되지 않았다는 사실을 깨닫게 해 주는, 그와

5   이제니, 「나선의 감각 — 음」, 『왜냐하면 우리는 우리를 모르고』.

같은 순간의 경험을 시시각각 결부시켜 주는 시를 우리에게 보여 주었다. 바로 이 순간은, 과정을 유추하게 되고, 모호함 뒤로 어렴풋함과 근사치의 무엇이, 풍경이 되고, 자연이 되고, 삶의 경험이 되고, 일상의 주재자가 되어, 이상하다고 할 수밖에 없는 목소리를 울려 내는 순간이기도 하다. 언어의 자기 지시적 특성에 대한 진지한 물음을 끌어안고 전진하는 그의 시는, 사물과 세계의 질서를 모방하거나 흉내 내는 것이 아니라, 언어 고유의 질서로, 그렇게 언어의 주관성의 산물로 전환해 낸다. 그의 시는 화자가 아니라 주체의 자리를 고안하고, 의미가 아니라 목소리를 울려 내며, 서정이 아니라 정동의 징표들을 간직한다.

진실은, 진리는 바로 순간의 진실이자, 진리, 발화의 순간의 진실이자 진리일 뿐이다. 시작이 끝인 경우도 있다. 끝이 시작인 경우도 있다. 문장은 서로 꼬리에 꼬리를 물고 끝없이 이어질 수 있는, 잠재적 가능성을 실현하는 데 헌정된다. 이제니가 '나선의 감각'이라고 부른 것도 바로 이것이다. 나선은 소용돌이나 물결, 담배 연기, 아니 이 세상 모든 형태의 운동, 이 세상 모든 운동의, 저 상승하고 사라지는 운동의 이미지, 그 과정을 끌어안는다. 그러니 끝없이 말아 올리는 것들은 무엇이든 나선의 감각을 뿜어내는 것은 아닌가? 무엇이었던가? 무엇을 울려 내는 목소리인가? 쾌락은 아닐까? 상승의 기운은 아닐까? 움터오는 생명은 아닐까? 증가하는, 사라져가는 고통은 아닐까? 무엇이든 좋다. 시인의 목소리, 광(狂)의 목소리, 취(醉)의 목소리, 현(弦)의 목소리, 곡(哭)의 목소리, 정(情)과 동(動)의 목소리, 저 상승하면서 감아올리는, 움터 오면서 증가하는, 그렇게 끝이라고 여기면 다시 피어오르고, 시작했다고 믿는 순간, 어김없이 끝을 향하는 저 말들이 열어 놓는 개방 체계, 그것의 실현이 바로 이 시인이 '나선의 감각'이라는 제목의 연작을 통해 실현하고자 했던 것은 아니었을까? 그의 시를 읽으며 우리가 지독한 현기증을 느꼈다면, 어쩌면 광기의 한 자락을 우리가 붙잡았다고 할 수도 있다.

*

이제니는 늘 어디론가 간다. 의미를 지워, 의미의 과정으로 입사하는 리듬은, 전체에 관한 조망이 아니라면 결코 잡히지 않는 말들의 행렬이었다. 그 행렬 속에 덧없음이, 상처가, 과거가, 죽음의 경험이, 바로 그때 거기, 지금 여기의 말이 되어, 한없이 떠돌고 돌아 나오기를 반복하면서, 사건의 중심을 부수고, 나선이 되어, 자아의 깊숙한 곳에 자리한 저 이상한 청사진을 불러내었다. 무(無)가 되는 말에 대해서도 말을 아끼기 어렵다. '무'가 되는 말은, 발화를 하되, '곧장' 말이 되지 않는, 하나의 의미에 덜컥 붙잡히지 않는 말을 기록한 말이다.

따라서 이것은 아무 말이 아니다. 내용으로 요약되거나, 표현의 가능성, 그러니까 논리적이고 문법적인 카테고리에 속하지만, 이 카테고리에 거주하지 않고, 결국 이 카테고리를 확장해 내는 말, 그래서 우리가 미지라고 부르는 말이다. 하나의 의미와의 일대일 대응은 좌절된다. 중요한 것은 해석도 그렇게 할 수가 없다는 것이다. 이쯤 되면 시는 통상적인 말을 벗어난 말의 뭉치로 새로운 말, 열리지 않은 말을 만들어나가는, 그와 같은 말일 수밖에 없다. 더 많은 것을 생각하게 해주고, 말의 층위를 파고 내려가거나 끌고 올라가는 말이다. 이제니의 언어는 따라서 무(無)의 언어이면서, 침묵의 언어이지만, 여기에도 단서가 붙는다. 공고한 통념을 무로 만드는 언어, 내용을 파악하려는 자들을 침묵하게 만드는 말로 제 특수성을 쌓아올리는 언어는 요약하고자 하는 자들의 의지를 무로 만들어 버린다. 말 중에서 가장 특별한 말, 특별히 조직된 말, 일상적인 말을 일상적으로 부리지 않게 고민으로 뒤발된 말의 행렬을 종이 위에 시연하는 데는, 특별한 어휘가 필요한 것도 아니며, 각별한 이미지의 조작이 필요한 것은 아니다. 쉬운 시는 없다. 시는 본질적으로 소통이나 이해를 전제하지 않는다. 이해가 결과로 주어지는 순간은 오직 주관성의 범주에서 일어나는 특수성의 천거에 의해서 그런 것일 뿐이다. 그렇기에 이제니의 시는 우리의 삶으로 잦아들어, 우리를 변화시키는 말이기도 하며, 모든 공간을 이동시키고, 시간을 늘리고 줄이는 말, 색을 지우고 심연을 드러내는 말이며, 지옥을 목도하게 할 수 있는 말, 심연으로 한없이 끌고 내려가는 말, 낯섦을 치켜 올려 통념을 송두리째 뽑아내는 말이다. 두드려 깨는 말이며, 잠재력으로 가득한 말이며, 차라리 말에서 사물을 꺼내는 말이다. 우리는 이러한 실험으로 가득한, 두 번째 시집 『왜냐하면 우리는 우리를 모르고』이후의 작품들을, 다시, 천천히 읽어 나갈 것이다.

'너'와 '나'의 이상한 수군거림

정동의 시적 징표, 인칭

> 나는 묻는다 너는 묻지 않는다
> 나는 너를 묻고 있다[1]

'너'라는 인칭은 자주 기만적이다. 모종의 전이를 받아들일 수밖에 없는 나의 탄생을 '너'가 예고한다고 해야 할까? 관계의 필드를 하늘로 솟구치게 하거나, 보이지 않는 곳까지 풀어헤치지 않고서 호명되는 '너'는 없다. '당신'과 '그'와 '나'와 '우리'에 비해, '너'는 이렇게 조금 다른 삶을 살고, 조금 다른 삶에 말의 화자 '나'를 위치시킨다. 언어학적으로 2인칭 단수인 '너'는, 특히 글을 소리 내어 읽을 때, 자주 '나'를 비추어보는 거울로 내 앞에 서서 나의 복화술사가 되거나, 독서의 삼자 — 그러니까, 읽는 주체 — 에게, 후차적으로, 추체험의 메시지를 쏘아 올려, 너-나-그의 구분을 취하고 분할된 영역을 아예 없는 것으로 잠시 허물어 버린다. 그러니까 이런 것이다. 우리는 말을 하면서 자신을 '나'라고 지칭하고 상대방을 '너'라고 부른다. 그러나 대답을 할 때, 그 위치는 곧 바뀌어 버린다. 즉, 발화 안에서 수시로 '너'는 '나'라는 화자에게로 되돌아와 말하는 자의 입장을 글 속에 결부시키는 것이다. 그렇게 '나'는 '너'가 되고 '너'는 나의 탈을 쓴다. 인칭이 규정하는 극단적인 발화의 한 지점이 스스로에게

---

1 박성준, 「물음과 표」, 《시인수첩》, 2016. 여름.

되돌아오는 송신탑처럼 기능하는 것은 사실 '너'밖에 없다. 너-나의 상호 교체를 통해 예기치 못한 통합이 자주 발생하는 것은 물론 시다. 인칭 사이의, 그러니까 이상하다고 할 수밖에 없는 전도의 과정을 겪어 내면서, 시에서 내가 나인지, 네가 나인지, 네가 너인지, 내가 너인지, 그 구분 전반이 헛돌기 시작하는 순간은, 기이하게도 발화가 개성을 뿜어내며 제 삼의 목소리를 창출하는 순간이기도 하다. 박성준의 최근 시는 이와 같은 지점을 주목하게 만든다.「다른 자를 위한 기도」(《문학동네》, 2016. 여름.) 전문을 읽어 볼 필요가 있겠다.

그리고 기다란 유리병을 연다.
나비는 날아가고 너는 비를 본다. 그렇게 유리병은 비어 있다. 더 큰 소리로 너를 불러도 너는 큰 사람이 되지 않는다. 돌아보지 않는다.
이제 와 너의 뒤통수는 여러 개인데 돌아본 적 없는 너는 오직 한 사람.

말을 다 하지 않아서 생긴 오해가 있다.
말을 더 할 수 없어서 나는 빈 곳이 되고
들을 말이 없는 너는 저곳을 본다. 여럿이서 단 한 번도 돌아보지 않는다.
나는 순하게 여기서 더, 출렁거린다. 울렁, 출렁, 울렁거린다, 아직도.
망설이다 놓쳐 버린 너는, 망설여서 여러 번씩 달라졌던 너. 그때마다 기억을 억누르면서, 여럿으로 있던 너는 사람이 되고, 믿을 수 없을 만큼, 한 사람이 되고
나비가 날아가고 비는 내린다.
너와 내가 부딪히며 비가 내린다.
아픈 그림, 그림자들, 나비가 날고. 날개와 날개가 부딪히면서 헤어지고, 헤어지려고 더 부딪히면서. 희망이 자살하면서 더 정확해진다.

누군가

휘파람으로 태어나서 유채화로 굳고, 누군가는 심장으로 죽어, 유령으로 살아간다지. 칫솔 위에 올려놓은 두통들처럼, 피가 날 때까지 기어이도 피어나는 꽃,

너 때문에, 너무 많은 나는 멀미가 나고

너무 못난 나 때문에 너는, 더 멀리 가 있다.

변명에도 숙명같이 명도가 있을까. 너는 없고, 없는 곳에서 자주 화를 내.

나는 니가 없는 곳이 너무 무섭다. 나는 니가 없는 곳이 너무 그립다. 내가 나를 공격해서 누가 아팠지.

너는 나, 나는 너, 나는 나.

나만 우리가 되고 우리는 네가 된다.

아직 다 못 다란 말이 너무 많은데 범람하는 뒤통수는 너를 지운다. 소리를 지르고 불을 지르고 온몸에서 온갖 빛을 쏟아내면서, 얼굴이 캄캄해질 때까지

너를 부른다. 숨을 쉬면 쉴수록 증발하는 몸. 돌아보지 않는 너는 비를 맞는다.

넓이보다 높이를 가진 하늘 아래서

운명은 모서리뿐인 조각 같은데

내가 너를 사랑한 건 착각이었니. 헤어지잔 말도 이제 면역이 생겨. 혹시 나 했던 일이 역시일까봐. 소스라치게 일그러진 얼굴 속에는 내가 모르는 소설들만 가득하구나.

나는, 나는 목놓아서 너를 부르고, 메아리만큼 늘어난 너는 나의 모국어,

빼앗긴 들에서만 나의 모국어

사랑한 적 없던 만큼 나는 모국어

배워본 적 없는 말은 나의 모국어

너는 나를 떠나면서 없는 모국어
살다가도 모르게 알고 있는데
기다란 유리병은 비어 있는데
유리에게 병은 나의 병이라
나타났다. 사라졌다. 없는 병이라

병은 다시 나타나 너를 엿보고, 투명한 병은 계속 비를 엿보고 아픈 적
이 없었다고, 내가 비처럼, 나비는 날고 있다. 내가 아닌데, 빗속을 날고 있
다. 병도 아닌데, 투명한 마음마저 믿을 수 없어. 마음을 믿지 않아 아주 간
신히, 합장한 날개로 날아가는 나비.

놀라지 않을 수 없다.
나의 기도를

네가 어디론가 떠나간다. 너는 날아가듯 나를 떠나면 그만일지 모르지
만, 나에게 떠나가는 너는 눈물이 되고 세상을 적시는 빗물이 되어 내 안
으로 스며든다. 이게 가능한가? "나비는 날아가고 너는 비를 본다."를 위
시한 해석이지만, 상상에 비약을 더하거나, 풀이하여 덧붙인 독서의 결과
는 아니다. 작품의 나머지 구절과 구절이 서로 결합되어 형성된 시적 맥
락이 이 한 문장을 쪼개어 그 심연을 밖으로 튀어나오게 한 것이다. '너'
의 작용과 연관 속에서 탄생한 '나'와 '비'의 주관적인 결합이라고 말해도
좋겠다. "나비"는 나를 떠나 '날아가는'(즉, 飛) '너'이면서, 눈물을 흘리는
'나'이기도 하다. "돌아보지 않는다."는 따라서 '너'를 주어로 소급하는
데만 전념하지 않는다. 수많은 타인들 중, 너는 유일하다. "여러 개인데
돌아본 적 없는 너는 오직 한 사람"이어서만 그런 것이 아니라, '나'의 주
관적인 발화 속에서 다시 탄생한 '너', 즉 "나비", 그러니까 '나'와 '비'이
기 때문이다. "말을 할 수 없어서 나는 빈 곳이 되"지만, '너'는 이 "빈 곳"

에 정확히 있으며, "저곳을" 보는 "들을 말이 없는 너"로, 이내 떠나는 주체가 되어 시에서 제시된다. 주의할 것이 있다. 너는 떠난 것이 아니라는 사실이다. "망설이다 놓쳐 버린 너는, 망설여서 여러 번씩 달라졌던 너"라는 구절에서 이상한 전도 현상이 일어나기 때문이다. "망설이다 놓쳐버린 너"를 소리 내 읽어 보라. '너'는 누구인가? 말의 대상인 '너'인가? 말하는 '나'인가? 너-나의 경계가 여기서 허물어진다. 가령 '(내가) 망설이다 놓쳐버린 너는, (내가) 망설여서 여러 번씩 달려졌던 너'라는 해석은 여기서 지양될 수밖에 없다. 이쯤 되면 우리는 이 문장을 한 번 더 소리 내 읽어 보아야 한다. "망설이다 놓쳐 버린 너"는 '나'의 자기 지시적 발화를 추인한다. 마치 말을 하고 있는 자가 자기 자신에게 건네는 듯한 작용이 모종의 시적 공간을 만들어 낸다. 2인칭 '너'의 마술은 이렇게 시작된다. 우리가 글의 모두에서 언급한, 2인칭의 이상하고 기이한 전도가 바로 이것이다. '너'는 언술 전반을 강력하게 주관화하며, '망설이다 놓쳐 버린' 주어를 '나-너'의 발화로 되살려낸다. "믿을 수 없을 만큼, 한 사람이 되"는 '너'는 이렇게 언술의 차원에서 녹아든 '나'를 내장하여, 시 속에서 개별화된 주체로, 제 위상을 다시 부여받는다. 떠나간 '너'를 대상으로 이 작품에서 궁굴려내는 그리움의 층위와 비애의 심급은 바로 이와 같은 '너-나의 전이'를 통해, 발화의 주관성이 실현되는 정도에서 결정된다. 이렇게 "나비는 날아가고 너는 비를 본다."(1연)에서 "나비가 날아가고 비는 내린다."(2연)의 이행에 주목해야 하는 이유가 여기에 있다. 이별의 슬픔을 너-나의 한 목소리로 표현해 낸다고 해야 할까?

이와 같은 방식의 주관적 언술의 실현은 "너와 내가 부딪히며 비가 내린다"에 이르러 시 전반을 지배하며, 개별적이고 특수한 말의 고안이 빛을 뿜어내기 시작한다. 그러니까 중요한 것은, 네가 떠났기 때문에 비가 내리는 것이 아니라는 사실이며, 사실에 대한 보고나 묘사와는 다른 차원의 의미론이 시에 자리한다는 것이다. '너'/'나' 저 개별적인 인칭의 전도를 실현할 문장의 고안과 배치가 중요하며, 아픔을 시적으로 발화하고 아픔의 정점을 표현해내는 특수하고 개별적인 방식이 이와 같은 고안에 달려있다는 사실을 이 시인은 잘 알고 있는 것이다. 그는 '너'의 상실과 '나'의 떠나보냄을 '너'와 '나' 각각 대상과 주체의 이분법 속에서 서로의 분리를 확인하며 처연한 사랑을 노래하거나 떠나가는 타인을 그리워하는 데 전념하는 것이 아니라, 발화의 차원에서 '너-나'/'나-너'가 함께 구동되는 시적 사건 속에 하나로 묶어 내어, 이별의 주체와 객체 사이의 구분을 취하하는 문장으로, 1인칭 '나'가 갖출 수 있는 2인칭 '너'에 대한 최대한의 열망을 표현하고 1인칭 '나'가 2인칭 '너'에게 침투할 수 있는 마음을 찾아나서는 데 자신의 작품을 헌정한다. 실현되기를 열망하는 마음, 그러나 그렇게 되지 않은 현실을 그는 1인칭과 2인칭의 사건으로 이렇게 표현한다.

너는 나, 나는 너, 나는 나.
나만 우리가 되고 우리는 네가 된다.

'너-나'는 '우리'가 되지 못한다. '너'를 불러 보아도 '너'는 돌아보지 않는다. "숨을 쉬면 쉴수록 증발하는 몸"이라는 구절은 빗속으로 사라져 가는 '너'를 내가 바라보는 장면으로 이루어진 것 같지만, 이 역시 '너-나'의 기이한 전도를 통해, '나'를 이 문장의 주인으로 소급하는 일을 잊지 않는다. 따라서 "돌아보지 않는 너는 비를 맞는다"는 압축적이고 경제적인 방식으로 너-나의 전이를 이끌어내는 매우 밀도 높은 문장이라고 해야 한다. 너와 나의 교체가 수시로 일어나고(왜냐하면, 이 문장의 '너'는 읽을 때마다, 이 문장을 적고 있는 '나'를 불러내기 때문에), 서로가 서로에게 전이되며(왜냐하면, 단순한 2인칭 '너'에서 우리가 듣게 되는 것은 '너-나'의 목소리이므로), 끝내, 2인칭이라는 단순한 위상을 해체하고, '너'를 나의 몸에 새기게 되는 행위가 이렇게 완성된다. 여기서 바로 문법의 차원에서는 포착되지도 드러나지도 않는 '감정의 움직임'이 생성되며, 글을 마무리하기 전에 다시 언급하겠지만, 이는 정동의 표식이라고 우리가 부를 수 있는 무엇이기도 하다. 이 비장한 문장에서 '너'는, 말하고 있는, 즉 시를 쓰고 있는 자기 자신에게로도 의미의 화살을 겨눠, 비를 맞는 너에게로 끝내 침투하고야 마는 나의 자리를 시에서 마련하는 데 성공하는 것이다. 결국, 이러한 방식으로 내가 된 '너'는, 내게 말이 되고, 시가 되고, 모국어가 되어, 내 몸과 글에 각인되어 어디를 가도, 어느 곳에 있어서 함께 할 수밖에 없다. "나는, 나는 목 놓아서 너를 부르고", 그렇게 "메아리만큼 늘어난 너는 나의 모국어"가 되어, 또한 그렇게 나의 내부로 들어와 언제고 생생하게 살아 숨 쉴 수 있는 언어의 잠재적 고안자이자 언제고 발발할 병의 주재자가 되는 것이다.

유리병에 갇힌 나비가 하늘로 날아가자, 병은 텅 비었다. 이 빈 곳이 나에게 병(病)이 되었다. 이 빈 곳을 바라보는 나는 병을, 그가 없는 공간을 앓고 있다. 그 자리에 너는 없지만, "다시 나타나 너를 엿보"게 하는, 이와 같은 마음을 그는 '병'이라고 부른다. "투명한 병은 계속 비를 엿보고 아픈 적이 없었다고, 내가 비처럼, 나비는 날고 있다"고 말하는 이 시인은 너와 함께, 너의 몸으로, 너의 부재를 끌어안고, 아직 "사랑한 적 없"고 "배워본 적 없는 말"을 피워 올리면서 만나게 될, 날아간 "나비", 너-너의 주체의 자격으로 끝내 '너'와 함께 하려 하며, 그는 이와 같은 상태를, 타자를 위해, 타인을 위해, 결국 '너'를 위해 올리는 기도와 같다고 말한다. 전도되는 2인칭 '너'의 역동성과 잠재력에 기대어 시에서 정동의 사태를 촉발시키며, 박성준의 시는, 사랑과 이별의 저 흔한 풍경을 새로운 발화와 몸의 목소리의 고안을 통해 정동의 사건으로 전환한다.

어느 부끄러운 장면들을 생각하면서

520

나비는 비를 모릅니다 비는 나비를 겪습니다
창밖이 허용한 만큼의 바깥을 겪습니다
저기 나비는 날고 비가 떨어지는 중입니다

너에게서 길들인 장소들이 멈출 때
꼭 용건이나 통증을 만들어야만 몸을 느낄 때
소식을 뜨거운 환부처럼 감췄습니다[2]

비가 내리는 가운데
공원 벤치 앞에 상을 놓고
남자는 글을 쓰고 있다

펜촉 끝에서는 활자가 생겨나고
생겨나자마자 빗물과 함께
미끄러지는 잉크

아랑곳 않고
남자는 글을 쓴다
할 말이 있었을 것이다

비가 와서
귀가 더 밝아지기도 했다

입술은 얼굴에서 미끄러진다

2 박성준, 「비가」 부분, '주문 제작 시'(https://blog.naver.com/minumsaworld/220660803422), 2016. 3.

곧

너는 감정이 생길 것이다

곧[3]

비가 내린다. 남자가 글을 쓰고 있다. 그는 글자를 하나하나 박는다. 그러자, 그 순간 "빗물과 함께" 잉크가 번져난다. 그래도 남자는 글을 쓴다. 비가 와서 세상의 소리를 더 잘 듣는다고 말한다. 그런데 누가 듣는가? 나인가? 남자인가? "비가 와서 귀가 더 밝아지기도 했다"에서 저 인칭의 생략은 '남자'와 '나'를 자연스럽게 연결해주는 것만 같다. 그러나 이 대목이 '나'를 향해 내가 발화한 나 자신의 목소리라는 사실은, 앞의 경우처럼, 박성준의 시 전반에서 '비-비가-너'가 긴밀하게 결속되어 '나비'라는(그러니까, 비를 맞는 나) 기점으로, '시'의 모국어와도 같고 시의 원천과도 같은 이상한 의미의 망을 투척하고 있다는 사실에서 그 이유를 찾아야 할지도 모르겠다. "입술은 얼굴에서 미끄러진다"에 이르러 우리는 이 작품에서 '비'가 '무언가'를 궁리하고 생산하는 근본적인 시적 동력이자, 너와 결부된 상태에서 내가 '무언가'를 쓰는 작업, 그러니까 '할 말이 있었을' 너-나의 목소리를 발화하는 미지의 순간을 고지한다는 사실을 짐작하게 된다. '입술-말-시'가 이렇게 '얼굴-나-남자'에게서 미끄러지는 것은 빗물 때문이며, 이렇게 박성준에게 쓰는 일이란, 마치 비를 맞는 일과도 같은, 그러니까 '너'와 함께 이루어내는 행위라는 점도 말해 준다. "곧/ 너는 감정이 생길 것이다"를 우리가 매우 정교하게 계산된 배치라고 말할 수 있는 까닭이 여기에 있다.

너의 거처, 너의 장소, 너의 자리, "너의 곳"은 이처럼 '너'에게 온전히

3 박성준, 「너의 곳」, 《문학선》, 2016. 여름.

귀속된 것이 아니라 '나-너'에게서 생겨난 감정이 '곧' 거주하게 될 시적 공간이며, 이러한 사실을 이 시인은 발화의 경제성에 기대어 최대한 살려낼 줄 알고, 또 이끌어 나갈 줄 안다. 나-너의 전이를 주도하면서 박성준은 주어-목적어, 너-나의 구분을 취한 문장들을 정교하게 덧대고 절묘하게 연접시키며, '너'라는 타자에 자기 자신을 오롯이 녹여낼 때의 그리움을 표현한다. 그는 이러한 방식으로, 시를 삼인칭의 서술에서 빼내어 2인칭이라는 타자와 함께 만들어 내는 주체의 목소리로 치환하고, 아직 당도하지 않은 인칭을 몸의 언어, 몸이 표현하는 그리움과 슬픔의 발화로, 정동의 사건으로 실현해 낸다.

끝이 나지 않는 이야기를 하고 있었지. 이게 끝나는 거예요. 우리의 이야기가 납작해지자 벽에서 달력이 툭 떨어졌다. 누구의 탓도 아니다. 때마침 톱니를 맞추듯 타오르는 시계탑, 너는 갑작스레 밖에 있었다. 막다른 골목이 아닌데 여기가 막다르다고 느낀 너는 사실 골목과는 무관한 사람. 영원히 혼자가 될지도 모른다는 두려움 때문에, 할 말을 하지 못하고, 서로의 약속들만 미약하게 빛났다. 차분하게 마중 나온 바닥이 너를 몰라 당황한다. 설탕이 더 이상 달지가 않습니다. 떫은맛이 납니다. 한 번도 헌신한 적이 없는데 쇼윈도에 진열된 돌들은 시계를 차고 있어요. 혼자서는 단호할 수 있으나 혼자만의 죄가 성립되긴 힘들다. 혼자서는 역사를 만들 수도 없다. 역시, 혼나는 일만 남았다. 문 뒤에서 미소 짓는 사람은 어제 죽은 사람 중 하나, 여전히 의미심장한 표정으로 일관한다. 마치 물로 만든 커튼처럼 왼손에서 밤하늘을 꺼내고 있다. 불이 꺼진다. 끝끝내 끝내야한다. 곧 골격만 남게 될 탑, 매일 슬픈 장면을 생각합니다. 그럼, 마음대로 해. 사생활의 나사를 돌릴 때마다 립싱크를 하는 네가 자꾸 생각나. 그럼에도 불구하고 너는 몸에 쓰고 싶은 말이 너무 많잖아. 뜻 없는 것들, 뜻밖에 몸을 부르는 것들, 뜻하지 않게 뜨거워져서 떠밀려나간 저것들, 희미한 곳으로 한 번도 만나본

적이 없는 하루가 지나간다. 모든 것을 암시로 두고 모여서는 모양을 가지려고 어떻게든 서로를 모사하고 있다. 이윽고 모두가 모자란 이야기들을 꺼낸다. 못난 낱말들을 만진다. 희미하다. 나는 완벽하게 슬픕니다. 너는 완벽하게 피곤하겠구나. 이걸 다 용서를 해야 하나요. 이게 다 네 것이란다. 어떤 날은 종이인형이 나무처럼 자라고 있다. 그런 날에는 다 탄 시계탑에서 종루가 어김없이 떨어진다. 시간은 지나가지 않는다. 할 수 없을 때까지만 하게 되는 거지. 하고 싶은 일들에게 함부로 하는 거예요. 좋고 안 좋고의 문제가 아닙니다. 좋고 안 좋고의 문제가 아니지. 문제는 이걸 네가 썼다는 것이 문제지. 하고 싶은 일들은 끝낼 수 없다. 끝끝내 할 수가 없다. 그럼에도 불구하고 이야기는 계속된다. 너는 기념하고 싶은 날이 많은 종이인형, 기념일마다 다리 하나쯤을 찢는다. 화요일에 시간이 멈추자 한 곳도 아프지가 않았다. 놀랍게도 몸에 쓴 이 모든 글들을 너는 맛있다고 느낀다.[4]

너와 내가 서로 말을 주고받는다. 화법이 계속해서 바뀌어 진행되는 사이, 너와 나의 경계가 서서히 무너지고, 그렇게 되는 매 순간마다 비판-고백-독백-주장이 시에 화법의 변주 속에서 빽빽하게 들어찬다. "여기가 막다르다고 느낀 너"는 "때마침 톱니를 맞추듯 타오르는 시계탑"과 같다. 서로 맞물린 톱니처럼, '너'는 '나'이기도 하다. 시 전반에 상황이 명확하게 제시되지 않아서, 너-나 사이의 경계가 모호해진 것은 아니다. "혼자서는 역사를 만들 수 없다"와 같은, 그러니까 마치 훈계를 듣고 반응하는 것과 같은 표현도, 이 시에서는 오롯이 시를 쓴다는 문제의식("문제는 이걸 네가 썼다는 것이 문제지") 속으로 수렴되는 것처럼 보인다. "사생활의 나사를 돌릴 때마다 립싱크를 하는 네가 자꾸 생각나"와 "그럼에도 불구하고 너는 몸에 쓰고 싶은 말이 너무 많잖아.", 이 두 문장의 '너' 역시 단

4   박성준, 「절반의 승객들」, 《시인수첩》, 2016. 여름.

일하지 않다. '너'는 이상한 방식으로 '나'에게로의 전이를 허용하며, 이러한 사실에 주목할 때, 비판과 욕망이 여기서 교차하고 있다는 사실이 드러난다.

이처럼, 사실 이 시의 모든 '너'는 '나'이기도 하다. 이 '너-나'가 "뜻 없는 것들, 뜻밖에 몸을 부르는 것들, 뜻하지 않게 뜨거워져서 떠밀려 간 저것들"을 들고서 "한 번도 만나 본 적이 없는 하루"를 꿈꾸고 있다. 하루는 정지하지 않고 이어질 것이다. "너는 기념하고 싶은 날이 많은 종이 인형"와 같은 대목은 시 쓰는 주체의 실천적 열망을 투영한 것이지만, 완벽한 슬픔과 완벽한 피곤을 자기 자신과 자신의 삶에 대한 반추의 언어로 백지 위에 기록해 내고자 하는 자의 내밀한 고백을 반영하지 않는 것은 아니다. '너'는 여기서 '나'를 강력한 힘으로 끌어당겨 시의 한 복판에 소급하고, 나아가 "기념일마다 다리 하나쯤을 찢"는 쓰는 주체로 전환해 낸다. 이와 같은 방식으로 고통이라는 감정의 움직임을, 비교적 가볍게, 그러니까 과장하지 않고 발화의 필드 안으로 결부시킬 수 있는 모든 시적 주제들이 인칭의 전도를 통해 형성된다. "놀랍게도 몸에 쓴 이 모든 글들을 너는 맛있다고 느낀다"는 것은, 그러니 '너-나'의 만족감인가? 시를 읽고도 저 쓰는 자의 고통을 짐작하지 않는 독자의 무지를 표현한 것인가? 무엇이건 간에, 분명한 것은 "영원한 곳과 그 너머를 보는, 영원히 모르는 곳"(「물음과 표」)을 박성준이 '너'와 함께, 오직 하나의 인칭의 고안을 통해 방문하려 할 때, 그곳에서 펼쳐질 삶의 풍경은 항상 물음과 문제의 형식 속에서 존재하는, 그렇게 아직 당도하지 않은 미지의 말로 구성될 것이라는 점이다.

박성준의 시는 '정동'의 실현 방식을 잘 보여 준다. 시의 정동은 발화의 차원, 그러니까 시의 재료인 문장과 문장의 특수한 조직과 그 고유한 방식을 통해 시가 제 가치를 뿜어내며 모습을 드러내는 언어의 주관성의 표식이다. 정동은 형식과 내용의 이분법을 물리칠 부정의 칼을 빼어들고서, 내용의 차원에 정박된 '감동'이나 '정서'와 자신을 구분하려 시도하며, '형식'이라는 외피를 벗어 버리고서, 의미와 문법, 언표의 구조의 차원이 아니라, 의미가 만들어지는 세세한 '과정'에 오히려 주목하게 만든다. 리듬-목소리-발화의 주관성-인칭 등이 시에서 단순한 문법적·형식적 요소가 아닌 것과 마찬가지로, '정동' 또한 내용-테마-주제-서사를 더듬어 나가 대강을 파악하고 그렇게 파악될, 시의 반쪽은 아니다. 박성준의 시는 구태의연한 이분법의 낡은 태도를 등지는 곳에서, 등지려는 노력을 통해, 발화의 고유성을 성취하려 시도하며, 인칭과 문장의 독특하고 주관적인 실현을 통해, 삶에서 겪고 있는 지금-여기의 현실을 담아내는데 전념하고 있는 것으로 보인다. 리듬이나 목소리와 마찬가지로, 정동이 시의 가치를 파악하는 데 소용되는 개념이며, 시의 물질성, 즉 언어의 복합적인 작용 전반에서 불거져 나온 주관성의 표식이라는 사실이, 조금 더, 명확해졌다.

상호텍스트의 이름으로, 번역하고, 되돌아보며, 전진하는 시

텍스트, 그것은, 방법을 궁리하는 하나의 장(場)이다.[1]

타인의 글을 끌어안고서 새로운 도약을 다짐하는 목소리가 여기저기서 울려 나온다. 타자의 글을 제 글에서 어긋난 이음매처럼 어루만지는 저 행위를 우리는 번역이라고 부를 수 있을까? 서둘러 대답을 내려놓기에 앞서 확인해 두어야 할 사실 하나는, 내 글에서 타자를 솟구치게 할 때, 타자는 내가 자발적으로 몸을 내어 준, 전(前)-텍스트의 무엇이지만, 이와 동시에, 내 자신을, 나의 내부를, 내가 가야 하는 길 위에 놓여 있는 미지의 문학을 내 몸에서 만들어 내는 주체이기도 하다는 사실이다. 텍스트는 이 경우, 차라리 상호텍스트라고 해야 하며, 그러나 여기서 상호텍스트라는 말은, 모종의 텍스트를 뒤섞은 단순한 결과물로 제 텍스트를 구축한다는 의미만을 지니는 것은 아니라, 차라리 그 행위의 필연성을 인식한 후, 한 걸음 나아가려는 시도에서만 빚어질, 문학의 가치에 기투하려는 의지의 소산이라고 해야 한다.

아름다운 시를 얻은 밤에는 울음도 없이 흐느끼는 꿈을 꾸었다.

---

1 R. Barthes, "De l'œuvre au texte", Le bruissement de la langue(Essais critiques IV)(Seuil, 1984), 70쪽.

먼 곳에서 문장을 좇아 말을 달려온 이 하나, 인적이 드문 꿈의 빗장을 밀다가는 두드렸다. 그는 빗장을 풀고 어스레한 바다를 만난다. 비단 물결 위로 바람 한 점 일지 않고 어디선가 피리 소리 잦아 든다. 새는 물가 가지 위에 잠들고 달은 낮 동안 빌려 온 빛살을 되쏘며 빛나고. 그는 서울에서 온 韓이라고 다짜고짜 어제의 시 좀 볼 수 없느냐고. 소매 춤에서 붉은붓을 꺼낸 그는 무언가 못마땅하단 듯 글자를 한 획 두 획 지워나갔다. 붓끝이 스칠 때마다 달빛은 구름을 뿌리째 뒤흔든다. 가도(賈島, 779-843)는 사라져가는 문장을 헤아렸다. 손가락을 꼽으며 마음으로만 하나 둘 다시 하나 하나…… 나뭇가지에 앉은 새가 종잇장을 내려다보다 멀리멀리 날아 물살에 깃을 친다. 물결은 꿈이 깨도록 밀고 밀리고 알 수 없는 무늬를 그리며 잠든 시인의 눈꺼풀을 두드린다.[2]

당나라 시인 가도(賈島)의 이야기와 그의 작품을 끌어안았다. 시인이 정확히 그 표시를 해두었다는 것은 가도의 이야기를 시의 몸통으로 삼아, 가도의 작품을 토대로, 제 시를 모색한다는 것을 의미한다. 원고를 '퇴고하다'는 말의 연원을 우리는 알고 있다. 가도가 나귀를 타고 가며 제 시를 외고 있다. 중얼중얼. "새는 연못가 나무에 깃들이고, 중은 달빛 아래 문을 미네", 서로 대구를 이루는 시의 마지막 두 행이 생각처럼 잘 완성되지 않는다. 다시 중얼중얼. "鳥宿池邊樹 僧推月下門" 계속해서 중얼중얼. '중이…… 문을…… 미네' 중얼중얼. 그는 '밀다'의 저 '퇴'(推)에서 자주 막힌다. 중얼중얼. 문을 민다? 문을 '두드린다'(稿)가 더 괜찮으려나? 골몰히 생각하다, 그만 한유의 행차 길을 보지 못한다. 높은 벼슬을 하고 있던 한유 앞에 끌려간 그는 저간의 사정을 솔직히 털어놓는다. '推'와 '稿'의 선택을 두고서 너무 골몰한 나머지 무례를 저지르고 말았다는 그의 설명에 한유는, 그 역시, 시라면 당대의 고수에 속했던 사람, 그렇게, 흔쾌히 가도의 무례를 용서한다. 그러다가 골몰하더니, 역시 고수답게, '민

2   신동옥, 「퇴고」, 《문학과사회》 2016. 봄. 앞으로 인용될 신동옥의 작품은 모두 여기에 실렸다.

다'(推)보다 '두드린다'(稿)가 좋겠군, 했다는 이야기, 이후 둘은 둘도 없는 친구가 되었다는 이야기. 시인은 "아름다운 시를 얻은 밤"에 제 시-원고를 고치고 또 고치면서 "울음도 없이 흐느끼는 꿈"을 꾼다고 말하며, 가도의 이야기를 꿈으로 치환한다. 가도는 "먼 곳에서 문장을 좇아 말을 달려온 이 하나"처럼 꿈에서 그를 찾아온다. 꿈에서 '퇴고'라는 말이 탄생하게된 가도는 "인적이 드문 꿈의 빗장을 밀다가는 두드"린다. "서울에서 온韓이라고 다짜고짜 어제의 시 좀 볼 수 없느냐고" 말하는 사람은 한유다. "서울에서" 왔다는 것은 그러니까, 높은 벼슬에 올라 파견 길에서 가도를만난 한유를 빗댄 것이다. "인적이 드문 꿈"은 한적한 길가에서 가도와 한유가 만난 우연을 암시하는 동시에, 시인 자신이 드물게 꾸는 꿈도 말한다. 그 "꿈"에서 "빗장"을 '밀('推') '두드리는'('稿') 자는 가도다. 시인과가도는 이렇게 하나가 된다. "새는 물가 가지 위에 잠들고 달은 낮 동안빌려 온 빛살을 되쏘며 빛나고" 역시, 가도의 시구 절반에 시 쓰는 제 마음도 붙여 놓았다. 시는 가도와 한유의 고사 속으로 들어가, 시를 고치고또 고치는 시인의 마음을 절묘하게 포개어놓는다. 그렇게 "나뭇가지에 앉은 새가 종잇장을 내려다보다 멀리멀리 날아 물살에 깃"을 쳐 생겨난 "물결"이 "꿈이 깨도록 밀고 밀리고 알 수 없는 무늬를 그리며 잠든 시인의눈꺼풀을 두드린다." 이번에는 한유의 이야기다.

부처는 손가락으로 시를 적었겠지. 법을 전하던 손가락 살아서는 법에따라 고동치는 심장을 쓸어내리고 죽어서 살점이나마 맞닿기 바라며 빛나는 손가락, 당나라 새가 그걸 물어 와서 황제는 30년에 한 번 절을 했다지. 황제는 긴 잠에 빠지고 꿈의 독재가 시작됐다지.

이 순간부터는 짐이 역사의 전환점이 되리니. 한유(韓愈, 768-824)는 황제의 꿈을 대독(代讀)했다. 성벽에 붉은붓으로 적어 내린 포고령이 나부꼈다. 밤이면 방(榜)에서 혓바닥이 돋아났다. 도란도란 수런수런 파랗고 아늑한 불길이 일었다. 피죽바람이 불길을 성 밖으로 데려갔다.

한유는 불길이 가 닿은 지평선을 응시했다.
내 땅은 파란 혓바닥 같고 말이 없구나

어제는 아름다운 시를 얻었고 꿈에서 시인을 만났지 붉은붓을 소매 춤에 숨기고 그를 찾아갔지 매화나무 꽃그늘 아래 절문을 두드리다가는 곧밀었지 그러고는 울음도 없이 흐느끼는 시를 읽었지 내일은 시를 읽고 말 없이 돌아와야지 가난한 시인에게 벼슬자리를 봐주어야지

가도(賈島)는 오늘도 시를 쓰고 있을까?

한유는 손깍지를 끼고 잠든다. 머리맡으로 당나라 새가 날아와 앉는다. 새는 부리 끝에 파란 불을 머금고 한유의 꿈속을 들여다본다. 날름거리는 불길에 되비친 새의 눈알 속에서 한유는 입술을 움직였다. 모든 시는 어제의 시다. 들릴 듯 말 듯 낮은 소리로.[3]

한유는 독실한 불교신자였던 당나라 헌종과 악연이 있었다. 헌종은 법문사에 부처의 손가락 뼈 한마디가 있다는 것을 알게 되었고, 30년에 한번 씩 참배하면 만사가 순조롭고 평안하다는 말을 들었다. 헌종은 30명을 파견하여 그 사리를 장안으로 가져오도록 했는데 한유는 재물을 낭비하면서 이런 일을 하는 데에 강한 불만을 품었고, 급기야 반대하는 글을 올렸는데, 이 글은 이름 하여, 「불골을 논하는 표(諫迎佛骨表)」. 글을 여기서 확인해볼 길은 없으나, 상소문에 가까운 이 글에서 그는 불법은 서역에서 전해온 것이며 불교를 숭상했던 왕은 모두 수명이 길

<hr>

3 신동옥, 「어제의 시」.

지 못했다는 점을 들어 불교는 믿지 말아야 한다고, 감히, 황제를 설교하려 들었다. 그 결과 겨우 죽음을 면하고, 지방으로 좌천되었다는 이야기.[4]

시인은 부처의 손가락이 시를 적는 데 사용되었을 거라고 운을 뗀 다음, 부처가 살아서 범(梵, 그러니까, 불교의 원리)을 전하던 저 손가락 한 마디, 살면서, "법에 따라 고동치는 심장을 쓸어내리"라는 데 사용되었던 저 손가락 한마디, "죽어서 살점이나마 맞닿기 바라며 빛나는 손가락"은 당나라 황제의 차지가 되었다고 말한다. 이 "황제는 긴 잠에 빠지고 꿈의 독재가 시작"된다. 여기서 고사에서 전이가 일어나기 시작한다. 시인은 이 손가락이 시를 쓰는 데 사용되었다는 생각을 버리고 싶지 않아, 손가락을 모시려 30년 만에 온갖 난리를 피워 반감을 샀던 황제를, 시의 꿈을 꾸는 독재자로, 한유를 이 황제의 꿈을 "대독"한 자로 살짝 바꾸어 놓는다. 그렇게 한유는 황제의 꿈을 대신 읽은 대가로 쫓기는 신세가 되었다. 한유를 탄핵하는 사람들이 제 혀를 놀려 댔고,("밤이면 방(榜)[5]에서 혓바닥이 돋아났다.") 불교를 반대하고 유교를 내세웠던 한유는 고사에서와는 달리 손가락의 꿈을 제 시심(詩心)("도란도란 수런수런 파랗고 아늑한 불길이 일었다.")으로 피워냈으며, 그렇게 달아나는 길을 택했고, 제가 쓰고자 하는 시의 저 미래를 바라보았으며("불길이 가 닿은 지평선을 응시했다.") 그럼에도/그렇게 절망할 수밖에 없었다. 시인은 한유의 이야기에서, 그의 시에서, 꿈과 같은 그의 고사에서, "아름다운 시를 얻었"다고 말한다. 그러나

---

4 "원화(元和) 13년(818), 봉상(鳳翔)(섬서성(陝西省)) 법문사(法門寺)의 불사리를 30년마다의 개장(開帳) 때 공양(供養)하면 이익이 있다고 하여, 당시의 황제 헌종(憲宗)이 장안(長安)의 궁중으로 맞아들이자, 이듬해 원화 14년(819), 한유는 이에 반대하여 〈논불골표(論佛骨表)〉를 올려 극간(極諫)하였다가 황제의 역린(逆鱗)에 거슬려 조주(潮州)(광동성(廣東省))의 자사(刺史)로 좌천되었다가, 다시 원주(袁州)의 자사가 되었다.", 『창려선생집(昌黎先生集)』(편저자, 한유(韓愈), 해제자, 심경호), '동양고전해제사전(東洋古典解題事典)'(db.cyberseodang.or.kr)

5 '과거에 급제한 사람의 이름을 적던 책'을 뜻하는 방목(榜目)의 약자이므로, 시에서는 관리들에 대한 비유로 보아도 무방하겠다.

이 구절은 시인이 한유의 시를 번역한 것인지, 제 이야기를 한유의 사연에, 그의 시에 포개어 놓은 것인지 정확히 구분하기 힘들다.

어제는 아름다운 시를 얻었고 꿈에서 시인을 만났지 붉은붓을 소매 춤에 숨기고 그를 찾아갔지 매화나무 꽃그늘 아래 절문을 두드리다가는 곧 밀었지 그러고는 울음도 없이 흐느끼는 시를 읽었지 내일은 시를 읽고 말 없이 돌아와야지 가난한 시인에게 벼슬자리를 봐주어야지

한참을 쫓기던 한유가 "불길이 가 닿은 지평선", 그러니까 제 시의 저 미래를 바라보다가, 그러나 "파란 혓바닥 같고 말이 없"는 현실을 개탄하며 긴 한숨을 내쉬고, 꿈에서나마 시인을 만나, 제가 높은 자리에 있을 때 베풀지 못한 "벼슬자리"를 그에게 주려한다는, 이야기일 수도 있다. 중요한 것은, 시인이 이 이야기 속에 시나브로 서로 섞여 들어가, '시'를 주어로 바꾸어 놓는다는 데 있다. 이처럼 마지막 구절 "모든 시는 어제의 시다. 들릴 듯 말 듯 낮은 소리로."는 한유의 이야기에 기대어 시인이 어제의 지평에서 오늘 제 시를 구하려 다짐한다는 비유처럼 보이기도 하지만, 결국 시를 열망하는 자에게 찾아드는 시("새는 부리 끝에 파란 불을 머금고 한유의 꿈속을 들여다본다.")와 시를 열망하며 잠꼬대처럼 웅얼거리는 저 말("모든 시는 어제의 시다")이 결국 시("날름거리는 불길에 되비친 새의 눈알 속에서")가 될 것이라는 설정에 다름 아닌 것이다. 한유가 제 시를 펼쳐 보일 "파란 혓바닥" 같은 땅에서 자라난 시, 그와 같은 시는 필경 미래의 시일 것이며, 이 미래의 시는 어제의 시가 꾼 꿈을 먹고 자란다. 앞선 시에서 내 시를 구하고, 내 시의 미래를 꿈꿔보는 것, 그것은 차라리 상호텍스트의 교류 속에서 내 것을 구하는 행위에 가깝다고 해야 한다. 신동옥은 바로 고사를 '번역'하여, 오늘의 제 시를 모색하는, 반성하며, 한 걸음 더 나아갈 모종의 발판으로 삼는다.

그동안

한 명의 한국어 사용자로서 시인으로서

나는 피붙이보다 낯모를 사람들과 귀신의 무리들을 더 사랑했다.

그걸 시(詩)랍시고 끼적이며 다시는

나라는 주어가 이끄는 문장은 쓰지 않겠노라 다짐도 수차례 해 봤다.

(……)

속죄하는 의미에서

나는 오늘 여기 고음(古音)에서 죽고

나는 드러누울 것이다

모든 동물이 꼭 제 몸뚱이만 한 무덤을 남기고 가듯이

우선 일생 나를 끌고 온 그림자를

발바닥에서 떼어

여기 고음(古音)에 묻어두고

시작하겠다.

언젠가

상서로운 소리를 내며

물이 흘렀다는 여기서

그 귓가에 쟁쟁한 古音 속에서

나는 오늘 가장 낡은 돌을 디디고서고

흐린 물속에 다시

흔들리는 물풀을 바라보며

흙먼지 날리는 재개발지구에서

시뻘건 속살을 드러낸 폐허에 알박기를 한 골조 한 채
마치 제가 나라는 인간의 모음이라도 되는 듯
완력을 뽐내며 쏟아지는
ㅏㅔ ㅣ ㅗㅜㅡ ㅣ ㅡㅣ
월동을 하는 파리 떼가 점점이 박힌
눈발 속에서
쏟아지는

구두점을 호주머니에 주워 담으며
엉망진창 쏟아지는 行間을 타오르는 불덩이처럼 등짐 지고
내리는 눈발 속에서
영영
아주
드러누워서

눈알에 LED등불을 박은 거리의 아이들을 지나
종잇장 같은 눈보라의 페이지를 헤매는 노파를 지나
등과 배와 팔다리를 부딪치며 걷는 사람들의 무리를 지나
저 모든 형상과 소리와 감정이 뒤범벅이 되어
뒤섞이는
도회의 뒷골목을 지나
뒷모습마저 보이지 않으려는 표정과 마음이

한데 뭉텅뭉텅 퍼붓는 눈발 속에서
파리 떼가 붕붕거리는 눈발 속에서
이 문장을 이끌고 가는 것은

악마의 자비뿐일지라도
누군가
천박함은 그 자체로 반동이라고 썼지만
반동이라 할지라도

어떤 말이든 입술에 길들이고 나면
이 땅은 당신이 믿는 모든 것의 원인일 수도
있다는 것으로 인해
누워서 보니 이 모든 천박함이
반동이 두서없이 뭉클하구나.
연필로 갈겨쓴
이 열에 들뜬 행간마저도
어깻죽지가 노곤하구나.[6]

자신을 여기까지 끌고 온 옛 시들을, 아니 그것에 미치도록 몰두하여 ("오늘 여기 古音에서 죽고"), 옛 시들이 울려 내는 소리("귓가에 쟁쟁한 古音 속에서") 저 한가운데에서, 그렇게 어제의 시들을 바탕으로("가장 낡은 돌을 디디고서고"), 이 세계, 지금-여기의 저 현실로 뛰어들겠다 말하는가? 이 사회의 저 후미진 구석구석에 드러누워, 세계를 마주하고 그렇게 그곳에서 "엉망진창 쏟아지는 행간(行間)을 타오르는 불덩이처럼 등짐지고", 제 시를, 옛것에서 시작하지만 허황된 고답취미도 아니요, 현실에서 우뚝 서지만 어제의 시를 저버리는 것도 아닌, 항상 새로움을 추구하지만 어제 시작된, 그것들을 두 손에 움켜쥐고, 지금-여기의 현실 속에 밤마다 드러눕는 시를 쓰겠다는 저 다짐은 옛것으로 지금을 번역하고, 지금

---

6   신동옥, 「드러눕는 밤」 부분.

에서 옛것의 저 영웅적인 얼굴들, 그 흔적들을 찾아내려는 의지와 다르지 않다. 그렇게 "멀리서 날아온 햇빛이 기적처럼 손바닥에 앉는" 모습, 저 타자의 것들에서 "새로 돋는 이파리가 새로 솟은 거주 지구를/ 두 쪽으로 가르는 것"을 보려 한다. 그렇게 "당신의 하얀 몸뚱이가 새로 뻗은 어둠 속으로 하얗게/ 하얗게 용해되어가는 것"을 지켜보아야 한다고, 거기에 제 시의 미래를 건다고 다짐을 한다. 타자가 제 몸으로 들어와 무언가 새로운 작용을 보태는 순간은 이 시인이 제 고유성을 성취하는 순간이기도 할 것이다. 옛 고사의 번역, 그것의 상호텍스트적 실천이라 할 신동옥의 시도에서 "텍스트는 사회적 유토피아에 제 방식으로 참여"[7]하려 한다고 말해야 하는 이유가 여기에 있다.

*

기존에 존재하는 온갖 텍스트를 취한 상호 텍스트적인 시도는 제 기원을 소급하려는 데 그 목적을 두는 것이 아니다. 원문과 상호 텍스트는 서로 혼동될 수 없으며, 사실 무엇이 우위를 점하는지를 따져 볼 필요조차 없다. 모든 상호텍스트적 시도는 제 원문의 기원을 밝혀, 이를 응용하여, 글쓰기의 새로운 지평을 시도하려는 데 그 목적이 있기 때문이다. 이렇게 "사이-텍스트(entre-texte)"에 기대어 "텍스트의 복수성"[8]을 제공할 때, 독서의 지평 역시 훨씬 풍부해지는 것은 말할 것도 없다. 이준규의 시는 상호 텍스트성이라는 물음을 시단에 본격적으로 끌고 왔다.

네가 아까 읽은 소설들 때문에 발생하는 혼돈. 도스토예프스키, 타부키,

---

7 Roland Barthes, 앞의 책, 77쪽.
8 Roland Barthes, 위의 책, 73, 75쪽.

베케트, 페렉, 르 클레지오, 그리고 네가 떠올린 이름들, 그 중엔 산 자도 있다. 르 클레지오도 살아 있구나. 네가 읽은 그의 소설은 'La Guerre'. 번역 안됨. 어쨌든 혼돈이 만든 잡념들. 엉킨 이미지들. 너는 그것들을 집요하게 쓸 생각이 없다. 욕망이 없다. 써야 할까. 써볼까. 혐오스러운 취향의 문장들. 오늘 네가 읽은 문장들은 그런 문장들은 아니다. 다만 소설. 너는 꾸준히, 소설로 향하고 있다. 네가 읽는 것은 결국 모두 소설이고, 그러나 네가 쓰려는 것은 결국 모두 소설이 아니다. 너는 시에서 이제 아무것도 얻지 못한다.[9]

가라성 같은 소설들을 읽는다. 혼돈이 발생한다고 말한다. 이 혼돈은 무엇인가? 확실한 것은, 그가 "혼돈이 만든 잡념들"과 거기서 "엉킨 이미지"를 글에서 반영하려 하거나, 할 수밖에 없다고 말하고 있다는 점이다. "그것을 집요하게 쓸 생각이 없다"라고 말하는 저 "너"는 그럼에도 그것들을 읽고 "꾸준히, 소설로 향하고 있다"고 고백한다. 문제는 "네가 읽는 것은 결국 모두 소설이고, 그러나 네가 쓰려는 것은 결국 모두 소설이 아니"라는 사실에서 발생한다. 소설의 시적 변용인가? 아니다. 소설적 시, 일기 시, 비평 시, 모든 것이 가능한 글을 그는 '시'라는 이름으로 시도를 한다. 우리가 상호 텍스트적이라 부를 이 시도에서 그는 물론 빈손으로 시작하지 않는다.

너의 밤은 얇다. 너의 밤은 떨린다. 너는 앉아서 이것을 쓰기 시작한다. 너는 의자를 조금 더 책상 쪽으로 당기고 허리를 편다. 너는 오직 리듬만 생각한다. 지금, 너는, 너는 아까 읽은 책의 리듬을 떠올리고 있다. 그 리듬은 쉼표에서 발생한다고 너는 믿는다. 너는 쉼표를 사용하려고 하는데 잘되지 않는다. 너는 어제, 낮잠을 자며, 잠의 안과 밖에서, 안팎에서, 그 사이에서, 그 접점에서, 그 언저리에서, 무언가를 보았다. 너는, 많은 얼굴과 많은 형

9   이준규, 「다시」, 《舍》, 2016. 상반기. 이후 「다시」로 표기함.

체를 보았는데, 그것들의 꼴은 묘사를 거부하는 것들이었지만, 분명한 것들이기도 했는데, 모든 모호한 것들은 분명한 것이기도 하니까, 너는 그 모호하게 분명한 것들을 느끼며, 모호한 슬픔과 모호한 우울을 느끼며, 모종의 피곤함 속에서 잠을 청했던 것인데, 너는 잠을 잔 것인지, 그렇지 않은 것인지도, 그것도 확신할 수 없었고, 어떤 슬픔과 우울 속에서, 잠자리에서 일어나, 침대 아래 아무렇게나 놓인 옷을 주워 입으며, 네가 과연 시를 계속 쓸 수 있는지, 시가 아니라면, 아무거나, 어쨌든 글이라는 것을 계속 쓸 수 있는지를 생각하며, 다시 피로를 느꼈고, 너는 지금, 여기에 앉아, 그러니까 거실의 책상 앞에 앉아, 익숙하지 않은 노트북에 이것을 쓰며, 어떤 피로를 느끼며, 밤은 얇다,라고 썼다. 네가 보는 밤은, 묘사할 수 없는 밤인 경우가 많은데, 아니, 너의 밤은 언제나 묘사를 거부하는데, 너는 비유를 싫어하지만, 가끔 습관적으로 비유를 쓰는데, 너의 밤은 별이 뜨기도 하고, 눈이 내리기도 하고, 비가 내리기도 하고, 달이 뜨기도 하고, 고양이가 울기도 하고, 비명이 들리기도 하고, 바람이 불기도 하고, 전선이 흔들리기도 하고, 가로등 빛이 있기도 한, 너의 밤은 취하기도 하고, 각성이고, 너의 밤은 우울하고, 너의 밤은 무기력하고, 너의 밤은 흥분이고, 너는, 너의 밤이, 너의 밤이라고 할 수 있는 것인지도 알 수 없고, 너는, 이 리듬을 버리기로 하고, 너는 이것을 다시 읽어 본다. (「다시」)

이 시는 2인칭 단수, 그러니까 너를 주어로 삼는다. '너'가 쓴다. 2인칭 단수가 주어인 글, 쉼표가 가득한 글, 읽는 족족 토막이 나는, 스타카토의, 그러나 끊어서는 안 되는 리듬이 주를 이룬다. 이준규는 말한다. "너는 오직 리듬만 생각한다"고. 그리고 "지금, 너는, 너는 아까 읽은 책의 리듬을 떠올리고 있다"고. 그렇다면, 아까 읽은 책은 대저 무엇인가?

시간의, 하루하루의, 주(週)의, 계절의 저 흐름에 맞추어, 너는 모든 것으로부터 너 자신을 분리시킨다. 너는 모든 것으로부터 너 자신을 떼어내나. 너는, 네가 자유롭다는, 그 무엇도 너를 짓누르지 않는다는, 네 마음에 들지도 않고 들지 않는 것도 아닌, 일종의 취기를, 가끔이다시피 할 정도로, 발견하곤 한다. 너는, 마모되지도 않고 가벼운 흔들림도 없는 이와 같은 삶 속에서, 트럼프나 다소간의 소음이, 네가 너 자신에게 제공하는 다소간의 스펙터클이 네게 마련해주는 이 유보된 순간들을, 매력적이고, 이따금 새로운 감동으로 부풀어오르기도 하는, 완벽한 것이나 거의 다름없다시피 한 행복 하나를 찾아낸다. 너는 완전한 휴식이 무엇인지 안다. 너는, 매 순간, 절약되고, 보호된다. 너는, 그 무엇도 네가 기대하지 않는, 저 축복받은 괄호 속에서, 약속으로 충만한 저 공백 안에서, 살아간다. 너는 눈에 보이지 않으며, 맑고, 투명하다. 너는 더이상 존재하지 않는다 : 시간의 연속과, 나날들의 연속과, 계절의 변화와, 세월의 흐름 속에서, 너는, 즐거움도 슬픔도 없이, 미래도 과거도 없이, 바로 그렇게, 단순하게, 확실하게, 층계참의 수도꼭지에서 떨어지는 물방울처럼, 분홍색 플라스틱 대야에 담긴 여섯 개의 양말처럼, 한 마리 파리나 혹은 바보 멍텅구리처럼, 게으름뱅이처럼, 달팽이처럼, 어린아이나 늙은 노인처럼, 한 마리 쥐처럼, 살아간다.[10]

이준규는 페렉에게서 2인칭의 사용과 끊임없이 반복되는 쉼표의 사용을 빌려왔다. 사실 그것뿐이다. 그런데 왜 그렇게 하는가? 당신은 당신의 글이 당신이 읽은 책에서 간혹 영향을 받기도 한다는 사실을 인정하는가? '영향'은, 이차적이고 부수적인 무엇이 아니라, 간혹 매우 고유한 문학의 출발선을 이룬다. 타인의 것에 기댄 이류의 서사라고 말하면 곤란하다. 아니, 그렇게 말한다면, 당신들은 상호텍스트의 가치를 모르는 사람이다. 흔히 영향이라는 말과 더불어 폄하되는 창작 고유의 가치는 이준규의

---

10   조르주 페렉, 조재룡 옮김, 『잠자는 남자』(문학동네, 2013), 66쪽.

경우, 결코 통용될 수 없으며, 용납되기도 어렵다. 앞선 세대의 글을 읽은 흔적을 제 손에 쥐고, 그 바통을 이어, 제 고유한 영역을 개척하려는 행위, 제 실존을 기록하는 작업이기 때문이다.

그렇기 때문에 그는 그 무엇도 감추지 않는다. 오히려 당당하게 어떤 책에서, 어떤 이유로 차용을 하고, 차용을 넘어서, 새로운 시도를 하려 하는지, 정확히 밝힌다. 가령 이준규는 "너는 그보다는 그 전에 읽은 책, 오전에 읽은 두 권의 책에 대해 더 자주 생각"한다고, 그래서 "너는 어찌하면 그들과 같으면서 다른 것을 할 수 있을지에 대해 생각"한다고, 더구나 "같아지려고 하는 이유는 그들을 좋아하기 때문"이며, 그러나 "달라지려고 하는 이유는 그들과 같아지기 위함"(「다시」)이라고 말한다. 이것은 말장난이 아니다. "같아지려고 하는 이유"라는 것은 제가 영향을 받은 작가가 도달한 지점에 자신도 도달해보겠다는 의지의 표현이요, 그 의지가 그들과 "달라지려고 하는 이유"가 되며, 또한 그 과정에서 그들과 달라질 수밖에 없다. 그러나 결국 '최고'라고 생각한, 그러한 문학이 성취한 지점에 도달한다는 점에서, 이러한 시도는 결국 "그들과 같아지기 위함"인 것이다. 이준규의 상호텍스트적 시도에 항상 '다시'라는 강령이 자리하는 것은 바로 이 때문이다.

이것은 네가 원한 글이 아니다. 울지 않는다. 너는 다리를 꼬고 앉아 있다. 누워 있는 너는 눈을 깜박이며 누워 있다. 앉아 있는 너도 그렇다. 너는 어떤 것도 생각하지 않는 것이 좋겠다고 생각하며 이 시도를 여기서 멈추려고 한다. 너는 이 밤에, 모든 것을 생각할 수 있고, 동시에, 모든 것을 잊는다. 너는 모든 관념이 모양을 가지고 있다고 느끼며, 모든 추상적인 것의 꼴이 얼마나 구체적인지에 대해 생각하는데, 그것은 꿈과 같아서, 꿈의 형상 같아서, 언어화하는 것이 거의 불가능하다고 생각하는데, 어떤 난삽함이, 어떤 끈기가, 어떤 집요함이, 그것을 묘사할 수도 있을 것이라고 생각하지만, 언어는, 그런 것을 할 수 있는 것이라기보다는, 언어의 몸짓을 빌려주고 있을 뿐이라고 다시 생각한다. 그것은 그림과 같아서, 그림은 얼마든지 확장할 수 있지만, 그림은 얼마든지 네게로, 그에게로, 다가갈 수 있고, 스미고, 흐를 수 있지만, 그것은 그림이 그렇게 하는 것이 아니라고 다시 생각한다. 언어도 그와 같아서, 언어의 일은, 언어일 뿐인, 의미가 아니라고 너는 다시 생각한다. 그러니까, 언어는 의미가 아니다. 하지만 너는 어떤 언어 뭉치를 매일 만들고 있고, 그것에 너의 삶을 바치고 있다. 너는 이제 무기력하고, 너는 여전히 불안할 뿐이다. 너는 모든 것을 알고, 모든 것에서 무의미함을 느끼고, 헛소리의 헛짓을 반복하고 있는데, 너는 그 반복에 너의 운명을 걸고 있고, 그 운명은 무의미한 운명일 것이다. 부질없는. 너는 처음부터 다시 생각하기로 한다. 침묵하지 않으면서, 다시 쓰면서.(「다시」)

그는 자신이 원하는 글을 실현하지 못했다. 이러한 생각은 멈출 수가 없다. 그러나 언어로 생각의 결들을 모두 담을 수는 없다. 마치 생각은 "꿈과 같아서, 꿈의 형상 같아서, 언어화하는 것이 거의 불가능하다"고 그가 여기기 때문이며, 따라서 언어는 이 꿈을 세세히 묘사하기보다 "몸짓을 빌려주고 있을 뿐"이다. 이와 같은 생각에도 불구하고 그는 언어를 버릴 수는 없다고 고백한다. 그에게 "언어의 일은, 언어일 뿐인, 의미가 아니"기 때문이다. 확정된 의미를 보장하는 언어를 당신은 얼마나 보았나? 언어의 자의성(恣意性)에 대한 정확한 인식은 이 시인에게 그러니까 시의 문법이 된다. 이렇게 문제는 항상, 무엇을 쓸까, 가 아니라, "무엇을 어떻게 쓸 것인가"[11]인 것이며, 언어로 무언가를 묘사하거나 요약하거나 보고하는 대신, "어떤 언어 뭉치를 매일 만들고 있"다는 사실에 기꺼이 가치를 부여할 줄 아는 시인인 것이다. 이 언어 뭉치를 그는 타인의 것과 더불어 궁굴린다.

---

11 이준규, 「계속」, 《현대시학》, 2016. 3. 이후 「계속」으로 표기함.

너로 시작되는 그러니까 2인칭을 사용하는, 그러니까 조르주 페렉의 '잠자는 남자'를 읽고 비슷하거나 비슷하지 않은 것을 쓰는 것을, 하고 있다. 나는 그것을, 그러니까 조르주 페렉이 중요한 게 아니라 너로 시작하는 문장들의 더미, 뭉치, 산더미를 만들 것을 수강생들에게 바라고 있는 것이다.(「다시」)

그는 이렇게 스스로 수강생이 된다. 그의 글은 수많은 타인의 글들의 모자이크가 아니다. 그것은 정확히 말하면, 타자의 글로 착수해서 찾아나가는 자기 글이며, 이미 시작한 전(前)-문학을 제 글 안에서 끌어안고, 다시, 한 번 더, 새롭게, "조르주 페렉이 중요한 게 아니라 너로 시작하는 문장들의 더미, 뭉치, 산더미"를 만들기 위해, 내딛는 독창적인 한 걸음이라는 점에서 앞선 작가들에 대한 일종의 오마주인 것이다. 그의 글에서 상호 텍스트성은 시대의 인식과도 맞물려 있다.

롤프 디히터 브링크만의 얼굴이 떠올랐다. 앙리 미쇼의 얼굴과 개라짐 루카의 얼굴과 프랑시스 퐁주의 얼굴과 이상의 얼굴과 베케트의 얼굴과 김춘수의 얼굴과 크리스토프 타르코스의 얼굴과 이지도르 뒤카스의 얼굴과 얼굴과 얼굴과 얼굴들이 지나간다. 처음 떠올린 얼굴은 브링크만인데, 왜 그런지는 잘 모르겠다. 시기 별로 내게 결정적인 영향을 끼친 작가들이 있는데, 브링키만도 그 중 하나다.(「계속」)

이준규의 시는 "텍스트가 항상 역설적"[12]이라는 사실을 보여 준다. 타자에 기대어, 더 멀리 가려 한다는 점에서 그의 텍스트는 역설처럼 비추어질 수 있겠지만, 이때 역설은 복수성의 독서를 노정하여, 쓰는 자-읽는

---

12   Roland Barthes, 같은 글, 71쪽.

자의 경계를 지워 내려 했다는 사실에서도 제 알리바이를 얻어 낼 것이다. 사실 빈손으로 임하는 독서가, 창작이, 어디에 있을 수 있단 말인가? 타인의 글에서 착수하는 글은 또 얼마나 자주 문학사에서 제 중요성을 인정받아 왔던가? 누가 이준규의 글에서, 그의 시집 『7』에 무수히 걸어 다니는 저 수많은 타자의 그림자를 하나씩 찾아내고, 거기에 일말의 가치를 부여하며, 원-텍스트들과의 비교, 그러니까 저 흥미진진한 작업을 시도할 것인가? 이 세계를 떠돌아다녔던, 그 영향력으로, 그 중요성으로, 그 사유와 문장의 고유함으로, 어디선가 제 목소리를 내었던 수많은 저 타자의 작품들과 제 운명을 함께 하려는 이 시도는 왜 아름다우며, 처절한 실존의 울림이 되어, 오늘 우리를 방문했는가? 타자의 목소리를 정확히 인식하고 그 중요성에 무게를 부여할 때, 그렇게, 숨기지 않고 당당하게, 제 텍스트 안에 초대하여, 그들과 함께 타진해나가는 상호 텍스트성의 실현은, 왜 문학의 굳게 닫힌, 지금-여기의 문을 열려는 시도와 맞닿아 있는가? 빈손으로 제 글에 임하지 않았다고 당당하게 말하는 자들의 글이 항상 반가운 이유도 여기에 있다.

번역과 시의 연옥으로 향하는 언어의 모험

김재혁, 『딴생각』(민음사, 2013)

*

번역이 제기하는 문제 전반을 진지하게 이야기하고자 학자들의 발표를 청해 듣던 자리에서 나는 김재혁 시인을 처음 만났다. 문학과 번역에 관한 논의가 지금처럼 활발하게 이루어지기 이전이었던 것으로 기억하는데, 내가 지금도 잊지 못하는 건 그 자리에서 그가 남긴 한마디 말이다. 번역이론을 공부한 젊은 연구자가 발표를 마치자 김재혁 시인이 질문을 했던 것으로 기억한다. 번역은 연옥에 말을 빠트린 후 다시 길어 올리는 고통스러운 작업이라고, 잘 생각나지 않는 질문 끝에 그가 덧붙였던 것 같은데, 지금에 와서 돌이켜 보면 그것은 수십 권의 책을 우리말로 번역해 온 경험자가 원문을 모국어로 담아내는 과정의 어려움과 문학적 재창조의 성격을 지닐 수밖에 없는 번역 특유의 생리, 번역이라는 언어 행위의 저 시작도 결말도 짐작하기 어려운 모험적 특성을 적확하게 짚어 낸, 고수의 한마디에 가까웠다고 해야 할 것 같다. 양질의 번역을 생산하는 데 필요한 각종 지침들과 이와 함께 요구되는 출판 윤리를 조목조목 제시하며 제 발표를 마친 이 명민한 번역 이론가 앞에 툭 내뱉듯 무심히 던져 놓은 번역에 관한 통찰력 깊은 한마디의 직관이 그의 시와 대관절 무슨 상관이 있는 것일까? 「책」의 전문이다.

구름보다 더 늙은
책이 내 얼굴을 쳐다본다,
내 얼굴을 들이마시고 어루만진다,
내 마음을 제본하여 읽어 보라고 내민다.
책의 손가락이 내 속을 더듬으며
뒤틀린 내 영혼의 손목에 봉침을 놓으며 웃는다.
병원 복도에서 소리 지르는
반 귀머거리 노파,
귀먹은 책이 나를 향해 소리친다,
생의 계절은 늘 그늘이었다고,
앞을 못 보는 책은
뱃고동 소리가 들려오면
낡은 귀를 쫑긋 세운다,
책의 행간을 바람이 지난다,
책의 밭고랑에 시간이 흐르며
물결친다, 책에 해일이 일어
사랑이 묻히고 죽음도 묻히고
책에 눈이 내려 어둠이 진다.

김재혁의 세 번째 시집 『딴생각』은 자연과 세계, 사물과 일상을 시적 언어로 번역하는 일에 몰두하고 있지만, 번역은 시의 뼈대가 되거나 시에서 복합적인 이미지를 결부시키는 근본적인 동기이기도 하다. "병원 복도에서 소리 지르는/ 반 귀머거리 노파"를 시적 착상의 결과라고만 여긴다면 재미있는 발상이라는 지적 이상을 꺼내들기 어렵지만, 시인이 대면하고 있는 "책", 그러니까 필경, 제 번역 일과 맞물린 "내 얼굴을 쳐다"보는 저 "책" 속의 등장인물을 시인이 백지 안으로 걸어 들어오게 한 것을 필두로, 시 곳곳에 묻어 놓은 기발한 장치들을 하나둘 발견하기 시작하면, 우리가 풀어놓을 이야기의 성격은 완전히 달라진다. 시가 감추어 놓은 비의에 차츰 눈길이 가고, 그가 시를 통해 궁굴린 세계가 여러 겹의 복잡한 퍼즐로 얽혀있다는 사실이 번역과의 연관성을 상정하는 일에서 제 얼굴을 드러내기 시작하기 때문이다. 책이 감추고 있는 저 미지의 삶과 아직 옮겨 놓지 않는 글이 내지르는 아우성에 귀를 기울이며 시인이 하루의 발걸음을 내딛고 또 마감한다는 사실을 이해하는 순간은 "귀먹은 책"이나 "앞을 못 보는 책"이 아직 읽지 않았거나 번역하지 않는 텍스트, 번역 중에 난항에 빠진 구절을 빗댄 것이며, 결국 우리의 삶에서 미지로 남겨진 모든 것-아직 읽지 못한 것-아직 번역되지 않은 것에 대한 적절한 은유임을 알게 되는 순간이기도 하다.

번역가의 임무는 여기서 시인의 임무와 나란히 포개어진다. 미리 말해두지만, 사실 김재혁에게 시와 번역은 서로 다른 곳을 바라보지 않는다. 번역이 "책의 행간"을 읽는 작업에서 제 기본을 다지고, 사전을 뒤적거리며 "책의 밭고랑"을 땀내 나는 노동으로 구석구석 일궈 낸 다음, "책의 해일"을 온몸으로 대면하며 (원)작품을 (번역)작품으로 되받아 내는 일, 그러니까, 그의 말마따나, 다른 나라 언어를 연옥에 빠트린 후 다시 건져 올리며 애면글면 우리말의 가능성을 함께 타진해 나가는 과정이라고 한다면, 그의 시는 바로 이 번역과 번역과정, 번역이라는 소재 전반에서 크게 탄력을 얻어, 말과 시간의 깊이를 궁리하고, 삶과 일상을 자연의 애처로운 사건으로 형상화하는 독창적인 일에서 제 가치를 획득해 내고 있기 때문이다. 우리는 이렇게 번역이나 시 쓰기를 멈추는 순간 "사랑도 묻히고 죽음도 묻"힐 것이라고 말하는 구절에 이르러 시와 번역 없이는 시인 자신의 삶도 존재하지 않을 거라는 시인의 굳건한 믿음 하나를 읽게 된다. 번역이나 시 창작은 공히 글로 펼쳐 내는 지난한 지적 노동이라는 점에서, 하루 어느 순간에 이르러 어쩔 수 없이 마감해야 하는 한계가 있지만, 이 멈춤이 김재혁에게는 단순히 물리적 시간을 마무리 짓는다는 것을 의미하지는 않는다. 인용된 작품의 마지막 구절 "책에 눈이 내려 어둠이 진다"가 광채를 뿜어내며 우리를 사로잡는 것은 바로 시집 전반의 이와 같은 맥락을 우리가 이해할 때다. 김재혁은 읽고 번역한 바로 그만큼만 지금까지 비가시적이었던 삶의 결들이 현실에서 활력을 얻어 내고 나아가 세상을 새롭게 구성하는 원동력이 된다는 사실을 알고 있으며, 바로 그만큼의 노력으로 획득되는 독창적인 세계로 제 시의 구석구석을 물들이는 데 성공적으로 합류하고 있는 것이다.

조는 한낮의 건물 밑에서 졸다
비린내를 싫어하는 대나무처럼 삘쭉하게
총을 내려놓고 담배 한 대 피우다

그대를 실망시키기 위하여
하루 종일 돌아다녔습니다.
쓰던 말 버리고 산속으로 들어갔죠.
낯은 익지만 이름을 모르는
나무들 풀들 새들 틈에 서면 왠지
친근하면서 서먹서먹하더군요.
풀들은 제 이름 속에 꽂혀 있지만
나는 그 꽃병들의 이름을 모릅니다.
냄새는 익숙하지만 이름을 몰라
말을 선뜻 건네지 못합니다.

그냥 모른 척 꽃병에서 뽑아 버릴까요,
왜 그러느냐고요?

조는 한낮의 건물 밑에서 졸다
내 시는 계속해서 마이크 시험 중이라
총을 내려놓고 담배나 피우고 있다
내가 부르는 그대 이름 속에
그대가 들어 있기를 바라면서

——「마이크 시험 중」

  그렇다면 어떻게 그의 시는 제가 읽고 번역한 바로 그 만큼의 삶을 새로이 해석해 내고 구축해 나갈 가능성이 되어 우리 곁에 당도하는가? 번역가로서의 시인, 시인으로서의 번역가라는 저 거역할 수 없는 운명을 시인은 어떻게 제 시의 언어로 펼쳐 내는 것이며, 시인-번역가라는 이중적 정체성은 시에서 어떤 모습으로 풀려나와 우리에게 그 실험의 결과를 내려놓는가? 첫 연과 마지막 연은 맥락에서 탈구된 대목들이 아니라, 번역이나 독서의 대상을 한껏 비틀어 적어 놓은 것, 다시 말해, 번역한 구절이나 번역에 몰두하고 있는 중인 책의 한 대목이거나 그것의 변용이라고 볼 여지가 생겨난다. 물론 중요한 것은 그다음이다. 둘째 연이 오롯이 번역하기-시 쓰기에 찾아든 고통에 대한 아름다운 서술로 읽히는 것은, 오로지 번역이라는 맥락 속에서, 다시 말해, 고통스러운 번역의 여정을 자연에 빗대어 결곡하게 적어 나갔다는 전제하에서만 그러하다고 말해야 할 것 같다. 그러니까, 부연하자면, 이런 것이다.
  그가 번역하고 있는 책의 주인공은 "조"다. "조"는 "졸다"와 상응하는 말의 유사성에서 우유부단한 성격의 소유자임을 노출하는 동시에 번역하기에 몹시 까다로운 텍스트의 주인공이라는 사실도 암시한다. 그다음, 맥락이 바뀌어, 시인-번역가의 고백이 시에서 몸을 내민다. "그대를 실망시키기 위하여"는 자칫하면 아이러니나 모순어법으로 비추어질 수 있지만, 실상, 번역이란 아무리 잘해야 원문을 넘어서지 못한다는, 번역에 대한 통찰이기도 할 사사로운 자책의 표출에 가깝다고 할 수 있으며, "쓰던 말을 버리고 산속으로 들어갔죠"는 원문의 낯선 구문을 우리말의 용법에서 일일이 찾아내어 반영하기 위해 끊임없이 궁리한다는 사실을 말해주고 있다.[1] "낯은 익지만 이름을 모르는 나무들 풀들 새들 틈에" 저 자신이 놓였다는 것 역시, 연옥을 헤매고 있는, 그러니까 결정된 것이 아무것도 없어 유령처럼 떠도는 말들을 붙잡고 씨름하는 번역가의 상태를 산속의 자연 풍경에 기대어 유려한 문체로 되감아 낸 것이다. "이름을 몰라/ 말을 선뜻 건네지 못"한다는 구절도 자세히 살펴보면, 번역이라는 맥락에서 이탈한 것은 아니다. 물론 번역의 어려움에 대한 고백을 끝낸 시인이 절망과 탄식과 자책만을 손에 쥐고 있는 것도 아니다. 마지막 연에 이르러 다시 첫 연에 등장한 번역의 주인공 "조"를 우리가 마주하게 되었을 때, 시인-번역가의 경계가 어느새 허물어졌다는 사실에 주목해야 할 이유가 여기에 있다. 번역의 모험이었던 것이 어느새 시의 모험이 되었다고 해야 할까. 내 번역에서 완벽하게 담아내지 못해 "조"가 내려놓은 "총"은 이제 내가 시를 고민하며 살며시 내려놓은 "총"이 되었다. 번역의 "총"이 시의 펜이 되는 순간을 우리는 보고 있는 것이다. "내가 부르는 그대 이름 속에/ 그대가 들어 있기를 바라면서"라고 시를 마무리한 것은 따라서 시 쓰기에서 오는 절망과 번역이 부여하는 절망이 동일한 크기의 고통을 삶에다 져 나른다는 사실을 말하기 위함일 것이다. 그러니까 그것은 겸손이나 염원이 아니라 오히려 시 쓰기를 실천하는 자의, 허황됨을 벗어버린 자신감에서 비롯된 작은 소망이자 마지막까지 지켜내야 할 번역의

1 김재혁 시인과 연락이 닿지 않는다는 것은 그가 번역에 몰두하고 있음을 의미한다. 그는 방학이면 자주 번역을 위해서 산속에 틀어박힌다.

윤리이기도 한 것이다. 번역하기-시 쓰기의 일치됨과 어긋남을 재치 있는 구성과 적절한 비유로 변주해 낸 이 작품에서 백미는 제 정신노동의 고통과 그 노동의 과정 전반을 자연 풍경에 덧붙여 녹여 낸 능력에 놓여 있다는 점도 반드시 부기해야만 한다. 김재혁에게 번역하기-시 쓰기 작업은 결국 실패를 거듭하면서 완성을 바라보는 행위라는 점에서, 소진되지 않는 현재를 지속적으로 지금-여기에 불러내는 계기이자, 끝나지 않는(끝날 수 없는) 언어의 모험 속으로 우리 모두를 초대하는, 서로 떨어지려야 떨어질 수 없는 하나는 아닐까? 그렇다면 이 모험을 개진했던 사람들은 누구였는가?

> 시의 짐승들이 어슬렁거리는 책장이다.
> 참새가 창가에 와서 찰칵찰칵 엿을 자른다.
> 김수영이 뱉어 놓은 침이 마야코프스키의 시집에 잔뜩 묻어 있다.
> 개미 떼처럼 하늘에 달라붙어 있던 보슬비를
> 바람이 윈도우브러시로 싹싹 지운 한낮,
> 책상에 내려앉은 참새 두 마리가 주둥이로 자판을 콕콕 쫀다.
> 말라르메는 추억에 젖은 손가락으로 앨범 속 아가씨를 뒤적거리고
> 더위에 지친 시간이 책상 위에 널브러져 곤한 잠에 빠져 있다.
> 꿀통 속의 고통을 훔쳐 먹은 하이네는 눈물을 훔치고
> 젊은 괴테는 슬픔을 베르테르에게 넘겨주고 집을 나갔다.
> 부르크하르트의 르네상스 풍경 쪽으로 수렴되는 한가로운 책장,
> 밖은 안개다. 선악과가 무성하게 자라는 정원.
>
> ——「한낮의 서재」

김수영과 말라르메, 괴테는 모두 제 시대에 혁명적인 시인이었지만, 한편으로 빼어난 번역가이기도 하였다. 하이네처럼 자주 독일의 문예 정

550

신을 갱신했다고 인용되어 온 시인도 없을 것이며, '대중적 취향에 침을 뱉어라'의 마야코프스키처럼 혁명과 비극의 화신으로 저 복잡다단했던 혁명기에 불꽃처럼 활동하다 사라져 우리 마음 깊숙이 각인된 시인도 드물 것이다. 김재혁은 이들의 언어를 직접 번역해 보거나 이들의 시를 읽으며 번역과 시가 남긴 흔적을 살핀다. 이 말에 오해의 소지가 있겠다. 여기서 번역의 흔적은 우리가 읽는 말라르메는 한국어로 번역된 말라르메라는 사실을 새삼스레 확인하고자 한 것이며, 더불어 김수영의 시적 혁명이 사실 번역의 혁명이기도 하다는 사실을 김재혁이 염두에 두고 있다는 사실을 환기하기 위해 사용한 것이다.

이들에게 번역의 경험은 전통과 근대, 외국어와 모국어, 산문과 시, 일상과 역사, 창작과 번역 등의 이항대립의 구조에서 벗어나, 한 시대의 지적 패러다임을 고안해 낼 새로운 실험의 밑천이나 다름없었다. 번역 과정에서 시인은 자신이 경험한 이질적인 것들을 일방적으로 추앙하거나 단호하게 부정하는 것이 아니라, 그 맞은편에 속할지도 모르는, 필경 시인 자신의 내부를 지배하고 있었을 전통적인 시나 그 형식은 물론, 고리타분한 사유나 낡은 사상과도 치열하게 맞서 싸워야 만했을 것이다. 시의 모험에 있어서 번역에 진 빚이 작다고 할 수 없는 시인들을 한곳에 불러 모은 것은 "한가로운 책장"에 꽂혀 있는 그들의 시집이나 우리말 번역서, 그들의 번역 작품집이나 그 번역 작품집의 우리말 번역서 등을 읽으며 살아가는 삶이 김재혁에게는 대부분 지성으로 치러 내야 하는 치열한 전투이자 언어의 발굴로 개진해 나가야 하는 고달픈 투쟁으로 물든 시간이었다는 것을 말해 준다. 그럼에도 확실성과는 거리가 먼 "안개"에 갇혀 나날들을 보냈다는 그의 말에 귀를 기울이면, 우리가 비유의 적절성을 긍정하는 만큼 그의 고통을 체감하는 속도도 빨라지고 만다. 따라서 "더위에 지친 시간이 책상 위에 널브러져 곤한 잠에 빠져 있다"는 구절은 평온하고 나른한 어느 오후의 풍경이 아니라, 말과 문장의 선별이나 의미의 고안으로부터 자유로울 수 없는 번역가-시인의 고된 작업 끝에 피곤에 지쳐 어쩌다 주어진, 예기치 않은 휴식일 것이다. 그런데 김재혁은 왜 이토록 번역에 매달리고 번역을 모티브 삼아 제 시의 몸통을 구축해 내며, 자연과 일상을 번역하는 일에 매달리는가? 우리의 물음은 당연히 근본적이어야 한다.

> 이곳엔 사랑이 넘실대지요.
> 고통도 바지를 걷고 함께 개울을 건넙니다.
> 수초들은 뒤엉켜 있고,
> 가끔 미끄러운 돌이 딛는 발을 밀쳐내는군요.
> 모두 사연을 갖고 사는 세상입니다.
> 사연들은 글자로 서서 머릿속을 헤맵니다.
> 글자들에게 사연을 물으면
> 모두 담배나 피워 물 뿐,
> 수초 속에 숨은 그리움입니다.
> 누군가의 마음을 건넌다는 것은
> 늘 실패한 첫사랑입니다.
> 그래서 아쉽지요.
>
> ──「번역의 유토피아」

번역은 사랑이다. 번역은 글에 대한 사랑이자 외국어에 대한, 타자에 대한, 세계에 대한 사랑이다. 그러나 그것은 십중팔구 실패한 사랑이다. "수초들"이 여기저기 "뒤엉켜 있"어 번역의 강에 발을 담근 번역가는 언제라도 긴장을 풀 수 없으며, 긴장을 유지했다고 한들 "가끔 미끄러운 돌이 딛는 발을 밀쳐내" 실패로 귀결되기 십상인, 그런데도 저를 탓하며 놓아 버릴 수도 없는 사랑이다. 그것은 필연적으로 실패가 예정된 사랑이다. "글자들에게 사연"을 묻는 일은 따라서 번역가에게 보람을 선사하기보다, 외국어로 된 문자가 걷히는 정도에 따라 새어 나올 원작의 아우라를 목도하고자 하는 욕망에 의지해 제 진척을 독려해 보지만, 그럼에도 원작의 아우라를 온전히 바라볼 수도, 완전히 재현할 수도 없는, 타인의 문자와 문장과 텍스트를 완전히 장악할 수도 없는 작업이다. "말과 말 사이의 빈 공간에/ 그녀와 내가 있다"(「사랑은」)고 말할 때, "K는 삶에 취해 자신의 성문을 열어 놓고도 자신의 성을 찾아 길을 헤매고 있다"(「카프카의 〈성〉을 읽다가 문득,」)고 말할 때, 우리가 김재혁의 시에서 읽게 되는 것은 번역에 대한 그의 사랑, 그러나 실패할 수밖에 없는 사랑, 필경 실패가 예정된 사랑, 그럼에도 포기할 수 없는 사랑일지도 모른다. 카프카 소설의 주인공 K와 번역가가, 번역에서 하나가 되지 못할 바에, 아니, 베르테르에게서 번역가가 "봉인하지 않은 그의 심장"(「베르테르의 슬픔」)을 느낄 수 없다고 생각될 때, 김재혁은 베르테르와 카프카 소설의 K를 제 시에 주인공으로 초대하여 차라리 이 실패한 번역의 사랑을 해소되지 않는 그리움의 자락으로나마 붙잡아 보려고 했던 것은 아닐까?

사랑이라는 임시 계약서에 일용직으로 고용되었던 순간들, 한 순간의 희미한 서명만 남았을 뿐이지만, 낙엽 같은 그 순간들의 종이 위에 무엇이라도 써넣고 싶었던 마음들만이 떠도는 겨울 하늘엔, 그래도 또다시 그리운 이름들이 바람에 휘날린다. 한 줌의 사랑을 주머니에 넣어 두었다가 날아가는 참새에게 던져 주며 낙엽에 떨어지는 저 햇살은 햇살의 묶음보다 더 아름다운 외로움을 노래한다.
　　　　　　　　　　　　　　　　　　　——「낙엽에 떨어지는 저 햇살은」 부분

언어의 가슴에 손을 집어넣어 그렇게 부드럽게 만지지는 못하지만, 그래도 이렇게 바람 곁에 몇 자라도 적을 수 있는 것은 내 여린 마음의 흙 속을 마구 파 뒤집고 다니는 누군가, 이 세상 하늘에도 집의 흔적을 남기는 두

더지가 있기 때문이다

──「관심」부분

　사랑에 대한 은유는 거개가 시와 글, 특히 언어와 말에 바쳐지지만, 그 뒤에는 항상 번역이라는 맥락이 주어져 있으며 번역에서 착수한 배경이 무시하지 못할 무게로 들어차 있다. "말의 안쪽에, 뭔가가 푸드득 날아와 알알이 품고 있는 새의 둥지 같은 그 안쪽"에 나 있는 "좁다란 길"(「손길」) 역시 시의 길이지만, 이 길은 한편으로 번역에서 만난 길이자, 번역을 통해서 시가 입회한 길, 번역에서 착수되어 시가 조금씩 넓혀 낸 길이며, "누군가가 읽다가 치워 둔 책 같은 그 우물을 나는 끝까지 읽으리라"(「우물」)라는 다짐 또한, 어머니에 대한 기억의 흔적을 쓰다듬는 일을 담담하게 책 읽기에 비유하면서 묘사의 저 특이한 어투로 적어 낸 것이다. "번역 일로 밤을 꼬박 새고 새벽 다섯 시 아파트 꼭대기 서재에서 북악스카이웨이를 느긋하게 내려다보며 잘 익은 라면을 먹는다"고 김재혁은 짐짓 말하지만, 그의 시에서 이러한 말은 결코 그 자체로 마무리되지 않는다. 왜냐하면 그가 번역이라는 주제에서 착안하여 시 안으로 끌어당겨 온 것은 "떠오르는 해의 어렴풋한 빛살이 그들의 눈빛을 지울 때까지" "라면그릇을 치우지 않"은 채, 바라보는 "입 안이 타들어가는 애처로운 가로등 불빛들"이며, 결국 이 불빛 아래에서 김재혁이 어렴풋이 마주하는 것은 "내 눈에서 치울 수 없는 텍스트"(「가로등 마음 읽기」)이기 때문이다. 김재혁의 시에서 번역과 결부된 모든 것들은 이처럼 시로 환원되며, 그 과정에서 자연과 일상과 기억과 가족사 전반이 언어와 번역, 쓰기와 읽기, 책과 독서라는 커다란 자장 안에서 다시 태어나고 사라지기를 반복한다. 가령, 우리가 미처 다 읽지 않은 「손길」의 나머지 부분은 번역이라는 언어행위의 특성을 배경 삼아 맘껏 쏘아올린 시가, 결국 삶을 독창적으로 번역한다는 테제를 실천하고 마는 한 편의 시로 탈바꿈하는 과정 전반을 잘 보여 준다.

말의 안쪽으로 깊이깊이 들어가 계곡으로 걸어가면 거기 마지막에 암자처럼 누군가 앉아 있어 그 분에게 물으면 알려주는, 그 길을 끝까지 가면 결국 만나는, 가끔은 교활한 쥐새끼들도 다니고 무서운 장갑차도 다니기도 하지만, 철없는 딸을 앞에 두고 아버지가 마시는 소주잔 끝에도 매달려 있어 때론 용수철처럼 튀어 오르다 뼈아픈 후회를 토해 내고, 팔다리 없는 제 자화상에게는 하소연할 수 없지만 그러면서도 온몸으로 가는, 생각의 매표소 끝에 멈추는, 손길.

김재혁은 서정시라는 탄탄하고 안전한 길을 걷지 않는다. 오히려 번역과 시의 상관성이 자연을 무대로 기이한 시정을 불러일으킨다고 해야 옳을까. 그의 시에서 자주 등장하는 자연은 턱없는 예찬이나 경탄의 대상이 아니라, 이지적이고 논리적인 짜임을 바탕으로 번역가-시인 주체가 적극적으로 활보할 사유의 공간을 만들어 내는 데 없어서는 안 될 비유의 대상일 뿐이다. 김재혁은 서정시의 문법에 제 시를 위임하는 대신, 자연의 변화와 일상의 남루한 풍경, 개인적인 경험 전반을 번역과 시에서 착안한 언어의 모험을 통해 특이한 재현의 대상으로 전환하면서 새로운 서정의 힘을 견인해 낸다. 따라서 책과 독서, 번역과 시 쓰기 전반은 자연과 일상의 변화와 그 변화가 만들어 낸 자그마한 사건으로 주조되어 나타나는데, 이때 필요한 것은 영탄조의 찬사, 감정의 과잉이나 감상적 태도가 아니라 '자연스러운' 인공물을 조직해 낼 지적인 언어 운용인 것이다. 이처럼 "다 쓰지 못한 언어가 마음의 벌판에 바람으로 흔들릴 때"(「바람꽃」)나 "내 언어는 구름처럼/ 녹지 못하고/ 아직 지상에 매여 있어/ 그대의 가슴을 떠나지 못한다"(「가을날의 생각」)처럼, 우주와 세계의 조물주는 자연이 아니라 오히려 언어이며, 자연은 오로지 언어가 부리는 부속물로 존재할 때 시에서 크게 제 가치를 빛낼 뿐이다. 그는 광화문에서 "행이 흘러가다 풀을 스치는 것"을 본다고 말하는 시인, 그러니까, 과거의 왕을 떠올린 순간에조차 "밀가루처럼 풀리는 시행들을 생각"(「광화문에서」)할 뿐이라고 말하는 언어탐구자인 것이다. 아래 전문을 적어 놓은 「꽃, 비가」에서 우리는 생의 진경을 경험한 자가 길어 올린 성찰의 비의들조차 언어의 모험과 번역의 경험에 크게 빚지게 될 때, 뿜어내는 독창적인 서정의 목소리를 듣게 된다.

> 봄마다 꽃들이 부르는 비가는
> 나무를 물들이고 나무는 운다,
> 지난봄에 보았던 북한산 산수유 꽃은
> 새가 되어 내 가슴속에 살면서
> 가끔 내 가슴을 두드리며 운다,
> 서 있다는 것은 저편을 향한 비가다,
> 꽃 속에 비가가 숨어 있다는 건
> 비 오는 거리에 서 있어 본 사람이면
> 누구나 안다, 꽃은, 어느 봄날의 꽃이든
> 어두컴컴한 빈 방에 덩그마니 매달린 의자다,
> 의자엔 죽음이 걸터앉아 엉덩이를 들썩이며
> 비가를 부른다, 앞뒤로 일렁이며 삶의 비가를,
> 노래를 입안으로 흘려 넣으며, 그래 그렇게
> 흔들리며 달이 고개를 돌릴 때까지
> 잠시 이런저런 빛깔로 아픔을 노래해 보는 거다
> 노란 눈물 빨간 눈물 하얀 눈물

—「꽃, 비가」

김재혁의 시가 쌓아 올린 자연적인 인공물에는 번역의 경험이 자리하지만, 우리가 그의 시에서 목도해야 하는 것은 어쩌면 번역과 시의 실패일지도 모른다. 시나 번역이 성공을 낙관하지 않을 때, 그렇게 할 수 없다고, 아니, 매일같이 그 사실을 몸소 경험하는 자에게 실패하는 언어와 실패하는 시가 흘린 고통의 눈물은 패배를 모른다. 김재혁에게 시와 번역은 결국 언젠가 다시 만날 수밖에 없는 한 길을 바라보며 묵묵히 앞을 향해 걸어가야 하는 운명이지만, 제 각기, 완성될 수 없는 유토피아라는 공동의 소실점을 향하기에 실패를 반복할 수밖에 없는 주체라고 해야 할지 모르겠다. 번역과 시는 그에게, 아니 우리 모두에게 끊임없는 실패의 경험을 내려놓을 뿐이지만, 실패를 거듭하면서, 우리는 삶의 이면과 생의 다채로운 결들을 지금 우리가 살아 내고 있는 삶 속에서 체현해 낸다. 이 실패의 저 앞줄에 어쩌면 시가, 번역이, 아니, 이 둘의 상호작용 속에서 쉴 새 없이 뿜어 나오는 성찰의 목소리가 자리하고 있을 것이다. 이 목소리는 타자와 말, 언어와 번역이라는 연옥에 빠져 그 곳을 한 바퀴 돌고서 가까스로 빠져나와 현실로 육박해 오는 목소리다.

> 누구의 유고인가.
> 패배의 들판으로 옛 날들이 걸어간다.
> 둥지에서 떨어진 해를 바라보는
> 저녁이 가장 아름다운 법이다,
> 또 다른 생이 궁금하기에.
>
> ─「가을」 부분

　　자서에 적어 놓은 "늘 마음의 안쪽에 서 있는 이"는 김재혁이 시집 전반에 곡진한 어조와 재치 있는 표현, 적확한 비유와 신산스러운 경험으로 녹여낸, 시인이 함께한 삶 전부를 담아내고 있는 아내나 가족을 지칭하겠지만, 한편으로 그것은 번역으로 점령해낸 기억, 번역으로 읽어 낸 일상, 번역의 언어로 다시 구축해낸 시적 공간, 번역의, 번역에 대한 사랑으로 자유로운 날개를 달아놓은 시적 주체를 의미하는 것이기도 할 것이다. 물론 내가 해설에서 다루어 본 번역과 언어, 시와 번역은 김재혁의 세 번째 시집을 읽어 내는 데 필요한 자그마한 단서일 뿐이다. 우리는 그가 시로 가로지른 풍부하고 다채로운 여러 길 가운데 고작 하나만을 이야기했을 뿐이다.

비정치의 정치, 빌어먹을 놈의 저 타자

이장욱과 김안의 시

*

얼마나 많은 시들이 계절마다 우리를 찾아오는가? '이 계절의 시'를 읽어 달라는 요청은 따라서 조금 곤혹스럽다. 선별에 기준을 제시하는 일은 사실상 불가능하며, 자의적인 판단에 기대어 그렇게 했다 하더라도 문제는 가중될 뿐이다. 계절마다 당도하는 문학잡지는 수십 종이 넘으며, 제아무리 부지런한 평론가라해도 검토하려 마음을 먹는 순간, 벌써 다짐과 각오에 붙들리는 자신을 채근해 나가야만 할 것이다. 적게 잡아 보아도 최소한 시집 대여섯 권 분량에 육박할 작품들을 일일이 찾아내 읽었다고 한들, 막막한 심정이 어디로 가 버리는 것은 아니다. 책임감을 저버리지 않았다고 여겼던 제 독서에 금이 가는 것을 발견하게 되는 순간은, 어렴풋하게나마 구성을 염두에 두었던 주제론에 구멍이 숭숭 뚫리면서, 그 구성이 차츰 허술해지고, 급기야 기획 자체가 허물어지는 순간일 것이기 때문이다. 원고 청탁서의 내용란에 적혀 있던 "제한 없음"은 전전긍긍 며칠을 갇혀 지내며 갑갑하기만 했던 터널을 비추는 희미한 출구가 될 것인가. 편리한 이 면죄부를 덥석 붙잡기로 한다.

*

시는 말할 것도 없이 정치적이다. 이제 와서 시와 정치의 문제를 다시 거론하려는 것은 아니다. 최근 시의 경향을 이 주제를 중심으로 추려보겠다는 것은 더더욱 아니다. 그래도 해야 할 말이 있다. 반복하자면, 시는 말할 것도 없이 정치적이다. 그런데 이에 관한 물음은 이렇게 주어져야 마땅할 것 같다.

개별화된 보편성은 가능할까? 개개인의 특수성을 놓치지 않고 한곳으로 그러모아 힘겹게 구축해낸 공동체란 도대체 가능한 것인가? 시는 (정치적 좌절 이후에도), 공동체를 포기하지 않기 위해, 어떤 방식을 새로이 모색해 나가는가? 어떻게 제 고민을 삶에서, 현실에서, 과거에서, 미래에서, 견인해 오는가? 무엇을 돌아보고, 무엇을 폐기하고, 무엇을 고지하는가? 공동체에 대한 사유를 달리해야만하는 시점에 와있다는 고백만으로 충분한가? 개인들의 개별화를 경유하지 않은 공동체의 보편성이 시대착오적 이데올로기에 불과하다는 저 새삼스런 경험으로부터 시는 어떤 각성의 목소리를 울려 내는가? 이것은 전략인가? 실존의 울림인가? 중요한 것은 늘 새로운 목소리이다.

이 목소리는 오로지 현실정치를 말하지 않음으로서, 오로지 비유의 자격으로, 오로지 비유의 체계에서만(로서만) 작동하는 시적 공간을 창출함으로써, 그러니까, 정치적 사건으로 시를 소모해 버리는 대신, 현실 정치를 시에서 최대한 낯설게 만듦으로써, 이 낯설게 하는 일에 부합하는 감수성을 최대한 지불해 냄으로써, 폐허와 같은 현실에서, 세계와 타자, 사건과 공동체, 정치와 역사를 사유해나갈 수 있는 조건을 붙잡으려, 아니 그러려 한 걸음 내딛는 일에 골몰하며, 이에 합당한 언어를 고안하는 데 필요한 모험을 현실이라는 허허벌판 위에 투척할 뿐이다. 이장욱의 작품이다.

식칼이 날아다니고

목이 잘리고

파도가 쳤다.

이제 음악에 가까워지는 모든 것.

냄새도 흔적도 없는 것.

어떤 맹세도 불가능한 리듬으로.

누구든 실종되고

다양해지고

밤에 외로워졌다.

접시들은 하나씩의 세계였다가 문득

박살나고

밤의 기름은 끓는다.

향료와 양념은 스며든다.

거꾸로 진화하는 생물들의 세계.

안 보이는 군중의 나라.

그러니 썩어라.

쿵쿵거려라.

음표처럼 흩날리는 빗방울들을 삼켜라.

다른 모양과 다른 빛깔의 저녁을 향하는 힘으로.

비에 젖은 수평선처럼.

우리는 영영 외로운

거대한

노동을 했다.

섬세하게 타오르는 태양을 손에 들고서.

*Soul Kitchen: Doors.[1]

---

1   이장욱, 「소울 키친」, 《현대시학》, 2013. 5.

이장욱은 가장 비정치적인 것으로 가장 정치적인 방식의 정치적 각성을 이끌어 낸다. "식칼이 날아다니고/ 목이 잘리고/ 파도가 쳤다"에서 주목을 끄는 것은 과거 시제이다. 모두에게 모두가 가했던, 모두에게 연루되었고 모두를 연루시켰던 무언가를 넌지시 암시하면서도, 현실에 대한 반성 따위를 성급히 거들먹이거나 쓰라린 정치적 패배를 극복하자는 제안에서 한참을, 그것도 아주 멀찌감치, 떨어져 나온다. 그것은 "어떤 맹세도 불가능한 리듬" 속에서, "냄새도 흔적도 없"이 진행되었던 일, 그러니까 누구도 예상하지 못했던 일이었을 것이다. 눈에 보이지 않는 음악, 눈에 보일 리 없는 리듬처럼, 모든 것이 무(無)로 되돌아가고, 그 사이, 수많은 존재들과 그들이 쏟아놓은 테두리 없는 말들(비판, 확신, 평가, 반성 등)이 여기저기 떠돌아다니는 것은, 개인들이 "하나씩의 세계였다가/ 박살"나면서 어지간히 소란스러웠기 때문일 수 있다. 그것이 무엇이건, 그것이 무엇이었건, 원인이야 어찌되었건, 분명한 것은 하나다. "거꾸로 진화하는 생물들의 세계"로 모두가 후퇴했다는 것, "군중의 나라"는 따라서 한참 소원해졌다는 것이다. 꿈을 꾸었는지, 그 꿈이 잘못되었는지, 그것이 꿈이었는지, 그렇지 않은지 모호한 상태에서.

그렇다면 무엇이 잘못되었던 것일까? 잘못되었다는 말 자체도 터무니없다. 어떤 "맹세"가 (더) 필요한 것일까? 이장욱은 추이를 대변하거나 근거를 들이대는 일에는 관심이 없다. "그러니 썰어라"라고, 매우 단호하게 한마디를 던질 뿐이다. 확신을 바탕으로 세워 올린 보편적 가치를 맹목적으로 두둔하거나 추구하려고 서두르지 말고, 철저히 개별화의 길을 밟아나가야 한다고 말하는 것일까. 개별화의 길에서 필요한 것은 "다른 모양과 다른 빛깔의 저녁을 향하는 힘"일 것이며, 그것이 만약 가능하다면, 이때의 공동체란 "비에 젖은 수평선", 그러니까 개인 각각이 땅에 떨어져 뭉개지는 경험과 쓰라린 각성으로부터 생겨나야하는 것은 물론이다. 그것은 빗방울 같은 저 한 명 한 명이 평평한 바닥에 떨어지고, 깨지고, 다시,

아주 조금만 튀어 오르면서, 비로소 가능한(가능할지도 모를) 일일 것이다. "비에 젖은 수평선"은 형이상학이나 추상적 이념, 우리 모두 수행의 당당한 주체였던, 그러나(그래서) 지금에서 보자면 "영영 외로운", 저 "거대한 / 노동"에 대한 고찰이나 찬양과는 근본적으로 다른 것이다.

보편성의 추구가 가능하다면, 특이한 보편성, 개별화된 보편성, 각성된 개개인들이 모여 삶에 투사해 내는 보편성만, 그것도 어렴풋한 형태와 확신할 수 없는 상태에서, 존재할 뿐인 보편성만이 가능하다. 이데올로기가 정치에 가하는 한계를 세계의 안과 밖에서 포착하고, 이렇게 포착해 낸 한계조차 끊임없이 무너뜨려 나가는 일련의 반복과정에 대한 요청이 시 전반을 큰 덩어리로 감싸 안는다. 그러고 나면 또 다시 무너뜨릴 수밖에 없으며, 그러한 과정을 끊임없이 반복해야 한다고 말하는 것은 확신에 찬 단결, 결집한 운동이 아니라, 자기 자신을 "썰어라"라고, 제 흔적을, 그 냄새를 "쿵쿵거려라"라고, 스스로에게, 그러나 실상 모두에게 주문을 거는 극단적인 통보에 가깝다. "다른 모양과 다른 빛깔"의 주체됨을 통해서만, 반복되는 좌절과 개별화를 통해서만 도달을 꿈꿀 미완성의 유토피아가 이렇게 우리에게 남겨진다. "섬세하게 타오르는 태양"은 말할 것도 없이, 시가 이끌고 있는 이 모든 것을 하나로 단단하게 묶어 내는 강력한 알레고리이다. 갈 길은 얼마나 멀고, 고단할 것이며, 부질없음의 연장이자 그것과의 싸움은 또 얼마나 고될 것인가.

이 모든 것을 그러나 우리는 정치적 담론이 아니라 닭찜 레시피에서 읽어 내야 한다. 요리와 음악은 비정치적이지 않다. 정치와 비정치의 경계는 애당초 없었던 것이다. 정치적인 것을 돌보는 일은 그래서 시의 주된 임무지만, 이 임무에 반드시 투쟁과 혁명과 노동의 어휘들이 등장할 필요는 없다. 그저 부엌에서 칼을 치켜들어 닭의 목을 내리치는 것이면 족하다. 음악을 틀어놓는 것으로 충분하다. 잘린 닭의 목에서 피가 흐르고, 큰 냄비에 야채와 잘린 조각들을 넣고서 기름에 달달 볶는다. 잘라 놓은 조각조각에 향료와 양념이 스며들 즈음, 오롯한 하나의 몸이었던 닭이 제 형태를 갖추기 이전 상태로 퇴화한 것 같은 생각이 들기 시작한다. 창밖에서는 비가 주룩주룩 내리고, 여러 갈래로 솟아난 가스 불이 재료들을 한 가득 담은 큰 냄비를 서서히 달구고 있다. 큰 냄비의 바닥이 태양마냥 벌겋게 달아오를 즈음, 닭찜이 익어가면서 피워내는 저 향기로운 냄새를 맡으며 나의 영혼은, 이 저녁의 소소한 노동과 썩 잘 어울리는 음악에 맞추어, 빗소리에 흠뻑 젖어, 키친에서 무르익어 간다. 이렇게 치킨의 조각조각들이 익어가며 키친이 된다.[2] 아무렴 어떻겠는가?

도어스의 「Soul Kitchen」도 잊을 수는 없다. 닭찜 레시피가 작품의 뼈대라면, 도어스의 이 명곡은 작품 전반을 지배하는 정신성이다. 최면에 빠진 듯, 강약의 미묘한 변주를 조금은 크게 틀어 놓고 몇 번이고 몇 번이고, 지칠 때까지 들어야만 한다. 세심한 사람이라면 가사에도 귀를 기울여야만 할 것이다. "시계는 이제 문을 닫을 시간이라고 말하네"("Well, the clock says it's time to close now")라고 시작하는 도입부는 시의 주제의식을 강력하게 뒷받침하지만, 시인이 빗소리를 들으며 젖어들었을 것으로 추정되는(추정은 추정일 뿐!) 대목은 오히려 후반부 이후의, 특히 "Learn to forget, learn to forget/ Learn to forget, learn to forget/ Let me sleep all night in your soul kitchen"이다. 요리와 음악과 정치는, 서로가 서로를 잇고 있는, 서로 다르면서도 하나인 이 시의 몸이다. 시는 말할 것도 없이 정치적이다.

---

2 내가 자주 가는 학교 앞 카페의 이름도 소울 키친이다. 누군가 물어볼 때면 이상하게도 나는 이 카페를 '소울 치킨'이라고 발음하곤 한다.

*

삶이 저지른 온갖 악행과 삶에 잦아든 크고 작은 불행에 대해 고지식한 선함으로 마주하려는 시가 있다. 여기서 선함은 아리스토텔레스가 말한 행복의 선결 조건이기도 할 것이다. 그러나 선함을 추구하며 도달하려는 행복은 시에서는 마음의 안정이나 평온과는 크게 관계없고, 영달이나 흡족과도 한참 거리가 먼, "미치지 않고서야" 가능하지 않는, "너의 말을 내 몸에 받아 적"어 나가야 하는 시인의 고통스런 실천을 통해, 차후에나 소급할 물음 그 자체로 남겨진다. 도달하려 할 때 잦아들 수 있는 가능성 그 자체로 제 기억을 포함하여 삶의 온갖 것들을 유보해 내야만 한다고 진지하게 요청해 오는 인내의 목소리가 있다.

불행하게 태어난 아이들의
어찌할 수 없는 선함처럼 너를 믿었다. 증오한다.
기록된 것은 기억들보다 위대하기에
무덤들 위에 아무것도 모르는 집이 생기고
아무것도 모른 채 집은 불타고
부모를 잃은 아이들이 그 위에 누워 울다가 말라붙는다고 해도
나는 단지 너의 말을 내 몸에 받아 적을 뿐이다.
어느 미친 새들은 나무가 불타도 울지도, 그 나무를 떠나지도 않는다.
그것은 때론 선함이고, 순수함으로 기록된다.
하지만 죽어서도
서로 다른 자세로 나무에 매달려 있는 이 검은 새들을 자세히 보면,
마치 어린 시절 돋보기로 불태우던 개미 같고
어느 미친 작곡가가 목매달기 전에 썼다던 악보 속 음표만 같다.
이 나무에 앉아

누가 노래할 수 있고 누가 비명을 지를 수 있을까.

그런다 한들 누가 밤의 흰 수염을 기르며

이 적막의 혀와 섞일 것인가.

안녕. 너와 나는 서로에게 선했던가.

우린 평등했던가.

너와 나는 이 불행을 함께 바라보고 있었던가.

중앙보훈회관 건물에 걸려 있는

당선 축하 플랜카드를 바라보는 서로 다른 표정의 사람들처럼

나의 그림자는 너무 많구나

잠이 들면 나의 귀에서 줄줄이 너의 검은 벌레들이 기어 나와

나의 그림자를 불타는 나무 바깥으로 옮기고

무덤 속 사람들 머리카락 치렁치렁해지고

신문은 부음 소식으로 가득해진다.

실성한 여자를 향해 돌을 던지는 아이들의 순수함처럼

모두가 선한 싸움을 할 뿐이다.

각자의 선함들이 만드는 것은 기껏해야 누군가에게는 악.

실은 미치지 않고서야 선할 수 없다.

그렇다면 너는 얼마나 미쳤기에 나를 밀칠까.

미치지 않고서야,

나는 여전히 너의 나무에서 말라붙고 있을까.[3]

"기록된 것은 기억들보다 위대하기에"라는 구절이 시 쓰기의 필연성에 대한 비유라고 본다면, 이 비유의 효율성은 "무덤들 위에 아무것도 모르는 집이 생기고/ 아무것도 모른 채 집은 불타고/ 부모를 잃은 아이들이 그 위에 누워 울다가 말라붙는다고 해도"를 시적 상상의 결과물로 읽게

3 김안, 「선(善)이 너무나 많지만」, 《발견》, 2013. 여름.

해주는 데서 크게 빛을 발한다. 그러나 시에 겹겹의 이야기를 파 놓는 저 능력은 단순한 테크닉의 수준에서 덜미가 잡혀 있는 것은 아니다. "나는 단지 너의 말을 내 몸에 받아 적을 뿐"은, 언술의 대상이 된 "불쌍하게 태어난 아이들의 어찌할 수 없는 선함"을 색다른 각도에서 접근하게 해 주는 동시에 타자를 통해, 오로지 타자의 말을 딛고서 바로서는 상호 주관성의 세계를 시에 결부시키고 있다는 점에서 문제적이다. 시는 여기서 단일한 해석을 방해하는 이중의 기술(記述)과 기술(技術)에 기대고, 글쓰기의 이 이중화 작업을 경유하여, 정직하고 순수한 삶에 대한 고집스런 기억과 시 쓰는 자의 자의식을 하나로 묶어내는 데 성공적으로 합류한다. 삶에서 "선함과 순수함으로 기록"되어온 것들에서 시인은 "나무가 타도 울지도, 그 나무를 떠나지도 않는" 인내의 세월을 담아내고, "미친 작곡가"의 고독한 삶을 "너의 나무"에 말라붙은 아주 작은 알갱이, 검고 단단한 하나의 점과도 같은 결정(結晶)체로 농축해 낸다. 음표 같기도 하고 새가 타버려 쪼그라든 것과도 같은, 어린 시절 태워 죽인 개미의 흔적이라고도 해야 할 이 작은 핵(核) 속에는 고통의 기억과 기억의 고통의 덩어리가 응축되어 있지만 정작 중요한 것은 발화 행위 자체를 불가능의 영역으로 몰고 갈 만큼의 비극성이 그 안에 자리하고 있다는 점이다. 거개가 평서문으로 된 시에서 의구와 항변의 목소리를 비가시적 물음의 형식으로 이끌어 내는 것은 바로 이 비극성이다.

물음표가 표기되지 않은 기이한 의문문들로 시가 가득 채워지기 시작하는 것은 바로 이때이다. 가령, 이런 것들이다. 인내로 다져진 저 "적막의 혀"로 우리는 대관절 무엇을 말할 수 있을 것이며, 무엇을 기억할 것이며, 무엇을 실천하자고 촉구할 수 있는가. 누가 "밤의 흰 수염을 기르며" 말할 수 없는 것을 감히 발설하려고 할 것이며, 그렇게 해야 한다면 대관절 그 이유는 무엇인가. 애초의 출발선으로 되돌아간다. "안녕" 인사를 건넨다. 물음을 던지고 대답하기 전에, 우선 예의를 차릴 필요가 있다고 생각하기 때문이다. 이어서 기이한 의문문이 여기저기를 활보하기 시작한다. "선한 싸움"은 과연 선할 수 있는가? 선했는가? 선함이란 무엇인가? '순수'와 '선'은 왜 현실에서 불행이 되어만 가는가? 왜 불행이 되었는가? "순수함"과 "선함"은 그러니 대체 무엇이란 말인가? 그것은 어떤 관념일 것인가? 순수와 선으로 살아온 우리는 항상 같은 곳을 바라보고 있었는가? 그 시선은 평등했는가? 대체 나라고 하는 존재는 무엇인가? 동일한 정치적 사건을 동일하게 바라보지 않는다면, 아니, 그럴 수 없는 것이라고 한다면, 그럼에도 불구하고, "서로 다른 표정의 사람들"은 왜, 그리고 어떻게, 좀처럼 떨쳐낼 수 없는 나의 분신이 되고 마는가? 나를 구성하는 타자들은 왜 이렇게도 헤아릴 수 없을 정도로 많고 또 다양한가. "너무 많"은 "나의 그림자"는 고통스러운 기억 바깥으로도 내가 이행할 수 있도록 도움을 주기도 하지만, 그러나 세상에는 오늘도 망자들이 흘러넘치고, 누군가 망자가 되었다는 소식들이 이곳저곳에서 창궐할 뿐이다.

한 번 더 원점으로 되돌아와 물음들을 지속시켜 나갈 수밖에 없다. 현실이 대관절 무슨 잘못을 저질렀단 말인가? 누구나 "선한 싸움을 할 뿐"이라면, 그러했다면, 누구나 선했던 것이라고, 선한 본성으로 제 삶을 살아간다고 가정한다면, 누구나 저 인내의 세월을 견뎌 왔으며, 견뎌 내고 있으며, 최선이라고 믿어마지 않는 행위 속에서, 최선이라고 믿어 왔던 개별적인 선택 속에서 제 삶을 일구어 왔다면, 우리 모두 행복해야 마땅한 것은 아닌가? 이 기이한 의문문들은 되물어야하는 또 다른 물음을 낳으며 시 전반을 기이한 의문들로 가득 채운다. 새로운 물음이 앞의 물음들을 비끄러맨다. 그런데 이 "각자의 선함들"이 "누군가에게는 악"이 된다면, 선하다는 것 자체가 미친 것과 과연 얼마나 다르다고 말할 수 있을 것인가? 이러한 물음 자체조차 단순하고 어리석은 것인가? 물음이 끊임없이 꼬리를 물고 이어지면서 시는 타자를 끈덕지게 요청하고 불러내는 의문의 목소리로 아예 포화 상태에 이른다.

악으로 둔갑한 현실에서 시는 미치지 않고서는 도저히 쓸 수 없으며, 그렇기에 세계와의, 나와의, 나의 내면에 자리한 타자들과의 필연적인 싸움이 될 수밖에 없다. 저 "너는 얼마나 미쳤기에 나를 밀칠까"라는 구절은 "불행하게 태어난 아이들의 어찌할 수 없는 선함"을 시인이 결코 저버리지 않는다는 사실을 통렬하면서도 간곡하고, 애절하면서도 강력한 요청으로 전환해 낸다. 타자는 나에게 단순한 인식의 대상이 아니다. 타자는 내 안에다 병합해 내고야 마는 단순한 객체나 항용 일정한 거리에서 관찰해 나갈 피상적인 대상이 아니라, "선한 싸움"을 내가 포기하지 않으면서도 내 자신 안에, 오로지 나의 내부에 그의 자리도 함께 마련해 나가야만 하는, 그러니까 "나의 그림자"와 같은 존재, 나에게 들러붙어 있는 존재, 떨어지려야 그렇게 할 수 없는 존재, 그러니까, 나의 존재를 보장해 주는 주체가 된다. 타자가 나에게로 삼투하고 내가 타자에게로 입사하는 상호 주관성의 지평을 가름하고 있기에 시의 마지막 구절 "나는 여전히 너의 나무에서 말라붙고 있을까"는 시 쓰기에 대한 회의보다는, 어떤 일이 있어도 시적 실천을 개진해 나가겠다는 조심스러운 타진에 가까운 목소리를 울려 낸다. 이 조심스러움의 이면에는 타자로 바로서는 나, 상호 주관성의 한축에 선 내가 뿜어낸 각오의 목소리가 배어 있는 것은 아닐까. 김안이 시의 영역 하나를 개척해 내는 데 성공했다면, 이 영역은 말할 것도 없이 시적 정치성의 영역, 상호주관성의 영역, 타자의 말과 사유, 타자의 기억과 고통으로 열어 보이는 미지의 영역이다.

시적 정치성은 구체적인 정치적 사건을 직접 다루거나 현실 정치에로의 앙가주망을 촉구하는 일에서 본령을 확인하는 것은 아니다. 시적 정치성은 어느 날 자고 일어나 보니 폐허나 다름없는 현실에서 파릇한 새순이 돋았다는 식의, 손에 손을 마주 잡고 두 눈을 크게 뜨고 앞을 향해 걸어갔더니 어느 순간 저 깜깜한 어둠 속에서 광명의 빛줄기가 비추더라는 식의 엉뚱한 이야기를 제시하는 데서 제 면모를 드러내지 않는다. 그것은 가장 비정치적인 것이 가장 정치적일 수 있다는 사실을 흔들어 일깨우는 목소리, 해석의 단일성에 기대어 대의와 명분을 제시하여 확인하고 또 그것이 만들어 낸 논리들을 반복해서 파먹으면서, 삶과 세계를 현실 정치라는 파편적이고 일회적인 사건으로 축소해 버리는 구령의 목소리의 반대편에서 울려 나오는, 작고도 수줍은, 그러나 미지의 언어로 응축된 단호하고도 단단한 목소리이다. 지난여름, 왜 나에게는 이 목소리의 주인공들이 여럿 보이는 것일까.

6부

시와
시대

문학과 돈

> 돈은 점점 더 모든 가치의 절대적으로 충분한 표현과 등
> 가물이 됨으로써, 추상적인 수준에서 모든 다양한 대상
> 을 초월하게 된다. 또한 돈은 지극히 대립적이고 이질적
> 이며 멀리 떨어져 있는 사물들이 공통점을 발견하고 서
> 로 접촉하는 중심이 된다. 이렇게 해서 돈은 사실상 신처
> 럼 개별적인 것을 초월하도록 해 준다. [1]

첫 번째 이야기

오로지 제 빚을 갚기 위해 작품을 써야만 했던 소설가가 있었다. 법대
에 진학했던 젊은이였다.

저녁 8시 언저리에 잠자리에 든다. 서너 시간 눈을 붙인 후, 자정 가까이
되어 제 몸을 일으킨다. 불을 밝히고 책상에 앉아 글을 쓰기 시작한다. 사방
에서 동이 터오건 말건, 그는 글을 쓰고 있다. 하루의 시작을 알리는 바쁜
발걸음이 파리의 대로를 가득 메우기 시작하는 아침 8시. 그는 쥐었던 펜을
놓지 않고 파지를 날리며, 여전히 무언가를 기록하느라 여념이 없다. 그리
고 조촐한 아침 식사를 마친다. 피로를 풀 겸, 낡은 욕조에 잠시 제 몸을 담
근다. 아침 9시. 똑똑똑. 지그시 감은 눈을 뜨고 욕조를 나와 주섬주섬 옷가
지를 걸친 후, 그날 분량의 원고를 회수하러 방문한 출판사와 신문사의 편
집자들에게 제 다락방의 문을 열어 준다. 이야기를 나누는 것이 아니라 독
촉에 가까운 말이 폭탄처럼 그에게 투하된다. 그러니까 반드시 갚아야 하

---

1   게오르그 짐멜, 김덕영 옮김, 『돈이란 무엇인가』(길, 2014), 77쪽.

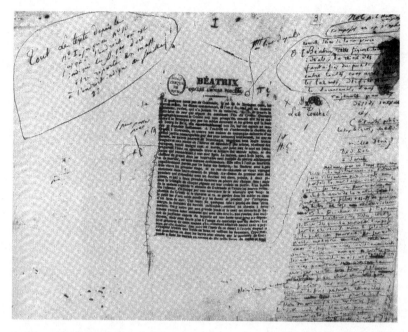

오노레 드 발자크 『베아트릭스』의 첫 장 초교지.

는 빚처럼 그의 원고는 당분간 차압당한 것이나 마찬가지다. 이행의 약조를 받고서 그들이 돌아가면, 다시 펜을 쥐고, 그는 위의 사진과 같이, 제 원고를 수없이 교정하는 작업에 임한다. 급하게 쓴 글이었기에 정오까지 이 작업이 이어진다. 간단하게 요기를 마친다. 오후 5시가 지났지만, 그는 여전히 글을 고치고 쓰고, 다시 고치기를 반복하고 있다. 사방이 어두워지자 몰래 집을 빠져 나온다. 식료품을 구입하거나 담배를 산다. 더러 돈을 빌리려고 몇몇 사람들을 몰래 만나기도 한다. 저녁 8시. 서너 시간 후면 일어날 불안한 잠자리로 향한다. 이렇게 해서 그는 하루에 약 16시간가량 글을 쓴다. 이와 같은 삶이 20여 년간 이어졌다. 어디를 가도, 누구를 만나도, 가방 속에는 항상 교정을 봐야 할 원고로 가득했다. 돈을 벌기 위해 노력을 하지 않았던 것은 아니었다. 오히려 발버둥을 쳤다고 말하는 편이 옳다.

스물다섯 살. 궁핍을 모면하고자 구상한 사업은 고전 작품을 각색하여 되파는 출판업이었다. 사업을 크게 벌이자 동업자들이 자본금을 회수해 도망을 치는 일이 벌어진다. 돈을 빌려 아예 출판사를 인수하기로 결심한다. 결과 = (1차) 파산. 어라. 인쇄업이 성행이라고? 오늘날 명소가 된 파리의 마레 지역에서 인쇄소 하나를 인수하여 직접 운영하기로 결심한다. 직원을 스무 명 거느린 사업가로 변신. 새벽부터 밤늦도록 작업을 진두지휘. 그러나 기하급수적으로 증가하는 저 빚들. 얼마 지나지 않아 자금회전이 막힌다. 결과 = (2차) 파산. 좌절하지 않고 활자 주조 공장을 인수. 인쇄업계에서 신임이 두둑했던 동료가 홀연 자취를 감추었다. 사업 전반에 먹구름이 잔뜩 끼기 시작한다. 채권자들의 독촉. 결과 = (3차) 파산. 불과 3년 만에 출판업-인쇄업-활자 주조업에서 실패를 경험한, 저 자본주의 사회의 낙오자가 되었다. 남겨진 것 = 빚 + 빚 + 빚 ∴ 빚더미. 그러나 그는 불굴의 사나이. 잡지를 인수하여 편집장으로 맹활약을 펼치며 재기를 노려본다. 결과 = 폐간. 로마 시대 채굴을 하다 남겨 놓은 상당양의 은이 매장되어 있다는 말에 솔깃해서 폐광을 빚으로 사들인다. 결과 = (4차) 파산. 불어나는, 넘쳐 범람하며 삶으로 처들어오는 저 빚과 그 더미들.

사업의 계속되는 실패로 인한 파산의 경험은 그에게 자본주의 사회를 직시할 수 있는 눈을 가져다주었다. 그는 이해관계로 얽혀 복잡다단하면서도 '악'이 성행하는 당시, 자본주의와 돈의 속성을 제 글로 적어 낼 수밖에 없었다. 돈 때문에 평생 고통에 시달렸지만, 역설적으로 돈의 지배가 증가하자 얼굴을 내밀기 시작한 착취라는 개념, 시장경제의 발전과 더불어 상품에 각인되어 나타나는 부르주아들의 민낯을 예리하게 그려 나갈 수 있었다. 그렇게 그는 부르주아 상인의 아름다운 아내의 몸에서 스치듯 훔쳐본 저 '희고 탱탱한 살집의 탄력'을 상점의 가판대 위 저 '맛좋아 보이는 이지니 산(産)의 버터 덩어리'와 나란히 포개어 사유하며 비교의 대상으로 삼을 수 있었다. 갚을 수 없는 빚더미 속에서 허우적거리며 제 파산의 경험을 자본주의 사회의 풍속으로 걸출하게 담아낸 이 사람의 이름은 발자크였다. 그가 아버지로부터 제 삶을 영위하는 데 충분한 돈을 물려받았다면, 작가 발자크는 오늘날 아예 존재하지 않았을 것이다.

두 번째 이야기

제 아버지로부터 엄청난 유산을 상속받은 시인이 있었다. 그 역시, 법대에 진학했던 젊은이였다.

성인이 될 날을 손꼽아 기다렸는지도 모른다. 그전에 벌써 많은 일이 있었다. 강직한 군인이었던 의부는 문학에 넋을 놓고 방탕한 생활을 한 (그렇다고 판단된) 그를 배에 태워 어느 날 홀연 인도로 보내려고 했다. 배는 그곳으로 가지 않았으나, 유배된 것과 마찬가지라 할 저 이국에서의 생활이 9개월간 이어졌다. 우여곡절 끝에 다시 파리로 돌아왔을 때, 그는 성인이 되어 있었고, 현재의 가치로 환산하면 10억 원을 훨씬 웃도는 돈을 아버지의 상속분으로 물려받았다. 그러나 절반이 넘는 돈이 그의 주머니에서 거리로, 사교계로, 술집으로 흘러들었으며, 예술품 구입으로 뭉텅뭉텅 사라지는 데는 2년이 채 필요하지 않았다. 그때의 삶은 차라리 무위도식이었을까? 대책도 없는 낭비의 시간이었을까? 호사 취미의 제어할 수 없는 발산이었을까? 얼마 지나지 않아 조치가 취해졌다. 남은 재산마저 모조리 탕진할까 두려워 가족들은 회의를 열었고, 내친김에 법정에 조정을 신청하였다. 그 결과, 그는 제 결정을 평생 후견인이 대신해 주거나 그의 허락을 받아야만 하는 미성년의 처지로 전락하였다. 자기가 물려받은 유산을 단 한 푼도 마음대로 쓸 수 없는 처지가 되었고, 이때부터 그는 돈을 쩨려보며 그 성질을 탐구하기 시작한다. 법적으로 금치산자가 된 그를 두고 법의 이 같은 결정이 평생 그의 마음에 상처가 되었을 거라고 말하는 사람들이 간혹 있다. 그러나 그가 겪었던 심적 고통과 변화는 상처라는 말로는 오롯이 설명되지는 않을 것이다. 기미가 보였지만, 그날 이후, 벌써 매독 환자였던 그는, 부르주아의 도덕관과 현저히 대립되는 세계를 본격적으로 탐사하기 시작했다. 절약과 근면을 바탕으로 성실하게 노동을 하면 사회가 진보할 수 있다는 식의, 당시의 세계관을 그는 믿으려 하지 않았다. 사실, 진보하는 인간, 진보하는 세계라는 저 환상과 같은, 자본가의 선전물 쪼가리에나 적혀 있을 법한 선동을, 공장주가 아닌 바에, 당신이라면 쉽사리 신봉할 수 있겠는가?

진보보다 더 터무니없는 것은 없는데, 이는 나날의 사안들에 의해 증명되는 것처럼, 인간은 항상 인간에 닮아있거나 인간과 진배없는, 다시 말해, 항상 야만의 상태에 놓여 있기 때문이다. 문명의 일상적인 충격과 갈등들에 비해 숲과 초원의 위험이란 대저 무엇일까? 제 자신이 속여먹을 자를 대로(大路)에서 포획해 오거나 알려지지 않은 숲에서 제 먹이 감을 꿰어 오건 간에, 인간은 영원히 인간, 그러니까 가장 완벽한 맹수는 아닌가?[2]

그는 이렇게 부르주아의 도덕관과 과학적 실증주의가 보증하는 사회 발전의 전망을 심각하게 위반하는, 당대에 만연해 있던 온갖 '악'의 모습을 치열하게 담아내는 길을 택했다. 그에게 이 길은 자발적인 선택이었지만 차라리 필연이라는 말이 좀 더 정확할지 모르겠다. 노동에 대한 부정은 돈을 벌기 위해 종사하는 온갖 직업들에 경멸의 시선을 드리움으로써 완성되었고, 과학과 학문이 믿고 있는 사회의 단단한 이데올로기는 그의 붓 아래서 가차 없이 비판되었으며, 비판과 동시에 추악한 제 배면을 수면 위로 훤히 드러냈다. 그 과정에서 멜랑콜리나 권태와 같은, 자본주의

2 Charles Baudelaire, "Fusées XIV", Œuvres complètes(Gallimard, 1973), 663쪽.

사회를 관통하고 있는, 그러니까 온갖 군상의 인간들이 뿜어낸 절망의 숨결들이 종이를 물들여, 차후에 기억될 만한 매우 값지고 중요한 시적 기록으로 우리에게 남겨졌다. 그는 삶의 이면(裏面)과 암면(暗面)을 엄정한 눈으로 주시하고자 하였지, 처량함에 젖거나 고독에 자주 사로잡혀 청승을 떠는 불평주의자가 아니었다. 역설적인 말이지만, 그러기엔 그가 겪은, 저 자본의 논리가 너무나 냉혹하고 가혹했다. 돈으로 야기된 골치 아픈 문제들에서 잠시라도 해방되고 싶었고, 제가 받아야 마땅한, 그러나 재판이 있은 후, 즉각 제 것이 되지 못한, 그러나 제 것이라는 주장이 가능한 저 미래의 돈을 현실에 소급하기 위해, 그는 자주는 아니었지만, 가끔 어머니에게 편지를 보내기도 했다.

종종 가족회의를 소집하거나 법정에 다시 서고 싶은 생각이 저를 엄습해 옵니다. 이렇게 생각할 만한 충분한 이유가 제게 있다는 사실을 어머니는 잘 아실 겁니다. 그러나 저는 이 끔찍한 상황 속에서 여덟 권이나 책을 썼어요. 지금처럼 생활할 만큼의 돈을 벌 수 있었습니다. 그러나 젊은 시절의 빚 때문에 죽을 정도로 저는 망가져 버렸어요.
(……)
부디, 휴식을, 제게 휴식과 일을, 그리고 약간의 온화함을 주시기 바랍니다.
제가 현재 벌이고 있는 일들 중에 정말로 시급한 것들이 있어요. 어찌해 봐도 피할 수 없는 은행의 음모에 말려들어 또다시 잘못을 저질렀어요. 은행은 저의 것이 아닌 수백 프랑의 돈을 제 개인 빚으로 돌려놓았습니다. *저는 어쩔 수 없이 억지로 그 일에 말려들게 되었습니다.* 저는 이 악행이 즉각 시정될 거라 생각했어요. 런던에 살고 있는 어떤 여자는 제게 주어야 할 사백 프랑의 돈을 지불하기를 거절해 버렸습니다. 제게 삼백 프랑을 갚아야 하는 또 다른 여자는 지금 여행 중이랍니다. 모든 것이 제 예상을 벗어나 다른 곳으로 흘러가버렸습니다. 제가 저지른 잘못의 고백에 각별히 관심을 가질 수 있는 사람에게 편지를 쓰는 *엄청난 용기*를 저는 오늘 발휘하고 있는 중입니다. 앞으로 어떤 일들이 더 벌어질까요? 저는 아무것도 알지 못합니다.[3]

　　돈이 필요하다. 죽을 것만 같다. 어쨌든 생활비는 벌어야 한다. 그 정도의 일은 그도 했다. 노력을 하지 않은 것은 아니었단 말이다. 비평가로 글쟁이의 첫 이력을 장식한 이 시인은 자본주의 사회의 모순과 병폐를 누구보다 깊고 통찰력 가득한 눈으로 바라보았지만, 평생 돈에 시달렸고, 제돈의 주인이 되지 못했으며, 차라리 죽기 전에 제가 받지 못한, 그러나 받아야 마땅했을 금전을 오히려 가족들에게 유산으로 물려준 아이러니의 주인공이 되었다. 그 사이, 그는 놀고먹지 않았으며, 사실 그러려야 그럴 수도 없었다.

　　우리 내부와 세계를 관통하는 타자─무의식의 축축한 그림자를 끌어내 현실에서 직시하려 했고, 이러한 상태를 표현하기 위해서, 좀처럼 표현하기 어려운 발화의 순간들을 기꺼이 제 시에서 고안하였으며, 그런 일을 몹시 사랑했고, 그렇게 제 작품에 적다고 할 수 없는 자부심을 갖고 있었다. 군중들이 바글거리며 토해놓은 대도시의 정념들, 옛것들과 새것이 충돌하며 빚어낸 낯선 풍경들이 작품 속에 긴 여운으로 제 자취를 남겼다. 소외된 자들과 병든 자들의 자기 파멸도 예외는 아니었다. 법률의 무지막지한 군림과 자아라는 나약함에 갇혀 발버둥치는 나르시시즘의 저주가 자주 얼씬거렸다. 정신을 정신의 밖으로 잠시 초대하는 데카당스는 그의 단골 주제였으며, 여의치 않으면 제 나라 밖에서조차 영감을 얻어 와, 한 시대의 카리스마로 창출해 내는 일에, 번역에, 재능을 보였다. 몹시 가난했던 그는, 와중에, "현대의 삶을 묘사"하기 위해 "거대한 도시를 빈번하게 왕래하고,

---

3　Charles Baudelaire, "105. — A Madame Aupick (Paris, 6 mai 1861)", *Correspondance* (Gallimard, 2000), 243~244쪽.

그 수많은 관계와 교섭을 하다" 생겨난 "끈덕진 제 이상"[4]을 실현하고자 꾸준히 노력하였다. 그는 아케이드에 진열된 복제 상품을 힐끔거리며 배회하는 저 익명의 군중들을 예리한 눈으로 포착하였고, 가난뱅이들과 주정꾼들, 거리의 광대들과 구걸하는 거지들에게서 시대의 특수성과 문명의 역설을 읽어 낼 줄 알았다. 추악한 몰골의 노파와 버려진 고아들, 의심의 눈초리를 거두어들이지 않는 경찰과 그 주위를 어슬렁거리는 개들에게서 권력의 부당함과 무지의 폭력성과 자본주의라는 저 시대의 부당함을 목도하였다. 투기로 새로운 삶에 기대를 거는 도박꾼의 맹목과 성 도착증에 시달리는 의사와 그 의사를 유혹하는 창녀의 이상한 발걸음에 눈을 떼지 않았으며, 이들이 뿜어내는 기이한 광기와 알 수 없는 감정에서 그는 시대의 자화상을 조각해 내었다. 그의 작업은 실로 위대한 면모를 지녔다고 말해도 좋다. 보이지 않는 미지의 적들과 싸우며 하루하루를 살아가는 당대의 존재들과 그들의 운명에서 고대 그리스 비극의 영웅들과 같은 비장하고 장엄한 표정을 읽어 내었던 그의 이름은 보들레르였다.

세 번째 이야기

> 시는 삶보다 작다. 하지만 시가 삶에 육박하거나 홀연 그
> 것을 능가하는 순간이 있다. 이 이상한 도약을 받아들이
> 지 않으면 시는 쓰기 어렵다[5]

시는 돈을 벌기 위해 쓰는 것인가? 시인에게 먹고 살 생활비를 제공해

---

4 Charles Baudelaire, "Préface", in *Petits poèmes en prose* (*Le Spleen de Paris*),(*Poésie*/Gallimard, 1973), 22쪽.
5 이영광, 『나는 지구에 돈 벌러 오지 않았다』(이불, 2015), 161쪽.

줄 테니 시를 그만 쓰라고 말한다면 과연 무슨 일이 벌어질까? 이 악마와의 계약을 체결한 사람들은 그럭저럭 몇 달을 버틸지도 모른다. 평생 그렇게 살아갈 시인이 제법 될 것이라는 주장은, 게 중 자살하는 시인들이 상당수에 육박할 것이라는 추정에 비해 현저히 개연성이 떨어진다. 당연히 시인도 돈을 싫어하지는 않을 것이다. 아니, 시인도 먹고 살아야 하며, 돈을 벌어야 한다고 생각하며, 실로 그러한 노력 속에서, 하루하루 제 삶을 당당하게 살아가고 있다.

내가 되고 싶었던 것은 부자의 아내 창밖으로는 삶이 부서지지 않는 풍경이 펼쳐져 있고, 복도에 울려 퍼지는 내 아이의 이름이 있는

내가 되고 싶었던 것은 너의 사촌 형 일 년에 한 번, 머나먼 시골집에서 너를 만나고, 두 사람의 비밀은 죽을 때까지 어른들에게 알리지 않을 것이다.

내가 되고 싶었던 것은 뒷산의 돌무덤 아름다운 세계가 자꾸 이곳에 있고, 항상 까닭 모를 분노에 시달리던 어린 시절도 다 지나갔다

내가 되고 싶었던 것은 내가 되고 싶은 것
하지 말아야 할 것은 해서는 안 되는 것

눈을 뜨면 아침이 오고, 익숙한 한기가 발밑을 맴돈다
누군가 문을 두드렸지만 열지 않았다[6]

나도 다른 사람들처럼 부자가 되고 싶었다. 시인이건 그렇지 않건, "삶

---

6   황인찬, 「풍속」, 『희지의 세계』(민음사, 2015)

이 부서지지 않는 풍경" 속에서 살고자 하는 저 의지는 어쩌면 당연한 것이기도 하다. 그런데 어떤 계기로 "뒷산의 돌무덤"에 "아름다운 세계"가 있다는 사실을 알아버렸다. 현실과 너무나 자주 어긋나는 세계가 뿜어내는 침묵과 장엄, 거기에 서린 아름다움을 발견하고, 경이로움에 취하니, 그 세계를 탐구하려는 의지가 어느새 나에게 찾아온다. 자본의 안락이 보장되지 않는 공간에서 제 삶을 궁리하고, 거기에 거주하는 온갖 풍경들의 존재 이유를 캐묻고, 독특한 매력과 고유한 힘, 비판적이며 고유한 가치조차 그곳에서 자주 발견했다고 한다면, 이는 돈과 세속과 물질이 차후에 시인과 맺게 될 어떤 불길한 악연을 시를 읽는 우리가 예감을 한다는 것과 크게 다른 말이 아닐 것이다. "까닭 모를 분노에 시달리던 어린 시절"이 지나가도, 이 현실은 좀처럼 변하지 않는다고 시인은 말한다. 변하지 않는 이러한 현실, 하나의 지표만을 제공하는, 하나의 꿈만을 제시하는 부동의 현실이 오히려 이제부터 문제가 된다는 사실을 그는 느낀다. "내가 되고 싶었던 것은 내가 되고 싶은 것", 그러니까 현실은 여전히 우리에게 돈을 욕망해야 하는 대상으로 소개하는 일에 분주한 채 돈의 지위를 굳건하게 할 뿐이며, 그럼에도 돈이 현실이 되는 일은 좀처럼 일어나지 않는다. 아니, 그렇게 된다면, 오히려 이상한 세계일 것이다. "한기"에 "익숙한" 생활이 이렇게 해서 지속된다. 그러나 시인은 외부에서 건네 오는 저 솔깃한 타진에는 응답을 하지 않기로 한다. 그럼 방안에서 혼자 무얼 하는가? 풍속(風俗)이 보내오는 풍속(風速)을 견디고 있을 것이다. 삶을, 현실을, 한기를 견뎌내며, 삶-현실-한기의 속도에 그만 쓸려가 버리는 것들, 삶-현실-한기에 그저 숨을 죽이고 있는 것들, 삶-현실-한기가 자주 보지 말라 종용하는 것들, 삶-현실-한기가 애써 감추려드는 것들을 노려보고, 드러내고, 적어보려, 매일 시도하고 있을 것이다. 이것이 전부가 아니다. 시인은 풍속에 편입되지 않으려는 것이 아니라, 차라리 그럴 수 없다고 말하고 있기 때문이다. (현실적으로, 그러니까 금전적 보상이

크지 않은) 그러니까 오로지 불가능성에 힘입은, 재단되지 않고 구획되지 않은, 말과 사유를 쏘아 올릴 저 이상한 자유가, 보상처럼, 혹은 거래처럼, 그가 현실에서 제가 치른 노력의 대가로 받아낼 수 있는 전부일지도 모른다. 이 거래는 화폐의 등가와는 근본적으로 다른 것이며, 이 교환의 편에 자주 서는 것은 사실 쉬운 일이 아니다. 용기를 필요로 하는 일, 모든 것을 소비하고 소모하는 자본주의 사회의 열기 속에서조차 가장 소비되지 않은 발화의 순간들을 고민하는 일에 가깝기 때문이다.

화폐는 오로지 하나의 세계를 주장한다. 화폐는 그 자체로 악한 것도 선한 것도 아니다. 현실일 뿐이다. 현실에 단일한 논리를 부여하고, 이 논리 안으로 우리를 포섭하려 할 뿐이다. 화폐는 세계에 존재하는 다양한 감정들을 지워 버리거나, 불안과 공포를 일시에 소거한 대가로, 아니 특성과 차이를 소멸한 대가로 우리에게 초월적 가치를 선사한다. 화폐가 전제하는 등가의 교환은 저 감정과 노동과 사고와 물질을, 평등하고 공정하게 재편할 수 있다고 말한다. 확정 가능한 것들로 확정이 가능하지 않은 것들을 등치시키며, 세상의 모든 이질적인 것을 동일한 것으로 바꾸어 버리는 화폐의 저 등가의 원리는, 공정한 몫을 소유할 초월적인 기준이 존재한다는 환상을 부여한다.

> 나에게 30원이 여유가 생겼다는 것이 대견하다
> 나도 돈을 만질 수 있다는 것이 대견하다
> 무수한 돈을 만졌지만 결국은 헛 만진 것
> 쓸 필요도 없이 한 3, 4일 나하고 침식을 같이한 돈
> ── ── 어린 놈을 아귀라고 하지
> 그 아귀란 놈이 들어오고 나갈 때마다 집어갈 돈
> 풀방구리를 드나드는 쥐의 돈
> 그러나 내 돈이 아닌 돈

하여간 바쁨과 한가와 실의와 초조를 나하고 같이한 돈

바쁜 돈 — —

아무도 정시(正視)하지 못한 돈 — — 돈의 비밀이 여기 있다[7]

　자본주의 사회에서 돈은 등가를 바탕으로 절대적이고 공정한 거래를 공표한다. 그러나 사실 이러한 거래는 존재하지 않는다. 숫자의 상대성(정말 아이러니한!)이 돈의 공정성과 절대성 뒤에 늘 숨어 있기 때문이다. 김수영은 돈의 이와 같은 비밀을 "아무도 정시(正視)하지 못"한다고 꼬집어 비판한다. 자본주의 사회에서 돈은 노동의 대가를 나타내는 징표가 아니라 숫자의 객관성이라는 환상 뒤에 숨어, 조작되고, 남용되고, 파괴되고, 유용되어, 어느 누군가의 손에 뭉텅 주어져 이상한 권력이 되거나, 그런 후 또 잠시 손아귀를 돌아 나와 사라질 뿐인, "무수"하게 "만졌지만 결국은 헛 만진 것"과 같은, 무형의 실체이기 때문이다. 그럼에도 불구하고, 돈은 공정함을 자처하며, 제도는 돈의 공정성을 보장하려고 애쓴다. 프로 스포츠 선수가 받는 기하학적 연봉이 그의 노동에 따른 대가가 아니라는 사실을 어렴풋이 알고 있지만, 이들과 소방관의 연봉이 비슷해야한다고 말하는 사람은 항상 바보 취급을 받을 수밖에 없는 것이다. 시는 근본적으로 반자본주의적이며, 반화폐적, 아니 등가의 원리로 모든 것을 평평하게 만들어버리는 수학적 계산으로 재편된 삶을 거부하는 곳에서 착수되는 인간의 발화, 그 목소리다.

골방의 늙은이들은 우물쭈물하지
죽음이 마치 올가미라도 되는 양

한 걸음 한 걸음 내딛으며 울음을 터뜨리는 아가들

7　김수영, 「돈」, 『김수영전집 1 시』(민음사, 2010)

인생이 마치 가시밭길이라도 되는 양

알약을 나눠 먹고 밤거리를 배회하는 소녀들
환각이 마치 지도라도 되는 양

편지를 받아든 군인들은 소총을 갈겨 대지
이별이 마치 영원이라도 되는 양

술에 취해 뒹굴며 자해하는 노숙자들
육체가 마치 실패의 원인이라도 되는 양

각별하고 깊은 감정은 어디서 오는 걸까
침묵이 마치 그 해답이라도 되는 양

놀람 속에서 바라보는 시인들
순간이 마치 보석이라도 되는 양[8]

등가로 환원될 수 없는 굴곡진 삶을 주시하는 언어는 사실 시밖에 없다. 죽음을 지워 내지 않는 삶, 가시밭길처럼 자신의 운명을 벌써 울음으로 터뜨리며 시작하는 삶, 항시 비틀거릴 수밖에 없는 삶, 순간의 충동에 이별을 영원으로 붙들어 결국 사고를 치고야 마는 저 불행한 삶, 불행에 사로잡혀 까닭 없이 제 몸에 해를 끼치는 삶, 이러한 개별적인 삶들 각각에 각인되어 있는 "각별하고 깊은 감정"을 "놀람 속에서 바라보는", 그렇게 그 "순간이 마치 보석"이라도 되는 것처럼, 우리 앞으로 끌고 와, 다시

8   황병승, 「앙상블」, 『육체쇼와 전집』(문학과지성사, 2013).

금 세계와 대면하게 하고, 좀처럼 고장 날 줄 모르고 쉴 줄 모르는 이 사회를 불편하게 만드는 사람을 우리는 시인이라고 부른다. 우리가 잘 보려고 하지 않는 삶, 등가의 원리 속에서 지워 버렸거나 망각을 한 삶, 화폐의 논리에 은폐된 비가시적인 삶의 고유한 질서와 풍경을 화폐의 논리가 지배하는 세계의 표면위로 발화하는 자들을 우리는 시인이라고 부른다. 돈으로 환원되지 않는 삶, 등가로 제 값의 평균을 추정할 수 없는 삶이 사실 이 세계의 주체라고 말하는 사람, 화폐의 원리, 저 획일성을 가장 비타협적인 방식으로 금이 가게 하는, 그런 언어로, 금화를 조각내고 은화를 녹여버리는 사람을 시인이라고 부른다.

나는 한때 식품점의 계산원이었고
카센터의 심부름꾼이었으며
접착제를 마시다 쫓겨난 구두 공장의 어린 공원이었다
한번도, 내 책상이란 걸 가져 본 적 없고
(누군가의 책상 위에는 항상 수북한 전표와 기름통
가죽 더미와 한 타래의 멍청해 보이는 구두끈이 놓여 있었지)
글을 쓰며 살겠다는 생각을 해 본 적도 없으며
다만 그날그날의 일기처럼
떠오르는 제목 비슷한 것들을 달력에 잡지에 옮겨 적는 일이
나의 유일한 낙이었을 뿐
(……)

사람들의 얼굴과 목소리, 말투와 걸음걸이를 관찰할 때마다
머릿속에서 떠올리고 굴려 보는 나의 구슬들
이 구슬들로 뭘 할 수 있을까
내가 늙고 병들어 죽어 갈 때

이 구슬들이 나에게 어떤 빛과 색을 보여 줄까
그런 생각을 하며 마시는
식어 빠진 커피 맛을 나는 좋아했다

활기찬 인생도 있겠지, 아이스하키 선수들처럼
뜨거운 입김을 뿜으며
퍽을 향해 돌진하는 집념의 스틱들
아아아아아아아……
격정과 분노 속에서 감동의 팀워크를 보여 줄 수도 있을 것이다

(……)
동상이 싫어서 나는 광장에 가지를 않았다
수채를 보면 누이들의 시커먼 뱀 구멍이 떠올랐고
뱀이 무서워 작은 공으로 구멍을 틀어막는
스포츠에 대해 생각하기도 했다
구부러진 쇠 작대기를 들고 다니며
단체로 짓밟는 잔디에 대해서도 생각했고
공장에서 처음 만난 여자에게 군밤을 사다 주기 위해
밤거리를 초조하게 헤매는 나 자신에 대해 생각하기도 했으며
보고 싶다
죽이고 싶다
어서 보고 싶다
어서 죽이고 싶다, 중얼거릴 때마다
접시 위의 푸딩이 떨리듯
저려 오는 불알에 대해 생각하기도 했다
'바다가 모두 마르면 해가 일찍 뜰 텐데……'

나는 초에 불을 붙이고 기도라는 것도 해 보았네

나라는 작은 신을 향해

나라는 거대한 신을 향해

기도하고 파기하고 기도하고 파기하며

나의 유일한 순수가 불탈 지경이네

나의 신은 나의 잿더미를 사랑하지

신이 나를 삼켰듯, 배고파…… 하지만

신은 위대할수록 처참한 맛이 나지

잿더미를 무슨 수로 삼킨단 말인가

서로의 실타래 끝에 매달린 쌍둥이처럼, 살인마처럼

마음의 굶주림 속에서, 마음의 넘침 속에서

살며 꿈꾸고 노래하고 끌어안고 신음하다 늙어 죽는다는 사실이 아름
다운가

진창에서 태어나 진창으로 사라지는 날까지

내가 좋아한 건 누이들의 이 가는 소리

내가 사랑한 건 누이들의 이 가는 소리[9]

"다만 그날그날의 일기처럼/ 떠오르는 제목 비슷한 것들을 달력에 잡
지에 옮겨 적는 일이/ 나의 유일한 낙이었을 뿐"이라고 말하는 자에게, 세
계의 유용하지 않은 모든 것의 유용성을 기록하려는 자에게, "사람들의

9   황병승, 「신(scene)과 함께 여기까지 왔다」, 위의 책.

얼굴과 목소리, 말투와 걸음걸이를 관찰"하며 제 "머릿속에서 떠올리고 굴려보는" 저 "구슬"과 같은 순간을 제 고유한 언어로 끌어안으려 하는 주인공에게 화폐는 넌지시 충고를 건넬 것이다. 당신은 너무 낡았다고, 당신은 스마트하지 못하다고, 당신은 경쟁에서 뒤처졌다고, 당신은 이 사회에서 쓸모없는 인간에 속한다고, 당신은 이제 폐기 처분될 것이라고, 지긋지긋한 시인들, 이제 그만 꺼지라고.

자본주의 사회에서 가장 위험한 존재는 사실 시인이다. 그들이 구사하는 말을 한번 보라. 자본주의가 필요로 하는, 그러니까 요약된 말, 이해하기 쉬운 말, 소통을 위해 혀를 놀린 타협의 말, 소비에 전념하는 말, 소비하고자 시시로 덤벼 대는 말, 망각을 조장하는 수면제 같은 말, 지표와 계산과 숫자와 자료로 상품을 설명하는 데 온전히 바쳐진 말, 비루먹은 개새끼 마냥 고분고분하게 충성을 맹세하는 말, 목적이 실존에 앞서는 말, 왜곡하는 말, 화폐의 크기에 따라 줄어들거나 한껏 늘어난 말, 자본의 명령에 따라 각색된 말…… 이런 말들과 가장 동떨어진 말을 구사하는 자들은 시인밖에 없다. 그러나 반자본주의적인 시인의 말은 상품과 화폐의 논리에 반대하고자 성마르게 외쳐 대는 선동의 문구와는 근본적으로 다르다. 차라리 시는 존재의 가능성과 삶의 다양성, 그 가치의 양감을 이해와 질서와 소통과 계산과 소비와 요약으로 환원하지 않으려 끝내 시도하는, 그렇게 불가능성의 가능성을 노정하는 말이다. 시는 저 자본주의의 질서 속에서 화폐가 우리 내부의 욕망을 끄집어내려 매일같이 우리에게 강제하는 말들, 평등과 공정과 등가라는 가치 뒤에서 속삭이듯 우리를 구슬리고 있는 화폐의 저 거짓말들, 상품의 유용성을 제거하면 그만 시루 죽은 자본주의의 말들에 가장 적대적이며 비판적인 말로 세계를 잣는, 그러나 잘 알아주지 않는 인간의 예술이기 때문이다. 등가의 가치를 내세워 비극적 사건들의 값을 측정하는 일에 매진하거나(가령, 보상금이 얼마냐?), 자본주의 사회의 감동적 서사로 참칭하면서 끝을 선언하며(돈을 줬으니, 집으로 돌아가 국가에 감사해라) 비극을 일시에 불식시키고 소비하려는(지금이 언젠데 아직도 그 얘기를 하고 있나?) 욕망에 시달린다면, 시는 비극적 사건을 일시에 소비하지 않는 말, 함부로 위로하려 들지 않는 말, 사건이 소비되지 않도록, 등가의 영악한 환치나 수적 계산 저 뒤편으로 슬그머니 사라지지 않게끔, 지금-여기 비극의 정념을 우리의 일상에, 우리가 사는 삶의 저 구석과 구석, 저 골목과 골목에서 확인하고, 경솔한 재현의 위험성을 경고하려 노력하는, 국가의 차원에서 행해진 파시즘이 일상적이라는 사실을, 우리 모두에게 편재하는, 지금-여기를 물들이고 있는, 우리의 내면에서 비롯된 정치적 사건이라는 사실을 끊임없이 환기하는 발화의 매 순간을 고안한다.

"이 구슬들로 뭘 할 수 있을까"라는 물음은 따라서 사소하지 않다. "마음의 굶주림 속에서, 마음의 넘침 속에서", 그러니까 균등한 양적 평등을 보장하는 저울같이 공정함의 위선이 아니라, 주관적인 말들이 채우는 삶의 고랑에는, 돈의 논리, 화폐의 지배력, 자본주의의 위선과 착취하는 효율성은 스며들 수가 없다. 이 시적 감성은 매일 문명과 치러야 했던 마음 속 깊은 곳에서 행해진 저 전투의 소산이었을 것이며, 그는 사실 시를 쓰는 일 외에, 자본에 편승할 수도 없으며, 화폐의 수혜자가 될 수 없었을 것이며, 불안을 살아내지도 못했을 것이다. 그는 이렇게 시의 대가로만 제 삶을 살아 내고자 하는 전업 시인이며, 이러한 사실을 분명히 인식하고, 이러한 운명이 가치 있는 일이라고 여길 것이다.

네 번째 이야기

제 죽음이 채 3년도 남지 않았을 때, 보들레르는 「위조화폐」라는 산문시 한 편을 발표했다. 전문을 인용한다.

우리들이 담배 가게에서 멀어지고 있을 때 내 친구는 가지고 있던 화폐를 조심스럽게 추려 나누었다. 조끼 왼쪽 주머니에는 작은 금화들을, 오른쪽 주머니에는 작은 은화들을, 바지 왼쪽 주머니에는 한 움큼 큰 동전들을 집어넣고, 마지막으로 오른쪽 주머니에는 2프랑짜리 은전 한 닢을 특별히 살펴본 뒤에 넣었다.

'이상하고 꼼꼼한 분류로군!' 나는 속으로 생각하였다.

우리는 가난뱅이를 하나 만났는데, 그는 떨면서 우리에게 벙거지를 내밀었다 ― 그 애원하는 눈의 말없는 웅변보다 더 불안한 것을 나는 알지 못하거니와, 그 눈은 그만한 비굴과 그만한 비난을 동시에 담고 있었다. 그 눈을 읽어 낼 줄 아는 예민한 사람에게는 그러했다. 예민한 사람은 이 복잡한 감정의 깊이와 방불한 어떤 것을, 채찍으로 얻어맞으며 눈물을 흘리는 개들의 눈에서 발견한다.

내 친구가 베푼 적선은 내 것보다 훨씬 대단해서 나는 그에게 말했다. "자네가 옳아. 놀라운 즐거움 다음으로는, 놀라게 하는 즐거움보다 더 큰 즐거움은 없으니까." "그건 위조화폐였어", 친구는 마치 자신의 낭비를 변명하듯 태연하게 대답하였다.

그러나 언제나 열네 시에 정오를 찾겠다고 몰두하고 있는 내 두뇌 속에, (자연은 얼마나 고달픈 재능을 나에게 선사하였는가!) 문득 이런 생각이 들었다. 내 친구가 벌인 이런 행위는 그 불쌍한 사내의 생활에 사건을 하나 일으키고 싶다는 욕망, 또 어쩌면 가짜 돈 한 닢이 한 비렁뱅이의 손에 들어가, 불길한 일이건 다른 일이건 간에, 빚어낼 수 있는 여러 결과를 알고 싶은 욕망에서 비롯되었을 때만 용서될 수 있겠다. 그 가짜 돈이 진짜 돈으로 불어날 가능성은 없을까? 그 거지를 감옥에 끌어갈 가능성은 없을까? 예를 들어, 어느 술집 주인이, 어느 빵집 주인이 어쩌면 그를 화폐 위조꾼이라 하여 또는 위조화폐의 유포자라 하여 그를 잡아가게 할 수도 있다. 똑같이 그 위조화폐가 어쩌면 한 사람의 가난하고 보잘 것 없는 투기꾼에게 며칠간에 이

룩할 부의 싹이 될 수도 있다. 이런 식으로 내 공상은, 친구의 정신에 날개를 빌려주며, 가능한 모든 가정으로부터 가능한 모든 추론을 끌어내면서 굴러가고 있었다.

그러나 친구는 내가 했던 말을 그대로 내게 되돌려 주며 불시에 내 몽상을 깨뜨렸다. "그래, 자네가 옳아. 어떤 사람에게 기대하는 것보다 더 많은 것을 주어 그를 놀라게 하는 것보다 더 진진한 즐거움은 없지."

나는 그의 눈을 똑바로 바라보았으며, 그 눈이 이론의 여지없는 순진성으로 빛나고 있는 것을 보고는 아연했다. 나는 그가 자선과 이로운 거래를 동시에 하고, 40수도 벌고 신의 마음도 벌고, 천국을 경제적으로 획득하고, 끝으로 자비로운 사람이라는 증명서를 거저 거머쥐려는 욕심이었음을 그때 뚜렷이 보았다. 나는 내가 방금 전 그에게 가능하리라고 추측했던 그런 범죄적인 쾌락의 욕망이라면, 그를 거의 용서했을 것이다. 그가 가난한 사람들을 위험 속에 빠뜨리며 즐기는 것이라 해도, 신기하고 야릇하다고 치고 말았을 터이나, 그의 타산의 어리석음은 단연코 용서하지 않을 것이다. 사람이 사악하면 결코 용서받을 수 없는 일이지만, 자신이 사악함을 안다는 것은 어느 정도 장한 일이다. 그러니 악덕 가운데서도 가장 돌이킬 수 없는 것은 어리석음에서 악을 저지르는 것이다.[10]

거지를 만나 위조 동전 한 닢을 건네는 이 기이한 일화에 대해 황현산은 "진실을 담보하지 않은 채 오직 문학의 외부적 장치로 독자를 미혹하는 글은 위조화폐와 다를 것이 없다"고 지적하며, 위조화폐를 "내용이 없는 데서 그치지 않고 내용 없음을 있음으로 가장하는 글"에 대한 알레고리라고 말한다. 거짓 예술은 결국 "자기 몫을 치르지 않고도 치른 것처럼 자기 자신까지도 속이는 위조화폐의 자선행위"와 같다는 것이다. 가짜 동전을

10   샤를 보들레르, 황현산 옮김, 『파리의 우울』(문학동네, 2015), 80~81쪽.

거지에게 주고, 선심을 베풀었노라 여기는 사람의 심리는 대관절 어떻게 설명될 수 있을까? 지금-여기 위조화폐의 유령이 떠돌아다니고 있다.

연구단계			
공통과정		분야별 과정	
		기초	심화
4월(4회)	4-5월(6회)	4-5월(4회)	6-9월
창작 트랜드 분석 ① 문학 ② 시각예술 ③ 공연예술-음악, 오페라 ④ 공연예술-연극, 무용	미래전망 키워드 ① 인공지능과 뇌과학 ② 철학 ③ 심리학 ④ 디지털문화와 빅데이터 ⑤ 도시·건축 ⑥ 천문학·우주개발	문학사 세미나 ① 1회 ② 2회 ③ 3회 ④ 4회	조사연구 ① 창작주제 개별 및 연구조사 - 국내 또는 해외 탐방 개인별 연구비활동 ② 창작 방향 멘토링 - 격주 1회
〔연구비 지원〕 1인당 300만원(월 50만원)			

창작단계			연계지원 단계	
중간평가	창작	발표		
10월	11-12월	2017년 1-2월	2017년	
선발	방법			선발	지원내용
10명 이내	집필원고 중간평가	창작 및 멘토링 - 월 1회	작품집 발간 작품발표 및 평가회 개최 우수작품 선정	2명	해외레지던스 참가지원 등
		〔창작 및 발간비 지원〕 1인당 1,000원 이내			

시인이 창작 지원에 응모하기로 결심을 한다. 치열한 경쟁을 뚫고 마침내 선정되었다. 시인에게 주어질 지원은 시인에게 등가의 가치를 지불해야 한다고, 그 대가로 무언가 교환이 있어야 한다고 말한다. 2016년 한

국예술창작 아카데미에서 발표한 위의 표에는 예술가 지원 프로그램 중, 문학 분야의 구체적인 지원 방식이 명기되어 있으며, 시인이 지원금을 수령하는 대가로 수행해야만 하는 이행의 사안들을 담고 있다. 선정된 시인들은 '연구 단계'와 '창작 단계'로 구분된 두 개의 절차를 밟아 나가야 한다. '연구 단계'는 4월부터 시작되며, 작가는 당장 한 달간 '창작분석수업'을 네 번 수강해야 한다. 강의명은 이름 하여, '문학 트랜드 분석.' 좋다. 네 번의 수업을 다 들으면 50만원을 지급해 준다는 데, 그게 뭐 그리 어려운 일일까. 그런데 이 트랜드 분석 강의는 누가 하는가? 소위 트랜드에 민감하다는 축에서 빠지지 않고 거론되는 기자들인가. 경영학이나 그 무슨 문화콘텐츠 개발에 종사하는 특정인도 유력한 후보감이다. 필경 '요즘 유행하는 트랜드는⋯⋯'으로 시작될 저 강의에서 혹시라도 얻을 게 있을지도 모른다고 생각한 시인은 그래서 두 눈을 질끈 감기로 했을지도 모른다. 아무래도 좋다. 특정 분야에 종사하는 전문가의 강의라면, 평소에 자주 접하지 못했던 분야에 정통한 사람의 고견을 접할 기회일지도 모르며, 강의의 경험이 시 창작에 일말의 유용성을 제공할 것이 분명⋯⋯하다⋯⋯ 라고 생각하는 시인은 사실, 범접하기 어려운 인내심이 소유자일 것이다. 지각, 조퇴를 포함해, 출결을 엄격히 체크하려 할지도 모른다. 지금은 사라진 '교련 시간'처럼, 2회 지각에 1차 경고, 1회 결석에 2차 경고, 경고가 총 3회면 퇴출⋯⋯을 명기한 내규가 있을지도 모른다. 보고서나 과제물을 중간 중간 제출해야 할지도 모른다. 여하튼 이 단계만 무사히 통과하면 끝인가? 그럴 리가. 다음 단계가 기다리고 있다. 다음 단계를 마치면 역시나 마찬가지로 또 다른 단계들이 기다리고 있다. 문화 예술 지원은 그러니까 다단계 사업인가? 시라는 상품을 만들어 내는 데 필요한 일련의 제조 과정인가? '연구 단계'가 끝나면 중간 평가를 받아야 한다. 엄정하게 진행된 중간 평가의 결과에 따라 정예 멤버가 생존하게 될 것이다. '창작 단계'에 접어들면 (이 단계까지 온 시인은 그리 많이 않을 지도 모른다) 멘토링을 거쳐, 작품 발표 및 평가회라는 마지막 단계를 통과해야 한다. 멘토링이라? 시인이 모두 대학 신입생이라도 된다는 말인가? 멘토……링……이라? 시 창작 과정은, 흡사 교정한 자세를 평가하는, 자세를 사랑한다는 뜻의, 그러니까 몇 해 전부터 유행한 '필라테스'인가? 이 외에, 얼마나 많은 지뢰밭을 작가들은 또 돌다리 두드리듯 건너야 하는 걸까? 지원 사업은 그러니까 유격 훈련인가? 단계는 끝을 보이지 않는다. 이쯤 되면, 우리는 이 지원 사업이 하자 없는 상품을 단계별로 점검하는 공장의 컨테이너 시스템을 벤치마킹한 것이 분명하다는 생각마저 품게 된다. 최종으로 살아남은 2명은 해외 레지던스 참여의 기회가 보상으로 주어진다. 그간 고생했으니 외국물 좀 먹으면서 살아남은 자의 영광을 천천히 맛보고 오라는 말인가? 이 거래, 이 등가의 교환은 그러니 정당한가? 지원금은 어느 배부른 주주의 주머니에서 나온 것인가? 시인이 회사에 고용되었단 말인가? 지원금은 자본가가 노동의 대가로 노동자에게 지불하는 임금이란 말인가?

이 지원금에는 사실 주인이 없다. 주인이 있다면 오로지 국가라는 이름으로 주인을 자처하고 제 권리를 행세한다는 명분을 내세워, 절차와 단계를 강제하는 모종의 주체가 있을 뿐이다. 이 돈은 세금, 그러니까 공동체의 돈이다. 공금으로 투자를 하고, 그것도 사람을 대상으로 장사를 하려한다. 예술가를 대상으로 한 지원인 만큼, 금전적 이윤을 창출할 수는 없을 것이다. 그런데 이게 끝이 아니다. 가만 생각해 보라. 이윤 외에 다른 급부를 요구해야 한다고 생각한 사람은 국민의 세금으로 월급을 받고 있는 공무원이 아닌가? 지원금은 오로지 지원금이며, 지원은 말 그대로 지원이어야 한다. 지원금으로 할당된 세금이 정당하게 집행되려면 차라리 기부(donation)나 증여(give)의 형식을 취해야만 한다. 그래야 자원의 공공성이 확보될 수 있기 때문이다. 기부나 증여는 시인의 재능이나 전망, 시인의 작품이 사회에 간접적으로 기여할, 그러나 구체적으로 그 양태를 측정할 수 없으며, 그 추이가 가시적이거나 직접적으로 드러나지 않는 모종의 효과를 상정할 수밖에 없다. 예술가의 창작 지원은 측정될 수 없는 것, 계산될 수 없는 가치를 담보하는 일이기 때문이다. 따라서 단 한명의 독자에게 영향을 끼칠 예술의 가치에 기대를 걸 수도 있어야 한다. 독자들 중 몇몇이 지원자의 작품을 접하고 제 삶의 풍요로운 순간을 맛보고, 다시 일터로 돌아가 일상의 노동에 활력을 얻는 것, 이 정도가 교환의 실체이자 조건일 수밖에 없는 것이다. 그러니까 국가는 숫자와 통계로는 환원되지 않을 모종의 가치를 창출한다는 기대 속에서 지원을 결정하는 것이다. 지원이라면, 이와 같은 비가시적 대가를 교환의 대상으로 삼아야 할 화폐는 그러나 시인에 대한 '투자(investment)'로 변질되었다. 여기서 지원금은 공공성을 사실상 위조화폐, 그러니까 그 누구의 소유도 아닌 세금이, 투자자의 사적 전유물이 되어 본질이 퇴색되어 버린, 그렇게 저당을 잡힌 돈이 되어 버린다. 이윤을 목적으로 투자한 자본은 지원금을 위조, 사이비, 가짜 돈으로 변질시켜 제 취지를 상실하고 만다. 지원금은 국가의 이데올로기가 고스란히 투영된 프로그램을 선별된 자들에게 주입하고 자본주의의 상업적 이익을 흉내 낸 트렌드 분석 수업이나 상품을 효율적으로 팔기 위해 제작된 제품 설명서를 그들에게 숙지시키기 위해 투자한 사적 자본으로 변질되고 만다. 이렇게 사적 투자자가 된 국가는, 제 자본을 투자한 이상, 자신이 제시한 프로그램을 이행할 것을 선별된 자들에게 강제할 권리마저 갖게 되는 것이다. 투자한 자본은 항상 이윤의 창출을 전제하며, 이 경우, 지원금은 기부나 증여의 형식을 절대 취할 수 없게 된다. 선물(gift)처럼 보이는 지원금에는 이렇게 항상 독이 숨어 있다. '선물(gift)'이 '투여된 독(dose of poison)'이나 '투여량(dose)'을 뜻하는 라틴어 'dosis'를 어원으로 삼는 것은 오늘날 한국에서는 결코 우연이 아니다.[11]

11   Jacques Derrida, *Donner le temps*(Galilée, 1991), 53쪽.

시인들과 예술가들에게 구걸하라고 강요하지 말아야 한다. 돈을 빌미로 독배를 마시게 해서도 안 된다. 지원금에는 조건이 없어야 한다. 기획에서 출간까지, 시인 스스로 모든 것을 주도해 나가야 하며, 그게 바로 우리가 예술 창작이라 부르는 행위의 본질이자 가치이기도 하다. 국가는 위조화폐의 제조자가 되어, 그 반대급부로 상품의 창출과 이에 필요한 강제 조건들을 요구하지 말아야 한다.

마지막 이야기

'문학장'도 예외는 아니다. 변화는 항상 일상적인 자리에서 발생하며, 일상으로 내려앉을 때, 변화라고 부를 수 있는 모종의 가능성으로 존재할 뿐이다. 변화는 확연히 제 모습을 드러내면서 도드라진 특징을 명시하거나 '수(數)'로 환원된 지표를 제시하는 일에는 게으르거나 간혹 부적절한, 최소한 그렇다며 고개를 끄덕이거나 인상을 조금이라도 찡그려야하는 것 아닐까? 예술, 문학, 시에서, 숫자로 모든 것을 환원하는 일, 그러니까 금전 출납부에 오르내릴 금액의 크기와 그럴 때마다 재빨리 두드려 대는 전자계산기의 셈법이 통용되지 않아야 하는 경우가 있다고 말해야 하는 것은 아닐까. 여기서 '수(數)'는 더하거나 빼는 행위와 그 과정, 그리고 이 과정으로 야기된 총체적 결과를 말한다. 가장 손쉽게 거론할 수 있는 인적 자원의 빈번히 저 수로 환산되는 교체나, 문학에 투자되는 가변적인 자금의 조절, 심지어 투자를 철회할 때마다 심심치 않게 불려 나오는 수적 셈법과 나아가 모든 것을 셈으로 환산한 후, 자랑스레 공표하는 물적 자원의 변동과 연계해서 문학장의 변화를 거론하는 것은, 그 자체로 매우 치명적인 문제를 제기할 뿐이다. 하부의 문제, 자본의 문제, 투자의 문제, 그러니까 운영에 필요한 물적 토대와 환경의 문제와 연관된다고, 문학장의 변화와 관련되어 여기저기서 봇물처럼 터져 나오는 사안들을 일갈하기 전에, 일련의 물음이 제기되고 대답이 소환되는 것은 차라리 당연해 보인다. 물론 제시할 대답들은 사실 궁색하다. 대답이라고 하는 것이 고작해야 자본의 논리 앞에서 거개가 소용되지 않는 헛짓으로 둔갑하기도 할 가능성이 매우 농후하기 때문이다. 우리는 최근에 자본과 투자의 문제를 거론하며 문예지의 폐간을 공표한 두 가지 사건을 마주하였다.

"계절마다 똑같은 형식의 문예지들이 수십 종씩 쏟아지는 상황에서 '세계의 문학'은 생명력을 다했다고 판단"했다는 기사를 우리는 최근에 읽었다. 우리가 아는 《세계의 문학》은 독창적인 시선과 기획력을 바탕으로 '세계의 문학'의 장을 꾸준히 넓혀왔고 '세계의 문학'과 《세계의 문학》은 한국에서 문학을, 한국의 문학을 풍성하게 만드는 한편, 지금은 사라진 문예지 《외국문학》과 더불어 서양의 다양한 이론적 담론들을 국내에서 소개하였으며 적극적으로 소화해낸, 우리 지성의 주요 산지이기도 하였다. 그렇게 우리는 《세계의 문학》과 함께 낯선 곳을 자주 방문하여 타자에 대한 두려움을 덜어내곤 하였다. 이 경이로운 초대를 주관해 왔던 《세계의 문학》은 작가들의 붓이 향할 저 미래에 참신한 방향성을 제시해 주었으며, 물적 지원은 말할 것도 없이 여러모로 제도적 장치를 마련하는 일에도 인색하지 않았다. 90년대에 화려하게 만개한 이후, 물론 침체기도 지나와야 했다. 그러나 그 과정을 통과하면서 남겨진 난제들을 《세계의 문학》은 적극적으로 끌어안으려 시도했고, 새로운 편집진들을 중심으로 재차 도약을 시도했으며, 어느 때고 다시 황금기를 맞이할 준비를 채비라고 있었다. 문제가 있었다면, 기획의 문제였지, 최소한 자본의 문제가 아니었다.[12] 왜냐하면 《세계의 문학》은 변화한 기획으로 조만간 우리를 다시 찾아올 것을 약속하고 있기 때문이다.

12 수익을 창출하지 못해 폐간을 맞이한 것처럼 보도한 언론이 다소 무책임했다.

그러나《실천문학》은 근본적으로 이와는 다른 지점에 봉착해, 놀랍고도 난감한 물음들을 동시에 쏟아 놓았다. 자본을 거부하고자 만든, 자본의 획일성을 부정하고 사회적 폭력에 대항하여, 인문학적 사유의 고유한 장을 개척해 나가고자 했던, 그렇게 문예 운동의 구심점이 되려 했던《실천문학》이 역설적으로 자본의 논리를 전면에 내세우며 경영의 파행적 운영을 예고했고, 이에 대한 대응으로 (혹은 해촉되기 전에) 편집위원들이 먼저 사퇴를 선언하는 일이 벌어졌다. 이는 흡사 우리가 구조조정이라 부르는 기업의 논리 속에《실천문학》이 놓였다는 것을 의미한다. 이러한 처사를《실천문학》의 역사적 정체성을 부정하는 반동적 행위라고 지적한 비판은 사태의 본질을 단적으로 드러내 준다. 자본의 논리에 기대어, 직원들에게 어느 날 갑자기 해고를 통보하며 주주들이 제 실력을 행사하는 대기업의 논리가 전면에 등장한 것과 같다고 하겠다. 경영이 악화의 일로를 걷고 있으며,《실천문학》이 주범으로 지목되었고, 그렇게 주주들은 마땅히 받아야 할 '배당금'의 액수가 터무니없게 줄어든 책임을 캐물었으며, 소액의 주주들(편집위원들은 사실 명목상 몇 백주 정도를 소유하고 있었을 뿐이었다)은 이 경우, 자본의 논리에 따라, 어떠한 권리도 행사하지 못하고, 해고될 처지에 놓였고, 사태가 악화되자 결국 전원이 사퇴를 결정하였다. 문학의 자리를 자본의 논리로 부정하는 일이 이렇게 전면으로 부각되었다.《실천문학》은 어떻게 창간되었는가? 회사 소개 글에서 일부를 인용한다.

'실천문학'이라는 이름 넉 자에는 출판사 설립 당시의 출범 정신과 당시 문학이 처했던 시대 상황이 함께 농축되어 있다. 1980년 3월, 군사독재 치하에서 대부분의 문예지가 강제 폐간·정간당하고 모든 문예활동이 봉쇄당했던 시기, 이문고, 고은, 박태순, 송기원, 이시영 등을 주축으로 진리와 정의에 목말라 한 많은 양심적 문인, 화가, 건축가, 영화감독 등이 가난한 주머니를 털어 만든 것이 '실천문학'이다. 다시 말해, 어두운 시가 그 이름은 자체로 진실을 가리는 모든 부당함에 굴종하지 않는 문학의 존엄을 상징하는 것과도 같았다.

우리는 과연 등가의 교환을 수적으로 헤아리는 일과는 사뭇 다른, 그러니까 투자한 자본과 투자에 따라 기대되는 이윤의 창출과 완전히 동떨어진 관점에 근거해, 이 폐간 조치의 부당함을 드러낼 논리를 찾아낼 수 있을까?《실천문학》과 '실천문학'이 서로 상관없는 상태에서 총체적 위기가 찾아왔는가? 이 양자의 운명은 별개인가? 출판사의 방만한 운영에서 빚어진 적자의 책임을 문예지《실천문학》에게 추궁하는 일은 옳은가? 창립 초기의 이념을 무시한 대주주들의 실력 행사가 잘못되었다는 지적은 별반 도움을 주지 않는 것으로 보인다. 문예지를 만드는 목적은 무엇인가? 돈을 벌기 위한 것만은 아니라고 말할 수 있다. 아니, 사실을 털어놓자면, 어쩌면, 이것이, 우리가 내려놓을 수 있는 최대치의 말, 반드시 해야 하는 최소한의 말, 기억해야 하는 전부일지도 모른다. 물론 이러한 공언(公言)이 지켜지는 일은 잘 목격되지 않으며, 쉽지도 않다. 이익의 창출만이 성공은 아니라며, 자본의 논리에서 벗어나 새로운 방식으로 가치를 모색하라는 주문과 마주할 때, 문예지는 자본의 강제성과 구속력으로부터 비교적 자유로울 수도 있을 것이다. 그러나 이와 같은 경우는 극히 드물다.

그러나 어떠한 경우라 해도, 문예지의 금전적 성공은 저절로 보장되지 않으며, 사실 성공이라는 말이 벌써 투자를 환수한다는 것을 의미하기에 문제적인 사안을 도출시킨다. 가령, 문예지가 대중의 지지를 확보하기 위해 최선의 기획으로 승부를 던지고, 그런 노력이 있은 후, 사후적으로 주어지는 금전적 보상의 크기에 대해 유연해야 한다는 말은 사실 듣기에는 좋지만, 지나치게 모범적이라, 현실의 좌표라기보다는 이상적인 정답에 가깝다. 돈에 개의치 말고 문학성을 추구해야 한다며, 예의 저 문학의 중요성과 가치, 그 당위를 주장할 수도 있다.《실천문학》은 이 경우, 1980년 시작부터 지향해온 "현실적 고난을 예술적으로 형상화한 탁월한 문학 작품"이나 "어두운 시대를 밝히는 담론"에 사활을 건다는 제 약속을 지키지 않은 것과 마찬가지라며 따끔한 비판의 말을 보낼 수도 있다. 이와 반대로 현실에서 도태된, 그러니까 문학을 지나치게 숭고하게 여기는 태도의 추상성에 대한 문제도 지적할 수도 있으며, 실로 문학에 대한 지나친 엄결성과 시대착오적인 선민의식이, 실험을 앞세워 문예지와 문학장을 추상적이고 고상하게 만들 뿐이라는 불만의 목소리는, 어떤 경우라도, 경청해 들을 만하다.

그렇다면 문예지가 추구해야 하는 문학적 가치는 무엇일까? 수익과 비례하여 상승할 그래프를 잘 그릴 줄 아는 작품을 적극적으로 발굴하거나 인기몰이를 하고 있는 기존의 작자들을 적극적으로 영입해야 한다고 주장하는 자에게, 변명을 늘어놓듯, 문학의 중요성을 한없이 반복하며, 순수성을 옹호해야만 하는가? 무슨 수를 쓰던, 잘 팔아먹어야 하고, 그렇게 돈을 벌어야 한다는 주장의 무모함에 가하는 도덕적 반박보다, 막대한 수익이 아니라 최소한의 발행 비용 정도는 만회할 정도의 현실감각은 확보해야 하는 것 아니냐고 충고를 건네는 자들의 면전에 대고, 그럼에도 문예지가 세심하게 기울일 저 신경다발은 오로지 문학성과 그 순수성에 제 초점을 맞추어져야 한다고 감히 주장할 수 있을까? 물음들이 불거져 산재한다. 독자들이 적극적으로 호응하고, 독자들에게 인정받는, 소위 잘 팔리는, 그럼에도 문학성의 순수 절정 고갱이 같은, 두 마리 토끼를 모두 잡은 작품은 존재할 수 없는가? 문예지의 구원투수로 화려하게 등장할 이러한 작품을 확보하기 위해 문예지는 대체 어떤 형태의 기획을 꾸려 나가야 하는 것일까? 문예지 전반을 완전히 개혁해야하는 것인가? 판을 아예 다시 짜야만 하는 것일까?

독자는, 어느 경우에도, 항상 복수의 독자라는 사실도 염두에 두어야 한다. 대중과 독자는 매우 다양하고도 중층적인 집단을 일컫는, 그렇게 항상 추상적인 개념이라는 말이다. 측정이 가능하지 않은 무정형의 집단이, 그러나 소비의 한 축에만 꽁꽁 묶여 산술적으로 계산된 이후, 이들의 후원과 호응이 문예지의 문제를 타개할 가시적 대안처럼 제시될 때, 무슨 일이 벌어지는가? 실로 지금-여기 상당수의 문예지가 현실과 타협하고 있는 방식, 그러니까 아줌마 부대의 금전적 지원과 초판을 모두 소화해 주는 자비 출간, 원고료 면제, 게재를 대가로 받은 후원금 등등을 고스란히 끌어안고서도, 문예지는 우리가 흔히 말하는 문학 고유의 가치나 공공성, 문학의 시의성을 담보해 낼 수 있을까? 문예지가 대중의 수준을 고려해야 한다는 논리의 반대편에 존재하는, 문예지가 대중의 비위를 맞추려 애쓰는 대중 추수주의에서 벗어나야 한다고 했던 저 옛 시절의, 비교적 낡아 보이는 논리는, 그러나, 그럼에도, 여전이 유용한 듯하다.

문학은 여타의 예술적 활동이나 학문과 마찬가지로, 세계를 파악하는 하나의 방식이다. 문학은 세계에서 일어나는 수많은 변화와 복잡성을 자신의 틀 속에서 나름대로, 주관적으로, 텍스트의 특수성과 주체성, 고유한 문장의 발명을 통해 축소시켜 내면서, 역설적으로 사회와 역사를 향해, 개념이 될 만한 틀과 전범이 될 사유의 모델들, 사고의 고유한 방식과 언어로 개척한 현실의 다양한 측면들을 끊임없이 제공한다. 문예지가, 아직 없는 대중, 아직 존재하지 않는 미래의 독자들을 만들어 내는 일에 적극적이어야 한다는 말은, 따라서, 타당하다. 문예지는 운동의 형태를 띨 수밖에 없으며, 그 틀이 고루하지 않도록 늘 변화를 염두에 두어야만 한다. 변화 그 자체로 존재할 유연성을 잃지 말아야 하며, 앞으로 있을 수도 있는 일들, 미래의 정신 운동을 바라보며, 현재의 일보를 내딛는 기투의 형식을 취하고, 기존의 것들을 그러모아 기계적으로 통분하고 산술적으로 종합하는 것이 아니라, 도래할 담론들을 지금-여기의 현실에 포개어, 현실성을 되비추는 거울들이 되어야 한다. 그래야 한다고들 말한다. 만약 문예지의 윤리라는 것이 있다면, 이 윤리는 문학 고유의 가치를 발명하는 데 전적으로 의존하며 생존의 방식으로 고민하는 윤리일 수밖에 없다. 현재성의 고안으로 통념의 마지노선을 지워 내는 일, 현실의 가치를 독특한 산물들의 집합들로 형성해 내고, 문자의 유기적인 운동으로 이 집합들에서 모험의 전선을 구축해 내는 일로 존립의 가능성을 시시로 타진해야 할지도 모르겠다. 여기에 늘어놓은 말이 거창하고, 추상적이라는 사실을 잘 알고 있다. 그러나 문예지가, 우리가 읽고 있는 뛰어난 문예지들이, 구체적으로 수행하고 있는 일, 계속해서 추구해 나갈 일이 바로 이러한 것들이라고 말해야 한다. 또한《실천문학》은 정확히 이와 같은 작업을 하고 있었던 문예지였다는 사실을 잊지 말아야 한다. 문예지는 그러니까, 근본적으로, 당파성의 산물이다. 문예지는 그래서, 필연적으로, 다소간 동인지의 성격을 지닐 수밖에 없다. 문예지는 따라서 화폐로 제 가치를 측정하고 교환하는 등가의 논리에는 자주 무력하거나, 다소 무심하며, 다소 불만을 터트려야 한다. 문예지는 그 자체로 자본이 아니며, 돈을 벌어오는데 사실별 재능도 없으며,[3] 이는 문예지의 생리가 그렇기 때문이기도 하지만, 돈 외에 다른 가치를 실천하는 사유의 장이기 때문이기도 하다. 다시 말해, 바로 이러한 이유로, 문예지는 출판사의 얼굴이자 한 사회의 문화적 척도이기도 하다. 자본의 논리, 그러니까 '돈이 안 된다'는 비판과 '돈을 벌어오라'는 주문은, 문학이 할 수 있는, 해야만 하는, 시대의 고유한 정신적 실천과 사유를 갱신하고자 하는, 다소 맹목적이며 다소 관념적인, 그러나 시대의 가치를 추구하려는 의지에 찬물을 붓고, 그 미래를 통째로 얼려 버린다.

---

13   독립 잡지의 등장은 이와 같은 상황을 타개하고자 하는 데도 있다. 자본을 스스로 만들겠다는 기치와 동인지의 한계를 벗어나야한다는 인식을 공유한다. 독립 잡지가 그 광고와 펀딩은 인터넷 매체를 최대한 활용하지만, 독자에게는 아날로그의 방식으로 다가가려는 이유가 있는 것이다.

투창과 거울의 논리학

독립 잡지 관람기

가히 '잡지의 시대'라 부를 만큼 새로운 시도들이 줄을 잇고 있다. 그런데 잡지의 시대는 열린 것인가? '그렇다'라는 대답은, 단순하게, 눈에 띄게 늘어난 잡지들의 저 가짓수를 헤아려 내려놓을 수 있는 말은 아니다. 2000년대 이후로 국한하자면, 문예지는 사실, 언제고, 어디에서고, 넘쳐났기 때문이다. 그래서인지, 문학-문단과 관련되어 쏟아져 나온 지난 비판들에서 지면 부족을 탓하는 목소리는 그 울림이 크지 않았거나, 아예 없는 것이나 마찬가지였다고 해도 좋겠다. 지면 부족은, 작가라면 늘 느끼게 마련인, 일종의 심리적 고갈 상태를 알려 주는 표식과 같았을 뿐이다. 부족이 모든 작가들이 느끼는 바로 그 부족이었다면, 그것은 결여나 결핍이 아니라, 다분히 경쟁적인, 선택과 배제의 문제와 닮아 있기 때문이다. 문학과 관련된 잡지-문예지의 수에서 한국은 현재 압도적인 수치를 자랑하고 있으며, 이러한 상황은 한국에서 목격되는 매우 특이하고 고유한 현상이라 말할 수 있을지 모른다.[1] 어디 문예지뿐이랴? 눈을 좀 돌려도 마찬

---

1 통계 자료를 참조할 필요도 없다. 가령 '한국문화예술위원회 선정 우수문예지'에 실린 작품들을 대
  상으로 예심을 진행하는 미당문학상을 살펴보아도 문예지는 결코 적다고 할 수 없다. 매년 다소간
  의 차이가 있지만, '한국문화예술위원회 선정 우수문예지'는 대략 60개에 이른다. '한국문화예술위

가지다. '학술지'를 여기에 추가해놓으면, 한국은, 세계에서 가장 많은 양의 문학 관련 연구 논문과 비평문을 출간하는 나라에 속하게 될 것이다.[2] 인구 대비 이렇게 많은 문예지를 발간하는 나라를 나는 아직 알지 못한

원회 선정 우수문예지'에 운이 없어 선정되지 않은 문예지까지 포함하면 한국에서 발간되는 문예지의 저 넉넉한 가짓수를 짐작하기란 어렵지 않을 것이다. 이러한 수적 풍부함이 문학 환경의 안정성과 미래를 담보해주는 것은 아니다. 오히려 이와 매우 대조적으로, 문학에 종사하는 작가들은 사회적으로 매우 열악한 상태에 놓여 있으며, 익히 알려진 바, 전업 작가의 경제적인 상황은 몇몇 베스트셀러 작가들을 논외로 하면, 몹시 취약하다 못해 사회 극빈층에 속한다.

2   학술지? 학술지도 엄연히 문학 연구에 헌정된다. 참고로 학술지는 여럿으로 나뉜다. 우선 등재학술지/등재후보학술지가 있다. 한국연구재단은 학문적 역량을 인정했다는 징표로 학술지에 '등재'라는 표현을 붙였다. 대학에서는, 학과마다 평가의 기준이 조금 다르지만, 대부분 이 두 학술지에 실린 '논문'만을 연구자의 주요 연구 업적으로 인정한다. 여기에 '아직' 등재지/등재후보지가 되지 않은, 그러나 한국연구재단의 심사에서 요구되는 제반의 조건을 갖추려고 부단히 노력하는 학술지, 그러니까 미래의 등재지/등재후보지도 헤아려야 한다. 등재지/등재후보지는 연간 적게는 2회, 많게는 4회 발간하며, 투고–심사–판정의 절차를 거쳐, 게재할 논문을 선별하고, 그 과정에서 대부분 심사료–게재료(적게는 10만원에서 많게는 40만원)를 받는다. 인문학에 국한하여 말하자면, 현재 한국에서 발행하는 등재지/등재후보지는 600개가량이며, 이 가운데 문학 관련 학술지는 대략 절반을 차지한다. 특이한 사항은 학술지는 거개가 '비매품'이라는 것이다. 왜? 그 이유는 둘 중 하나일 것이다. 학술 연구 단체의 주도로 발간되는 매우 고상하고도 범접하기 어려운 수준의 논문들을 선보이기에, 대중들이 감히 읽을 엄두를 내지 못할 것이라는 걱정이 그 이유 중 하나요, 그 소중함에 비추어 현실적으로 도태되고 있는 문학 연구의 척박한 환경을 타파해나갈 확실한 대안을 마련해주려는 정부의 배려가 또 다른 이유라고 하겠다. 문예지와 견주어 학술지의 경쟁력이 현저히 떨어진다는 자체 진단이 있었던 것일까? 학술지는 연구자들의 편의를 돕기 위한 장치, 다시 말해 연구자들이 자신의 연구를 증명할 수 있도록 국가에서 특별한 제도를 도입한 결과물로밖에 볼 수 없다. 도태되어가는 학문을 보호하고 나아가 인문학 전체의 발전을 위해 연구자를 이와 같은 방식으로나마 양산하려 고심에 고심을 거듭한 정책적 배려인가? 학술지의 정체성은 사실 이 두 가지를 제외하면 찾아보기 힘들다. 한국을 제외한 국가에서 학술지가 이와 같은 방식으로 발간되고 있다고 생각하면 커다란 착각이다. 학술지–문예지–잡지의 구분은 프랑스의 경우만 보더라도, 한국보다 훨씬 더 그 경계가 희미하다. 문학 분야의 권위 있는 학술지는 곧 문예지라고 불러도 무방하다. 이 양자를 합쳐, 정기간행물이라고 부르며, 물론 서점에서 구입해야 볼 수 있다. 연구자들만 보는 '학술지', 연구자들을 상대로 비매품으로 발간하는 '학술지'는 존재하지 않는다. 문학과 관련되어 '학술지' 발간과 관련되어 한국은 단연코 세계 최고를 자랑한다.

다. 그렇지 않은가? 우리는 매 계절, 너무나 많은 문예지를 읽어야만 했던 것은 아닌가? 곤혹스런 저 길고 긴 목록으로만은 타개되지 않는, 충족되지 않는 내면의 갈증이 곤혹스런 저 길고 긴 목록에 등재되지 않는 문예지의 탄생을 촉발시킨다. 저 길고 긴 목록에 오른 문예지들과 미묘하게 엇나가고, 미묘하게 틀어지고, 미묘하게 앞서가는 문학적 몸짓이 '독립 잡지'라는 이름으로 우리에게 당도한 것은 아닐까?

*

'독립 잡지'의 접두어 저 '독립'에서 우리는 무엇으로부터 벗어나겠다는 의지와 자유로워야 한다는 모토를 읽는다. 새로운 잡지들과 '독립 잡지'는 이렇게 다르다. '위키백과사전'은 독립 잡지를 다음과 같이 정의한다.

독립 잡지란 보통 제작 방식이나 유통 방식이 주류잡지들과는 다르게 제각각인 잡지들을 독립 잡지 혹은 소규모 출판물이라 일컫는다. 독립 잡지의 조건으로는 자본으로부터의 독립과 시선의 독립이 있다. 광고 등을 비롯한 거대 자본에서 독립한 것이어야 하고, 상업 잡지와 다른 새로운 시각을 제공해야 한다는 것이다.

독립 잡지 정체성의 논의는 현재도 진행 중인데 기존의 상업 잡지들처럼 '광고'에 의존하지 않고 상업성을 배제하자는 의미만으로 한정 지을 수 없다는 것이 대세이다. 요즘은 '내용과 표현에 있어 독립적인 콘텐츠'를 유지한다는 쪽에 초점을 맞춘다.

독립 잡지와 관련되어 논의되었던 기존의 논지를 충분히 시사하는 위의 정의는 새삼스러울 것이 없어서 오히려 정확하다고 하겠다. 자본의 형식, 상업성, 출판 규모, 매체의 성격, 독립적인 내용물의 담보 등이, 창궐하는 문예지들 가운데 '독립' 잡지(독립 문예지, 라고 부르는 것이 더 정확할 것인데, 우리가 다루려는 분야가 사실상 문학에 제한되기 때문이다)를 구분해주는 기준이나 다름없다. 그런데 이 기준은 충족되기 어려워서 기준으로 삼을 수 없는 것이 아니라, 차라리 규명해야 할 것이 너무 많아 곤혹감을 풀어놓는다. 물음은 사실, '독립 잡지'라는 말 중에서 특히 '독립'이라는 단어의 의미를 향해야 했던 것은 아닐까? 새로운 잡지와 '독립 잡지'는 그래서 같고 또 다르다. 무엇으로부터 독립하려는 것인가? 우리는 이 단 하나의 물음을 들고서 지금부터 몇몇 잡지들, 독립 잡지들에 대한 '관람기'를 남기기로 한다.

세계문학과 한국문학이 서로 같은 지평에서 공존한다는 것은 엄연한 사실이다. 최소한 한국에서는 그렇다는 말은 사실이 아니다. 전 세계에서 그렇다. 이러한 사실은 그러나 한국에서는 좀처럼 사실이 되지 않았었다. 한국의 작가들은 항상 외국의 작가들의 글과 함께 제 호흡을 조절하고 가다듬어 왔다. 흔히 '번역문학'이라고 우리가 말하는, 그러니까 번역된 외국 문학의 중요성을, 그럼에도 우리는 간과하기는커녕, 조심스레, 비밀스레, 자신의 두 무릎에 올려놓고 애무하였다. 번역이 외국문학이 아니라 한국 문학이어야 한다는 목소리를 냈던 잡지, 나아가 번역의 아카이브를 구축하려 했던 시도가 있었다. 1999년 열린책들에서 선보인 《미메시스》를 지금 다시 생각한다. 600쪽에 이르는 이 잡지의 창간사는 매우 짧고도 의미심장했다.

서평은 많을수록 좋다.

가치 있는 책의 번역은 많을수록 좋다.

구성은 선명했고 자명했다. 번역 서평, 번역서 소개, 번역가 인터뷰, 번역 출판 현황 정리, 외국 작가 인터뷰, 번역 출판 시장 분석, 그렇게 번역, 번역, 번역…… "1,210권 가운데 하나/ 좋은 책 한 권을 찾는 데 길이 되겠습니다."라는 머리말로 시작한 다음 호의 《미메시스》는 전반적으로 보다 단단해진 것처럼 보였다. 내용도 물론 다양해졌다. 리뷰의 양식은 세밀하게 분화되었고, 번역서에 대한 일람과 정리는 방대하면서 정교해졌다. 그렇게 《미메시스》는 번역에 대한, 번역에 의한, 번역 주위에서 일어났던 모든 것을 담아내고 정리하고자 하는, 매우 야심찬 꿈과 원대한 야망을 드러냈다. 나에게 충격을 주었던 《미메시스》는 그러나 2호를 끝으로 사라져 버렸다. 통상의 "제작 방식이나 유통 방식"에도 불구하고, 다소 광고에 주력했음에도, 이 잡지는 (내겐) 독립 잡지였다. 왜? 이유는 많다. 그간 간헐적으로 이루어지던 번역문학에 대한 관심을 아예 독립적인 주제로 다루었으며, 한국문학과 번역문학의 교섭에 관해 본격적으로 살펴 나갈 토대를 제공해 주려고 했던 잡지였기에. 독서의 절반 이상이 번역서였음에도 번역은 항상 부수적, 부차적, 하위적, 외래적, 피자생적, 외국적, 외부적인 것으로 여겨졌으며, 그러한 통념을 이 잡지는 정면으로 반박하는, 그렇게 현실에 묶여 있는 잠재적 '현실성'을 바라보게 해 주었던, 그렇게 통념으로부터 독립하게 해 주었던 잡지였기 때문에. 이와 같은 맥락에서 나는 《번역비평》(2007, 고려대 출판부)을 창간하는 데 커다란 열망을 가지고 동참했다. 황현산과 함께 번역에 관련된 글들, 그러니까 번역 서평, 번역가 연구, 번역 현장, 번역 이론 등을 모아, 거의 독립 잡지 수준의 열악한 상황에서, 다섯 차례 잡지를 출간했다. 이 잡지 역시, 명백히 독립 잡지라고 하겠다. 창간사에서 황현산은 이렇게 말했다.

《번역비평》은 번역에 터를 둔 모든 장르의 글을 받아들일 뿐만 아니라 새로운 장르를 개발하기도 할 것이다. 우리가 기존 학술논문집의 고식적인 편집 방식을 거부하는 것은 시련에 처한 말들의 족쇄를 풀고 막혀 있는 말 길을 트는 것이 바로 번역과 번역비평의 과제라고 생각하기 때문이다.

당시 우리는, 사라진 《외국문학》의 장점과 《미메시스》의 구성을 염두에 두지는 않았지만, 최소한 그 정신, 그러니까 내가 지금 '독립정신'이라고 부르려고 하는, 어떤 이데올로기를 분명히 공유하고 있었다. 서평이 중요하다는 것, 번역이 현실이라는 것, 그러나 이와 같은 사실을 별로 주목하지 않았다는 점, 번역적 현실을 인정하지 않는 현실에, 목소리를 내고자 하는 마음으로 시작했다. 한국문학-번역문학의 구분을 취하하는 것이 아니라, 양자의 교섭과 공존의 양식에 대해, 서로가 서로에게 의지해 나갈 미래의 문학의 형태에 대해, 그 기반과 자료에 대해, 무언가의 고민을 내려놓아야 한다고 생각하고 있었다. 이 잡지의 독립성은 물론 자본과도 연관되었다. 번역된 작품이 울려 내는 목소리에 귀를 기울이려는 시도는, 사실 한국-외국, 문학의 외부-내부의 자명해서 의심하지 않는 저 또렷한 경계로부터 독립하려는 의지 없이는 가능하지 않다. 《AXT》는 어떤 점에서 이와 같은 맥락을 일부 계승하여 '독립'을 움켜쥔다. 배수아의 말이다.

서평 리스트를 살펴보면 그 모호함은 더욱 커진다. 어떤 하나의 장르를 표방하지도 않고, 순도 높은 문학성만을 고집하지도 않고, 그렇다고 신간 위주도 아니고, 널리 알려진 대중적인 타이틀도 아닌 것이 대부분이다. (……)

《악스트》의 해외 서평 코너와 해외 초단편 'Axtstory'를 주로 담당하는 내 입장에서는, 처음 잡지를 시작할 때부터 번역된 문학 언어를 최대한 적극적으로 다루어 보고자 하는 개인적인 소망이 컸다. 더 나아가서 그것을 한국문학(한국어로 표현된 문학)이라는 영역 안으로 가져오고 싶었고, 그리하여 번역문학 독자들도 함께 즐거이 읽을 수 있는 잡지가 되었으면 하고 바랐다.

좋아하는 작가의 글을 원어로 읽는 기쁨도 물론 있지만, 그것이 정제된 모국어로 변신한 형태를 음미하는 것은 또 다른 차원의 독서이며 희열이다. 이는 내가 소설가이자 번역가이며, 번역문학의 독자라는 이유 때문만은 아니다. 외국어 문학어가 신비한 메커니즘을 거쳐 모국어로 변환할 때 나타나는 결과는 종종 그것만이 할 수 있는 유일한 방식으로 우리를 매혹시키며, 그것이 "의도하지 않은 채" "무위의 태도로" 우리의 문학 지평을 확장시키리라고 기대하기 때문이다. 그 또한 무한한 문학으로 가는 길 중의 하나이다.[3]

《Axt》의 독립성은 무엇인가? 서평의 중요성을 힘주어 강조하는 것으로 충분하지 않다는 사유가 《Axt》에서 독립성이라 부를 모종의 힘을 만들어 낸다. "번역된 문학언어를 최대한 적극적으로 다루어 보고자 하는 개인적인 소망"이라는 저 겸양 어린 표현은, 문학에 대한 주관적인 진단이 아니라, 현실의 요청이자 필요성의 표출이라는 점에서 주목을 끌기에 충분하다. 해외문학과 자국 문학의 인위적 구분과 작위적 경계에서 '독립'해야 한다는 사유가 없었더라면 나오기 힘든 말이라는 점에서, 독일어로 '도끼'를 의미하는 카프카의 낱말 'Axt'가 깨부수려 하는 지점이 어디인지를 우리에게 알려 준다. "외국어 문학어가 신비한 메커니즘을 거쳐 모국어로 변환할 때 나타나는 결과는 종종 그것만이 할 수 있는 유일한 방식으로 우리를 매혹"시킨다면, 외국문학은 자국 문학의 내부에 벌써 존재하는 무엇이거나, 자국 문학의 존재 양식, 그러니까 "우리 안의 얼어붙은 바다를 깨는 도끼(Axt)"가 될 수 있는 것이다. 그렇게 《Axt》는 독자와 문학을 직접 매개하는 주체가 되고자 하며, 그 방식은 중간의 매개를 없애는 것이다. 그렇게 비평이 사라진 공간을 서평이 대신한다. 독자가 직접 책의 역사 속으로 들어가게끔 제공된 문자의 공간에는 외국문학과 한

3 배수아, 「outro」, 《Axt》, no. 003, 2015. 11·12.

국문학, 예전-거기와 지금-여기의 문학이 공존하고 있으며, 국경을 없애고 시대를 무지르는 '쾌락', 그렇게 해서 얻게 되는 저 문학이라는 이름의 '쾌감'에 이들은 독립이라는 이름을 멋지게 헌정한다. 디자인은 부수적인 것이 아니라, 독서의 쾌감과 쾌락을 증가시키려는 핵심, 그러니까 마치 잘 쓰고 잘 버리기 위해 마련된 공들인 장치, 아니, 잘 쓰는 동안의 시간성을 보장하는 형식이자 내용인 것이다. "문학으로 가는 길이 하나가 아니라"(배수아, 앞의 글)는 생각은 자국-외국의 이분법으로부터 독립하려는 의지와 맞닿아 있으며, "모든 문학"이 "다르며, 모든 문학이 무한한 공간 어딘가에서 접점"을 가진다는 것은 '외국문학의 한국성', '한국문학의 외국성'에 대한 정확한 인식과 그 현장에 대한 탐사가 시대의 요청이 되었다는 말이기도 하다. 바로 이러한 이유로 그들은 "문학은 강령이 아니"기를 희망할 수 있었던 것이다. '문학이 강령이 아니라'는 모토를 공유하며, 독립의 가능성을 모색하고 있는 잡지는 단연코 《더 멀리》라고 하겠다.

《더 멀리》는 독립이 고립이 아니라는 사실을 가장 보여 준다. 모든 면에서 《더 멀리》는 독립 잡지의 이념(위키백과사전의 정의 같은 기준)을 충족시켜 준다. 《더 멀리》는 등단과 비등단의, 작가와 독자의, 순수문학과 비순수문학의, 시와 소설의, 창작과 비평의, 저 낡은 이분법을 가볍게 넘어서며, 넘어서는 것에 독립의 가치를 부여한다. 세 시인이 만났다. 이들은 무언가 하고 싶다. 하고 싶은 것을 진행하기 위해 필요한 것은 무엇인가? 해야 한다고 판단된 것을 관철해 나가기 위해 필요한 것은 무엇인가? 《더 멀리》는 그 정답을, 용감하게, '해 보는 것'에서 찾는다. 유통 방식이나 소셜 펀딩에 대한 고민이 없었을 리 없으며, 구성에 관해서도 충분한 토론으로 점검을 마쳤다. 《더 멀리》는 이러한 외적 기준이 아니라도 독립 잡지의 독립성을 정확하게 인식한 상태에서 출발한 잡지라고 해야 한다. 《더 멀리》가 '재미'를 추구한다고 말하는 까닭이 여기에 있다. 재미를 추구하기 위해 필요한 것은, 자기 변화, 자기 갱신, 자기반성, 자기비판이기 때문이다.

지속과 변화의 신조는 하나. 다른 (문예) 잡지에서 하지 않는 걸 한다는 것이다. 한 시인의 시를 1년에 걸쳐 연재한 것도, 하나의 주제로 5명의 작가가 쓰는 엽편소설과 산문을 연재한 것도 아웃도어 전문 매거진 기자의 여행기를 연재한 것도, 등단 제도를 거치지 않았지만 좋은 시를 쓰는 사람들을 발견하여 꾸준히 수록한 것도, '자끄 드뉘망'의 신작시를 처음으로 게재한 문예지가 된 것도, 연재 필자들에게《더 멀리》가 망할 때까지 잡지를 보내주기로 한 것도, 독자들과 함께 시를 쓴 것도, 그 독자들과 난로 주변에 삼삼오오 모여 앉아 국화빵을 나눠 먹고 봄이 오면 소풍을 가자고 약속해 버린 것도, 모두 다른 곳에서는 하지 않거나 못하거나 할 수 없는 것들일 터. 7호부터는 평론가들을 '위한' 꼭지도 만든다.[4]

《더 멀리》는 형식에 사로잡히지 않으려, 매번 구성을 고민한다. 작가의 이름이 제 무게를 덜어 낸 바로 그만큼 작품이 보다 오롯해진다. 단편소설이 인내심을 요구하는 시간에 엽편 소설은 조금 줄어든 제 부피로, 다음 페이지로 향한 열망의 발걸음을 가볍게 해 준다. 정식으로 등단하지 않았던 유진목, 하혜희, 강열음과 같은 시인들의 작품을 읽는 것은 여러모로 즐거운 일이 되었다. 무게가 줄고 두께가 얇아졌지만, 읽을거리가 늘어나는 아이러니가 발생했다. 턱없이 진지해야 한다는, 문예지에게 요청되었던 까닭 모를 신중함과 엄숙함에서 빠져나와 그들은 유연하게 '독립'한다. 자명한 경계가 지워질 때, 구분을 철회할 때, 상식에서 조금만 벗어나려 애쓸 때, 누구나 느끼고 있는, 그럼에도 불구하고, 자주 잊고, 또 잊힘에 강제된 저 답답함을 현실로 끄집어내어 타개하려 시도할 때, 새로운 지평이 열린다는 사실을《더 멀리》는 알고 있었던 것이다.

누구나 알고 있는 사실, 묵과하고 있는 통념에서 벗어나려는 시도로

4   김현, 「성원해 주셔서 고맙습니다」, 《舳》, 2016. 상권.

독립의 정체성을 확보한 잡지들의 그리 길지 않은 목록에《versus》를 추가해도 좋겠다. 갤러리팩토리에서 지금까지 8호를 발행한《versus》는 일반적인 잡지의 판형보다 최소한 두세 배 정도 커서, 마치 도판을 보고 있는 것 같은 착각을 들게 한다. 거기에는 이유가 있다.

> versus는 잡지 형식의 부정기 간행물이다.
> versus는 제목이나 주제를 드러내지 않고 매 호마다 새롭게 내정되는 기준으로만 진행한다.
> versus는 미묘한 양면성을 지닌 하나, 혹은 모든 둘 사이에 존재하는 팽팽한 관계를 드러내고자 한다.
> versus는 '이미지 vs. 이미지', '텍스트 vs. 텍스트', '이미지 vs. 텍스트' 등등 두 가지를 병치해 보여줌을 통해 자연스럽게 획득되는 세 번째 공간이다.
> versus는 메시지나 정보를 전달하는 수단이 아니라 제작자와 독자 모두에게 창의적인 움직임의 계기가 되기를 기대한다.

병치된 이미지가 텍스트와 어울리고, 텍스트가 이미지에 화답을 한다. 텍스트는, 거개가 외국 작품의 일부를 선별하여 실었으며, 그 옆에 불어, 영어, 일본어 등, 원문을 병기해 놓았다. 우리는 책을 읽는다. 그러나 책은 보는 것이기도 하다. 오늘날 디자인은·압도적이라 할 정도로 중요성을 지니며, 활자중심주의의 고리타분함에서 벗어나려는 모색으로, 지금-여기, 시대가 요청하는 새로운 출구 가운데 하나가 되었다. "자연스럽게 획득되는 세 번째 공간"은 활자와 이미지의 구분, 별개로 여겨 왔던 이 양자를 하나로 어울리게 하여, '독립'의 이데올로기를 자연스럽게 끌어안는다. 이미지는, 아니 타이포의 예술과 타이포에 기울인 저 열정은 단순히 독자들에게 '보는' 즐거움을 선사하는 것이 아니라, 차라리 문자의, 문장의, 글의 양식(樣式)이자 양식(糧食)으로 되살아난다. 몇 년 전부터 출판계에서 일고 있는 워크룸프레스의 혁신이 기획의 참신함에만 의존한 결과는 아니었다는 사실이 여기서도 확인된다. 《versus》의 아이디어와 워크룸프레스의 그것은 근본적으로 동일한 맥락에 위치하며, 독립성을 추구한다면, 그 주체 역시 같다고 해야 하기 때문이다. 워크룸프레스는 '제안들' 시리즈를 발간하며 이렇게 말한다.

> 일군의 작가들이 주머니 속에서 빚은 상상의 책들은 하양 책일 수도, 검정 책일 수도 있습니다. 이 덫들이 우리 시대의 취향인지는 확신하기 어렵습니다.

잡지에서 타이포는 부수적이지 않다. 이미지에 대한 고려, 이미지의 활용, 문자의 배치와 활자의 조절, 시각성의 확보 등, 디자인 전반에 실린 저 중한 무게는 사실 《Axt》나 《더 멀리》에서도 목격되는, 독립 잡지의 공통점이기도 하다. 각각의 방식으로, 각각의 형편에 맞추어, 각각의 아이디어를 바탕으로, 독립 잡지들은 활자와 이미지, 글의 배치와 편집에 있어서, 기존의 잡지와는 다른 길을 가야 한다고 생각하고, 여기에서 활로를 타진하기도 하는 것이다.

무엇으로부터 독립하려 하는가? 무엇으로부터 독립해야 한다고 생각하는가? 무엇으로부터 독립해서, 과연 어디로 향하는가? 이 물음들을 들고 글을 시작한 우리는 이제 《analrealism》에 당도했다. 《analrealism》에게 독립의 대상은, 가령, 인용과 본문, 창작과 차용, 네 글과 내 글 사이의 진부한 이분법과 같은 것이다.

> 내가 제일 잘하는 건 인용이다. 문학은 세계의 인용이다.[5]

---

5 정지돈, 「뉴질랜드 여행」, 《analrealism vol. 1》(서울생활, 2015), 286쪽.

후장사실주의는 "쇼트와 역쇼트"이자 "문학의 인용"이다. 사실이건 그렇지 않건, 중요하지 않다. 그렇다고 말하고 있다는 사실에 주목해야 한다. "사상은 우리는 나누고 꿈은 우리를 합친다." "문학의 인용"이 제 실천적 산물이기에 앞서 필요한 것은, 그러니까 '선언'이다.

역사의 지평이라는 관점에서 보자면, 우리는 이러한 텍스트의 인용 가능성을 글쓰기-읽기의 자연스러운 현상의 하나이자, 예술의 정치적인 실천 전략에 대한 비유로 받아들일 수 있을지도 모르겠다. 예술이 정치적으로 선언되는 자리마다 우리는 무수히 많은 인용의 역사적 흔적들을 발견할 수 있기 때문이다. 선언의 천재들은, 인용의 천재들이기도 하다.[6]

선언. manifeste. 잡지를 따라 읽고서, 나는 잠시 눈을 감는다. 역사적으로 등장했던 수많은 선언들이 머릿속을 빠른 속도로 스쳐 지나고 있다. 우리는 알고 있다. 20세기 초의 초현실주의 선언, 다다이즘의 선언, 아방가르드의 선언……. 전쟁이 끝난 다음에도, 선언은 주구장창 이어졌다. 그러니까 프랑스의 이야기, 그곳의 장면들이다. 한때 선언이 아니었던 문학이 어디 있겠는가? 언제나 문학은 '독립문학', 독립하려는 선언의 표출이었으며, 전 세대의 역쇼트였으며, 선언의 실천이자 적용이 아니었던가. '모험을 다룬 글'이 아니라 '글 자체의 모험'의 실천이 자신들이 가야 할 문학, 진정한 소설이라고 주장한 누보로망(알랭 로브-그리예가 선언의 역할을 맡았다) 역시, 선언의 형식으로, 제 이데올로기를 관철시키려 했으며, 선언에 부합하는 이론적 걸작 『누보로망을 위하여』를 출간하여, 당시 문학의 저 지형도 변형에 적지 않은 영향을 끼쳤다. 이들에게 이론적 근거를 제공해주었던, 그간 한국 문단에서 수차례 소개되었고, 자주 인용되었

---

6 강동호, 「인용-텍스트 — 후장사실주의 선언에 붙이는 주석」, 위의 책, 278쪽.

으며, 그렇게 한편으로 소비되기도 하였던, 바르트의 비평문들(「자동사적 글쓰기 타동사적 글쓰기」, 「작품에서 텍스트로」, 「작가와 서술기사」, 「비평이란 무엇인가?」, 『글쓰기의 영도』, 『진실과 비평』, 『텍스트의 즐거움』, 『마지막 강의』, 따위들) 역시, 역사적 맥락 속에서는, 거개가 선언이나 마찬가지의 지위를 누렸고, 또 부여받았다. 선언처럼 차용되었기 때문이기도 했으며, 그와 같은 방식 속에서 읽혔던 측면에서 사실 그러했다. 프랑스의 신비평의 역사적 배경과 전개의 과정도 익히 알려져 있다. '저자의 제국'을 부순다. 작가가 자율적으로 에크리튀르를 실천하는 텍스트의 장(場)으로 소설을, 문학을 이전시켜야 한다. 말라르메와 프루스트가 전범이 되었다. 조이스와 카프카가 다시 조명되었다. '글이 글을 쓰게 하자'는 주장은, 과거 문학들의 저 지배하려는 권력의 의지가 현실에 눌어붙어 관습이 되어가는 모습을 처참하게 바라본 결과, 당도한 것이다. 이렇게 선언은 교훈서나 도덕적 지침서, 역사적 사실의 보고서나 영웅담으로 남용되어 왔던 소설에 대한 역쇼트의 한 장면이 되었다.

누차에 걸쳐, 그들은 낭만주의적 세계관, 그러니까 영감-창조-천재와 같은 개념에서 벗어나야 한다고 말하는 것을 잊지 않았다. 글이 글을 쓰는, 자율적이고 자동사적인, 더구나 사실을 알고 보면, 글이란 그러니까, 죄다 앞선 글의 곁-텍스트요, 전-텍스트라는, 저 상호텍스트의 산물이기도 하다는, 좀 더 자세히 들여다보면, 바흐친이 주장한 대화주의의 변형이자 왜곡이기도 한, 그런 주의와 주장은, 그러니까, 우리에게도, 매우 익숙한, 아니 특별하게, 각별히 익숙한, 문학적 모토와 다름이 없는 것은 아닌가. 누보로망의 뒤를 이은 것은 '잠재문학실험' 그룹이었다. 울리포. 1960년대 전후, 레이몽 크노, 조르주 페렉, 프랑스와 르 리오네, 자크 루보가 한자리에 모였다. 그들의 현란한 실험에로의 천착은 국내에서는 크게 알려진 바가 없으나, 사실, 프랑스 작가들이, 하지 않은 것, 의심하지 않은 것, 하려고 하지 않은 것은 대관절 무엇인가라는 생각을 추동하기에 벌써 충분했으며, 충분한 결과물들을 속속들이 창출했다. 거슬러 올라가면, 실상, 상징주의 시인들도 그랬다. 초현실주의, 다다와 문자주의자들(레트리스트들), 울리포, 누보로망, 부조리극, 신비평……. 20세기를 물들인 문학들을 꿰뚫는 단 하나의 단어는 그러니까 '실험'이었다. 실험! 실험! 실험! 신물이 날 때까지 밀어붙인 실험, 실험이라는 낱말을 높이 들고, 각자가 전개한 외로운 사투, 여럿이 모여 대응한 처절한 전투가 문학을 주도하고, 지형을 결정했으며, 독자들의 호기심을 불러일으켰고, 새로운 것을 촉발했으며, 촉발하려 했으며, 과거에서, 타기할 만한 통념에서, 문학을 독립시킨, 발판이었다. 자폭을 하기도 했다. 스스로 소멸하기도 했다. 그러나 그 체계와 분석의 방법이 다를 뿐, 이들은 모두 (새로운) 언어의 고안과 그것의 발현 가능성과 모종의 잠재력에 제 희망을 걸었던 사람들, 이상하리만큼 언어의 제약(contrainte)[7]에서 오히려 새롭게 쏟아져 나올 현실의 가능성을 보았고, 인용과 차용에서 문학사에 표하는 오 마주의 고유한 형식과 재미(그렇다! 재미다.)의 묘를 발견하려 하였다. 실험에 제 세계관을 모조리 저당을 잡혔던, 그렇게 인용과 차용과 활용을 창작의 반열로 끌어올리려 했던, 인용과 차용과 변형의 과정을 매우 진지한 작업으로 삼아 고유한 성취를 이루고자 했던, 실로 그랬다고 평가받을 만한 작가들의 목록이 그렇게 현대 문학사에 남겨졌다. 이들은, 자신들의 선언에 충실한, 결국, 제 문학의 체계적 입론을 세우려는 빼어난 이론가들이기도 했다.[8] 실험에 뛰어들었던 저 프랑스 작가들이 잊지 않았던 것은, 실천을 뒷받침하는 이론적 체계에 대한, 편집증적 고찰에 가까울 정도의 연구였으며, 그 과정에서 제 고유한 방식, 특수성을 손에 쥐고서, 결국 문학사에서 살아남았다.

---

7 제약은 그러니까 핸디캡과도 같은 것이었다. 가령, 알파벳 e를 제거하고 글을 쓴다거나, 거꾸로 읽어도 말이 되게 쓴다거나 하는 식의 조건을 내걸고 임하는 창작은 모두 제약의 산물이었다.

8 이와 연장선상에서 우리는 남종신, 손예원, 정인교의 『잠재문학실험실』(워크룸프레스, 2013)을 떠올릴 수 있다.

사실 벤야민도 크게 다르지 않았다. 오로지 인용으로만 구성된, 모자이크와 같은 방식의 글을 꿈꾸기도 했던 그가 '독일 비애극'의 '바로크성'에 천착한 것은, 사실, 바로크 문학이 온갖 잡다한 것들에 관심을 보인 거의 유일하다 해야 할 문학이었기 때문이었다. 잡다한 주제들과 타인들의 예술적 시도를 끌어 활용하는, 그러니까 돈키호테의 저 표절과 번역과 창작의 경계를 무너뜨린 시도에서 목도하였던 새로움에 내기를 걸 줄 아는 문학이 그에게는 바로 바로크 문학이었다. 보르헤스의 마술적 사실주의라는 이름으로 우리를 찾아온 인용과 재활용의 고유성에 누가 이의를 제기할 것이며, 문자로 만들어놓은 미로와 같은 도서관에 그가 텍스트의 건축학적 완성에로의 염원을 한껏 풀어놓았다는 사실을 지금-여기에서 재차 확인하는 일을 누가 즐거워하지 않을 것인가. 어쩌면 오늘날 문학사는 인용-반복-차용-교차-섞음-역치-도치-인유-패러디-활용을 통해 빚어진 고유한 것들, 그러니까 그 창작의 과정에서, 결코 빈손으로 임할 수는 없는, 그러나 결국에 가서는 제 고유성을 획득하고야 마는, 오늘-여기 창작의 구성적 산물일 수도 있다. 《analrealism》의 거의 마지막에 등장하는 강동호의 글이 선언이 아니라, '선언에 붙이는 주석'이라면, 이들의 시도는, 아니 이들이 앞서 선보인 글들은, 바로 이러한 세계관에 부합하는 사유의, 문학적 선언의 몸체와도 같은 것은 아닐까. 《analrealism》의 독립성은 타자의 그것(이미 존재했던 것들, 그러니까 기존의 시도들)을 들고, 재차 모색해나가는 기묘한 실험과 그것이 품고 있는 모종의 가치를 헤아릴 때, 그렇게 앞으로 찾아나서야 할 미래의 무엇은 아닐까? 왼손에는 창을 들고 어딘가를 겨냥하고, 오른손에는 거울을 들어, 제 얼굴을 비추어 보며, 창작-인용의 구분을 넘어서는 저 재창조의 길 위에, 오늘의 문학(자신들의 문학)을 올려놓으려는, 주석과 본문의 구분이 흐려질 때, 보다 오롯해지는 모종의 공간을 열어 보이려는 마음이 이들에게 간절했던 것은 아닐까.

법정 앞에 선 시인

시의 폭력성에 관하여

> 형벌제도는 위법행위를 관리하고 관용의 한계를 설정하며, 어떤 사람들에게는 자유를 부여하고 다른 이들에게는 압력을 가하며, 일부의 사람들을 배제하고 다른 일부의 사람들을 쓸모 있게 만들며, 이쪽 사람들을 무력하게 만드는, 저쪽 사람들을 이용하는 방법일 것이다. 형벌제도는 단순히 여러 위법행위들을 '억제하는' 것이 아니라 그것들을 '차별화하고', 그것들의 일반적 '경계책'을 확보하는 것이라고 말할 수 있을 것이다.[1]

'법 없이 살 수 있는 사람'이라는 말에 어울리는 자는 누구일까? 법은 우리 모두를 강제하는 최소한의 도덕과도 같다. 우리는 법의 제약에서 벗어날 수 없으며, 아무리 원한다고 해도 그와 같은 상태가 거저 주어지는 것도 아니다. 가능한 경우는 어쩌면 두 부류 중 하나일 수밖에 없을지도 모른다. 교묘하게 법망을 피해 가며, 법을 무시할 수밖에 없는 조건 속에서 하루하루 제 살아갈 방도를 모색하고, 실로 그렇게 하려 부단히 노력하는, 저 어두운 세계의 지배자들. 이들은 법 없이 살기 위한 조건을 스스로 만들어 내야 하기에, 자의 반 타의 반, 법 없이 살 수 있을 개연성이 비교적 높은 축—'나 잡아봐라'의 성공 여부에 따라—에 속한다. 나머지는 우리가 꺼내든 저 흔한 경구가 애초 부각시키려는, 그러니까 선량하고 인품이 고결하여, 법의 제제 없이도 아무런 문제를 일으키지 않을 호인,

---

1 미셸 푸코, 오생근 옮김, 『감시와 처벌』(나남, 1994), 416쪽.

그러나 실로 가능할지 잠시 생각해 보면, 결국 고개를 갸웃하게 될, 그러니까 허구의 인간들이다. 이외에 하나를 더 보탠다면, 시인을 꼽을 수 있을 텐데, 이는 그들이 법 없이 살 수 있는 사람이라서가 아니라, 최소한 법을 자주 곤혹스러워했던 자들, 법이 자주 골머리를 앓던 자들이었기 때문이다. 시인이라고 법의 위반을 자랑스러워할 리가 없다. 시인이라고 해서 법정에 자주 불려 가기를 원치는 않을 것이다. 그러나 시는 폭력적이라는 이유로 종종 법정에 선다. 시는 사실, 법정에서 가장 위험한 말로 여겨지기도 했다.

어느 부랑아의 고백

법정에 불려 나온 한 부랑아가 있었다. 19세기 중반 프랑스에의 일이다. 자신들이 언론의 일부를 담당해야 한다는 믿음을 갖고 있었던, 그렇게 존재감을 부각시키려는 의도에서 당시 법조계는 《재판 신보》, 《재판 통신》, 《간수 저널》 같은 신문을 발간하였다. 거리를 떠돌던 청년 한 명이 어느 날 재판을 받게 되었다. 1840년 8월의 《재판 신보》는 '베아스'라는 이름의 이 청년을 재판장이 심문한 내용을 다음과 같이 남겼다.

> 재판장 : 사람은 자기 집에서 잠을 자야만 합니다.
> 베아스 : 제가 집이 있겠습니까?
> 재판장 : 피고는 언제까지나 떠돌이로 지낸다는 거군요.
> 베아스 : 저는 일해서 먹고삽니다.
> 재판장 : 피고의 직업은 무엇입니까?
> 베아스 : 직업이라……. 적어도 서른여섯 개 정도가 된다고 우선 말하지요. 게다가 어느 일정한 자리에서 일을 하고 있지 않습니다. 도급일을 시작

한 지는 벌써 오래되었습니다. 저는 밤과 낮을 가리지 않고 일합니다. 예컨 대 낮에는 모든 통행인들에게 자그마한 무료 인쇄물을 나누어주기도 하고, 승합마차가 도착하면 달려가 승객의 짐을 나르기도 하고, 뇌이이(Neuilly) 거리에서 팔다리를 번갈아 짚어 재주넘기를 하기도 하고, 밤에는 극장을 기웃거리면서 무대의 휘장을 열어주기도 하고, 극장의 외출권을 팔기도 합 니다. 저는 무척 바쁜 사람입니다.

재판장 : 좋은 직장에 들어가서 일을 배우는 것이 피고에게는 더 나을 텐 데요.

베아스 : 천만에요. 좋은 직장, 견습, 그런 것은 지겨울 뿐이요. 그리고 부 르주아가 되어도 항상 불평거리가 많고 더구나 자유도 없지 않습니까?

재판장 : 피고의 아버지는 피고를 야단치지 않습니까?

베아스 : 아버지가 없습니다.

재판장 : 그렇다면 피고의 어머니는?

베아스 : 없습니다. 친척도 친구도 없습니다. 저는 남의 속박을 싫어하는 자유인입니다.[2]

청년은 2년의 징역형을 언도받았다. 잠시 당황했을 것이다. 그러나 이 내 그는, 별일 아니라는 표정을 지으며, 자신이 갇혀 지내야 할 저 비좁은 감옥이나 24개월이라는 시간을, 이렇게 생각하며, 대수롭지 않게 받아들 인다. 매끼니 식사가 제공될 테고, 비가 오나 눈이 오나, 잠자리 걱정에서 해방될 수 있을 것이며, 자신을 적잖이 괴롭혔던 위생 문제도 그럭저럭 타개될 것이다. 낯선 사람을 만나 겪게 될지 모를 불운도 자취를 감추게 될 것이다. 성실히 생활하다 보면 기술도 배울 수도 있으며, 출소 후, 안정

2 위의 책, 441~442쪽. 부랑자 이야기는 모두 푸코의 글. 특히 그가 「제2장 위법행위와 비행」(같은 책, 393~444쪽)에서 당시 프랑스의 다양한 신문을 참조하여 밝힌 내용을 토대로 작성되었다. 이 글에서 모든 고딕체 표기는 인용이다.

된 일거리도 주어질지도 모른다…… 그런데 가만 보면, 여기에는 두 세력이 맞서고 있는 것처럼 보인다. 재판에서 가시화된 것은 '문명'을 대표하는, 그러니까 그 중심에 재판장이 자리한 세력의 이데올로기이다. 이들은 합법성을 잣대로 제 주장을 강제한다. 그렇다. 법의 정신은 강제를 체계화하며 완성되는 것이다. 그러니까 누구나 거처가 있어야 하며, 반드시 어딘가에 소속되어 있어야만 한다. 법이 보기에, 사람이라면, 사회의 구성원이라면, 짜장면 배달부가 최소한 서너 번 검문을 통과해야만 들어갈 수 있다는 저 논현동의 타워 팰리스가 되었건, 비가 줄줄 세고 계절이 변할 때마다 곰팡이가 벽지를 화려하게 물들이는, 후미진 도시의 저 반지하 단칸방이건, 항상 주소와 거처를 가져야만 한다. 물론 법은 거주지를 제공하는 일에는 관심이 없다. 마찬가지로 법이 직업을 제공하는 것도 아니다. 그 대신, 직업을 갖기를 바란다. 이 부랑아는 법이 요구하는 신분을 갖지 못했고, 제 신분을 증명할 거처와 소속을 제시하지도 못했다. 그가 법정에서 한 저 위의 항변은 이런 시를 쓰게 한 마음과 크게 다르지 않았을 것이다.

> 나는 한때 식품점의 계산원이었고
> 카센터의 심부름꾼이었으며
> 접착제를 마시다 쫓겨난 구두 공장의 어린 공원이었다
> 한 번도, 내 책상이란 걸 가져 본 적 없고
> (누군가의 책상 위에는 항상 수북한 전표와 기름통
> 가죽 더미와 한 타래의 멍청해 보이는 구두끈이 놓여 있었지)
> 글을 쓰며 살겠다는 생각을 해본 적도 없으며
> 다만 그날그날의 일기처럼
> 떠오르는 제목 비슷한 것들을 달력에 잡지에 옮겨 적는 일이
> 나의 유일한 낙이었을 뿐

(……)

사람들의 얼굴과 목소리, 말투와 걸음걸이를 관찰할 때마다

머릿속에서 떠올리고 굴려보는 나의 구슬들

이 구슬들로 뭘 할 수 있을까

내가 늙고 병들어 죽어 갈 때

이 구슬들이 나에게 어떤 빛과 색을 보여 줄까

그런 생각을 하며 마시는

식어빠진 커피 맛을 나는 좋아했다

활기찬 인생도 있겠지, 아이스하키 선수들처럼

뜨거운 입김을 뿜으며

퍽을 향해 돌진하는 집념의 스틱들

아아아아아아아……

격정과 분노 속에서 감동의 팀워크를 보여 줄 수도 있을 것이다[3]

　　법이 그에게 결여되었다고 판단한 것은 사실 그가 자유와 맞바꾼 것이기도 했다. 법정에서 그의 방랑은 사회 질서에 어긋나는 것으로 고정되었고, 방치하면 사회를 혼란스럽게 할 수 있을 위험 요소로 구분되었다. 혹시 법은 그의 방랑과 자유, 그가 구사하는 말을 두려웠던 것은 아닐까. 법은 이 부랑아를 보호하려는 것이 아니라, 그의 자유, 그 위험으로부터 사회를 지키기 위해 그를 격리시킨다 : "따라서 모든 공격에 대항하여 사회를 튼튼하게 방위하기 위해서는, 중단되지 않는 장기간의 안정된 작업, 장래의 계획과 미래에 대한 설계가 있어야 한다."

3　황병승, 「신(scene)과 함께 여기까지 왔다」 부분, 『육체쇼와 전집』(문학과지성사, 2013).

부랑아를 격리시키는 일은 사회질서를 유지하는 근간이었다. 신분 확인이 용이한 곳에 소속되어 있어야 '우리'의 안전이 확보된다. 법은 그에게, 어쩌다 주어지는 잡일이 아니라, 세금 신고가 가능한 직장을 요구한다. 어디에 소속되지 않았을 뿐, 그러나 그가 해보지 않은 일은 없다. 법은 직장을 마련하는 데 힘을 쏟는 대신, 추궁하는 데 몰두할 뿐이다. 눈여겨볼 것은 법이 요구하는 언어를 부랑아가 구사하지 않는다는 사실이다. 이는 그가 규율을 강제하는 법적 물음에 적절히 대응하는 언어를 아예 구사할 줄 모르거나, 의도적으로 거부하려는 사람이기 때문이다. 여기서 근본적인 단절이 생겨난다: "단절이 생기는 것은 법률위반에 의해서가 아니라 규율 불복종에 의해서인 것이다."

언어의 차원에서 행해지는 저 규율 불복종의 증거는 무엇인가: "문법의 부정확과 응답할 때의 어조가 피고와 사회(그러니까 재판장을 대변자로 하여 정확한 용어로 피고에게 말을 거는 사회) 사이의 격심한 분열을 가리켜 준다." 부랑아의 언어는 법정에서는 지나치게 자유분방한 말이었고, 그러한 이유로 그에게 반규율(反規律)의 원칙이 적용되었다. 부랑아는 자신의 자유분방한 언어가 법정에서 받아들여지지 않을 것이라는 사실을 알고 있었으며, 더구나 제 언어가 지닌 가치도 파악하고 있었다. 그는 자유롭게 사고하고 말할 수 있는 권리를 지키려 했고, 거기서 제 존재의 가치에 준하는 무엇을 확인할 수 있다고 믿었던 것은 아니었을까. 그는 안정을 요구하는 규율보다 불행을 야기하는 자유를 더 선호하거나 좋아하는 자, 구속 따위에는 아랑곳하지 않는 자유인, 저항의 용기를 뿜어낼 줄 아는 자였던 것이다: "자유가 설령 무질서에 지나지 않는다 해도 그는 크게 개의치 않는다. 그것은 활달함, 다시 말해 그가 지닌 개인성의 가장 자유로운 발전, 야만적이고 따라서 거칠고 제한된 발전, 그러나 자연스럽고 본능적인 발전이다."

부랑아의 항변은 실로 제가 처한 모든 '부재'를 자기만의 논리로 관철시키는 데 바쳐진, 고유한 발화였다. 공판일지를 꼼꼼히 읽어 보라! 추궁을 받은 주거의 부재를 그는 방랑의 자유라는 말로 훌륭히 설명하지 않는 가. 주인의 부재를 제 자립에 대한 자부심으로, 그렇게 온갖 잡일에 종사 하는 자의 당당함으로 항변하지 않던가. 직장의 부재는 그에게 돈에 혈안 이 된 부르주아를 조롱하는, 돈이 지배하는 저 자본주의 사회가 그에게서 앗아 간 자유의 소중함을 나타내주는 상징이자 표식이 아니었던가! 가족 의 부재에 대해서도 그는 제 불행이 그 원인이 아니었다고 얼마나 당당하 게 말하는가! 차라리 그것은 가족 이데올로기의 폐해를 정확히 꿰뚫어 본 비판정신의 발로가 아니었던가! 스스로 뛰쳐나온 자의 용기는 입시를 볼 모로 우매한 시민을 길러내는 데 여념이 없는 교육의 이데올로기에 맞서 전면전을 감행한 자의 현실적 패배를 알려주는 상처와 또 얼마나 닮았는 가: "부모의 집에서든 타인의 집에서든 그는 교육의 속박을 견딜 수 없었기 때문 이다." 그는, 그 무슨 규율 불복종의 주인이 아니라, '문명' 전반을 거부하 는 '야성'의 모습, 구속에 반대하는 '자유'의 얼굴을 법정에서 또렷이 새 겨 넣은 이방인이었다.

항변할 수 없는 이방인

부랑아의 재판이 있은 후, 20년가량의 시간이 흘렀다. 일간지 《라 프 레스》에는 이런 시가 실렸다.

"자네는 누구를 가장 사랑하는가, 수수께끼 같은 사람아, 말해 보게, 아 버지, 어머니, 누이, 형제?"
"내겐 아버지도, 어머니도, 누이도, 형제도 없어요."
"친구들은?"
"당신은 이날까지도 나에게 그 의미조차 미지로 남아 있는 말을 쓰시는 군요."

"조국은?"

"그게 어느 위도 아래 자리 잡고 있는지도 알지 못합니다."

"미인은?"

"그야 기꺼이 사랑하겠지요, 불멸의 여신이라면."

"황금은?"

"당신이 신을 증오하듯 나는 황금을 증오합니다."

"그래! 그럼 자네는 대관절 무엇을 사랑하는가. 이 별난 이방인아?"

"구름을 사랑하지요…… 흘러가는 구름을…… 저기…… 저…… 신기한 구름을!"[4]

한 사람이 질문하고 한 사람이 대답을 한다. 한 사람은 어른이고 한 사람은 청년이다. 질문은 더러 심문과 닮아 있고, 대답은 흡사 변론을 자주 떠올리게 한다. 대화자들의 저 어조는 사회적 신분의 차이를 감추지 않는다. 청년은 "대화에 거리를 유지하며, 무엇보다도 질문자가 열거하는, 또한 질문자 자신이 연루되어 있을 세상의 가치관 가운데 어느 것도 받아들일 수 없다고 대답"[5]한다. 그러니까 문답은 본질적으로 재판장과 부랑아의 그것과 닮아 있다. 그는 외톨이인가? 답변을 하고 있는 자를 외톨이라고 부를 수 있다면, 부랑아가 그런 것과 동일한 이유에서만 그럴 수 있을지도 모른다. 그는 금전을 거부하는가? 안정된 노동이 앗아 간 저 부르주아의 불행에 편입되기 싫었다고 항변했던 부랑아의 변론과 똑같은 이유에서 그는 그랬다고 할 수 있다. 그는 교육과 가족과 사회의 질서를 거부하는가? 부랑아가 그런 것과 마찬가지의 이유에서 우리는 고개를 끄덕일 수 있다. 그는 자유, 그러니까 "흘러가는 구름"처럼 그 무엇에도 정박되지

4 샤를 보들레르, 황현산 옮김, 「이방인」, 『파리의 우울』(문학동네, 2014), 11쪽.

5 위의 책, 146쪽.

않으려는 권리에 자신을 오롯이 투신하려 하는가? '그렇다'는 우리의 대답에는 제 구속과 맞바꾼 부랑아가 꿈꾼 자유도 바로 이러했다는 사실을 포함하고 있어야만 한다. 그것은 오기나 부정이 아니라, 차라리 법과 같이, 제약하고 구속하는, 그렇게 강제하면서 삶의 무수한 가능성을 지워버리며 억압을 하는 모든 행위와 타협하지 않겠다는 각오와 의지의 표출, 각오와 의지를 드러내는 말의 실천은 아니었을까?

> 타협하지 않고 절제하지 않고
> 발작을 시작한다
> 숨, 숨을 안 쉬고
> 숨, 숨을 쉬고
> 나는 나를 넘나드는 잔인한 불길,
> 나는 나를 찢고 나와서 또 찢을 테다!
> 사랑의 화수분처럼
> 내일 아침을 염려하지 않고 쓰고 쓰고 또 써버릴 테다!
> 사랑의 쓰레기처럼
> 완전히 허비하고 교환하지 않을 테다!
> 나는 시시각각 다른 웃음소리를 낸다
> 그것이 싸우는 소리라면
> 협상하지 않고 위장하지 않고 방어하지 않고
> 반성하지 않고
> 나는 나를 아끼지 않을 테다!
> 이윽고 검은 동공이 사라지는 순간에,[6]

---

6 김행숙, 「마른번개들」, 『에코의 초상』(문학과지성사, 2014).

부랑아의 자유는 "협상하지 않고 위장하지 않고 방어하지 않"으려는 태도의 산물이었다. 부랑아와 시인은 (법정에서) "반성하지 않"는 사람, 함부로 "교환하지 않"는 사람, "내일 아침을 염려하지 않"고 마냥 자유를 추구하는 사람, 그렇게 현재의 가치를 "쓰고 쓰고 또 써 버"리려는 사람이었기에 위험한 자로 분류되었을 것이다. 시간-공간-감정-사유를 축적하여 현물로 환산하는 대신, "완전히 허비하"는 순간에 몰입하는 사람을 법은 결코 허용하거나 방기하지 않는다. 이 「이방인」의 저자가 몇 년 전 법정에 불려 나온 것은 우연이 아니었을 것이다.

말할 수 없는 시인, 시인의 말할 수 없음

1857년 8월 20일. 검사와 변호사가 마주 보고 앉아 있다. 재판이 시작될 모양이다. 검사의 이름은 피나르. 그는 사법 병기를 가장 잘 사용한 인물로 유명했다. 그러나 행운은 그의 편이 아니었다. 같은 해 1월 『마담 보바리』에 대한 금지 신청을 냈지만 다른 문인들에 비해 정치적으로 유리했던 플로베르는 제 작품에서 무죄 판결을 끌어냈고, 이 검사는 판사의 '꾸지람'을 들어야 했다.[7] 그랬기 때문이었을까? 그는 남다른 각오로 재판에 임했고 목소리에는 어느 때보다 더 힘이 들어가 있었다. "샤를 보들레르는 어느 유파에 소속된 적이 없습니다. 그는 자기 자신만을 추앙할 뿐입니다. 그의 원칙, 그의 이론, 그것은 모든 것을 생생하게 묘사하고 모든 것을 죄다 까발리는 것입니다. 그는 인간의 본성을 가장 은밀하고 깊은 곳까지 낱낱이 파헤칠 것입니다. 예컨대, 그는, 인간의 본성을 표현하기 위해서라면, 거침이 없고 매우 충격적인 말투도 마다하지 않을 것입니다. 그는 특히 인간의 몹시 추한 면들을 마구 과장할 것입니다. 그는 강한 인상을 남기고 파장을 불러일으키기 위해, 인간의 본

---

7 에마뉘엘 피에라 외, 권지현 옮김, 『검열에 관한 검은 책』(알마, 2012).

성을, 그 유례를 찾아보기 어려울 만큼 과장할 것입니다. 이렇게 해서 그는, 우리가 말할 수 있는바, 몹시 따분하고 인위적인 규칙에만 복종하는 고전적인 것의, 진부한 것의 저 반대에 속하려고 할 것입니다. 재판관이란, 예술을 평가하고 받아들이는 데 있어서 서로 갈라서는 여러 방식들에 의사를 표명하려 호출된 문학 비평가가 아닙니다. 검사는 유파들을 판단하는 사람이 아닙니다. 입법부가 임무를 부여하여 그를 임명합니다. 입법부는 공중도덕의 위반에 관련된 범법 행위에 관한 처벌 사항을 우리나라의 법전에 등재했고, 이 범법 행위에 대해 다소간의 벌을 부과합니다."[8]

시가 "몹시 따분하고 인위적인 규칙에만 복종하는 고전적인 것의, 진부한 것의 저 반대에 속하려"는 시도에서 비롯되었다니. 놀랍게도 검사는 보들레르 시의 가치를 정확히 파악하고 있다. 그러나 법적 판단이 예술적 판단에 앞서야 한다는 사실을 그는 망각하지도 않았다. 법은 이렇게 시인의 독창성("어느 유파에도 소속된 적이 없습니다.")에는 관심이 없는 것이다. 검사는 오로지 공중도덕에 위배되고 종교의 가치관을 헤쳤다고 판단된 대목을 들추어내는 데 여념이 없었고, 실로 집요한 노력과 끈기, 도저한 탐구 정신으로 시집을 구석구석까지 독파한 후, 자신의 논거에 부합하는 증거들을 일목요연하게 제시한다. 가령, 「보석들」 5, 6, 7연에 대해 그는 "비평가들이 가장 너그럽게 넘어간 부분"이지만 "지나친 선정성이 공동도덕을 심각하게 위반"했다고 주장한다.

> 또한 그녀의 팔과 다리, 그리고 허벅지와 허리는
> 향유(香油)처럼 매끄럽고, 백조처럼 물결쳐,
> 꿰뚫어 보는 내 눈앞에서 어른거릴
> 그녀의 배와 젖가슴, 내 것인 저 포도송이들은

---

8 「『악의 꽃』 1857년 공판 일지」(1857년 8월 20일), *La Revue des Procès contemporaine*(1885).

악의 천사보다 더 아양을 떨며, 나아가서는,
내 영혼이 잠겨 있던 휴식을 방해하고,
내 영혼이 가만히 홀로 앉아 있던 저 수정 바위에서
내 영혼을 흩트려 놓았다.

나는 새로운 그림으로 풋내기의 상반신에
안티오페[9]의 엉덩이에 붙여 놓았다고 생각했는데,
그녀의 몸매는 엄청나게 골반을 튀어나오게 했다.
황갈색 낯빛 위 저 화장이 너무나 멋지구나![10]

「레스보스」와 「영벌받은 여인들」에서 검사는 "여자 동성애자들의 가장 은밀한 모습들을 최대한 상세히 묘사한 흔적을 발견" 했다고 고발했으며, 「지나치게 쾌활한 여인에게」의 마지막 세 연은 혼외정사와 관련되어 타락을 조장한다고, 한껏 고무된 목소리로 그 대목을 낭송했다.

그리하여 나는, 어느 밤
관능의 시간이 울려 퍼질 때,
보석 같은 네 몸 위로
겁쟁이처럼, 슬그머니 기어올라,

즐거워하는 네 살을 벌주고자,
내맡긴 네 젖가슴을 멍들게 하고자,
그리고 네 놀란 옆구리에

---

9 테베의 왕 니크테우스의 딸. 그녀가 잠든 사이 제우스는 사티로스로 변신하여 그녀를 겁탈한다.

10 Charles Baudelaire, *Les Fleurs du Mal*(Texte présente, établi et annoté par Claude Pichois) (*Poésie*/Gallimard, 1972), 196쪽.

움푹 파인 커다란 상처를 내고자,

더 눈부시고 더 아름다운,
새로운 이 입술을 통해,
그러고, 저 현기증 나는
달콤함이여!
내 독을 네게 부어 넣으리, 내 누이여!¹¹

    검사에게 시인은, 그러니까, 방탕하고 난삽한 제 생활에서 얻은 저 혐오의 감정을 가장 잘 표현할 줄 아는 자일뿐이었다. 검사는 타락의 벌로 질병을 앓게 된 자의 입에서 흘러나온 작품의 적나라한 특성을 항변조로 개탄했다. "그런데 정말이지 우리가 모든 것을 다 말할 수 있고 모든 것을 생생하게 묘사할 수 있으며, 모든 것을 죄다 까발릴 수 있다고 여러분은 생각하십니까?" 그는 눈 밝은 검사였다. 그의 눈에 비춰진 시인은 공중도덕의 위반은 말할 것도 없이 종교적으로도 중대한 모욕을 가한 자였다. 검사는 증거를 정확히 제시할 줄 알았으며, 또박또박 낭독하는 일을 게을리하는 법이 없었다.

오 그대여, 천사들 중에 제일 유식하고 제일 아름다운,
운명에 배신당하고, 찬양도 빼앗긴 신이여.

오 사탄이여, 내 오랜 비참을 불쌍히 여기다오!

오 귀양살이 왕자여, 괴롭힘을 당하고,
패패한, 늘 보다 굳세게 다시 일어나는 그대여!¹²

11 위의 책, 195쪽.
12 위의 책, 170쪽.

아! 예수여, 그대는 저 감람 동산을 기억하라!
가증스런 망나니들이 그대 생살에 못을 박던 소리를
듣고도 자기 하늘에서 웃고 있었던 자에게
그대는 순진하게 무릎을 꿇고 빌고 있었지 않았던가,
(……)
── 아무렴, 나는 떠나가리라, 내 나름대로 꿈의
누이가 아닌 이 세상의 행동에 만족해하며
칼을 휘두르고 그 칼로 죽을 수 있었더라면!
성 베드로는 예수를 부인했다…… 그는 아주
잘한 것이다.[13]

    그는 시인이 예수의 존재를 부인하고, 카인을 위해 아벨을 부정하는 편에 섰으며, 성자의 성스러움을 찬양하는 대신 사탄의 가호를 비는 데 열중했다고 비판한다. 그에 따르면 시인은 신과 성체를 마구 조롱한 자였다 : "그것이야말로 방탕한 언어를 마구 되풀이하는 것이었습니다. 그는 가톨릭이라는 위대한 도덕이야말로 우리 공중도덕의 유일하고도 견고한 현실적 토대인데, 이를 위반해서 처벌받기 위해 재판소에 보내져야만 했던 것입니다." 검사는 제 논리에 예상되는 반론으로 시 고유의 '서정성'을 염두에 두었지만, 시가 자아내는 저 슬픔이 시가 저지른 죄악과는 아무런 상관이 없다는 사실을 고발의 논지로 끌어올 줄도 알고 있었다. "제목만 봐도 작가가 고통(악)을 그리고자 했으며, 고통(악)의 거짓 위로들을 담아내려 했다는 것입니다. 그래서 『악의 꽃』이라고 부르지 않았겠습니까? 이런데도 여러분은 이 책에서 죄보다는 교훈을 보신다고 말할 수 있습니까?" 이렇게 시인은 날카로운 비유를 통해 사회의 고통을 노래하기 전에, 제 글이 사회적으로 균형과 절제를 유지하

13   위의 책, 168쪽.

고 있는지, 모든 연령에게 읽힐 수 있는지를 고려해야 하는 자가 되었다. 법이 시인에게 요구하는 '정상의 상태'는 바로 이것이었다. 그렇다면 변호사의 변론은 어떠했을까?

심오한 열정과 창조적 재능의 예술가라는 주장으로는 충분하지 않았을 것이다. 그러나 변호사는 제 변론의 사활을 여기에 걸었다. 판사의 주장에 반박하면서, 그는 우선, 단지 '기법의 문제'이며, 이 기법이 교훈의 효과를 배가하기 위해 동원된 과장법의 일종이었다는 식의, 매우 특이한 논리를 전개했는데, 그래서인지 변론은 주야장천 늘어졌다. "검찰은 여러분에게 보들레르 씨가 온갖 것들을 생생하게 묘사하려 했고, 모든 것을 죄다 까발리려 했으며, 인간의 본성을 가장 은밀하고 깊은 곳까지, 거침이 없고 매우 충격적인 말투로, 낱낱이 파헤치려 했다고, 특히 인간의 몹시 추한 면들을 마구 과장했다고 말합니다. 이렇게 말한 검사에게 저는 좀 조심하라고 경고하겠습니다. 검사는 보들레르 씨의 문체와 방식을 과장한 것은 아닌지, 터무니없이 트집을 잡거나 부정적으로 몰아붙이지 않았다고 확신할 수 있습니까? 보들레르 씨의 방법, 그리고 보들레르 씨의 기법이 바로 그것입니다. 거기에 고소를 당할 만한 그 무슨 잘못이 있으며, 대관절 무슨 잘못이 있어 또 죄를 저질렀다는 겁니까? 만약 보들레르 씨가 고통(악)을 과장한 것이 오로지 고통(악)을 시들어 말라죽게 하려고 그런 것이라면, 만약 그가 거침이 없고 충격적인 말투로 악행을 묘사했다고 한다면, 그렇게 한 이유가 여러분에게 좀 더 심오한 방법으로 증오를 고취시키기 위해서였을까요? 만약 시인의 필치가 가증스러운 모든 것으로부터 소름 끼치는 그림 하나를 만들어 내었다고 한다면, 그렇게 한 이유가 여러분에게 공포를 선사하기 위해서였을까요? 여러분께서 지금까지 들으신 말은 옳습니다. 판사는 예술을 평가하고 받아들이는 데 있어서 서로 갈라서는 여러 가지 방식들에 관해, 스타일의 여러 학파들 사이에서, 자신의 의사를 표명하려 호출된 문학비평가가 아닙니다. 바로 이러한 까닭에 이 공판에서 우리가 문제를 제기해야 하는 것은, 형식이 아니라 그 내용입니다. 또한 사안들의 근저로 향하지 않거나, 솔직한 의도를 조사하지 않은 채, 또한 이 책에 생명을 불어넣는 정신에 대한 정확한 이해가 수반되지 않은 채, 그리하여, 여기저기 산재한, 과격하고 과장된 몇몇 표현들에 이끌리도록 내버려둔다면, 엄청난 실수를 저지르거나 선하고 공정한 정의를 그르칠 위험에 우리 모두 직면하게 될 것입니다."

이러한 변론은 결과적으로 설득력이 없었다. 플로베르의 공판에서 패소한 저 여파 때문이었을까? 사법부의 명예가 걸린 일이었다. 검사는 집요하게 따졌고, 논리를 최대한 갖추려 했으며, 확신에 찬 어조로 시인을 거세게 몰아붙였다. 그 방식은 허술한 추궁이나 억지 논변이 아니었다. 침을 튀기며 쉴 새 없이 뱉어 낸 그의 주장은 청중들의 마음을 움직이기에 충분했고, 그렇게 감동을 주었다. 이에 비해 시인은 추궁에 별말을 덧붙일 수 없다. 시인은 사실상 변론을 포기한 것처럼 보였다. 왜 그랬을까?

법과 시의 근본적인 관계를 단적으로 드러낸 사람은 사실 판사가 아니라 변호사였다. 이원론/이분법에 근거한 변호사의 변론은 시인의 입을 굳게 다물게 하는 재주가 있었다. 『악의 꽃』의 "솔직한 의도"나 "생명을 불어넣는 정신"을 변호사는 "산재한, 과격하고 과장된 몇몇 표현들"과 분리할 것을 검사 측에 요구했다. 그가 설득하려 한 것은, 시가 외설적이고 반도덕적으로 보일지라도, "형식이 아니라 내용"을 봐야 드러나는 시의 진의였다. 그래야 시를 "이해"할 수 있다는 그의 변론에는 시의 "근저"-"의도"-"정신"과 "가증스러운 모든 것으로부터 소름 끼치는 그림"과도 같은 시의 "형식-스타일-방법" 사이의 명백한 대립이 근거로 사용되었다. 법은 난해하고 복잡한 저 '형식', 그러니까 시인이 말을 구사한 고유한 방식에는 관심이 없는 것이다. 시는, 이렇게, 항상, 형식과 내용의 분리를 전제로 법 앞에 서며, 법 앞에서 제 내용을 요약하고 알기 쉬운 언어로 바꿔 이해를 구해야만 했다. 시가 법정에서 제 존재 이유를 설득하고 이해시킬 방법은 이것밖에 없었다. 그러니까 부랑아가 법정에서 진술한 저 자유분방한 말, 그러나 법 앞에서 부적절한 것으로 판단된 그의 언사와, 시가 법정에서 유죄 판결을 받게 된 고유한 특성은, 공히 비이성적-비문법적-비합리적인 이유에서만 제 죄를 인정할 수밖에 없는 것이다. 공판의 아이러니는 변호사가 공중도덕 위반과 종교적 모독죄를 기각시키기 위해『악의 꽃』에 등장하는 첫 작품「독자에게」를 이성적인 언어, 즉 산문으로 바꾸어 이해해 보자고 주장했다는 사실에도 있었다.

> 어리석음, 과오, 죄악과 인색이
> 정신을 얽매고 몸을 들볶으니,
> 거지들이 몸에서 제 이를 기르듯
> 우리는 친숙한 뉘우침만 살찌운다.
>
> 우리의 죄는 끈질기고, 우리의 후회는 느슨하다;
> 우리는 참회의 값을 톡톡히 받고
> 비열한 눈물에 제 때가 말끔히 씻긴다고 믿으며,
> 가뿐하게 진창길로 되돌아온다.
>
> 우리를 조종하는 줄을 쥔 자는 저 악마!
> 우리는 역겨운 것에 마음이 이끌려
> 겁도 없이 악취를 풍기는 어둠을 지나,
> 날마다 지옥을 향해 한 걸음씩 내려간다.[14]

변호사는 우리가 인용한『악의 꽃』의 첫 시「독자에게」가 시인의 집필 의도를 포괄적으로 담고 있다고 생각했다. 변호사는 이 작품을 시인

---

14 위의 책, 33쪽.

이 독자에게 던지는 일종의 경고로 여겨졌지만, 그 이유와 근거를 법정에서 정확히 설명하고 제시할 길이 한편으로 막막했던 것이다. 그에게 해결책은 작품을 이해할 수 있는 언어, 법정에 부합하는 언어, 산문으로 바꾸어 보는 것이었다. "이 대목을 산문으로 변형시켜 보십시오, 여러분. 각운과 휴지를 없애 보십시오. 그렇게 한 후, 힘차고 상상력이 가미된 이 언어의 기저에 존재하는 것을, 거기 숨어 있는 의도가 무엇인지 찾아보시기 바랍니다. 그러고 나서도 기독교의 설교와 격렬한 몇몇의 설교자들의 입에서 이것과 동일한 언어가 흘러나오는 걸 단 한 번도 들어 본 적이 없다고 생각하는 분들은 저에게 말씀해 주시기 바랍니다. 만약 교회의 엄숙하고 무뚝뚝한 몇몇 신부님의 복음에서 이와 동일한 사상이나 표현을 발견할 수 없다고 하시는 분은 저에게 말씀해 주시기 바랍니다. 바로 여기에 보들레르 씨의 (제게 이런 용어가 허용된다면) 계획이 있습니다. 그것은 다름 아닌, 인간의 악행과 천박함에 선포한 전쟁, "정신을 얽매이고 몸을 들볶는" 모든 수치심으로부터 쏘아 올린 저주와 같은 전쟁입니다."

　법과 시의 관계를 단적으로 드러내 주는 중요한 단서가 바로 여기에서 주어진다. 문제는 이성 대 감성, 합리 대 비합리, 내용 대 형식, 산문 대 시의 이분법을 시가 정작 모른다는 데에서 발생하지만, 법이 오로지 전자의 관점에서만, 시의 특성을 일괄하고 시의 가치를 매기려 한다는 데에도 있다. 이런 질문이 비로소 가능해진다. 법은 어떤 논리로 시를 설명하고 있는가? 시는 법의 테두리에서 존재할 수 있는가? 법이 그 죄를 묻고 있는 시의 공중도덕 위반과 종교 모독은 시의 특징인 비유와 상징의 체계 밖에서 설명될 수 있는가? 변호사가 주장한 도덕적 교훈의 전파가 과연 시의 본질인가? 합리적이고 이성적인 언어라는 잣대로, 시의 가치를 자리매김하는 게 가능한가? 내용과 기저를 시의 전부라고 여기는 일은 무엇을 간과하고 있는가? 법은 과연 시의 가치를 파악할 능력이 있는가? 이와 같은 일련의 물음들은 물론 법정에서 제기되지 않는다. 변호사의 변론은 세상을 물들이고 있는 악의 저 끔찍함을 시인이 자각하고 이에 부합하는 작품들을 선보여 독자들에게 도덕적 교훈을 남기려 했다는 결론으로 마무리되었다. 옆에서 보고 있던 보들레르는 자신의 시를 산문의 형식, 이성적·법률적 언어로 설명해야 하는 처지를 한탄하며 한마디 말도 부연하지 못한 채, 짜증나는 표정으로 재판을 경청하다가 가끔 졸기도 했을 것이다.

너무나 정치적인, 너무나 치명적인

여기, 폐허 위에 서서 저 '본(本)'을 희구하는 사람이 있다. 그는 누구보다 강직한 사람, 누구보다 깨끗한 세계를 새로 건설해야 한다고, 삽자루를 두 손에 쥐는 대신, 제자들 앞에서 썰을 풀었다. 매우 강력하고 완벽에 가까운 논리로 무장한 막강한 썰, 그 썰은 진리의 이름으로 세계 곳곳에 널리 퍼져 나갔다. 누구도 이 썰을 부정하지 못했고, 지금도 이 썰을 신봉하고 있으며, 심지어 그 위력과 여파는 여전히 막강하다. 적어도 그것은 썰을 푼 자 고유의 수사(修辭)의 힘 때문은 아니었다. 그는 스승과 그 스승의 제자로 분(扮)한 자가 서로 치열하게 나누는 대화로 제 두툼한 저서를 구상했고, 그렇게 늘, 스승의 입을 빌려, 제가 하고 싶은 말을 설파했다. "하지만 만약에 자네가 서정시에든 서사시에서든 즐겁게 하는 시가(詩歌)를 받아들인다면, 자네 나라에서는 법과 모두가 언제나 최선의 것으로 여기는 이성 대신에 즐거움과 괴로움이 왕 노릇을 하게 될 걸세. (……) 시가 그와 같은 성질의 것이기에, 우리가 그때 이 나라에서 시를 추방한 것은 합당했다는 데 대한 변론이 이것으로써 된 것으로 하세나. 우리의 논의가 그렇게 결론을 내렸으니까 말일세. 그러나 시가 우리의 경직됨과 투박스러움을 지탄하지 않도록 시를 상대로 우리가 말해 주도록 하세나. 철학과 시 사이에는 오래된 일종의 불화가 있다고 말일

세."(10권 607 a.)[15] 시인은 이러한 주장에 크게 뒤통수를 얻어맞고서, 제 살던 땅에서 추방당한다. 무거운 보따리를 들고 어디로 가야 할지 고민하던 시인은 철학자의 저 바람과 달리, 추방한 자의 "경직됨과 투박스러움"을 한없이 "지탄"했을 것이다. 그 지탄의 메아리가 지금도 전 세계 곳곳에서 울려 나온다.

> 보다 능숙하게 삶을 살아내는 사람들이 있다
> 자신의 내면과 주변을 말끔히 정돈하고,
> 모든 사안에 대해 해결책과 모범 답안을 알고 있는 사람들.
>
> 누가 누구와 연관되어 있고, 누가 누구와 한편인지,
> 목적은 무엇이고, 어디로 향하는지 단번에 파악한다.
>
> 오로지 진실에만 인증 도장을 찍고,
> 불필요한 사실들은 문서세단기 속으로 던져 버린다,
> 그리고 낯선 사람들은
> 지정된 서류철에 넣어 별도로 분류한다.
>
> 단 1초의 낭비도 없이
> 딱 필요한 만큼만 생각에 잠긴다,
> 왜냐하면 그 불필요한 1초 뒤에 의혹이 스며든다는 걸 알기에.
>
> 존재의 의미에서 해방되는 순간,
> 그들은 지정된 출구를 통해
> 자신의 터전에서 퇴장한다.

15 플라톤, 박종현 옮김, 『국가』(서광사, 2005), 637쪽.

나는 이따금 그들을 질투한다.

── 다행히 순간적인 감정이긴 하지만.[16]

시인에게 변론의 기회가 없었던 것은 아니었다. 서정 시인이 되었건 서사 시인이 되었건, 혹은 노래처럼 제 시를 구성지게 읊을 줄 알았던 음유시인이 되었건, 시인들에게는 추방령에 변론을 제대로 한다는 조건 속에서 귀환이 허용되었기 때문이다. 그러나 철학자가 제시한 조건은 시인이 지키지 못할 성질의 것이었다. 이런 점에서 철학자는 매우 합리적이고 이성적이었으며, 법률적이었던 것이다. "그러나 적어도 우리는 시의 옹호자들에게, 즉 자신들이 시를 짓는 사람들은 아니지만 시를 사랑하는 사람들인 자들에게 시를 위해서 운율 없는 말(산문)로 이에 대한 변론을 하는 걸 분명히 허용할 것이네. 시가 즐거움을 주는 것일 뿐만 아니라 나라의 체제와 인간 생활을 위해서도 이로운 것이라는 걸 말일세. 그리고 우리는 호의를 갖고 들을 걸세. 만약에 시가 즐거움을 줄 뿐만 아니라 이로운 것임이 밝혀진다면, 우리는 분명 이득을 볼 테니까."(10권, 607 d, e)[17] 그러니까 모든 사람들이 알아들을 수 있게끔, 잘 이해할 수 있도록, '산문으로' 허용되는 저 변론은 무엇인가? 보들레르의 법정과 부랑아의 그것과 똑같은 장면이 다시 반복된다. 이성-산문-법률의 거울에 제 얼굴을 비추고 있는 시. 주요 타켓은 호메로스의 서사시였다. 추방의 타당성을 주장하며 거론한 대목의 일부를 인용하자.

차라리 나는 땅에 딸린 농노로서 남의 머슴살이를 하겠소
그가 땅뙈기조차 없어, 살아갈 방편도 그다지 없는 자라 할지라도,
죽은 자들의 모든 혼령의 왕으로 되느니 보다는.

16 비스와바 쉼보르스카, 최성은 옮김, 「그런 사람들이 있다」, 『충분하다』(문학과지성사, 2016)
17 플라톤, 앞의 책, 639쪽.

마치 박쥐들이 엄청난 동굴의 후미진 곳에서

그중의 한 마리가 바위에 붙어 있는 무리에게 떨어지게라도 되면,

비명을 지르면서 날개 치다가 서로들 달라붙듯

그처럼 이들 혼백도 비명을 내지르며 함께 떠나갔다.

호메로스는 통곡과 한탄, 욕정과 동요, 비탄과 절망, 쾌감과 공포, 궁색과 두려움, 나약과 공포의 달인이었다. 그는 "분노의 모티프 하나로" 다양한 인간의 감정을 그러모아 "사납고 자제력이 없으며 굽힐 줄 모르고 오직 불멸의 명성만을 추구하는 아킬레우스"를 위시한 "인간과 신들의 행적"[18]을 담은, 저 서사시를 멋지게 지어낼 줄 알았다. 호메로스의 시에 나타난 인간들은 거개가 "술과 고기와 '달콤함 잠의 선물'과 잔치와 무도회와 사랑을 마음껏 즐기며 이러한 물질적 향락에 대한 자신들의 쾌감을 숨기지 않는" 자들이었으며, 이와 동시에 "내세에 대한 어떤 기대도 갖지 않는", 그러니까 "철저한 현세주의자들"[19]이었다. 유약한 자아를 애써 숨기지 않았던, 삶을 자주 방문한 공포를 솔직히 드러낼 줄 아는 자, 그렇게 인간의 연민과 고되, 비극적 감정과 허무, 현실의 두려움을 두루 표현할 줄 아는 자가 바로 시인이었다.

나는 일손을 멈추고 잠시 무엇을 생각하게 된다

— 살아 있는 보람이란 이것뿐이라고—

하루살이의 광무(狂舞)여

하루살이는 지금 나의 일을 방해한다

— 나는 확실히 하루살이에게 졌다고 생각한다 —

18 호메로스, 천병희 옮김, 『일리아드』(숲, 2007), 764~766쪽.
19 위의 책, 770쪽.

하루살이의 유희여

너의 모습과 너의 몸짓은
어쩌면 이렇게 자연스러우냐
소리 없이 기고 소리 없이 날으다가
되돌아오고 되돌아가는 무수한 하루살이
—그러나 나의 머리 위의 천장에서는 너의 소리가 들린다—
하루살이의 반복(反覆)이여

불 옆으로 모여드는 하루살이여
벽을 사랑하는 하루살이여
감정을 잊어버린 시인에게로
모여드는 모여드는 하루살이여
—나의 시각을 쉬게 하라—
하루살이의 황홀이여[20]

　하루살이와 같은 삶의 저 기이한 황홀 따위를 말하는 시에서 어떻게 철학자는 공포의 그림자와 타락의 기미를 보았으며, 왜 자주 겁을 냈는가? 시인이 "일손을 멈추고 잠시"에 생각에 빠져, 오로지 "살아 있는 보람"을 뜻하지 않은 이 휴식에서 찾으려 했던 자들이었기 때문이었는가? 철학자는 왜 시를 혐오했는가? 왜 그는, 인간적인 모습, 현세의 풍경들, 오만가지 잡념과 온갖 두려움을, 멋진 비유와 야릇한 상징으로 멋지게 표현해 내는 저 인간의 기묘한 서술, 구성진 가락으로 낭랑하게 대기 속으로 울려 퍼지는 저 처연한 노래를 거부해야 한다고 생각했는가? 신을 인

20　김수영, 「하루살이」, 『김수영전집 1 시』(민음사, 2010)

간적으로 표현한 것에 불만이 있었던 것인가? 그렇게 시는 신성에 대한 모독이었던가? "이것들과 관련된 모든 무섭고 두려운 이름은 거부되어야만 하네. 이를테면 '코기토스'('울부짖음의 강')라든가, '스틱스'('혐오의 강'), '지하 세계에 사는 자들'이라든가 '말라 빠진 송장들', 그리고 또 그 밖에 이런 유형의 것들로서 그 이름을 듣는 모든 이로 하여금 그야말로 몸서리를 치게 할 것들 말일세." (3권, 387 b, c)²¹ 이게 사실이라면, 정말 이렇게 생각한다면, 철학자들은, 그러니까, 지금은 가물가물한 저 일본 애니의 주인공 캔디와 다르지 않은 것은 아닌가? 그들은 제 삶에서 정말 외로워도 슬퍼도 울지 않았다는 말인가. 하긴, 참고 참고 또 참지 그들이 울긴 왜 울었겠는가. 이렇게 그들은 모두, 웃으면서 푸른 들을 달리고, 또 달리면서, 푸른 하늘 바라보고 또 바라보며, 내 이름은 내 이름은 내 이름은 '진리'와 '이상', '합리'와 '법률'이라고 자주 반복했을 것이다. 혼자 있으면 어쩐지 쓸쓸해졌을 테지만, 그럴 땐 자주 거울 속에 비친 저 이데아의 창시자, 그 스승과 얘기를 나누었을 것이다. 물론 산문-합리-법률-이성의 언어로 나눈 대화, 잡념을 최대한 줄이고, 고결하고 숭고한 정신을 한없이 갈구하며 착수된 문답이었을 것이다.

　　시인은 가장 정치적인 말의 생산자였기에 추방당했다. 그러니까 시인은 폭력적이었기에 추방되었던 것이다. 이성과 합리, 법률이 지배하는 공화국에서 연민과 공포를 조장하는 말을 생산하는 자였기에, 그렇게 노랫가락이나 읊어 가며, 쓸데없는 상념과 까닭 모를 반항의 감정을 부추기고, 마음속 깊이 꼭꼭 감추어 둔 쾌락과 욕망을 무시로 꺼내, 타락과 퇴폐를 조장하는 말들을 세계에 함부로 흩뿌리는 자였기에, 입법자, 철학자에게 시는 한없이, 더없이, 끝없이, 폭력적이었을 것이다. 오늘, 어제, 내일의 시인이 실로 그러했으며, 그러할 것이다.

21　플라톤, 앞의 책, 187쪽.

어제의 당신이 내일의 당신이지는 않을 것이다. 수많은 왕들의 목을 자르고, 수많은 신도들을 불태웠어도, 새로운 시대는 늘 익숙한 맹신과 내세로밖에 스스로를 지키지 못한다. 지금이 아닌 모든 어제들은 죄악이고, 지금이 아닌 모든 내일은 어제의 궁형(宮刑). 당신이 지금 여기에 있다는 것은, 지금의 당신은 나의 가장 강한 선(善)이자 윤리. 거대한 자목련들이 들쥐들을 잡아먹듯, 나는 당신의 손을 잡고 나의 윤리, 나의 선(善)에게 이 늙은 입을 건넨다. 갈까, 우리 저 더러운 말의 세계로; 천장과 바닥 사이에 숨어 있는 어제의 책들, 어제의 약속들, 어제의 깃발과 외침들로. 죽은 쥐의 꼬리를 들고 빙빙 돌리다가 벽을 향해 내던지는, 천사들의 이름만 같은 아이들의 순진무구함처럼 어제의 대기와 어제 흘린 피는 악의 없이 망각된다. 새로운 시대는 망각의 사업에 힘쓰고 창문 밖의 공포가 진실과 정의들을 재생산하고, 침묵이 소비된다. 그러니, 우리 갈까, 저 더럽고도 시끄러운 말의 세계로. 아무렇게나 해봐. 부끄럼도 두려움도 없구나.[22]

법정 앞에 선 부랑아에게, 묻는다. 직업은 있냐? 부모는 있냐? 거처는 있냐? 그는 가끔 술도 배달하고, 마차에 오르려는 마님을 돕기도 하고, 음식점에서 남은 잔반을 내다 버리기도 하고, 또 가끔은 누군가를 잠시 도와 돈을 받기도 한다고 말한다. 직업이 스무 개나 넘는다고 항변했으나, 모두 사회 질서에 속하지 않는 것이었다. 잠자리도 그랬다. 비가 오는 날에는 다리 밑에서, 추운 날이면 가끔 빈 집을 찾아 제 두 눈을 붙이고, 쾌청해지면 공원 같은 곳에서 잔다고 말한다. 그는, 법에게, 걱정 없이 먹고 자게 해 주어 고맙다고 말한다. 사실 법 앞에서 시인은 늘 이와 비슷한 처지였다. 풍기문란으로 제 작품의 일부를 삭제하고 벌금마저 물어야 했던 어느 시인이, 연민과 공포를 조장한다고 추방을 당한 공화국의 시인

---

22 김안, 「국가의 탄생」, 『미제레레』(문예중앙, 2014)

들이 벌써 그랬다. 법, 사회, 질서, 이성, 합리, 철학 등등이 묻지 않는 것을 물어, 수시로 세계를, 자주 사회를, 간혹 이 우주를, 불편하게 만들기 때문이다. 무고하고 선량한 사람들을 유혹했기 때문이다. 그들은 폭력적인 말의 주체였기에, 그러한 판단에 근거해 추방을 당했다. 시는 근본적으로 위험한 말, 폭력적이고 전복적이며, 도래하지 않을 무언가를 추구하는, 불가능성의 가능성을 통해 이상한 사건을 만들어 내는 말이기에 추방의 대상이 되었고, 법 앞에서 벌금을 물어야 했으며, 소통과 이해의 독촉속에서 자신을 자주 항변해야 하는 처지에 놓이게 되었다. 시에 놓인 이모든 기피, 혐오, 대죄, 부정은, 그러니까 불가능성을 현시하는 저 시라는말의 불온성에 바쳐진 우둔한 헌사이자 무지의 예찬이었던 것이다. 시인은 매우 피곤한 사람들, 피곤하게 하는 사람들이었던 것이다. 그들은 남을 피곤하게 만들기도 하지만, 저 자신도 피곤하게 만들고, 말도 피곤하게 하고, 세계도 피곤하게 하고, 너무나 쉽게 합의했던 사유도, 너무 자주합의했던 저 공론들도 피곤하게 만들어 버리는 재주를 갖고 있다. 시인은그렇게 합리를 가장한 비합리적 질서도, 이성을 가장한 비이성적인 담론들도 피곤하게 만들고, 억압이나 부정, 부패나 탄압도 몹시 피곤하게 만들며, 그렇게 모든 것에서 피곤을 느끼는, 모든 것을 피곤하게 하는, 매우폭력적인 글로, 매우 폭력적인 방식으로, 매우 폭력적인 세계에, 폭력을가한다.

너나 가라, 너를 추방한다!

시는 막 개긴다. 시인은 말을 함부로 한다. 시인은 질서에 순종하는 말의 생산자가 아니다. 시인은 매일같이 소모되는 말에는 별반 관심이 없다. 시인의 언어는 출근하지 않는다. 어떤 시인은 '나는 지구에 돈 벌러 오지 않았다'라고 말한다. 바보 같다. 시인은 정말이지 스마트하지 못한 말을 이렇게 함부로 발설한다. 어떤 시인은 도끼로 제 집 담장을 두어 번 찍고 집을 나왔다고 말한다. 그들의 말은 실로 반자본주의적이며, 그렇기 때문에 사회적으로 폭력적인 언사로 간주될 혐의가 짙다. 어떤 시인은 세상사, 저 말하는 것에 의해 오롯이 재편된다고 여긴다. 어떤 시인은 자기 말로 거대한 홍수를 일으켜, 부패한 세계를 쓸어 버리려 한다. 거대한 폭력의 의지로 제 백지를 흠뻑 적시는 시인도 있는 것이다. 어떤 시인은 욕설도 마다하지 않으며, 가끔 사람을 죽이기도 하고, 저주와 욕망을 하나로 묶어 질서를 헝클어뜨리는 일에 몰두한다. 어떤 시인은 저를 위무하고자 글을 쓰며, 어떤 시인은 '히키코모리'처럼 은둔해야 가능할 상상력에 제 존재의 크기를 시험하고 삶의 이유를 매달아 놓는다. 그들, 그들의 말, 그들의 문장은, 비효율적이며, 자주, 이성의 저 비이성적 명령(가령, 정신 차려라, 와 같은)을, 자주 저 도덕의 비윤리적 권고(가령, 돈 많이 벌어서 행복하세요, 와 같은)를 등지고 부정하려 한다는 점에서 폭력적이다. 어떤 시인은 차림새가 지저분하고도 과도하고 때론 파렴치한 상상을 통해 성애(性愛)의 순간과 죽음이 크게 다르지 않다는 제 각성을 표현하고자, 바로 그 번쩍이는 순간에 부합할 언어를 찾아내기 위해 제 삶에서 상당 시간을 떼어 내기도 한다. 그들은 그렇게 반윤리적이며, 합리적인 사회와 정연한 질서 위 저 배면에서, 법과 윤리의 외투를 벗어 던진 형태의 발화 속에서, 실로 폭력적인 언어 실천자의 면모를 드러내면서, 이 세계를 유유자적, 잘도 돌아다닌다. 저 말 말 말, 그러니까, 그렇게, 말뿐이지만, 그럴 뿐일 테지만, 시인은, 사실, 어떤 사람들에게는, 해도 너무한다는 인상을 팍팍 풍긴다. 이렇게, 증오, 태만, 권태, 저주, 죽음, 타락, 퇴폐, 짜증, 부정, 요행, 부인, 유기, 비판, 거짓, 유혹, 환멸, 환상에 홀딱 젖은 말들의 주인이라는 점에서, 또한 협박하고, 애원하고, 비난하고, 강짜를 부리는 말의 주체라는 점에서, 시는 폭력적이다. 시는 정치적 공모, 그 까닭이 너무나 명백해서

To the Promised Land

Now you rest your burden
International leader, Seung Man Rhee
Greatness, you strived for;
A democratic state was your legacy
Grounded in your thoughts.
And yet, your name was tainted
Right voice was censored
Against all reason
However, your name lives on
And your people are flourish
With and under ideals you founded
And so dearly defended
Indebted, we are,
In peace, you are.

입이 저절로 다물어지는, 시는 물론 독자도 모독하고 있음에 분명한, 어떤 집단의 횡포에 가까운, 시대착오적인, 모두를 기만하고 역사를 왜곡하는 기획에, 가장 폭력적이고 비판적인 방식으로 대응할 줄 안다. 은밀하게 세로로 늘어서며 어느새 뭉쳐지는 저 자구 하나하나가 지어 올린 이상한 질서, 이 전도된 독서의 요청으로부터 힘차게 뿜어 나오는 모종의 힘에, 시는 제 온전한 가치와 미래를 걸기도 한다.[23]

시는 언어의 가장 깊숙한 곳을 움켜쥔다. 시는 모국어-개별 언어를 넘어선 언어를 향해 뻗어 나가거나, 하나의 개별 언어가 또 다른 개별 언어들과 공유하고 또 협조하는, 가장 보편적인 곳으로 치솟아, 말의 가능성 자체를 확장시키는 일에 까닭 모를 열정으로 몰두한다. '모국어의 외국어성'에로의 접근을 허용하는 발화라고 부를 시의 이러한 특성은, 시가, 근본적으로, 모호성을 끌어안고, 복수성의 체계 속에서 우리의 삶을 재현하는 예술이기 때문이다. 바로 이러한 이유로 시는 폭력적이다. 이렇게 언표의 수준에 머물지 않고, 주관적인 발화의 세계로 우리를 초대하여 종

---

23 왼편의 시를 '이승만 시 공모전' 최우수상 수상 작으로 선정한 후, 왜 이런 공모를 했는지, 아니 뭘 하는 곳인지 도통 알 길이 묘연한 자유경제원이 언론에서 밝힌 것처럼 "법적 조치를 포함해 강력 대처"한다면 이 또한 희대의 해프닝이 아닐 수 없다.

종 당혹감을 풀어놓는다는 점에서 시는 폭력적이다. 시는 아무도 묻지 않고 지나치는, 지나치려는 논리에 자주 시비를 거는 말을 생산한다는 점에서 폭력적이다. 시는 묻지 않으려고 한 것들, 묻지 말라 한 것들, 질서 속에 안착한 사유에 대한 비판적인 순간들을 잠시 고지하는, 정확한 발화를 기획하고 시도한다는 점에서 폭력적이다. 민주주의라는 허상을 비판의 장으로 자주 소급하려 한다는 점에서도 시는 폭력적이다. 평등, 공정한 분배, 1/n의 자유, 그 합의와 계산, 더하고 빼기 속에서 인간을 조각내고, 동일한 유니폼을 입혀 재배치하는 정치적 시도와 이데올로기의 발현 위로, 저 팸플릿 속, 가지런히 늘어선 주의와 주장을 가로지르며, 그 위로, 차이와 관계에 기초한 상호적이고 주관적인 사유를 무시로 흩뿌린다는 점에서, 시는 근본적으로 폭력적이며, 치명적이고, 비판적인 발화이다. 법이 묻지 않거나, 물을 수 없는 곳을 들여다보고 말하려는 폭력적인 시도가 시를 법 앞에 소환한다. 법정에 불려 나온 시인들은 그러나 법 앞에서 할 말을 자주 잃었고, 자신을 명석하게 변호하지도 못했으며 그럴 수 없었다. 법은 시인과 잘 사귀지 못했거나 적어도 시인을 이해하는 게 불가능했다고 말하는 것이 옳겠다. 이건 누구의 잘못도 아니었을 것이다. 시의 가치가 여기에 있기 때문이다.

* 이 책의 글들은 발표된 원고로부터 모두 크고 작게 수정된 것이다.

투창과 거울의 논리학 — 독립잡지 관람기(《문예중앙》, 2016년 여름호)

법정 앞에 선 시인 — 시의 폭력성에 관하여(《자음과모음》, 2015년 봄호)

조재룡

1967년 서울에서 태어났다. 성균관대학교에서 불어불문학과를 졸업하고, 2002년 프랑스 파리8대학에서 「산문시의 이론적 관건」으로 박사 학위를 받았다. 서울대학교 한국문화연구소와 성균관대학교 인문과학연구소, 고려대학교 '번역과레토릭' 연구소의 전임 연구원을 거쳐, 현재 고려대학교 불어불문학과 교수로 재직중이다. 2003년 《비평》에 문학평론을 발표하면서 평론 활동을 시작했다. 지은 책으로는 『앙리 메쇼닉과 현대비평: 시학, 번역, 주체』, 『번역하는 문장들』 외에 평론집 『번역의 유령들』, 『시는 주사위 놀이를 하지 않는다』, 『한 줌의 시』 등을 출간했다. 옮긴 책으로는 앙리 메쇼닉의 『시학을 위하여 1』, 제라르 데송의 『시학 입문』, 루시 부라사의 『앙리 메쇼닉, 리듬의 시학을 위하여』, 알랭 바디우의 『사랑예찬』, 조르주 페렉의 『잠자는 남자』, 장 주네의 『사형을 언도받은 자 / 외줄타기 곡예사』 등이 있다. 2015년 시와사상 문학상을 수상했다.

의미의 자리

1판 1쇄 찍음	2018년 2월 27일
1판 1쇄 펴냄	2018년 3월 2일

지은이	조재룡
발행인	박근섭, 박상준
펴낸곳	(주)민음사

출판등록	1966. 5.19. (제16-490호)
주소	서울시 강남구 신사동 506 강남출판문화센터 5층 (135-887)
대표전화	515-2000
팩시밀리	515-2007
홈페이지	WWW.MINUMSA.COM

값 22,000원

ISBN	978-89-374-1231-8 04810
	978-89-374-1220-2(세트)